SCIENCE FICTION

Herausgegeben
von Wolfgang Jeschke

Ein vollständiges Verzeichnis aller im
HEYNE VERLAG erschienenen Romane
von HARRY HARRISON finden Sie am Schluß des Bandes.

HARRY HARRISON
&
JOHN HOLM

DER HAMMER DES NORDENS

HAMMER UND KREUZ

Erster Roman

Aus dem Englischen von
FRANK BORSCH

Deutsche Erstausgabe

WILHELM HEYNE VERLAG
MÜNCHEN

HEYNE SCIENCE FICTION & FANTASY
Band 06/6321

Titel der amerikanischen Originalausgabe
THE HAMMER AND THE CROSS
Deutsche Übersetzung von Frank Borsch
Das Umschlagbild ist von Arndt Drechsler

Umwelthinweis:
Dieses Buch wurde auf chlor- und
säurefreiem Papier gedruckt

2. Auflage

Redaktion: Wolfgang Jeschke

Erstausgabe by
A Tor Book
Published by Tom Doherty Associates, Inc., New York
Mit freundlicher Genehmigung der Autoren
und Thomas Schlück, Literarische Agentur, Garbsen
(# 34730)

http://www.heyne.de
Deutsche Erstausgabe 9/2001
Printed in Germany 7/2002
Umschlaggestaltung: Nele Schütz Design, München
Technische Betreuung: M. Spinola
Satz: Schaber Satz- und Datentechnik, Wels
Druck und Bindung: Elsnerdruck, Berlin

ISBN 3-453-15648-X

INHALT

HAMMER UND KREUZ

Realität und Fiktion

IM SPÄTEN ACHTEN JAHRHUNDERT, so unterrichtet uns die Geschichte, waren die gesamten Britischen Inseln – vom äußersten Westen Irlands bis zum nördlichsten Zipfel Schottlands – christlich geworden. Irische und römische Missionare hatten die angelsächsischen Barbaren bekehrt, die nach dem Rückzug des Römischen Reiches aus ihrer Heimat in Schleswig-Holstein nach Britannien geströmt waren. Angelsächsische Missionare hatten sich wiederum aufgemacht, um ihre Verwandten in Friesland und Holstein, in Sachsen und Bayern zu bekehren. Der Islam war weit entfernt, heidnischer Aberglaube verschwunden. Die christlichen Könige Britanniens schienen keine Rivalen oder Feinde fürchten zu müssen – mit Ausnahme ihrer Standesgenossen natürlich.

Aber sie hatten die entfernteren Verwandten der Angelsachsen in Dänemark und im skandinavischen Norden vergessen. Die *Angelsächsische Chronik* verzeichnet für das Jahr 787 die ersten Wikingerschiffe an der englischen Küste. Drei norwegische Schiffe legten im Süden, in Portland an. Der Vogt des Königs von Wessex ritt im Glauben, sie seien friedliche Händler, zu ihnen herunter und wurde auf der Stelle getötet. Sechs Jahre später wurde das reiche und wehrlose Kloster Lindisfarne, das vor der Nordküste Britanniens lag, bei einem Wikingerüberfall ausgeraubt und in Schutt und Asche gelegt. Alkuin, der englische Minister Karls des Großen, erfuhr von der Verheerung und schrieb bestürzt an den König von Northumbrien, den Erzbischof von York und den Bischof von Lindisfarne. Dreihundertfünfzig Jahre lebten die Engländer jetzt in Britannien, empörte er sich, aber »niemals sind solche Schrekken über uns gekommen, wie wir sie jetzt von den Heiden haben erdulden müssen; niemand hatte geglaubt, daß solche Verwüstungen möglich wären«.

Nach dreihundertfünfzig Jahren ohne Angriffe von außen markierte die Zerstörung Lindisfarnes den Auftakt einer zweihundertfünfzig Jahre langen Periode unablässiger Bedrängnis. In dieser Zeit sollte ein großer Teil Britanniens erneut an die Heiden fallen, sollten dänische Könige England regieren. Die kritischste Phase begann im Jahr 865, als ein Wikingerheer, das die *Angelsächsische Chronik* ›die Große Armee‹ nennt, in Ostanglien landete und sich zu einem langen Eroberungsfeldzug anschickte. Der skandinavischen Überlieferung zufolge, die größtenteils durch englische, fränkische und irische Quellen bestätigt wird, führten vier Brüder die Armee an: Sigurth ›Schlangenauge‹, Ubbi, Halfdan und Ivar ›der Knochenlose‹, den eine irische Chronik den *rex crudelissimus, paganissimus, invictissimus,* den ›grausamsten, heidnischsten und unbesiegtesten aller Könige‹ nennt. Innerhalb von fünf Jahren töteten die Brüder König Edmund von Ostanglien, der später als Märtyrer heiliggesprochen wurde, und entledigten sich der Könige von Northumbrien und Mercien. Damit war nur ein einziges englisches Königreich verblieben, Wessex, das seit 870 von König Alfred regiert wurde, dem letzten Überlebenden von fünf Brüdern. 878 zwangen die Wikinger auch ihn zur Flucht. Hätte er sich ergeben oder wäre er umgekommen, hätte der Herrschaft der Wikinger zuerst über England und anschließend über den Rest Britanniens nichts mehr im

Weg gestanden, und das Britische Empire hätte Dänisch gesprochen.

Alfred überlebte und schlug seine Feinde zurück. Im Lauf der Jahrzehnte und Jahrhunderte eroberten die christlichen Engländer die Länder der Heiden zurück, doch die Anstrengung schwächte sie so sehr, daß sie Wilhelm dem Eroberer, der 1066 in Hastings landete, nicht standhalten konnten. Heute, im nachhinein, erkennen wir, daß die Christen einen gemeinsamen Glauben, einen Klerus und Disziplin besaßen und die Heiden nichts davon – sie besaßen nur ihre vielfältigen Sitten, ihre zusammenhanglose Mythologie und ihren Haß.

Die vorliegende Geschichte beschäftigt sich mit dem ›Was wäre, wenn…?‹. Was wäre, wenn die Wikinger ihr Heidentum in eine organisierte Religion verwandelt hätten, zu einem Gegenstück ihres christlichen Rivalen? Und was wäre, wenn diese Religion – die in diesem Buch der ›Weg Asgards‹ genannt wird – bewußt technikfreundlich gewesen wäre, anstatt, wie das Christentum auch, weitgehend technikfeindlich? Welchen Lauf hätte die Geschichte in diesem Fall genommen? Diese Gedanken sind die Grundlage unserer Erzählung in *Hammer und Kreuz.*

Aber unsere Geschichte ist nicht pure Fiktion. Die skandinavische Überlieferung besagt, die vier Brüder, die 865 die Große Armee anführten, wären die Söhne des Ragnar Lodbrok gewesen, des Ragnar ›Lodenkleid‹. Und auch wenn sie bereits viele Jahre lang Irland geplündert hatten, fielen sie nicht wegen der Beute über England her, sondern aus Rachsucht. Die Brüder suchten Vergeltung für den Tod ihres Vaters, den König Ella von Northumbrien in die Schlangengrube geworfen hatte. Diese Geschichte wird in *Ragnars saga* erzählt, in einer kurzen Geschichte oder *tháttr*, dem *Ragnarssona tháttr*, und in mehreren Gedichten, darunter im berühmten *Preisgedicht auf Ragnar*.

Diese Romantrilogie geht davon aus, daß diese Überlieferungen zum größten Teil der Wahrheit entsprechen. Unsere Geschichte beginnt im schicksalhaften Jahr mit der Gefangennahme und dem Tod Ragnars. Die nordischen Worte, die Ragnar im zweiten Kapitel in der Schlangengrube ausstößt, stammen aus einem der alten Gedichte über seinen Tod, und der Bericht darüber, wie die Nachricht seines Todes seine Söhne erreichte, stammt aus dem oben erwähnten *tháttr.* Alle im *Hammer und Kreuz* erwähnten Könige sind geschichtlich überliefert und viele der geschilderten Vorfälle – insbesondere die grausamsten und unwahrscheinlichsten – stammen ebenfalls aus alten Chroniken. Wir haben jede Anstrengung unternommen, die politischen Zustände und die Geisteshaltung der damaligen Zeit so akkurat wie möglich darzustellen.

Aber alle Dinge, die mit dem Weg Asgards, mit Shef und neuentwickelter Technik zu tun haben sind pure Fiktion, und wir hoffen, daß es Science Fiction ist. Das heißt aber nicht, daß sie unmöglich wären. Die Dinge hätten durchaus auf diese Weise geschehen können – und damit hätte die Geschichte einen anderen Weg eingeschlagen als den, der zu einem christlichen Europa geführt hat.

JOHN HOLM und HARRY HARRISON

Qui credit in Filium, habet vitam aeternam; qui autem incredulus est Filio, non videbit vitam, sed ira Dei manet super eum.

Wer sich auf den Sohn verläßt, wird ewig leben. Wer nicht auf den Sohn hört, wird niemals das Leben finden, sondern für immer dem Zorn Gottes ausgesetzt sein.

– JOHANNES 3,36

Angusta est domus: utrosque tenere non poterit.
Non vult rex celestis cum paganis et perditis nominetenus regibus communionem habere; quia rex ille aeternus regnat in caelis, ille paganus perditus plangit in inferno.

Das Haus ist eng: Nicht groß genug für beide. Der König des Himmels wünscht nicht die Gesellschaft der verfluchten Heiden, die sich Könige nennen; denn der eine ewige König regiert im Himmel, der verfluchte Heide stöhnt in der Hölle.

– ALKUIN, Diakon von York, Anno Domini 797

Das größte Unglück, das dem Westen je widerfahren ist, war das Christentum.

Gravissima calamitas umquam supra occidentem accidens erat religio christiana.

– GORE VIDAL, Anno Domini 1987

ERSTES BUCH

THRALL

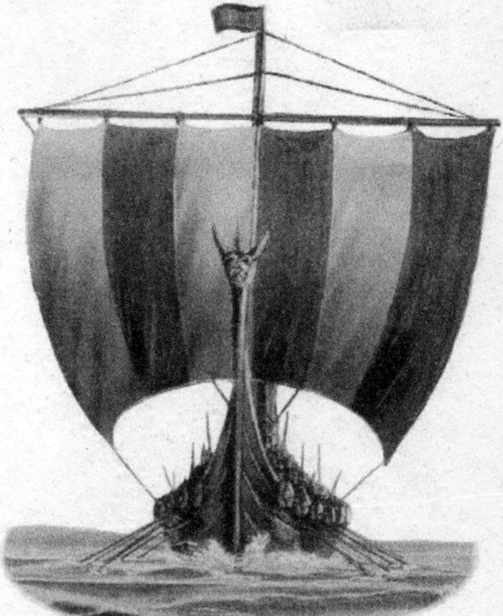

KAPITEL 1

Nordostküste Englands, Anno Domini 865

FRÜHLING. Langsam setzte die Dämmerung über Flamborough Head ein, dort, wo die Kreidefelsen der Yorkshire Wolds wie ein gigantischer, Millionen Tonnen schwerer Angelhaken in die Nordsee ragten und aufs Meer zeigten, auf die niemals nachlassende Bedrohung durch die Wikinger. Nur widerstrebend rückten die Könige der winzigen Reiche Britanniens enger gegen die Gefahr aus dem Norden zusammen. Die zahlreichen Morde und Konflikte, die die jahrhundertealte Geschichte der Angeln und Sachsen im Nordosten der Insel bestimmt hatten, waren unvergessen. Stolze Kriegsherren waren sie, die die Waliser besiegt hatten, edle Krieger, die – in den Worten der Dichter – das Land an sich genommen hatten.

Thane Godwin schritt die hölzerne Palisade des kleinen Forts auf der Spitze von Flamborough Head ab und stieß unablässig Verwünschungen aus. Frühling! In anderen Teilen Englands mochten die längeren Tage die Knospen und Butterblumen sprießen lassen, vielleicht strömten dort die Kühe mit schweren Eutern zurück in die Ställe, um gemolken zu werden. Aber hier auf der Landspitze von Flamborough Head brachte das Frühjahr nur den Wind mit sich, der aus dem Nordosten über die Felsen fegte. Hinter Godwin kauerten die kümmerlichen, knorrigen Bäume in Reih und Glied, wie Männer, die hintereinander Schutz suchen. Jeder von ihnen reckte sich jeweils einige Zentimeter höher in den Himmel als sein windzugewandter Nachbar. Auf drei Seiten um Godwin herum hob und senkte sich das graue Wasser träge wie ein gewaltiges Tier. Die See war grau, ebenso der Himmel; Böen verhüllten den Horizont. Nur wenn die Brecher gegen die gekritzten Wände der Klippen krachten, und große Gischtwolken aufspritzten, zeigten sich einzelne Farbtupfer. Godwin hörte den Donner des Aufpralls schon lange nicht mehr. Nur wenn die Gischt so hoch hinaufspritzte, daß das Wasser ihm Mantel und Kapuze durchnäßte und über das Gesicht lief, und sich ein salziger Geschmack auf seiner Zunge breit machte, registrierte er noch das Krachen.

Nicht, daß es einen Unterschied gemacht hätte, sagte er sich benommen. Es war einfach nur kalt. Eigentlich konnte er zurück in den Unterstand, die Sklaven wegscheuchen und seine durchfrorenen Hände und Füße am Feuer wärmen. An Tagen wie diesem gab es keine Angriffe. Die Wikinger waren Seefahrer, und zwar die besten der Welt, wie sie nicht müde wurden, zu prahlen. Aber man mußte kein großer Seefahrer sein, um zu wissen, daß an einem solchen Tag kein Schiff in See stach. Der Wind kam genau aus dem Osten – nein, korrigierte er sich, aus Ostnordost. Bestens geeignet, um von Dänemark herüberzusegeln, aber wie konnte man verhindern, daß ein Langschiff mit Wasser vollief? Und wie konnte man, wenn das gelungen war, sicher an Land kommen? Nein, die Wikinger hatten keine Chance. Er konnte es sich ebensogut am Feuer gemütlich machen.

Godwin warf einen sehnsüchtigen Blick auf den Unterstand, dessen dünne Rauchfahne auf der Stelle vom Wind erfaßt und weggetragen wurde. Dann drehte er sich um und lief wieder an der Palisade entlang. Sein König hatte ihm genau eingeschärft, was er von ihm erwartete. »Denk nicht nach, Godwin«, hatte er gesagt. »Grüble nicht darüber, ob sie heute kommen oder nicht. Glaube nicht, daß es genügt, manchmal Ausschau zu halten und manchmal nicht. Solange es Tag ist, bleibst du auf Flamborough Head. Sei allzeit wachsam. Sonst wird dich irgendeine Wikingerbande überraschen und zwanzig Meilen weit vordringen, bevor wir sie einholen können – falls uns das überhaupt gelingt. Und das bedeutet hundert vergeudete Leben und hundert Pfund an Silber und Vieh und verbrannten Hütten. Und die Abgaben werden auf Jahre nicht bezahlt. Deshalb paß auf, Thane, oder du wirst mit deinem eigenen Besitz dafür einstehen müssen.«

Das waren die Worte König Ellas gewesen. Und hinter ihm hatte Erkenbert, die schwarz gewandete Krähe, über dem Pergament gekauert. Sein Federkiel hatte gequietscht, als er die geheimnisvollen schwarzen Linien zeichnete, die Godwin mehr fürchtete als die Wikinger. »Thane Godwin wird zwei Monate Wachdienst auf Flamborough Head ableisten«, hatte er verkündet. »Er wird dort bis zum dritten Sonntag nach *Ramis Palmarum* verbleiben.« Die fremdartigen Silben hatten den Befehl unwiderruflich festgeschrieben.

Paß auf, hatten sie ihm aufgetragen, und das würde er tun. Aber niemand hatte ihm gesagt, daß er dem Befehl trocken wie eine widerstrebende Jungfrau nachkommen mußte. Godwin brüllte in Richtung des Unterstands. Einen Augenblick später hastete ein Sklave mit einem ledernen Krug in der Hand hinaus. Das heiße, gewürzte Ale dampfte in der kalten Luft. Godwin beäugte den Mann mit tiefster Verachtung, als er zur Palisade rannte und anschließend die Leiter zum Laufgang des Wachhabenden erklomm. Was für ein verfluchter Narr Merla war! Godwin behielt den Sklaven nur wegen seiner scharfen Augen. Früher war er Fischer gewesen. Dann war ein harter Winter gekommen, die Fische hatten sich rar gemacht, und Merla war mit seinen Abgaben an seine Grundherren, die schwarzen Mönche der Klosterkirche St. Johns in Beverley, in Rückstand geraten. Erst hatte er sein Boot verkauft, um seinen Verpflichtungen nachzukommen und Frau und Kinder zu ernähren. Dann, als ihm dieses Geld ausgegangen war, hatte er seine Familie an einen reicheren Mann und schließlich sich selbst an die Mönche verkaufen müssen. Und diese hatten Merla an Godwin ausgeliehen. Dieser verdammte Narr. Hätte er nur einen Funken Ehre besessen, hätte er sich selbst zuerst verkauft und das Geld der Familie seiner Frau gegeben, damit wenigstens diese sie aufgenommen hätte. Hätte er nur einen Funken Grips besessen, hätte er zuerst seine Frau und Kinder verkauft und das Boot behalten. Dann wäre ihm zumindest die schwache Aussicht geblieben, sie zurückzukaufen. Aber er besaß weder Verstand noch Ehre. Godwin wandte dem Wind und der See den Rücken zu und nahm einen kräftigen Schluck aus dem Krug. Wenigstens hatte Merla nicht an dem Ale genippt; diese Unart hatte ihm eine Tracht Prügel für immer ausgetrieben.

Aber worauf starrte der Hahnrei nur? Mit aufgerissenem Mund deutete der Sklave über die Schultern seines Herrn auf die See.

»Schiffe«, schrie er gellend. »Wikingerschiffe, draußen auf dem Meer. Seht nur, Herr, seht!«

Godwin wirbelte instinktiv herum, fluchte, als die heiße Flüssigkeit durch seinen Ärmel drang, und spähte angestrengt in die Richtung, die Merlas ausgestreckter Arm ihm vorgab. War dort ein Punkt, weit draußen, wo die Wolken mit den Wellen verschmolzen? Nein, dort war nichts. Oder... vielleicht doch. Er konnte keinen unbeweglichen Punkt erkennen, aber dort draußen schlugen die Wellen mindestens zwanzig Fuß hoch; mehr als genug, um ein Schiff mit aufgerolltem Segel zu verbergen.

»Da sind sie!« schrie Merla wieder. »Zwei Schiffe. Sie fahren zusammen.«

»Langschiffe?«

»Nein, Herr, Knorre.«

Godwin schleuderte den Krug über die Schulter, packte den dünnen Arm des Sklaven und schlug ihm mit dem durchnäßten Lederhandschuh seiner Rüstung brutal ins Gesicht, erst mit der Handfläche, dann mit dem Handrücken. Merla schnappte nach Luft und zog den Kopf ein, wagte es aber nicht, die Schläge abzuwehren.

»Rede, englischer Hurensohn! Aber drück dich klar aus!«

»Knorre, Herr. Handelsschiffe mit bauchigen Rümpfen, für die Fracht.«

Er zögerte; ängstlich, weiteres Wissen zu zeigen, ängstlich, es zu verbergen. »Ich kann sie erkennen … an der Form ihres Bugs. Es müssen Wikinger sein, Herr. Wir benützen solche Schiffe nicht.«

Godwin starrte erneut auf die See. Sein Ärger verrauchte und machte einem kalten, harten Gefühl in seiner Magengrube Platz. Zweifel. Furcht.

»Hör mir genau zu, Merla«, flüsterte er. »Ich hoffe, du bist dir deiner Sache ganz sicher. Wenn das Wikinger sind, muß ich die gesamte Küstenwache zusammenrufen, jeden einzelnen Mann von hier bis Bridlington. Zugegeben, es sind nur Churls und Sklaven; es ist nicht weiter schlimm, wenn sie aus den Betten ihrer ungewaschenen Frauen gezerrt werden.«

»Aber ich muß noch etwas tun. Sobald die Wache zusammengerufen wird, muß ich Reiter zur Klosterkirche in Beverley schicken, zu den Mönchen des gütigen St. John – deinen Herren.«

Er wartete einen Augenblick lang und registrierte befriedigt, wie die Angst und die Erinnerung in Merlas Augen aufflackerten.

»Und sie werden die Reiter aufbieten, Ellas Thanes. Es hat keinen Sinn, sie hier unterzubringen, wo die Piraten eine Landung in Flamborough Head vortäuschen könnten und zwanzig Meilen weiter in Spurn Head sind, noch ehe die Thanes den Sumpf durchquert haben. Deshalb bleiben sie im Hinterland, um loszureiten, sobald sich herausstellt, wo die Wikinger landen. Aber wenn ich sie jetzt herrufe, und sie durch den Wind und Regen hierher reiten, weil ein Narr Phantome sieht... und wenn dann noch hinter ihrem Rücken einige Piraten den Humber hinauffahren...«

»Nun, das wäre übel für mich, Merla.« Seine Stimme nahm einen scharfen Klang an, als er den unterernährten Sklaven mit einem Arm in die Höhe hob. »Aber, beim Allmächtigen, ich verspreche dir eins: Ich werde dafür sorgen, daß du dein loses Mundwerk bis an den letzten Tag deines Lebens bereust. Und nachdem ich mit dir fertig bin, wird es nicht mehr lange währen.«

»Aber, Merla, wenn dort draußen Wikingerschiffe sind, und sie uns entgehen – dann bringe ich dich zurück zu den schwarzen Mönchen und sage ihnen, daß du zu nichts nütze warst.«

»Also, was sagst du jetzt? Sind dort draußen Wikingerschiffe oder nicht?«

Der Sklave starrte erneut über das Meer, seine Miene war verzerrt. Er wußte, daß es klüger wäre, nichts zu sagen. Was kümmerte es ihn, wenn die Wikinger Flamborough oder Bridlington oder sogar die Klosterkirche in Beverley plünderten? Sie konnten ihn versklaven, aber das war ohnehin schon geschehen. Vielleicht würden die ausländischen Heiden sogar bessere Herren als die Christenmenschen sein? Aber seine Gedanken kamen zu spät. Einen Augenblick lang riß eine Lücke in den Wolken auf. Er konnte die Schiffe sehen, selbst wenn es der kurzsichtigen Landratte, die jetzt sein Herr war, nicht gelang. Er nickte.

»Zwei Wikingerschiffe, Herr. Zwei Meilen im Südwesten.«

Sofort stapfte Godwin davon, rief die anderen Sklaven herbei, schrie nach seinem Pferd, nach seinem Horn, nach der kleinen, sich sträubenden Truppe zwangsverpflichteter Freier. Merla straffte sich, ging langsam an das Südwestende der Palisade und blickte nachdenklich über die See. Eine weitere Lücke in der Wolkendecke gestattete ihm für einige Sekunden unbehinderte Sicht. Seine Augen folgten den Wellen – und dann der trüben, gelblichen Linie, die sich einige hundert Meter parallel zur Küstenlinie entlangzog. Darunter verbargen sich die langen Sandbänke, die diesem kahlen, windgepeitschten und von Strömungen gegeißelten Abschnitt der englischen Küste vorgelagert waren, an dem sich nicht ein einziger Hafen fand. Merla löste eine Handvoll Moos von der Palisade, warf ihn in die Luft und beobachtete, wie er davongeweht wurde. Ein grimmiges, mitleidsloses Lächeln erschien auf seinem abgehärmten Gesicht.

Die Wikinger mochten großartige Seefahrer sein. Aber sie waren am falschen Ort, an einem Strand im Lee, und es blies ein Wind, der schon manche Frau zur Witwe gemacht hatte. Sollte der Wind nicht nachlassen, oder ihre heidnischen Götter aus der Walhall eingreifen, hatten sie keine Chance. Sie würden Jütland oder den Vik nie wiedersehen.

Zwei Stunden später standen achtzig Männer eng gedrängt auf einem Strand südlich von Flamborough Head, am nördlichen Ende eines langen Küstenabschnitts, der bis Spurn Head und der Mündung des Humber von keiner Bucht unterbrochen wurde. Sie waren bewaffnet: mit ledernen Jacken und Hauben, Speeren, hölzernen Schilden und einigen Breitbeilen, die sonst zum Zimmern von Booten und Häusern benutzt wurden. Einige wenige der Männer trugen Sachse, die kurzen Hiebschwerte, die den Sachsen ihren Namen gegeben hatten. Nur Godwin hatte einen metallenen Helm, ein Kettenhemd und ein Breitschwert mit Messingheft, das er an den Gürtel geschnallt trug. Unter normalen Umständen konnten Männer wie die Angehörigen der Küstenwache von Bridlington nicht hoffen, den erfahrenen Kriegern Dänemarks und Norwegens standzuhalten. Sie würden es vorziehen, sich hastig davonzumachen und ihre Frauen und möglichst viel ihrer Habe mitzunehmen; würden auf die Berittenen, die Thanes Northumbriens warten, damit sie den Kampf gegen die Piraten aufnahmen, und sich ihre Güter und Herrenhäuser verdienten; würden auf ihre Chance warten, auszuschwärmen und den geschlagenen Gegner in der Hoffnung auf Beute aufzureiben. Es war eine Chance, die keinem Engländer mehr seit der Schlacht von Oakley vor vierzehn Jahren vergönnt gewesen war. Und das war unten im Süden gewesen, im Königreich Wessex, in dem ohnehin allerlei merkwürdige Dinge geschahen.

Dennoch waren die Männer, die die Knorre beobachteten, nicht beunruhigt, ja sogar beschwingt. Fast alle Angehörigen der Küstenwache waren Fischer; Männer, die die Nordsee kannten. Die schlimmste See der Welt, mit ihren Nebeln und Stürmen, ihren ungeheuerlichen Gezeiten und unvermuteten Strömungen. Im Laufe des Tages waren die Wikingerschiffe erbarmungslos näher an die Küste geweht worden, bis schließlich jeder der Männer zum selben Schluß wie Merla gelangt war: Die Wikinger waren dem Untergang geweiht. Die Frage war jetzt nur, was sie noch versuchen würden, um ihrem Schicksal zu entrinnen, und ob sie dabei strandeten, bevor die Thanes, die Godwin alarmiert hatte, mit ihren glänzenden Rüstungen, bunten Mänteln und vergoldeten Schwertgriffen eintrafen. Danach, das wußten die Fischer, waren ihre Aussichten auf lohnende Beute gering, außer wenn sie die Stelle, an der die Schiffe zerschellen würden, nicht markierten und später heimlich mit Enterhaken bewaffnet zurückkehrten… die Männer in den hinteren Reihen unterhielten sich leise, hin und wieder unterbrochen von einem halblauten Auflachen.

»Der Wind kommt aus Ostnordost«, erklärte der Vogt von Bridlington Godwin. »Wenn sie nur einen Fetzen Segel setzen, können sie nach Westen, Norden oder Süden segeln.« Er zog schnell einige Striche in den nassen Sand zu ihren Füßen. »Segeln sie nach Westen, treffen sie auf uns. Segeln sie nach Norden, rammen sie Flamborough Head. Aber wenn sie es schaffen, die Landspitze zu umschiffen, haben sie ungehinderte Fahrt nach Nordwesten bis nach Cleveland. Das haben sie vor ein paar Stunden versucht. Noch ein paar Hundert Meter weiter, und sie wären uns entwischt. Aber sie wissen nicht, was wir wissen… dort draußen ist eine Strömung. Eine höllische Strömung, die an der Landspitze entlang herunterschießt. Sie könnten das Wasser genausogut mit…« Er zögerte, unsicher, wie weit er von der üblichen Förmlichkeit abweichen konnte.

»Wieso steuern sie nicht nach Süden?« unterbrach ihn Godwin.

»Das werden sie. Sie haben versucht, nach Norden zu entkommen, und danach mit dem Treibanker die Strömung auszugleichen. Ich vermute, daß ihr Anführer, der *Jarl*, wie sie ihn nennen, weiß, daß seine Männer erschöpft sind. Sie haben eine aufreibende Nacht hinter sich, und dann der Schock, als sie heute morgen merkten, wo sie sich befanden.« Der Vogt schüttelte den Kopf. Als Fischer wußte er, was die Männer dort draußen fühlten.

»Sie sind doch nicht so großartige Seeleute, wie sie behaupten«, verkündete Godwin befriedigt. »Und Gott ist gegen sie, die stinkenden, ungläubigen Kirchenschänder.«

Der Vogt setzte zu einer unvorsichtigen Entgegnung an, als ihn aufgeregtes Gemurmel unterbrach. Die beiden Männer drehten sich um.

Auf dem Pfad, der sich über dem Höchststand der Flut entlangzog, stiegen ein Dutzend Männer von ihren Pferden. Die Thanes aus Beverley? fragte sich Godwin. Nein, sie konnten unmöglich in so kurzer Zeit eingetroffen sein. Sie würden gerade erst ihre Pferde satteln. Dennoch war der Mann an der Spitze der Berittenen ein Adliger. Hochgewachsen, stämmig, blond und blauäugig hatte er die aufrechte Haltung eines Mannes, der nie in seinem Leben einen Pflug hatte anfassen müssen, um seinen Lebensunterhalt zu verdienen. Unter seinem scharlachroten Umhang glitzerte Gold auf Spangen und dem Knauf seines Schwerts. Ihm folgte eine kleinere, jüngere Ausgabe seiner selbst – zweifellos sein Sohn – sowie ein zweiter, hochgewachsener Jüngling, zwar ebenfalls mit dem aufrechten Gang eines Kriegers, aber von dunkler Hautfarbe und mit einem ärmlichen Waffenrock und wollenen Kniehosen bekleidet. Stallburschen hielten die Pferde eines weiteren halben Dutzend bewaffneter, tüchtig aussehender Männer – gewiß das Gefolge eines reichen Thanes.

Der vorderste der Fremden hob die leere Hand. »Ihr kennt mich nicht«, sagte er. »Ich bin Wulfgar, ein Thane aus Ostanglien, König Edmunds Reich.«

Unterdrücktes Gemurmel setzte ein, als den Männern dämmerte, daß die Absichten Wulfgars feindselig sein mochten.

»Ihr fragt Euch, was ich hier tue. Ich werde es Euch sagen.« Der Mann zeigte aufs Meer. »Ich hasse die Wikinger. Ich weiß mehr über sie, als die meisten anderen Männer. Und, wie die meisten Männer, mehr als mir lieb ist. In meinem eigenen Land, im Norden der Bucht von Wash, bin ich der Wächter der Küste. König Edmund bestimmte mich dazu. Aber vor einiger Zeit sah ich ein, daß wir dieses Pack niemals loswerden, solange wir Engländer untereinander kämpfen. Ich überzeugte meinen König davon, und er sandte Botschaften an den Euren. Sie kamen überein, mich nach Norden zu senden, um mit den weisen Männern von Beverley und Eoforwich darüber zu beraten, was wir unternehmen könnten. Vergangene Nacht nahm ich eine falsche Abzweigung und traf heute morgen Euren Boten auf dem Weg nach Beverley. Ich bin hier, um Euch zu helfen.« Er hielt kurz inne. »Habe ich Eure Erlaubnis?«

Godwin nickte bedächtig. Was diese Tölpel von Fischern davon hielten, scherte ihn nicht. Einige der Bastarde mochten unverletzt an Land gelangen. Und wenn das geschah, würde sich sein Haufen in alle Winde zerstreuen. Ein Dutzend zusätzlicher Bewaffneter konnte sich als nützlich erweisen.

»Ihr seid willkommen«, sagte er.

Wulfgar nickte mit grimmiger Entschlossenheit. »Ich komme gerade rechtzeitig«, bemerkte er.

Draußen auf der See vollzog sich gerade der vorletzte Akt des Schiffbruchs. Einer der beiden Knorre war etwa fünfzig Meter näher an der Küste als sein Begleiter; vielleicht wurden die Männer an Bord von ihrem Kapitän weniger angetrieben oder sie waren einfach nur erschöpfter. Jetzt würden sie den Preis dafür bezahlen. Unvermittelt schlingerte das Schiff in einem neuen Winkel in den Wellen, der segellose Mast wogte auf und ab. Dann war plötzlich das trübe Gelb der Sandbänke unmittelbar neben dem Rumpf. Mannschaftsmitglieder sprangen auf und rannten wild hin und her. Sie ergriffen lange Ruder, stießen sie über den Schiffsrand und versuchten ihr Schiff wegzustaken, um ihr Leben um einige wenige, jämmerliche Sekunden zu verlängern.

Es war zu spät. Ein verzweifelter Aufschrei drang schwach über das Wasser. Die Engländer beantworteten ihn mit aufgeregten Rufen. Dann rollte sie heran, die siebte, die große Welle, die immer bis ganz oben an den Strand reichte. Plötzlich wurde der Knorr emporgehoben und kippte in einer Kaskade von Kisten und Fässern seitlich weg. Die Männer rutschten von der windzugewandten Seite des Decks auf die windabgewandte. Dann war die Welle vorüber, und der Knorr krachte mit einem dumpfen Schlag auf den harten Sand und den Kies der Sandbank. Planken schossen durch die Luft, der Mast knickte in einem Gewirr von Tauen ab. Einen Augenblick lang konnte man sehen, wie ein Mann sich verzweifelt an den reich verzierten Drachenkopf klammerte. Dann rollte eine weitere Welle über das Schiff, und als sie vorüber war, tanzten nur noch einzelne Wrackstücke auf dem Wasser.

Die Fischer nickten. Einige bekreuzigten sich. Falls ihr gütiger Gott sie von den Wikingern verschonen sollte, erwarteten sie eines Tages, auf dieselbe Weise zu sterben – als Männer, den kalten Geschmack von Salz im Mund und mit Ringen in den Ohren, um die wohlwollenden Fremden zu bezahlen, die ihre Leichen finden und sie begraben würden. Einem geschickten Kapitän blieb jetzt nur noch eines, was er versuchen konnte.

Der verbleibende Wikinger würde versuchen, so weit wie möglich mit dem Wind ostwärts zu laufen, statt wie sein glückloser Kamerad tatenlos auf den Tod zu warten. Plötzlich erschien ein Mann am Steuerriemen. Selbst aus mehreren Hundert Metern Entfernung konnten die Männer der Küstenwache sehen, wie sein roter Bart auf und ab wogte, als er schreiend seine Befehle erteilte. Sie hörten die Dringlichkeit in seiner Stimme. Männer eilten zu den Seilen und zogen an ihnen. Ein Fetzen Segel machte sich von der Rahe frei, wurde auf der Stelle vom Wind erfaßt und beulte sich aus. Als sich das Schiff bedrohlich der Küste näherte, erschallte eine zweite Salve Befehle. Die Rahe schwang herum, und das Schiff legte sich auf die Seite. Wenige Sekunden später hatte es einen neuen Kurs eingeschlagen und beschleunigte. In hohem Bogen spritzte das Wasser der Bugwelle durch die Luft, als das Schiff Flamborough Head hinter sich ließ und auf Spurn Head zuschoß.

»Sie entkommen uns!« schrie Godwin. »Auf die Pferde!« Er stieß seinen Stallburschen zur Seite, schwang sich in den Sattel und nahm im Galopp die Verfolgung auf. Wulfgar, der Thane aus Wessex, war nur ein, zwei Schritte hinter ihm; die Begleiter der beiden Adligen folgten in einer weit auseinandergezogenen, ungeordneten Linie. Nur der dunkelhäutige Junge, der mit Wulfgar gekommen war, zögerte.

»Du setzt ihnen nicht nach«, sagte er zu dem Vogt, der sich nicht von der Stelle rührte. »Wieso nicht? Willst du sie nicht einholen?«

Der Vogt grinste. Dann bückte er sich, nahm eine Handvoll Sand und warf ihn in die Luft. »Die Wikinger müssen es versuchen«, antwortete er. »Sie haben keine Wahl, aber sie werden nicht weit kommen.«

Er machte auf dem Absatz kehrt und bedeutete zwei Dutzend Männern an Ort und Stelle zu bleiben und nach Wrackteilen und Überlebenden Ausschau zu halten. Zwanzig der Berittenen folgten den Thanes, die übrigen folgten dem Schiff zu Fuß am Strand entlang.

Als die Minuten verstrichen, ging selbst den Landratten unter den Männern auf, was der Vogt auf der Stelle erkannt hatte. Das Hasardspiel des Wikingerkapitäns würde nicht aufgehen. Zweimal hatte er bereits vergeblich versucht, den Bug seines Schiffs auf die offene See zu richten. Zwei weitere Männer halfen dem rotbärtigen Kapitän, der sich am Steuerriemen abmühte, während die restliche Mannschaft die Rahe so weit drehte, bis der Wind an den zum Zerreißen gespannten Tauen zerrte. Beide Male hämmerten die Wellen unbarmherzig gegen den Bug, bis er nachgab und herumschwang, und der Rumpf des Schiffs unter der gewaltigen Belastung erzitterte. Und wieder versuchte es der Kapitän und schlug einen parallelen Kurs zur Küste ein, um Geschwindigkeit für den Ausbruch in die Sicherheit der offenen See aufzubauen.

Aber steuerte er jetzt wirklich parallel zur Küste? Selbst Godwins und Wulfgars unerfahrenen Augen schien diesmal einiges verändert: Der Wind war stärker, der Seegang schwerer, die landeinwärts gerichtete Strömung zerrte am Rumpf. Der Mann mit dem roten Bart war immer noch am Steuerriemen und schrie Befehle für ein weiteres Manöver, das Schiff schoß immer noch durch die See, aber der Bug drehte sich Zentimeter für Zentimeter. Die gelbe Linie der Sandbank war jetzt gefährlich nahe an der Bugwelle, sie würden es nicht mehr…

Ein Schlag. Gerade eben noch war das Schiff in maximaler Schräglage dahingerast, dann rammte der Bug in den harten Kies. Der Mast brach ab, schleuderte nach vorne und riß die Hälfte der Mannschaft mit sich. Die Planken des klinkergebauten Schiffs sprangen aus ihren Halterungen und ließen die See hereinströmen. Einen Herzschlag später hatte sich das ganze Boot wie die Blüte einer Blume geöffnet. Dann verschwand es; nur noch das Tauwerk, das einen Augenblick lang im Wind flatterte, zeigte an, wo sich das Langschiff befunden hatte. Wieder tanzten Wrackteile auf dem Wasser.

Und diesmal näher am Strand, was die Fischer mit einem gierigen Keuchen quittierten. Darunter ein Kopf. Mit roten Haaren.

»Wird er es schaffen?« fragte Wulfgar. Sie konnten den Mann jetzt klar erkennen, der etwa hundert Schritte vor ihnen in den Wellen trieb. Der Wikinger unternahm keine Anstrengungen zu schwimmen und beäugte stattdessen die gewaltigen Brecher, die sich auf den Strand zuwälzten.

»Er wird es versuchen«, entgegnete Godwin und bedeutete seinen Männern, bis an das Wasser vorzurücken. »Und dann schnappen wir ihn uns.«

Der Rotbart hatte sich entschieden und schwamm nach vorne. Wasser spritzte unter seinen kräftigen Zügen durch die Luft. Er hatte die große Welle, die auf ihn zurollte, bemerkt. Dann war sie heran. Die Wasserwalze hob den Wikinger an und riß ihn mit sich. Er versuchte, auf dem Wellenkamm zu bleiben, ganz so, als ob er mit derselben Leichtigkeit auf dem Strand aufkommen könnte, wie der weiße Schaum, der fast bis zu den ledernen Sohlen der Thanes hinaufkroch. Zehn Herzschläge lang ritt er auf dem Wellenkamm, gefolgt von den Blicken der wartenden Engländer. Dann rollte die Welle vor ihm zurück und bremste seine Fahrt in einem Wirbel aus Sand und Steinen ab. Der Kamm brach und verschwand. Mit einem Grunzen und einem dumpfen Schlag prallte der Wikinger auf den Boden und rollte hilflos nach vorne. Dann zog ihn der Sog wieder zurück.

»Los! Holt ihn!« schrie Godwin. »Bewegt euch, ihr Hasenfüße! Er kann euch nichts tun.«

Zwei der Fischer sausten in die Brandung, packten den Wikinger an den Armen und zogen ihn auf den Strand. Einen Augenblick lang standen sie bis zur Hüfte in dem aufgewühlten Wasser, dann stützte sich der Rotbart auf sie.

»Er lebt noch«, murmelte Wulfgar erstaunt. »Ich dachte, die Welle hätte ihm das Genick gebrochen.«

Die Füße des Rotbarts berührten den Strand. Er besah sich die achtzig Männer, die ihm gegenüberstanden, und grinste plötzlich.

»Was für eine Begrüßung!« bemerkte er.

Er wandte sich im Griff seiner Retter, setzte den Fuß

auf das Schienbein des Mannes zu seiner Rechten und stieß mit voller Kraft nach unten. Der Mann heulte auf und ließ den muskulösen Arm des Wikingers los. Sofort schoß der Arm nach vorne, und zwei ausgestreckte Finger bohrten sich tief in die Augenhöhlen des zweiten Mannes. Er schrie ebenfalls auf und sackte in die Knie; Blut quoll aus seinen Augenhöhlen. Der Wikinger zog das Messer aus dem Gürtel, machte einen Schritt nach vorn und packte den am nächsten stehenden Engländer mit einer Hand. Mit der anderen stieß er das Messer brutal nach oben. Als dessen Kameraden mit einem ängstlichen Aufschrei zurücksprangen, schnappte er sich einen Speer, zog das Messer zurück, warf es zur Seite, und riß dem sterbenden Mann das Sachs aus der Hand. Keine zehn Herzschläge nachdem seine Füße den Strand berührt hatten, war er von einem Halbkreis von Männern umringt, die – mit Ausnahme der beiden, die zu seinen Füßen lagen – alle vor ihm zurückwichen.

Seine Zähne blitzten ein zweites Mal auf, als er den Kopf zurückwarf und laut loslachte. »Na los, kommt!« schrie er mit rauher Stimme. »Ich einer, ihr viele. Kommt und kämpft mit Ragnar. Wer hat Mut, kommt zuerst? Du. Oder du?« Er schwang den Speer in Richtung Godwins und Wulfgars, die allein mit offenen Mund dastanden. Die Fischer hielten derweil respektvoll Abstand.

»Wir müssen ihn gefangennehmen«, murmelte Godwin. Er stieß einen schrillen, langgezogenen Schrei aus und zückte sein Schwert. »Ich wünschte, ich hätte meinen Schild.«

Wulfgar folgte seinem Beispiel und machte einen Schritt zur Seite. Er wandte sich an den blonden Jüngling, der direkt hinter ihm stand. »Bleib zurück, Alfgar. Wenn wir es schaffen, ihn zu entwaffnen, werden ihn die Churls für uns erledigen.«

Die beiden Engländer näherten sich vorsichtig mit

gezückten Schwertern dem Hünen, der sie grinsend erwartete. Zu Füßen des Wikingers wogten immer noch Blut und Wasser.

Dann schoß er mit dem Tempo und der Wildheit eines angreifenden Keilers auf Wulfgar zu. Überrascht sprang Wulfgar zurück, kam unbeholfen auf und verstauchte sich den Fuß. Der Wikinger verfehlte ihn mit einem linkshändigen Hieb, dann balancierte er mit dem rechten Arm seinen Schwung aus und setzte zum Todesstoß an.

Im selben Augenblick wurde der Rotbart von den Beinen gerissen und nach hinten geschleudert. Hilflos versuchte er einen Arm freizumachen, aber das Fischernetz gab nicht nach, und er fiel schwer in den nassen Sand. Der Vogt und zwei weitere Männer sprangen nach vorn, ergriffen das teerverschmierte Tauwerk und zogen es enger. Einer entwand der verstrickten rechten Hand des Rotbarts das Sachs, der andere trampelte brutal auf der Linken mit dem Speer herum und brach gleichzeitig den Schaft des Speers und den Knochen. Die Fischer rollten den hilflosen Mann schnell und fachmännisch durch den Sand, wie einen gefährlichen Hundshai. Dann richteten sie sich auf und warteten auf weitere Befehle.

Wulfgar humpelte zu dem gefangenen Wikinger und tauschte vielsagende Blicke mit Godwin aus. »Was haben wir denn da?« murmelte er. »Irgend etwas sagt mir, daß er nicht irgendein dahergelaufener Kapitän von zwei Schiffen ist, der Pech gehabt hat.«

Er musterte die Kleidung des Mannes, streckte die Hand aus und befühlte sie.

»Ziegenleder«, sagte er. »Mit Pech behandeltes Ziegenleder. Er nannte sich Ragnar. Wir haben Ragnar Lodbrok gefangen. Ragnar Lodenkleid.«

»Wir dürfen ihn nicht töten«, sagte Godwin leise. »Er muß zu König Ella.«

Eine Stimme unterbrach ihn. Sie gehörte dem dunkelhäutigen Jungen, der mit dem Vogt gesprochen hatte.

»König Ella?« fragte er. »Ich dachte, Osbert wäre der König Northumbriens.«

Godwin wandte sich mit angestrengter Höflichkeit an Wulfgar. »Ich weiß nicht, wie ihr in Ostanglien eure Untergebenen bestraft«, sagte er. »Aber gehörte er zu mir, ließe ich ihm für eine solche Bemerkung die Zunge herausschneiden. Außer natürlich, er ist ein Verwandter.«

Aus Wulfgars Knöcheln auf dem Schwertknauf wich jede Farbe.

In dem fensterlosen Stall konnte ihn niemand sehen. Shef, der dunkelhäutige Junge, lehnte sich mit dem Gesicht gegen den Sattel und sackte zusammen. Sein Rükken brannte wie Feuer, sein wollener, mit Blut durchtränkter Waffenrock klebte und rieb an seinen Wunden. Es waren die schlimmsten Prügel gewesen, die er jemals erlebt hatte, und Shef hatte schon viele ertragen müssen. Mit Seilen und Lederpeitschen über die Pferdetränke gebeugt im Hof des Ortes, den er Zuhause nannte.

Godwins Bemerkung über die Verwandtschaft war schuld gewesen, das wußte er. Shef hoffte, daß er nicht so laut geschrien hatte, daß ihn die Fremden gehört hatten. Aber zum Schluß hatte er nicht mehr sagen können, ob er überhaupt schrie. Er erinnerte sich gequält, wie er sich hinaus ins Tageslicht geschleppt hatte. Dann der endlose Ritt durch die Yorkshire Wolds und seine Versuche, sich aufrecht zu halten. Was würde jetzt geschehen, da sie in Eoforwich angekommen waren? Einst hatte die legendäre Stadt, Heimat der lange verschwundenen, geheimnisvollen Römer und ihrer Legionen, seine Phantasie mehr beflügelt als die Lieder

der Spielleute. Jetzt war er hier und dachte nur noch an Flucht.

Wann würde er endlich von der Schuld seines Vaters frei sein? Vom Haß seines Stiefvaters?

Shef riß sich zusammen und löste den schweren Ledersattel. Wulfgar würde ihn zweifellos demnächst auch formell versklaven und ihm eigenhändig das eiserne Halsband anlegen, die schwächlichen Proteste seiner Mutter ignorieren und ihn auf dem Markt in Thetford oder Lincoln verkaufen. Er würde einen guten Preis erzielen. Als Kind hatte sich Shef viel in der Dorfschmiede herumgetrieben. Das Feuer hatte ihn angezogen, hatte ihm Schutz vor Vergewaltigung und Schlägen versprochen. Nach und nach hatte er sich zum Helfer des Schmieds gemausert, hatte die Zangen gehalten, das glühende Eisen bearbeitet. Irgendwann hatte er seine eigenen Werkzeuge geschmiedet und schließlich sein eigenes Schwert.

Als Sklave würden sie es ihm abnehmen. Vielleicht sollte er jetzt davonlaufen. Manchmal entkamen Sklaven. Meistens nicht.

Er hob den Sattel vom Rücken des Pferdes und tastete sich auf der Suche nach einem Platz, an dem er ihn abstellen konnte, durch den fremden Stall. Die Tür öffnete sich und Licht fiel herein. Die vertraute, verächtliche Stimme Alfgars ertönte.

»Noch immer nicht fertig? Dann laß es sein, ich schicke einen Stallburschen. Mein Vater ist in den Rat des Königs und der Ehrwürdigen geladen. Er braucht jemanden, der hinter ihm steht und ihm das Ale einschenkt. Es schickt sich nicht für mich, das zu übernehmen, und unsere übrigen Begleiter sind zu stolz dafür. Geh jetzt. Der Kammerherr wird dich einweisen.«

Das blasse Licht eines Frühlingsabends empfing Shef, als er sich mühsam in den Hof der großen, hölzernen Halle schleppte, die man zwischen den Resten der römischen Wälle errichtet hatte. Er war so müde, daß er sich kaum noch aufrecht halten konnte. Und dennoch stieg glühend heiß die Erregung in ihm auf. Der Rat? Die Ehrwürdigen? Sie würden über das Schicksal des Gefangenen entscheiden, des mächtigen Wikingerkriegers. Das würde eine Geschichte werden, die er Godive erzählen konnte, eine, die mit denen der vielen Wichtigtuer in Emneth mithalten konnte.

»Und *halt* den Mund!« zischte Alfgars Stimme aus dem Stall. »Oder er läßt dir tatsächlich die Zunge abschneiden. Und vergiß nicht: Ella ist jetzt König von Northumbrien. Und du bist kein Verwandter meines Vaters.«

KAPITEL 2

»WIR GLAUBEN, ER IST Ragnar Lodbrok«, wandte sich König Ella an seinen Rat. »Aber wie können wir sicher sein?«

Er blickte den langen Tisch hinunter, an dem ein Dutzend Männer saßen, alle von ihnen auf niedrigen Hok-kern, außer dem König, der auf einem mit Schnitzereien verzierten Stuhl saß. Die meisten der Männer waren wie der König gekleidet oder wie Wulfgar, der zur Linken Ellas saß: Mit grell gefärbten Mänteln, die sie immer noch um ihre Schultern geschlungen hatten, um sich gegen den kalten Wind zu schützen, der durch die Ritzen der hölzernen Halle pfiff und die in Talg getauchten Kerzen flackern ließ. Gold und Silber glitzerte an Handgelenken und muskulösen Nacken, an Schnallen, Spangen und schweren Schwertgürteln. Die Militäraristokratie Northumbriens hatte sich versammelt, die untergeordneten Herrscher über große Landstriche im Süden und Osten des Königreichs; die Männer, die Ella auf den Thron gehoben und seinen Rivalen Osbert vertrieben hatten. Sie saßen unbeholfen auf ihren Hok-kern, wie Männer, die ihr Leben hauptsächlich mit Marschieren und Reiten verbracht hatten.

Vier Gestalten stachen aus ihnen heraus. Sie hatten sich am Fuß des Tisches niedergelassen, als ob sie sich bewußt von den übrigen abgesondert hätten. Drei von ihnen trugen die schwarzen Kutten der Mönche von St. Benedict, der vierte das Purpur und Weiß eines Bischofs. Sie saßen gelassen da und beugten sich über die Wachstafeln vor ihnen; bereit, mit ihren Stiften das Gesagte aufzuzeichnen oder sich gegenseitig ihre Gedanken zuzuflüstern.

Ein Mann setzte an, die Frage des Königs zu beantworten: Cuthred, der Führer der Leibgarde.

»Wir können niemanden finden, der ihn erkennt«, gestand er ein. »Jeder, der Ragnar jemals im Kampf von Angesicht zu Angesicht gegenüber stand, ist tot – mit Ausnahme«, fügte er höflich hinzu, »des tapferen Thanes König Edmunds, der heute bei uns ist. Doch das beweist nicht, daß es sich bei ihm um Ragnar Lodbrok handelt.«

»Aber ich glaube dennoch, daß er es ist. Zum einen will er nicht sprechen. Ich bin gut darin, Gefangene zum Sprechen zu bringen, und jeder, der den Mund nicht aufmacht, ist mehr als ein gewöhnlicher Pirat. Dieser Wikinger hält sich nicht für irgendwen.«

»Außerdem macht es Sinn. Was hatten diese Schiffe vor? Sie kamen zurück aus dem Süden und wurden vom Kurs abgetrieben, nachdem sie tagelang weder die Sonne noch die Sterne gesehen hatten. Sonst wären Kapitäne wie sie – und der Vogt von Bridlington sagt, daß sie ihr Handwerk verstanden – nicht in eine solche Lage geraten. Und es waren Frachtschiffe. Was für eine Fracht bringt man in den Süden? Sklaven. Dort wollen sie keine Wolle, sie wollen keine Pelze und auch kein Ale. Das waren Sklavenhändler auf der Rückfahrt aus dem Süden. Dieser Mann ist ein Sklavenhändler von Rang, und das paßt genau auf Ragnar. Allerdings ist das noch kein Beweis.«

Cuthred nahm einen kräftigen Schluck Ale aus seinem Krug, erschöpft von dem ungewohnten Redefluß.

»Aber eines macht mich ganz sicher. Was wissen wir über Ragnar?« Er blickte in die Runde. »Richtig, er ist ein Bastard.«

»Ein Kirchenschänder«, stimmte Erzbischof Wulfhere vom Fuß des Tisches zu. »Ein Entführer von Nonnen, ein Dieb der Bräute Christi. Seine Sünden werden ihn einholen.«

»Allerdings.« stimmte Cuthred zu. »Er hat, so wurde mir berichtet, eine besondere Art, mit seinen Gefangenen umzugehen, die andere Kirchenschänder und Entführer dieser Welt nicht pflegen. Ragnar ist – wie ich – gut darin, Gefangene zum Sprechen zu bringen. Es heißt, er macht es folgendermaßen…« – ein Unterton fachmännischen Interesses schlich sich in seine Stimme. – »Er sticht ihnen zuerst wortlos ein Auge aus. Wenn sie dann noch nicht reden, packt er ihren Kopf und setzt auf das zweite Auge an. Wenn dem Mann dann etwas einfällt, was Ragnar wirklich interessiert, kommen sie ins Geschäft. Wenn nicht, sticht er ihn ab. Es heißt, Ragnar vergeudet eine Menge Menschen. Doch Churls sind auf dem Sklavenmarkt ohnehin nichts wert. Es heißt, er glaubt sich damit eine Menge Zeit und Mühe zu sparen.«

»Und unser Gefangener hat dir gesagt, daß er die Sache genauso sieht?« schaltete sich einer der Mönche ein. Seine Stimme triefte vor Herablassung. »Im Lauf einer behaglichen Diskussion unter Kundigen?«

»Nein.« Cuthred nahm einen weiteren Schluck Ale. »Aber ich habe mir seine Fingernägel angesehen. Sie sind alle ganz kurz geschnitten, außer dem am rechten Daumen. Er ist fast drei Zentimeter lang und hart wie Stahl. Ich habe ihn hier.« Er warf eine blutige Klaue auf den Tisch.

»Also ist es Ragnar«, sagte König Ella in das Schweigen, das sich über den Raum gelegt hatte. »Was machen wir jetzt mit ihm?«

Die Krieger tauschten verwirrte Blicke. »Meint Ihr, daß Köpfen zu gut für ihn ist?« wagte sich Cuthred vor. »Sollen wir ihn statt dessen aufhängen?«

»Oder noch etwas Schlimmeres?« warf einer der übrigen Adligen ein. »Vielleicht wie einen entlaufenen Sklaven? Vielleicht wissen die Mönche – wie war noch einmal diese Geschichte vom heiligen Sankt… Sankt…? Die mit dem Gitterrost, oder…« Seine Phantasie versiegte; der Satz blieb unvollendet.

»Ich habe eine andere Idee«, sagte Ella. »Wir könnten ihn freilassen.«

Der König blickte in bestürzte Gesichter. Ella lehnte sich vor, sein kantiges, ausdrucksstarkes Gesicht und seine scharfen Augen musterten die Männer der Reihe nach.

»Denkt nach. Wieso bin ich König? Ich bin König, weil Osbert« – bei dem verbotenen Namen fuhren die Männer sichtlich zusammen, und der wunde Rücken des Dieners, der hinter Wulfgar stand, krümmte sich – »es nicht vermochte, sein Reich gegen die Wikingerpiraten zu verteidigen. Er tat einfach, was wir immer taten. Trug allen auf, Ausschau zu halten, und ihre Verteidigung selbst zu organisieren. Also plünderten die Wikingerschiffe immer wieder in aller Seelenruhe Städte, während die übrigen Einwohner des Reichs die Decken über den Kopf zogen und dem Herrn dankten, daß sie diesmal verschont wurden. Und was tat ich? Das wißt ihr. Ich zog alle Männer außer den Wachposten zurück. Ich stellte berittene Trupps auf und stationierte sie an den wichtigsten Orten. Wenn sie jetzt über uns herfallen, haben wir wenigstens eine Chance, sie einzuholen, bevor sie allzuweit kommen, und ihnen eine Lehre zu erteilen. Das sind neue Ideen.«

»Ich denke, jetzt brauchen wir wieder eine neue Idee. Wir können ihn ziehen lassen. Wir können eine Abmachung mit ihm treffen. Er hält sich aus Northumbrien heraus und gibt uns Geiseln. Dafür behandeln wir ihn als geehrten Gast, bis die Geiseln eintreffen und schicken ihn dann mit Geschenken beladen weg. Das kommt uns nicht zu teuer und könnte uns eine Menge sparen. Und bis er ausgetauscht wird, ist er über den Plausch mit Cuthred hinweg. Was haltet ihr davon?«

Die Krieger warfen einander mit hochgezogenen Augenbrauen verwirrte Blicke zu und schüttelten überrascht den Kopf.

»Könnte klappen«, murmelte Cuthred.

Wulfgar räusperte sich, um die Stimme zu erheben. Mißbilligung zeichnete sich auf seinen geröteten Zügen ab. Doch einer der schwarzen Mönche am anderen Ende des Tischs kam ihm zuvor.

»Das solltet Ihr nicht tun, Eure Majestät.«

»Sollte ich nicht?«

»Dürft Ihr nicht. Ihr habt noch andere Pflichten als jene in dieser Welt. Der Erzbischof, unser verehrter Vater und vormaliger Bruder, hat uns die abscheulichen Taten ins Gedächtnis gerufen, die dieser Ragnar gegen die Kirche Christi verübt hat. Wir sind gehalten, die Untaten gegen uns Menschen und Christen zu vergeben. Aber für die Untaten gegen die Heilige Kirche müssen wir mit unserer ganzen Kraft Vergeltung üben. Wie viele Kirchen hat dieser Ragnar niedergebrannt? Wie viele Christen hat er entführt, um sie an die Heiden zu verkaufen oder – schlimmer noch – die Anhänger Mohammeds? Wie viele kostbare Reliquien hat er zerstört? Und wie viele Gaben der Gläubigen hat er gestohlen?«

»Ihr würdet Euch an Eurer unsterblichen Seele versündigen, wenn Ihr diese Schandtaten vergebt. Die Erlösung jedes einzelnen Mannes in dieser Runde wäre gefährdet. Nein, König Ella, gebt ihn uns. Laßt uns Euch zeigen, wie wir mit denjenigen verfahren, die die Heilige Kirche belästigen. Und wenn die Heiden, die Piraten, davon Nachricht erhalten, werden sie nie vergessen, daß der Arm der Heiligen Kirche unbarmherzig diejenigen packt, die ihren Langmut überstrapazieren.

Werft ihn in die Schlangengrube. Sollen die Nordleute über König Ellas Vergeltung raunen.«

Der König zögerte, wollte widersprechen. Doch es war zu spät; das neugierige, zustimmende Gemurmel der Krieger erfüllte bereits die Halle.

»Ich habe noch nie gesehen, wie ein Mann an Schlangen verfüttert wird«, sagte Wulfgar. Er strahlte vor Vorfreude über das ganze Gesicht. »Die Wikinger verdienen kein besseres Schicksal. Und das werde ich bei meiner Rückkehr meinem König mitteilen und die Weisheit und Gerissenheit König Ellas preisen.«

Der schwarzgekleidete Mönch, der vorher gesprochen hatte, stand auf. Es war Erkenbert, der gefürchtete Diakon. »Die Schlangen warten. Bringt den Gefangenen zu ihnen. Und alle – Ratsherren, Krieger und Diener – sollen Zeuge des Zorns und der Vergeltung König Ellas und der Kirche werden.«

Der Rat erhob sich. Ella, in dessen Zügen sich immer noch Zweifel abzeichneten, schloß sich ihm zögernd an. Die Adligen drängten nach draußen und riefen Diener, Freunde und Frauen herbei, damit sie diese neue Art der Hinrichtung nicht versäumten. Shef folgte seinem Stiefvater, drehte sich aber einer Eingebung folgend im letzten Augenblick, bevor er die Halle verließ, um. Die Mönche in den schwarzen Talaren drängten sich immer noch am Fuß des Tisches zusammen.

»Wieso hast du das gesagt?« fragte Erzbischof Wulfhere seinen Diakon mit gesenkter Stimme. »Wir können den Wikingern Tribut zahlen und dennoch unsere unsterblichen Seelen retten. Wieso hast du den König gezwungen, diesen Ragnar den Schlangen zu übergeben?«

Der Mönch griff in den kleinen Beutel an seinem Gürtel und warf, wie zuvor Cuthred, einen Gegenstand auf den Tisch.

»Was seht Ihr vor Euch, Eure Exzellenz?«

»Das ist eine Münze. Eine Goldmünze. Sie trägt die Schrift der abscheulichen Götzenanbeters Mohammeds!«

»Man hat sie bei dem Gefangenen gefunden.«

»Was willst du damit sagen? Daß er zu böse ist, um ihn zu verschonen?«

»Nein, Eure Exzellenz. Seht her, erkennt Ihr das?« Erkenbert warf eine zweite Münze auf den Tisch.

»Natürlich. Das ist ein silberner Penny aus unserer Münzwerkstatt in Eoforwich. Er trägt meinen Namen – Wulfhere.«

Der Diakon nahm beide Münzen und stopfte sie wieder in den Beutel. »Ein sehr schlechter Penny, Eure Exzellenz. Wenig Silber, viel Blei. Besseres kann sich die Kirche gegenwärtig nicht leisten. Die Sklaven rennen uns davon, die Churls prellen uns um den Zehnten. Selbst die Adligen geben so wenig, wie sie nur wagen. Derweil quellen die Beutel der Heiden mit dem Gold über, das sie den Gläubigen stehlen.«

»Die Kirche ist in Gefahr, Eure Exzellenz. Aber nicht, von den Heiden geschlagen und geplündert zu werden, so bedauerlich das auch ist. Davon können wir uns erholen. Die eigentliche Gefahr ist, daß Heiden und Christen gemeinsame Sache machen könnten. Dann werden sie herausfinden, daß sie uns nicht benötigen. Wir dürfen nicht zulassen, daß sie miteinander verhandeln.«

Die Umstehenden, der Erzbischof eingeschlossen, nickten zustimmend.

»Also auf zu den Schlangen!«

Die Schlangengrube war eine steinerne Zisterne aus der Römerzeit, die ein schlampig zusammengezimmertes Dach vor dem Nieselregen schützte. Die Mönche der Klosterkirche St. Peter in Eoforwich waren gut zu ihren Haustieren, den glänzenden Schlangen. Im vorigen Sommer hatte man die vielen Pächter von Kirchenland in Northumbrien alarmiert: Findet die Vipern, stöbert sie auf den Hügeln auf, auf denen sie in der Sonne liegen, und bringt sie her. Für jede ein Fuß lange Schlange gab es Nachlaß auf die Pacht oder den Zehnten; mehr für anderthalb Fuß lange und viel mehr für die ganz alten. Keine Woche war vergangen, ohne daß der *Custos Viperarum* – der Hüter der Schlangen – nicht einen sich windenden Sack erhalten hätte, dessen Inhalt er sodann liebevoll pflegte, mit Fröschen und Mäusen fütterte – und mit anderen Schlangen: »Ein Drache ist erst dann ein Drache, wenn er seinesgleichen gekostet hat«, sagte der *Custos* immer wieder seinen Brüdern. »Vielleicht gilt das auch für unsere Vipern.«

Jetzt steckten Laienbrüder Fackeln in die Halterungen des steinernen Hofs, um das Halbdunkel des Abends abzumildern. Trugen Säcke mit warmem Sand und Stroh heran und verteilten ihren Inhalt auf dem Boden der Grube, um die Schlangen anzustacheln, ihre Lebensgeister anzustacheln. Dann erschien der *Custos* mit einem zufriedenen Lächeln auf den Lippen und winkte eine Gruppe Novizen herein. Jeder von ihnen war der stolze – und vorsichtige – Träger eines Ledersacks, der in beunruhigender Weise zischte und sich ausbeulte. Der Custos nahm jedem Novizen den Sack einzeln ab, hielt ihn vor der Menschenmenge hoch, die sich inzwischen um die niedrige Mauer der Zisterne drängte, und löste die Riemen. Die sich windenden Tiere stürzten in die Grube. Anschließend trat er zurück und stellte sich an den Rand des Durchgangs, den eine Reihe muskulöser Männer – die Leibgarde des Königs – für die Ehrwürdigen offenhielt.

Dann kamen sie endlich: Der König und der Rat mit seinen Kammerdienern; der Gefangene wurde aus ihrer Mitte nach vorne gestoßen. Die Krieger des Nordens hatten ein Sprichwort: »Ein Mann sollte nicht humpeln, solange seine Beine noch gleich lang sind.« Und Ragnar humpelte nicht, hatte aber offensichtlich Schwierigkeiten, sich aufrechtzuhalten. Cuthred war nicht zimperlich mit ihm umgesprungen.

Die Ehrwürdigen blieben am Rand der Grube stehen, damit der Gefangene sah, was ihn erwartete. Der Wikinger grinste und entblößte eine Reihe abgebrochener Zähne; seine Hände waren auf den Rücken gebunden, und jeweils eine kräftige Wache hielt einen Arm. Er trug immer noch den merkwürdigen, in Pech gesottenen Lodenmantel, dem er seinen Namen verdankte. Erkenbert, der Diakon, zwängte sich nach vorne und baute sich vor ihm auf.

»Das ist die Schlangengrube«, sagte er.

Ragnar schwieg.

Der Priester fuhr fort, in einfachem Englisch, der Sprache der Händler. »Bedenke dies. Du hast die Wahl. Wirst du Christ, lebst du. Als Sklave. Keine Schlangengrube, aber du mußt Christ werden.«

Die Lippen des Wikingers verzogen sich verächtlich. Er antwortete in der Sprache der Händler. »Ihr Priester, ich kenne euer Gerede. Ihr sagt, ich lebe. Wie? Als Sklave, sagt ihr. Was ihr nicht sagt, ist wie. Aber ich weiß es. Ohne Augen, ohne Zunge, mit zerschnittenen Kniesehnen. Ohne zu laufen.«

Seine Stimme hob sich zu einem Singsang. »Dreißig Winter kämpfte ich, immer mit dem Schwert. Vierhundert Männer tötete ich, tausend Frauen raubte ich, zahllose Kirchen verbrannte und die Kinder vieler Männer verkaufte ich. Viele weinten meinetwegen, aber nie weinte ich ihretwegen. Jetzt komme ich zur Schlangengrube, wie König Gunnar. Sollen die Nattern mich ins Herz beißen, ich werde nicht um Gnade betteln. Immer kämpfte ich mit dem Schwert!«

»Na los, macht schon«, knurrte Ella, der hinter dem Wikinger stand. Die Wachen drängten ihn nach vorne.

»Halt!« schrie Erkenbert. »Fesselt zuerst seine Beine.«

Sie schlangen grob ein Seil um den Mann, der keinen Widerstand leistete, dann zogen sie ihn an den Rand. Der Wikinger blickte einen Augenblick lang der sich drängelnden aber schweigenden Menge ins Gesicht, dann stieß man ihn in die Grube. Mit einem dumpfen Aufprall landete er auf dem Haufen sich windender Schlangen. Die Tiere zischten wütend und bissen zu.

Der Mann in dem verwahrlosten Waffenrock und der Hose lachte auf.

»Sie können ihn nicht beißen«, rief eine enttäuschte Stimme. »Seine Kleider sind zu dick.«

»Sie können sein Gesicht und seine Hände beißen«, antwortete der Hüter der Schlangen, darauf bedacht, die Ehre seiner Schützlinge zu verteidigen.

Und tatsächlich lag eine der größten Vipern nur eine Handbreit vor Ragnars Gesicht; die beiden starrten einander in die Augen, die gespaltene Zunge der Schlange berührte beinahe das Kinn des Wikingers. Einen langen Augenblick geschah nichts.

Dann schoß der Kopf des Mannes plötzlich mit offenem Mund nach vorne. Der Körper der Schlange wand sich zuckend, aus dem Mund Ragnars spritzte Blut. Dann lag der kopflose Körper der Viper bewegungslos da. Der Wikinger lachte. Langsam rollte er sich hin und her, krümmte sich trotz seiner gefesselten Arme und Beine und versuchte, die Schlangen mit Hüften und Schultern zu erdrücken.

»Er bringt sie um!« schrie der *Custos* in höchster Qual auf.

Ella trat angewidert vor; er knackte nervös mit den Fingergelenken. »Ihr beide. Ihr tragt dicke Stiefel. Geht hinunter und holt ihn heraus.«

»Das werde ich Euch nicht vergessen«, sagte er halblaut zu dem beunruhigten Erkenbert. »Ihr habt uns alle blamiert.«

»Bindet seine Arme und Beine los«, befahl Ella den

Männern, »und fesselt ihn wieder. Ihr beide da holt heißes Wasser. Schlangen lieben Hitze. Seine gewärmte Haut wird sie anziehen.«

»Und noch etwas. Er wird jetzt stillhalten, um unseren Plan zu vereiteln. Fesselt den rechten Arm an den Körper und bindet ein Seil um sein linkes Handgelenk. Dann können wir ihn zwingen, sich zu bewegen.«

Sie ließen den Gefangenen, der immer noch grinste und keinen Ton von sich gab, erneut in die Grube hinab. Diesmal stellte der König persönlich sicher, daß er an der Stelle abgesetzt wurde, an der die meisten Schlangen warteten. Einige Augenblicke später krochen die Vipern zu dem Körper, der in der kalten Luft dampfte, und wanden sich über ihm. Die Frauen und Diener unter den Zuschauern stießen angewiderte Schreie aus, als sie sich vorstellten, wie die Schuppen der Schlangen über ihre nackte Haut strichen.

Dann riß der König an dem Seil, einmal, zweimal, ein drittes Mal. Ragnars Arm bewegte sich, die Vipern zischten, einige bissen ihn, spürten das Fleisch und bissen immer wieder zu und füllten seinen Körper mit Gift. Ganz langsam veränderte sich das Gesicht des Wikingers: Es schwoll an und verfärbte sich schließlich blau. Als seine Augen aus den Höhlen traten, schrie er ein letztes Mal auf.

»Gnythja mundu grisir ef galtar hag vissi«, rief er.

»Was hat er gesagt?« murmelte die Menge. »Was bedeutet das?«

Ich spreche kein Nordisch, dachte Shef, der in der hintersten Reihe stand, aber ich weiß, daß das nichts Gutes verheißt.

Gnythja mundu grisir ef galtar hag vissi. Die Worte hallten immer noch durch die Gedanken des wuchtigen Mannes, der Wochen später und Hunderte Meilen weiter östlich im Bug eines Langschiffs stand, das geschmeidig auf die Küste Seelands zuglitt. Nur dem Zufall war es zu verdanken gewesen, daß er sie überhaupt gehört hatte. Hatte Ragnar nur mit sich selbst gesprochen? fragte er sich. Oder hatte er gewußt, daß jemand ihn hören, ihn verstehen würde? Die Chance, daß jemand am englischen Hof genug Nordisch beherrschte, um ihn zu verstehen, waren außerordentlich gering. Aber es hieß, Sterbende hätten einen besonderen Einblick. Vielleicht konnten sie sogar die Zukunft voraussagen. Vielleicht hatte Ragnar gewußt, oder zumindest geahnt, was seine Worte bewirken würden.

Aber die Worte des Schicksals fanden immer jemanden, der sie aussprach - auch wenn sie auf merkwürdige Weise zu ihm gefunden hatten! In der Menge, die sich um den Orm-Garth gedrängelt hatte, war eine Frau gewesen, die Konkubine eines englischen Adligen, eine *lemman*, wie die Inselbewohner solche Mädchen nannten. Bevor ihr Herr sie auf dem Londoner Sklavenmarkt gekauft hatte, war sie demselben Gewerbe bei König Maelsechnaill in Irland nachgegangen, an dessen Hof viele Nordisch sprachen. Sie hatte Ragnars Worte gehört, aber nicht verstanden. Sie war klug genug gewesen, es ihrem Herrn zu verschweigen – dumme *lemmans* wurden nicht alt genug, um zu erleben, wie ihre Schönheit verwelkte –, aber sie hatte sie einem Liebhaber zugeflüstert, einem Kaufmann auf dem Weg in den Süden. Er wiederum hatte die Worte anderen Mitgliedern der Karawane mitgeteilt. Und unter ihnen war ein weiterer Sklave gewesen, ein ehemaliger Fischer auf der Flucht, dessen Interesse auf der Stelle geweckt wurde, weil er Zeuge von Ragnars Gefangennahme geworden war. In London, wo er sich sicher fühlte, hatte der Sklave sich in den Gasthäusern an der Themse herumgetrieben, wo jedermann willkommen war, egal ob Engländer, Franke, Friese oder Däne, solange er mit gutem Silber zahlte. Dort hatte er die Geschichte regelmäßig für einen Krug Ale und einen Bissen Speck erzählt, bis sie schließlich den Nordmännern zu Ohren gekommen war.

Der Sklave war ein Narr gewesen, ein Mann ohne Ehre. Für ihn war der Tod Ragnars nur der Stoff für eine spannende, ja lustige Geschichte gewesen.

Brand – dem hünenhaften Mann in dem Langschiff – bedeutete sie viel mehr. Deswegen schickte er sich jetzt an, sie hierher zu tragen.

Das Schiff fuhr in einen langgestreckten Fjord ein, der sich in das flache, fruchtbare Seeland kerbte, die östlichste der dänischen Inseln. Es war windstill; das Segel war um die Rahe aufgerollt. Die dreißig Ruderer arbeiteten in einem stetigen, gemächlichen Rhythmus; kleine Wellen gingen von den Stellen aus, an denen die Ruder ins Wasser klatschten, und rollten über die ruhige See ans Ufer. Kühe standen auf satten, grünen Weiden; dichte Getreidefelder erstreckten sich bis an den Horizont.

Doch Brand wußte, daß die friedfertige Atmosphäre trog. Er war im Auge des gewaltigsten Sturms im Norden, das seine Existenz nur Hunderten von Meilen stürmischer See und verbrannter Küste verdankte. Dreimal waren sie bereits von Patrouillen gestoppt worden – schwere, mit Männern überquellende Kriegsschiffe, die nur zur Fahrt an Küsten taugten. Sie hatten ihn mit kaum verhohlener Neugier passieren lassen – wer wollte einen Mann aufhalten, der drauf und dran war, Kopf und Kragen zu riskieren? Selbst jetzt folgten ihm noch zwei Schiffe von der doppelten Größe des seinen, um jeden Fluchtversuch zu vereiteln. Brand und seine Männer wußten, daß noch Schlimmeres vor ihnen lag.

Hinter ihm übergab der Steuermann den Steuerriemen an ein anderes Mannschaftsmitglied und ging langsam zum Bug. Für einige Augenblicke stand er hinter dem Kapitän; sein Kopf reichte gerade bis an Brands Schulterblätter. Dann, um nicht von den Ruderern gehört zu werden, flüsterte er:

»Du weißt, daß ich kein Zweifler bin, Brand. Aber jetzt sind wir hier und haben unseren Kopf wahrlich in ein Wespennest gesteckt. Darf ich endlich fragen, wieso?«

»Da du den ganzen weiten Weg geschwiegen hast«, entgegnete Brand ebenso leise, »gebe ich dir drei Gründe und verlange nichts dafür.

Erstens: Das ist unsere Chance, dauerhaften Ruhm zu erringen. Das, was wir hier tun, wird die Skalden und Dichter bis zum letzten Tag der Welt beschäftigen, wenn die Götter mit den Riesen ringen und Lokis Brut entfesselt wird.«

Der Steuermann grinste. »Ruhm hast du bereits genug, Champion der Männer von Halogaland. Und manche der Männer sagen, wir wären ohnehin drauf und dran die Brut Lokis zu treffen.«

»Zweitens: Dieser englische Sklave, der Fischer, der vor den Christenmönchen davongelaufen ist – hast du seinen Rücken gesehen? Seine Herren verdienen allen Kummer der Welt, und den werde ich über sie schicken.«

Diesmal lachte der Steuermann laut, dann sagte er sanft: »Hast du jemals jemanden gesehen, nachdem Ragnar mit ihm fertig war? Und die, die wir jetzt aufsuchen, sind noch schlimmer als er. Das gilt ganz besonders für einen von ihnen. Vielleicht verdienen er und die Christenmönche einander. Aber was ist mit all den übrigen?«

»Damit, Steinulf, komme ich zum dritten Grund.« Brand hob den silbernen Anhänger, der an einer Kette um seinen Hals hing: ein kurzstieliger, doppelköpfiger Hammer. »Man bat mich um diesen Dienst.«

»Wer war dieser ›man‹?«

»Jemand, den wir beide kennen. Im Namen dessen, der aus dem Norden kommen wird.«

»Ah, gut. Das soll uns beiden genügen. Vielleicht sogar uns allen. Aber bevor wir zu nahe ans Ufer kommen, bleibt noch eines.«

Gemächlich, so daß Brand sehen konnte, was er tat, nahm Steinulf den Anhänger, der an einer Kette um seinen Hals hing und verstaute ihn unter dem Waffenrock. Dann zog er den Kragen hoch, damit auch die Kette nicht mehr zu sehen war.

Brand drehte sich zur Mannschaft um und folgte seinem Beispiel. Abrupt endete das regelmäßige Klatschen der Ruder, als die Männer ihre Anhänger und Ketten versteckten. Dann setzte der Rhythmus wieder ein.

Auf dem Landungssteg vor ihnen erkannten sie jetzt Männer, die herumsaßen- oder liefen, ohne das herannahende Langschiff auch nur eines einzigen Blickes zu würdigen. Der Eindruck völliger Gleichgültigkeit war perfekt. Hinter ihnen kauerte eine riesige Drachenhalle wie ein umgedrehter Kiel, um die herum sich ein Gewirr von Hütten, Arbeiterunterkünften, Werften, Schmieden, Läden, Seilerbahnen, Einzäunungen und Sklavenpferchen erstreckte. Hier war das Herz eines Seereichs, das Machtzentrum von Männern, die Königreiche herausforderten, die Heimat der heimatlosen Krieger.

Die Männer, die am vorderen Ende des Stegs saßen, gähnten, reckten sich genüßlich und sahen weg. Gefahr. Brand drehte sich um und rief Befehle. Zwei der Männer zogen an einem Seil, und ein Schild schoß zur Mastspitze empor. Seine weißgestrichene Oberfläche signalisierte ihre friedlichen Absichten. Zwei weitere Männer rannten nach vorne und hoben den Drachenkopf aus seiner Verankerung am Bug, drehten sein Gesicht vom Ufer weg und wickelten ihn in ein Tuch.

Plötzlich zeigten sich weitere Männer am Ufer, die

sich sogar herabließen, in Richtung des ankommenden Schiffs zu blicken. Sie grüßten nicht, aber Brand wußte, daß man ihnen einen ganz anderen Empfang bereitet hätte, wenn sie nicht die angemessene Zeremonie eingehalten hätten. Sein Magen krampfte sich beim Gedanken an das, was hätte geschehen können – noch geschehen konnte – zusammen. Er wandte das Gesicht dem anderen Ufer zu, damit seine Miene ihn nicht verriet. Seit er krabbeln konnte, hatte man es ihn gelehrt. *Zeig niemals Angst. Zeig niemals Schmerz.* Und diese Lehre war ihm wichtiger als sein eigenes Leben.

Brand wußte, daß in dem Hasardspiel, das er wagte, nichts gefährlicher war als Anzeichen von Unsicherheit. Er wollte seine mörderischen Gastgeber ködern, sie in seine Geschichte hineinziehen. Als Herausforderer würde er auftreten, nicht als Bittsteller.

Er wollte sie öffentlich brüskieren, sie demütigen, damit ihnen keine Wahl blieb, als seine Herausforderung anzunehmen. Sein Plan erlaubte kein halbherziges Vorgehen.

Als sich das Boot dem Landungssteg näherte, warfen sie Taue, die nachlässig aufgefangen und um Poller geschlungen wurden. Ein Mann blickte hinunter in das Schiff. In einem Handelshafen hätte er die Seemänner vielleicht nach ihrer Fracht gefragt, nach ihren Namen oder ihrer Heimat, aber hier zog der Mann nur eine Augenbraue hoch.

»Brand. Aus England.«

»Viele werden Brand genannt.«

Auf Brands Zeichen schwangen einige Männer eine Gangway auf den Steg. Brand schlenderte mit unter den Gürtel gehakten Daumen über sie und baute sich vor dem Hafenmeister auf. Auf den ebenen Brettern blickte er auf den Mann hinab. Weit herab. Nicht ohne innere Befriedigung registrierte er das fast unmerkliche Blinzeln des Hafenmeisters, der selbst kein Schwächling war, als er Brands riesenhafte Gestalt musterte. Der Hafenmeister wußte, daß er in einem Kampf Mann gegen Mann keine Chance gegen ihn gehabt hätte.

»Manche nennen mich auch Viga-Brand. Ich komme aus Halogaland in Norwegen, wo die Männer größer werden als die Dänen.«

»Brand der Mörder. Ich habe von dir gehört. Aber hier gibt es viele Mörder. Wer willkommen sein will, muß mehr als einen Namen mitbringen.«

»Ich bringe Nachricht. Für die Blutsverwandten.«

»Ich hoffe, sie ist es wert, gehört zu werden, wenn du es wagst, die Blutsverwandten zu stören, ohne Erlaubnis oder Geleitbrief.«

»Das ist sie in der Tat.« Brand blickte dem Hafenmeister in die Augen. »Komm mit und urteile selbst. Sag deinen Männern, sie sollen kommen. Jeder, der zu träge ist, mir zuzuhören, wird seine Faulheit bis an das Ende seines Lebens verfluchen. Aber solltet ihr alle das dringende Bedürfnis haben, den Abort aufzusuchen, dann laßt euch nicht abhalten. Ein Mann muß selbst wissen, wann es Zeit ist, die Hosen herunterzulassen.«

Brand drückte sich an seinem Gegenüber vorbei und schritt wortlos auf die Rauchwolke zu, die sich über dem großen Langhaus erhob, der Halle der erlauchten Blutsverwandten, dem Ort, den kein Feind jemals lebend verlassen hatte – dem Braethraborg.

Die Lippen des Hafenmeisters zuckten amüsiert. Er gab ein Zeichen, und seine Männer nahmen die Speere und Bögen aus ihren Verstecken und folgten Brand. Auf der über zwei Meilen entfernten Landzunge senkte sich die Flagge eines wachsamen Außenpostens als Zeichen der Bestätigung.

Durch zahlreiche offene Fensterläden fiel Licht in die Halle, aber Brand hielt trotzdem nach wenigen Schritten an, damit sich seine Augen eingewöhnen konnten. Er sah sich um, versuchte ein Gefühl für sein Publikum zu bekommen. Später, das wußte er, würde man diese Szene in Liedern und Sagen feiern – wenn er es richtig anstellte. In den nächsten Minuten würde er entweder unauslöschlichen Ruhm oder einen unvorstellbar grausamen Tod ernten.

In der Halle saßen und standen die Krieger bei verschiedenen Spielen. Niemand sah ihn oder die anderen Männer, die schweigend hinter ihm hereinströmten, an. Aber er wußte, daß man seine Gegenwart wahrgenommen hatte. Als sich seine Augen an das gedämpfte Licht gewöhnten, merkte er, daß sich die Männer nach einer kaum wahrnehmbaren Ordnung in der Halle verteilt hatten – trotz des Anspruchs, daß alle Krieger, alle wahren *drengier*, gleich waren. Am Ende der Halle war eine kleinere Fläche, in die sich keiner von ihnen wagte. Dort saßen vier Männer zusammen, die sich offenbar mit ihren eigenen Angelegenheiten befaßten.

Er ging auf sie zu. Seine weichen Seefahrerschuhe quietschten bei jedem Schritt in der Stille, die sich über die Halle gesenkt hatte.

Brand blieb vor den vier Männern stehen. »Ich grüße euch!« sagte er mit lauter Theaterstimme. Hinter ihm drängte sich das Publikum. »Ich bringe Nachricht. Nachricht für die Söhne Ragnars.«

Einer der Männer warf einen Blick über die Schulter und sah ihn an. Dann säuberte er weiter seine Fingernägel mit einem Messer. »Eine bedeutende Nachricht muß es sein, wenn ein Mann es wagt, ungeladen und ohne Geleitbrief den Braethraborg zu betreten.«

»Das ist sie in der Tat.« Brand holte tief Luft. »Denn ich bringe die Nachricht von Ragnars Tod.«

Die Stille setzte wieder ein. Der Mann, der Brand angesprochen hatte, säuberte den Nagel seinen linken Zeigefingers, aber das Messer schnitt immer tiefer und tiefer. Blut quoll hervor, aber das Messer schnitt weiter, ins Fleisch und dann zum Knochen. Der Mann gab keinen Laut von sich.

»Sag uns, wie unser alter Vater Ragnar starb«, forderte ein anderer der vier Männer Brand auf. Der kräftige, breitschultrige Mann mit grauem Haar hob eine steinerne Spielfigur vom Brett vor sich. Sein Tonfall war betont gelassen, um keine Gefühle zu zeigen, die eines Kriegers unwürdig waren. »Denn was du sagst, ist keine Überraschung. Er wurde langsam alt.«

»Er erlitt Schiffbruch an der Küste Englands. Und den Geschichten nach, die ich hörte, nahmen ihn die Männer König Ellas gefangen.« Brands Tonfall veränderte sich, als wollte er den gekünstelten Gleichmut des zweiten Sohns Ragnars nachahmen – oder ihn verspotten. »Ich nehme an, daß es ihnen nicht allzuschwer gefallen ist. Denn, wie du schon sagtest, er wurde langsam alt. Vielleicht wehrte er sich nicht einmal.«

Die Finger des grauhaarigen Manns schlossen sich immer fester um die Spielfigur. Blut spritzte unter seinen Fingernägeln hervor und über das Spielbrett. Der Mann setzte die Figur ab, zog sie zwei Felder nach vorn und nahm einen gegnerischen Spielstein vom Brett. »Dein Zug, Ivar«, sagte er.

Der Mann, der ihm gegenüber saß, blickte auf. Ein Stirnband aus Leinen hielt sein blondes, fast weißes Haar zurück. Er sah Brand aus Augen an, die so farblos wie gefrorenes Wasser waren. Seine Lider schienen nie zu blinzeln.

»Was haben sie mit ihm gemacht, nachdem sie ihn fingen?«

Brand erwiderte den starren Blick des bleichen Mannes. Er zuckte die Achseln, immer noch betont sorglos.

»Sie brachten ihn an König Ellas Hof nach Eoforwich. Ohne großes Aufheben natürlich, denn sie hielten ihn für einen gewöhnlichen Piraten. Soweit ich weiß, befragten sie ihn ein wenig und hatten ihren Spaß mit ihm. Aber dann wurden sie seiner müde und beschlossen, ihn zu töten.«

Einige Augenblicke lang musterte Brand in der vollkommenen Stille seine Fingernägel. Jetzt kam der gefährlichste Teil seines Lockmanövers. Er zuckte erneut die Achseln.

»Nun ja. Sie überließen ihn schließlich den Christenpriestern. Ich nehme an, er erschien ihnen des Todes durch die Hand eines Kriegers nicht würdig.«

Die Wangen des bleichen Manns röteten sich. Er schien die Luft anzuhalten, beinahe zu ersticken. Die Röte wurde immer voller, bis sein ganzes Gesicht scharlachrot brannte. Er begann, sich in seinem Stuhl hin- und herzuwiegen, aus seiner Kehle drang ein unterdrücktes Grollen. Seine Augen traten hervor, und das Scharlachrot verwandelte sich in Purpur – und in dem Halbdunkel der Halle fast in Schwarz. Langsam ebbte die Bewegung seines Oberkörpers ab. Dann schien der Mann den inneren Kampf zu gewinnen, das Husten hörte auf, und sein Gesicht nahm wieder die übliche Blässe an.

Der vierte Mann, der seinen Brüdern beim Spiel zugeschaut hatte, lehnte auf einem Speer. Er hatte bisher weder aufgeblickt, noch hatte er etwas gesagt oder sich bewegt. Jetzt hob er den Kopf und sah Brand an. Zum erstenmal zuckte der hünenhafte Bote zusammen. Brand hatte von diesen Augen gehört, aber den Geschichten nie Glauben geschenkt. Die Pupillen waren unvergleichlich schwarz; die Iris war so leuchtend weiß wie Neuschnee und umgab die Schwärze in ihrer Gänze wie die Farbe einen eisernen Schildbuckel. Die Augen glänzten wie Mondlicht auf Metall.

»Wie brachten König Ella und die Christenpriester unseren Vater schließlich zu Tode?« fragte der vierte Ragnarsson mit leiser, geradezu sanfter Stimme. »Ich nehme an, du wirst uns sagen, daß ihnen das nicht schwerfiel.«

Brand antwortete ihm aufrichtig. Jetzt war nicht der Moment, weitere Risiken einzugehen.

»Sie warfen ihn in die Schlangengrube, den Orm-Garth. Ich hörte, anfangs hätte es Schwierigkeiten gegeben. Die Schlangen wollten Ragnar nicht beißen, dafür biß er sie. Aber schließlich bissen sie ihn, und er starb. Es war ein langsamer Tod, und keine der Wunden stammte von der Waffe eines Kriegers. Kein Tod, auf dem man in Walhall stolz wäre.«

Der Mann mit den sonderbaren Augen zeigte keine Reaktion. Eine lange Pause folgte, während das Publikum gebannt darauf wartete, daß er irgendwie zu verstehen gab, daß er Brand gehört hatte, daß seine Selbstbeherrschung wie bei seinen Brüdern kurz aussetzte. Die Krieger wurden enttäuscht. Der Mann richtete sich schließlich auf. Er warf den Speer, auf den er sich gelehnt hatte, einem der Zuschauer zu, hakte die Daumen unter den Gürtel und setzte zum Sprechen an.

Plötzlich grunzte der Mann mit dem Speer in der Hand überrascht. Schweigend hielt er den gehärteten Eschenholzspeer hoch, damit alle die tiefen Abdrücke sehen konnten, die die Finger des Ragnarsson hinterlassen hatten. Ein leises, zufriedenes Brummen erfüllte die Halle.

Noch bevor der Mann mit den sonderbaren Augen sprechen konnte, riß Brand das Wort an sich. Er zog nachdenklich an seinem Schnurrbart und sagte: »Da war noch etwas.«

»Ja?«

»Als Ragnar im Sterben lag, sagte er etwas. Natürlich verstanden sie ihn nicht, denn er benutzte unsere Sprache, die *norroent mal*, aber jemand hörte ihn und gab die Worte weiter. Ich hatte das Glück, daß man sie auch mir berichtete. Ihr habt recht, ich bin hierher ungebeten und ohne Geleitbrief gekommen, aber es schien mir, daß ihr vielleicht an seinen letzten Worten interessiert seid.«

»Was sagte er, der alte, sterbende Mann?«

Wie ein Herold, der eine Herausforderung überbringt, hob Brand die Stimme, damit sie die ganze Halle füllte. »Er sagte: ›*Gnythja mundu grisir ef galtar hag vissi.*‹«

Diesmal erübrigte sich die Übersetzung. Alle Anwesenden wußten, was Ragnar gesagt hatte: »Was würden die Ferkel nur grunzen, wüßten sie vom Tod des alten Ebers.«

»Deshalb kam ich ungebeten«, rief Brand immer noch herausfordernd. »Auch wenn manche mir sagten, daß es gefährlich sei. Ich bin ein Mann, der es liebt, dem Grunzen zu lauschen. Also kam ich hierher, um den Ferkeln die Nachricht zu überbringen. Und nach allem, was man mir sagte, müßt ihr die Ferkel sein. Du, Halfdan Ragnarsson« – er nickte dem Mann mit dem Messer zu – »Du, Ubbi Ragnarsson« – er zeigte auf den ersten Spieler – »Du, Ivar Ragnarsson, dessen weißes Haar berühmt ist, und du, Sigurth Ragnarsson. Jetzt verstehe ich, wieso man dich *Orm-i-auga*, das Schlangenauge, nennt.

Die Nachricht, die ich euch brachte, hat euch wohl kaum erfreut. Aber ich hoffe, ihr stimmt mir zu, daß ihr sie erfahren mußtet.«

Alle vier Brüder waren jetzt auf den Beinen und sahen ihn an. Ihre angebliche Gleichgültigkeit war wie weggewischt. Als sie seine Worte verarbeiteten, nickten sie. Nach und nach stahl sich ein Lächeln in ihre Gesichter. Zum erstenmal wirkten sie wie Angehörige ein- und derselben Familie, wie Brüder, wie die Söhne ein- und desselben Mannes. Schließlich blitzten ihre Zähne auf.

In jenen Tagen war es das Gebet der Mönche und Kirchenmänner: *Domine, libera nos a furore normannorum* – »Herr, erlöse uns von der Wut der Nordmänner.« Hätten die Mönche die Gesichter der Brüder erblickt, hätten sie auf der Stelle hinzugefügt: *Sed praesepe, Domine, a humore eorum* – »Aber ganz besonders, Herr, von ihrer Heiterkeit.«

»Wir mußten es erfahren«, sagte Schlangenauge, »und wir danken dir, daß du uns die Nachricht gebracht hast. Anfangs vermuteten wir, daß du uns nicht die ganze Wahrheit über den Tod unseres Vaters erzählst. Deswegen mögen wir verstimmt gewirkt haben. Aber was du zum Schluß gesagt hast – oh ja, das war die Stimme unseres Vaters. Er wußte, daß ihn jemand hören würde. Er wußte, daß uns jemand seine Worte berichten würde. Und er wußte, was wir tun würden. Ist es nicht so, Brüder?«

Auf eine Handbewegung hin rollte jemand einen großen, runden Hackblock nach vorne, einen abgesägten Eichenstamm. Die vier Brüder gaben ihm einen Stoß, und der Block krachte auf den Boden. Sie drängten sich um den Holzblock und stützten jeweils einen Fuß darauf. Dann setzten sie zusammen zum Sprechen an, wie es dem Ritual entsprach:

»Nun stehen wir auf diesem Block und schwören, daß wir…«

»…als Rache für unseren Vater England überfallen werden…«, sagte Halfdan.

»…König Ella gefangennehmen und ihn zu Tode foltern…«, sagte Ubbi.

»…alle Könige der Engländer besiegen und ihre Länder beherrschen werden…«, sagte Sigurth, das Schlangenauge.

»…Vergeltung über die schwarzen Krähen, die Christenpriester, bringen, die ihn in den Orm-Garth warfen…«, sagte Ivar. Dann beendeten sie den Schwur zusammen:

»…und sollten wir unser Wort nicht halten, werden die Götter Asgards uns verachten und zurückweisen, und es wird uns auf immer verwehrt sein, zu unserem Vater und unseren Vorfahren zu stoßen.«

Ein begeisterter Aufschrei aus vierhundert Kehlen erschütterte die rauchgeschwärzten Balken des Langhauses. Die Jarle, die Adligen, die Kapitäne und die Steuerleute der Piratenflotte schrien sich die Seele aus dem Leib. Draußen strömten die einfachen Krieger aus ihren Hütten und Unterständen und stießen sich gegenseitig vor Aufregung und Vorfreude an. Sie wußten, daß eine Entscheidung gefallen war.

»Und jetzt«, übertönte Schlangenauge das Getöse, »holt die Tische und breitet die Spielbretter aus. Kein Mann soll seinen Vater beerben, bevor er nicht auf ihn getrunken hat. Also laßt uns auf Ragnar trinken. Und morgen sammeln wir die Schiffe und Männer und brechen nach England auf. Auf das sie uns niemals vergessen werden!«

»Aber jetzt trinkt! Und du, Fremder, setz dich zu uns und erzähl mehr von unserem Vater. Wenn England erst einmal uns gehört, wird auch für dich dort ein Platz sein.«

Viele hundert Meilen entfernt lag Shef, der dunkelhäutige Junge und Wulfgars Stiefsohn, auf einem Strohlager. Immer noch stieg der Nebel aus dem naßkalten Boden Emneths, und nur eine dünne alte Decke schützte ihn. Hinter dicken, schützenden Baumstämmen ruhte Shefs Stiefvater Wulfgar in der wohligen Wärme seiner Halle, vielleicht sogar in den Armen Lady Thryths, seiner Mutter. Alfgar lag in einem warmen Bett in einem Zimmer neben seinen Eltern, ebenso wie Godive, das Kind von Wulfgars Konkubine. Man hatte Wulfgars Rückkehr mit einem fürstlichen Festmahl gefeiert – Ente und Gans aus den Mooren, Hecht und Neunauge aus dem Fluß.

Shef hatte wie üblich seine Roggengrütze gegessen und war zu seiner einsamen Hütte neben der Schmiede, in der er arbeitete, gegangen, damit sein einziger Freund seine neuen Narben verband. Jetzt wälzte er sich im Griff eines Traums hin und her. Wenn es überhaupt ein Traum war.

Er sah ein dunkles Feld irgendwo am Rand der Welt. Ein purpurner, sonnenloser Himmel wölbte sich über ihm. Überall lagen formlose Haufen aus Stoffetzen, Knochen und Haut. Gebleichte Schädel und Brustkörbe ragten aus den Überresten einstmals prächtiger Gewänder. Um die Haufen herum, überall auf dem Feld hüpfte und schwärmte eine Armee von Vögeln – riesige, schwarze Tiere mit schwarzen Schnäbeln, die wild in die Augenhöhlen der Toten stachen und auf der Suche nach einem Happen Fleisch oder Knochenmark in den Gelenken herumpickten. Aber sie waren nicht die ersten, die das taten, die Knochen waren längst ausgetrocknet. Die Vögel krächzten laut und hackten aufeinander ein.

Schließlich ließen sie voneinander ab und verstummten. Sie versammelten sich um eine Stelle, an der vier schwarze Vögel standen und lauschten, als die vier immer lauter und bedrohlicher krächzten. Dann erhob sich der ganze Schwarm in den purpurnen Himmel, kreiste in enger Formation, flog langsam wie ein einziger Organismus eine Kurve und schoß auf die Stelle zu, an der Shef stand. Ihr Anführer hielt direkt auf ihn zu; er konnte das unbarmherzige goldene Auge des Vogels sehen, der schwarze Schnabel zeigte auf sein Gesicht. Er versuchte auszuweichen, aber konnte sich nicht bewegen. Etwas hielt seinen Kopf fest. Dann fühlte er, wie sich der schwarze Schnabel in das weiche Gewebe seines Augapfels bohrte.

Shef fuhr mit einem Aufschrei hoch. Er sprang von dem Strohlager und zog die dünne Decke eng um sich, während er aus dem Loch in der Hütte in die nebelverhangene Dämmerung starrte. Sein Freund Hound, der auf dem zweiten Strohlager in der Hütte schlief, regte sich.

»Was ist los mit dir, Shef? Was jagt dir solche Angst ein?«

Einen Augenblick lang konnte er nicht antworten. Dann brach es wie ein Krächzen aus ihm hervor – er wußte nicht, was er sagte.

»Die Raben!« rief er. »Die Raben kommen!«

KAPITEL 3

»SEID IHR SICHER, daß die Große Armee gelandet ist?« Wulfgars Stimme war zugleich zornig und unsicher. Er wollte die Botschaft nicht wahrhaben, aber er wagte es nicht, die Worte des Boten offen in Frage zu stellen.

»Daran besteht kein Zweifel«, sagte Edrich, der Thane des Königs, der getreue Diener Edmunds, des Herrschers der Ostangeln.

»Und die Söhne Ragnars führen diese Armee an?«

Noch furchtbarere Neuigkeiten für Wulfgar, dachte Shef, der das Gespräch vom anderen Ende der Halle verfolgte. Die Laufburschen waren ausgeschwärmt, und jetzt drängten sich die Freien Emneths in der Halle ihres Lehensherrn. Ein Freier konnte in England alles verlieren – sein Land, seine Stellung im Dorf ja selbst innerhalb der Familie –, wenn er es versäumte, einem rechtmäßigen Ruf zu den Waffen zu folgen. Doch eben aus demselben Grund hatte er auch das Recht mitanzuhören, wie alle Fragen öffentlich diskutiert wurden, bevor er seinen Verpflichtungen nachkam.

Ob Shef das Recht hatte, der Debatte beizuwohnen, war eine andere Frage. Aber noch trug er nicht den eisernen Halsring des Sklaven, und der Freie, der an der Tür kontrollierte, wer der Versammlung beiwohnte, stand noch in Shefs Schuld für eine reparierte Pflugschar. Er hatte unschlüssig gebrummt, sich das Schwert in der schäbigen Scheide an Shefs Hüfte besehen und war schließlich zu dem Entschluß gekommen, kein

Aufhebens zu machen. Jetzt stand Shef mit dem Rükken gegen die Wand gelehnt unter den ärmsten Häuslern Emneths und versuchte der Debatte zu folgen, ohne gesehen zu werden.

»Meine Männer sprachen mit vielen Churls, die sie gesehen haben«, sagte Edrich. »Sie sagen alle, vier mächtige Krieger – die Söhne Ragnars – führen die Armee zu gleichen Teilen. Jeden Tag versammeln sich die Krieger um ein Heeresbanner mit dem Zeichen des schwarzen Raben. Es ist das Rabenbanner.«

Es hieß, Ragnars Töchter hätten es in einer Nacht gewebt, und der Rabe entfalte seine Flügel zum Zeichen des Sieges und ließe sie schlaff herabhängen zum Zeichen der Niederlage. Alle Anwesenden kannten die furchtbare Legende. Ganz Nordeuropa wußte von den Taten der Ragnarssons. Zahllos waren die Länder, nach denen sie gesegelt waren: England, Irland, Frankreich, Spanien und selbst die Länder jenseits des Mittelmeers. Fahrten, von denen sie reich beladen mit Beute zurückgekehrt waren. Aber wieso richtete sich ihr Zorn jetzt gegen das arme und kümmerliche Königreich der Ostangeln? Angst regte sich in Wulfgars Zügen, als er an seinem langen Schnurrbart zupfte.

»Wo ist ihr Lager?«

»In den Wiesen am Stour, südlich von Bedricsward.« Die Geduld Edrichs war sichtlich strapaziert. Er hatte dieselbe Prozedur bereits mehrfach an verschiedenen Orten hinter sich gebracht. Die schäbigen kleinen Landbesitzer reagierten alle gleich. Sie wollten nichts hören, sie wollten sich nur aus ihrer Pflicht stehlen. Aber von diesem Thane hier hatte er mehr erwartet, schließlich war sein Haß auf die Wikinger legendär. Wulfgar war ein Mann, der die Klinge mit dem berühmten Ragnar gekreuzt hatte – oder zumindest prahlte er damit.

»Was sollen wir also tun?«

»König Edmund befiehlt, daß jeder Freie, der eine

Waffe halten kann, nach Norwich aufbricht. Jeder Mann über fünfzehn und unter fünfzig Winter. Wir werden unsere eigene Armee aufstellen.«

»Wie viele sind es?« rief einer der reicheren Lehnsmänner in der ersten Reihe.

»Dreihundert Schiffe.«

»Wie viele Männer sind das?«

»Die meisten von ihnen haben drei Dutzend Ruderer«, entgegnete der Thane des Königs zögernd. Edrich wußte, daß hier der Pferdefuß lag. Wenn diesen Bauerntrampeln aufging, was ihnen bevorstand, würden sie dem Ruf zu den Waffen bestenfalls widerwillig folgen. Aber es war seine Pflicht, ihnen die Wahrheit zu sagen.

Stille senkte sich über den Raum, als alle Männer dieselbe Rechnung anstellten. Shef, der schneller als die übrigen war, sagte laut: »Dreihundert Schiffe mit je drei Dutzend Rudern. Das macht neunhundert Dutzend. Also über zehntausend Männer.«

»Und alle sind Krieger«, fügte er hinzu, mehr erstaunt als ängstlich.

»Wir können nicht gegen sie kämpfen«, sagte Wulfgar entschlossen. Er wandte den Blick von seinem Stiefsohn ab. »Wir müssen ihnen Tribut zahlen.«

Edrich riß der Geduldsfaden. »Das ist die Entscheidung König Edmunds. Und er wird weniger zahlen müssen, wenn die Große Armee sieht, daß ihr eine ebenbürtige Anzahl von Männern gegenübersteht. Aber ich bin nicht hier, um eurem Geschwätz zu lauschen – ich bringe einen Ruf, dem ihr Folge zu leisten habt. Ihr und die Landbesitzer von Upwell und Outwell und allen anderen Dörfer zwischen Ely und Wisbech. Der Befehl des Königs lautet, daß wir uns hier sammeln und morgen nach Norwich marschieren. Jeder Freie muß sich dem Zug anschließen, oder der König wird ihn bestrafen. Das sind meine Befehle und damit auch die euren.« Er machte auf dem Absatz kehrt, und blickte in die aufgewühlte, unzufriedene Menge. »Freie von Emneth, was sagt ihr?«

»Ich bin dafür!« Die Worte entglitten Shef, ohne daß er sich gegen sie wehren konnte.

»Er ist kein Freier«, knurrte Alfgar, der neben seinem Vater stand.

»Verflucht noch mal! Was macht er dann hier?« explodierte Edrich. »Könnt ihr euch nicht einmal für irgend etwas entscheiden? Ihr habt die Befehle eures Königs gehört.«

Aber seine Worte gingen in dem zwar zögerlichen, aber zustimmenden Gemurmel aus sechzig Kehlen unter.

Im Lager der Wikinger am Stour lagen die Dinge anders. Hier trafen die vier Söhne Ragnars die Entscheidungen. Sie kannten einander zu gut, als daß es zu mehr als flüchtigen Diskussionen gekommen wäre.

»Am Ende werden sie zahlen«, sagte Ubbi. Er und Halfdan ähnelten den übrigen Männern der Armee, und das sowohl in Körperbau als auch Temperament. Halfdan hatte eine rötliche Gesichtsfarbe, Ubbi bereits graues Haar, aber beide waren starke und gefährliche Kämpfer; Männer, mit denen nicht zu spaßen war.

»Wir müssen uns jetzt entscheiden«, brummte Halfdan.

»Gut. Wer soll es dann sein?« fragte Sigurth.

Die vier Männer dachten kurz nach. Es mußte jemand sein, der der Aufgabe gewachsen war, jemand mit Erfahrung. Aber gleichzeitig jemand, dessen Verlust sie verschmerzen konnten.

»Sigvarth«, sagte Ivar schließlich. Seine bleichen Züge waren unbewegt; seine farblosen Augen starrten in den Himmel. Er sagte nur das eine Wort. Und was er sagte war kein Vorschlag, sondern die Antwort. Er, den man den Knochenlosen nannte – allerdings nie in seiner Gegenwart –, machte nie Vorschläge. Seine Brüder dachten kurz nach und nickten.

»Sigvarth!« rief Sigurth Schlangenauge.

Einige Meter weiter beugte sich der Jarl der Kleinen Inseln über ein Würfelspiel. Er beendete seinen Wurf – in der Armee der Nordmänner gehörte es zum guten Ton, die eigene Unabhängigkeit zu demonstrieren –, dann richtete er sich auf und lief erwartungsvoll zu den wartenden Ragnarssons.

»Du hast meinen Namen gerufen, Sigurth?«

Schlangenauge machte sich nicht die Mühe, auf die Frage zu reagieren. »Du hast fünf Schiffe? Gut. Wir glauben, daß die Engländer und ihr schwächlicher König Edmund uns an der Nase herumführen wollen. Uns Widerstand leisten, mit uns handeln wollen. Das ist nicht gut. Wir wollen, daß du losziehst und ihnen zeigst, mit wem sie es zu tun haben. Fahr mit deinen Schiffen die Küste hinauf, und dann nach Westen. Stoße ins Inland vor und richte soviel Schaden an, wie du kannst. Brenn ein paar Dörfer nieder. Zeig ihnen, was ihnen blüht, wenn sie uns provozieren. Du weißt, was du zu tun hast.«

»Ja. Ist nicht das erstemal.« Er zögerte. »Aber was ist mit der Beute?«

»Was immer du findest, gehört dir. Aber hier geht es nicht um Beute. Tu ihnen etwas an, das sie nicht vergessen werden. Und tu es so, wie Ivar es tun würde.«

Wieder grinste der Jarl, aber zögerlicher, wie die meisten Männer, wenn der Name Ivars des Knochenlosen fiel.

»Wo wirst du an Land gehen?« fragte Ubbi.

»Bei Emneth. Bin schon mal in dem Dorf gewesen. Nahm mir da ein hübsches Kücken vor.« Das breite Grinsen des Jarls wurde durch eine Geste Ivars jäh beendet.

Sigvarth hatte einen einfältigen Grund genannt. Er

wurde nicht auf diese Mission geschickt, um den Eskapaden seiner Jugend nachzueifern. Das war eines Kriegers unwürdig. Außerdem hatte er das Thema angeschnitten, über das Ivar nie sprach.

Der gespannte Augenblick ging vorüber. Ivar lehnte sich zurück und richtete seine Aufmerksamkeit auf andere Dinge. Sie wußten, daß Sigvarth nicht der beste Krieger der Armee war – genau deshalb schickten sie ihn ja los.

»Tu, was dir gesagt wurde, und kümmer dich nicht um die Weiber«, sagte Sigurth und entließ ihn mit einer abschließenden Geste.

Wenigstens beherrschte Sigvarth die praktischen Fertigkeiten seines Standes. Zwei Tage später glitten im ersten Licht des Morgens vorsichtig fünf Schiffe mit der steigenden Flut in die Mündung des Ouse. Nach einer Stunde knirschte selbst beim Höchststand der Flut der Sand unter den Kielen. Weiter konnten sie mit den Schiffen nicht mehr ins Landesinnere vorstoßen. Die Drachenköpfe der Schiffe bohrten sich in den weichen Untergrund, und die Männer strömten an Land. Die zurückgebliebenen Schiffswachen ruderten sofort rückwärts ins Watt, wo die Schiffe bei Ebbe trockenfallen würden, weit außerhalb der Reichweite der hiesigen Aufgebote der Engländer.

Die jüngsten und schnellsten von Sigvarths Männern waren bereits ausgeschwärmt. Sie fanden eine kleinere Herde Ponys, erschlugen den Burschen, der auf sie aufpaßte, und ritten los, um weitere Tiere zu finden. Sobald ihnen weitere Pferde in die Hände gerieten, schickten sie die Tiere zurück zum Hauptverband. Als schließlich die ersten Sonnenstrahlen durch den Frühnebel drangen, galoppierten hundertzwanzig Männer auf sich windenden und schlammigen Pfaden ihrem Ziel entgegen.

Sie ritten in einer einzigen disziplinierten Gruppe, ohne Vorhut oder Flankenschutz und verließen sich ganz darauf, daß ihre Stärke und das Überraschungsmoment jeden Widerstand brechen würden. Wenn der Weg sie an einen bewohnten Ort führte – ein Bauernhaus, ein Kloster oder einen Weiler – hielten sie kaum länger an, als ein Mann zum Pinkeln brauchte. Die leichteren Männer auf den besseren Pferden fegten entlang der Flanken, um fliehende Bewohner aufzuhalten, die vielleicht Alarm auslösen könnten. Dann griff die Hauptmacht an. Ihre Befehle waren einfach; so einfach, daß sich Sigvarth nicht einmal die Mühe gemacht hatte, sie noch einmal zu wiederholen.

Die Wikinger töteten auf der Stelle jeden, den sie antrafen – Männer, Frauen und Kinder –, ohne Fragen zu stellen oder an ihr eigenes Vergnügen zu denken. Dann stiegen sie wieder auf und ritten weiter. Noch plünderten sie nicht. Und auf strengsten Befehl legten sie auch keine Feuer.

Gegen Mittag klaffte ein Streifen des Todes in der friedlichen englischen Landschaft. Niemand war dort mehr am Leben. Weit hinter den Wikingern bemerkten die ersten Einheimischen, daß sich ihre Nachbarn nicht regten, vermißten ihre Pferde und fanden Leichen in den Feldern, läuteten die Kirchenglocken und entzündeten die Signalfeuer. Aber die Menschen vor den Wikingern hatten nicht den geringsten Hinweis auf die tödliche Gefahr, die sich ihnen näherte.

Der Trupp von Emneth war sehr viel später als Sigvarths Männer aufgebrochen. Man hatte auf die widerstrebenden Kontingente aus Upwell, Outwell und den weiter entfernten Dörfern warten müssen. Dann folgte eine weitere Verzögerung, als die Landbesitzer der Gegend einander begrüßten und ungeschickt Höflichkeiten austauschten. Als den Formalitäten endlich Genüge getan war, entschied Wulfgar, daß sie unmöglich mit leeren Mägen aufbrechen konnten, und rief nach heißem Ale für die Anführer und Dünnbier für die übrigen Männer. Erst mehrere Stunden nach Sonnenaufgang marschierten die hundertfünfzig Bewaffneten, das Aufgebot von vier Dörfern, auf der Straße durch das Sumpfland, die sie über den Ouse und schließlich nach Norwich führen sollte. Schon bald blieben die ersten Nachzügler zurück; manchen waren die Sattelgurte gerissen, andere erleichterten sich am Straßenrand, während wieder andere sich davonschlichen, um sich von ihren eigenen Frauen oder denen ihrer Waffenbrüder zu verabschieden. Der Trupp ritt ahnungslos und unvorbereitet durch das Land. Ihren ersten Hinweis auf die Anwesenheit der Wikinger bekamen sie erst, als sie um eine Kurve bogen und ihnen eine dichtgedrängte Kolonne Bewaffneter entgegenkam.

Shef ritt unmittelbar hinter den Anführern, so nahe an Thane Edrich, wie er es wagte. Seine Zustimmung bei der Beratung hatte ihm Edrichs Wohlwollen gesichert. Solange er in der Nähe des Thane blieb, würde ihn niemand zurückschicken. Dennoch begleitete er den Trupp, wie Alfgar bei jeder Gelegenheit betonte, als Schmied und nicht als Freier, der seinen Waffendienst ableistete. Aber immerhin hatte er noch sein selbstgeschmiedetes Schwert.

Shef sah die Wikinger im selben Moment wie seine Begleiter und hörte die bestürzten Rufe der Anführer.

»Wer sind diese Männer?«

»Die Wikinger!«

»Nein, das kann nicht sein. Sie sind in Suffolk. Wir verhandeln doch mit ihnen!«

»Es sind die Wikinger, ihr Weichköpfe!« Edrichs Stimme überschlug sich. »Na los, runter von den Sätteln mit euren fetten Ärschen! Nehmt Schlachtordnung ein! Ihr da drüben, steigt ab, steigt ab! Pferdeburschen nach hinten! Nehmt die Schilde vom Rücken und formiert euch!«

Der Thane riß sein Pferd herum und ritt in das wirre Knäuel, in das sich die Kolonne der englischen Freien verwandelt hatte. Langsam erfaßten die Männer die Lage, glitten aus ihren Sätteln und wühlten verzweifelt nach den Waffen, die sie weggepackt hatten, um bequemer zu reiten. Ein Teil der Männer drängte nach vorne, ein anderer nach hinten, je nach persönlicher Neigung, Mut oder Feigheit.

Shef mußte nur wenige Vorbereitungen treffen – er war der ärmste Mann der Kolonne. Er ließ die Zügel des Ponys fallen, das ihm sein Stiefvater widerwillig geliehen hatte, zog den hölzernen Schild vom Rücken und lockerte seine einzige Waffe in der Scheide. Sein ganzer Schutz bestand aus einer ledernen Jacke, in die er so viele Eisenzapfen eingenäht hatte, wie er hatte zusammenraffen können. Er stellte sich unmittelbar hinter Edrich auf; sein Herz hämmerte hart und schnell, und die Aufregung schnürte ihm die Kehle zu – aber dennoch wog eine unbändige Neugierde alle anderen Gefühle auf. Wie würden die Wikinger kämpfen? Wie fühlte sich eine Schlacht an?

Auf Seiten der Wikinger hatte Sigvarth die Lage im selben Augenblick erfaßt, als die ersten Reiter auf ihn zukamen. Er ließ die Hacken aus der hochgestellten Reitposition fallen, stemmte sich in den Sattel, machte kehrt und rief den Männern hinter sich einen kurzen Befehl zu. Auf der Stelle löste sich die Kolonne der Wikinger in routinierten Bewegungen auf. Einen Augenblick später waren alle Männer von ihren Pferden gestiegen. Jeder fünfte der Wikinger ergriff die Zügel von vier weiteren Pferden und führte sie nach hinten. Sobald sie das Gedränge hinter sich gelassen hatten, trieben sie Pflöcke in den Boden und banden die Zügel daran fest. Danach sammelten sich die zwei Dutzend Krieger, um die Reserve zu bilden.

Unterdessen hielten die übrigen zwanzig Herzschläge lang inne. Manche schwiegen grimmig, andere zogen schnell noch einmal die Senkel ihrer Schuhe an oder tranken einen Schluck Wasser oder urinierten. Dann nahmen alle gleichzeitig die Schilde vom Rücken und lockerten die Schwerter. Sie reichten die Äxte an die Schildträger und balancierten die langen Schlachtspeere in den Wurfhänden. Ohne ein weiteres Wort formten sie eine zweireihige Formation von einer Seite der Straße zur anderen. Links und rechts von ihnen war nur Sumpf. Auf Sigvarths Schlachtruf rückten sie im Laufschritt vor. Die Flanken fielen zurück, bis ihre Formation eine breite Pfeilspitze bildete, die direkt auf das englische Kontingent gerichtet war. An ihrer Spitze befand sich Sigvarth. Hinter ihm führte sein Sohn Hjörvarth ein Dutzend ausgesuchter Krieger an – die Männer, die, nachdem die vorderste Linie der Engländer durchbrochen war, durch sie hindurch nach hinten fegen und damit einen Rückschlag in eine vernichtende Niederlage verwandeln würden.

Die Engländer hatten derweil eine unregelmäßige, drei bis vier Männer tief gestaffelte Reihe gebildet, die ebenfalls die gesamte Breite der Straße einnahm. Die Freien hatten die Pferde einfach sich selbst überlassen. Zwischen den dicht zusammengedrängten Ponys, die davontrotteten, fanden sich auch einige Männer, die sich unauffällig nach hinten zurückfallen ließen. Aber es waren nur wenige. Nach drei Generationen Überfällen und Krieg hatten viele der Engländer eine persönliche Rechnung zu begleichen – und außerdem wollte sich niemand der Verachtung seiner Nachbarn aussetzen. Die Männer, die sich selbst für ranghöher hielten, stießen ermutigende Schlachtrufe aus, aber keine Befehle. Shef blickte sich um und stellte fest, daß er ganz allein hinter den bewaffneten Adligen stand. Die Keilformation der Wikinger hatte die Männer unbewußt nach links oder rechts rücken lassen. Nur die entschlossensten der Engländer waren geblieben, um sich dem ersten Ansturm der Feinde entgegenzustellen. Es hieß, der Kriegsgott der Wikinger hätte die Keilformation erfunden. Was würde geschehen, wenn sie zustieß?

Aus den Reihen der Engländer flogen die ersten Speere. Einige von ihnen bohrten sich vor den anrükkenden Wikingern in den Boden, die übrigen prallten an den Schilden der vordersten Männer ab. Dann rückten die Wikinger plötzlich gleichzeitig vor – ein, zwei, drei Schritte. Die Wurfarme der vordersten Männer schnellten vor, und ein Geschoßhagel wirbelte auf die Mitte der englischen Reihen zu. Shef beobachtete, wie Edrich vor ihm geschickt den Schildbuckel so drehte, daß ein Speer über seinen Kopf flog und ein zweiter an der Kante des Schilds zersplitterte und ihm vor die Füße fiel. Einige Schritte links von ihm senkte ein Adliger den Schild, um einen Speer abzuwehren, der auf seinen Bauch gezielt war. Der Mann würgte und kippte seitlich weg, als ein zweiter Speer ihm durch Bart und Kehle fuhr. Ein anderer Adliger fluchte, als sich gleichzeitig drei Speere in seinen Schild bohrten. Zuerst versuchte er, sie mit dem Schwert abzuschlagen. Dann mühte er sich hektisch, den Ellbogen aus dem Lederband zu befreien, um den Schild loszuwerden, der ihn jetzt nur noch behinderte. Noch bevor ihm das gelang, hatte der Keil der Wikinger die Engländer erreicht.

Unmittelbar vor Shef führte der Anführer der Nordmänner einen mächtigen Schlag gegen Wulfgar. Der Engländer fing ihn mit dem Schild ab und versuchte, einen Gegenstoß mit dem Schwert zu führen. Aber der Wikinger führte bereits einen zweiten Schlag, diesmal mit der Rückhand. Wieder parierte Wulfgar. Ein ohrenbetäubendes Klirren ertönte, als seine Klinge gegen die des Wikinger prallte, aber es war zu spät – er hatte bereits das Gleichgewicht verloren. Mit einem plötzlichen Stoß knallte ihm der Nordmann den Knauf seines Schwerts ins Gesicht, gefolgt von seinem Schildbuckel. Wulfgar wurde zur Seite geschleudert. Als der Wikinger einen Schritt nach vorne machte, um Wulfgar den Todesstoß zu versetzen, sprang Shef auf ihn los.

Trotz seiner Größe war der Wikinger erstaunlich behende. Er schnellte zurück und hieb nach dem ungeschützten Kopf des Jungen. Die wenigen Sekunden des Kampfgeschehens hatten Shef bereits zwei Dinge gelehrt: Erstens, in einer Schlacht mußte jeder Schlag, jeder Hieb mit voller Wucht geführt werden, ohne die unbewußte Zurückhaltung, der man beim Üben verhaftet war. Also legte er die ganze Kraft seiner in der Schmiede gehärteten Muskeln in die Parade. Zweitens, in einer Schlacht durfte es keine Pause zwischen den Schlägen geben. Auf den nächsten Hieb des Wikingers war Shef bereits gefaßt. Diesmal fing er das Schwert seines Gegner bereits früher ab. Ein Klirren erschallte, dann hörte er wie eine Klinge zerbrach und ein Bruchstück über seinen Kopf pfiff. Nicht meine, dachte Shef. Nicht meine! Er machte einen Satz und stach triumphierend nach der Hüfte des Wikingers.

Plötzlich warf ihn etwas seitlich nach hinten. Er stolperte, aber es gelang ihm, das Gleichgewicht zurückzugewinnen. Edrich, der Thane des Königs, schob ihn zur Seite und brüllte ihm etwas ins Ohr. Shef blickte sich um und begriff, daß der Keil der Wikinger durchgebrochen war, während er mit ihrem Anführer gerungen hatte. Ein halbes Dutzend englischer Adliger lag auf dem Boden. Wulfgar, der wieder auf den Beinen war, wich betäubt in Shefs Richtung zurück, aber ihm standen ein Dutzend Wikinger im Weg, die die Verteidigungslinie der Engländer durchbrochen hatten. Unwillkürlich schwang Shef drohend das Schwert und forderte den vordersten der Nordmänner heraus, es mit ihm aufzunehmen. Einen Herzschlag lang sahen der Junge und der Krieger einander in die Augen. Dann entsann sich der Wikinger seiner Befehle und schwenkte nach rechts, um die Formation der Engländer von hinten aufzurollen und die Männer an den Flanken in den Sumpf zu treiben.

»Lauf! Lauf um dein Leben!« schrie Edrich. »Wir sind geschlagen. Wir können nichts mehr tun. Wenn wir jetzt fliehen, haben wir eine Chance.«

»Mein Vater!« schrie Shef und sprang nach vorne. Er versuchte, Wulfgar am Gürtel zu packen und mit sich zu zerren.

»Zu spät, er ist erledigt.«

Edrich hatte recht. Der Thane von Emneth hatte einen weiteren Schlag auf den Helm eingesteckt und stolperte betäubt nach vorne, wo ihn die Feinde umringten. Die Wikinger schwärmten immer noch zu den Flanken, aber jeden Augenblick würden sie nach vorne drängen und die wenigen in der Mitte verbliebenen Männer überwältigen. Shef spürte, wie ihn jemand am Kragen packte und hetzte mit zugeschnürter Kehle nach hinten.

»Verfluchte Narren. Diese ahnungslosen Bauerntölpel. Was war von ihnen schon zu erwarten? Schnapp dir ein Pferd, Junge.«

Sekunden später galoppierte Shef den Weg zurück, den sie erst vor wenigen Minuten gekommen waren. Seine erste Schlacht war vorüber.

Und er hatte sich nur Augenblicke nach dem ersten Hieb davongestohlen.

KAPITEL 4

DAS SCHILF AM RANDE des Sumpfs bewegte sich leicht in der abendlichen Brise. Gleich darauf wackelten die Pflanzenspitzen ein zweitesmal und Shef beäugte die verlassene Landschaft. Die Wikingerpiraten waren verschwunden.

Er drehte sich um und watete durch das Schilf zu dem Pfad zurück, der zu der kleinen, von niedrigen Bäumen abgeschirmten Insel führte. Edrich aß die kalten Überreste ihres Abendessens. Er wischte sich die fettigen Finger am Gras ab und hob fragend die Augenbrauen.

»Niemand zu sehen«, sagte Shef. »Alles ist ruhig, keine Feuer.«

Die beiden Engländer hatten der verlorenen Schlacht den Rücken gekehrt, um ihre Haut zu retten. Sie hatten keinen Hinweis auf Verfolger bemerkt, als sie ihre Pferde zurückgelassen und sich zu Fuß in den Sumpf geflüchtet hatten, in dem sie die Nacht zu verbringen gedachten – eine merkwürdig behagliche und angenehme Nacht für Shef. Für ihn war sie eine Insel des Friedens inmitten von Angst und Kummer. Diesen einen Abend mußte er nicht arbeiten, gab es keine Aufgabe, die er zu erfüllen hatte. Alles, was sie zu tun gehabt hatten, war sich zu verstecken und es sich so bequem wie möglich zu machen. Shef hatte sich patschend einen Weg in den Sumpf gebahnt und bald eine trockene Insel inmitten des weglosen Marschlands gefunden, in das ein Fremder niemals vordringen würde. Es war nicht schwer gewesen, mit dem Schilf, das die hiesigen Bewohner zum Decken ihrer Dächer verwendeten, einen Unterstand zu errichten. Mit einer Schlinge hatten sie in dem träge fließenden Wasser Aale gefangen, und nach kurzer Überlegung hatte Edrich einem Feuer zugestimmt. Die Wikinger hatten besseres zu tun, als wegen einer winzigen Rauchfahne den halben Sumpf zu durchwaten.

Außerdem konnten sie noch vor Einbruch der Dunkelheit überall um sie herum Rauch sehen. »Die Piraten sind auf dem Rückzug«, sagte Edrich. »Es ist ihnen egal, ob sie dabei Spuren hinterlassen.«

Shef nickte zögernd und fragte vorsichtig: »Edrich, bist du jemals in einer Schlacht davongelaufen?« Jedesmal, wenn er daran dachte, wie sein Stiefvater in der Flut der Gegner untergegangen war, schien ihn seine Schuld zu erdrücken. »Viele Male«, entgegnete Edrich im Geist der eigentümlichen Kameradschaft, die sie an diesem Tag abseits der für gewöhnlich übermächtigen Fragen des Rangs und der Pflichten erfüllte. »Und halte das ja nicht für eine Schlacht. Es war nur ein Scharmützel. Aber ich bin schon oft weggelaufen, zu oft. Aber ich sage dir etwas, wenn es jeder so machen würde, hätten wir nicht so viele Tote. Solange wir zusammenstehen und kämpfen, verlieren wir nur wenige Männer, aber sobald die Wikinger durchbrechen, ist es eine einzige Schlächterei. Denk mal einen Augenblick nach – jeder Mann, der das Schlachtfeld heil verläßt, ist für einen Kampf an einem anderen Tag und unter ausgeglichenen Bedingungen übrig.«

Der Thane lächelte grimmig. »Das Problem ist nur, daß die meisten Leute sich immer mehr dagegen sträuben, je öfter das passiert. Sie verlieren den Mut. Aber dafür gibt es keinen Grund. Wir wurden gestern geschlagen, weil keiner von uns vorbereitet war, weder körperlich noch gedanklich. Wenn die Freien nur ein

Zehntel der Zeit, die sie hinterher mit Jammern verbringen, darauf verwenden würden, sich auf den Kampf vorzubereiten, würden wir keine Schlachten mehr verlieren. Und jetzt zeig mir deine Klinge.«

Mit gleichmütigem Gesichtsausdruck zog Shef das Schwert aus der abgenutzten ledernen Scheide und reichte es ihm. Nachdenklich besah sich Edrich die Waffe von allen Seiten.

»Sieht aus wie das Werkzeug eines Heckengärtners«, bemerkte er. »Oder wie das, das die Churls zum Schilfschneiden benutzen, aber nicht wie eine echte Waffe. Trotzdem habe ich gesehen, wie das Schwert des Wikinger daran zerbrochen ist. Wie konnte das passieren?«

»Es ist eine gute Klinge«, erwiderte Shef. »Vielleicht die beste in Emneth. Ich habe sie selbst aus einzelnen Streifen geschmiedet. Die habe ich aus den Eisenblökken gehämmert, die wir aus dem Süden bekommen. Aber sie hat auch Streifen harten Stahls. Ein Thane aus March gab mir einige Speerspitzen als Bezahlung für eine Schmiedearbeit. Ich habe sie geschmolzen und flachgehämmert und dann die Eisen- und Stahlstreifen miteinander verdreht, um daraus die Klinge zu schmieden. Das Eisen macht sie biegsam, und der Stahl gibt ihr die Härte. Ganz zum Schluß habe ich eine Schneide aus dem härtesten Stahl aufgetragen, den ich bekommen konnte. Das Ganze kostete mich mehr Holzkohle, als vier Männer tragen können.«

»Und trotz der ganzen Mühe hast du sie nur kurz und einschneidig gemacht, wie ein Werkzeug. Mit einem Griff aus Ochsenknochen und ohne Parierstange. Und dann hast du sie in der Nässe gelassen, wo sie Rost ansetzte.«

Shef zuckte die Achseln. »Wenn ich mit der Waffe eines Kriegers an der Hüfte und glänzenden Schlangenmustern auf der Klinge durch Emneth stolziert wäre, wie lange hätte ich sie behalten? Der Rost reicht gerade aus, um die Klinge zu verfärben. Ich habe aufgepaßt, daß er sich nicht tiefer frißt.«

»Das ist das zweite, was ich dich fragen wollte. Der junge Thane sagte, du wärst kein Freier. Und du hast dich wie jemand benommen, der sich versteckt. Trotzdem hast du Wulfgar im Kampf ›Vater‹ genannt. Hier ist doch ein Geheimnis. Weiß Gott, die Welt ist voller Bastarde von Thanes. Aber keiner von ihnen versucht, die seinen zu versklaven.«

Man hatte Shef dieselbe Frage schon viele Male gestellt, und zu einer anderen Zeit und an einem anderen Ort hätte er sie nicht beantwortet. Aber im vertrauten Zwiegespräch, unendlich weit weg von Fragen nach Rang und Status, perlten die Worte über seine Lippen.

»Er ist nicht mein Vater, auch wenn ich ihn so nenne. Vor 18 Sommern überfielen die Wikinger diese Gegend. Wulfgar war damals nicht in Emneth, aber meine Mutter, Lady Thryth, war dort mit ihrem Säugling Alfgar – meinem Halbbruder. In jener Nacht, in der die Wikinger kamen, brachte ein Diener Alfgar weg. Aber sie verschleppten meine Mutter.«

Edrich nickte. Das war eine Geschichte, wie man sie oft hörte. Doch seine Frage blieb damit unbeantwortet. Der Menschenraub hatte System, zumindest was die Opfer von Rang anging. Nach einiger Zeit mußte Wulfgar Nachricht von den Sklavenmärkten in Haithabu oder Kaupang bekommen haben, daß er die Lady freikaufen konnte – für ein angemessenes Lösegeld. Hätte er das Angebot ausgeschlagen, wäre es ihm freigestanden, sich als Witwer zu betrachten, erneut zu heiraten und seine silbernen Armreifen einer anderen Frau zu schenken, die seinen Sohn aufgezogen hätte. Gut, manchmal wurden solche Arrangements durch die überraschende Rückkehr der Ehefrau gestört, die, älter geworden den Nordmännern ausgedient hatte und der es gelungen war, eine Passage auf einem Schiff nach Hause zu ergattern. Aber das geschah nur sehr selten, und außerdem erklärte das immer noch nicht, was es mit dem jungen Mann auf sich hatte, der ihm gegenüber saß.

»Nur wenige Monate später kehrte meine Mutter zurück. In ihrem Bauch trug sie einen Sohn – mich. Sie schwor, daß der Jarl der Wikinger mein Vater wäre. Als ich auf die Welt kam, wollte sie mich Halfden taufen, weil ich halb Däne bin. Aber Wulfgar beschimpfte sie. Er sagte, Halfden wäre der Name eines Heldens, des Königs, der das Geschlecht der Skjoldungen gründete, und den sowohl die Könige Englands als auch Dänemarks als ihren Vorfahren betrachten. Der Name wäre zu gut für mich. Also gab man mir statt dessen einen Hundenamen – Shef.«

Der junge Mann senkte den Blick. »Deshalb haßt mich mein Stiefvater und wartet nur auf eine Gelegenheit, mich zu versklaven. Und deshalb besitzt mein Halbbruder alles und ich nichts.«

Er hatte nicht die ganze Geschichte erzählt: Nicht, wie Wulfgar seine schwangere Frau immer wieder bedrängt hatte, eine Einbeere zu kauen, um das Kind des Vergewaltigers zu töten. Nicht, wie ihn nur das Eingreifen von Pater Andreas gerettet hatte, der den Kindesmord als Sünde brandmarkte, selbst wenn es sich nur um einen Wikingerbalg handelte. Nicht, wie sich Wulfgar in seiner Wut und Eifersucht eine Konkubine genommen und mit ihr die schöne Godive gezeugt hatte. Schließlich waren drei Kinder in Emneth aufgewachsen: Alfgar, der gebürtige Sohn; Godive, das Kind Wulfgars und seiner Sklaven-Konkubine, und Shef, das Kind Thryths und eines Wikingers.

Der Thane des Königs gab Shef wortlos das Schwert zurück. Da ist immer noch ein Geheimnis, dachte er. Wie konnte die Frau entkommen? Die Sklavenhändler waren für gewöhnlich nicht nachlässig.

»Wie hieß dieser Jarl?« fragte er. »Dein…«

»Mein Vater? Meine Mutter sagt, er hieß Sigvarth. Der Jarl der Kleinen Inseln. Wo immer das sein mag.«

Eine Zeitlang lagen sie schweigend da, dann drehten sie sich um und schliefen.

Spät am nächsten Tag wagten sich Shef und Edrich vorsichtig aus dem Schilf. Satt und unversehrt näherten sie sich Emneth – oder dem, was davon übriggeblieben war.

Die Häuser waren niedergebrannt. Manche waren nur noch Aschehaufen, an anderen Stellen ragten geschwärzte Balken aus der Zerstörung. Das Haus des Thanes und die Palisade waren verschwunden, ebenso wie die Kirche, die Schmiede, das Wirrwarr der Lehmhütten der Freien und die winzigen Anbauten der Sklaven. Ein paar Leute waren zu sehen, die ziellos umherstolperten und in den Ruinen stocherten. Die übrigen hatten sich um den Brunnen versammelt.

Als sie das Dorf betraten, rief Shef zu einer der Überlebenden hinüber, einer der Mägde seiner Mutter.

»Truda. Sag mir, was passiert ist. Gibt es noch mehr…?«

Die Frau zitterte. Sie glotzte den unverletzten Jungen, seinen Schild und sein Schwert aus vor Schrecken und Erstaunen geweiteten Augen an. »Du… du kommst besser mit und siehst nach deiner Mutter.«

»Meine Mutter ist noch hier?« Er schöpfte ein Quentchen Hoffnung. Vielleicht waren auch die anderen dort. Konnte Alfgar entkommen sein? Und Godive? Was war mit Godive?

Sie folgten der Magd, die unbeholfen vor ihnen herhinkte.

»Was hat sie?« murmelte Shef mit einem Blick auf Trudas schmerzende Glieder.

»Vergewaltigt«, sagte Edrich kurz angebunden.

»Aber... aber Truda ist keine Jungfrau.«

Edrich beantwortete die unausgesprochene Frage. »Eine Vergewaltigung ist anders. Wenn vier aufgeregte Männer an einer Frau zerren, während ein fünfter bei der Sache ist, zerschneiden sie ihr oft die Sehnen, manchmal brechen sie auch Knochen. Und wenn die Frau sich wehrt, macht das alles nur noch schlimmer.«

Shef dachte wieder an Godive. Seine Finger, die den Griff des Schilds umklammerten, verfärbten sich weiß. Nicht nur die Männer bezahlten für eine verlorene Schlacht.

Sie folgten schweigend Truda, die sie zu einer provisorischen Schutzhütte führte, einer Ansammlung von Brettern und halbverbrannten Balken, die gegen ein den Flammen entgangenes Überbleibsel der Palisade lehnten. Truda streckte den Kopf in die Schutzhütte, murmelte etwas und winkte sie herein.

Drinnen lag Lady Thryth auf einem Haufen alter Säcke. Ihr düsterer, schmerzverzerrter Gesichtsausdruck und die sonderbar angewinkelte Art, in der sie dalag, verrieten Shef, daß sie Trudas Schicksal teilte. Er kniete neben ihr hin und nahm ihre Hand.

Ihre Stimme war nur ein Flüstern, geschwächt von der furchtbaren Erinnerung. »Sie kamen ganz plötzlich. Wir hatten keine Zeit, Schutz zu suchen. Niemand wußte, was er tun sollte. Nach der Schlacht ritten die überlebenden Männer direkt hierher. Sie konnten sich nicht entscheiden, ob wir fliehen oder uns verteidigen sollten. Diese Schweine erwischten uns, noch während sie stritten. Plötzlich waren sie überall.«

Sie verstummte, krümmte sich vor Schmerz und sah ihren Sohn mit ausdruckslosen Augen an.

»Sie sind Bestien. Sie töteten jeden, der zu kämpfen versuchte. Dann trieben sie die restlichen Leute vor der Kirche zusammen. Es fing zu regnen an. Zuerst suchten sie die jungen Mädchen aus, dann ein paar von den Jungen. Für den Sklavenmarkt. Und dann… dann brachten sie die Gefangenen der Schlacht und dann…«

Ihre Stimme begann zu beben, und sie zog die flekkige Schürze vor die Augen.

»Und dann zwangen sie uns, zuzusehen wie…«

Ihre Worte gingen in einem Schluchzen unter. Nach einigen Momenten schien sie sich an etwas zu erinnern und zuckte plötzlich. Sie umklammerte Shefs Hand und sah ihn zum erstenmal direkt an.

»Shef. Er war es. Derselbe Mann wie beim letztenmal.«

»Sigvarth?« fragte Shef mit belegter Zunge.

»Ja. Dein… dein…«

»Wie sah er aus? War er ein großer Mann mit dunklen Haaren und weißen Zähnen?«

»Ja. Und der ganze Arm war voller goldener Armbänder.« Shefs Gedanken kehrten zu dem Gefecht zurück, und wieder spürte er, wie das Schwert seines Gegners zerbrach und er entzückt nachsetzte. War es möglich, daß Gott ihn vor einer furchtbaren Sünde bewahrt hatte? Aber wenn das der Fall war – was hatte Gott danach getan?

»Konnte er dich nicht beschützen, Mutter?«

»Nein. Er versuchte es nicht einmal.« Thryths Stimme war jetzt wieder fest und beherrscht. »Hinterher… nachdem sie fertig waren, trug er ihnen auf, zu plündern und sich zu amüsieren, bis die Hörner ertönten. Sie fesselten die Sklaven aneinander und taten ihnen nichts, aber die übrigen, Truda und alle, die sie nicht behielten… er überließ uns unserem Schicksal.«

»Er hat mich erkannt, Shef! Aber als ich ihn anflehte, er solle mich für sich selbst behalten, lachte er nur. Er sagte… er sagte, ich wäre jetzt eine Henne, kein Kükken mehr, und Hennen müßten auf sich selbst aufpassen. Und ganz besonders Hennen, die davongeflattert wären. Also benutzten sie mich wie Truda. Nein, sie waren noch schlimmer zu mir, weil ich die Hausherrin bin, und ein paar von ihnen fanden daran besonderen Gefallen.« Wut und Haß verzerrten ihre Züge; für den Augenblick war der Schmerz vergessen.

»Aber ich habe es ihm gesagt, Shef! Ich habe ihm gesagt, daß er einen Sohn hat. Und daß sein Sohn ihn eines Tages finden und töten wird!«

»Ich habe mein Bestes gegeben, Mutter.« Shef zögerte. In seinen Gedanken nahm eine neue Frage Gestalt an. Aber Edrich, der hinter ihm stand, sprach sie zuerst aus.

»Was mußtet Ihr mit ansehen, Lady?«

Wieder füllten sich Thryths Augen mit Tränen. Ein undeutliches Krächzen löste sich aus ihrer Kehle, dann deutete sie vage nach draußen.

»Kommt«, sagte Truda. »Ich zeige euch die Gnade der Wikinger.«

Die beiden Männer folgten ihr über die verkohlten Überreste des Dorfangers zu einer weiteren provisorischen Hütte. Eine kleine Menschentraube stand davor. Hin und wieder ging einer der Dorfbewohner hinein, sah sich um und kam wieder heraus. Ihre Mienen waren schwer zu deuten. Trauer? Wut? Vor allem, dachte Shef, nackte Angst.

In der Hütte stand eine Pferdetränke, zur Hälfte mit Stroh gefüllt. Shef erkannte auf der Stelle Wulfgars blondes Haar, aber das Gesicht war das eines Leichnams: weiß und wächsern. Die Nase war abgeschnitten und an ihrer Stelle ragte der blanke Knochen aus dem Fleisch. Dennoch war Wulfgar nicht tot.

Einen Augenblick verstand Shef nicht, was er sah. Wie konnte Wulfgar in einer Pferdetränke liegen? Er war zu groß dafür. Er maß sechs Fuß und die Tränke – Shef kannte sie nur zu gut von den vielen Züchtigungen seiner Jugend – war nicht einmal fünf Fuß lang… irgend etwas fehlte.

Etwas stimmte nicht mit Wulfgars Beinen. Seine Knie waren fast am Fußende der Tränke, aber dann waren da nur noch Verbände, die man unbeholfen um die Stümpfe gewickelt hatte. Überall war dunkles, getrocknetes Blut und Eiter. Der Geruch von Fäulnis und verbranntem Fleisch stach Shef in die Nase.

Mit wachsendem Entsetzen registrierte er, daß Wulfgars Arme ebenfalls zu fehlen schienen. Das, was von ihnen übrig war, ruhte auf seiner Brust und endete in verbundenen Stümpfen unterhalb der Ellbogen.

Eine Stimme hinter ihm murmelte die Erklärung. »Sie brachten ihn hinaus, damit ihn alle sehen konnten. Dann hielten sie ihn über einen Baumstamm und schlugen ihm mit der Axt Arme und Beine ab. Zuerst die Beine. Nach jedem Schlag versengten sie den Stumpf mit einem glühenden Eisen, damit er nicht am Blutverlust starb. Erst verfluchte er sie und wehrte sich, aber dann bettelte er sie an, sie sollten ihm wenigstens eine Hand lassen, damit er noch essen könne. Sie lachten nur. Der große Mann, der Jarl, sagte, sie würden ihm alles andere lassen. Die Augen, damit er die schönen Mädchen sehen kann, und die Eier, damit er sie begehren kann. Aber er würde nie wieder selbst die Hosen herunterlassen können, nie wieder.«

Wulfgar würde nie wieder irgend etwas selbst tun können, erkannte Shef. Er war selbst für die kleinste Handreichung auf andere angewiesen, vom Essen bis zum Pissen.

»Sie haben einen *heimnar* aus ihm gemacht«, sagte Edrich. Er benutzte das nordische Wort. »Einen lebenden Leichnam. Ich habe schon davon gehört, aber noch nie einen gesehen. Aber mach dir nicht zu viele Sorgen, Junge. Die Wundfäule, der Schmerz, der Blutverlust… er wird nicht mehr lange leben.«

Plötzlich öffneten sich Wulfgars Augen. Nackter Haß schlug Shef und Edrich entgegen. Ein trockenes, schlangenartiges Flüstern drang von seinen Lippen.

»Die Ausreißer. Du bist weggerannt und hast mich zurückgelassen, Junge. Das werde ich nie vergessen. Und du, Thane des Königs? Du bist hierher gekommen, hast uns ermahnt und uns zum Kämpfen gezwungen. Aber wo warst du, als der Kampf vorüber war? Habt keine Angst, ich werde leben und mich an euch beiden rächen. Und an deinem Vater, Junge. Ich hätte dich Bastard nie großziehen dürfen. Hätte ich diese Hure damals nur davongejagt!«

Wulfgar verstummte. Er schloß die Augen. Shef und Edrich gingen nach draußen, wo erneut Nieselregen eingesetzt hatte.

»Ich verstehe das nicht«, sagte Shef. »Weshalb haben sie das getan?«

»Das weiß ich nicht. Aber ich sage dir eins. Wenn König Edmund hiervon erfährt, wird er toben. Überfälle und Mord während einer Waffenruhe sind nicht unüblich, aber das, was man hier einem seiner Männer angetan hat, einem ehemaligen Kameraden... Er wird nicht wissen, was er tun soll. Vielleicht glaubt er, daß er seinem Volk mehr hiervon ersparen muß. Aber vielleicht entscheidet er auch, daß ihm die Ehre gebietet, nach Rache zu streben. Es wird eine schwierige Entscheidung für ihn sein.« Er wandte sich um und sah Shef an.

»Wirst du mich begleiten, Junge, wenn ich ihm die Nachricht bringe? Du bist hier kein Freier, doch du bist offenkundig ein Kämpfer. Dir ist hier nichts mehr geblieben. Komm mit mir und sei mein Diener, bis wir eine Rüstung für dich auftreiben. Du kämpfst gut genug, um es mit einem Jarl der Heiden aufzunehmen. Der König wird dich aufnehmen, egal, was du in Emneth warst.«

Thryth lief auf einen Stock gestützt auf die beiden zu.

Shef stellte ihr die Frage, die ihn seit dem Moment peinigte, als er die rauchenden Ruinen des Dorfs erblickt hatte.

»Godive. Was ist mit Godive passiert?«

»Sigvarth nahm sie mit. Sie ist jetzt im Lager der Wikinger.«

Shef wandte sich an Edrich. Seine Stimme war fest, ohne entschuldigenden Unterton.

»Sie sagen, ich wäre ein Ausreißer und ein Sklave. Jetzt werde ich beides sein.« Er schnallte den Schild los und ließ ihn zu Boden fallen. »Ich werde zum Wikingerlager am Stour gehen. Vielleicht nehmen sie mich als Sklaven, aber ich muß etwas tun, um Godive zu retten.«

»Du wirst keine Woche durchhalten«, versetzte Edrich mit kalter Wut. »Und du wirst als Verräter sterben. Als Verräter an deinem Volk und an König Edmund.« Er machte auf dem Absatz kehrt und ließ Shef stehen.

»Und am Heiligen Christus«, fügte Pater Andreas hinzu, der aus seinem Unterstand hervorkam. »Du hast gesehen, wie die Heiden wüten. Es ist besser ein Sklave unter Christen zu sein, als König unter ihresgleichen.«

Shef erkannte, daß er seine Entscheidung hastig gefällt hatte – vielleicht zu hastig, ohne nachzudenken. Aber jetzt gab es kein Zurück mehr. Die Gedanken wirbelten durch seinen Kopf: Ich habe versucht, meinen Vater zu töten. Mein Stiefvater ist ein lebender Leichnam. Meine Mutter haßt mich für das, was mein Vater getan hat. Ich habe meine Chance auf die Freiheit vertan und den einzigen Mann gekränkt, der mein Freund gewesen wäre.

Aber solche Gedanken würden ihm jetzt nicht weiterhelfen. Er hatte das alles für Godive getan. Jetzt mußte er zu Ende bringen, was er begonnen hatte.

Godive erwachte mit rasenden Kopfschmerzen und dem beißenden Geruch von Rauch in der Nase. Unter ihr wand sich jemand. Erschreckt schlug sie aus und schob sich zur Seite. Das Mädchen, auf dem sie gelegen hatte, wimmerte.

Godive sah sich um. Sie lag auf einem Karren, der sich auf einer mit schlammigen Pfützen übersäten Straße dahinquälte. Durch das schräg gespannte, dünne Segeltuch drang Licht in das Innere des Karrens, in dem dicht gedrängt die Hälfte der Mädchen Emneths aufeinanderlagen. Ein stetiges, vielstimmiges Stöhnen und Schluchzen drang aus dem Haufen. Plötzlich verdunkelte sich das helle Rechteck am Ende der Kutsche und verwandelte sich in ein bärtiges Gesicht. Schrille Schreie verdrängten das Schluchzen; die Mädchen klammerten sich aneinander fest oder versuchten, sich hinter ihren Leidensgenossinnen zu verstecken. Aber das Gesicht mit den weiß glänzenden Zähnen grinste nur und wedelte warnend mit dem Finger und verschwand wieder.

Die Wikinger! Mit einem Schlag kehrte Godives Erinnerung in allen Einzelheiten zurück: Die Angriffswelle der Männer; die Panik; ihr Versuch, in die Sümpfe zu fliehen; der Mann, der sich plötzlich vor ihr aufgebaut und ihren Rock gepackt hatte; die Angst, die sie überwältigt hatte, als sie das erstemal in ihrem eintönigen Leben ein erwachsener Mann festhielt…

Abrupt schnellten ihre Hände an die Hüfte. Was hatten sie ihr angetan, während sie bewußtlos war? Aber obwohl der Schmerz in ihrem Kopf immer schlimmer wurde, spürte sie kein Pochen, keine wunde Stelle in ihrem Körper. Sie mußte immer noch Jungfrau sein. Die Wikinger konnten sie unmöglich geschändet haben, ohne daß sie etwas spürte, oder?

Das Mädchen neben ihr, die Tochter eines Häuslers und eine von Alfgars Gespielinnen sah Godives Bewegung und bemerkte mit boshaftem Unterton: »Keine Angst. Sie haben keiner von uns was angetan. Sie wollen uns verkaufen. Du hast nichts zu befürchten, bis sie einen Käufer finden. Aber dann wirst du nichts Besseres mehr sein als wir übrigen.«

Langsam kehrte Ordnung in ihre Erinnerung ein. Das Viereck, in dem sich die Dorfbewohner aufgestellt hatten, umringt von bewaffneten Wikingern. Und dann hatten sie ihren schreienden und zappelnden Vater zu dem Baumstamm in der Mitte des Vierecks gezerrt... Der Baumstamm. Unsägliches Grauen hatte sie erfaßt, als ihr klar geworden war, was sie ihrem Vater antun würden. Sie hatten ihn an Armen und Beinen gepackt, und dann war der Mann mit der Axt vorgetreten. Ja. Sie war nach vorne gerannt, hatte den großen Mann angeschrien und versucht, ihn zu kratzen. Aber ein anderer, den er ›Sohn‹ genannt hatte, hatte sie abgefangen. Und was war dann geschehen? Sie betastete vorsichtig ihren Kopf. Eine Beule. Und ein rasender Schmerz, der von ihr ausging. Sie besah sich ihre Finger – wenigstens klebte an ihnen kein Blut.

Der Wikinger hatte sie mit einem Sandsack geschlagen, und sie war nicht die einzige, der das widerfahren war. Die Piraten waren keine Anfänger im Sklavengeschäft und wußten, wie man mit Menschenvieh umging. Am Anfang eines Überfalls griffen sie mit Schwert und Axt, Speer und Schild an und töteten die Männer. Aber danach stellten selbst die flache Klinge eines Schwerts oder die stumpfe Rückseite einer Axt unhandliche Werkzeuge dar, die nicht zur Betäubung taugten. Die Hand rutschte zu einfach aus, und schon zertrümmerte der Stahl einen Schädel oder zerschnitt das Ohr eines wertvollen Stücks Handelsware. Selbst die geballte Faust war angesichts der Stärke der Sklavenjäger, die tagtäglich ruderten, zu gefährlich. Wer würde ein Mädchen mit gebrochenem Kiefer oder einem krumm verheilten Wangenknochen kaufen? Die Geizhälse von den äußeren Inseln vielleicht, aber niemals die Käufer aus Spanien oder die wählerischen Könige Irlands.

Deshalb trugen die Männer, die unter Sigvarths Kommando und unter dem vieler anderer Wikinger-Jarle zum Einfangen der Sklaven abgestellt waren, an ihren Gürteln oder Schilden ›Ruhigsteller‹ – lange, wurstförmige Leinenrollen mit trockenem Sand, den man in den Dünen Jütlands oder Skanes eingefüllt hatte. Ein einziger geschickter Schlag genügte, um das wertvolle Handelsgut fürs erste außer Gefecht zu setzen. Und das ohne Risiko, es zu beschädigen.

Nach und nach flüsterten die Mädchen miteinander; ihre Stimmen bebten vor Angst. Sie erzählten Godive, was mit ihrem Vater geschehen war. Dann, wie es Truda, Thryth und den übrigen ergangen war. Wie man sie schließlich in das Gefährt verladen und sich auf den Weg zur Küste gemacht hatte. Nur, was erwartete sie jetzt?

Am Abend des nächsten Tages spürte auch Sigvarth, der Jarl der Kleinen Inseln, wie ein eisiger Schauder durch seinen Körper fuhr, auch wenn der Grund dafür weniger offensichtlich war. Er saß im großen Zelt der Söhne Ragnars. Vor ihm, auf dem Tisch der Jarle, türmte sich bestes englisches Rindfleisch, in der Linken hielt er einen Krug kräftigen Ales und lauschte, wie sein Sohn Hjörvarth von dem Überfall berichtete. Trotz seiner Jugend war er ein guter Erzähler. Und es war gut, daß die übrigen Jarle und die Ragnarssons sahen, daß er einen starken, jungen Sohn hatte, den man in Zukunft nicht übergehen konnte.

Was konnte also nicht stimmen? Sigvarth neigte nicht zu Grübeleien, aber er blickte auf ein langes Leben zurück und hatte gelernt, das Kribbeln einer nahenden Gefahr nicht zu ignorieren.

Ihr Rückzug war ohne Zwischenfälle verlaufen. Er

hatte die Kolonne der Wagen und Lasttiere mit Beute nicht den Ouse, sondern den Nene entlanggeführt. Die Schiffswachen hatten derweil auf der Sandbank auf die Engländer gewartet und eine Zeitlang Beleidigungen und vereinzelte Pfeile mit ihnen ausgetauscht. Dann hatten sie zugesehen, wie die Engländer langsam eine Flotte von Ruder- und Fischerbooten zusammenzogen, und waren schließlich mit dem Höchststand der Flut zum verabredeten Treffpunkt aufgebrochen. Die wutschnaubenden Engländer waren hinter ihnen zurückgeblieben.

Am wichtigsten war aber, daß Sigvarth genau den Anweisungen Schlangenauges gefolgt war. Er hatte jede Hütte und jedes Feld auf dem Weg niedergebrannt, in jeden Brunnen Leichen geworfen. Und er hatte Exempel statuiert, Engländer an Bäume genagelt oder verstümmelt, aber nicht getötet, damit sie berichten konnten, was geschehen war.

Tu es so, wie Ivar es tun würde, hatte Schlangenauge gesagt. Nun, Sigvarth gab sich nicht der Illusion hin, daß er dem Knochenlosen in Sachen Brutalität das Wasser reichen konnte, aber niemand konnte ihm vorwerfen, daß er nicht sein Bestes gegeben hätte. Und er hatte einiges erreicht. Die Gegend würde Jahre brauchen, um sich zu erholen.

Nein, der Überfall machte ihn nicht unruhig; der war eine gute Idee gewesen. Wenn etwas nicht stimmte, dann war die Ursache in der Zeit davor zu suchen. Zögernd gestand Sigvarth sich ein, daß die Erinnerung an das Scharmützel ihn beunruhigte. Ein Vierteljahrhundert lang hatte er gekämpft, hatte Hunderte von Männern getötet und Dutzende von Wunden davongetragen. Dieses Scharmützel hätte nicht mehr als eine Fingerübung sein dürfen. Aber das war es nicht gewesen. Wie so oft zuvor hatte er die vorderste Linie der Engländer durchbrochen, den blonden Thane fast schon verächtlich aus dem Weg gestoßen und sich auf die wie üblich zerrissene und ungeordnete zweite Reihe gestürzt.

Und dann war da plötzlich dieser Junge gewesen. Er hatte nicht einmal einen Helm oder ein richtiges Schwert besessen – ein Freigelassener oder das Kind eines Häuslers. Dennoch, nur zwei Paraden später war Sigvarths Schwert zerbrochen, er selbst hatte das Gleichgewicht verloren und war ihm schutzlos ausgeliefert gewesen. In einem Kampf Mann gegen Mann, führte Sigvarth den Gedanken zu Ende, wäre das sein Ende gewesen. Nur die Männer, die links und rechts von ihm nach vorne gestoßen waren, hatten ihn gerettet. Er glaubte nicht, daß irgend jemand den Vorfall bemerkt hatte, aber was, wenn doch? Dann konnten bereits in dieser Sekunde einige der Hitzköpfe mit dem Gedanken spielen, ihn herauszufordern.

Konnte er sich mit ihnen messen? War sein Sohn Hjörvarth bereits stark genug, daß man seine Rache fürchtete? Vielleicht wurde er zu alt für dieses Geschäft. Wenn er es nicht einmal mehr mit einem schlecht bewaffneten Jungen – und dazu noch einem Engländer – aufnehmen konnte, war es vielleicht an der Zeit, das Schwert an den Nagel zu hängen.

Wenigstens tat er jetzt das Richtige. Es konnte nie schaden, die Ragnarssons auf der eigenen Seite zu wissen. Hjörvarth kam zum Ende der Geschichte. Sigvarth drehte sich im Sitzen zu seinen beiden Gefolgsleuten, die am Eingang warteten, und nickte ihnen zu. Sie nickten ebenfalls und hasteten nach draußen.

»... also verbrannten wir die Karren am Strand und warfen einige Churls ins Feuer, die mein Vater in seiner Weisheit als Opfer für Ägir und Ran zurückbehalten hatte. Dann enterten wir die Schiffe und segelten die Küste entlang zur Flußmündung zurück – und jetzt sind wir hier! Die Männer von den Kleinen Inseln, angeführt vom berühmten Jarl Sigvarth – und von mir, seinem rechtmäßigen Sohn Hjörvarth. Wir stehen zu euren Diensten, Söhne des Ragnar, und dürsten nach neuen Taten!«

Das gesamte Zelt brach in Beifall aus. Hörner knallten gegen Tische, Füße stampften und Messer klirrten. Der vielversprechende Auftakt des Feldzugs stimmte die Männer gutgelaunt.

Dann erhob sich Schlangenauge.

»Nun, Sigvarth, wir versprachen, daß die Beute dir gehört. Außerdem hast du sie verdient, also hab keine Angst und berichte uns von deinem Glück. Wieviel hast du geraubt? Genug, um dich zur Ruhe zu setzen und dir einen Sommerlandsitz in Seeland zu kaufen?«

»Nein, nein, nicht genug!« beteuerte Sigvarth. Einige der Männer stöhnten ungläubig auf. »Nicht genug, um aus mir einen Bauern zu machen. Bei den Thanes auf dem Land gibt es nicht viel zu holen. Aber wartet nur, bis die große, unschlagbare Armee Norwich plündert. Oder York! Oder London!« Sigvarth erntete zustimmende Rufe und ein Lächeln Schlangenauges. »Wir müssen die Klöster plündern. Sie quellen über vor Gold, das die Christenpriester den Narren im Süden abknöpften. Auf dem Land gibt es kein Gold und kaum Silber.«

»Aber wir gingen nicht ganz ohne Beute, und ich bin bereit, das Beste davon zu teilen. Hier, ich zeige es euch!«

Er wandte sich um und winkte seine Gefolgsleute herein. Die beiden Männer drängten sich durch die Tischreihen. Hinter sich zogen sie an einem um die Hüfte geschlungenen Seil eine komplett in einen Sack gehüllte Gestalt. Sie stießen die Gestalt vor den Tisch in der Mitte und lösten mit schnellen Handbewegungen zuerst das Seil und anschließend den Sack.

Godive blinzelte in das grelle Licht. Sie stand vor einem Haufen bärtiger Gesichter, die sie händereibend und mit offenem Mund anstarrten. Sie schauderte zurück und versuchte wegzurennen. Einen Augenblick später starrte sie dem größten der Häuptlinge ins Gesicht, einem bleichen Mann mit ausdruckslosen Zügen und Augen wie Eis, die niemals blinzelten. Sie wirbelte wieder herum und sah mit einem Gefühl, das an Erleichterung grenzte, Sigvarth an, das einzige bekannte Gesicht.

In dieser rauhen Gesellschaft schien sie wie eine Blume im dunklen Unterholz. Godives Haar war blond, ihre Haut makellos, und ihre vollen Lippen wirkten jetzt, da sie vor Furcht weit aufgerissen waren, sogar noch anziehender als sonst. Sigvarth nickte ein weiteres Mal, und einer seiner Männer riß am Rückenteil ihres Gewands, bis der Stoff nachgab. Dann zog er sie trotz ihrer Schreie und ihrer Gegenwehr aus. Schließlich stand Godive nackt vor den Männern, die gierig ihren jugendlichen Körper bewunderten. Hin- und hergerissen zwischen Angst und Scham verschränkte sie die Arme über den Brüsten. Mit gesenktem Kopf wartete sie auf das, was immer ihr die Wikinger antun würden.

»Ich werde sie mit niemandem teilen«, rief Sigvarth. »Dazu ist sie viel zu kostbar. Also verschenke ich sie! Als Zeichen meines Dankes gebe ich sie dem Mann, der mich für diese Expedition auswählte. Möge er gut und lange und oft von ihr Gebrauch machen. Ich gebe sie dem weisesten Mann der ganzen Armee. Dir, Ivar!«

Sigvarth beendete seine Ansprache mit einem Aufschrei und hob das Horn. Dann dämmerte ihm langsam, daß ihm kein Schrei antwortete, sondern nur das verwirrte Gemurmel von den Männern an den Rändern des Zelts; denen, die wie er die Ragnarssons am schlechtesten kannten und als letzte zur Armee gestoßen waren. Niemand hob das Horn. Plötzlich sah er überall nur besorgte oder ausdruckslose Gesichter. Männer sahen weg.

Der eisige Schauder kehrte zurück. Vielleicht hätte ich mich zuerst umhören sollen, dachte Sigvarth. Vielleicht gibt es etwas, von dem ich nichts weiß. Aber was konnte nicht stimmen? Er verschenkte einen Teil seiner Beute, einen, den jeder der Männer begehrte, und dazu tat er es in aller Öffentlichkeit, wie es die Tradition vorschrieb. Was konnte es schaden, dieses Mädchen – diese wunderschöne Jungfrau – Ivar zum Geschenk zu machen. Ivar Ragnarsson. Genannt – Oh, Thor stehe mir bei, durchzuckte es Sigvarth. Hatte der Beiname einen Grund?

Ivar der… Knochenlose.

KAPITEL 5

SHEF SOLLTE MÜHELOS die Ruinen Emneths hinter sich lassen. Unter normalen Umständen wäre das der schwierigste Teil der Flucht für einen Sklaven gewesen, aber Emneth hatte bereits genug Sorgen. Offenbar hielt sich niemand für Shefs Herrn, und Edrich, dessen Pflicht es eigentlich gewesen wäre, jemanden am Überlaufen zu den Wikingern zu hindern, zog es vor, seine Hände in Unschuld zu waschen. Shef hatte ungehindert seine wenigen Habseligkeiten zusammengesammelt, unauffällig etwas Proviant aus einem Versteck außerhalb des Dorfs geholt und seine Vorbereitungen zum Aufbruch getroffen.

Dennoch waren seine Aktivitäten nicht gänzlich unbemerkt geblieben. Während er mit sich rang, ob er sich von seiner Mutter verabschieden sollte oder nicht, bemerkte er plötzlich eine Gestalt, die schweigend neben ihm stand. Es war sein Freund Hound, das Kind zweier Sklaven und mithin der rangniederste Bewohner Emneths. Dessen ungeachtet hatte Shef ihn zu schätzen gelernt. Niemand kannte die Sümpfe besser als Hound, nicht einmal Shef. Hound glitt so lautlos durch das Wasser, daß er Moorhühner in ihren Nestern überraschen konnte. In der stinkenden, engen Hütte, in der seine Eltern und ihr Kinderrudel hausten, spielten oft junge Otter. Seine Hände schienen die Fische geradezu magisch anzuziehen, egal ob er mit Rute, Angelleine oder Netz fischte. Dazu kannte er alle Kräuter der Umgebung, wußte ihre Namen, und wozu man sie benutzen konnte. Obwohl er zwei Winter jünger war als Shef, strömte bereits das einfache Volk zu ihm und bat ihn um heilende Kräuter und Medizin. Eines Tages mochte er der angesehenste Heiler der Gegend sein, den selbst die Mächtigen respektierten und fürchteten – falls man sich seiner nicht vorher entledigte. Selbst der gütige Pater Andreas, Shefs Retter, hatte ihn schon des öfteren mißtrauisch beäugt. Die Mutter Kirche schätzte keine Konkurrenz.

»Ich will mitkommen«, sagte Hound.

»Es wird gefährlich«, antwortete Shef.

Hound schwieg, wie üblich, wenn er glaubte, daß er nichts mehr hinzuzufügen hatte. In Emneth zu bleiben war nicht weniger gefährlich. Und Shef und Hound mit ihren unterschiedlichen Talenten würden zusammen eine bessere Chance haben.

»Wenn du mitkommst, müssen wir zuerst deinen Halsring loswerden.« Shef blickte den eisernen Ring an, den man Hound vor einigen Jahren um den Hals geschmiedet hatte. »Jetzt ist der richtige Moment. Niemand kümmert sich um uns. Ich hole ein paar Werkzeuge.«

Sie versteckten sich im Sumpf, um nicht unnötig Aufmerksamkeit zu erregen. Aber den Halsring zu lösen stellte sich als schwieriger heraus als erwartet. Shef stopfte zuerst Lumpen in den Ring, um Hounds Hals zu schützen, dann feilte er ihn durch. Anschließend versuchte er, die Zange anzusetzen und das Eisen aufzubiegen – ohne Erfolg. Schließlich verlor Shef die Geduld, wickelte die Lumpen um die Finger und bog den Ring mit bloßen Händen auseinander.

Hound rieb sich über die Schwielen und Striemen, die das Eisen auf seinem Hals hinterlassen hatte, und starrte den verbogenen Ring an. »Das könnten nicht viele«, stellte er fest.

»Not verleiht Kräfte«, antwortete Shef lakonisch. Aber insgeheim freute er sich. Er besaß die Stärke eines Mannes, hatte einem erfahrenen Krieger im Kampf standgehalten und konnte gehen, wohin er wollte. Er wußte noch nicht wie, aber es mußte einen Weg geben, Godive zu befreien und seine düstere Vergangenheit hinter sich zu lassen.

Wortlos brachen sie auf – und gerieten sofort in Schwierigkeiten. Shef hatte erwartet, hin und wieder neugierigen Leuten ausweichen zu müssen, Wachen oder vielleicht englischen Kontingenten auf dem Marsch zu ihren Sammelstellen. Aber gleich am ersten Tag mußte sich Shef eingestehen, daß die Landschaft einem aufgescheuchten Wespennest glich. Auf jeder Straße galoppierten Krieger. Vor jedem Dorf warteten bewaffnete und feindselig gestimmte Männer, die allen Fremden mit Mißtrauen begegneten. Eine dieser Gruppen ignorierte ihre Geschichte – Shef behauptete, sie wären auf dem Weg, um von einem Verwandten Wulfgars Vieh zu leihen – und setzte sie fest. Sie waren gezwungen auszubrechen und zu fliehen, verfolgt von einem Speerhagel. Es war offensichtlich, daß die Obrigkeit strenge Befehle gegeben hatte und das Volk Ostangliens sie wenigstens dieses eine Mal mit ganzem Herzen befolgte. Wut lag in der Luft.

Zwei Tage lang krochen Shef und Hound qualvoll langsam durch die Felder und Hecken, oft der Länge nach im Schlamm. Immer wieder sahen sie Patrouillen. Manche bestanden aus Reitern, angeführt von einem Thane oder Gefolgsmann des Königs. Aber andere – die eigentlich gefährlichen – waren wie sie zu Fuß unterwegs. Ihre Waffen und Rüstungen waren wattiert, um verräterisches Klirren und Klimpern zu verhindern. Ortskundige Führer gingen voran, dahinter kamen die Männer mit Bögen und Schlingen. Shef begriff, daß die Patrouillen dazu gedacht waren, die Wikinger in ihrem

Lager zu halten oder sie wenigstens an privaten Beutezügen in kleinen Gruppen zu hindern. Aber sie würden auch jeden fangen, festhalten und töten, den sie im Verdacht hatten, den Wikingern Hilfe, Informationen oder Verstärkung anzubieten.

Erst auf den letzten Meilen vor dem Lager der Nordmänner ließen sie diese Gefahr hinter sich, und das nur, wie die beiden rasch bemerkten, weil sie sich jetzt in der Reichweite der Wikinger-Patrouillen befanden. Diesen konnten sie zwar leichter ausweichen, aber gleichzeitig erschienen sie ihnen noch bedrohlicher. Sie erspähten eine Gruppe von ungefähr fünfzig Männern, die lautlos in einem kleinen Wäldchen wartete. Die Wikinger waren ausnahmslos beritten und in Rüstung, mit großen Äxten auf den Rücken. Die Spitzen ihrer schweren Speere schienen wie ein Dickicht aus grauen Dornen. Man konnte sie ebenso leicht sehen wie ihnen ausweichen. Aber vertreiben konnten sie die Engländer nur mit einem großangelegten Angriff. Die Dorf-Patrouillen hatten keine Chance gegen sie.

Jetzt lagen Shef und sein Begleiter in der dürftigen Deckung eines niedrigen Wäldchens und starrten über die flachen Rieselwiesen auf die Befestigung des Wikingerlagers, das sich eine Meile vor ihnen erstreckte. Der Mut hatte sie verlassen – zumindest für den Augenblick.

Dies waren die Männer, derer Gnade sie sich bald anvertrauen mußten. Es schien jetzt nicht mehr so einfach wie in Emneth. Anfangs hatte Shef die vage Hoffnung gehabt, irgendwie zum Lager vorzudringen und seine Beziehung zu Sigvarth öffentlich zu verkünden. Aber die Gefahr, daß ihn der Jarl nach ihrer kurzen Begegnung wiedererkannte, war viel zu groß. Das Schicksal hatte ihm übel mitgespielt und ihm einen Kampf mit dem einzigen Mann im Wikingerlager beschert, der ihn vielleicht aufgenommen hätte. Aber jetzt war Sigvarth der Mann, den er um jeden Preis vermeiden mußte.

Würden die Wikinger Rekruten akzeptieren? Ein beharrliches Ziehen im Magen sagte Shef, daß dazu viel mehr gehörte als der drängende Wunsch und ein selbstgeschmiedetes Schwert. Sklaven dagegen konnten sie immer gebrauchen. Würde er als Arbeiter oder Galeerensklave in einem fernen Land enden? Hound hatte keine Fähigkeiten, die man ihm ansah. Würden ihn die Wikinger einfach ziehen lassen, wie einen Fisch, der zu klein für die Pfanne war? Oder würden sie sich des lästigen Anhängsels auf die einfachste Art entledigen? Am Abend zuvor, als die beiden Jungen das Lager zum erstenmal erblickt hatten, waren sie Zeuge geworden, wie eine Gruppe Männer durch eines der Tore marschiert war und ein Loch gegraben hatte. Kurz darauf war ein Karren herbeigerumpelt und hatte ohne weiteres Aufheben ein Dutzend Leichen in das Loch gekippt. Der Verschleiß in Piratenlagern war hoch.

Shef seufzte. »Es sieht nicht besser aus als gestern abend. Aber irgendwann müssen wir los.«

Hound packte seinen Arm. »Warte. Spitz deine Ohren. Hörst du das?«

Das Geräusch wurde lauter, als die beiden Jungen ihre Köpfe verrenkten. Gesang. Viele Stimmen. Das Lied, erkannten sie, kam von der anderen Seite eines flachen Hügels ungefähr eine Achtelmeile zu ihrer Linken, wo die Rieselwiese in eine brachliegende Allmende überging.

»Hört sich fast wie die Mönche in der großen Klosterkirche in Ely an«, brummte Shef. Es war ein einfältiger Gedanke. Im Umkreis von zwanzig Meilen war kein einziger Mönch oder Priester mehr am Leben.

»Sollen wir nachsehen?« flüsterte Hound.

Shef sagte nichts und kroch statt dessen langsam und vorsichtig in Richtung des Gesangs. Hier gab es nur Heiden. Aber vielleicht kamen sie an eine kleine Gruppe besser heran als an die ganze Armee. Alles war besser, als einfach aufzustehen und über die Ebene auf das Lager zuzulaufen.

Auf halbem Weg griff Hound nach Shefs Handgelenk. Wortlos deutete er auf den Hügel. Vierzig Schritte vor ihnen stand regungslos ein Mann unter einem riesigen, alten Hagedorn; seine Augen streiften suchend über den Boden. Er lehnte auf einer Axt, die ihm bis fast an den Brustkorb reichte. Es war ein stämmiger Wikinger mit einem dicken Hals.

Wenigstens sieht er nicht besonders flink aus, tröstete sich Shef. Außerdem stand er für eine Wache am falschen Platz. Die beiden Jungen sahen einander an. Die Wikinger mochten großartige Seemänner sein, aber was die Kunst der Tarnung anging, hatten sie noch viel zu lernen.

Vorsichtig schlängelte sich Shef weiter, weg von dem Wachposten, um einen dichten Fleck Farnkraut herum und schließlich unter ein Gewirr aus Stechginster. Hound folgte ihm mit wenigen Handbreit Abstand. Vor ihnen war der Gesang verstummt. Statt dessen sprach jetzt eine einzelne Stimme. Nein, sie sprach nicht, sie ermahnte, predigte. Gibt es vielleicht heimliche Christen unter den Heiden? fragte sich Shef.

Er kroch einige Meter weiter und schob den Stechginster auseinander. Schweigend spähte er in das verborgene kleine Tal. Dort saßen ungefähr vierzig oder fünfzig Männer in einem unregelmäßigem Kreis. Sie trugen Schwerter und Äxte, aber ihre Schilde lehnten gegen die mit den Spitzen nach unten in den Boden gesteckten Speere. Die Männer saßen in einem mit einem Dutzend Speeren abgegrenzten Ring, zwischen denen ein Band aufgespannt war. In regelmäßigen Abständen baumelten die grellen roten Beeren, die die Engländer Eberesche nannten, von dem Band. In der Mitte des Rings brannte ein Feuer, um das herum sich die Männer verteilt hatten. Neben den Flammen steckte ein einzelner Speer mit der Spitze nach oben im Boden; sein Schaft glänzte silbern.

Neben dem Feuer und dem Silberspeer stand ein Mann mit dem Rücken zu Shef und Hound und sprach beschwörend auf die übrigen Wikinger ein. Anders als die Kleider seiner Zuhörer, anders als alle Kleider, die Shef jemals gesehen hatte, waren sein Überhang und seine Hosen weder vom schmutzigen Grau selbstgesponnener Stoffe, noch waren sie grün oder braun oder blau gefärbt. Statt dessen waren sie leuchtend weiß, wie das Innere eines Hühnereis.

Von seiner rechten Hand hing ein Anhänger, ein kurzstieliger, doppelköpfiger Hammer – das Werkzeug eines Schmieds. Shef musterte die erste Reihe der sitzenden Männer. Jeder trug eine Kette um den Hals. An jeder Kette hing ein Anhänger: Er konnte unter anderem ein Schwert erkennen, ein Horn, einen Phallus und ein Boot. Aber mindestens die Hälfte der Männer trug das Zeichen des Hammers.

Shef erhob sich aus seinem Versteck und lief den Abhang hinunter. Bei seinem Anblick sprangen fünfzig Männer gleichzeitig auf, zogen die Schwerter und stießen Warnrufe aus. Dann hörte Shef ein überraschtes Grunzen hinter sich und schwere Schritte, die durch das Farnkraut krachten. Shef wußte, daß die Wache jetzt hinter ihm stand. Er drehte sich nicht um.

Langsam wandte sich der Mann in Weiß um und musterte Shef über das beerengeschmückte Band hinweg.

»Und woher kommst du?« fragte er. Sein Englisch hatte einen starken, schnarrenden Akzent.

Was soll ich ihm antworten? dachte Shef. Aus Emneth? Aus Norfolk? Die Namen werden ihm nichts sagen.

»Ich komme aus dem Norden«, sagte er laut.

Die Mienen der Männer nahmen einen neuen Ausdruck an. War es Überraschung? Erkennen? Oder Argwohn?

Der Mann in Weiß bedeutete seinen Gefolgsleuten stillzuhalten. »Und was willst du von uns, den Anhängern des *Asgarthsvegr*, des *Weges Asgards*?«*

Er deutete auf den Hammer in der Hand seines Gegenüber und dann auf den Hammeranhänger an seinem Hals. »Ich bin ein Schmied wie du. Und ich will lernen.«

Jemand übersetzte seine Worte für die übrigen. Shef bemerkte, daß Hound jetzt neben ihm stand, und spürte die Drohung hinter seinem Rücken. Er starrte dem Mann in Weiß in die Augen.

»Zeig mir einen Beleg deiner Fertigkeit.«

Shef zog das Schwert aus der Scheide und reichte es dem Mann, so wie er es Edrich gereicht hatte. Der Hammerträger drehte es mehrmals in den Händen, besah es sich genau und bog es leicht. Ihm entging weder das überraschende Spiel der dicken, einschneidigen Klinge, noch die Tatsache, daß der Rost lediglich ihre Oberfläche verfärbt hatte. Vorsichtig rasierte er sich ein Haarbüschel vom Unterarm.

»Dein Glühofen war nicht heiß genug«, stellte er fest, »oder du hast die Geduld verloren. Diese Stahlstreifen waren nicht gerade, als du sie verdreht hast. Aber es ist eine gute Klinge und nicht das, was sie scheint.«

»Und dasselbe gilt für dich. Also sag mir, junger Mann – und vergiß nicht, der Tod lauert in deinem Nacken –, was willst du? Wenn du nur ein entlaufener Sklave bist wie dein Freund« – er deutete auf die verräterischen Striemen auf Hounds Hals –, »lassen wir euch vielleicht ziehen. Wenn du nur ein Feigling bist, der sich auf die Seite der Sieger schlagen will, töten wir dich vielleicht. Aber vielleicht bist du auch etwas anderes. Oder jemand anderes. Nun, was willst du?«

Ich will Godive zurück, dachte Shef. Er blickte dem

* Siehe GLOSSAR (am Schluß des Bandes)

Heidenpriester in die Augen und legte die ganze Aufrichtigkeit, die er aufbringen konnte, in seine Stimme. »Du bist ein Meisterschmied. Die Engländer lassen nicht zu, daß ich noch mehr lerne. Ich will dein Lehrling sein.«

Der Mann in Weiß brummte etwas und gab Shef das Schwert mit dem Knochengriff voraus zurück. »Nimm die Axt herunter, Kari«, sagte er zu dem Mann, der hinter den beiden Jungen stand. »Hinter ihm steckt mehr, als der erste Blick verrät.«

»Du sollst mein Lehrling sein, junger Mann. Und wenn dein Begleiter hier irgendwelche Fertigkeiten hat, kann er ebenfalls zu uns stoßen. Setzt euch an die Seite, bis wir hier fertig sind. Mein Name ist Thorvin, was soviel heißt wie ›der Freund Thors‹, des Gotts der Schmiede. Wie heißt ihr?«

Shef lief vor Scham rot an und senkte den Blick. »Mein Freund heißt Hound«, sagte er, »was auf Englisch ›Hund‹ bedeutet. Und ich habe auch nur den Namen eines Hundes. Mein Vater – nein, ich habe keinen Vater – alle nennen mich Shef.«

Zum erstenmal zeichnete sich in Thorvins Zügen Überraschung ab. »Du bist vaterlos?« brummte er. »Und heißt Shef? Aber das ist nicht nur ein Hundename. Du bist wahrhaft unwissend.«

Die beiden Jungen verfolgten den weiteren Verlauf des sonderbaren Treffens von ihren Plätzen an der Seite: Erst sprach Thorvin weiter, dann schloß sich eine Art Debatte in rauh schnarrendem Nordisch an. Shef konnte ihr beinahe folgen. Dann reichten die Wikinger feierlich einen Lederschlauch mit einem Getränk von Hand zu Hand. Schließlich teilten sich die Männer in kleine Gruppen auf und reichten sich über verschiedenen Gegenständen die Hände: Über Thorvins Hammer, einem Bogen, einem Horn, einem Schwert und etwas, das wie der getrocknete Penis eines Pferds aussah. Dann riß Thorvin den silbernen Speer energisch in zwei Teile und verstaute ihn in einem Stoffsack. Einige Augenblicke später lösten die Männer auch schon den Kreis aus Speeren auf, löschten das Feuer und teilten sich in Vierer- und Fünfergruppen auf, die sich in verschiedene Richtungen entfernten.

»Wir sind die Anhänger des Weges«, erklärte Thorvin den beiden Jungen in seinem langsamen, bedächtigen Englisch. »Aber nicht jeder will als solcher erkannt werden – zumindest nicht im Lager der Ragnarssons. Mich akzeptieren sie.« Er berührte den Hammeranhänger an seinem Hals. »Denn ich habe eine Fertigkeit. Du auch, mein junger Schmied. Vielleicht wird sie dich schützen.«

»Aber was ist mit deinem Begleiter? Was kann er?«

»Ich kann Zähne ziehen«, sagte Hound unvermittelt.

Das halbe Dutzend Männer, das noch um sie herum stand, brummte belustigt. *»Tenn draga«*, versetzte einer von ihnen. *»That er ithrott.«*

»Er sagt ›Zähne zu ziehen ist eine Kunst‹«, übersetzte Thorvin. »Stimmt das?«

»Ja«, sprang Shef für seinen Freund ein. »Er sagt, es kommt nicht auf die Stärke an, sondern darauf, wie man das Handgelenk dreht. Und man muß wissen, wie Zähne wachsen. Außerdem kann er Fieber heilen.«

»Zähne ziehen, Knochen richten, Fieber heilen«, sagte Thorvin. »Unter Frauen und Kriegern hat ein Quacksalber immer zu tun. Er kann bei meinem Freund Ingulf unterkommen. Wenn wir es schaffen, ihn dort hinzubringen. Denn erst wenn ihr beiden bei uns seid – meiner Schmiede und Ingulfs Stand – seid ihr wahrscheinlich in Sicherheit. Bis dahin...« Er schüttelte den Kopf. »Wir haben viele Feinde und nur wenige Freunde. Nehmt ihr das Risiko auf euch?«

Schweigend folgten sie ihm. Shefs Stimmung hatte

sich merklich gedämpft. Der erste Schritt seines Plans war aufgegangen, aber war es überhaupt klug, was sie taten?

Je näher sie kamen, desto eindrucksvoller wirkte das Lager. Ein hoher Schutzwall aus Erde mit einem vorgelagerten Graben umgab es. An jeder Seite maß er mindestens eine Achtelmeile. Das hat eine Menge Arbeit gekostet, dachte Shef. Hieß das, daß sich die Wikinger auf Dauer einrichteten? Daß ihnen die Beute verlockend genug für diese Anstrengung erschien? Oder bauten sie ihr Lager immer so auf? Bloße Routine?

Eine Palisade aus angespitzten Baumstämmen krönte den Wall. Eine Achtelmeile. 660 Fuß. Vier Seiten – nein. Unvermittelt begriff Shef, daß eine Seite des Lagers an den Stour grenzte. Er konnte sogar den Bug einiger Langschiffe erkennen, die in den träge dahinfließenden Fluß ragten. Verwirrung erfaßte ihn, bis er erkannte, daß die Wikinger ihre Schiffe, ihren wertvollsten Besitz, an Land gezogen und so verklammert haben mußten, daß sie eine Mauer des Lagers bildeten. Es war groß. Aber wie groß genau? Es hatte drei Flanken. Jede maß 660 Fuß und jeder Stamm der Palisade maß ungefähr einen Fuß.

Wie so oft mühte sich Shef mit Zahlen ab. Dreimal 660. Irgendwie mußte sich diese Rechnung durchführen lassen, aber er kam nicht darauf, wie. Es waren auf jeden Fall eine Menge Stämme und dazu noch von stattlicher Größe; die Art von Bäumen, die man hier in der Ebene nur selten fand. Sie mußten die Stämme mitgebracht haben. Vage kam Shef ein neuer Gedanke. Er wußte keinen Namen für ihn. Pläne machen, vielleicht. Dinge zu Ende denken, bevor sie geschahen. Diese Männer gaben sich selbst mit den geringsten Nebensächlichkeiten ab. Plötzlich verstand er, daß Krieg nicht nur eine Frage des rechten Geistes, des Ruhms und der Reden und der vererbten Schwerter war. Der Krieg war wie ein Handwerk eine Frage von Baumstämmen und Spaten, von Vorbereitung und Profit.

Als sie auf den Wall zumarschierten, kamen immer mehr Männer in Sicht. Einige von ihnen lungerten einfach herum, andere warfen Speere auf eine Zielscheibe, während eine kleine Gruppe sich um ein Feuer scharte, um sich Speck zu braten. In ihren schmuddeligen Wollgewändern glichen sie in Shefs Augen fast den Engländern. Aber es gab einen Unterschied. In jeder Gruppe von Männern, die Shef zuvor in seinem Leben gesehen hatte, waren einige gewesen, die nicht zur Schlacht taugten: Männer, die sich ein Bein gebrochen hatten, das anschließend schief zusammengewachsen war; schwächliche oder entstellte Männer; Männer, denen das Sumpffieber die Augen getrübt hatte, oder mit alten Kopfverletzungen, die ihnen das Sprechen zur Qual machten. Aber hier gab es so etwas nicht. Zu Shefs Überraschung war nicht jeder der Wikinger hochgewachsen, aber alle schienen tüchtig, abgebrüht und einsatzbereit. Shef registrierte Heranwachsende, aber keine Jungen, glatzköpfige und grauhaarige Männer, aber keine zittrigen Alten.

Und da waren die Pferde. Die Ebene war mit ihnen übersät. Sie grasten friedlich, die Vorderbeine gefesselt. Eine Armee wie diese hier muß eine Menge Pferde brauchen, dachte Shef. Und viel Platz für die Pferde zum Grasen. Das könnte ihr schwacher Punkt sein.

Shef wurde sich bewußt, daß er wie ein Feind dachte. Ein Feind auf der Suche nach Chancen. Er war kein König oder Thane, aber er wußte aus Erfahrung, daß man solch große Herden bei Nacht nicht bewachen konnte, ganz gleich, wie man es anstellte. Einige ortskundige Männer konnten die Patrouillen umgehen, sie losschneiden und davonjagen. Vielleicht konnten sie den Pferdewachen auch auflauern. Ob die Wikinger dann immer noch bereitwillig ihren Wachdienst ableisten würden, wenn die Wachen immer seltener zurückkehrten?

Shefs Mut sank erneut, als sie an den Eingang kamen. Es gab kein Tor – ein unheilvolles Zeichen. Der Weg führte direkt zu einer 15 Schritte breiten Bresche im Wall. Es schien, als ob die Wikinger damit allen Feinden eine Nachricht zukommen lassen wollten: »Unsere Mauern schützen unseren Besitz und unsere Sklaven. Aber wir haben es nicht nötig, uns hinter ihnen zu verstecken. Wenn ihr mit uns kämpfen wollt, dann marschiert direkt hierher und versucht, an den Torwachen vorbeizukommen. Uns beschützen nicht die Baumstämme, sondern die Äxte, die sie fällten.«

Vierzig oder fünfzig Männer standen oder saßen neben der Bresche. Sie schienen immer hier auf Posten zu sein. Anders als die Männer, die Shef vor dem Tor gesehen hatte, trugen sie ausnahmslos Kettenhemden oder Lederwamse. Aneinandergelehnte Speere formten kleine Pyramiden, daneben lagen die Schilde in Griffweite. Diese Männer würden innerhalb von Sekunden kampfbereit sein – egal, woher der Feind kam. Sie hatten Shef, Hound, Thorvin und den Rest der Gruppe – insgesamt acht Männer – gemustert, seit sie in Sichtweite waren. Würde man sie aufhalten?

Am Eingang schlenderte ihnen ein hochgewachsener Mann in einem Kettenhemd entgegen. Er starrte sie nachdenklich an und gab ihnen damit zu verstehen, daß er die beiden Neulinge bemerkt hatte. Einige Augenblicke später nickte er und deutete mit dem Daumen in das Lager. Sie hatten den Mann bereits einige Meter hinter sich gelassen, als er ihnen etwas nachrief.

»Was hat er gesagt?« zischte Shef.

»Er sagte: ›Dafür hältst du den Kopf hin.‹ So etwas in der Art.«

Sie betraten das Lager.

Drinnen schien das Chaos zu herrschen. Aber es war ein Chaos, dem eine Regelmäßigkeit zugrunde lag, das Gefühl einer gemeinsamen, alles überragenden Aufgabe. Überall waren Männer – sie kochten, schwatzten, spielten Würfel oder hockten über Spielbrettern. Die Halteseile der zahllosen Zelte aus Segeltuch formten ein unentwirrbares Durcheinander, aber der Weg vor ihnen blieb immer frei und klar erkennbar. Zehn Schritte breit führte er kerzengerade durch das Lager. Selbst die Pfützen hatte man sorgfältig mit Erde oder Kies aufgefüllt, und die Spuren der schweren Karrenräder waren kaum auszumachen. Diese Männer arbeiteten hart, stellte Shef erneut fest.

Die kleine Gruppe eilte weiter. Nach hundert Metern, Shefs Berechnungen zufolge genau in der Mitte des Lagers, hielt Thorvin an und winkte die beiden Jungen näher heran.

»Ich flüstere, weil die Gefahr groß ist. Viele in diesem Lager sprechen mehrere Sprachen. Wir überqueren gleich den Hauptweg, der von Norden nach Süden verläuft. Zu unserer Rechten, im Süden, unten am Fluß bei den Schiffen lagern die Ragnarssons und ihre persönlichen Gefolgsleute. Kluge Männer gehen nicht freiwillig dorthin. Wir werden jetzt den Weg kreuzen und uns direkt zu meiner Schmiede am gegenüberliegenden Tor begeben. Wir gehen geradeaus; keiner wirft auch nur einen flüchtigen Blick nach rechts. Wenn wir an der Schmiede sind, gehen wir sofort hinein. Los geht's! Und faßt Mut, es ist nicht mehr weit.«

Shef starrte stur auf den Boden, als sie den breiten Weg kreuzten, aber er hätte sich sehnsüchtig gewünscht, auch nur einen kurzen Blick erhaschen zu können. Er war hier wegen Godive. Nur, wo konnte sie sein? Konnte er es wagen, nach Jarl Sigvarth zu fragen?

Langsam drängten sie sich durch die zahllosen Männer und schließlich war die östliche Palisade unmittelbar vor ihnen. Dort stand ein wenig abseits ein provisorisch zusammengezimmerter Unterstand. Durch die offenen Seiten sah Shef die üblichen Geräte eines Schmieds: Amboß, tönerne Esse, Röhren und Blasebälge. Ein Band, an dem die bereits vertrauten scharlachroten Beeren der Eberesche baumelten, umschloß den Unterstand.

»Wir sind da«, seufzte Thorvin erleichtert. Dann erspähte er etwas hinter Shef. Der Schmied verdrehte plötzlich die Augen; die Farbe wich aus seinem Gesicht.

Shef spürte das Verhängnis, das über ihm schwebte, und drehte sich zögernd um. Vor ihm stand ein hochgewachsener Mann. Shef merkte, daß er zu ihm aufblickte – etwas, das ihm in den vergangenen Monaten nur noch selten widerfahren war. Aber die Größe war nicht das einzig Auffällige an dem Mann.

Er trug dieselben, selbstgesponnenen Hosen wie die übrigen Wikinger, aber kein Hemd und keinen Mantel. Statt dessen war sein Oberkörper in eine Art lose, mit Safran gefärbte Decke aus schottischem Plaid gehüllt. Eine Nadel hielt sie über der linken Schulter zusammen, der rechte Arm blieb unbedeckt. Der Griff eines Schwerts überragte seine linke Schulter. Es war so lang, daß es auf dem Boden geschleift wäre, hätte der Mann es an der Hüfte getragen. In seiner Linken hielt er einen kleinen, runden Schild, aus dessen Mitte ein fußlanger Eisendorn ragte. Hinter ihm drängte sich ein Dutzend weiterer, identisch gekleideter Männer.

»Wer sind die beiden?« stieß er hervor. »Wer hat sie ins Lager gelassen?« Der Mann sprach mit einem merkwürdigen Akzent, aber Shef konnte ihn dennoch verstehen.

»Die Torwächter ließen sie herein«, entgegnete Thorvin. »Sie tun niemandem etwas.«

»Sie sind Engländer. *Enzkir.*«

»Das Lager ist voll von Engländern.«

»Ja, mit einer Kette um den Hals. Gib mir die beiden. Ich sehe zu, daß man sie fesselt.«

Thorvin trat zwischen Shef und Hound. Seine fünf Freunde schwärmten aus und bauten sich vor dem Dutzend Männern in den safranfarbenen Plaids auf. Er packte Shef an der Schulter.

»Dieser Junge gehört zu meiner Schmiede. Er ist mein Lehrling.«

Der Mann mit dem langen Schnurrbart grinste höhnisch. »Das Fliegengewicht? Wer weiß, was du wirklich mit ihm vorhast. Und was ist mit dem anderen?« Er deutete mit dem Daumen auf Hound.

»Er geht an Ingulf.«

»Noch ist er nicht da. Er braucht ein Halsband. Gib ihn mir. Ich sorge dafür, daß er nicht herumspioniert.«

Shef trat langsam vor. Die Angst ließ seinen Magen zu einem schmerzenden Klumpen zusammenschrumpfen. Widerstand war zwecklos. Sie standen einem Dutzend bewaffneter Krieger gegenüber. Jeden Augenblick würde ihm eines dieser mächtigen Schwerter den Arm oder den Kopf abschlagen. Dennoch, er konnte es nicht zulassen, daß sie seinen Freund mitnahmen. Seine Hand wanderte an den Schwertgriff.

Der hochgewachsene Mann sprang zurück und griff über die Schulter. Noch bevor Shef sein eigenes Schwert freibekam, starrte er bereits in das Langschwert des Wikingers. Überall um ihn herum blitzten Waffen auf; Männer gingen in Kampfstellung.

»Halt!« schrie eine Stimme. Eine mächtige Stimme.

Angezogen von der lautstarken Debatte hatte sich ein Ring von fast achtzig Männern um sie herum versammelt. Aus der Menge trat jetzt der gewaltigste Mann, den Shef jemals gesehen hatte. Er war nicht nur größer und schwerer als Shef, sondern auch als sein Kontrahent.

»Thorvin«, sagte der Hüne, dann nickte er in Richtung des Mannes in Gelb. »Muirtach. Was ist hier los?«

»Ich nehme diesen Thrall hier mit.«

»Nein.« Thorvin packte Hound und stieß ihn durch eine Lücke in dem Band in die Schmiede. Dann ballten sich seine Fäuste um die Beeren. »Er steht unter Thors Schutz.«

Muirtach trat mit erhobenem Schwert vor.

»Halt.« Wieder ertönte die mächtige Stimme. Aber diesmal schwang in ihr ein drohender Unterton mit. »Dazu hast du kein Recht, Muirtach.«

»Was geht dich das an?«

Zögernd griff der riesige Mann unter seinen Waffenrock, tastete umher und zog eine Kette mit einem silbernen Anhänger hervor. Es war ein Hammer.

Muirtach fluchte, steckte das Schwert in die Scheide und spuckte auf den Boden. »Dann nimm ihn eben. Aber du, Junge…« Sein Blick fiel auf Shef. »Du hattest die Hand am Schwert. Früher oder später kriege ich dich. Und dann bist du tot, Junge.« Er nickte Thorvin zu. »Und Thor bedeutet mir gar nichts. Nicht mehr als dieser Christus und seine Hurenmutter. Mich kannst du nicht so einfach übertölpeln wie ihn.« Er deutete auf den Hünen, machte auf dem Absatz kehrt und stolzierte mit hocherhobenem Kopf davon, wie ein Mann, der eine Niederlage verbergen will. Seine Kumpane folgten ihm.

Erst jetzt bemerkte Shef, daß er unwillkürlich den Atem angehalten hatte. Mit demonstrativer Erleichterung entließ er die Luft aus seinen Lungen.

»Wer sind die?« fragte er mit einem Blick auf die abziehenden Männer.

Thorvin antwortete nicht auf Englisch, sondern auf Nordisch. Er sprach langsam und bemühte sich Wörter zu benutzen, die zum großen gemeinsamen Wortschatz der beiden Sprachen gehörten. »Sie sind Gaddgedlar.

Christliche Iren, die ihrem Gott und Volk den Rücken gekehrt haben und zu Wikingern wurden. Ivar Ragnarsson hat viele von ihnen in seinem Gefolge. Er hofft, mit ihrer Hilfe König von England und Irland zu werden – bevor er und sein Bruder Sigurth sich ihren eigenen Ländern zuwenden, Dänemark und Norwegen.«

»Möge ihnen das nie gelingen«, fügte der Hüne hinzu, der Shef und Hound gerettet hatte. Er senkte den Kopf respektvoll in Richtung Thorvins und musterte Shef von Kopf bis Fuß. »Das war mutig von dir, Bursche. Aber du hast einen mächtigen Mann verärgert. Ich auch. Nur in meinem Fall hatte es sich schon lange angebahnt. Wenn du mich wieder brauchst, Thorvin, ruf mich. Du weißt, daß die Ragnarssons ihre Hand über mich halten, seit ich ihnen die Nachricht von Ragnars Tod überbracht habe. Ich weiß nicht, wie lange das noch der Fall sein wird, nachdem ich jetzt meinen Hammer vorgezeigt habe. Aber wie auch immer – langsam habe ich Ivars Schergen satt.«

Er schlenderte davon.

»Wer war das?« fragte Shef.

»Ein großer Champion, aus Halogaland in Norwegen. Man nennt ihn Viga-Brand. Brand den Mörder.«

»Und er ist dein Freund?«

»Ein Freund des Weges. Ein Freund Thors. Und damit einer von uns Schmieden.«

Auf was habe ich mich da nur eingelassen? fragte sich Shef. Aber ich darf nicht vergessen, weshalb ich hier bin. Widerstrebend wanderten seine Augen weg von der Schmiede, in der immer noch Hound stand, und zum Zentrum der Gefahr, dem Südwall des Lagers, wo die Ragnarssons lauerten. Plötzlich durchzuckte ihn ein Gedanke: Godive! Sie mußte dort sein.

KAPITEL 6

Viele Tage lang blieb Shef keine Zeit mehr, an Godive zu denken – geschweige denn an irgend etwas anderes. Dazu war die Arbeit zu schwer. Thorvin stand mit der Dämmerung auf und arbeitete oft bis in die Nacht, hämmerte, feilte an neuen Methoden und experimentierte. In einer Armee dieser Größe schien die Zahl der Männer endlos, deren Axtblätter oder Schildbeschläge sich gelockert hatten oder die neue Speerspitzen brauchten. Manchmal warteten über zwanzig Männer vor der Schmiede, und die Schlange reichte bis weit auf den Weg. Aber es gab auch schwierigere Arbeiten. Mehrmals brachten Männer aufgerissene und blutige Kettenhemden und wollten sie repariert oder für einen neuen Besitzer geändert haben. Jedes Glied des Hemds mußte mühselig mit vier anderen verbunden werden, und jedes dieser vier wieder mit vier anderen. »Kettenhemden sind leicht zu tragen und behindern nicht die Arme«, hatte Thorvin entgegnet, als Shef es schließlich gewagt hatte, zu schimpfen. »Aber sie schützen nicht gegen einen heftigen Hieb – und für Schmiede sind sie eine einzige Qual.«

Im Lauf der Zeit überließ Thorvin die Routinearbeiten immer mehr Shef und widmete sich ganz den kniffligen Spezialaufträgen. Dennoch war er fast immer in Shefs Nähe. Er sprach stets Nordisch und wiederholte falls nötig jedes Wort. Anfangs schauspielerte er manchmal sogar, bis er sicher war, daß Shef ihn verstanden hatte. Shef wußte, daß Thorvin Englisch ganz gut beherrschte, aber er weigerte sich, es mit ihm zu sprechen. Er bestand darauf, daß ihn sein Lehrling auf Nordisch ansprach, selbst wenn er nur wiederholte, was er ihm aufgetragen hatte. Zum Glück waren Wortschatz und Grammatik der beiden Sprachen eng miteinander verwandt. Nach einiger Zeit hatte Shef den Bogen der veränderten Aussprache heraus und begann das Nordische als einen bizarren Dialekt des Englischen zu begreifen, den er nur nachahmen, nicht aber von der Pike auf zu lernen hatte. Von diesem Augenblick an hatten sich seine Verständigungsprobleme in Luft aufgelöst.

Die Unterhaltungen mit Thorvin waren auch ein gutes Mittel gegen Langeweile und Frustration. Aus ihnen und den Gesprächen mit den wartenden Männern erfuhr er vieles, von dem er noch nie gehört hatte. Die Wikinger schienen samt und sonders bestens über alle Beschlüsse und Vorhaben ihrer Anführer informiert zu sein und diskutierten und kritisierten sie ohne Scheu. Ihm wurde bald klar, daß die Große Armee der Heiden, der Schrecken der Christenheit, alles andere als eine Einheit war. Ihr Herzstück waren die Ragnarssons und ihre Gefolgsleute, die ungefähr die Hälfte der Krieger stellten. Aber die Krieger waren über eine Vielzahl von Kontingenten verstreut, die sich zusammengefunden hatten, um gemeinsam Beute zu machen. Ihre Größe variierte zwischen dem Aufgebot des Jarl der Orkneyinseln mit über zwanzig Schiffen bis zu einzelnen Booten von Dörfern in Jütland oder Skane. Und viele von diesen waren bereits unzufrieden. Ihrer Auffassung nach hatte der Feldzug mit der Landung in Ostanglien und dem Bau des Lagers gut begonnen. Aber der Plan war gewesen, sich nicht lange aufzuhalten, sich Pferde und Führer zu besorgen und dann von dem befestigten Lager aus gegen das eigentliche Ziel loszuschlagen, das Königreich Northumbrien.

»Wieso seid ihr nicht gleich in Northumbrien gelandet?« hatte Shef einmal gefragt, sich den Schweiß von der Stirn gewischt und dem nächsten Kunden zugewinkt. Der untersetzte Wikinger mit dem zerbeulten Helm und dem schütteren Haar hatte laut, aber gutmütig gelacht. »Weißt du, Junge, das Schwierigste an einem Feldzug ist immer der Anfang. Man muß die Flüsse hochfahren, einen guten Platz finden, um die Schiffe an Land zu ziehen. Und dann die Pferde für Tausende von Männern zu besorgen! Außerdem geht immer etwas schief; Schiffe kommen zu spät oder fahren den falschen Fluß hinauf.« Er spuckte auf den Boden. »Wenn die Christen einen Funken Verstand besäßen, würden sie uns jedesmal wegputzen, bevor wir überhaupt richtig angefangen haben.«

»Nicht mit Schlangenauge als Anführer«, hatte sich ein zweiter Mann eingeschaltet.

»Vielleicht nicht mit Schlangenauge«, hatte der untersetzte Mann zugestimmt. »Aber mit schlechteren Anführern. Erinnerst du dich noch an Ulfketil, damals im Frankenland?«

Sie waren sich einig gewesen. Erst mußte man Fuß fassen, dann konnte man losschlagen. Aber diesmal war etwas schief gegangen. Dieser störrische König Edmund – oder ›Jatmund‹, wie die Wikinger seinen Namen aussprachen – gab nicht nach. Die Frage war nur, wieso er sich so töricht aufführte. Sie konnten mit Leichtigkeit sein Land verheeren, bis er nachgeben mußte. Aber sie wollten Ostanglien gar nicht verwüsten. Das dauerte viel zu lange und lohnte sich nicht. Wieso, zum Teufel, zahlte der König nicht einfach Tribut und ließ sie durchziehen? Sie hatten ihn gewarnt.

Vielleicht habt ihr ihn zu sehr gewarnt, dachte Shef, und erinnerte sich an das verzerrte Gesicht Wulfgars in der Pferdetränke und an die unbestimmte Wut, die über dem Land lag. Als er fragte, wieso die Wikinger so entschlossen waren, Northumbrien zu nehmen, das zwar das größte, aber auf keinen Fall das reichste der englischen Königreiche war, erntete er nur schallendes Gelächter. Schließlich entwirrte er nach und nach die Geschichte von Ragnar Lodbrok und König Ella, von dem alten Eber und den Ferkeln, die grunzen würden, und von Viga-Brand, der es gewagt hatte, die Ragnarssons in ihrem Braethraborg zu verspotten. Ein Frösteln überkam ihn. Er erinnerte sich an die sonderbaren Worte, die in der Schlangengrube des Erzbischofs aus dem blau geschwollenen Mund gedrungen waren, und an die bösen Ahnungen, die ihn darauf heimgesucht hatten.

Jetzt verstand er den Rachedurst der Wikinger, aber es gab noch andere Dinge, die er gern gewußt hätte.

»Wieso sagst du ›Hölle‹?« fragte er Thorvin eines Abends, nachdem sie die Werkzeuge weggeräumt hatten. Vor ihnen auf der langsam auskühlenden Esse stand ein Humpen Ale. »Glaubst du, daß es einen Ort gibt, an dem nach dem Tod die Sünden bestraft werden? Die Christen glauben an die Hölle – aber du bist kein Christ.«

»Wieso glaubst du, daß ›Hölle‹ ein christliches Wort ist?« fragte Thorvin. »Aber sag mir, was bedeutet ›Himmel‹?« Dieses eine Mal benutzte er das englische Wort, *heofon.*

»Nun, er ist das Firmament«, antwortete Shef verblüfft.

»Und außerdem der christliche Ort der Seligkeit nach dem Tod«, ergänzte Thorvin. »Das Wort gab es lange, bevor die Christen kamen. Sie nahmen es sich einfach und gaben ihm eine neue Bedeutung. Genauso ist es mit der Hölle. Was bedeutet *hulda*?« Diesmal benutzte er das nordische Wort.

»Es heißt etwas zu bedecken, zu verstecken. Wie *helian* im Englischen.«

»Also ist die Hölle das, was bedeckt ist. Was unter der Erde ist. Ein ganz einfaches Wort, genauso wie Himmel. Darüber hinaus kann man ihm noch jede Bedeutung geben, die man will.«

»Aber zu deiner anderen Frage: Ja, wir glauben an einen Ort, an dem nach dem Tod die Sünden bestraft werden. Einige von uns haben ihn gesehen.«

Thorvin saß einige Minuten schweigend da, als ob er darüber nachgrübelte, ob er weiterreden sollte. Als er das Schweigen brach, tat er es mit einem langsamen und sonoren Sprechgesang, der Shef an den der Mönche in Ely erinnerte, dem er vor langer Zeit bei der Nachtwache am Heiligen Abend gelauscht hatte.

»Eine Halle steht, unberührt vom Sonnenschein,
am Strand der Toten, ihre Türen nach Norden.
Von ihrem Dach tropft Gift.
Die Wände sind gewebte Schlangen.
Dort winden sich Männer jammervoll:
Mörder sind es und Heuchler,
die lügen, um mit Frauen zu liegen.«

Thorvin schüttelte den Kopf. »Ja, wir glauben an die Bestrafung der Sünden. Aber vielleicht haben wir eine andere Vorstellung als die Christen davon, was eine Sünde ist.«

»Wer ist ›wir‹?«

»Es wird Zeit, daß ich dir das sage. Mir ist schon mehrmals der Gedanke gekommen, daß du es erfahren solltest.« Als sie im Glühen des erlöschenden Feuers das warme, nach Kräutern duftende Ale schlürften, kam um sie herum das Lager zur Ruhe. Thorvins Finger schlossen sich um den silbernen Anhänger auf seiner Brust. »So hat es sich zugetragen.«

Alles hatte vor vielen Generationen begonnen, berichtete der Schmied, vor etwa hundertfünfzig Jahren.

Damals war ein großer Jarl der Friesen – dem Volk, das die Küste der Nordsee gegenüber von England bewohnte – ein Heide gewesen. Aber wegen der Geschichten, die ihm die Missionare aus dem Frankenland und England erzählten und den alten Blutbanden zwischen seinem Volk und den neuerdings christlichen Engländern, beschloß er, sich taufen zu lassen.

Wie es dem Brauch entsprach, sollte die Taufe öffentlich und unter freiem Himmel stattfinden. In einem großen Becken, das die Missionare gebaut hatten, damit das ganze Volk die Zeremonie verfolgen konnte. Nachdem der Jarl Radbod untergetaucht und damit getauft war, sollten die Adligen seines Hofs folgen und dann das übrige Volk der Grafschaft. Grafschaft, nicht Königreich, weil die Friesen zu stolz und selbstbewußt waren, um irgend jemandem den Titel des Königs zuzugestehen.

Der Jarl war also in der Robe aus Hermelin, die er über dem weißen Taufgewand trug, an das Becken getreten. Er setzte den Fuß auf die oberste Stufe der Treppe, die in das Becken führte. Radbods Fuß hatte tatsächlich das Wasser berührt, versicherte Thorvin. Aber dann drehte er sich um und fragte den Führer der Missionare – einen Franken namens Wolfram – ob es stimme, daß seine Vorfahren, die jetzt mit den übrigen Verdammten in der Hölle schmorten, nach seiner Taufe erlöst und nach seinem eigenen Tod mit ihm zusammen in den Himmel aufsteigen würden. Nein, sagte Wolfram, sie waren Heiden, die nie das Sakrament der Taufe erhalten hatten. Ihnen war die Erlösung nicht vergönnt. Ohne die Kirche gab es keine Erlösung, fuhr er fort, und bekräftigte sein Urteil mit den lateinischen Worten *Nulla salvatio extra ecclesiam*. Und auch nicht aus der Hölle: *De infernis nulla est redemptio*.

Aber niemand hat meinen Vorfahren jemals die Taufe angetragen, wandte Radbod ein. Sie hatten nicht einmal die Gelegenheit, sie abzulehnen. Wieso sollten sie auf ewig für etwas gequält werden, von dem sie nichts wußten?

Das ist der Wille Gottes, sagte der fränkische Missionar und vielleicht zuckte er dabei die Achseln. Daraufhin nahm Radbod den Fuß aus dem Becken und schwor, daß er niemals Christ werden würde. Er ziehe es vor, sagte er, in der Hölle mit seinen unschuldigen Vorfahren zu leben, als mit Heiligen und Bischöfen, die Recht nicht von Unrecht unterscheiden konnten, in den Himmel aufzusteigen. Und damit begann eine große Verfolgung der Christen in der gesamten Grafschaft der Friesen, die den fränkischen König erzürnt hatte.

Thorvin nahm einen tiefen Schluck Ale, dann berührte er den Hammeranhänger auf seiner Brust.

»Das war der Anfang«, sagte er. »Radbod war ein Mann von großem Weitblick. Er sah voraus, daß alles, was die Christen sagten, irgendwann geglaubt werden würde, solange sie als einzige Priester und Bücher besaßen. Und darin liegt sowohl die Stärke als auch die Sünde der Christen. Sie lassen keine Wahrheiten neben der ihren gelten. Sie verhandeln nicht. Sie machen keine halben Sachen. Also beschloß Radbod, daß die Länder des Nordens ihre eigenen Priester und ihre eigenen Wahrheiten haben mußten, um die Christen zu besiegen oder sie sich wenigstens vom Leib zu halten. Das war der Ursprung des Weges.«

»Was ist der Weg?« gab Shef das Stichwort, als Thorvin abgeneigt schien, weiterzuerzählen.

»Das sind *wir*. Wir sind die Priester des Weges. Und seit der Weg zu den Ländern des Nordens gekommen ist, haben wir drei Pflichten. Die erste ist die Verehrung der alten Götter, der Asen: Thor und Odin, Freyr und Ull, Tyr und Njörd und Heimdall und Balder. Wer an diese Götter glaubt, trägt einen Anhänger wie den meinen und sucht sich das Symbol des Gottes aus, das er vorzieht: Ein Schwert für Tyr, einen Bogen für Ull, ein Horn für Heimdall oder einen Hammer für Thor. Viele Männer tragen dieses Zeichen.

Unsere zweite Pflicht ist es, einem Gewerbe nachzugehen, so wie ich es mit dem Schmiedehandwerk tue. Denn wir dürfen nicht wie die Priester des Christengotts leben, die nicht selbst arbeiten und statt dessen den Zehnten von denen nehmen, die arbeiten, und sich selbst und ihre Klöster schamlos bereichern, bis das Land unter der Last ihrer Forderungen ächzt.

Unsere dritte Pflicht ist es, nicht einfach zu erklären. Wir müssen über das Kommende nachdenken, darüber, was in dieser Welt geschehen wird – nicht in der nächsten. Weißt du, die Christenpriester glauben, daß diese Welt nur eine Station auf dem Weg zur Ewigkeit ist, und daß es die eigentliche Aufgabe der Menschen sei, sie mit möglichst geringem Schaden an ihrer Seele zu überstehen. Diese Welt ist für sie unwichtig; sie interessieren sich nicht für sie. Sie wollen nicht mehr über sie erfahren.«

»Aber wir Anhänger des Weges glauben, daß die Welt in einer Schlacht enden wird, die so gewaltig ist, daß kein Mensch sie sich ausmalen kann. Aber die Schlacht wird in dieser Welt ausgefochten, und es ist unser aller Pflicht, unsere Seite, die der Götter und Menschen, für diesen Tag zu stärken.

Deshalb haben wir nicht nur die Pflicht, unser Handwerk oder unsere Fertigkeit auszuüben, sondern sie auch zu verbessern. Wir müssen uns immer etwas anderes, neues ausdenken. Und das größte Ansehen unter uns genießt derjenige, der ein neues Handwerk oder eine neue Fertigkeit erfindet; etwas, an das noch nie jemand zuvor gedacht hat. Ich selbst beanspruche nicht, mich mit solchen Männern messen zu können. Dennoch hat man seit der Zeit Radbods viele neue Dinge im Norden gelernt.

Selbst im Süden hat man von uns gehört. In den Städten der Mauren, in Córdoba und Kairo und den Ländern der blauen Männer spricht man über den Weg und darüber, was im Norden bei den *majus*, den ›Feueranbetern‹, wie sie uns nennen, geschieht. Sie haben Abgesandte geschickt, um von uns zu lernen.

Die Christen schicken niemanden zu uns, um zu lernen. Sie glauben ja, die einzig gültige Wahrheit zu kennen. Sie glauben zu wissen, was Erlösung und was Sünde ist.«

»Ist es keine Sünde, einen Mann zum *heimnar* zu machen?« fragte Shef.

Thorvins Kopf schoß hoch. »Dieses Wort habe ich dir nicht beigebracht. Aber ich vergaß – du weißt viel mehr, als ich es für angebracht hielt, dich zu fragen.«

»Ja, es ist eine Sünde, einen Mann zum *heimnar* zu machen; egal, was er getan hat. Es ist das Werk Lokis – des Gottes, zu dessen Erinnerung wir das Feuer in unseren Kreisen neben dem Speer seines Vaters Odin entzünden. Aber nur wenige von uns tragen das Zeichen Odins und kein einziger das Lokis.«

»Nein, einen Mann zum *heimnar* zu machen… das riecht nach dem Knochenlosen, egal, ob er es mit eigenen Händen getan hat oder nicht. Es gibt nicht nur einen Weg, die Christen zu besiegen, und der Ivar Ragnarssons ist töricht. Er führt nirgendwo hin. Aber du hast ja schon mit eigenen Augen gesehen, daß ich für Ivars Schergen nichts übrig habe.«

»Und jetzt geh schlafen.« Mit diesen Worten leerte Thorvin seinen Krug und zog sich ins Schlafzelt zurück. Ihm folgte langsam ein sehr nachdenklicher Shef.

Die Arbeit für Thorvin hatte Shef überhaupt keine Zeit gelassen, seiner ursprünglichen Absicht nachzugehen. Man hatte Hound fast auf der Stelle zum Stand Ingulfs des Heilers gebracht. Der war zwar ebenfalls ein Priester des Weges, aber einer, der in einem anderen Teil des Lagers Idun, der Göttin der Jugend und Unsterblichkeit diente. Seitdem hatten sich die beiden Jungen nicht mehr gesehen. Shef mußte die Routinearbeiten eines Helfers des Schmieds übernehmen, und dazu war er noch auf die Einfriedung Thors beschränkt: Die Schmiede, das kleine Schlafzelt daneben und die tief eingegrabene Latrine, das Ganze eingezäunt von Bändern und den Beeren der Eberesche, die Thorvin *rowan* nannte. »Überschreite niemals die Bänder«, hatte ihn Thorvin gewarnt. »Hier drinnen stehst du unter dem Frieden und Schutz Thors, und dein Tod würde gerächt. Draußen…« Er zuckte die Achseln. »Muirtach wäre entzückt, dir alleine zu begegnen.« Also war Shef Thorvins Rat gefolgt.

Gleich am nächsten Morgen kam Hound.

»Ich habe sie gesehen«, flüsterte er, als er neben den in der Schmiede kauernden Shef huschte. Ausnahmsweise war Shef allein. Thorvin war im Lager unterwegs, weil sie an der Reihe waren, Brot in den Gemeinschaftsöfen zu backen. Shef war zurückgeblieben, um derweil in einer Handmühle Weizenkörner zu mahlen.

Shef sprang auf und verstreute überall auf dem festgestampften Lehmboden Mehl und Körner. »Wen? Godive? Wo? Wie? Ist sie…?«

»Bitte, setz dich.« Hound scharrte hastig das Durcheinander zusammen. »Wir müssen ganz normal wirken. Hier im Lager wird man immer beobachtet. Hör mir zu. Die schlechte Nachricht ist: Sie ist die Frau von Ivar Ragnarsson, den sie den Knochenlosen nennen. Aber man hat ihr nichts angetan. Sie ist am Leben und gesund. Ich weiß das, weil Ingulf als Heiler überall herumkommt. Jetzt, wo er weiß, was ich kann, nimmt er mich oft mit. Vor ein paar Tagen wurde er zu Ivar gerufen. Sie ließen mich nicht hinein – sie haben Wachen vor jedem Zelt –, aber während ich wartete, ging sie an mir vorbei. Es war Godive, da bin ich mir ganz sicher. Sie war keine fünf Meter von mir weg, auch wenn sie mich nicht bemerkte.«

»Wie sah sie aus?« fragte Shef. Die schmerzhafte Erinnerung an seine Mutter und Truda drängte sich in seine Gedanken.

»Sie lachte. Sie wirkte – glücklich.« Die beiden Jungen schwiegen. Nach allem zu urteilen, was sie gehört hatten, war es ein unheilvolles Zeichen, wenn jemand im Einflußbereich von Ivar Ragnarssons Macht glücklich zu sein schien.

»Aber hör mir zu, Shef. Sie schwebt in schrecklicher Gefahr. Sie versteht nicht, was los ist. Sie glaubt, sie wäre sicher, weil Ivar höflich und zuvorkommend zu ihr ist und sie nicht gleich zur Hure gemacht hat. Aber mit Ivar stimmt etwas nicht, vielleicht mit seinem Körper, vielleicht mit seinem Kopf, niemand weiß es genau. Aber er hat seine eigenen Mittel und Wege, seine Krankheit zu lindern. Wer weiß, eines Tages wird er womöglich Godive dazu benutzen.«

»Du mußt sie herausholen, Shef, und zwar bald. Und als erstes mußt du dich ihr zeigen. Ich habe keine Ahnung, was wir danach tun, aber wenn sie weiß, daß du da bist, wird sie vielleicht versuchen, dir eine Nachricht zu schicken. Und ich habe noch etwas gehört. Alle Frauen der Ragnarssons und ihrer ranghöchsten Anführer werden heute ihre Zelte verlassen. Ich habe gehört, wie die Frauen sich beschwerten. Sie sagten, sie hätten sich seit Wochen nur noch in dem schmutzigen Fluß waschen können. Heute nachmittag wollen sie sich und ihre Kleider an einem Seitenarm ungefähr eine Meile von hier waschen.«

»Könnten wir sie da wegholen?«

»Schlag dir das aus dem Kopf! Tausende von Männern sind in der Armee, und alle sind scharf auf eine Frau. Sie werden so viele Wachen dabei haben, daß du nicht einmal zwischen ihnen hindurchsehen kannst. Du kannst schon froh sein, wenn Godive dich überhaupt bemerkt. Also, hier drüben…« Hound erklärte ihm hastig die Lage des Seitenarms.

»Aber wie soll ich hier herauskommen? Thorvin…«

»Daran habe ich bereits gedacht. Sobald die Frauen aufbrechen, komme ich hierher und sage ihm, daß mein Herr ihn zu sich bittet, um die Werkzeuge zu schärfen, mit denen er den Männern Bäuche und Köpfe aufschneidet. Ingulf kann Unglaubliches vollbringen«, fügte Hound hinzu und schüttelte bewundernd den Kopf. »Mehr als jeder Heiler der Kirche, vom dem ich je gehört habe.

Wenn Thorvin das hört, wird er mit mir kommen. Dann schleichst du dich über den Wall und siehst zu, daß du einen großen Vorsprung vor den Frauen gewinnst, damit du ihnen zufällig begegnen kannst.«

Hound hatte Thorvin richtig eingeschätzt. Der Schmied ging sofort auf Hounds Anliegen ein. »Ich komme sofort«, sagte er, legte den Hammer zur Seite, suchte Wetz-, Öl- und Glättstein zusammen und brach auf.

Und dann geschah es. Zwei Männer warteten auf Shefs Dienste, und keiner von ihnen wollte sich vertrösten lassen. Sie wußten, daß Shef die Schmiede niemals verließ. Kaum war er die beiden losgeworden, tauchte ein weiterer Mann auf und löcherte ihn mit Fragen. Als er schließlich unter dem mit Ebereschen behängten Band hindurchschlüpfte, ging Shef auf, daß er jetzt gezwungen war, das gefährlichste zu tun, was man in einem Lager voller neugieriger Augen und gelangweilter Spione anstellen konnte: sich beeilen.

Aber ihm blieb keine Wahl. Er rannte den vor Männern wimmelnden Weg entlang, ohne den vielen neugierigen Blicken die geringste Beachtung zu schenken. Dann bog er ab, sprang über die Halteseile einiger verlassener Zelte und rannte den Wall hinauf. Er legte beide Hände auf die angespitzten, mannshohen Stämme der Palisade und ließ sie mit einem mächtigen Satz hinter sich. Ein Schrei hinter ihm sagte ihm, daß man ihn beobachtet hatte, aber dabei blieb es. Er rannte aus dem Lager heraus, nicht hinein und niemand hatte Grund, »Haltet den Dieb!« zu rufen.

Jetzt war er auf der Ebene, die von Pferden und mit ihnen übenden Männern übersät war. Die Bäume, die den Seitenarm markierten, ragten ungefähr eine Meile vor ihm in den Himmel. Die Frauen würden am Fluß entlanglaufen, aber es wäre glatter Selbstmord gewesen, ihnen hinterherzulaufen. Er mußte vor ihnen dort eintreffen und dann mit Unschuldsmiene zurücklaufen oder – noch besser – am Fluß stehen und sie an sich vorbeigehen lassen. Außerdem durfte er nicht in die Nähe des Lagereingangs geraten, wo den scharfen Augen der Wachen nichts entging. Shef ignorierte die Gefahr und rannte über die Wiese.

Zehn Minuten später hatte er den Seitenarm erreicht und schlenderte den schlammigen Pfad hinunter, der an dem Wasserlauf entlangführte. Niemand war zu sehen. Jetzt mußte er nur noch wie ein Angehöriger der Armee wirken, der sich die Zeit mit einem Spaziergang am Fluß vertrieb. Eine schwierige Aufgabe, denn etwas unterschied, von allen übrigen: Er war allein. Außerhalb des Lagers und selbst innerhalb bewegten sich aber die Wikinger meist als ganze Schiffsmannschaften oder zumindest in der Gesellschaft eines Rudergefährten.

Aber es war zu spät. Spazier einfach an ihnen vorbei, dachte Shef. Er konnte nur hoffen, daß Godive Augen im Kopf hatte und genug Verstand, ihn nicht durch eine unbedachte Reaktion zu verraten.

Er hörte Stimmen vor sich; Frauen, die riefen und lachten, und darunter einige Männer. Shef umrundete einen Hagedornbusch, und plötzlich stand Godive vor ihm. Ihre Blicke begegneten sich.

Im selben Moment erblickte er den Wirbel safranfarbener Plaids um sie herum. Krampfartig riß er den Kopf herum und erblickte Muirtach, der mit einem Triumphschrei auf den Lippen auf ihn zuschritt. Einen Augenblick später schlossen sich Hände hart um seine Arme. Die restlichen Gaddgedlar überließen ihre weiblichen Schützlinge sich selbst und drängelten sich hinter ihrem Anführer.

»Der vorlaute Spatz«, stellte Muirtach hämisch fest. Er hatte die Daumen am Gürtel untergehakt. »Der Bursche, der vor meinen Augen nach dem Schwertgriff langte. Willst einen Blick auf die Weiber werfen, was? Der wird dich teuer zu stehen kommen. Nehmt ihn beiseite.« Mit einem markerschütternden metallischen Klirren zog er das Langschwert aus der Scheide »Wir wollen die Ladies nicht mit dem Anblick von Blut deprimieren.«

»Ich kämpfe gegen dich«, sagte Shef.

»Das wirst du nicht. Ich bin der Anführer der Gaddgedlar. Wieso sollte ich mich mit einem entlaufenen Sklaven abgeben, der gerade erst den Eisenring abgeschüttelt hat?«

»Ich habe nie einen Ring getragen«, knurrte Shef. Hitze wallte in ihm auf und verdrängte das eisige Gefühl der Angst und Panik. Ihm blieb nur eine winzige Chance. Wenn er die Gaddgedlar dazu brachte, ihn als Ebenbürtigen zu behandeln, würde er vielleicht mit dem Leben davonkommen. Sonst würde er in wenigen Augenblicken als enthauptete Leiche im Busch liegen. »Meine Herkunft ist nicht schlechter als deine. Und mein Nordisch ist viel besser!«

»Das ist wahr«, sagte eine eisige Stimme hinter den Gaddgedlar. »Alle deine Männer sehen dir zu, Muirtach, statt nach den Weibern zu sehen. Braucht es etwa euren ganzen Trupp, um mit diesem Burschen fertigzuwerden?«

Das Gedränge vor Shef löste sich auf und plötzlich starrte er dem Sprecher in die Augen. Sie waren fast weiß. So bleich, dachte Shef, wie Eis. Die Augen blinzelten nicht und warteten darauf, daß Shef den Blick senkte. Mit Mühe wandte Shef die Augen ab. Angst stieg in ihm hoch; er fühlte die Nähe des Todes.

»Hegst du Groll gegen ihn, Muirtach?«

»Ja, Herr.« Der Ire hatte ebenfalls den Blick gesenkt.

»Dann kämpfe gegen ihn.«

»Aber… ich sagte schon…«

»Wenn du nicht willst, dann laß einen deiner Männer gegen ihn kämpfen. Such den jüngsten aus. Bursche soll gegen Bursche kämpfen. Wenn deiner gewinnt, gebe ich ihm das hier.« Ivar zog einen silbernen Reif vom Arm, warf ihn hoch und legte ihn wieder an. »Zurück mit euch! Macht Platz! Die Frauen sollen auch zusehen. Ohne Regeln, ohne Kapitulation«, fügte er hinzu. Ein kaltes, humorloses Lachen ließ seine Zähne aufblitzen. »Bis zum Tod!«

Sekunden später starrte Shef ein zweites Mal in Godives vor Schreck geweitete Augen. Sie stand in der ersten Reihe des Zuschauerkreises. Bunte Frauengewänder mischten sich mit safranfarbenen Plaids, dazwischen fanden sich hier und da die scharlachroten Mäntel der Jarle und Champions, der Aristokratie der Wikingerarmee. Inmitten von ihnen erblickte Shef eine vertraute Gestalt, den hünenhaften Brand. Einer plötzlichen Regung folgend ging Shef zu ihm, während sich sein Gegner am gegenüberliegenden Ende des Rings bereitmachte.

»Sir, leiht mir Euren Anhänger. Ich werde ihn Euch zurückgeben – wenn ich es kann.«

Ungerührt zog der Champion die Kette über den

Kopf und gab sie ihm. »Zieh deine Schuhe aus, Junge. Der Boden ist rutschig.«

Shef folgte seinem Rat und konzentrierte sich darauf, tief und schnell einzuatmen. Er hatte zahlreiche Ringkämpfe hinter sich und wußte, daß er damit die flüchtige Reglosigkeit, die Unvorbereitetheit auf den Kampf, die wie Angst wirkte, vertreiben konnte. Er zog sein Oberhemd aus und hängte sich Brands Anhänger um. Dann zog er das Schwert und warf Scheide und Gürtel beiseite. Ein großer Ring, dachte er. Ich muß schnell sein.

Sein Gegner verließ ebenfalls seine Ecke, wie Shef war er bis auf die Hose unbekleidet. In einer Hand hielt er das Langschwert der Gaddgedlar, das dünner als das übliche breite Schwert war, dafür aber einen Fuß länger. In der anderen hielt er eine Tartsche, den kleinen, runden Schild, den manche der Nordmänner bevorzugten. Unter dem Helm ragte geflochtenes Haar hervor. Er sah nicht viel älter aus als Shef, und in einem Ringkampf hätte sich Shef über ihn nicht weiter den Kopf zerbrochen. Aber er hatte Schwert und Schild, eine Waffe in jeder Hand. Er war ein kampferfahrener Krieger, hatte in Dutzenden von Scharmützeln gekämpft.

Plötzlich formte sich ein Bild in Shefs Gedanken. Er hörte wieder den ernsten Gesang Thorvins. Er bückte sich, hob einen Zweig auf und warf ihn wie einen Speer über den Kopf seines Gegners. »Ich übergebe dich der Hölle«, rief er. »Ich übergebe dich Nastrand, dem Strand der Toten.«

Die Zuschauer antworteten mit einem aufgeregten Schwirren. Einige anfeuernde Rufe ertönten: »Gib's ihm, Flann! Zieh ihm die Tartsche über!«

Niemand feuerte Shef an.

Der Gaddgedlar kam auf ihn zu – und griff ohne Umschweife an. Er täuschte einen Stoß auf Shefs Gesicht vor, der in einen Rückhandhieb auf seinen Hals übergìng. Shef duckte sich unter dem Schwert weg, sprang nach rechts und fing die Klinge mit seinem stachelbewehrten Schild ab. Der Gaddgedlar setzte ihm nach und schwang erneut sein Schwert, erst mit der Vorhand, dann der Rückhand. Wieder wich Shef zurück, gab vor, nach rechts zu springen, schnellte dann aber nach links. Einen Augenblick lang war er neben seinem Gegner, konnte seine ungeschützte rechte Schulter treffen. Aber statt dessen sprang er zurück und rannte rasch in die Mitte des Rings. Er hatte sich bereits für eine Taktik der raschen Bewegung entschieden, die seinen Gegner ermüdete, und spürte, wie sein eigener Körper leicht wie eine Feder seinem Willen folgte; angespornt von einer Kraft, die seine Lungen füllte und sein Blut durch die Adern jagte. Einen kurzen Moment lang kehrte wieder das wilde Entzücken zurück, daß er gespürt hatte, als Sigvarths Klinge an der seinen zerbrochen war.

Dann war Flann wieder heran. Er schwang sein Schwert immer schneller und versuchte, Shef gegen die Zuschauer zu drängen. Der Ire war schnell, aber er war an Gegner gewohnt, die sich ihm entgegenstellten und seine Hiebe mit dem Schild oder Schwert parierten. Er wußte nicht so recht, was er mit einem Kontrahenten anfangen sollte, der ihm einfach nur auswich. Shef sprang hoch, um einem langgestreckten Streich in Kniehöhe zu entgehen, und sah, daß der Ire bereits zu keuchen begann. Die Wikingerarmee bestand aus Seemännern und Reitern mit mächtigen Armen und Schultern. Aber sie waren Männer, die nur wenig gingen und fast nie rannten.

Die Rufe der Zuschauer wurden aufgebrachter, als ihnen Shefs Taktik aufging. Er mußte damit rechnen, daß sie bald näher rückten, um den Ring zu verkleinern. Als Flann wieder seinen bevorzugten Rückhandhieb versuchte – ein wenig langsamer als zuvor, ein wenig zu vorhersehbar –, blieb Shef zum erstenmal stehen und parierte den Schlag. Er zielte auf die Mitte der wuchtigen Klinge an der Spitze des Langschwerts. Sie hielt stand. Aber als der Ire zögerte, hieb Shef aus der Parade heraus nach seinem Handrücken – gleich darauf spritzte das erste Blut über seine Finger.

Dann war Shef wieder außer Reichweite, verzichtete darauf, seinen Vorteil auszunutzen. Er kreiste nach rechts, wechselte das Tempo, als sein Gegner vorrückte und dann wieder nach links. Der Schock in den Augen Flanns war ihm nicht entgangen. Blut quoll jetzt über die Schwerthand des Iren; genug, um ihn innerhalb weniger Minuten entscheidend zu schwächen, falls er bis dahin den Kampf nicht für sich entschieden hatte.

Hundert Pulsschläge lang standen die beiden Duellanten fast in der Mitte des Rings. Flann versuchte jetzt zu stoßen und zu schneiden, schlug mit dem Schild aus. Shef wich ihm meistens aus, aber manchmal parierte er die Schläge, um seinem Gegner das Schwert aus der blutverschmierten Hand zu schlagen.

Dann spürte Shef plötzlich, wie die Zuversicht aus Flanns Hieben verschwand. Er bewegte sich wieder, umkreiste den Iren unermüdlich, drängte immer nach links, um hinter seinen Schwertarm zu kommen, ganz egal, wieviel Kraft er dazu brauchte.

Flanns Atem glich jetzt fast einem Schluchzen. Er schleuderte den Schild in Richtung von Shefs Gesicht und riß das Langschwert nach oben. Aber Shef kauerte bereits, die Fingerknöchel seiner Schwerthand berührten den Boden. Seine Parade lenkte den Schlag weit über seine linke Schulter ab. Dann schnellte Shef blitzschnell hoch und rammte sein Schwert tief in den ungeschützten, schwitzenden Brustkorb seines Gegners. Der Ire erzitterte und stolperte zur Seite. Shef packte ihn mit einem Ringergriff am Hals und brachte sein Schwert wieder in Anschlag.

Durch das Geschrei der Menge drang die Stimme Viga-Brands an seine Ohren. »Du hast ihn Nastrand übergeben«, schrie der Hüne. »Du mußt ihn erledigen.«

Shef blickte in das bleiche, angstverzerrte und immer noch lebendige Gesicht, das in seine Armbeuge gequetscht war, und fühlte Wut in sich aufbranden. Er trieb sein Schwert tief in die Brust des Iren und spürte, wie der Todesschmerz durch seinen Körper raste. Dann ließ er den Leichnam langsam aus seinem Griff gleiten und zog das Schwert zurück. Er blickte in Muirtachs Gesicht, dem die Wut jede Farbe geraubt hatte. Er ging zu Ivar, neben dem jetzt Godive stand.

»Höchst lehrreich«, sagte Ivar. »Ich liebe es, Männern zuzusehen, die nicht nur mit dem Schwertarm, sondern auch mit dem Kopf kämpfen. Außerdem hast du mir einen Silberring gespart. Doch du hast mich einen Mann gekostet. Wie wirst du mich dafür entschädigen?«

»Ich bin auch ein Mann, Herr.«

»Dann schließ dich meinen Schiffen an. Als Ruderer. Aber nicht in Muirtachs Kontingent. Komm heute abend an mein Zelt, und mein Marschall wird einen Platz für dich finden.«

Ivar blickte einen Moment lang auf den Boden und dachte nach. »Diese Kerbe auf deiner Klinge. Sie stammt nicht von Flann. Von wem dann?«

Shef zögerte kurz, dann gab er sich einen Ruck. Im Umgang mit diesen Männern war Verwegenheit der beste Kurs. Er sagte laut und herausfordernd: »Vom Schwert Jarl Sigvarths!«

Ivars Züge versteiften sich. »Nun«, sagte er, »auf diese Weise bekommen wir weder unsere Kleider noch unsere Frauen gewaschen. Wir gehen weiter.« Er drehte sich um und zog Godive mit sich. Für einen Herzschlag blickte sie Shef gequält an, dann verschwand sie um eine Biegung.

Shef bemerkte, daß er Viga-Brands mächtige Gestalt anstarrte. Langsam nahm er den Anhänger ab.

Brand wog ihn in der Hand. »Normalerweise würde ich sagen: ›Behalt ihn, du hast ihn verdient.‹ Wenn du überlebst, wirst du eines Tages Champion sein, das sage ich dir, ich, Brand, Champion der Männer von Halogaland.«

»Aber irgend etwas sagt mir, daß der Hammer Thors nicht das richtige Zeichen für dich ist, auch wenn du Schmied bist. Ich glaube, du bist ein Mann Odins, denn man auch *Böllwerk* nennt.«

»Böllwerk?« wiederholte Shef das nordische Wort. »Das heißt, ich bin ein Übeltäter?«

»Noch nicht. Aber vielleicht bist du das Instrument eines Mannes, der einer ist. Dir folgt das Unheil.« Der Hüne schüttelte den Kopf. »Aber für einen Anfänger hast du dich heute tapfer geschlagen. Das erstemal, daß du jemanden getötet hast, nehme ich an, und ich rede wie eine Hellseherin daher. Aber hier…« – Brand deutete auf das Gras –, »sie nahmen ihren Kameraden mit, aber sie haben Schwert, Schild und Helm zurückgelassen. Der Brauch will, daß sie dir gehören.«

Er sprach, als ob er Shef prüfen wollte.

Shef schüttelte den Kopf. »Ich will nicht aus dem Tod eines Mannes Gewinn ziehen, den ich dem Strand der Toten übergeben habe.« Er nahm den Helm und warf ihn in das schlammige Wasser des Flusses. Dann schleuderte er den Schild in einen Busch und stellte einen Fuß auf das lange, dünne Schwert. Er verbog es einmal, zweimal, bis es unbrauchbar war, und ließ es liegen.

»Weißt du«, sagte Brand, »Thorvin hat dich nie gelehrt, wie man das macht. Das ist das Zeichen Odins.«

KAPITEL 7

THORVIN ZEIGTE SICH NICHT ÜBERRASCHT, als Shef zur Schmiede zurückkehrte und ihm berichtete, was geschehen war. Er grunzte matt, als Shef ihm schließlich eröffnete, daß er zu Ivars Kontingent stoßen würde, sondern sagte nur: »Nun, du legst besser eine weniger betretene Miene auf, bevor du zu ihnen gehst. Die anderen würden dich auslachen – und dann wirst du wütend und noch Schlimmeres geschieht.«

Aus einem Haufen im hinteren Teil der Schmiede zog er einen Speer und einen lederbespannten Schild. »Damit kann man dich wenigstens ansehen.«

»Gehören sie dir?«

»Manchmal lassen Leute Sachen zur Reparatur hier und holen sie nicht mehr ab.«

Shef nahm Speer und Schild entgegen und stand dann unsicher vor Thorvin, die zusammengerollte Decke und seine übrige Habe über der Schulter.

»Ich danke dir für das, was du für mich getan hast.«

»Ich tat es, weil ich es dem Weg schuldete. Zumindest dachte ich das. Vielleicht habe ich mich geirrt. Aber ich bin kein Narr, Junge. Es ist etwas Besonderes an dir. Nur was? Ich hoffe, daß du deswegen nicht in Schwierigkeiten gerätst. Vielleicht kreuzen sich unsere Wege eines Tages wieder.«

Sie gingen ohne ein weiteres Wort auseinander. Shef trat erst zum zweitenmal über das Band der Ebereschen und zum erstenmal nahm er den Weg zwischen den

Zelten ohne Angst, den Kopf geradeaus, ohne sich verstohlen umzublicken. Sein Ziel waren nicht die Zelte der Ragnarssons, sondern das Ingulfs des Heilers.

Wie üblich hatte sich eine kleinere Menge Schaulustiger darum versammelt. Die Männer zerstreuten sich, als Shef näher trat; die letzten von ihnen schleppten eine Trage, auf der eine verbundene Gestalt lag. Hound wischte sich die Hände an einem Stoffetzen ab und kam nach draußen, um seinen Freund zu begrüßen.

»Was hast du gerade getan?« fragte Shef.

»Ingulf geholfen. Es ist erstaunlich, was er alles kann. Dieser Mann fiel beim Ringen unglücklich hin und brach sich das Bein. Was würdest du zuhause mit so jemandem machen?«

Shef zuckte die Achseln. »Ihn verbinden. Mehr könnte man nicht tun. Irgendwann würde der Bruch verheilen.«

»Aber der Mann würde nie wieder richtig laufen können. Der Knochen würde in dem Winkel zusammenwachsen, wie er gebrochen war. Das Bein bestünde nur noch aus Beulen und Verdrehungen – so wie das von Crubba, der unter seinem stürzenden Pferd begraben wurde. Nun, Ingulf macht das anders. Bevor er das Bein verbindet, zieht er es gerade und drückt fest gegen den Bruch, um sicherzustellen, daß die gebrochenen Enden wirklich aneinander sind. Dann verbindet er das Bein zwischen zwei Stöcken, damit es gerade bleibt, während es verheilt. Aber was er in Fällen wie bei dem Mann hier gerade macht, ist noch wundersamer. Sein Bein war so übel gebrochen, daß die Knochen herausstanden. Ingulf schnitt ein Stück des Knochens ab und öffnete das Bein, damit er den Knochen zurückstoßen konnte! Ich hätte nie geglaubt, daß man so etwas überleben kann. Aber Ingulf ist unheimlich flink – und er weiß genau, was er tut.«

»Kannst du das auch lernen?« fragte Shef, dem das

enthusiastische Leuchten in Hounds sonst fahlen Zügen nicht entging.

»Mit genug Übung und Anleitung, ja. Und da ist noch etwas. Ingulf studiert Leichen, um zu sehen, wie die Knochen zusammengehören. Was würde Pater Andreas dazu sagen?«

»Du willst also bei Ingulf bleiben?«

Der entlaufene Sklave nickte. Dann zog er eine Halskette unter seinem Mantel hervor. Ein kleiner silberner Anhänger hing an ihr, ein Apfel.

»Das ist von Ingulf. Der Apfel Iduns der Heilerin. Ich bin jetzt ein Jünger. Ich glaube an Ingulf und den Weg. Vielleicht auch an Idun.« Hound warf einen Blick auf den Hals seines Freundes. »Thorvin hat dich nicht bekehrt. Du trägst keinen Hammer.«

»Ich trug einen – für kurze Zeit.« Shef faßte in einigen knappen Sätzen zusammen, was am Fluß geschehen war. »Vielleicht habe ich jetzt eine Chance, Godive zu retten und zu entkommen. Vielleicht wird Gott gut zu mir sein, wenn ich lange genug aufpasse.«

»Gott?«

»Oder Thor. Oder Odin. Langsam glaube ich, daß es keinen großen Unterschied macht. Vielleicht paßt ja wenigstens einer von ihnen auf mich auf.«

»Kann ich dir irgendwie helfen?«

»Nein.« Shef faßte den Arm seines Freundes. »Es kann sein, daß wir uns nie wieder sehen. Aber wenn du die Wikinger eines Tages verläßt, hoffe ich einen Platz für dich zu haben. Selbst wenn es nur eine Hütte im Moor ist.«

Er wandte sich ab und steuerte auf den Ort zu, den er noch vor wenigen Tagen nicht einmal anzublicken gewagt hatte: Die Zelte der Anführer der Wikinger.

Der Bereich der Ragnarssons erstreckte sich vom Ost- bis zum Westende des Walls, eine ganze Achtelmeile entlang des Flußufers. In seiner Mitte stand das große

Gemeinschaftszelt – mit Tischen für hundert Männer – und die reich verzierten Zelte der vier Söhne Ragnar Lodbroks. Um jedes der vier drängten sich die Zelte der Frauen, Familienangehörigen und Leibwachen. In größerem Abstand folgten die langen Reihen der Krieger-Biwaks, für gewöhnlich drei oder vier pro Schiff. Dazwischen verstreut waren kleinere Zelte für die Kapitäne, Steuermänner und Champions. Die Gefolge der einzelnen Brüder lebten zwar eng beieinander, blieben aber für gewöhnlich unter sich.

Die Männer Schlangenauges waren vor allem Dänen: Jedermann in der Armee wußte, daß Sigurth beizeiten nach Dänemark zurückkehren würde, um das Königreich in Seeland und Skane zu fordern, das einst seinem Vater gehört hatte. Danach wollte er ein Reich schaffen, das sich von Dänemark über das Baltikum und die Nordsee erstreckte – ein Reich, wie es kein Mann seit den Tagen Godefreds, der gegen Karl den Großen gekämpft hatte, sein Eigen hatte nennen können. Ubbi und Halfdan dagegen, die keinen erblichen Anspruch auf einen Thron geltend machen konnten, rekrutierten ihre Männer aus anderen Ländern: Schweden, Norwegen, Gotland und Bornholm und den übrigen Inseln.

Ivars Männer waren zum größten Teil Exilanten, allerdings aus unterschiedlichen Gründen. Viele von ihnen waren zweifellos Mörder, die auf der Flucht vor der Rache des Gesetzes waren. Aber die große Mehrheit rekrutierte sich aus der umherwandernden Bevölkerung, die seit Generationen zu den äußeren Inseln der keltischen Regionen drängte: den Orkney- und Shetlandinseln, den Hebriden und auf das schottische Festland. Die ständigen Scharmützel in Irland und auf der Isle of Man, in Strathclyde and Galloway und Cumbria hatten sie gehärtet. Unter sich prahlten sie – auch wenn das von anderen heftig zurückgewiesen wurde; vor allen von den Norwegern, die Irland als ihr Eigentum betrachteten, mit dem sie tun und lassen konnten, was sie wollten –, daß eines Tages Ivar Ragnarsson von seiner Burg bei Dubh Linn über ganz Irland herrschen würde. Und dann, so protzten sie, würde er seine siegreiche Flotte gegen die jämmerlichen Königreiche des christlichen Westens führen. Die Nachkommen Nialls hätten dabei noch ein Wörtchen mitzureden, murmelten die Gaddgedlar auf Irisch, einer Sprache, die keiner der Nordmänner von den Hebriden oder aus Schottland jemals in den Mund nehmen würde. Aber sie sagten es leise, denn trotz all ihres Stolzes wußten sie, daß ihre Landsleute niemanden mehr haßten als sie, die Abtrünnigen Christi, die Komplizen derer, die Verwüstung und Mord in den letzten Winkel Irlands getragen hatten. Und die das darüberhinaus für Geld und Macht getan hatten, nicht einfach nur um der Freude und des Ruhms willen, wie es der Brauch der Iren seit den Tagen Finns und Cúchulainns und der Männer von Ulster war.

In diesen reizbaren Teil des Lagers, gespickt mit Differenzen und Vorwänden für Zwietracht, marschierte Shef, während die Feuer für die Zubereitung des Abendessens entzündet wurden.

Er wurde von einem Marschall abgepaßt, der seinen Namen abfragte und seiner Geschichte lauschte. Beim Anblick seiner schäbigen Ausrüstung verzog er abfällig das Gesicht und grunzte. Dann rief der Marschall einen jungen Mann aus dem Gewimmel und trug ihm auf, Shef das ihm zugeteilte Zelt und Ruder zu zeigen und ihn mit seinen Pflichten vertraut zu machen. Der Mann – dessen Namen Shef überhörte, und der auch keine Anstalten machte, sich dem Neuling vorzustellen – sagte ihm, daß es vier Arbeiten gäbe, die abwechselnd zu erledigen wären: die Bewachung der Schiffe, des Lagertors, der Sklaven-Pferche und, wenn nötig, die Wache vor Ivars Zelt. Meistens wurden die Wachen mannschaftsweise zugeteilt.

»Ich dachte, die Gaddgedlar bewachten Ivar«, sagte Shef.

Der junge Mann spuckte. »Wenn er hier ist. Wenn nicht, gehen sie mit ihm. Aber der Schatz und die Weiber bleiben zurück. Jemand muß nach ihnen sehen. Außerdem könnte jemand Anstoß an den Gaddgedlar nehmen, wenn sie sich zu weit von Ivar entfernten – Ketil Flachnase und seine Leute hegen Groll gegen sie. Ganz zu schweigen von Thorvald dem Tauben und einem Dutzend anderer.«

»Würde man uns die Wache vor Ivars Zelt anvertrauen?«

Der junge Mann sah ihn schief an. »Wieso nicht? Ich sage dir eins, *Enzkr*, wenn du auf Ivars Schatz spekulierst, dann schlag dir das besser auf der Stelle aus dem Kopf. Hast du jemals gehört, was Ivar mit dem irischen König bei Knowth anstellte?«

Während des weiteren Rundgangs führte der Wikinger in erschöpfendem Detail aus, was Ivar mit Königen und weniger erlesenen Männern, die sein Mißgefallen erregt hatten, anzustellen pflegte. Shef schenkte den Geschichten, die ihn offensichtlich einschüchtern sollten, nur flüchtige Beachtung, und besah sich statt dessen interessiert das Wikingerlager.

Die Schiffe, erkannte er, waren der wunde Punkt der Befestigung. Man hatte Platz lassen müssen, um sie auf das schlammige Ufer ziehen zu können, und deshalb gab es dort keine Palisade. Die Schiffe waren für potentielle Angreifer zwar ebenfalls eine Art Hindernis, aber gleichzeitig stellten sie den wertvollsten Besitz der Wikinger dar. Wer die Wachen am Fluß bezwang, konnte mit Äxten und Fackeln zwischen ihnen wüten, und wäre nur unter größten Schwierigkeiten wieder zu vertreiben gewesen.

Die Torwachen waren da anders. Es würde schwer sein, sie zu überraschen. Jeder Kampf würde auf ebenem Boden stattfinden, wo die großen Äxte und die eisernen Speerspitzen der Wikinger leichtes Spiel hätten. Außerdem würde jeder, dem es gelang, durch die Wachen durchzubrechen, nur durch Welle um Welle von Kriegern waten und sich in dem Gewirr von Zelten und Seilen verlieren.

Shef und sein Führer gelangten zu den Pferchen, die einen eigenen Abschnitt nahe des Ostwalls bildeten: ein kläglicher Streifen, von in den Boden gehämmerten Pfählen eingegrenzt, die man mit Lederriemen miteinander vertäut hatte. Dahinter kauerten Männer unter provisorischen Unterständen aus Zelttuch und versuchten, sich vor dem Regen zu schützen. Eiserne Fesseln umschlossen ihre Füße, Handschellen ihre Handgelenke. Shef entging aber nicht, daß die Eisen nur durch lederne Streifen zusammengehalten wurden. Ketten waren zu teuer, aber auch unnötig. Bis ein Mann sich durch das Leder gebissen hatte, wäre selbst die schläfrigste Wache auf ihn aufmerksam geworden – und die Strafen für jeden Ungehorsam in den Sklavenpferchen waren drakonisch. Shefs Führer brachte es auf den Punkt: Wenn man einen Sklaven so sehr zurichtete, daß er unverkäuflich war, konnte man ihm ebensogut den Rest geben, um die übrigen einzuschüchtern.

Als Shef zwischen den Pfählen hindurch in den Pferch spähte, bemerkte er auf dem Boden einen vertrauten Kopf; blondes Haar, mit schlammverschmierten Locken. Alfgar, sein Halbbruder, Teil der Beute Emneths. Der Kopf rührte sich, als ob er die Augen spürte, die auf ihn gerichtet waren, und Shef senkte sofort den Blick, genauso wie er es getan hätte, wenn er in den Sümpfen einem Reh oder Schwein nachgestellt hätte.

»Ihr habt noch keine Sklaven verkauft?«

»Nein. Ist viel zu aufwendig, sie aufs Meer zu kriegen, solange die Engländer die ganze Zeit Hinterhalte legen. Der Haufen hier gehört Sigvarth.« Der junge Mann spuckte wieder. »Er wartet darauf, daß ihm jemand anders den Weg freimacht. Wird aber nicht mehr lange dauern.«

»Den Weg freimacht?«

»In zwei Tagen bricht Ivar mit der halben Armee auf, um diesen König Jatmund – ihr Engländer nennt ihn Edmund – zum Kampf zu zwingen oder sein Land zu verwüsten. Wir hätten uns das lieber leichter gemacht, aber wir haben schon zuviel Zeit verschwendet. Zu dumm für Jatmund, wenn Ivar ihn erwischt...«

»Bleiben wir hier oder gehen wir mit?«

»Unsere Mannschaft bleibt.« Wieder blickte der junge Mann Shef mit einer Mischung aus Neugierde und Verärgerung an. »Was glaubst du, weshalb ich dir das alles erzähle? Wir stellen für die ganze Zeit die Wachen. Ich wünschte, wir wären dabei. Ich würde gern sehen, was sie mit diesem König anstellen. Von Knowth hab ich dir ja erzählt. Weißt du, ich war dabei, als Ivar am Boyne die Gräber der toten Könige ausraubte, und die Christenpriester uns aufhalten wollten. Ivar nahm sie einfach...«

Das Thema beschäftigte den jungen Mann und seine Kameraden während des gesamten Abendessens aus Brühe, gepökeltem Schwein und Kohl. Es gab ein Faß Ale, dessen Oberseite jemand mit einer Axt eingeschlagen hatte, und sie alle tauchten buchstäblich darin ein. Shef trank mehr, als ihm bewußt war; die Ereignisse des Tages jagten durch seine Gedanken. Er dachte darüber nach, was er erfahren hatte, und versuchte die Grundzüge eines Plans zu entwerfen. Erschöpft an Körper und Geist legte er sich schließlich hin. Der junge Ire Flann, der sich im Todeskampf in seinen Armen gewunden hatte, schien nur noch ferne Vergangenheit.

Dann übermannte ihn die Müdigkeit und zog ihn in einen merkwürdigen Traum.

Er blickte durch ein halbgeschlossenes Fenster nach draußen. Es war Nacht. Der Mond stand hell am Himmel, so hell, daß die Wolken, die über seinem Kopf dahinrasten, undeutliche Schatten warfen. Und dort draußen hatte etwas aufgeblitzt.

Neben ihm stand ein Mann und plapperte Erklärungen dafür, was dieses etwas sein konnte. Aber Shef brauchte keine Erklärungen, das wußte er. Eine unbestimmte, düstere Vorahnung formte sich in seinem Geist. Und dagegen stemmte sich eine steigende Wut. Er unterbrach den Mann.

»Das ist nicht die Dämmerung im Osten«, sagte Shef-der-nicht-Shef-war. »Noch ist es ein Drache, noch brennen die Giebel dieser Halle. Dort blitzen die Klingen unserer Feinde auf, die uns im Schlaf überraschen wollen. Denn der Krieg erwacht; der Krieg, der Unheil über alle Menschen bringen wird. Also steht auf, meine Krieger, faßt Mut, bewacht die Türen und kämpft wie Helden.«

Im Traum hörte er, wie die Krieger hinter ihm sich erhoben, nach den Schilden griffen und die Schwertgürtel umlegten.

Aber über dem Traum, nicht in der Halle, hörte er eine mächtige Stimme. Sie war kein Teil des Heldenlieds, das sich vor seinen Augen zutrug, und zu gewaltig, um aus einer menschlichen Kehle zu kommen. Es war die Stimme eines Gottes, erkannte Shef. Aber nicht die Art von Stimme, die man von einem Gott erwartet hätte. Weder getragen, noch ehrwürdig. Eine belustigte, glucksende, spöttische Stimme.

»Oh, Halb-Däne, der nicht zu den Halb-Dänen gehört«, sagte sie. »Hör nicht auf den Krieger, den tapferen. Steh nicht auf und kämpfe. Wirf dich zu Boden. Wirf dich zu Boden.«

Shef zuckte zusammen. Brandgeruch stach ihm in die Nase. Mehrere Sekunden lang kreisten seine Gedanken benommen um den Rauch: ein sonderbarer Geruch, beißend wie Teer – wo konnte Teer brennen? Dann war plötzlich überall um ihn herum Bewegung; jemand stapfte über seinen Bauch und verscheuchte den letzten Rest Müdigkeit aus seinem Geist. Die Männer im Zelt tasteten in der undurchdringlichen Schwärze nach ihren Hosen, Stiefeln und Waffen. Auf der einen Seite des Zelts war Feuerschein. Shef wurde schlagartig das ununterbrochene Getöse im Hintergrund bewußt. Stimmen brüllten, brennendes Holz knisterte, und über allem lag ein ohrenbetäubendes metallisches Klirren, das Zusammenprallen von Klinge auf Klinge und Klinge auf Schild. Der Aufruhr einer Schlacht.

Die Männer im Zelt schrien, versuchten aneinander vorbeizudrängen. Draußen überschlugen sich Stimmen, englische Stimmen. Plötzlich waren sie nur noch wenige Meter entfernt. Im selben Augenblick verstand Shef. Die Worte des Gottes aus seinem Traum hallten immer noch in seinen Gedanken nach. Er warf sich wieder auf den Boden und drängte sich in die Mitte, weg von den Zeltwänden. Unvermittelt knickte die gesamte Flanke des Zelts ein; eine Speerspitze bahnte sich ihren Weg durch den Stoff. Der junge Mann, der ihn herumgeführt hatte, drehte sich halb weg, aber seine Füße waren immer noch in der Decke gefangen. Die eiserne Spitze bohrte sich mitten in seinen Brustkorb. Shef packte den fallenden Körper und zog ihn über sich, fühlte zum zweitenmal innerhalb weniger Stunden das krampfhafte Zucken des Todes und das Bersten eines Herzens.

Dann stürzte das ganze Zelt zusammen, und eine Welle von Stiefeln trampelte über sie weg. Speere stachen in den gefangenen Haufen sich windender Männer. Der Körper in seinen Armen zuckte immer wieder; nur wenige Zentimeter von Shef zerschnitten Schmerz- und Angstschreie die Dunkelheit. Eine Klinge fuhr in den Boden und schabte an Shefs Knie vorbei. Dann waren die trampelnden Stiefel plötzlich verschwunden.

Stimmen riefen auf dem Weg vor dem eingestürzten Zelt, und nur wenige Fuß weiter brach ein neuer Tumult aus Schreien und Klirren aus.

Shef wußte, was geschehen war. Der englische König hatte die Herausforderung der Wikinger angenommen und ihr Lager in der Nacht angegriffen. Dank einer vorzüglichen Planung und des herablassenden Übermuts seiner Gegner war es ihm gelungen, die Palisade zu durchbrechen. Jetzt drängten die Engländer zu den Schiffen und den Zelten der Anführer und töteten auf dem Weg so viele der überraschten Wikinger wie möglich. Shef griff Hose, Stiefel und Schwertgürtel und schlängelte sich durch die Leichen seiner Kameraden ins Freie. Dann zog er sich an und rannte geduckt los.

Im Umkreis von vierzig Schritten war niemand zu sehen. Zwischen ihm und der Palisade erstreckte sich ein Wirrwarr zusammengestürzter Zelte, unter deren Stoff sich die Konturen von Körpern abzeichneten. Einige von ihnen riefen kläglich um Hilfe, andere versuchten sich aufzurichten. Die englischen Angreifer waren durch das Lager gestürmt und hatten wild auf alles eingestochen, was sich bewegte. Es gab nur wenige Überlebende.

Bevor die Wikinger sich von dem Schock erholt und sich gesammelt hatten, würden die Engländer tief in das Herz des Feindeslagers vorgestoßen und die Schlacht unwiderruflich entschieden sein.

Auf der ganzen Länge des Flußufers waren nur noch Feuer und Rauch; Flammen züngelten die Segel hinauf oder nährten sich an frisch geteerten Rümpfen. Vor der wabernden Glut tollten Dämonen, schleuderten Speere und schwangen Schwerter und Äxte. Die Engländer mußten bei den Schiffen nur auf geringen Widerstand gestoßen sein. Aber die Wikinger in unmittelbarer Nähe der Schiffe hatte sich schnell gesammelt, um ihre

Meeresrösser zu verteidigen. Was geht bei den Zelten der Ragnarssons vor? fragte sich Shef mit einer Ruhe und Berechnung, die jeden Selbstzweifel im Keim erstickte. Ist das der Moment, auf den ich gewartet habe? Kann ich Godive jetzt heraushauen?

Nein. Dies war eine Schlacht, und überall wurde heftig gekämpft. Wenn die Wikinger den Angriff zurückschlugen, würde Godive bleiben, was sie war: eine Sklavin, Ivars Gespielin. Aber wenn der Angriff gelang – und wenn er sie retten wollte…

Er rannte los. Nicht in Richtung der Kämpfe, wo einen schlecht bewaffneten Mann wie ihn nur ein schneller Tod erwartete, sondern in die entgegengesetzte Richtung zu den Palisaden, die immer noch still und dunkel dalagen. Aber der Schein trog, wie Shef bald bemerkte, überall an den Außenseiten der Palisade wurde gekämpft. Speere zischten durch die Finsternis, brennende Holzscheite flogen gegen die Befestigung. König Edmund hatte einen gleichzeitigen Angriff von allen Seiten befohlen. Und die Wikinger war jeweils zum nächsten Gefahrenpunkt gestürzt. Bis ihnen aufging, wo man ihre Kampfkraft am dringendsten benötigte, würde Edmund die Schlacht bereits für sich entschieden haben.

Wie ein Schemen hastete Shef zu den Sklaven-Pferchen. Auf halbem Weg sprang eine Gestalt aus der Dunkelheit auf ihn zu. Blut hatte die Hüfte des Mannes schwarz verfärbt, das Langschwert in seiner Hand hing kraftlos herab. »*Fraendi*«, sagte er, »hilf mir! Nur einen Augenblick, bis das Blut…« Shef stieß einmal von unten herauf zu, verdrehte das Schwert und zog es zurück.

Eins, dachte er und griff nach dem Schwert des Sterbenden.

Die Wachen der Sklaven waren immer noch an Ort und Stelle. Sie standen dicht gedrängt vor den Toren des Pferchs, entschlossen, jeden Ausbruchsversuch zu vereiteln. Überall am Zaun des Pferchs schossen für kurze Augenblick Köpfe hoch, als die gefesselten Sklaven versuchten, einen Blick auf das Geschehen zu erhaschen. Shef warf das Langschwert über den Zaun und folgte ihm mit einem mächtigen Satz. Ein Schrei ertönte, als die Wachen ihn bemerkten, aber nichts geschah. Die Wikinger konnten sich nicht entscheiden, ob sie am Tor bleiben oder ihm folgen sollten.

Stinkende Gestalten griffen nach Shef. Er beschimpfte die Engländer, die ihm die Bewegungsfreiheit zu rauben drohten, und stieß sie beiseite. Mit dem Langschwert zerschnitt er die ledernen Hand- und Fußfesseln eines Mannes und drückte ihm die Klinge in die Hand.

»Befrei die anderen«, zischte er, wandte sich dem nächsten Mann zu und zog das eigene Schwert aus der Scheide. Die Sklaven sahen, was geschah, und streckten ihm die Hände entgegen. Dann packten sie die Fußfesseln und hielten sie hoch, damit er sie leichter durchschneiden konnte. Zwanzig Pulsschläge später war ein halbes Dutzend Sklaven frei.

Das Tor des Pferchs öffnete sich knirschend. Die Wachen hatten sich offenbar entschieden, den Eindringling zu stellen. Als der erste Wikinger hereinkam, packten Hände seine Arme und Beine, und eine Faust rammte ihm in das Gesicht. Sekunden später lag er auf dem Boden, und die Sklaven drangen mit dem Schwert und Speer des Erschlagenen auf dessen Kameraden ein, die in die Schwärze des Pferchs stürmten. Shef zerschnitt derweil wie ein Wilder Lederfesseln, als er plötzlich die Hände seines Halbbruders Alfgar sah, der ihn verwundert und wütend zugleich anstarrte.

»Wir müssen Godive holen.«

Alfgar nickte.

»Du kommst mit mir. Ihr übrigen könnt euch mit den Waffen am Tor befreien. Wer schon eine Waffe hat und für Edmund kämpfen will, folgt mir über den Zaun.«

Shefs Stimme steigerte sich zu einem Brüllen. Er schob sein Schwert in die Scheide, trat an den Zaun, legte die Hände auf die Pfähle und wuchtete sich mit einem mächtigen Zug hinüber. Einen Augenblick später folgte ihm Alfgar, den der Schock über seine Befreiung noch taumeln ließ. Hinter ihm schwärmten zwanzig halbnackte Gestalten aus, gefolgt von immer neuen befreiten Sklaven, die über den Zaun kletterten. Einige von ihnen verschwanden ohne zu zögern in der schützenden Dunkelheit, andere stürzten sich wütend auf die Wachen, die immer noch am Tor mit den übrigen Sklaven kämpften. Shef rannte mit einem Dutzend Männern im Schlepptau zurück durch die zusammengestürzten Zelte.

Überall lagen Waffen, teils auf den Haufen, in denen man sie für die Nacht lagerte, teils an den Stellen, an denen der Tod ihre Besitzer ereilt hatte. Shef hob eine Zelttür an, rollte die dahinterliegende Leiche beiseite und nahm ihren Speer und Schild an sich. Während sie es ihm nachmachten, musterte Shef keuchend die Männer, die ihm gefolgt waren. Die meisten von ihnen waren Bauern. Aber die Erinnerung an das, was man ihnen in den Sklavenpferchen angetan hatte, machte sie wütend und verzweifelt. Allerdings hatte der vorderste von ihnen, ein Mann mit mächtigen Schultern und Armen, der ihn unverwandt anstarrte, die Statur eines Kriegers.

Shef deutete auf das Gefecht, das immer noch um die bislang unversehrten Zelte der Anführer tobte. »Dort ist König Edmund und versucht, die Ragnarssons zu töten«, sagte er. »Wenn ihm das gelingt, werden die Wikinger fliehen und sich für immer zerstreuen. Wenn er scheitert, werden sie uns bis auf den letzten Mann wieder aufstöbern; kein Dorf, keine Grafschaft wird vor ihnen sicher sein. Wir sind ausgeruht und bewaffnet. Mit unserer Hilfe kann Edmund durchbrechen.«

Die befreiten Sklaven drängten wie ein Mann in den Kampf.

Alfgar blieb zurück. »Du stehst halbnackt und ohne Rüstung vor mir, Shef. Du bist nicht mit Edmund gekommen. Woher weißt du, wo Godive ist?«

»Halt den Mund und komm mit!« Shef setzte sich an die Spitze der Männer und zusammen marschierten sie direkt auf das Getümmel zu, in dessen Mitte sich das Zelt mit den Frauen Ivars befand.

KAPITEL 8

EDMUND – SOHN EDWOLDS, Nachkomme Raedwalds des Großen, des letzten aus dem Geschlecht der Wuffinga, und jetzt von Gottes Gnaden König der Ostangeln – starrte wütend und deprimiert durch die Gucklöcher seiner Kriegsmaske.

Sie mußten durchbrechen! Noch ein Vorstoß und der verzweifelte Widerstand der Wikingerführer würde zerbröckeln. Die Ragnarssons würden in Blut und Feuer sterben, und der Rest der Großen Armee kopflos die Flucht ergreifen. Aber wenn sie standhielten … wenn sie standhielten, würden die schlachterfahrenen Wikinger erkennen, daß die Angreifer an den Palisaden nur wütende Bauern mit Fackeln waren, und der eigentlich Angriff hier stattfand. Und dann würden sie in den Kampf am Flußufer eingreifen. Mit ihrer erdrückenden Überzahl würden sie die Engländer wie Ratten im letzten ungemähten Viereck eines Getreidefelds zusammentreiben. Er, Edmund, hatte keine Söhne. Die Zukunft seiner Dynastie und seines Reiches hatte sich auf diesen Tumult aus Schreien und metallischem Klirren verengt, in dem vielleicht hundert Männer auf jeder Seite fochten. Die besten Champions der Ostangeln und der harte Kern der Leibgarde der Ragnarssons rangen um die Entscheidung: Die eine Seite setzte alles daran, in das Dreieck der Zelte der Söhne Ragnar Lodbroks am Fluß vorzustoßen; die andere hatte sich selbstsicher zwischen dem Gewirr der Halteseile verschanzt und setzte alles daran, nach dem unvorstellbaren Schock des englischen Überraschungsangriffs nur noch wenige Minuten länger durchzuhalten.

Und es würde ihnen gelingen. Edmunds Hand verkrampfte sich um das Heft seines Schwertes, und er schwang es, als wollte er angreifen. Augenblicklich rückten die muskulösen Schatten links und rechts von ihm, die Hauptmänner seiner Leibwache, vor und verstellten ihm mit ihren Schildern und Körpern den Weg. Sie würden ihm nicht gestatten, sich in das Gefecht zu stürzen. Seit das anfängliche Abschlachten der schlafenden Männer vorüber war, und der eigentliche Kampf begonnen hatte, waren sie nicht von seiner Seite gewichen.

»Sachte, mein König«, brummte Wigga. »Seht, dort sind Totta und seine Männer. Sie werden die Hunde niederzwingen.«

Noch während er sprach, wogte das Gefecht vor ihnen. Zuerst einige Fuß nach vorne, als ein Wikinger zu Boden ging, und die Engländer sich in die neuentstandene Lücke stürzten. Dann wogte es zurück, weit zurück. Über den Helmen und den erhobenen Schilden wirbelte eine Streitaxt, die dumpfen Schläge gegen das Lindenholz der Schilde verwandelten sich in das Klirren von Stahl auf Kettenhemden. Ein Engländer kippte aus dem Gedränge; trotz des Kettenhemds klaffte zwischen seinem Hals und Brustbein eine tiefe Wunde. Einen Augenblick lang sah Edmund eine hünenhafte Gestalt, die mit einer Hand eine Axt herumwirbelte wie ein Hirtenjunge seinen Stock und die Engländer zum Angriff herausforderte. Das taten sie mit aller Macht, und Edmund sah nur noch die Rükkenmuskeln seiner Krieger, die sich unter der Anstrengung verzerrten.

»Wir müssen schon Tausend von diesen Bastarden getötet haben«, bemerkte Eddi zu seiner Rechten. Edmund wußte, was einer der beiden Leibwächter gleich sagen würde: »Es ist Zeit, hier zu verschwinden, Herr.« Dann würden sie ihn wegschaffen – falls ihnen das gelingen sollte. Der Großteil seiner Armee, die Thanes und die Aufgebote aus den Dörfern, setzte sich bereits ab. Sie hatten ihre Aufgabe erfüllt; waren hinter dem König und seinen ausgesuchten Kriegern über die Palisaden geflutet, hatten die schlafenden Wikinger massakriert, die Schiffswachen überwältigt und so viele Langschiffe wie möglich am Flußufer in Flammen gesteckt. Aber Edmund hatte nie von ihnen erwartet, sich im Kampf Mann gegen Mann mit den Champions des Nordens zu messen, und das taten sie auch nicht. Ja, schlafende und unbewaffnete Männer konnten sie erledigen – aber die wachen und wütenden Wikinger zu bekämpfen war die Aufgabe der Adligen.

Eine Bresche, betete Edmund. Allmächtiger Gott, gib uns nur eine Bresche in ihrer Stellung, und wir sind durch und greifen sie von allen Seiten an. Dann ist der Krieg vorüber, und die Heiden sind vernichtet. Keine Leichen mehr in den Feldern, keine toten Kinder, die in den Brunnen verfaulen. Aber wenn sie nur noch eine Minute durchhalten, lang genug für den Gevatter Tod, um seine Sense zu schärfen… dann sind wir am Ende, und mich erwartet das Schicksal Wulfgars.

Der Gedanke an seinen gemarterten Thane ließ Edmunds Herz anschwellen, bis die Glieder seines Kettenhemds zu platzen schienen. Der König schob Wigga zur Seite und trat mit erhobenem Schwert vor. Seine Augen suchten eine Lücke in den Reihen der Krieger, durch die er vorschnellen konnte. Er schrie mit ganzer Kraft, so daß seine Stimme unter dem uralten Visier hallte: »Brecht durch! Brecht durch! Dem Mann, der durch ihre Reihen bricht, gehört der Schatz Raedwalds, ich schöre es. Und fünfhundert Goldstücke für den Mann, der mir den Kopf Ivars bringt!«

Zwanzig Schritte weiter sammelte Shef seine kleine Bande befreiter Gefangener. Viele der geteerten Langschiffe am Ufer standen jetzt vollständig in Flammen und tauchten die Schlacht in ein gespenstisch flackerndes Licht. Überall waren niedergetrampelte Wikinger-Biwaks, ihre Bewohner tot oder verwundet. Nur an einer Stelle direkt vor ihnen standen noch acht oder zehn unversehrte Zelte: Die Unterkünfte der Ragnarssons, ihrer Anführer und Wachen – und ihrer Frauen. Um sie herum tobte die Schlacht.

Shef wandte sich an Alfgar und den muskulösen Thane neben ihm. Die drei standen einen Schritt vor dem Haufen schlecht bewaffneter, keuchender Bauern.

»Wir müssen zu den Zelten vordringen. Dort sind die Ragnarssons.« Und Godive, dachte er. Aber das würde nur Alfgar kümmern.

Im Licht des Feuers blitzten die Zähne des Thanes auf, als er die Lippen zu einem grimmigen Lächeln verzog.

»Seht, dort drüben«, zeigte er.

Einen Augenblick lang sahen sie die schwarzen Silhouetten zweier Krieger; jedes Lodern der Flammen zeigte sie in einer anderen, verzerrten Stellung. Die Schwerter wirbelten, jeder Hieb wurde umgehend pariert, die Streiche kamen aus der Vorhand, Rückhand, aus allen Winkeln und jeder von ihnen wurde von einer präzisen Parade gestoppt. Die Krieger verdrehten sich und stampften, hoben ihre Schilde und sprangen über tiefe Schwertstreiche. Mit jedem Hieb brachten sie sich bereits in Position für den nachfolgenden, versuchten, selbst aus den Schlägen ihrer Gegner einen Vorteil zu ziehen – ein geschwächtes Handgelenk, einen überdehnten Muskel oder auch nur ein Zögern.

Die Stimme des Thanes nahm einen fast zärtlichen Klang an. »Seht sie euch an, beide Seiten. Das sind die besten Krieger des Königs und der Piraten. Sie sind die *drengir*, die harten *here-chempan*. Wie lange könnten wir gegen sie bestehen? Ich – vielleicht könnte ich sie für eine halbe Minute belästigen. Ihr beide – das weiß ich nicht. Aber aus diesen hier«, er zeigte mit dem Daumen auf die Bauern hinter ihnen, »machen sie Fleischbrät.«

»Verschwinden wir«, sagte Alfgar plötzlich. Die Bauern murmelten unruhig.

Doch dann packte der Thane Alfgars Arm; seine Finger sanken tief in das Fleisch.

»Nein. Hört nur! Das ist die Stimme des Königs. Er ruft seine treuen Diener. Hört euch an, was er zu sagen hat!«

»Er will Ivars Kopf«, knurrte einer der Bauern.

Plötzlich drängten sie alle mit erhobenen Speeren und Schildern vor, unter ihnen der Thane.

Er weiß, daß es nicht klappen kann, begriff Shef, aber ich weiß etwas Besseres!

Er holte sie ein und versperrte ihnen wild gestikulierend den Weg. Nach und nach verstanden die Männer, was er ihnen mitzuteilen versuchte. Sie ließen die Waffen fallen und rannten zum nächsten der brennenden Langschiffe.

Die Wikinger hörten ebenfalls die Stimme des Königs über dem Klirren der Waffen und verstanden ihn – viele von ihnen hatten wie zuvor ihre Väter lange Jahre englische Konkubinen gehabt.

»König Jatmund will deinen Kopf«, schrie einer der Jarle.

»Ich will nicht Jatmunds Kopf«, rief Ivar zurück. »Ich will ihn lebend.«

»Was willst du mit ihm anfangen?«

»Darüber werde ich gut nachdenken. Etwas Neues. Etwas Lehrreiches.«

Etwas, das seinen Männern wieder Mut einflößen würde. Ivar, der hin und her rannte, um sich einen

Überblick über die Lage zu verschaffen, wußte, daß sie der Angriff zutiefst erschüttert hatte. Er hätte nie geglaubt, daß der König eines so kleinen Reichs Schneid genug haben könnte, um die Große Armee in ihrem eigenen Lager herauszufordern.

»In Ordnung«, sagte er leise zu den Gaddgedlar, die hinter der Schlachtlinie als seine persönliche Reserve warteten. »Wir müssen nicht länger warten. Sie werden nicht mehr durchbrechen. Kommt hier herüber, zwischen die Zelte. Auf meinen Befehl hin greifen wir an. Schneidet direkt durch sie durch, haltet euch nicht mit Geplänkeln auf. Fangt mir diesen König Jatmund. Seht ihr? Der kleine Mann dort drüben mit der Kriegsmaske.«

Ivar holte tief Luft und setzte zu einem Schrei an.

Aber bevor noch ein Ton aus seiner Kehle drang, stöhnten Muirtach und seine Iren um ihn herum auf und versteiften sich.

»Seht euch das an!«

»Ein glühendes Kreuz! Es kommt auf uns zu!«

»Mac na hoige slan!«

»Mutter Gottes, schenk uns deine Gnade!«

»Was, bei Odin, ist das?«

Ein gigantisches, loderndes Kreuz kam auf die Kämpfenden zu. Die Engländer wichen zur Seite, und Brand der Mörder schob sich mit erhobener Axt vor. Dann kippte der riesige Stamm nach vorne, angestoßen von den tanzenden Dämonen, die es trugen.

Brand sprang zur Seite, stolperte über ein Seil und stürzte mit einem metallischen Klirren zu Boden. Etwas versetzte Ivar einen betäubenden Schlag auf die Schulter. Die Gaddgedlar verstreuten sich in alle Richtungen, als die gewachsten Flachsbahnen der Zelte Feuer fingen. Sekunden später übertönte das Kreischen der Frauen die übrigen Geräusche der Schlacht.

Und plötzlich rannte neben dem lodernden Kreuz

ein halbnackter Churl, sein Gesicht eine Maske aus Verzückung und Wut, und stieß durch die verstreuten Reihen der Wikinger. Ein Speer schoß auf Ivars Gesicht zu. Ohne nachzudenken parierte er. Seine Klinge schlug die eiserne Spitze des Speers im selben Moment ab, in dem protestierend eine weitere Schmerzwelle durch seine Schulter jagte. Der Bauer rannte weiter, drehte seine schwerfällige Waffe um und schlug sie von der Seite gegen Ivars Kopf.

Unvermittelt sprang ihn der Boden an, brennendes Wachs glühte auf seiner Haut. Von einem Bauer niedergeschlagen, durchzuckte es Ivar, als sein Bewußtsein dahinschwand. Aber ich bin der Champion des Nordens.

Weitere Schemen sprangen hinter den Flammen hervor. Es ist dieser Junge, dachte Ivar, der heute das Duell am Fluß gewonnen hat. Aber ich dachte, er gehört zu mir…

Ein Fuß rammte in seine Hoden, und sein Körper gab den Kampf auf. Schwärze senkte sich über ihn.

Shef stürmte an dem immer noch glühenden Schiffsmast entlang. Er war sich bewußt, daß seine Hände verbrannt waren und sich auf dem geschwollenen Fleisch bereits die ersten Blasen bildeten. Aber er hatte keine Zeit, sich um die Verletzung zu kümmern. Kaum hatten die Bauern den brennenden Mast mitsamt der Rahe aus den Flammen gezogen, hatten er, der Thane und Alfgar das obere Ende gepackt und waren mit dem Stamm losgerannt, um ihn auf die Krieger zu schleudern. Im selben Moment, als ihnen der Mast aus den Händen glitt, war ihnen eine Welle wütender Bauern gefolgt. Und nach ihnen, das wußte er, kamen König Edmunds Champions, außer sich vor Zorn und Angst und Blutdurst. Er mußte vor ihnen zu Godive gelangen.

Vor ihm drosch ein Churl immer wieder mit einem abgebrochenen Speer auf einen erstaunten Wikinger ein. Unter seinen Füßen grunzte und krümmte sich etwas. Ein zweiter Bauer ging mit einer klaffenden Wunde in der Hüfte zu Boden. Überall schienen sich Männer in safranfarbenen Plaids zur Flucht zu wenden – die Gaddgedlar stoben in abergläubischer Furcht vor dem flammenden Kreuz auseinander, das gekommen war, um ihren Verrat am rechten Glauben zu rächen.

Dann hörte Shef das Kreischen von Frauen. Sofort schwenkte er nach links zu einem runden Zelt. Die Zeltwände beulten sich aus; die Schreie kamen von unmittelbar dahinter. Er zog das Schwert, beugte sich vor und zertrennte das Leinen auf Kniehöhe. Einen Augenblick später zog er mit ganzer Kraft an dem Stoff.

Wie das Wasser aus dem geborstenen Damm einer Mühle strömte ein Schwall von Frauen heraus, manche in Gewändern, manche in Nachthemden und mindestens eine von ihnen noch nackt. Aber wo war Godive? Dort drüben, die mit dem Schal um den Kopf! Shef packte die Frau an den Schultern und riß sie herum. Er zerrte an dem Schal. Eine blonde, im Licht der lodernden Flammen fast kupferrote Haarpracht kam zum Vorschein und wütende, fahle Augen, ganz anders als Godives graue. Eine Faust wurde ihm mitten ins Gesicht gerammt, und er stolperte fassungslos zurück: Überall um ihn herum starben Helden, und er hatte gerade eins auf die Nase bekommen!

Dann war die Frau verschwunden, und Shef erhaschte einen flüchtigen Blick auf einen Schemen, der nicht wie die übrigen Frauen davonflitzte, sondern mit den langen Schritten eines jungen Rehs losspurtete – und damit geradewegs in die Katastrophe. Die Engländer waren jetzt überall, griffen ihre Feinde von vorne und hinten an, entschlossen, die Anführer der Piraten in den wenigen Sekunden auszulöschen, die ihnen noch blieben, bevor die Hauptmacht der Wikinger sich von den Palisaden lösen und sie überrennen würde. In einer Mischung aus Angst, Triumph und Enttäuschung hieben sie auf alles ein, was sich bewegte.

Einen Augenblick später war Shef hinter ihr. Er warf sich nach vorne, bekam Godive an den Hüften zu fassen und warf sie genau in dem Moment um, als ein wütender Krieger, der eine Bewegung hinter sich registrierte, herumwirbelte und einen mächtigen, panzerbrechenden Streich in Hüfthöhe führte. Shef und Godive rollten in einem wirren Knäuel aus Beinen, Kleidern und Fingernägeln zur Seite, während über ihnen das Gefecht weiterging. Dann hatte er sie fest im Griff und zog sie mit roher Gewalt in den Schatten eines nur noch von Leichen bewohnten Rundzelts.

»Shef!«

»Ja.« Er legte ihr die Hand auf den Mund. »Hör mir zu. Wir müssen verschwinden und zwar sofort. Wir werden keine zweite Chance bekommen. Wir gehen an die Stelle, an der wir die Stellung der Wikinger durchbrachen, dort lebt keiner mehr. Wenn wir es heil durch den Kampf schaffen, sind wir am Fluß. Verstanden? Also, dann los!«

Mit der einen Hand umklammerte Shef das Schwert, mit der anderen Godives Hüfte, als er geduckt in die Nacht hinaustrat, und seine Augen fieberhaft einen einigermaßen sicheren Weg durch die fünfzig Einzelgefechte suchten, die um sie herum tobten.

Edmund wußte, daß die Schlacht vorüber war. Und er hatte sie verloren. Gewiß, er hatte den Ring der Wikinger durchbrochen, dank dieses Mobs von Churls, die plötzlich mit einem halbnackten Jungen aus dem Nichts hervorgesprungen waren. In den letzten Minuten hatte er der Elite der Großen Armee lähmende Verluste zugefügt; so schwer, daß die Armee nie wieder die alte sein würde und sich für immer mit einem Schauder an das Lager am Stour erinnern würde. Aber noch hatte er keinen der Ragnarssons sterben sehen. Überall kämpften kleine Knäuel von Kriegern Rükken an Rücken, und die Ragnarssons mußten irgendwo unter ihnen sein. Nur wenn es ihm gelang, dieses Schlachtfeld zu halten und jeden einzelnen von ihnen zu töten, war ihm ein bleibender Sieg gewiß.

Aber diese Chance würde er nicht bekommen. Edmund spürte, wie die Blutdurst in ihm abkühlte und vorsichtiger Berechnung Platz machte. Die Tatsache, daß sich der Lärm aus dem Hauptteil des Lagers abgeschwächt hatte, verhieß nichts Gutes. Die Pfeile, die von den Palisaden heruntersurrten, die Scheinangriffe und die Gruppen mit Messer bewaffneter Männer, die in ihrem Rücken operierten, hatten die Wikinger dazu veranlaßt, die Ragnarssons sich selbst zu überlassen. Aber diese erfahrenen Krieger konnte man nicht lange zum Narren halten; sie würden nicht länger zusehen, wie ihre Anführer getötet wurden.

Edmund spürte, daß sich jenseits des von den Flammen erhellten Bereichs die Feinde sammelten. Er glaubte, Befehle zu hören. Jemand machte sich bereit, ihn und seine Männer zu zerquetschen wie ein Hammer eine Haselnuß. Wie viele seiner Krieger hielten noch durch und hatten sich nicht im Schutz der Dunkelheit davongemacht? Vielleicht fünfzig?

»Zeit zu gehen, Herr«, brummte Wigga.

Edmund nickte. Er wußte, daß der letztmögliche Augenblick zur Flucht gekommen war. Sein Fluchtweg stand immer noch offen, und die Handvoll Champions, die ihm geblieben war, genügte, um mit den wenigen zerstreuten Wikingern, die ihnen eventuell den Weg zur östlichen Palisade versperrten, kurzen Prozeß zu machen.

»Zurück«, befahl er. »Zurück zu der Stelle, an der wir durch die Palisade gebrochen sind. Aber tötet alle, die am Boden liegen... ihre und unsere Männer. Überlaßt niemanden Ivar!«

Ivar spürte, wie sein Bewußtsein zurückkehrte. Aber es kam nicht mit einem Mal zurück, sondern in Schüben. Manchmal war es da, manchmal nicht. Er mußte es ergreifen und zwar schnell. Etwas Furchtbares kam auf ihn zu. Er spürte das dumpfe Pochen schwerer Schritte. Es war ein *draugr*, ein Untoter – riesig und angeschwollen, blau angelaufen wie eine drei Tage alte Leiche und mit der Stärke derer, die in der Halle der Mächtigen lebten, aber zur Erde zurückkehrten, um ihre Nachkommen zu quälen. Oder um den eigenen Tod zu rächen.

Ivar entsann sich, wer er war. Im selben Moment ging ihm auf, wer der *draugr* sein mußte. Es war der irische König Maelguala, den er vor Jahren getötet hatte. Ivar sah wieder das verzerrte, mit Schweißperlen der Wut und der Pein überzogene Gesicht vor sich. Der König hatte Ivar selbst dann noch unablässig und furchtlos verflucht, als die Räder sich drehten, und die stärksten Männer der Wikingerarmee ihr ganzes Gewicht auf die Hebel legten. Sie hatten ihn immer weiter über den Stein gespannt, bis plötzlich...

Als Ivars Gehirn das Knacken eines gebrochenen Genicks registrierte, erwachte er endgültig. Etwas drückte auf sein Gesicht. Haut? Oder war es Tuch? Hatten sie ihn bereits für das Begräbnis in seinen Mantel gewikkelt? Instinktiv krümmte er sich zusammen. Ein heftiges Stechen raste von der rechten Schulter ausgehend durch seinen Körper, aber der Schmerz verbrannte den Nebel, der sich über seine Gedanken gelegt hatte. Er setzte sich augenblicklich auf und handelte sich neue Schmerzen ein, diesmal auf der linken Seite des Kopfes – bezeichnenderweise aber nicht auf der rechten, an der ihn der Speerschaft getroffen hatte. Eine Gehirnerschütterung, dachte er. Es war nicht seine erste. Leg dich wieder hin und bleib liegen, forderte ihn eine innere Stimme auf, aber er wischte sie beiseite. Dafür war jetzt keine Zeit. Sein Kopf war klar genug, um ihn nicht vergessen zu lassen, wo er sich befand.

Ivar richtete sich taumelnd auf; sein Körper quittierte die Anstrengung mit einer Welle der Übelkeit und des Schwindels. Seine Finger umklammerten immer noch das Schwert, und er versuchte, es anzuheben, aber ihm fehlte die Kraft. Er ließ die Klinge sinken, stützte sich mit dem ganzen Gewicht auf sie und spürte, wie die Spitze in die festgetrampelte Erde eindrang. Dann zwang er mühsam den Kopf nach oben und blickte zwischen den von Schwerthieben zerschnittenen Zelten auf den Schauplatz des Kampfes, wo immer noch ein paar Dutzend Männer verzweifelt rangen, um Zeit zu gewinnen oder ihre Gegner auszulöschen, und sah das Verhängnis auf sich zustürzen.

Kein *draugr,* sondern ein König. Die kurze, breitschultrige Gestalt mit der Kriegsmaske rannte direkt auf ihn zu, offensichtlich auf der Flucht. Jatmund. Hinter ihm und an seiner Seite waren ein halbes Dutzend riesiger Männer, so groß wie die Wikinger, ja so groß wie Brand. Es war seine Leibwache – Herz und Seele der Armee des Königs, die *chempan,* wie die Engländer sie nannten. Auf ihrem Weg erstachen sie mit schnellen, routinierten Bewegungen die Verletzten, die am Boden lagen. Mit einem von ihnen wäre er fertig geworden, wenn er ausgeruht und unverletzt gewesen wäre, und die Männer ein ermutigendes Beispiel gebraucht hätten. Aber mit sechs? Und er konnte das Schwert kaum in der Hand halten, geschweige denn führen. Ivar versuchte sich umzudrehen, seine Fußspitzen auf sie auszurichten. Wenigstens sollte hinterher niemand behaupten können, Ivar Ragnarsson, der Champion des Nordens, wäre überrascht worden oder hätte zu fliehen versucht. Im selben Moment wandte sich die Kriegsmaske ihm zu.

Ein triumphierender Schrei ertönte, der König winkte und deutete auf Ivar. Die Engländer rannten wie ein Mann mit erhobenen Schwertern auf ihn zu; die Leibwachen versuchten vergeblich, sich vor ihren König zu schieben.

Während Edmund angriff, erblickte Shef, der sich an den Rändern des Gefechts geduckt von dunklem Fleck zu dunklem Fleck vorgearbeitet hatte, eine Lücke zwischen dem Wirrwarr der Zelte und stieß Godive brutal hinein. Dann spannte er seinen Muskeln für den letzten Sprint in die Freiheit an.

Ohne Vorwarnung riß sich Godive los und rannte voraus. Einen Augenblick später packte sie einen verwundeten Mann am Arm und stützte ihn. Gütiger Gott, durchzuckte es Shef, Ivar! Verwundet und am Ende seiner Kräfte. Der Anführer der Wikinger konnte sich kaum auf den Beinen halten.

Shef verzog die Lippen und knurrte, dann stürzte er wie ein Leopard los – er machte einen Satz, dann einen zweiten und dritten. Das Schwert hielt er auf Hüfthöhe, bereit, es von unten in das ungeschützte Kinn Ivars zu rammen.

Dann stand plötzlich Godive vor ihm und ergriff seine Schwerthand. Er versuchte, sie abzuschütteln, aber Godive klammerte sich fest und trommelte mit der freien Hand gegen seine Brust.

»Hinter dir! Hinter dir!« kreischte sie.

Shef stieß sie weg und wirbelte herum. Eine Klinge schoß auf seinen Hals zu. Mit einem ohrenbetäubenden Klirren schlug sein Schwert sie nach oben, dann folgte der nächste Hieb. Er duckte sich und hörte, wie die Klinge schwirrend die Luft über seinem Kopf zerschnitt. Im selben Moment begriff er, daß Godive hinter ihm stand und er zwischen ihr und den Schwertern bleiben mußte.

Langsam wich er in das Gewirr von Halteseilen hinter sich zurück. Ein halbes Dutzend Krieger drängte ihm entgegen, gefolgt von dem kleinen Mann mit der unwirklich geformten und vergoldeten Kriegsmaske. Es war der König! Aber ganz gleich, wer er war oder wie viele Anhänger er hatte, diesen einen Augenblick lang standen Shef, der Sklave, Shef, der Hund, und der König der Ostangeln einander gegenüber.

»Aus dem Weg mit dir«, sagte Edmund und rückte näher heran. »Du bist ein Engländer. Du hast den brennenden Mast geworfen und die Stellung der Wikinger durchbrochen. Ich habe dich gesehen. Der Mann hinter dir ist Ivar. Töte ihn oder laß mich ihn töten, und du sollst die versprochene Belohnung erhalten.«

»Die Frau«, stammelte Shef. Eigentlich hatte er »Laßt mir nur die Frau!« sagen wollen, aber es war zu spät.

Als sich die Lücke zwischen den Zelten vergrößerte, witterten die Champions Edmunds ihre Chance. Einen Herzschlag später sprang einer von ihnen an die Seite seines Königs und stach wild auf den ungeschützten Jungen ein. Sein Stoß verwandelte sich übergangslos in einen Streich, dann riß der Krieger seinen Schild vor, um seinem Gegner wenigstens eine Rippe oder ein Handgelenk zu brechen. Shef machte einen Schritt zurück, duckte und drehte sich zur Seite, wie er es beim Duell gegen den jungen Gaddgedlar gelernt hatte. Er machte keine Anstalten, die Attacke zu erwidern oder zu parieren.

»Ihr könnt ihn haben«, schrie er gellend.

Er schlug ein Schwert beiseite, bückte sich unter einem Schildbuckel weg und packte mit der Kraft der Verzweiflung ein Handgelenk so dick wie die Fessel eines Pferds. Dann schleuderte er Wigga, den Champion, mit einem Griff, den er bei den Ringkämpfen auf der Dorfwiese Emneths gelernt hatte, über die Hüfte zu Boden.

Einen Herzschlag später lag er auf dem Boden. Überall um ihn herum waren Stiefel, Schreie und das Klirren von Stahl. Ein Dutzend Wikinger mit Viga-Brand an der Spitze war herangeeilt, um ihren Anführer zu beschützen. Jetzt waren es die englischen Krieger, die sich um ihren König scharen mußten, um einer nach dem anderen zu sterben, während Ivar seine Männer anbrüllte, sie sollten Jatmund lebend fangen.

Ohne dem Kampf weitere Beachtung zu schenken, schlängelte Shef sich los und sah Godive, die einige Meter weiter dastand und sich panisch umblickte. Er packte ihren Arm und zog sie so schnell wie möglich in Richtung der immer noch schwelenden Langschiffe und des Flußufers. Hinter ihm ging das Königreich der Ostangeln unter, und wenn die Piraten ihn jemals zu fassen bekamen, erwartete ihn ein furchtbares Schicksal. Aber Godive war unverletzt. Er hatte sie gerettet.

Auch wenn sie Ivar gerettet hatte.

KAPITEL 9

Die Sterne verblassten im Osten, als der junge Mann und das Mädchen sich vorsichtig durch den dichten Wald stahlen. Wenn er zurückblickte, konnte Shef die Silhouetten der obersten Äste erkennen, die sich leicht in der schwachen Brise, die immer kurz vor der Dämmerung einsetzte, bewegten. Am Boden war nichts von dem Wind zu spüren. Hin und wieder passierten die beiden von umgestürzten Eichen oder Eschen aufgerissene Lichtungen, wo der Tau ihnen die Füße durchnäßte. Shef wußte, daß es ein heißer Tag werden würde, einer der letzten eines ereignisreichen Spätsommers.

Beide waren durchfroren und konnten die Hitze kaum erwarten. Shef trug nur die Stiefel und die Wollhose, die er sich am Beginn des englischen Angriffs gegriffen hatte. Godive hatte lediglich ihr Nachthemd. Sie hatte ihr langes Kleid abgelegt, bevor sie bei den glühenden Überresten der Wikingerschiffe ins Wasser des Stour geglitten waren. Sie schwamm geschmeidig wie ein Otter, und nicht anders hatten sie den Fluß durchquert: so lange wie möglich unter Wasser und in fast absoluter Lautlosigkeit. Hundert vorsichtige Schwimmzüge und zehn tiefe Luftzüge lang hatten sie sich gegen die träge Strömung gestemmt und bei jedem Auftauchen nach möglichen Beobachtern am Ufer Ausschau gehalten. Dann war der nächste lange Tauchgang gefolgt, bis es wieder Zeit gewesen war, Luft zu holen und den Otter-Schwimmzug zu wiederholen. Immer weiter und weiter, bis sie es nach einer weiteren Achtelmeile gewagt hatten, ans Ufer zu kriechen.

Shef hatte während ihrer Flucht kein Frösteln gespürt, nur ein kurzes Prickeln auf seiner verbrannten Haut, als er zum erstenmal ins Wasser tauchte. Aber jetzt zitterte er unkontrollierbar; Kälteschauer rasten durch seinen Körper. Shef wußte, daß er kurz vor dem Zusammenbruch stand. Er mußte bald anhalten und sich hinlegen, seine Muskeln entspannen. Und versuchen, die Geschehnisse der letzten 24 Stunden seelisch zu verarbeiten. Er hatte einen Mann getötet, nein, zwei. Er hatte den König gesehen, etwas, mit dem jemand wie er nur ein- oder zweimal im Leben rechnen konnte. Und der König hatte ihn gesehen, hatte sogar mit ihm gesprochen! Und er war Ivar dem Knochenlosen gegenübergestanden, dem Champion des Nordens. Shef wußte, daß er ihn getötet hätte, wäre ihm Godive nicht dazwischen gekommen. Er hätte der Held Englands, ja der ganzen Christenheit werden können.

Aber sie hatte es vereitelt. Und dann hatte er seinen König verraten, ihn aufgehalten und damit in die Hände der Heiden gespielt. Wenn jemals irgend jemand davon erfuhr… Aber sein Verstand schreckte vor dem Gedanken zurück. Sie waren entkommen. Und sobald sich eine Gelegenheit ergab, würde er Godive über ihr Verhältnis zu Ivar ausfragen.

Im erstarkenden Licht erkannte Shef die undeutliche Spur eines Pfads. Er war fast vollständig zugewachsen, seit Wochen unbenutzt. Das war gut. Die letzten Menschen, die hier gegangen waren, hatten sich vor den Wikingern davongestohlen. Aber am Ende des Pfads lag vielleicht eine Hütte oder ein Schuppen.

Durch die spärlicher werdenden Bäume konnte er jetzt etwas erkennen. Keine Hütte, aber immerhin ein Schutzdach aus Zweigen. Waldarbeiter mußten es errichtet haben, um ihre Werkzeuge zu lagern, mit denen sie die Pfähle einschlugen, die die Bauern für ihre Zäune und Stiele brauchten und für das Flechtwerk, das sie mit Lehm bewarfen, um daraus die jämmerlichen Mauern ihrer Häuser zu errichten.

Shef führte Godive zu dem verlassenen Schutzdach. Er nahm ihre Hände in die seinen, drehte sie zu sich und blickte ihr in die Augen.

»Das hier«, sagte er, »ist nichts. Eines Tages werden wir unser eigenes Haus haben, in dem wir ungestört zusammen leben können. Deshalb habe ich dich von den Wikingern zurückgeholt. Im Augenblick ist es zu gefährlich, bei Tag zu marschieren. Deshalb ruhen wir uns bis zum Abend aus.«

Die Waldarbeiter hatten unter den grob geschnitzten Dachschindeln eine Rinne aus Rinde aufgespannt. Sie führte zu einem großen, irdenen Krug, der randvoll mit Regenwasser war: Ein weiterer Beweis dafür, daß sich seit Wochen niemand mehr an diesem Ort aufgehalten hatte. Auf den Zweigen, mit dem der Boden unter dem Schutzdach ausgelegt war, lagen die zerlumpten Reste alter Decken. Mit steifgefrorenen Fingern wickelten sich die beiden darin ein, schmiegten sich aneinander und fielen auf der Stelle in einen tiefen, erschöpften Schlaf.

Shef erwachte, als sich die ersten Sonnenstrahlen ihren Weg durch die Zweige bahnten. Er richtete sich vorsichtig auf, um das schlafende Mädchen neben sich nicht zu stören, und krabbelte aus dem Unterstand. Unter den Zweigen versteckt fand er Feuerstein und Zunder. Er fragte sich, ob er ein Feuer riskieren sollte, entschied sich aber dagegen. Sie hatten jetzt Wasser und Decken, aber kein Essen, das sie zubereiten konnten. Er mußte an die Zukunft denken. Er würde alles, was sie hier fanden, mitnehmen. Er besaß nur noch die Hose, also war jeder Besitz von unschätzbarem Wert.

Er glaubte nicht, daß man sie behelligen würde. Nicht

heute. Sie waren immer noch in Reichweite der Wikinger-Patrouillen, die er auf dem Weg ins Lager gesehen hatte, aber die Piraten würden fürs erste mit anderen Dingen beschäftigt sein. Sie würden alle im Lager sein, um die Verluste zu zählen und zu entscheiden, was zu tun war – wahrscheinlich würden die verschiedenen Gruppen um den Oberbefehl über die Armee streiten. Shef fragte sich, ob Sigurth Schlangenauge überlebt hatte. Wenn er noch lebte, würde selbst er Schwierigkeiten haben, seine Befehlsgewalt über die arg mitgenommene Armee wiederherzustellen.

Die Engländer bereiteten Shef ebenfalls kein Kopfzerbrechen. Die Wälder hatten zwar anfangs, als er und Godive den Fluß hinter sich ließen, vor den versprengten Resten von König Edmunds Armee gewimmelt. Aber diese Männer hatten sich inzwischen alle auf dem schnellsten Weg zurück in ihre Heimatdörfer aufgemacht. Shef bezweifelte, daß sich im Augenblick im Umkreis von fünf Meilen um das Wikingerlager auch nur ein einziger Engländer befand. Die Männer hatten erraten, daß der Angriff ihres Herrschers gescheitert und er selbst gefallen war.

Shef hoffte, daß das zutraf. Er erinnerte sich noch gut daran, was ihm der namenlose Wikinger über Ivars Umgang mit geschlagenen Königen erzählt hatte.

Er lag in der Sonne auf der Decke und spürte, wie sich sein Körper entspannte. Ein Muskel in seinem Oberschenkel zuckte unkontrolliert. Er wartete darauf, daß der Krampf abklang und musterte die Blasen an seinen Händen.

»Glaubst du, daß es dir besser geht, wenn ich sie aufsteche?« Godive kniete neben ihm in ihrem Nachthemd, einen langen Dorn in der Hand. Er nickte.

Als er fühlte, wie die Flüssigkeit aus den Blasen seinen Arm hinunterperlte, hielt er mit der rechten Hand ihre warme Schulter.

»Sag mir, wieso du dich zwischen mich und Ivar gestellt hast? Was ist zwischen euch beiden geschehen?«

Godive senkte den Blick; unsicher, was sie antworten sollte. »Du weißt, daß ich ihm geschenkt wurde? Von... von Sigvarth.«

»Von meinen Vater. Ja, das weiß ich. Was passierte dann?«

Sie hielt den Blick gesenkt und musterte aufmerksam seine Blasen.

»Sigvarth verschenkte mich bei einem Bankett. Alle sahen zu. Ich... sie haben mir meine Kleider vom Körper gerissen. Weißt du, manche von ihnen, wie Ubbi, tun ihren Frauen schreckliche Dinge an. Man sagt, er besteigt sie vor den anderen Männern, und wenn es ihm nicht gefällt, überläßt er sie auf der Stelle den Zuschauern. Ich war ja Jungfrau – und bin es immer noch. Ich hatte furchtbare Angst.«

»Du bist immer noch Jungfrau?«

Sie nickte. »Ivar sagte bei dem Bankett nichts zu mir, aber in derselben Nacht ließ er mich in sein Zelt bringen und redete mit mir. Er erzählte mir, daß er anders als andere Männer ist.

Weißt du, er ist nicht kastriert. Er hat Kinder gezeugt, zumindest behauptet er das. Er sagte mir, daß andere Männer schon beim bloßen Anblick von Frauen Verlangen spüren, nicht aber er. Er braucht... etwas anderes.«

»Weißt du, was dieses ›andere‹ ist?« fragte Shef schneidend. Hounds Andeutungen waren unvergessen.

Godive schüttelte den Kopf. »Nein. Ich verstehe das nicht, aber er sagt, wenn die Männer wüßten, was mit ihm los ist, würden sie ihn verspotten. Als er jung war, hätten die anderen ihn den Knochenlosen genannt, weil er nicht so konnte wie sie. Aber er sagt, er hätte viele Männer getötet, weil sie ihn verspottet hatten, und fand heraus, daß es ihm Vergnügen bereitete. Jetzt sind alle, die ihn auslachten, tot und nur der allerengste Kreis um ihn herum vermutet, daß etwas mit ihm nicht stimmt. Wenn es alle wüßten, hätte Sigvarth es nie gewagt, mich vor allen anderen an ihn zu verschenken. Jetzt, sagt Ivar, nennen sie ihn den Knochenlosen, weil sie ihn fürchten. Sie murmeln, daß er sich nachts verwandelt – nicht in einen Wolf oder Bären wie andere Gestaltwandler, sondern in einen Drachen. Einen riesigen Wurm, der sich auf der Suche nach Beute durch die Nacht schlängelt. Das glauben sie von ihm.«

»Und was glaubst du?« fragte Shef. »Vergiß nicht, was sie deinem Vater antaten. Er ist dein Vater, nicht meiner, aber selbst ich habe Mitleid mit ihm. Und auch wenn Ivar es nicht selbst getan hat, es geschah auf seinen Befehl. Das sind die Dinge, die er anrichtet. Er hat dich vielleicht nicht vergewaltigt, aber wer weiß, was er mit dir vorhatte. Du sagst, er hätte Kinder. Hat irgend jemand jemals ihre Mütter gesehen?«

Godive widmete sich jetzt den Blasen auf Shefs Handrücken.

»Ich weiß es nicht. Er ist Männern gegenüber abscheulich und grausam, aber nur, weil er sie fürchtet. Er hat Angst, daß sie männlicher sind als er. Aber wie zeigen sie diese Männlichkeit? Indem sie den Schwachen Gewalt antun und sich daran auch noch ergötzen. Vielleicht hat Gott Ivar geschickt – um die Sünden der Männer zu strafen.«

»Wäre es dir lieber gewesen, wenn ich dich bei Ivar gelassen hätte?« Ein harter Unterton verzerrte Shefs Stimme.

Godive ließ den Dorn fallen und beugte sich vor. Er spürte ihre Wange an seiner nackten Brust, ihre Hände, die an seinen Hüften entlangstrichen. Als er sie an sich zog, rutschte ihr das weite Nachthemd über die Schulter. Unvermittelt starrte Shef eine nackte Brust an. Die Warze war von mädchenhaftem Rosa. Die einzige Frau, die er jemals so gesehen hatte, war die Hure Truda –

und die war unförmig und fahl gewesen. Seine geschundenen Hände streichelten Godives Haut mit ungläubiger Zärtlichkeit. Immer wenn er von diesem Augenblick geträumt hatte – und das hatte er oft, wenn er allein in der Hütte des Fischers oder der verlassenen Schmiede gelegen hatte –, war er weit weg in der Zukunft gewesen, nachdem er für sie ein Zuhause geschaffen und sie damit verdient hatte. Jetzt, auf der sonnendurchfluteten Lichtung ohne den Segen eines Priesters oder die Erlaubnis ihrer Eltern…

»Du bist ein besserer Mann als Ivar oder Sigvarth oder alle anderen, denen ich jemals begegnet bin«, seufzte Godive, das Gesicht immer noch in seiner Schulter vergraben. »Ich wußte, daß du mich holen würdest. Ich hatte nur Angst, daß sie dich dafür töten würden.«

Er zog an ihrem Nachthemd. Sie schälte sich aus dem Stoff und legte sich auf den Rücken.

»Eigentlich sollten wir beide längst tot sein. Es tut so gut, am Leben zu sein. Mit dir.«

»Wir teilen nicht dasselbe Blut. Wir haben nicht die gleiche Mutter, nicht den gleichen Vater.«

Im Sonnenlicht drang er in sie ein. Und aus einem Busch heraus beobachtete sie ein neiderfülltes Augenpaar.

Eine Stunde später lag Shef in dem weichen Gras. Die Strahlen der Sonne, die jetzt durch die oberen Äste der Eichen drangen, spielten auf seiner Haut. Jede Anspannung war aus seinem Körper gewichen. Er schlief, aber auf einer kaum bewußten, unbestimmten Ebene war er wach, registrierte er, daß Godive ihm entschlüpft war. Er hatte über die Zukunft gegrübelt, darüber nachgedacht, wohin sie gehen könnten: In die Sümpfe, erwog er, und erinnerte sich an die Nacht, die er dort mit Edrich, dem Thane des Königs, verbracht hatte. Er spürte die Sonne auf der Haut, den weichen Waldboden unter sich, aber alles schien weit entfernt. Ihm war es schon einmal so ergangen – im Lager der Wikinger. Sein Verstand stieg über der Lichtung auf, ließ den Körper, die Enge des Herzens hinter sich…

Eine Stimme sprach zu ihm – rauh, ernst, voller Autorität.

»Die Jungfrau, die du nahmst«, sagte sie, »gehört mächtigen Männern.«

Shef wußte, daß er an einem anderen Ort war. Er war in einer Schmiede. Alles war ihm vertraut: Das Zischen, als er die nassen Lumpen um die brennend heißen Griffe der Zange wickelte; das Ziehen in Rücken und Schultern, als er das rotglühende Metall aus der Glut hob; das Kratzen der Lederschürze auf seiner Brust; die Art, wie er automatisch den Kopf wegdrehte und schüttelte, als die Funken auf sein Haar flogen. Aber dies war nicht seine Schmiede in Emneth und auch nicht die Thorvins im Ring der Ebereschen. Er spürte um sich herum einen gewaltigen Raum, eine gigantische offene Halle, so hoch, daß er nicht einmal ihr Dach erspähen konnte, sondern nur die mächtigen Säulen, deren Spitzen im Rauch verschwanden.

Er nahm den schweren Hammer und hämmerte die glühende Masse auf dem Amboß in Form. Er wußte nicht, welche Form er schaffen würde. Doch seine Hände wußten es, denn sie bewegten sich fachmännisch und ohne jedes Zögern, nahmen die Zangen, drehten den Walzblock und führten den Hammer mal von links, mal von rechts. Es war weder eine Speerspitze, noch das Blatt einer Axt oder eine Pflugschare oder ein Kolter. Es schien ein Rad zu werden, aber mit vielen scharfen Zähnen. Shef verfolgte fasziniert, wie der glühende Klumpen unter seinen Schlägen zum Leben erwachte. Er wußte, daß er etwas Unmögliches vollbrachte. Niemand konnte direkt aus der Esse eine solche Form herstellen. Und dennoch – er sah, wie es vielleicht gelingen konnte. Man mußte alle Zähne einzeln schmieden und dann an dem Rad befestigen. Aber wozu das alles? Wenn man zwei von diesen Rädern hatte, konnte man eines senkrecht und das andere waagrecht befestigen. Dann konnte das eine, wenn die Zähne beider Räder gleich groß waren, das andere antreiben.

Aber was war der Sinn des Ganzen? Es mußte einen geben. Es mußte etwas mit diesem Ding, dieser gewaltigen Konstruktion von doppelter Mannshöhe zu tun haben, die er verschwommen am Horizont sehen konnte.

Als seine Sinne klarer wurden, merkte Shef, daß Gestalten ihn ansahen; Gestalten im selben gigantischen Maßstab wie die Halle. Er konnte sie nicht deutlich erkennen, und er wagte es nicht, länger als einen kurzen Moment von seiner Arbeit aufzublicken, aber an ihrer Anwesenheit konnte kein Zweifel bestehen. Sie standen zusammen und beobachteten ihn, ja redeten sogar über ihn. Es waren Thorvins Götter, die Götter des Weges.

Ihm am nächsten war eine breite und kräftige Gestalt, ein immens vergrößerter Viga-Brand. Gewaltige Muskeln zeichneten sich unter seinem kurzärmeligen Umhang ab. Das muß Thor sein, dachte Shef. Sein Gesichtsausdruck war verächtlich, feindselig, ja sogar entfernt ängstlich. Hinter ihm stand ein weiterer Gott – mit leuchtenden Augen und markanten Zügen, die Daumen in den silbernen Gürtel gehakt. Er blickte Shef mit verstohlener Anerkennung an, als wenn er ein Pferd wäre, das zum Verkauf steht, ein Vollblut, das er seinem törichten Besitzer für ein Trinkgeld abkaufen wollte.

Er steht auf meiner Seite, dachte Shef. Oder vielleicht glaubt er, ich stünde auf seiner.

Hinter den beiden drängten sich weitere Götter: Der größte und zugleich am weitesten entfernte lehnte auf einem mächtigen Speer mit einer dreieckigen Spitze.

Jetzt bemerkte Shef zwei weitere Dinge. Er war gelähmt. Seine Beine baumelten nutzlos hinter ihm her, während er sich durch die Schmiede bewegte. Er mußte sein ganzes Gewicht auf die Arme legen und sich Meter um Meter ziehen. Stühle mit hohen Lehnen, Holzhaufen und Bänke waren scheinbar ohne jede Ordnung über die Schmiede verstreut, aber tatsächlich, wurde ihm jetzt klar, dienten sie ihm dazu, sich innerhalb der Werkstatt zu bewegen. Er konnte sich auf die Beine stützen und wie ein Mann auf Stelzen balancieren, aber sie waren von den Oberschenkeln bis zu den Waden völlig schlaff. Ein dumpfer Schmerz breitete sich von den Knien nach oben aus.

Und noch jemand beobachtete ihn. Keiner der mächtigen Götter, sondern eine winzige, zerbrechliche Gestalt, die wie eine Ameise oder Maus aus einer Ritze in einer Wand der rauchverhangenen Halle hervorlugte. Es war Thorvin! Nein, korrigierte sich Shef, es war nicht Thorvin, sondern ein kleinerer und schmächtigerer Mann mit einem langen Gesicht und scharfen Zügen, die durch das schüttere Haar, das über die hohe Stirn fiel, noch betont wurden. Aber er war wie Thorvin angezogen, ganz in Weiß. Ebereschen hingen von seinen Hals. Er hatte auch einen ähnlichen Gesichtsausdruck wie Thorvin, nachdenklich und wißbegierig, allerdings vermischt mit Vorsicht und Angst. Der kleine Mann versuchte, mit ihm zu sprechen.

»Wer bist du, Junge? Bist du ein Wanderer aus dem Menschenreich, den es eine Zeitlang zu Wölund verschlagen hat? Wie bist du hierher gekommen, und welchem gütigen Schicksal hast du es zu verdanken, daß du den Weg gefunden hast?«

Shef schüttelte den Kopf und tat so, als ob er damit nur einigen Funken ausweichen wollte. Er tauchte das Rad in einen Eimer mit Wasser und begann mit der Arbeit an dem nächsten Stück. Drei schnelle Schläge, eine Drehung und wieder drei Schläge, und ein Stück glühendes Metall flog durch die Luft und in den Eimer, nur um augenblicklich von dem nächsten Stück auf dem Amboß ersetzt zu werden. Shef wußte nicht, was er tat, aber eine wilde, ungeduldige Freude brannte in ihm, wie bei einem Mann, der eines Tages frei sein würde und den Jubel in seinem Herzen vor seinen Kerkermeister verbergen wollte.

Shef merkte, daß eine der mächtigen Gestalten auf ihn zukam – der größte von ihnen, der Gott mit dem Speer. Der

Mann in Weiß sah ihn ebenfalls, verkroch sich wieder in den Schatten und war allenfalls noch als ein blasser, verwaschener Fleck wahrzunehmen.

Ein Finger wie der Stamm einer Esche hob Shefs Kinn. Ein Auge blickte aus einem Gesicht wie die Klinge einer Axt auf ihn herab: gerade Nase, vorspringendes Kinn, ein kurzgeschnittener, grauer Bart und breite Wangenknochen. Im Gegensatz zu diesem Gesicht schien das Ivars eine Wohltat, wie etwas, das zumindest verständlich war, und nur von menschlichen Leidenschaften wie Neid, Haß und Grausamkeit zerfurcht wurde. Das Gesicht vor ihm war anders: Selbst die bloße Berührung mit den Gedanken, die sich hinter dieser Stirn abspielten, hätte einen Menschen in den Wahnsinn getrieben.

Aber dennoch erschien der Gott eher nachdenklich als feindselig.

»Du hast einen weiten Weg vor dir, Knirps«, sagte der Gott. »Doch du hast gut begonnen. Bete, daß ich dich nicht bald zu mir rufe.«

»Wieso solltest du mich rufen, Erhabener?« fragte Shef, erstaunt über die eigene Verwegenheit.

Das Gesicht lächelte. »Frag nicht«, sagte der Gott. »Ein weiser Mann schnüffelt nicht neugierig herum wie ein Mädchen auf der Suche nach einem Liebsten. Selbst in diesem Augenblick schielt der graue, wilde Wolf durch die Türen Asgards.«

Der Finger senkte sich, und die riesige Hand fegte über die Schmiede. Amboß und Werkzeuge, Bänke und Eimer flogen davon. Shef spürte, wie er, sich immer wieder drehend, hochgeschleudert und ihm die Schürze vom Leib gerissen wurde. Seine letzte Erinnerung war der verschwommene Fleck des kleinen Mannes in den Schatten, der ihn beobachtete.

Einen Herzschlag später lag er wieder im Gras der Lichtung unter dem offenen Himmel Englands. Aber die Sonne war weitergewandert und hatte ihn im

Schatten zurückgelassen, frierend und plötzlich ängstlich.

Wo war Godive? Sie war einen Moment lang weggehuscht, aber dann…

Unvermittelt hellwach, sprang Shef auf. Seine Augen suchten den Wald nach möglichen Feinden ab. Das Getöse eines Kampfs drang aus den Büschen, eine Frau versuchte mit einer Hand auf dem Mund und einem Arm um die Kehle zu schreien.

Als Shef auf die Quelle der Schreie zurannte, sprangen Männer aus ihrer Deckung hinter Baumstämmen und näherten sich ihm wie die Finger des Verderbens. An ihrer Spitze stand Muirtach, der Gaddgedlar. Ein neuer, roter Striemen zog sich über das Gesicht, das eine bittere, lang aufgestaute Wut verzehrte.

»Beinahe wärst du uns entwischt, Junge«, sagte er. »Du hättest weiterrennen sollen, anstatt anzuhalten und Ivars Frau auszuprobieren. Aber ein geiler Schwanz kennt keine Vernunft.«

Hände packten brutal Shefs Schultern, als er verzweifelt versuchte, den Busch, hinter dem Godive schrie, zu erreichen. Hatten sie sie bereits gefangen? Wie hatten die Gaddgedlar sie gefunden? Hatten sie etwa eine Spur hinterlassen?

Ein höhnisches Lachen stach aus dem Geschwätz der Gaddgedlar heraus. Shef erkannte es, obwohl er sich so verzweifelt wand und wehrte, daß sich alle Wikinger auf ihn stürzten. Es war das Lachen eines Engländers. Das seines Halbbruders Alfgar.

KAPITEL 10

SHEF STAND KURZ VOR dem Zusammenbruch, als Muirtach und seine Männer ihn zurück ins Wikingerlager zerrten. Die Strapazen der Flucht waren noch nicht überwunden, und dazu kam jetzt noch der Schock über seine Gefangennahme. Die Gaddgedlar sprangen nicht zimperlich mit ihm um, immer wieder prügelten sie auf ihn ein auf dem Marsch durch den Wald, während sie gleichzeitig auf der Hut vor versprengten Engländern waren, die sich vielleicht in den Bäumen versteckt hielten. Als sie schließlich am frühen Vormittag die Wiese vor dem Lager erreichten und ihre Kameraden sichteten, die die verbliebenen Pferde der Großen Armee zusammentrieben, rissen sie ihren Gefangenen alle paar Meter von den Füßen, um ihren Triumph zu feiern. Die Wikinger waren verängstigt und unsicher, und eine einzige Trophäe für Ivar war kein Ausgleich für die vielen Männer, die sie verloren hatten. Trotz seiner Erschöpfung und Angst war Shef klar, daß sie jetzt in der Stimmung waren, ihre Ängste an dem erstbesten Objekt, das sich bot, auszulassen. Aber bevor er sich eingehender mit dem Gedanken befassen konnte, schleiften sie ihn in den Sklavenpferch und schlugen ihn bewußtlos.

Als Shef bei Sonnenuntergang endlich wieder die blutverklebten Lider aufschlug, war er am ganzen Körper grün und blau und steif – aber wenigstens war die Übelkeit ebenso wie sein Muskelkater verflogen. Dafür war er bis auf die Knochen durchgefroren, ausgedörrt, vom Hunger geschwächt – und in Todesangst. Als sich die Dunkelheit über den Pferch senkte, sah er sich nach Fluchtmöglichkeiten um. Es gab keine. Die eisernen Fesseln an seinen Füßen wurden von robusten Haken zusammengehalten. Seine Hände waren vor dem Bauch zusammengebunden. Mit genügend Zeit hätte er es vielleicht geschafft, die Haken zu lösen oder die Lederfesseln an seinen Handgelenken durchzukauen, aber die Wache quittierte selbst die flüchtigste Bewegung in diese Richtung mit einem wütenden Brummen und einem Tritt. Die Wikinger hatten, begriff Shef, fast keine Gefangenen mehr. Im Durcheinander des nächtlichen Angriffs hatte sich fast die gesamte Sklavenbeute der Piraten befreit und davongemacht. Nur einige wenige Männer, frisch gefangene Sklaven, die wie er gefesselt waren, verloren sich in dem weitläufigen Pferch.

Was sie zu erzählen hatten, brachte Shef keinen Trost. Keiner der Männer von König Edmunds Elitetruppe, die bis zum letzten Moment versucht hatten, die Ragnarssons zu töten, war entkommen. Die Überlebenden waren ausnahmslos verwundet, die meisten von ihnen schwer. Sie hatten jede Hoffnung fahren lassen und unterhielten sich leise, während sie auf ihre letzte Stunde warteten. Die meisten von ihnen bereuten, daß es ihnen in den ersten Minuten des Angriffs nicht gelungen war, reinen Tisch mit den Wikingern zu machen. Aber andererseits, sagten sie, hatten sie nie darauf hoffen können, ohne Widerstand zum Herzen der Großen Armee vorzustoßen. Sie hatten gut gekämpft, die Schiffe verbrannt und ihre Mannschaften getötet. »Wir haben großen Ruhm geerntet«, sagte einer von ihnen. »Wir stehen wie Adler über den Leichen der Dahingeschlachteten. Wir haben nichts zu bereuen, egal, ob wir jetzt oder später sterben.«

»Ich wünschte nur, sie hätten nicht den König gefangen«, warf nach einer kurzen Pause einer seiner Kameraden keuchend ein. Eine Wikingerklinge hatte ein Loch in seine Lunge gebohrt. Die übrigen nickten ernst, und ihre Augen wanderten zu einer Ecke des Pferchs.

Shef zitterte. Das letzte, was er jetzt wollte, war dem geschlagenen König Edmund gegenüberzustehen. Er erinnerte sich daran, wie der König auf ihn zugerannt war und ihn – den *gadderling*, den Thrall, den Bastardsohn eines Wikingers – gebeten hatte, aus dem Weg zu gehen. Wenn er den Worten des Königs gefolgt wäre, hätte jene Nacht für die Engländer mit einem Sieg geendet. Und Edmund wäre Ivars Rache erspart geblieben. Trotz seiner Benommenheit waren Shef die höhnischen Bemerkungen der Gaddgedlar darüber, was ihr Anführer mit ihm anstellen würde, nicht entgangen. Er dachte an den einfältigen Jungen, der ihm denselben Pferch am Vorabend gezeigt hatte, und seine Geschichten darüber, wie Ivar mit denen umsprang, die seinen Unwillen erregten. Und er, Shef, hatte seine Frau genommen. Hatte ihr Fleisch berührt, so daß man sie nicht zurückgeben konnte. Entrückt fragte er sich, was mit ihr geschehen war. Die Gaddgedlar hatten sie nicht mit ihm zurück ins Lager geschleppt. Jemand anderes hatte sie mitgenommen. Aber er konnte sich nur mit Mühe Sorge über ihr Schicksal abringen, dazu nahm ihn das eigene zu sehr in Beschlag. Schlimmer noch als die Todesangst, schlimmer noch als die Scham über seinen Verrat war die Furcht vor Ivar. Hoffentlich erfriere ich heute Nacht, dachte Shef immer und immer wieder. Er hatte kein Verlangen danach, den nächsten Morgen zu erleben.

Ein Fußtritt in den Rücken schreckte ihn im ersten Licht des neuen Morgens aus der Betäubung. Shef setzte sich auf und ignorierte das schmerzhafte Pochen, das von seiner ausgetrockneten und geschwollenen Zunge ausging. Überall durchschnitten Wachen Fesseln und schleiften die Leichen der Sklaven davon, für die Shefs verzweifelter Wunsch in Erfüllung gegangen war. Aber vor ihm kauerte ein kleiner, schmächtiger Mann in einem fleckigen, schmutzstarrenden Mantel, in dessen fahle Züge die Erschöpfung tiefe Furchen gegraben hatte. Es war Hound, in den Händen einen Tonkrug mit Wasser. Einige Minuten lang dachte Shef an nichts anderes, während Hound sorgsam darauf achtete, daß er den Krug nur quälend langsam, unterbrochen von vielen endlosen Pausen leerte. Erst als er die gesegnete Völle in seinem Magen fühlte und sich den Luxus erlaubte, einen Schluck zu gurgeln und anschließend ins Gras zu spucken, registrierte Shef, daß Hound mit ihm zu sprechen versuchte.

»Shef! Shef, versuch mir zu folgen. Wir müssen ein paar Dinge wissen. Wo ist Godive?«

»Ich weiß es nicht. Ich habe sie mitgenommen. Dann muß jemand anders sie geschnappt haben. Aber sie kriegten mich, bevor ich etwas unternehmen konnte.«

»Weißt du, wer es gewesen ist?«

Shef erinnerte sich an das Lachen im Unterholz, an das Gefühl, daß sich noch andere Flüchtlinge im Wald aufhielten und daß er als Hirngespinst abgetan hatte. »Alfgar. Er war schon immer ein guter Spurenleser. Er muß uns gefolgt sein.«

Shef versuchte weiter nachzudenken, die von Kälte und Müdigkeit eingeflößte Lethargie abzuschütteln. »Alfgar muß zurück ins Lager gegangen sein. Dann hat er Muirtach und die Gaddgedlar zu uns geführt. Vielleicht haben sie einen Handel abgeschlossen. Die Wikinger bekamen mich und Alfgar Godive. Oder vielleicht hat er sie sich auch nur gegriffen, während die Gaddgedlar mit mir beschäftigt waren. Sie waren nicht genug, um ihn ohne Risiko über eine längere Strecke zu verfolgen. Nicht mit der Angst, die ihnen im Nacken saß.«

»Aha. Ivar interessiert sich mehr für dich als für Godive. Aber er weiß, daß du sie aus dem Lager gebracht hast. Das ist schlecht.« Hounds Hand strich sorgenvoll durch den kurzen, schütteren Bart. »Denk nach, Shef. Hat irgend jemand gesehen, wie du einen Wikinger mit eigenen Händen getötet hast?«

»Ich habe nur einen getötet. Und das war im Dunkeln, niemand hat es gesehen. Es war nicht gerade eine Heldentat. Aber es kann sein, daß jemand gesehen hat, wie ich in den Pferch sprang und die Sklaven befreite – und Alfgar.« Shefs Mund verzog sich. »Und weißt du was? Ich habe mit einem brennenden Mast den Wall aus Schilden durchbrochen, an dem die Krieger des Königs scheiterten.« Shef drehte die Handflächen nach oben und starrte wortlos auf die zahllosen Flecken weißer Haut, die winzigen Einstiche von Godives Dorn in ihrer Mitte.

»Ja. Trotzdem, vielleicht reicht das doch nicht für eine Blutrache. Ingulf und ich haben seit gestern Nacht vielen Leuten einen Gefallen getan. Ohne unsere Hilfe wären viele der Anführer tot oder verkrüppelt. Weißt du, Ingulf näht sogar Eingeweide zusammen, und manchmal überlebt der Mann, wenn er die Schmerzen ertragen kann und kein Gift in seinem Körper ist.«

Shef besah sich die dunklen Flecken auf dem Mantel seines Freunds genauer.

»Ihr wollt Ivar um mein Leben bitten?«

»Ja.«

»Du und Ingulf? Aber was kümmert ihn mein Schicksal?«

Hound tauchte ein Stück hartes Brot in das restliche Wasser und reichte es Shef.

»Thorvin steckt dahinter. Er sagt, daß das hier eine Angelegenheit des Weges ist. Er sagt, daß du gerettet werden mußt. Ich weiß nicht warum, aber er ist felsenfest davon überzeugt. Jemand hat gestern mit ihm gesprochen, und er kam sofort zu uns herübergerannt. Hast du irgend etwas getan, von dem ich nichts weiß?«

Shef lehnte sich zurück. »Eine Menge, Hound. Aber ich weiß nur eins. Niemand kann mich vor Ivar retten. Ich nahm seine Frau. Wie kann ich ihn dafür entschädigen?«

»Ist die Not am größten, bleibt Wergeld verschlossen.« Hound füllte den Krug aus einem Lederbeutel, legte eine Handvoll hartes Brot hinein und reichte Shef eine schmutzige, unregelmäßig gearbeitete Decke, die er um den Arm geschlungen hatte. »Die Lebensmittel sind knapp, und die Decken werden als Leichentücher gebraucht. Mehr konnte ich im Augenblick nicht auftreiben. Paß gut darauf auf. Wenn du Ivar eine Entschädigung zahlen willst – dann finde heraus, ob der König dir helfen kann.«

Hound deutete mit dem Kinn in eine Ecke des Pferchs, rief den Wachen etwas zu, stand auf und ging.

Der König, dachte Shef. Was wird Ivar für ihn fordern?

»Gibt es überhaupt Hoffnung?« zischte Thorvin über den Tisch hinweg.

Viga-Brand sah ihn verwundert an. »Was für eine Sprache ist das aus dem Mund von einem Priester des Weges? Hoffnung? Hoffnung ist der Speichel, der aus dem Maul des Fenriswolfs rinnt, der bis zum Tag des Ragnarök angekettet bleibt. Wo kommen wir hin, wenn wir damit anfangen, Dinge nur deshalb zu tun, weil wir denken, daß es Hoffnung gibt? Dann sind wir nicht besser als diese Christen, die ihrem Gott Loblieder singen, damit er sie nach dem Tod vielleicht besser behandelt. Du vergißt dich, Thorvin.«

Brand blickte interessiert auf seine Hand, die mit ausgestreckten Fingern auf dem grob gezimmerten Tisch neben Thorvins Glühofen ruhte. Eine Schwertklinge hatte sie zwischen Zeige- und Ringfinger aufgeschlitzt; der Schnitt ging fast bis zum Handgelenk. Ingulf der Heiler beugte sich über die Hand und wusch sie mit warmem Wasser, von dem ein schwacher Kräuterduft aufstieg. Dann schob er langsam, mit aller Vorsicht die Ränder des Schnitts auseinander. Einen Augenblick lang blitze der weiße Knochen auf, dann bedeckte Blut die Öffnung.

»Das wäre viel einfacher gewesen, wenn du gleich zu mir gekommen wärst, anstatt anderthalb Tage lang zu warten«, sagte der Heiler. »Dann hätte ich die Hand behandeln können, solange die Wunde frisch war. Jetzt hat sie angefangen, zusammenzukleben, und mir bleibt nur noch das hier. Ich könnte es darauf ankommen lassen und sie einfach zunähen. Aber wir wissen nicht, was an der Klinge des Engländers klebte.«

Schweißperlen bildeten sich über Brands Augenbrauen, aber seine Stimme blieb ruhig und nachdenklich. »Mach, was du für richtig hältst, Ingulf. Ich habe zu viele faulende Wunden gesehen, um irgendwelche Risiken einzugehen. Das hier ist nur Schmerz. Die Wundfäule bedeutet den sicheren Tod.«

»Trotzdem, du hättest früher kommen sollen.«

»Ich lag einen halben Tag lang unter den Leichen, bis irgendein cleverer Krieger bemerkte, daß ich noch nicht kalt und starr war. Und als ich mich erholt hatte und mir klar wurde, daß die hier die gefährlichste meiner Wunden ist, warst du mit schwierigeren Fällen beschäftigt. Stimmt es, daß du dem alten Bjor die Eingeweide herausgezogen, sie zusammengenäht und wieder in den Bauch geschoben hast?«

Ingulf nickte und zog mit der Pinzette entschlossen an einem Knochensplitter. »Man hat mir erzählt, daß er sich jetzt ›Hel-Bjor‹ nennt. Er schwört, die Tore der Hölle gesehen zu haben.«

Thorvin ächzte und schob einen Krug neben Brands

linke Hand. »Nun gut. Dein Geschwätz war Strafe genug für mich. Also sag mir, gibt es eine Chance?«

Brands Gesicht war jetzt blasser, aber er antwortete trotzdem gleichmütig. »Das bezweifle ich. Du weißt, wie Ivar ist.«

»Das weiß ich«, sagte Thorvin.

»Deshalb fällt es ihm schwer, bei manchen Dingen vernünftig zu bleiben. Ich spreche nicht von ›Vergebung‹ – wir sind keine Christen, die eine Kränkung oder Beleidigung durchgehen lassen. Aber er wird uns nicht einmal zuhören oder darüber nachdenken, was für ihn wichtig ist. Der Junge nahm seine Frau. Eine Frau, mit der Ivar etwas vorhatte. Wenn dieser Narr Muirtach sie zurückgebracht hätte, dann gäbe es vielleicht eine Chance… aber selbst dann glaubte ich nicht daran. Das Mädchen ist freiwillig mitgekommen. Das bedeutet, daß der Junge etwas vollbracht hat, was Ivar nicht gelungen ist. Er muß Blut sehen.«

»Es muß doch etwas geben, das ihn umstimmt, und ihn eine Entschädigung annehmen läßt.«

Ingulf nähte jetzt die Wunde. Die Nadel stieg hoch über seine rechte Schulter, als er das Fleisch durchbohrt hatte und den Faden nachzog.

Thorvin legte die Hand auf den silbernen Hammer, der auf seiner Brust ruhte. »Brand, ich schwöre, das ist der größte Dienst, den du oder ich jemals dem Weg erweisen können. Du weißt, daß einige von uns eine besondere Gabe besitzen?«

»Du hast schon öfters davon geredet«, gab Brand zu.

»Sie reisen in die Reiche der Götter und berichten davon. Manche denken, daß es nur Visionen sind, nicht mehr als Träume, eine Art von Poesie. Aber sie sehen alle dasselbe, zumindest manchmal. Meistens scheint es, daß sie alle verschiedene Teile derselben Sache gesehen haben, so wie es viele Berichte von der Schlacht der vergangenen Nacht gibt. Einige Männer sagen, die Engländer hätten gewonnen, andere sagen, wir, und dennoch waren alle am selben Ort und sagen die Wahrheit. Wenn sie alle einander bestätigen, muß es wahr sein.«

Brand grunzte. Ob aus Unglauben oder Schmerz, war nicht festzustellen.

»Wir sind sicher, daß es dort draußen eine Welt gibt und Menschen sie besuchen können. Nun, gestern erst geschah etwas höchst Sonderbares. Farman kam zu mir. Farman, der ein Priester Freyrs ist, so wie ich einer Thors bin und Ingulf einer Iduns. Er war – anders als ich – viele Male in der anderen Welt. Er sagt, er wäre in der Großen Halle gewesen, dem Ort, an dem sich die Götter treffen, um die Geschicke der drei Welten zu entscheiden. Er war auf dem Boden, nur ein winziges Wesen, das wie eine Maus aus einer Ritze in der Wand hervorlugte. Er sah die Götter in geheimer Sitzung.

Und er sah meinen Lehrling Shef. Jeder Zweifel ist ausgeschlossen. Er hat ihn hier in der Schmiede gesehen, und er erkannte ihn in seiner Vision. Der Junge trug sonderbare Kleidung, wie ein Jäger in unseren Wäldern in Rogaland oder Halogaland, und er stand nur mühsam, wie jemand, den man verkrüppelt hat. Aber sein Gesicht war unverkennbar. Und der Vater der Götter und Menschen sprach mit ihm! Wenn Shef sich erinnern kann, was er sagte…

Es geschieht nur selten«, schloß Thorvin seine Ausführungen, »daß ein Wanderer in der anderen Welt einen Weggefährten sieht. Es geschieht nur selten, daß die Götter einen Wanderer bemerken und noch seltener, daß sie mit ihm sprechen.

Und noch etwas: Wer immer dem Jungen seinen Namen gab, weiß nicht, was er tat. Heute ist Shef ein Hundename, aber das war nicht immer so. Hast du von Skjöldr gehört?«

»Dem Gründer der Skjöldungen, des alten dänischen Königsgeschlechts, die die Ragnarssons vertreiben würden, wenn sie nur könnten?«

»Die Engländer nennen ihn Scyld Sceafing – Schild mit der Garbe – und sie erzählen eine hirnlose Geschichte davon, wie er nur mit einem Schild und eine Garbe über den Ozean trieb. Daher kommt der Name. Aber jeder weiß, daß Sceafing ›der Sohn Sheafs‹ bedeutet und nicht ›mit einer Garbe‹. Wer ist also dieser Sheaf? Wer immer er war, er hat den mächtigsten aller Könige über die Wellen geschickt und ihn alles gelehrt, was das Leben der Menschen besser und ruhmreicher macht. Es ist ein Name, der großes Glück verheißt. Ganz besonders, wenn er unwissentlich vergeben wurde. Shef ist die einzige Art, wie die Engländer in dieser Gegend ›Sheaf‹ sagen.

Wir müssen diesen Jungen vor Ivar retten. Ihr müßt wissen, daß man Ivar den Knochenlosen auch auf der anderen Seite gesehen hat. Aber er hatte nicht den Körper eines Menschen.«

»Er ist kein Mann mit nur einer Haut«, stimmte Brand zu.

»Er gehört zur Brut Lokis, ausgesandt, um die Welt zu verheeren. Wir müssen ihm meinen Lehrling abtrotzen. Wie können wir das tun? Wenn er deinen Bitten, Brand, oder den meinen nicht nachgibt, könnten wir ihn dann bestechen? Gibt es etwas, nachdem er mehr dürstet als nach Vergeltung?«

»Ich weiß nicht, was ich von diesem Gerede von anderen Welten und Wanderern halten soll«, sagte Brand. »Du weißt, daß ich dem Weg folge, wegen der Fertigkeiten, die er lehrt, wie Ingulfs hier, und weil ich weder für die Christen noch für Irre wie Ivar etwas übrig habe. Aber der Junge zeigte echten Schneid, als er wegen des Mädchens ins Lager kam. So etwas braucht Mut, dafür kann ich bürgen. Schließlich wagte ich mich in den Braethraborg, um die Ragnarssons zu diesem

Unternehmen zu verleiten, genauso wie du, Thorvin, und die anderen Priester es mir aufgetragen haben.

Ich will also nur das Beste für den Jungen. Ich kann dir nicht sagen, was Ivar will, niemand kann das. Aber ich kann dir sagen, was er braucht. Vielleicht sieht das auch Ivar ein – trotz seines Wahnsinns. Doch selbst wenn er es nicht tut, wird Schlangenauge dafür sorgen.«

Die beiden Priester nickten nachdenklich, als er weitersprach.

Es waren nicht Ivars Männer, die ihn holten. Bereits während seiner wenigen Tage im Wikingerlager hatte Shef gelernt, wenigstens in groben Zügen die verschiedenen Gruppen der Heiden zu unterscheiden. Diese Krieger waren weder Gaddgedlar, noch hatten sie die irgendwie un- oder halbnordische Art der Männer der Hebriden oder von der Isle of Man an sich, die Ivar in großer Zahl unterhielt, oder das unbestimmt freie und respektlose Auftreten der meisten Nordmänner. Zumeist waren sie jüngere Söhne und Vogelfreie, die sich ihrer Heimat entfremdet hatten und außer dem im Lager kein Leben mehr besaßen, zu dem sie zurückkehren konnten. Die Männer, die jetzt in den Pferch traten, waren schwer und älter, fast schon mittleren Alters; ihr Haar war angegraut. Ihre silbernen Gürtel und die glitzernden goldenen Armreifen und Halsbänder waren Beweis ihres jahrzehntelangen Erfolgs als Piraten. Der Wachhabende des Pferchs stellte sich den selbstbewußten Besuchern in den Weg und beorderte sie wieder hinaus, aber Shef konnte die Antwort der Männer nicht verstehen. Sie wurde mit leiser Stimme gegeben, ganz so, als ob der Sprecher nicht daran gewöhnt wäre, seine Stimme heben zu müssen, um seinen Willen durchzusetzen. Der Wachhabende brüllte und zeigte auf das zerstörte Lager. Aber noch bevor er seinen Satz zu Ende bringen konnte, ertönte ein dumpfer Schlag, gefolgt von einem Ächzen. Der Anführer der grauhaarigen Männer blickte einen Moment lang auf den Boden, um sicherzugehen, daß er keinen weiteren Widerstand von der Wache zu erwarten hatte, dann schob er den Sandsack wieder unter den Ärmel und setzte seinen Weg fort, ohne sich ein weiteres Mal umzuschauen.

Einen Augenblick später wurden Shefs Fesseln durchgeschnitten, und kräftige Hände rissen ihn hoch. Sein Herz schlug plötzlich wie wild. War das sein Tod? Zerrten sie ihn hinaus, um ihm den Kopf abzuschlagen? Er biß sich mit aller Gewalt auf die Zunge. Er würde weder etwas sagen, noch um Gnade betteln. Das hätte diesen Barbaren nur die Gelegenheit gegeben, ihn auszulachen, sich über die würdelose Art der Engländer zu sterben, lustig zu machen. Verbissen schweigend stolperte er weiter.

Sie ließen das Tor hinter sich, liefen einige Meter außen am Sklavenpferch entlang, dann hielten sie vor einem weiteren Tor. Shef registrierte, daß der Anführer der grauhaarigen Männer ihn gefühllos anstarrte. Der Wikinger blickte ihm tief in die Augen, als wollte er das Verstehen in die ledrige Haut von Shefs Gesicht einbrennen.

»Verstehst du Nordisch?«

Shef nickte.

»Dann hör mir zu. Ob du redest oder nicht, ist egal. Aber wenn er da drin redet, überlebst du vielleicht. – Vielleicht! – Du hast einiges auf dem Kerbholz. Aber etwas von dem, was er da drin dir sagt, könnte dir das Leben retten. Und es könnte uns einiges bedeuten. Egal, ob du stirbst oder nicht, du wirst sehr bald einen Freund brauchen. Vor Gericht. Auf dem Hinrichtungsplatz. Man kann auf viele Arten sterben.« Der Sprecher wandte sich an seine Kameraden. »In Ordnung, rein mit ihm. Und kettet ihn gut an.«

Shef wurde in den Schuppen am Zaun des Sklavenpferchs gestoßen. An einem robusten Pfosten hing ein eisernes Halsband; eine Kette verband es mit einem weiteren Metallring. Sekunden später legten ihm zwei seiner Bewacher das Halsband um den Nacken und befestigten es, indem sie einen Stift aus weichem Eisen durch die beiden Löcher schoben. Dann folgten einige Hammerschläge, ein kurzer, prüfender Blick und ein weiterer Schlag. Schließlich wandten sich die Männer ab und verließen den Schuppen. Shefs Beine waren zwar frei, aber seine Hände waren immer noch gefesselt. Die Kette gab ihm allenfalls zwei, drei Schritte Spiel.

Dann bemerkte Shef, daß ein zweiter Mann im Schuppen war, genauso gefesselt wie er. Er konnte den Pfosten und die Kette erkennen, die im Halbdunkel verschwand. Irgend etwas an dem Mann, der ausgestreckt am Boden lag, flößte ihm Scham und Angst ein.

»Herr?« fragte er unsicher. »Seid Ihr es, der König?«

Der Mann bewegte sich. »Der bin ich. König Edmund, Sohn von Edwold, König der Ostangeln. Aber wer bist du, daß du wie ein Mann aus Norfolk sprichst? Du bist keiner von meinen Kriegern. Gehörst du zu den Aufgeboten aus den Dörfern? Haben sie dich in den Wäldern gefangen? Dreh dich um, damit ich dein Gesicht sehen kann.«

Shef tat, wie ihm geheißen, und näherte sich dem König, so weit es seine Kette erlaubte. Sonnenlicht flutete jetzt durch die offene Tür des Schuppens und fiel auf sein Gesicht. Ängstlich wartete er auf Edmunds Reaktion.

»Ah. Ich kenne dich, du hast dich zwischen mich und Ivar gestellt. Du hattest weder Rüstung noch Waffe, aber du hieltest Wigga, meinen Champion, für zehn Herzschläge auf. Ohne dich wären es die letzten des Knochenlosen gewesen. Aber wieso sollte ein Engländer Ivar retten wollen? Bist du deinem Herrn davongelaufen? Warst du ein Sklave der Kirche?«

»Euer Thane Wulfgar war mein Herr«, sagte Shef. »Als die Piraten kamen – Ihr wißt, was sie ihm antaten?«

Der König nickte. Shef konnte jetzt, da sich seine Augen an das Dämmerlicht gewöhnt hatten, Edmunds Gesicht erkennen. Es war mitleidslos und entschlossen.

»Sie haben seine Tochter entführt, meine… meine Stiefschwester. Ich bin hierhergekommen, um sie zu befreien. Ich wollte Ivar nicht beschützen, aber Eure Männer hätten beide getötet. Ich wollte sie nur zur Seite ziehen! Dann wäre ich mit Euch gekommen. Ich bin kein Wikinger, ich habe eigenhändig zwei von ihnen getötet. Und ich tat eines für Euch, mein König, das Ihr unbedingt brauchtet. Ich…«

»Das ist wahr. Ich rief dazu auf, den Ring der Wikinger zu durchbrechen, und du hast es getan. Du und eine Bande von Churls aus dem Nichts, mit einem brennenden Schiffsmast. Wenn Wigga darauf gekommen wäre, oder Totta oder Eddi oder einer der übrigen, hätte ich ihn zum reichsten Mann meines Reichs gemacht. Wie versprochen.«

Er schüttelte stumm den Kopf, dann sah er Shef an.

»Weißt du, was sie mit mir machen werden? Sie bauen gerade einen Altar für ihre heidnischen Götter. Irgendwann morgen werden sie mich holen und darauflegen. Dann wird Ivar sich ans Werk machen. Er ist ein Spezialist im Töten von Königen. Eine der Wachen sagte mir, sie hätte zugesehen, wie Ivar den irischen König von Munster umbrachte. Seine Männer zogen immer weiter an den Seilen, immer weiter, bis die Venen auf dem Hals des Königs hervorstanden und er Ivar im Namen aller Heiligen verfluchte. Und dann knackte es, als sein Genick brach. Keiner von ihnen hat das vergessen.«

»Aber für morgen bereitet Ivar etwas Neues vor. Die Wachen erzählen mir, daß er dieses Schicksal eigentlich für König Ella aufsparen wollte, den Mann, der Ragnar Lodbrok tötete. Aber sie haben entschieden, daß ich es ebenso verdiene.«

»Sie werden mich holen und mit dem Gesicht nach unten auf den Altar legen. Ivar wird ein Schwert an meinem Rücken ansetzen. Dann… du weißt, daß die Rippen ein Knochengehäuse bilden und jede einzelne Rippe im Rückgrat endet? Ivar wird sie einzeln durchschneiden, sich von unten nach oben vorarbeiten. Sie sagen, er wird das Schwert nur für den ersten Schnitt benutzen. Danach wird er Hammer und Meißel nehmen. Wenn er alle Rippen abgeschlagen hat, wird er das Fleisch wegschneiden und sie mit bloßen Händen herausziehen.

Ich erwarte, diesen Moment nicht mehr zu erleben. Die Wachen behaupten, er könne bis dahin einen Mann am Leben erhalten, wenn er darauf achtet, nicht zu tief zu schneiden. Aber wenn er die Rippen herauszieht, muß mein Herz platzen. Danach will er mir die Lungen zum Rücken herausziehen, und die Rippen herumdrehen, so daß sie wie die Flügel eines Raben oder Adlers aussehen. Sie nennen das den ›Blutadler ritzen‹.

Ich frage mich, wie es sich anfühlt, wenn seine Klinge zum erstenmal meinen Rücken berührt. Weißt du, Junge, ich glaube, daß der Rest einfacher sein wird, wenn ich bis dahin nur nicht den Mut verliere. Aber der kalte Stahl auf der Haut, bevor der Schmerz beginnt…

Ich hätte nie gedacht, daß es so enden würde. Ich habe mein Volk verteidigt, alle meine Eide gehalten und war immer wohltätig zu den Waisen.

Weißt du, was Christus sagte, als er am Kreuz hing, Junge?«

Shef schüttelte stumm den Kopf. Pater Andreas' Unterweisungen hatten sich meist auf die Vorzüge der Keuschheit und die Wichtigkeit der pünktlichen Entrichtung der Abgaben an die Kirche beschränkt.

»Mein Gott, mein Gott, warum hast du mich verlassen?«

Der König schwieg lange.

»Dennoch, ich weiß, wieso er es tun will. Schließlich bin auch ich König. Ich weiß, was diese Männer brauchen. Die letzten Monate waren keine gute Zeit für die Armee. Sie dachten, sie könnten hier ihre Finger für den Marsch nach York üben. Und das hätten sie wahrscheinlich auch – wenn sie sich nicht an deinem Stiefvater vergangen hätten. Seitdem haben sie nicht mehr an Boden gewonnen, kaum Sklaven gefangen und mußten um jeden einzelnen Ochsen kämpfen. Und jetzt – jetzt sind nur noch viel weniger von ihnen übrig als noch vor zwei Nächten. Sie haben ihre Freunde sterben sehen, und viele warten darauf, an der Wundfäule zu krepieren. Wenn jetzt nichts Bedeutendes geschieht, verlieren sie den Mut. Im Schutz der Dunkelheit werden sich die ersten Schiffe heimlich davonmachen.

Ivar braucht ein Schauspiel. Einen Triumph. Eine Hinrichtung. Oder…«

Shef erinnerte sich an die Warnung des Mannes, der ihn in den Schuppen gestoßen hatte.

»Sprecht nicht zu freimütig, Herr. Sie wollen, daß Ihr sprecht. Und daß ich zuhöre.«

Edmund lachte bellend. Es war jetzt fast dunkel. Die Sonne war untergegangen und hatte der langen englischen Dämmerung Platz gemacht.

»Dann hör mir zu. Ich versprach die Hälfte von Raedwalds Schatz für das Durchbrechen der Wikingerstellung, und das hast du getan. Also gebe ich dir den ganzen, und du kannst versuchen, einen Handel mit ihnen abzuschließen. Der Mann, der ihnen dieses Geheimnis hier gibt, kann sein Leben zurückfordern und mehr. Wenn ich es ihnen gäbe, könnte ich ein Wikinger-Jarl werden. Aber Wigga und die übrigen starben lieber, als es zu verraten. Es wäre nicht schicklich für einen König aus den Geschlecht der Wuffinga seiner Furcht nachzugeben.

Aber du, Junge. Wer weiß? Vielleicht erreichst du etwas.

Jetzt hör mir zu und merk dir meine Worte gut. Ich werde dir das Geheimnis der Wuffinga anvertrauen, und ich schwöre bei Gott, daß ein kluger Mann damit den Schatz finden kann.«

Die Stimme des Königs verwandelte sich in ein heiseres Murmeln.

»An der Furt bei der hölzernen Brücke,
liegen die alten Könige, Kiele unter ihnen.
Dort, tief drunten schlafen sie und wachen.
Vier Finger zeigen in flacher Linie
von unten auf das nördlichste Grab.
Dort liegt Wuffa, Wehhas Nachkomme
auf geheimem Schatz. Suche ihn, wer es wagt.«

Die Stimme erstarb. »Dies ist meine letzte Nacht, Junge. Vielleicht auch die deine. Du mußt jetzt nachdenken, wie du dich morgen retten kannst. Aber ich glaube nicht, daß das Rätsel eines Engländers den Wikingern leicht fallen wird.

Und dir, wenn du wirklich ein Churl bist, wird das Rätsel der Könige auch nicht gut bekommen.«

Danach schwieg der König, obwohl Shef nach einiger Zeit zaghaft versuchte, ihn wachzurütteln. Nach einer Ewigkeit versank Shefs geschundener Körper langsam in einen unruhigen Halbschlaf. In seinen Träumen wiederholten sich die Worte des Königs immer wieder, umschlangen einander wie die eingravierten Drachen auf einer edlen Schwertklinge.

KAPITEL 11

KÖNIG EDMUND BEHIELT RECHT. Die Große Armee war verstört und unsicher. Ein winziger Staat und sein schäbiger König hatten sie überrascht, und auch wenn sie die Feinde zurückgeschlagen hatten, mußten sich zu viele der Wikinger eingestehen, daß man sie niedergekämpft hatte. Man hatte die Toten beerdigt, die noch reparablen Schiffe an Land gezogen und die Verwundeten versorgt. Die Kapitäne hatten sich miteinander abgestimmt, hatten Schiffe verkauft oder getauscht und Männer ausgetauscht, um die Besatzungen auf Sollstärke zu bringen. Aber die einfachen Krieger, die Ruderer und Axtträger brauchten Bestätigung. Etwas, das ihnen bewies, daß ihre Anführer ihre Zuversicht nicht verloren hatten. Irgendein Ritual, das zeigte, daß sie noch immer die Große Armee waren, der Schrecken der Christen, die Unbesiegbaren des Nordens.

Bereits am frühen Morgen strömten die Männer zu dem markierten Platz vor dem Lager, an dem das *wapentake* stattfinden würde: Die Versammlung, bei der Männer ihre Zustimmung durch *vapna takr*, das Klirren ihrer Waffen, von Klinge auf Schild signalisierten – oder, in seltenen Fällen und unter schlechten Anführern, ihre Ablehnung. Noch vor Sonnenaufgang hatten die Anführer der Wikinger ihre Pläne gemacht, die Kräfteverteilung abgewogen, die Meinungen, die ihre gefährlichen und unberechenbaren Anhänger in die eine oder andere Richtung beeinflussen würden.

Als sie ihn holten, war Shef bereit, zumindest körperlich. Der Hunger hatte ein gähnendes Loch in ihn gefressen, der Durst ihm Zunge und Lippen ausgedörrt. Trotzdem war er wach und auf der Hut. Shef wußte, daß Edmund ebenfalls wach war, auch wenn er regungslos dalag, doch er schämte sich zu sehr, um den König zu stören.

Schlangenauges Männer bewegten sich mit derselben energischen Selbstsicherheit wie am Tag zuvor. Innerhalb von Sekunden nahm einer von ihnen das eiserne Halsband zwischen seine Zange und trieb den Bolzen heraus. Der Metallstift fiel zu Boden, und das Halsband wurde mit einem Ruck weggerissen. Kräftige Hände zogen Shef in die trübe Kälte eines Frühherbstmorgens. Nebel hing immer noch über dem Fluß und kondensierte in feinen Tropfen auf dem Dach des Schuppens. Shef starrte sie einen Augenblick lang an und fragte sich, ob er sie auflecken sollte.

»Ihr habt gestern geredet. Was hat er dir gesagt?«

Shef schüttelte den Kopf und deutete mit den gefesselten Händen auf die Lederflasche am Gürtel des Mannes. Schweigend reichte der Wikinger sie ihm. Sie war mit Bier gefüllt – trübe und voller Gerstenhülsen; offenbar der Rest eines Fasses. Shef trank es in gleichmäßigen Schlucken. Er neigte den Kopf zurück, um auch den letzten Tropfen zu erhaschen, dann wischte er sich den Mund ab und gab die Flasche zurück. Er hatte das Gefühl, daß sein ganzer Körper nur noch eine leere Lederhaut war, die das Bier bis zum Platzen ausfüllte. Die Piraten quittierten seinen Gesichtsausdruck mit einem amüsierten Grunzen.

»Gut, was? Bier ist gut. Leben ist gut. Wenn du mehr davon willst, dann rede. Erzähl uns alles, was er sagte.«

Dolgfinn, der Anführer des Wikingertrupps, beobachtete Shefs Züge mit seiner üblichen unbeirrbaren Konzentration. Zweifellos las er in ihnen Angst. Aber ebenso Starrsinn und Wissen. Der Junge würde einen Handel machen. Und es war seine Aufgabe sicherzustellen, daß es der richtige war. Er drehte sich um und gab das vereinbarte Signal. Aus einer kleinen Gruppe in der Nähe löste sich ein mächtiger Mann, eine Goldkette um den Hals und die linke Hand auf dem silbernen Schwertknauf. Shef erkannte ihn auf der Stelle. Es war der Mann, gegen den er beim Scharmützel auf der Straße vor Emneth gekämpft hatte. Sigvarth, der Jarl der Kleinen Inseln. Sein Vater.

Shefs Bewacher wichen einige Schritte zurück und ließen ihn mit Sigvarth allein. Sie musterten einander einige Sekunden lang von Kopf bis Fuß; der ältere besah sich den Körperbau, der jüngere das Gesicht seines Gegenübers. Er sieht mich genauso an wie ich ihn, dachte Shef. Er versucht, sich selbst in mir wiederzuerkennen. Er weiß es.

»Wir haben uns schon einmal getroffen«, bemerkte Sigvarth. »Auf dem Weg im Sumpf. Muirtach erzählte mir, ein junger Engländer prahle damit, mit mir gekämpft zu haben. Jetzt heißt es, du wärst mein Sohn. Zumindest sagt das der Gehilfe des Heilers, der Junge, der mit dir kam. Ist das wahr?«

Shef nickte.

»Gut. Du bist ein stämmiger Bursche und hast dich im Sumpf wacker geschlagen. Weißt du, Sohn« – Sigvarth trat einen Schritt vor, legte eine Hand auf Shefs Bizeps und drückte ihn sanft –, »du stehst auf der falschen Seite. Ich weiß, deine Mutter ist eine Engländerin. Aber die Hälfte der Armee hat keine nordischen Mütter, sondern englische, irische, fränkische, finnische oder was auch immer. Aber bei der Abstammung zählt nur die männliche Linie. Ich weiß auch, daß ein Engländer dich aufgezogen hat – dieser Narr, den du retten wolltest. Aber was haben sie jemals für dich getan? Wenn sie wußten, daß du mein

Sohn bist, haben sie dir bestimmt hart zugesetzt. Hab ich recht?«

Sigvarth blickte Shef in die Augen. Er wußte, daß er einen wunden Punkt getroffen hatte.

»Nun, du denkst vielleicht, daß ich dich einfach im Stich gelassen hätte. Das ist wahr. Aber damals wußte ich nichts von dir. Ich wußte nicht, wie du aufgewachsen bist. Aber jetzt bist du hier, und ich sehe, was aus dir geworden ist. Und weißt du was? Ich schätze, du würdest mir und unserem ganzen Geschlecht Ehre machen.

Deshalb biete ich dir an, dich als meinen Sohn anzuerkennen. Du wirst dieselben Rechte haben, als wenn du auf Falster geboren wärst. Verlaß die Engländer. Verlaß die Christen. Vergiß deine Mutter.«

»Und für meinen Sohn werde ich bei Ivar ein Wort einlegen. Schlangenauge wird hinter mir stehen. Du hast jetzt Scherereien. Ich kann dich da rausholen.«

Shef blickte über die Schulter seines Vaters und dachte nach. Er erinnerte sich an die Pferdetränke und die Prügel. Er erinnerte sich an den Fluch seines Stiefvaters und daran, wie er ihn einen Feigling nannte. Er erinnerte sich an die Unfähigkeit, die Trödelei und Edrichs Wut über die zögerlichen Thanes. Wie konnte irgend jemand mit solchen Leuten siegen? Über die Schulter Sigvarths hinweg sah er einen jungen Mann, der sie anstarrte – ein Krieger in einer reichverzierten Rüstung mit bleichen Zügen und einem Gebiß wie ein Pferd. Noch ein Sohn Sigvarths, dachte Shef. Noch ein Halbbruder. Und ihm gefällt überhaupt nicht, was hier geschieht.

Das Lachen Alfgars im Unterholz hallte durch Shefs Gedanken. »Was muß ich dafür tun?«

»Sag mir, was dir König Jatmund aufgetragen hat. Oder quetsch aus ihm heraus, was wir wissen müssen.«

Shef pries das Bier, das seinen Mund befeuchtet

hatte, zielte genau und spuckte auf den Lederschuh seines Vaters.

»Du hast Wulfgar Arme und Beine abgeschnitten, während andere Männer ihn hielten. Du hast es zugelassen, daß meine Mutter vergewaltigt wurde, obwohl sie dir einen Sohn geboren hat. Du bist kein *drengr*. Du bist ein Nichts. Ich verfluche das Blut, das ich von dir erbte.«

Einen Herzschlag später waren Schlangenauges Männer zwischen ihnen und drückten Sigvarths Arme nach unten, der versuchte, sein Schwert zu ziehen. Er wehrt sich nicht sehr, dachte Shef. Als sie ihn wegschoben, starrte Sigvarth seinen Sohn mit einer Art verblüffter Sehnsucht an. Er glaubt immer noch, daß wir uns etwas zu sagen haben, dachte Shef. Was für ein Narr.

»Jetzt hast du es geschafft«, bemerkte Dolgfinn, Schlangeauges Abgesandter, als er seinen Gefangenen an den Lederfesseln weiterzog. »In Ordnung. Bringt ihn zum *wapentake*. Und holt diesen König raus. Vielleicht hat er Vernunft angenommen, bevor er vor die Versammlung kommt.«

»Niemals«, entgegnete einer seiner Gefolgsleute. »Diese Engländer können weder kämpfen, noch wissen sie, wann es Zeit zum Nachgeben ist. Er gehört jetzt Ivar und noch bevor die Sonne untergeht Odin.«

Die Wikingerarmee hatte sich vor dem östlichen Wall versammelt, nicht weit von dem Ort, an dem Shef vor nur drei Tagen über die Palisade gesprungen war, um Godive abzupassen. Die Männer hatten sich entlang drei Seiten eines Rechtecks aufgereiht; die vierte Seite, am nächsten zum Wall, war den Jarlen, sowie den Ragnarssons und ihrem Gefolge vorbehalten. Die übrigen Männer drängten sich hinter ihren Kapitänen und Steuerleuten, unterhielten sich miteinander, riefen zu Männern aus anderen Mannschaften hinüber und tauschten freizügig Meinungen und Ratschläge aus. Die Armee war auf ihre Art demokratisch: Status und Hierarchie waren zwar wichtig, besonders wenn es um die Beuteverteilung ging, aber kein Mann konnte völlig zum Schweigen verurteilt werden, solange er sich nicht scheute, andere vor den Kopf zu stoßen.

Ein vielstimmiger Aufschrei und das Klirren von Waffen begrüßten Shef. Die Wikinger drängten gerade einen hochgewachsenen Mann zu einem Richtblock in der Ecke des Rechtecks. Das totenbleiche Gesicht des Engländers stach selbst aus einer Entfernung von fast hundert Fuß aus der Menge heraus. Die übrigen hatten die wettergegerbten Gesichter von Männern, die ihre Zeit im Freien verbringen. Ohne weiteres Aufheben wurde der Mann über den Block gestoßen. Ein Wikinger packte sein Haar und zog es nach vorne, um den Nacken zu entblößen. Eine Klinge blitzte im Sonnenlicht auf, dann folgte ein dumpfer Schlag, und der Kopf des Engländers rollte über den Boden. Shef starrte ihn einen Augenblick lang an. Er hatte in Emneth einige Leichen gesehen und viele weitere in den vergangenen Tagen. Mir bleibt keine Zeit mehr, wenn sie ihre Entscheidung getroffen haben, dachte Shef. Ich muß bereit sein, sobald sie die Waffen zusammenschlagen.

»Wer war das?« fragte er und nickte in die Richtung eines Haufens abgeschlagener Köpfe, auf den gerade der des jüngsten Opfers geworfen wurde.

»Einer der englischen Krieger. Jemand sagte, er hätte gut und treu für seinen Herrn gekämpft, und wir sollten Lösegeld für ihn nehmen. Aber die Ragnarssons sagen, jetzt wäre nicht die Zeit für Lösegeld, sondern dafür, Lektionen zu erteilen. Und jetzt bist du an der Reihe.«

Die Krieger stießen ihn nach vorn und ließen ihn einige Schritte vor den Anführern stehen.

»Wer will die Anklage führen?« donnerte einer der

Häuptlinge mit einer Stimme, die sich mit dem Brausen eines Nordseesturms messen konnte. Langsam dämpfte sich das Stimmengewirr zu einem unterdrückten Brummen. Ivar Ragnarsson trat aus dem Pulk der Anführer hervor. Sein rechter Arm war in einer Schlinge. Gebrochenes Schlüsselbein, stellte Shef fest, dem der Winkel des Armes nicht entging. Deshalb hatte er in der Schlacht das Schwert nicht gegen die Krieger Edmunds führen können.

»Ich«, sagte Ivar. »Er ist kein Feind, sondern ein Verräter, ein Lügner. Er gehörte nicht zu Jatmunds Männern, sondern zu mir. Ich nahm ihn in meine Schar auf, gab ihm Verpflegung und Unterkunft. Als die Engländer kamen, kämpfte er nicht für mich. Er kämpfte überhaupt nicht. Während die Krieger fochten, rannte er herbei und nahm ein Mädchen aus meinen Zelten. Er stahl sie, und ich habe sie nicht wieder zurückbekommen. Ich ging ihrer verlustig, obwohl sie von rechtswegen mir gehörte. Jarl Sigvarth schenkte sie mir vor den Augen aller Männer.«

»Ich fordere ein Lösegeld für das Mädchen, aber er kann es nicht bezahlen. Und selbst wenn er es aufbringen könnte, würde ich ihn trotzdem für die Beleidigung, die er mir zufügte, töten. Aber schlimmer noch, die ganze Armee hat eine Klage gegen ihn, denn er verriet uns. Wer unterstützt mich?«

»Ich!« rief eine zweite Stimme; ein stämmiger, grauhaariger Mann, der neben Ivar stand. War es Ubbi? Oder vielleicht Halfdan? Auf jeden Fall einer der Ragnarssons, aber nicht ihr Anführer, Sigurth, der etwas abseits stand. »Ich unterstütze dich. Er hat seine Chance gehabt, seine wahre Treue zu zeigen, und hat sie vertan. Er kam in unser Lager als Spion und Dieb und Entführer von Frauen.«

»Was für eine Strafe verlangt ihr?« rief der Häuptling.

»Der Tod ist zu schnell für ihn«, antwortete Ivar laut. »Ich verlange seine Augen als Entschädigung für die Beleidigung, die er mir zugefügt hat. Ich verlange seine Eier als Entschädigung für die Frau. Und seine Hände als Entschädigung für den Verrat an der Armee. Danach soll er weiterleben dürfen.«

Shef erschauderte. Sein Rückgrat schien sich in Eis zu verwandeln. Gleich, dachte er, schreien sie wie ein Mann, schlagen die Waffen aneinander und zerren mich über den Block.

Ein Mann schlenderte langsam aus dem Gedränge hervor – ein mächtiger, bärtiger Hüne in einer Lederjacke. Seine Hand verschwand vollständig in einem großen, weißen Verband, auf dem sich dunkle Blutflekken abzeichneten.

»Ich bin Brand. Viele der Männer kennen mich.« Zustimmende Rufe ertönten von den Wikingern hinter ihm.

»Ich habe zwei Dinge zu sagen. Erstens, woher bekamst du das Mädchen, Ivar? Oder woher bekam sie Sigvarth? Wenn Sigvarth sie stahl, und der Junge hier sie zurückstahl, was ist daran Unrecht? Du hättest ihn töten sollen, als er es versuchte. Aber da du es nicht getan hast, ist es jetzt zu spät, nach Vergeltung zu rufen.

Und noch etwas, Ivar. Ich eilte dir zur Hilfe, als die Krieger Jatmunds auf dich einstürmten – ich, Brand, Champion der Männer von Halogaland. Seit zwanzig Jahren kämpfe ich schon Schlachten, und wer könnte behaupten, daß ich mich jemals gedrückt hätte, wenn die Lanzenträger rangen? Diese Wunde hier erlitt ich, als ich neben dir stand, als du selbst verletzt wurdest. Und – ich fordere dich heraus, mich einen Lügner zu nennen – als die Schlacht vorüber war, und der König der Engländer floh, lief er direkt auf dich und deine Männer zu. Du warst verletzt und konntest dein

Schwert nicht mehr heben. Deine Männer waren tot, und mir war nur noch die linke Hand geblieben. Wer stand mit seinem Schwert vor dir, wenn nicht dieser Junge hier? Er hielt die Engländer auf, bis ich und Arnketil mit seinen Kriegern kamen und den König einschlossen. Sag mir, Arnketil, war es nicht so?«

Eine Stimme von der gegenüberliegenden Seite des Rechtecks antwortete ihm. »So war es, Brand. Ich sah Ivar, ich sah den Engländer, ich sah den Jungen. Ich dachte, er wäre in dem Durcheinander getötet worden, und es tat mir leid. Er hat tapfer gekämpft.«

»Damit, Ivar, ist dein Anspruch auf das Mädchen dahin. Deine Behauptung des Verrats ist nicht wahr. Du verdankst ihm dein Leben. Ich weiß nicht, was der Junge mit Jatmund zu tun hat, aber ich sage dies: Wenn er gut im Stehlen von Frauen ist, dann kann ich ihn in meiner Mannschaft gut gebrauchen. Wir brauchen neue Männer. Und wenn du nicht auf deine Frauen aufpassen kannst, Ivar – nun, was hat das mit der Armee zu tun?«

Shef verfolgte, wie Ivar mit starrem Blick auf Brand zuging. Die bleiche Zunge huschte wie die einer Schlange über seine Lippen. Interessiertes Gemurmel stieg von der Menge auf, frei von Feindseligkeit. Die Krieger der Armee wußten Unterhaltung zu schätzen, und das hier versprach beste Zerstreuung zu werden.

Brand rührte sich nicht, schob aber die linke Hand unter den breiten Schwertgürtel. Als Ivar bis auf drei Schritte heran war, hob er seine verbundene Hand, damit alle Männer sie sehen konnten.

»Wenn deine Hand geheilt ist, werde ich mich an deine Worte erinnern, Brand«, sagte Ivar.

»Wenn deine Schulter wieder heil ist, werde ich dich an die deinen erinnern.«

Eine Stimme, kalt wie Stein, dröhnte hinter ihnen – die Stimme Sigurth Ragnarssons, dem Schlangenauge:

»Die Armee hat Wichtigeres zu tun, als ihre Zeit mit dem Geschwätz von Knaben zu verschwenden. Ich sage dies: Mein Bruder muß selbst nach der gestohlenen Frau sehen. Zum Ausgleich für sein eigenes Leben muß Ivar dem Jungen das seine schenken und darf ihn nicht so sehr verkrüppeln, daß er es nicht mehr leben kann. Aber der Junge kam als einer der unseren in das Lager. Als wir angegriffen wurden, verhielt er sich nicht wie ein echter Kamerad, sondern dachte zuerst nur an seinen eigenen Vorteil. Bevor er zu Brands Mannschaft stoßen kann, müssen wir ihm eine Lehre erteilen. Wir nehmen ihm keine Hand, denn dann kann er nicht mehr kämpfen. Keinen Hoden, denn es geht nicht um den Raub einer Frau. Aber die Armee wird sich ein Auge nehmen.«

Mit letzter Kraft hielt Shef sich aufrecht, als er die ersten zustimmenden Rufe hörte.

»Nicht beide Augen, sondern eines. Was sagt die Armee?«

In das zustimmende Gebrüll mischte sich das metallische Klirren der Schwerter und Schilde. Hände zerrten ihn mit sich. Aber nicht zu dem Richtblock, sondern zum gegenüberliegenden Ende des Rechtecks. Die Männer machten eine Gasse frei und enthüllten eine große, rotglühende Kohlenpfanne. Thorvin stand an den Blasebälgen und pumpte. Hound erhob sich totenbleich von einer Bank.

»Halt still«, murmelte er auf Englisch, dann kickte man Shef die Beine weg und riß seinen Kopf zurück. Verschwommen registrierte Shef, daß die Hände, die ihn wie ein Schraubstock hielten, Thorvin gehörten. Er versuchte sich zu winden, den Verrat seiner Freunde herauszuschreien. Jemand steckte ihm ein zusammengeknülltes Tuch in den Mund und schob die Zunge weg von den Zähnen. Die weißglühende Nadel kam näher, immer näher, und dann schob ein Daumen das Lid hoch, während er verzweifelt versuchte, zu schreien, den Kopf wegzudrehen, die Augen ganz fest zuzudrücken.

Aber die Hände waren unerbittlich. Die sengende Spitze senkte sich in Shefs rechtes Auge. Das weißglühende Feuer raste vom Augapfel in den letzten Winkel seines Gehirns; Blut und Tränen rollten seine Wangen herab. Und irgendwie hörte er gleichzeitig das Zischen glühenden Stahls in Wasser.

Er hing in der Luft. Ein Bolzen steckte in seinem Auge; ein endloser, brennender Schmerz verzerrte sein Gesicht. Im verzweifelten Versuch sie zu lindern, spannte er die Nackenmuskeln an. Aber der Schmerz ließ nicht nach; er war die ganze Zeit da. Nur, es schien egal. Sein Verstand arbeitete ungestört, dachte und grübelte immer weiter.

Sein unversehrtes Auge war nicht betroffen. Es war immer offen, schloß sich nicht einmal für ein Blinzeln. Durch das unversehrte Auge blickte er über ein gewaltiges Panorama. Er war oben, irgendwo ganz hoch oben. Unter sich konnte er Berge erkennen, Ebenen und Flüsse und hier und da auf der See die bunten Segel von Wikingerflotten. Auf den Ebenen wühlten gewaltige Armeen Staubwolken auf. Die christlichen Könige Europas und die heidnischen Nomaden der Steppe ließen unablässig zum Krieg aufmarschieren. Er hatte das Gefühl, daß er, wenn er seine Augen – sein Auge – auf eine bestimmte Art und Weise zusammenkniff, jede beliebige Einzelheit sehen konnte. Er konnte die Lippen der Anführer und Reiter lesen, die Worte des griechischen Kaisers und des Tatarenkhans.

Zwischen ihm und der Welt unter ihm schwebten Vögel – gewaltige Tiere, die niemals mit den Flügeln schlugen. Allenfalls die äußersten Federn ihrer Flügel zitterten hin und wieder leicht. Zwei von ihnen flogen nahe an ihm vorbei; sie starrten ihn aus den gelben Punkten ihrer funkelnden, intelligenten Augen an. Ihr Gefieder glänzte schwarz, ihre be-

drohlichen Schnäbel waren mit Flecken übersät. Es waren Raben. Die Raben, die kamen, um den Gehängten die Augen auszuhacken. Er erwiderte ihren starren, regungslosen Blick, und die Vögel kippten hastig die Flügel ab und schossen davon.

Der Bolzen in seinem Auge. Konnte es sein, daß nur dieser Metallstift ihn an dem Baumstamm hinter ihm festhielt? Es schien so. Aber dann mußte er tot sein, niemand konnte mit einem Bolzen durch Auge und Gehirn leben. Er betastete die Rinde und fühlte das Strömen des Pflanzensafts, das regelmäßige Pumpen der Flüssigkeit, die von unermeßlich tiefen Wurzeln zu den Zweigen hoch über ihm aufstieg. Höher, als ein Mann jemals klettern konnte.

Wieder sandte sein Auge eine Schmerzwelle aus. Er krümmte sich, aber seine Hände hingen immer noch schlaff wie die eines Toten herab. Da waren wieder die Raben – neugierig, gefräßig, feige und klug warteten sie auf das kleinste Anzeichen von Schwäche. Langsam kamen sie mit den Flügeln schlagend näher. Dann waren sie plötzlich heran und landeten auf seinen Schultern. Doch diesmal, das wußte er, brauchte er ihre Schnäbel nicht zu fürchten. Die Furcht hatte sie zu ihm getrieben. Der König war auf dem Weg.

Dann erschien die Gestalt vor ihm. Sie stieg von einem Teil der Erde auf, von dem er sein Auge abgewandt hatte. Sie bot einen furchterregenden Anblick. Sie war nackt, Blut lief ihre zerschmetterten Lenden herab, Schmerz verzerrte ihre Züge. Die Gestalt hob die Schultern in einer gespenstischen Parodie des Flügelschlags der Raben. Ihr Brustkorb war eingesunken und verdreht; Brocken schwammiger Muskelmasse hing über den Warzen. Die Gestalt hielt das eigene Schlüsselbein in der Hand.

Einen Augenblick lang hingen die beiden Gestalten da und starrten einander an. Das Wesen erkennt dich, dachte Shef. Es bemitleidet dich. Aber es würde jetzt die neun Welten hinter sich lassen. Es war auf dem Weg zu einem anderen Ort, an den ihm wenige, wenn überhaupt jemand folgen würde. Der geschwärzte Mund verzog sich.

»Vergiß ihn nicht«, sagte er. »Vergiß nicht den Vers, den ich dir beibrachte.«

Der Schmerz in Shefs Auge vervielfachte sich. Er schrie kreischend auf und wand sich gegen den Bolzen, der ihn zurückhielt, gegen die Fesseln, die ihn auf den Boden drückten, die sanften, vorsichtigen, unnachgiebigen Hände. Er öffnete das Auge und erblickte nicht das Panorama der neun Welten, sondern das Gesicht Hounds. Hound mit der Nadel. Wieder schrie er gellend auf und schleuderte den Lehrling des Heilers die Hand entgegen, wollte ihn abzuwehren. Mit der Kraft der Verzweiflung packte er Hounds Schulter.

»Sachte. Beruhig dich«, sagte Hound. »Es ist vorbei. Niemand darf dir etwas antun. Du bist jetzt ein Carl der Armee, in der Mannschaft Brands von Halogaland, die Vergangenheit ist vorbei und vergessen.«

»Aber ich darf sie nicht vergessen«, schrie Shef.

»Was darfst du nicht vergessen?«

Tränen strömten in Shefs Augen, in das unversehrte und in die gähnende Höhle.

»Es ist zu spät«, flüsterte er. »Ich habe die Botschaft des Königs vergessen.«

ZWEITES BUCH

CARL

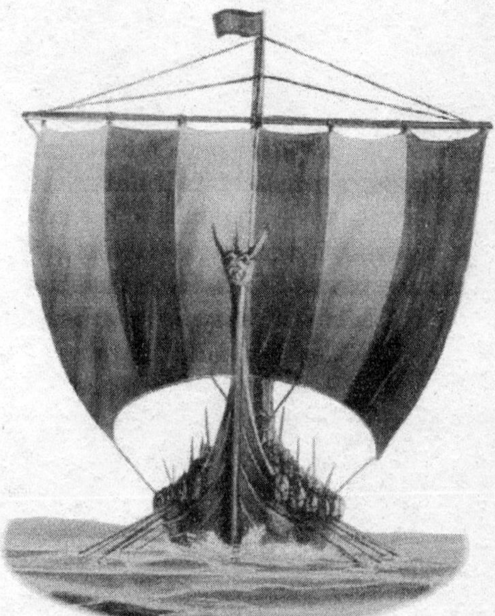

KAPITEL 1

VIELE MEILEN LANG hatte der Weg durch eine von zahlreichen Entwässerungsgräben durchzogene Ebene geführt – die Südhälfte des Great Vale of York, das an das Sumpfland des Humber grenzte. Dennoch war es ein schwieriger Marsch für die Große Armee gewesen: achttausend Mann mit ebenso vielen Pferden und einem Troß von Hunderten von Gehilfen, Weibern und Sklaven, die in einem langen Zug dahintrotteten. Unter ihren Füßen und Hufen verwandelten sich selbst die breiten, mit Steinen ausgelegten Straßen der alten Römer in verwaschene Spuren, von denen der Schlamm bis an die Bäuche der Pferde spritzte. Wo immer die Armee auf englischen Wegen oder den Pfaden der Viehtreiber marschierte, hinterließ sie tiefen Morast.

Brand, der Champion, hob seine immer noch verbundene Hand, und der Trupp hinter ihm – die Mannschaften dreier Schiffe, ungefähr hundertzwanzig Männer – lockerten die Zügel. Die hintersten Reiter, die letzten Männer der Armee, drehten sich auf der Stelle um und musterten aufmerksam die graue, nasse Landschaft, die vom letzten Herbstlicht nur unvollkommen erhellt wurde.

Die beiden Männer an der Spitze des Trupps taten es ihnen gleich und beäugten argwöhnisch den schlammigen, keinen sechs Fuß breiten Weg, der vor ihnen abknickte und sich zu einem Bach absenkte. Eine halbe Meile weiter konnten die Männer die Fortsetzung des von Hecken gesäumten Wegs sehen, wer sich wieder vom Bach löste. Aber dazwischen, entlang des Bachs zog sich ein Gürtel dichten Waldes. Große Eichen und Kastanien, deren braune Blätter im aufkommenden Wind wogten, wuchsen bis unmittelbar an den Weg heran.

»Was hältst du davon, junger Marschall?« fragte Brand und zupfte mit der Linken an seinem Bart. »Mir scheint, du siehst mit deinem einen Auge mehr als die meisten Männer mit beiden.«

»Eines kann ich mit einem halben Auge sehen, Brand mit der gespaltenen Hand«, entgegnete Shef gleichmütig. »Die Pferdeäpfel neben dem Weg dampfen nicht mehr. Die Hauptmacht der Armee entfernt sich immer weiter von uns. Wir sind zu langsam. Jede Menge Zeit für die Krieger Yorkshires, sich zwischen uns zu schieben.«

»Und was sollten wir deiner Meinung nach dagegen unternehmen, mein junger Herausforderer Ivars?«

»Ich würde sagen, wir sollten alle vom Weg verschwinden und uns rechts in die Büsche schlagen. Rechts, weil sie vielleicht erwarten, daß wir nach links gehen, unsere Schilde gegen die Bäume und den Hinterhalt gerichtet. Dann gehen wir zu dem Bach. Sobald wir unten angekommen sind, blasen wir alle Hörner und stürmen, als ob vor uns eine Bresche in der Befestigung unserer Gegner lockte. Wenn niemand dort ist, gucken wir dumm aus der Wäsche. Wenn uns aber ein Hinterhalt erwartet, scheuchen wir unsere Gegner auf. Nur – wenn wir das tun wollen, dann gleich.«

Brand schüttelte leicht verärgert den riesigen Kopf. »Du bist kein Narr, junger Mann. Deine Antwort ist richtig. Aber es ist die Antwort eines Jüngers deines einäugigen Schutzherrn Odins, der seine Krieger verrät, nicht die eines Carls der Großen Armee. Wir sind hier, um Nachzügler aufzusammeln, damit sie nicht den Engländern in die Hände fallen. Schlangenauge will nicht, daß jeden Morgen abgeschlagene Köpfe ins Lager geworfen werden. Das macht die Männer nervös. Sie belieben zu glauben, daß jeder von ihnen wichtig ist und nicht durch Zufall, sondern aus gutem Grund stirbt. Wenn wir den Weg verlassen, übersehen wir vielleicht einen Krieger, und früher oder später würden seine Kameraden nach ihm fragen. Wir gehen das Risiko ein und reiten den Weg hinunter.«

Shef nickte. Er zog den Schild vom Rücken, streckte den Arm durch den Ellbogenriemen und faßte den Griff hinter dem Schildbuckel. Hinter ihm ertönten metallische Schläge, als hundertzwanzig Männer sich kampfbereit machten und ihre Pferde antrieben. Shef wußte, daß diese Gespräche Brands Methode waren, ihn auszubilden, ihn zu lehren, wie ein Anführer zu denken. Er nahm es dem Hünen nicht übel, wenn er seinen Rat überging.

Dennoch, tief in seinem Innern nagte das Gefühl, daß diese weisen Männer, diese großen und erfahrenen Krieger – Brand der Champion, Ivar der Knochenlose, selbst der unerreichte Schlangenauge – sich irrten. Sie taten Dinge auf die falsche Weise. Zugegeben, ihre falsche Weise hatte nicht nur das schäbige Reich der Ostangeln, sondern bisher jedes Königreich zerstört, das ihnen ins Visier geraten war. Trotzdem, er, Shef – einstmals Thrall, der Mörder zweier Männer, ein Mann, der nie länger als zehn Herzschläge in einer Schlachtreihe gestanden hatte – war sicher, daß er eine Armee besser aufstellen konnte als sie.

Hatte er das in seinen Visionen gesehen? Wurde ihm das Wissen von seinem Vatergott in Walhall geschickt – Odin dem Verräter, dem Gott der Gehängten, der Unberechenbare –, wie ihn Brand gerne titulierte?

Was immer der Grund sein mag, dachte Shef, wenn ich Marschall der Armee wäre, würde ich sechsmal am Tag anhalten und die Hörner blasen lassen, damit der

Flankenschutz und die Nachhut wüßten, wo ich bin. Und ich würde nicht weitermarschieren, bevor ich nicht die Antwort ihrer Trompeten hörte.

Es wäre noch besser, wenn jeder wüßte, wann die Trompeten erschallen. Aber wie konnten sie das anstellen, nachdem die einzelnen Teile der Armee den Sichtkontakt miteinander verloren hatten? Woher wußten die schwarzen Mönche in den Klosterkirchen, wann es Zeit für ihre Gottesdienste war? Shef brütete über dem Problem, während sein Pferd ihn zwischen die Bäume führte und sich Schatten über den Pfad legte. Immer wieder schwirrte sein Kopf in diesen Tagen mit Gedanken, mit Problemen und Fragen, für die das Wissen seiner Zeit keine Lösung zu kennen schien. Es juckte Shef in den Fingern, endlich wieder einen Hammer zu halten und in der Schmiede zu arbeiten. Er spürte, daß er eine Lösung finden würde, wenn er nur an einem Amboß stünde, anstatt sich ruhelos im Kreis zu drehen.

Vor ihnen auf dem Weg stand ein Mann. Das Trampeln der Hufe ließ ihn herumwirbeln – einen Augenblick später glitt sein Schwert wieder in die Scheide, als er sie erkannte.

»Ich bin Stuf«, sagte der Mann. »Ich gehöre zum Schiff Humlis aus Ribe.«

Brand nickte. Er wußte, wie nachlässig Humli seine Männer führte. Es war genau die Art von Mannschaft, die es zuließ, daß ein Mann zurückblieb, und sich erst dann wieder an ihn erinnerte, wenn es zu spät war.

»Mein Pferd ist lahm, deshalb bin ich zurückgefallen. Ich entschloß mich, es freizulassen und mein Bündel selber zu tragen.«

Brand nickte ein zweites Mal. »Wir führen zusätzliche Pferde mit. Du kannst eines davon haben. Das kostet dich ein Silberstück.«

Stuf setzte zum Protest an – ohne Feilschen war Pferdehandel undenkbar –, aber schloß hastig den Mund, als Brand seine Männer weiterwinkte. Er griff nach den Zügeln von Brands Pferd.

»Dein Preis ist hoch«, sagte er. »Aber vielleicht ist das nicht der richtige Moment zum Handeln. Die Engländer sind in der Nähe; ich kann sie riechen.«

Noch während er den Satz zu Ende brachte, sah Shef aus dem Augenwinkel eine schnelle Bewegung. Ein Zweig bewegte sich. Nein, ein ganzer Baum schwang im hohen Bogen herunter. Die an seine Spitze gebundenen Seile wurden plötzlich sichtbar, als sie sich strafften. Einen Augenblick später war die ganze linke Seite des Wegs in Aufruhr.

Shef hob hastig den Schild. Ein dumpfer Schlag, dann ragte nur einen Fingerbreit von seiner Hand entfernt eine Pfeilspitze durch das weiche Lindenholz. Hinter sich hörte er Schreie; Pferde bäumten sich auf und traten aus. Er warf sich vom Pferd und duckte sich hinter seinem Nacken. Der Körper des Tieres war zwischen ihm und dem Hinterhalt. Sein Verstand registrierte ein Dutzend Dinge in einem blitzartigen Gedankengang, viel schneller als alle Worte.

Man hatte diesen Baum erst nach dem Durchzug der Großen Armee durchgehauen. Sie waren sogar noch weiter zurückgefallen, als sie geglaubt hatten. Der Angriff würde von links kommen; die Engländer wollten ihre Feinde in den Wald zur Rechten drängen. Der gefällte Baum schnitt den Fluchtweg nach vorne ab, das Knäuel aus verwundeten Pferden und überraschten Wikingern den nach hinten. Ein Gedanke durchzuckte ihn: Tu, was sie als letztes erwarten!

Shef rannte mit erhobenem Schild um den Kopf seines Pferds herum und warf sich geradewegs gegen die steile linke Böschung des Weges. Ein, zwei, drei mächtige Sprünge – er durfte nicht zögern, sonst würde der lehmige Untergrund nachgeben. Dann war er vor der behelfsmäßigen Barrikade. Ein Gesicht starrte ihn wütend an; der Engländer suchte ungeschickt nach einem Pfeil in seinem Köcher. Shef stieß seinen Speer auf Hüfthöhe durch die Barrikade, und sah, wie sich das Gesicht seines Gegenübers vor Schmerz verzerrte. Er drehte den Schaft, zog ihn zurück und zerrte den Mann durch seine eigene Barrikade. Shef preßte die Speerspitze in den Boden und sprang über den sterbenden Mann und die Zweige hinweg. Sofort wirbelte er herum und hieb nach den Engländern, erst nach links, dann nach rechts.

Plötzlich merkte er, daß er seinen Hals heiser geschrien hatte. Eine zweite, mächtigere Stimme bellte auf dem Weg: Brand, der wegen seiner verletzten Hand kampfunfähig war, dirigierte die überraschten Wikinger die Böschung hinauf und zur Bresche, die Shef geschlagen hatte. Einen Augenblick später drangen ein Dutzend Männer auf Shef ein, der wild nach allen Seiten ausschlug, um sich die Angreifer vom Leib zu halten. Dann spürte er einen Ellbogen im Rücken und stolperte vorwärts. Überall um ihn herum waren plötzlich Männer in Kettenhemden, und die Engländer ergriffen Hals über Kopf die Flucht.

Churls, dachte Shef. Mit Lederjacken, Jagdbögen und Hippen. Männer, die es gewohnt waren, Wildschweine zu treiben, aber nicht, gegen Krieger zu kämpfen. Wenn die Wikinger wie erwartet in die Wälder geflohen wären, hätte sie zweifellos ein tödliches Labyrinth aus Gruben und Netzen erwartet. Aber diese Engländer waren keine Krieger, die sich einem Kampf Mann gegen Mann stellen würden.

Es lohnte nicht, sie durch ihre eigenen Wälder zu verfolgen. Die Wikinger wandten sich den wenigen Männern zu, die sie gefangen hatten, und erstachen sie mit Speeren oder schnitten ihnen die Kehle durch. Keiner von ihnen sollte sich brüsten können, diesen Tag überlebt zu haben. Ein harter Schlag gegen den Rücken ließ Shef um ein Haar nach vorne stolpern.

»Gut gemacht, Junge. In einem Hinterhalt darf man niemals stillstehen. Entweder man rennt weg – oder genau auf ihn zu. Aber woher weißt du diese Dinge? Vielleicht hat Thorvin doch recht, was dich angeht.«

Brand umfaßte fest den silbernen Thorshammer auf seiner Brust und rief weitere Befehle. Einige der Männer umgingen den gefällten Baum, während andere die Lasten von toten oder verletzten Pferden abschnallten und kurz die zehn oder zwölf Männer versorgten, die bei dem Scharmützel verletzt worden waren.

»Aus dieser Nähe«, sagte er, »durchschlagen die Pfeile ihrer kurzen Bögen unsere Kettenhemden. Aber gerade so. Sie haben nicht genug Durchschlagskraft, um sich durch die Rippen oder in den Bauch zu bohren. Pfeil und Bogen haben noch nie eine Schlacht gewonnen.«

Die Kolonne setzte ihren Weg auf der anderen Seite des Bachs fort und ritt aus dem Wald hinaus in das letzte Herbstlicht.

Etwas lag vor ihnen auf dem Weg. Nein, mehrere Dinge. Als die Wikinger sich nach vorne drängten, ging Shef auf, daß es zwei Krieger der Armee waren – zwei Nachzügler wie Stuf, wie die meisten Veteranen vieler Feldzüge mit schmuddeligem Wadmal, einem groben, ungeschorenen Wollstoff bekleidet. Aber etwas stimmte nicht mit ihnen, etwas Erschreckendes, das er schon einmal gesehen hatte…

Derselbe Erkennungsschock wie in Emneth erfaßte Shef, als er begriff, daß die Männer zu klein waren. Man hatte ihnen die Arme an den Ellbogen, die Beine an den Knien abgehakt. Der beißende Gestank von verbranntem Fleisch erklärte, wieso sie noch lebten. Als sich ihnen die Reiter näherten, hob einer von ihnen den Kopf und blickte in die wütenden und erschütterten Gesichter.

»Bersi«, rief er. »Aus der Mannschaft Skulis des Kahlen. *Fraendir, vinir,* tut, was ihr tun müßt. Schenkt uns den Tod eines Kriegers.«

Brand schwang sich mit aschfahlem Gesicht vom Pferd und zog mit der Linken den Dolch aus dem Gürtel. Zärtlich tätschelte er mit der verbundenen Rechten das Gesicht des lebenden Leichnams. Dann trieb er die Klinge mit einem schnellen, harten Stoß hinter das Ohr des Mannes. Anschließend tat er dasselbe für den zweiten Mann, der gnädigerweise bereits das Bewußtsein verloren hatte.

»Zieht sie von der Straße«, sagte er. »Und dann weiter!« Er wandte sich an Shef. »Heimnars. Ich frage mich, wer ihnen das beigebracht hat.«

Shef verzichtete auf eine Antwort. Am Horizont, im Licht der untergehenden Sonne, die jetzt fast waagrecht durch eine Wolkenlücke strahlte, konnte er gelbliche Mauern sehen. Auf einem niedrigen Hügel erstreckte sich ein Gewirr von Häusern; Rauch stieg aus Tausend Schornsteinen auf. Er hatte sie schon einmal gesehen, in seinen Visionen.

»Eoforwich«, sagte er.

»Yovrvik«, wiederholte der Wikinger, der neben ihm ritt. Die ungewohnten Konsonanten und Doppelvokale bereiteten dem Mann hörbare Schwierigkeiten.

»Zum Teufel damit«, sagte Brand. »Nenn es einfach York.«

Nach Einbruch der Nacht blickten eine Handvoll Männer auf der Stadtmauer Yorks über die zahllosen flakkernden Punkte der Lagerfeuer der Großen Armee. Sie standen auf dem runden Bollwerk an der südöstlichen Ecke der alten und eindrucksvollen römischen Festung, der einstigen Heimat der Sechsten Legion, die man dort stationiert hatte, um dem Norden Britanniens Respekt einzuflößen. Hinter ihnen, auf der 130 Hektar großen Fläche innerhalb der Mauern erhob sich die Klosterkirche St. Peter, vormals eines der berühmtesten Zentren der Gelehrsamkeit in der gesamten nördlichen Hemisphäre. Daneben erstreckten sich die Quartiere des Königs, die Häuser Hunderter adliger Familien, sowie die engen Kasernen der Thanes und ihres Gefolges sowie der Söldner. Und nicht zu vergessen die Schmieden, die Zeughäuser, die Werkstätten der Waffenschmiede, die Gerbereien – die Sehnen der Macht. Vor den Mauern zog sich die Stadt mit ihren Lagerhäusern und den Anlegestellen entlang des Ouse. Aber das alles war entbehrlich. Alles Wichtige lag innerhalb der Mauern: Jener des alten Legionärforts oder der Wälle seines Ebenbilds am anderen Ufer des Flusses, die sich um St. Marys erhoben – einst eine *Colonia,* in der sich die Legionäre nach ihrem Ausscheiden aus der Armee niedergelassen und sich vor dem Unmut der Einheimischen mit einer Mauer geschützt hatten.

König Ella starrte verbissen auf die zahllosen Feuer. Neben ihm standen Cuthred, der stämmige Kommandant seiner Leibgarde, und – etwas abseits – Wulfhere, der Erzbischof von York, in Purpur und Weiß sowie die schwarze Gestalt seines Diakons Erkenbert.

»Sie wurden nicht lange aufgehalten«, sagte Ella. »Ich hatte gedacht, daß die Sümpfe des Humber sie vielleicht aufhalten würden, aber sie schlüpften hindurch. Ich hatte gehofft, daß ihre Vorräte vielleicht zur Neige gingen, aber sie scheinen auszureichen.«

Er hätte hinzufügen können, daß er darauf gezählt hatte, der verzweifelte Angriff König Edmunds und der Ostangeln, von dem so viele Geschichten erzählt wurden, hätte die Wikinger entmutigt. Aber allein der Gedanke daran ließ ihn erschauern. Jede dieser Geschichten endete mit der Folterung und dem Tod des Königs. Und Ella wußte – seit erwiesen war, daß die Ragnarssons die Wikinger-Armee anführten –, daß ihn ein ähnliches, wenn nicht schlimmeres, Ende erwartete.

Die achttausend Männer, die sich dort draußen um die Lagerfeuer drängten, waren seinetwegen gekommen. Wenn er floh, würden sie ihm folgen. Wenn er sich versteckte, würden sie eine Belohnung auf seinen Kopf aussetzen. Wulfhere, selbst Cuthred, konnten darauf hoffen, eine Niederlage zu überleben. Ella dagegen wußte, daß er die Große Armee bezwingen oder sterben mußte.

»Sie haben viele Männer verloren!« sagte Erkenbert. »Selbst unsere Churls sind zugange, um sie hinzuhalten, um ihre Nachhut und ihre Trupps auf der Suche nach Proviant abzuschneiden. Sie müssen schon Hunderte von Männern verloren haben, wenn nicht Tausende. Unser ganzes Volk schart sich zusammen, um sie zurückzuschlagen.«

»Das ist wahr«, stimmte Cuthred zu. »Aber Ihr wißt, wieso.«

Die Männer wandten sich um und blickten die sonderbare Vorrichtung an, die einige Schritte hinter ihnen stand. Sie glich einer flachen Kiste mit langen Griffstangen, mit deren Hilfe man sie wie eine Bahre tragen konnte. An einem Ende, zwischen zwei Griffen, war ein Rad angebracht, um sie auf ebenem Untergrund zu rollen. In der Kiste lag der Rumpf eines Mannes. Man hatte die Vorrichtung angewinkelt, damit er wie die übrigen Männer über die Zinnen blicken konnte. Der Großteil seines Gewichts wurde von einem breiten Gürtel um seinen Brustkorb getragen, der unter den Achseln verschwand. Seine Leiste ruhte auf einem gepolsterten Vorsprung. Er stützte sich auf die verbundenen Kniestümpfe.

»Ich diene ihnen als Warnung«, polterte Wulfgar. Seine tiefe Stimme stand in eigenartigem Gegensatz zu dem verkürzten Körper. »Und eines Tages werde ich mich rächen. Hierfür und für alles, was mir die Heiden angetan haben.«

Die anderen Männern schwiegen. Sie wußten um die Wirkung des verstümmelten Thanes aus Ostanglien; um den fast triumphalen Zug von seiner Heimat nach York, immer kurz vor der anrückenden Armee. Er hatte den Churls eindrücklich demonstriert, welches Schicksal ihnen und ihren Weibern blühte.

»Und was hat der Einsatz der Churls schon gebracht?« fragte König Ella verbittert.

Cuthred verzog berechnend das Gesicht. »Er hat sie nicht aufgehalten. Sie haben ein paar Männer verloren und sind dicht beieinander geblieben. Es sind immer noch achttausend von ihnen übrig.«

»Wir können anderthalbmal so viele Männer aufbieten«, sagte Diakon Erkenbert. »Wir sind nicht die Ostangeln. Allein in Eoforwich leben zweitausend Männer im wehrfähigen Alter. Und der Herr der Heerscharen verleiht uns seine Stärke.«

»Wir haben nicht genug Männer«, sagte Cuthred zögernd. »Selbst wenn uns der Herr der Heerscharen zur Hilfe eilt. Drei zu zwei klingt gut. Aber eine Schlacht auf ebenem Grund ist immer ein Kampf Mann gegen Mann. Unsere Champions können sich mit den ihren messen, aber wir haben zu wenige von ihnen. Wenn wir uns den Wikingern vor der Stadt stellen, werden sie uns schlagen.«

»Dann werden wir keinen Ausfall machen?«

»Wir bleiben hier. Sie müssen zu uns kommen; versuchen, die Mauern zu erklimmen.«

»Sie werden unseren Besitz zerstören«, jammerte Erkenbert. »Das Vieh töten, die jungen Leute versklaven und verkaufen, die Obstbäume fällen und die Ernte verbrennen. Und es wird noch schlimmer kommen. Die Pacht für das Kirchenland ist erst am Michaelstag fällig, bisher wurde noch kein Heller bezahlt. Die Churls tragen ihr Geld noch in den Beuteln oder haben es vergraben. Nur, glaubt ihr, sie werden bezahlen, wenn sie mitansehen, wie ihr Land verwüstet wird und sich ihre Herren derweil hinter dicken Mauern verschanzen?«

Er warf theatralisch die Arme hoch. »Das wäre eine Katastrophe! In ganz Northumbrien würden die Häuser Gottes verfallen und seine Diener müßten verhungern.«

»Wegen der Pacht eines Jahres würden sie nicht zugrunde gehen«, sagte Cuthred. »Wieviel von der Pacht letzten Jahres habt ihr in der Klosterkirche beiseite geschafft?«

»Es gibt eine zweite Möglichkeit«, sagte Ella. »Ich habe sie bereits einmal vorgeschlagen. Wir könnten Frieden mit ihnen schließen, ihnen Tribut anbieten – wir könnten es Wergeld für ihren Vater nennen. Der Tribut müßte natürlich sehr hoch sein. Aber auf jeden Mann der Armee müssen in Northumbrien zehn Haushalte kommen. Zehn Haushalte von Churls können einen Carl freikaufen. Zehn Haushalte von Thanes können einen Adligen freikaufen. Einige von ihnen werden sich verweigern, aber wenn wir das Angebot öffentlich machen, werden die übrigen sie vielleicht umstimmen. Wir würden die Wikinger um ein Jahr Frieden bitten. Und in diesem Jahr – denn sie werden bestimmt wiederkommen – werden wir jeden Mann im wehrfähigen Alter ausbilden, bis er es mit Ivar dem Knochenlosen oder dem Teufel persönlich aufnehmen kann. Dann können wir uns auf einen Kampf drei zu zwei einlassen, was, Cuthred? Oder eins zu eins, falls nötig.«

Der stämmige Kommandant schnaubte amüsiert. »Tapfere Worte, Herr, und ein guter Plan. Ich wäre dafür. Aber das Problem ist...« Er nahm einen Beutel vom Gürtel und schüttete seinen Inhalt in die hohle Hand. »Seht Euch das Zeug an. Ein paar gute silberne Pennies. Die bekam ich, als ich im Süden ein Pony verkaufte. Der Rest sind Nachahmungen aus der Münzwerkstatt des Erzbischofs – zum größten Teil aus Blei, manche auch aus Kupfer. Ich weiß nicht, wo das ganze Silber hin ist. Wir hatten früher soviel davon. Aber seit zwanzig Jahren wird es im ganzen Norden immer weniger. Wir benutzen das Geld des Erzbischofs, aber die Leute im Süden nehmen es nicht mehr an. Wenn man mit ihnen ins Geschäft kommen will, muß man etwas zum Handeln haben. Ihr könnt Euch darauf verlassen, daß die Armee da draußen unser Geld auch nicht nimmt. Und es hat keinen Sinn, ihnen Getreide oder Honigwaben anzubieten.«

»Aber sie sind hier«, sagte Ella. »Wir müssen doch etwas besitzen, was sie wollen. Die Kirche muß Gold und Silber besitzen…«

»Ihr wollt den Wikingern Kirchenschätze geben, um sie loszuwerden?« keuchte Erkenbert. »Anstatt vor die Stadt zu marschieren und sie zu bekämpfen, wie es Eure Christenpflicht wäre? Was Ihr da sagt, ist ein Sakrileg, der Bruch mit der Kirche! Jedem Churl, der einen Silberteller aus dem unbedeutendsten Gotteshaus stiehlt, wird die Haut bei lebendigem Leib abgezogen und anschließend an die Kirchentür genagelt. Was Ihr vorschlagt, ist tausendmal schlimmer als das.«

»Selbst der Gedanke bringt Eure unsterbliche Seele in Gefahr!« rief der Erzbischof aus.

Erkenbert zischte wie eine Schlange: »Dafür hat man Euch nicht zum König gemacht.«

Die Stimme Wulfgars übertönte die der beiden Kleriker. »Und dazu vergeßt Ihr, mit wem Ihr es zu tun habt. Das sind keine Menschen. Sie sind Höllenbrut – ohne Ausnahme. Wir können mit ihnen nicht handeln. Wir können nicht zulassen, daß sie dort draußen monatelang lagern – wir müssen sie vernichten…« Speichel sammelte sich um seine bleichen Lippen, und einen Augenblick lang hob er einen Armstumpf, als ob er ihn abwischen wollte. »Herr, *Heiden sind keine Menschen.* Sie haben keine Seelen.«

Vor sechs Monaten, dachte Ella, hätte ich das Heer in den Kampf geführt. Das erwarten sie jetzt von mir. Wenn ich irgend etwas anderes tue, nennen sie mich einen Feigling. Niemand wird einem Feigling folgen. Erkenbert hat es beinahe ausgesprochen: Wenn ich nicht kämpfe, holen sie diesen Einfaltspinsel Osbert zurück. Er versteckt sich immer noch irgendwo im Norden. Er würde kämpfen wie ein tapferer Narr.

Aber Edmund hat gezeigt, was geschieht, wenn man auf ebenem Gelände gegen die Wikinger kämpft. Selbst ein Überraschungsangriff nützt nichts. Wenn wir einfach aufmarschieren, werden wir verlieren, das *weiß* ich. Und ich werde sterben. Ich muß etwas anderes tun. Etwas, das Erkenbert akzeptiert. Aber er wird nicht zulassen, daß ich offen Tribut zahle.

Ella legte die gesamte Würde des Königs in die Stimme. »Wir werden der Belagerung widerstehen und darauf hoffen, daß wir sie schwächen können. Cuthred, überprüfe alle Festungsanlagen und die Vorräte und schick alle nutzlosen Münder weg. Eure Exzellenz, man hat mir gesagt, in Eurer Bibliothek befänden sich gelehrte Bücher der alten Römer über das Kriegshandwerk, und ganz besonders über Belagerungen. Seht nach, inwieweit sie uns beim Sieg über die Wikinger nützen können.«

Er drehte sich um und verließ die Mauer, gefolgt von Cuthred und einer Schar niederer Adliger. Wulfgars Bahre wurde von zwei untersetzten Leibeigenen die steinernen Treppen hinuntergetragen.

»Der Thane der Ostangeln hat recht«, flüsterte Erkenbert dem Erzbischof zu. »Wir müssen diese Wikinger loswerden, bevor sie unsere Pachteinnahmen ruinieren und unsere Thralls verführen. Oder sogar unsere Adligen. Einige von ihnen mögen glauben, daß sie ohne uns auskommen könnten.«

»Such es heraus – Vegetius«, antwortete Wulfhere.

»Das Buch namens *Epitoma rei militaris*. Ich wußte nicht, daß unser Herr so belesen ist.«

»Seit vier Tagen ist er jetzt dort drin«, bemerkte Brand. Er und Thorvin, sowie Ingulf und Hound standen in einer kleinen Gruppe einige Schritte vom glühenden Feuer einer Schmiede. Die Wikinger hatten sie – zusammen mit einem Vorrat an Holzkohle – im Dorf Osbaldwich einige Meilen vor York vorgefunden. Shef hatte die Schmiede auf der Stelle in Besitz genommen und drängend nach Männern, Eisen und Brennstoff gerufen. Die vier starrten ihn durch die offenen Türen der Schmiede an.

»Vier Tage«, wiederholte Brand. »Er hat kaum etwas gegessen. Er hätte nicht geschlafen, wenn ihm die Männer nicht gesagt hätten, daß wenigstens sie ruhen müßten. Nur sie haben ihn dazu gebracht, wenigstens in der Nacht für ein paar Stunden mit dem Hämmern aufzuhören.«

»Es scheint ihm nicht geschadet zu haben«, sagte Hound.

In der Tat hatte sich sein Freund, den er immer noch als Jungen, als einen Heranwachsenden betrachtete, sich im Laufe des Sommers völlig verändert. Gemessen an den anspruchsvollen Standards einer Armee voller Riesen war seine Statur nicht übermächtig, aber kein Gramm daran schien überflüssig. Trotz der kalten Böen des englischen Oktobers war Shef nackt bis zur Hüfte. Als er in der Schmiede hantierte, mal an etwas Kleinem und Empfindlichem stocherte, mal das rotglühende Metall mit einer Zange wendete oder seinen englischen Gehilfen mit dem eisernen Halsband anbrüllte, schneller an den Blasebälgen zu pumpen, zeichneten sich die Muskeln unter seiner Haut so deutlich ab, als ob sie direkt unter ihr lägen. Dann zog Shef die Zange mit einem Ruck zurück, und einen Augenblick später zischte Metall in einer Wanne. Mit jeder Bewegung glitten andere Muskeln geschmeidig übereinander. Im rötlichen Licht der Schmiede glich er einer antiken Bronzestatue.

Nur, daß ihm ihre Schönheit fehlte. Selbst im Licht der Schmiede schien das eingesunkene rechte Auge wie ein modernder Krater. Auf seinem Rücken waren die Spuren der jahrelangen Mißhandlung durch seinen Stiefvater nicht zu übersehen. Nur wenige Männer in der Armee hätten die Zeichen der Schande so unbekümmert wie Shef zur Schau gestellt.

»Seinem Körper vielleicht nicht«, antwortete Thorvin. »Über seinen Geist kann ich nicht urteilen. Ihr wißt, wie es im *Wölundlied* heißt:

›Stets saß er, nicht schlief er
und schwang den Hammer:
Listige Werke
schuf Wölund König Nidud.‹

Ich weiß nicht, was für listige Dinge unser Freund zusammenhämmert. Oder wozu er es tut. Ich hoffe nur, er hat mehr Erfolg als Wölund – darin, das zu erringen, was sein Herz begehrt.«

Ingulf wandte sich an Thorvin. »Was hat er in den vier Tagen geschmiedet?«

»Das hier.« Thorvin hielt einen Helm zur Begutachtung hoch.

Es war ein Helm, wie ihn keiner von ihnen jemals gesehen hatte. Er war übergroß, knollig wie der Kopf eines riesigen Insekts. Shef hatte einen breiten Rand angefügt und ihn an der Vorderseite des Helms zur Schärfe eines Rasiermessers gefeilt. Ein senkrechter Metallstreifen schützte die Nase. Von dessen Spitze aus verliefen zwei weitere, waagrechte Streifen, die die Wangen schützten. Eine Schürze aus festem Metall bedeckte den Nacken.

Aber noch mehr als das verwunderte die Männer die Innenseite des Helms. Sie war mit Leder gefüttert, an dem Riemen befestigt waren. Durch die Fütterung würde der Helm eng am Kopf seines Trägers anliegen, aber ohne daß dieser das Metall berührte. Ein breiter Riemen und eine Schnalle unter dem Kinn sorgten schließlich dafür, daß er nicht verrutschte.

»So etwas habe ich noch nie gesehen«, sagte Brand. »Ein Schlag auf den Helm wird nicht gleich den Schädel erschüttern. Trotzdem, wenn ihr mich fragt, ist es immer noch am besten, wenn es einen gar nicht erwischt.«

Während sie diskutierten, verstummte der Krach aus der Schmiede, und Shef schien gewissenhaft mehrere kleine Teile miteinander zu verbinden. Dann kam er lächelnd und schwitzend auf seine Freunde zu.

Brand erhob die Stimme. »Wenn du mich fragst, junger Mann, der du Krieger mitten in der Nacht aus den Federn reißt, brauchst du diesen Helm nicht, wenn du dem Schlag ausweichst. Und was, bei Thor, hältst du da in der Hand?«

Shefs Grinsen wurde noch breiter. Er streckte die eigenartige Waffe in die Höhe, die er aus der Schmiede mitgebracht hatte. Er hielt sie waagrecht, und nach einigen Augenblicken balancierte er sie in der ausgestreckten Hand an der Stelle, in der das Holz in Metall überging.

»Und wie nennst du das da?« fragte Thorvin. »Einen Hack-Speer? Oder eine Stiel-Axt?«

»Oder ist es die Kreuzung zwischen einer Stoßaxt und einer Pflugschar?« schlug Brand vor. »Wozu soll das Ding taugen?«

Shef nahm die immer noch verbundene Hand Brands und rollte vorsichtig den Ärmel auf. Dann hielt er den Unterarm neben den seines Freundes.

»Wie gut bin ich mit dem Schwert?« fragte er.

»Armselig. Du hast zwar etwas Talent, übst aber zu wenig.«

»Wenn ich mehr übte, könnte ich jemals gegen einen Mann wie dich bestehen? Niemals. Sieh dir deinen Arm an. Ist er nicht doppelt so dick wie meiner? Oder vielleicht nur anderthalbmal? Und ich bin kein Schwächling. Aber mein Körperbau ist anders. Deiner ist der richtige für den Kampf mit dem Schwert oder noch besser mit der Axt. Du schwingst deine Waffe, wie ein Junge einen Stock, um Disteln abzuschlagen. Das werde ich nie können. Wenn ich also jemals einem Champion wie dir gegenüberstehe… Und eines Tages wird das der Fall sein. Vielleicht wird es Muirtach sein oder noch schlimmer.«

Alle fünf nickten schweigend.

»Also muß ich die Chancen angleichen. Seht euch das an, damit…« – Shef drehte langsam die Waffe – »…kann ich zustoßen. Ich kann mit der Vorhand schlagen. Und mit der Rückhand, ohne die Waffe umzudrehen. Ich kann den Griff wechseln und mit dem unteren Ende einen Schlag führen. Ich kann Klingen abblocken, ganz gleich aus welcher Richtung sie kommen. Ich kann beide Hände benutzen und brauche keinen Schild. Und das Wichtigste ist: Ein Hieb mit dieser Waffe gleicht – selbst wenn ich sie führe – einem Schwerthieb Brands, und einen solchen überleben nur die wenigsten.«

»Aber deine Hände sind ungeschützt«, warf Brand ein.

Shef gab dem englischen Sklaven in der Schmiede ein Zeichen, und der Mann kam ängstlich herübergelaufen, in den Händen zwei weitere metallene Objekte. Shef nahm sie und reichte sie den anderen.

Es waren Panzerhandschuhe: Mit Lederfütterung und langen, vorspringenden Metallzungen, die die Unterarme halb bedeckten. Aber das eigentlich verblüffende an ihnen war die Art, wie sich das Metall bewegte. Jeder Finger war von fünf Metallscheiben geschützt, die jeweils durch winzige Nieten mit ihren Nachbarn verbunden waren. Größere Scheiben bedeckten die Fingerknöchel und die Handrücken, aber auch sie waren beweglich. Shef zog die Handschuhe an und schloß die Hände mühelos um den Schaft seiner Waffe.

»Sie sind wie die Schuppen des Drachen Fafnir«, sagte Thorvin.

»Fafnir wurde erstochen, von unten in den Bauch. Ich hoffe, daß es schwerer sein wird, mich zu ermorden.« Shef wandte sich ab. »Eine weitere Aufgabe wartet auf mich. Ich hätte das alles nicht ohne Halfi vollbringen können. Er ist ein guter Kürschner, aber langsam an den Blasebälgen.«

Er bedeutete dem Engländer, vor ihm niederzuknien, und begann, an seinem eisernen Halsband zu feilen. »Ihr werdet sagen, daß es sinnlos ist, ihm die Freiheit zu schenken, weil ihn jemand anders auf der Stelle versklaven wird. Aber ich werde ihn heute nacht weg von der Armee bringen, und sein Herr ist in York eingeschlossen. Wenn er nur einen Funken Verstand besitzt, wird er wegrennen – weit weg – und niemals wieder eingefangen werden.«

Der Engländer blickte auf, als Shef das weiche Eisen um seinen Hals aufstemmte. »Ihr seid Heiden«, stammelte der Sklave ungläubig. »Der Priester sagte, ihr kennt keine Gnade. Ihr habt dem Thane Arme und Beine abgehackt – ich sah ihn mit eigenen Augen! Wie kann es sein, daß ihr einen Mann freilaßt, wenn die Christenpriester ihn als Sklaven halten?«

Shef zog ihn auf die Beine. Er antwortete ihm auf Englisch. »Die Männer, die den Thane verkrüppelten, hätten das nicht tun dürfen. Aber ich will nichts über Christen und Heiden sagen, außer daß es überall böse Männer gibt. Ich kann dir nur einen Rat geben. Wenn du nicht weißt, wem du vertrauen sollst, dann versuch es mit einem Mann, der eines von diesen hier trägt.« Er gab den vier anderen Männern ein Zeichen, die daraufhin wortlos ihre silbernen Anhänger in die Höhe streckten: Brand und Thorvin den Hammer Thors und die beiden Heiler Hound und Ingulf den Apfel der Idun.

»Oder anderen wie ihnen. Sie mögen das Boot Njörds, den Penis Freyrs oder das Zeichen eines anderen Gottes tragen. Ich behaupte nicht, daß sie dir helfen werden. Aber sie werden dich als Menschen behandeln, nicht als Pferd oder Rind.«

»Du trägst kein Zeichen«, sagte Halfi.

»Ich weiß nicht, welches ich tragen soll.«

Um sie herum verwandelte sich die übliche Geräuschkulisse des Lagers in einen Tumult, als sich eine Nachricht verbreitete. Die Stimmen wurden lauter, Krieger riefen einander aufgeregt zu. Die Männer in der Schmiede blickten auf, als einer von Brands Männern auf sie zugerannt kam. Ein breites Grinsen zerteilte das Gewirr seines Barts.

»Es geht los!« schrie er. »Die Jarle und Ragnarssons und Schlangenauge haben aufgehört im Kreis herumzureiten, zu grübeln und sich am Hintern zu kratzen. Morgen nehmen wir die Mauer! Die Weiber und Mädchen sollen sich hüten!«

Shef starrte den Mann finster an. Seine Bemerkung belustigte ihn nicht im geringsten.

»Mein Mädchen hieß Godive«, sagte er. »Das ›Geschenk Gottes‹.« Er zog die Panzerhandschuhe an und schwang nachdenklich seine Hellebarde. »Ich nenne diese Waffe ›Thralls Rache‹ – die Vergeltung des Sklaven. Eines Tages wird sie Vergeltung für Godive üben. Und für andere Mädchen.«

KAPITEL 2

Im ersten Licht des Morgen strömten die Krieger der Armee durch die engen, von ärmlichen Behausungen gesäumten Straßen des äußeren Yorks. Die drei großen Brücken über den Ouse wurden von den Mauern der alten *Colonia* am Südufer des Flusses beherrscht, aber das hatte die erfahrenen Schiffszimmermänner der Wikinger nicht aufhalten können. Sie hatten einige Häuser und eine Kirche niedergerissen, sich der größten Balken bemächtigt und in der Nähe ihres Lagers eine breite Brücke über den Ouse errichtet. Diese hatte die Armee überquert und jetzt wogte sie wie die Flut auf die gelblichen Steinmauern im Herzen der Stadt zu. Es war keine Hektik zu verspüren, niemand schrie Befehle. Mit Ausnahme einiger als Wachen zurückgebliebener Schiffsbesatzungen drängte die gesamte Große Armee ihrem Ziel entgegen.

Während sie die Gassen durchquerten, wandten sich immer wieder Männer in kleinen Gruppen ab, um Türen einzutreten oder Fensterläden aufzubrechen. Shef verdrehte den Kopf – vom ungewohnten Gewicht des Helms eine steife und ungelenke Bewegung –, blickte Brand an und zog fragend eine Augenbraue hoch. Der lief ungerührt neben ihm und spielte mit seiner vernarbten Hand, die er gerade erst von ihrem Verband befreit hatte.

»Es gibt überall Narren«, bemerkte Brand. »Die Flüchtenden, die wir schnappten, sagten, der König hätte schon vor Tagen angeordnet, die Stadt zu räumen; die Männer in die Festung, die übrigen irgendwo in die Hügel. Aber es gibt immer Leute, die es besser wissen, die glauben, daß es nicht passieren wird.«

Der Tumult, der vor ihnen ausbrach, unterstrich seine Worte: Schreie hallten durch die Straße, eine Frau kreischte, dann folgte ein dumpfer Schlag.

Aus einer zerschmetterten Türfüllung quetschten sich grinsend vier Männer und zerrten eine schmuddelige junge Frau mit sich, die sich verzweifelt in ihrem Griff wand. Einige der übrigen Männer hielten kurz an, um anzügliche Bemerkungen zu machen.

»Das wird dich zu schwach fürs Kämpfen machen, Tosti! Du solltest dir lieber noch einen Pfannkuchen genehmigen, das macht stark.«

Einer der Männer zog dem Mädchen das Kleid wie einen Sack über den Kopf und fesselte damit ihre Arme. Ihre Schreie wurden dumpfer. Zwei weitere packten ihre nackten Beine und rissen sie brutal auseinander. Die Stimmung der Vorbeigehenden schlug um. Männer hielten an, um zuzusehen.

»Ist noch was für uns übrig, wenn du fertig bist, Skakul?«

Shefs behandschuhte Hände versteiften sich um den Schaft seiner Hellebarde. Er wandte sich der grunzenden Gruppe zu. Im selben Moment schloß sich Brands riesige Faust sanft um Shefs Bizeps.

»Laß sie, Junge. Wenn es zu einem Kampf kommt, wird sie bestimmt getötet. Das werden die Wehrlosen immer. Laß sie machen, vielleicht bringen sie das Mädchen dann hinterher nicht um. Sie haben nicht viel Zeit, die Schlacht wartet auf sie.«

Widerstrebend wandte Shef den Blick ab und ging weiter. Er versuchte, die Geräusche, die von hinten an sein Ohr drangen, nicht zu hören – und bald darauf auch die, die von anderen Seiten kamen. Die Stadt, erkannte er, glich einem Getreidefeld im Herbst. Sie schien verlassen, aber als die Männer mit den Sicheln sie durchkämmten und das Korn immer weiter abschnitten, wurden ihre Bewohner sichtbar, die in ihrer panischen Angst schließlich blind umherrannten, um vor den Stimmen und Klingen zu fliehen. Sie hätten ihre Häuser verlassen sollen, sagte er sich. Der König hätte dafür sorgen sollen. Wieso benahm sich niemand in dieser Welt vernünftig?

Sie passierten die letzten Häuser. Vor ihnen erstreckte sich ein offener, mit Matsch und Schutt übersäter Streifen, auf dem die Engländer alle Häuser niedergerissen hatten. Etwa 200 Fuß weiter ragte die alte Mauer der Römer in die Höhe. Brand und seine Mannschaft traten aus der Gasse und blickten die Mauer hinauf, auf der sich Gestalten bewegten und höhnisch herunterriefen. Dann schwirrte etwas, und ein Pfeil bohrte sich in die Lehmwand eines Hauses. Ein zweiter Pfeil folgte, und ein Wikinger verfluchte wütend den Schaft, der aus seiner Hüfte ragte. Brand zog ihn heraus und sah ihn kurz an. Dann warf er ihn über die Schulter.

»Verletzt, Arnthor?«

»Er ging nur durch das Leder. Eine Handbreit höher, und er wäre vom Kettenhemd abgeprallt.«

»Keine Durchschlagskraft«, stellte Brand fest. »Seht die Dinger gar nicht an. Aber paßt auf, daß sie nicht ins Auge gehen.«

Shef versuchte das Schwirren und die dumpfen Einschläge zu ignorieren und stapfte schwerfällig weiter. »Hast du so etwas wie hier schon einmal gemacht?« fragte er.

Brand stoppte und befahl der Mannschaft, ebenfalls Halt zu machen. Dann drehte er sich zur Hauswand und ging in die Hocke.

»Kann ich nicht behaupten. Nicht mit so vielen Männern und auf eine so große Stadt. Aber heute machen wir einfach, was man uns sagt. Die Ragnarssons behaupten, sie hätten einen Plan, und daß wir die Stadt nehmen werden, wenn nur jeder an seinem Platz ist und das Nötige tut. Also sehen wir zu und warten.«

»Und wenn irgend jemand weiß, was er tut, dann sind sie es. Weißt du, ihr Vater Ragnar versuchte die Stadt der Franken zu nehmen – es muß bald zwanzig Jahre her sein. Paris, so nennen die Franken sie. Deshalb haben die Ragnarssons seitdem eine Menge über Steinmauern und Städte nachgedacht. Auch wenn die Rattenlöcher der Iren etwas ganz anderes sind als das hier. Ich bin gespannt, wie sie es anstellen wollen.«

Shef stützte sich auf die Hellebarde und blickte sich um. Vor ihm zog sich die zinnenbewehrte Steinmauer dahin, auf der sich in lockerem Abstand die Verteidiger verschanzt hatten. Die Engländer verschwendeten nicht mehr länger Pfeile auf die Hauptmacht der Armee, die sich am Rand des freigeräumten Streifens versammelt hatte, hielten sich aber bereit, um sofort auf vorrückende Männer zu schießen. Shef war erstaunt, was für eine geringe Reichweite selbst eine hohe Steinmauer ermöglichte. Die Männer auf dem 30 Fuß hohen Wall waren unverwundbar. Gleichzeitig konnten die Bogenschützen den Männern, die sie von unten anstarrten, praktisch nichts anhaben. Auf 150 Fuß Entfernung war man in Gefahr, auf 30 so gut wie tot. Aber auf 240 Fuß konnte man bereits auf Deckung verzichten und ungestört seinen Geschäften nachgehen.

Er besah sich die Mauer genauer. Eine Achtelmeile zur Linken endete sie in einem runden, vorspringenden Turm, von dem aus die Verteidiger parallel zur Mauer schießen konnten, zumindest so weit, wie ihre Pfeile trugen. Hinter dem Turm ging der Untergrund unmittelbar in den schlammigen Ouse über, und am anderen Ufer erhob sich die hölzerne Palisade, die den an den Fluß angrenzenden Teil der *Colonia* schützte –

Marystown, wie ihn die Einheimischen nannten. Auch diese Palisade war mit Männern gesäumt, die nervös die Vorbereitungen der gleichzeitig so nahen und dennoch unerreichbaren Heiden beobachteten.

Die Armee wartete in sechs oder acht Reihen gestaffelt auf einer Viertelmeile breiten Front. Die übrigen Männer zwängten sich in die Mündungen der Straßen und Gassen; ihr dampfender Atem zeichnete sich deutlich über den Häusern ab. Aus dem stumpfen Metall, der schmuddeligen Wolle und dem abgetragenen Leder stach nur hin und wieder ein grell bemalter Schild heraus. Die Krieger wirkten ruhig und geduldig, wie Landarbeiter, die auf das Eintreffen ihres Herrn warteten.

Dann ertönten Hörner aus der Reihe der wartenden Männer, vielleicht fünfzig oder sechzig Schritte zur Rechten Shefs. Shef erkannte plötzlich, daß er sich das Tor in der Mitte der Mauer hätte genauer besehen sollen. Eine breite, in der Einöde aus Schlamm und niedergerissenen Häusern nur noch unter Schwierigkeiten auszumachende Straße lief darauf zu. Dennoch, sie war eindeutig die Hauptstraße in Richtung Osten. Das Tor selbst war neu, nicht von den Römern überkommen, aber verblüffend massiv. Die Balken waren abgelagerte Eichenstämme und ebenso hoch wie die Türme zu beiden Seiten des Eingangs. Die Scharniere des Tores waren aus dem schwersten Eisen, das englische Schmiede fertigen konnten.

Dennoch war es schwächer als der Stein. Die vier Ragnarsson-Brüder lösten sich vor dem Turm aus den Reihen der Männer. Shef erkannte den größten von ihnen, der neben seinen massigen Brüdern fast zerbrechlich wirkte. Ivar der Knochenlose. Dem Anlaß gemäß trug er einen scharlachroten Mantel und unter seinem langen Kettenhemd eine grasgrüne Hose. Helm und Schild glänzten silbern. Er stoppte und winkte seinen nächsten Gefolgsleuten zu. Ein Aufschrei antwortete ihm. Wieder ertönten die Hörner, und die Engländer auf den Mauern antworteten mit einem Pfeilhagel, der an den Männern vorbeischwirrte, dumpf in Schilde einschlug oder von Kettenhemden abprallte.

Diesmal winkte Schlangenauge und plötzlich stapften Hunderte von Männern vor, ausnahmslos ausgesuchte Gefolgsleute der Ragnarssons. Die erste Reihe trug Schilde, aber nicht die sonst üblichen runden, sondern große rechteckige, die ihren Träger vom Fußknöchel bis zum Hals schützten. Sie stürmten durch den Pfeilregen, hielten an und formten vor dem Tor ein V. Die zweite und dritte Reihe bestand aus Bogenschützen. Sie rannten ebenfalls vor, kauerten hinter den Schilden und schossen nach oben. Auf beiden Seiten starben die ersten Männer, als sich Pfeile durch ihre Kehlen oder Augen bohrten. Shef sah, wie andere sich krümmten und an Pfeilen zerrten, die sich durch die Kettenhemden ins Fleisch gegraben hatten. Die ersten Verwundeten strömten nach hinten.

Doch die Spitze der Angreifer hatte nur die Aufgabe, die Zinnen von Feinden zu säubern.

Aus der Mündung der Straße kroch jetzt der Stolz der Ragnarssons. Shef sah, wie das Monstrum aus der Masse der Männer hervorkroch, und für einen Augenblick hielt er es für einen ungeheuer großen Eber. Die Beine der Männer, die es von innen anschoben, blieben unsichtbar. Der zwanzig Fuß lange Sturmbock war auf beiden Seiten und auf dem Dach mit schweren, einander überlappenden Schilden gepanzert.

Unter den Schilden hing an Eisenketten der eigentliche Sturmbock, ein Eichenstamm. Fünfzig Männer, die man aufgrund ihrer Stärke ausgesucht hatte, schoben ihn auf acht übergroßen Wagenräder seinem Ziel entgegen. An der Vorderseite ragte die eiserne Schnauze des Sturmbocks hervor. Die Krieger zu beiden Seiten der Straße feuerten das schwerfällige Monstrum an und drängten trotz der englischen Pfeile mit ihm nach vorne. Die Ragnarssons standen links und rechts von dem Sturmbock und versuchten ihre Männer wenigstens in eine lockere Kolonne zu zwingen. Shef sah dem Wirbel der safranfarbenen Mäntel verbittert nach. Muirtach, das Schwert immer noch in der Scheide, war unter ihnen und gestikulierte fluchend.

»Das ist also der Plan«, sagte Brand, der immer noch in der Hocke war. »Der Sturmbock reißt das Tor ein und dann stürmen wir alle hinein.«

»Wird es klappen?«

»Um das herauszufinden, führen wir die Schlacht.«

Der Sturmbock war jetzt nur noch vierzig Schritte vom Tor entfernt, auf gleicher Höhe mit der ersten Reihe der Bogenschützen. Als die vordersten Männer im Sturmbock durch die horizontalen Sehschlitze ihr Ziel erblickten, beschleunigten sie zu einem Laufschritt. Zwischen den Zinnen erschienen plötzlich Männer. Die Wikinger antworteten auf der Stelle mit einem Pfeilregen. Die Engländer brachten ihre Bögen in Anschlag, und brennende Pfeile schossen von der Mauer auf den Sturmbock und bohrten sich in das Holz.

»Das wird nicht gehen«, sagte Brand. »Woanders vielleicht. Aber in England? Um das Holz anzuzünden, müßte es erst einen Tag lang in deiner Schmiede trocknen.«

Die Flammen zischten und erloschen. Dann war der Sturmbock vor dem Tor. Er beschleunigte immer noch, bis er mit einem lauten Schmettern zum Halten kam. Eine Pause folgte, als die Krieger die Zugseile fallen ließen und die Griffe des Sturmbocks ergriffen. Die Männer schwangen den an eisernen Ketten hängenden Bock zurück, und die ganze Konstruktion rutschte ein wenig nach hinten. Dann folgte ein Ruck nach vorne, angetrieben von hundert Armen und dem schweren Gewicht des Baumstamms. Das Tor erzitterte.

Shef spürte, wie die Erregung der Schlacht die Männer erfaßte. Selbst Brand war jetzt aufgesprungen, und alle Wikinger drängten nach vorne. Er selbst fand sich plötzlich zehn Schritte näher an der Mauer. Von den Zinnen herab kam keine Reaktion, kein Störfeuer.

Die ganze Aufmerksamkeit beider Seiten galt jetzt dem Tor. Das schwerfällige Gerüst des Sturmbocks rutschte erneut, als die Männer den Eichenstamm zurückzogen. Dann folgte der nächste Stoß, ein Krachen, das selbst den Lärm Tausender aufgeregter Stimmen übertönte, und wieder erzitterte das Tor. Was machten die Engländer nur? Wenn sie den Sturmbock weiter gewähren ließen, würden bald nur noch Späne von ihrem Tor übrig sein und die Große Armee hereinstürmen.

Köpfe erschienen auf den Türmen zu beiden Seiten des Tors, trotz der Pfeilschauer, die sie empfingen. Jeder von ihnen – es mußten starke Männer sein – hob einen Felsblock über den Kopf und schleuderte ihn auf den Sturmbock. Das Ziel war nicht zu verfehlen. Krachend schlugen die Felsblöcke auf die Schilde. Aber sie waren in einem schrägen Winkel befestigt. Die Felsblöcke prallten ab und rollten zur Seite.

Dann geschah etwas anderes. Shef war jetzt näher am Geschehen, unmittelbar hinter den Bogenschützen der Ragnarssons. Männer mit Bündeln eingesammelter Pfeile flitzten hinter ihm hin und her. Was war es? Taue. Sie hatten Taue in den Türmen, eine Menge von ihnen, und die Engländer, die immer noch nicht in Schußweite der Bogenschützen waren, zogen mit aller Kraft an ihnen. Quer vor Shef rannte einer der Ragnarsson-Brüder – Ubbi, wie ihm schien – und schrie die Männer an, sie sollten weiter vorrücken. Er befahl ihnen, Speere über die Zinnen zu schleudern, die dort einschlagen sollten, wo die Engländer an den Tauen zu ziehen schienen. Einige wenige Männer rannten nach vorne. Sie mußten blind werfen, und einen teuren Speer vergeudete man nicht sinnlos. Die Taue strafften sich.

Über dem Tor erschien ein rundes Objekt, eine große Walze, die langsam auf die Kante zurollte. Es war eine Säule: Eine Steinsäule der Römer, der man beide Enden abgesägt hatte. Ihrem Fall aus 30 Fuß Höhe konnten die Schilde unmöglich standhalten. Shef reichte Brand die Hellebarde und rannte laut schreiend nach vorne. Die Männer im Sturmbock konnten nicht sehen, was über ihnen geschah, aber andere konnten es. Das Problem war nur, daß niemand eine klare Vorstellung davon hatte, was zu tun war. Als Shef den Bock erreichte, drängten sich mehrere Männer um sein Ende und forderten die Mannschaft auf, die Zugseile zu ergreifen und das Gerät in Sicherheit zu ziehen. Andere riefen Muirtach und seinen Männern zu, von außen dabei mitzuhelfen. Sobald die Iren der Aufforderung nachkamen, sammelten sich die englischen Bogenschützen, und wieder ertönte das Schwirren und die Einschläge der Pfeile, diesmal aber aus tödlicher Nähe.

Shef schob einen Mann zur Seite, dann einen zweiten und duckte sich in den hinteren Eingang des Sturmbocks. Drinnen herrschte ein stinkender Nebel aus Schweiß und dampfendem Atem. Fünfzig Helden keuchten vor Anstrengung und Verwirrung, einige von ihnen waren bereits an den Zugseilen, andere standen noch an den Griffen.

»Nein«, schrie Shef, so laut er konnte. »Alle Mann zurück an die Griffe.«

Gesichter starrten ihn mit aufgerissenem Mund an, und einige Männer stemmten ihr Gewicht in die Seile.

»Ihr braucht nicht das ganze Ding zurückzuschieben, schwingt einfach den Sturmbock...«

Er spürte einen Schlag im Rücken und wurde nach vorne geschleudert. Andere Männer drängten sich an ihm vorbei, und jemand drückte ihm ein Zugseil in die Hand.

»Zieh, du nichtsnutziger *bodach*, oder ich schneide dir die Leber aus dem Leib!« schrie ihm Muirtach ins Ohr.

Shef spürte, wie die gesamte Konstruktion erzitterte; ein Rad hinter ihm begann sich zu drehen. Er warf sein ganzes Gewicht in das Seil – zwei Schritte würden genügen –, die Engländer konnten die riesige Säule nicht weit schleudern…

Plötzlich krachte es, der Boden bebte, und etwas traf Shef hart am Rücken. Sein Kopf knallte gegen den Stamm. Ein schrilles Kreischen – wie das einer Frau – erfüllte die Luft und hörte nicht mehr auf.

Shef kämpfte sich auf die Beine und sah sich um. Die Wikinger waren zu langsam gewesen. Die Säule war direkt auf die eiserne Schnauze des Sturmbocks gefallen, hatte sie in den Boden getrieben, Ketten zerbrochen und Bolzen aus den Verankerungen gerissen. Sie hatte auch die vorderen Schilde zerquetscht und war schließlich auf der Hüfte eines der Männer liegengeblieben. Er war es – ein riesiger, grauhaariger Wikinger um die Vierzig –, der so markerschütternd kreischte. Seine Kameraden wichen verängstigt und beschämt zurück und ignorierten die drei oder vier reglosen Körper, die eine reißende Kette oder splitterndes Holz niedergestreckt hatten. Wenigstens schlug mit Ausnahme des einen Verletzten keiner von ihnen Krach. Gleich würden die Männer losplappern, aber Shef wußte, daß er ihnen zumindest für den Augenblick seinen Willen aufzwingen konnte. Er wußte genau, was zu tun war.

»Muirtach. Mach diesem Gejammer ein Ende.« Das grausame, dunkelhäutige Gesicht starrte ihn ungläubig an, dann trat der Gaddgedlar vor und zog einen Dolch aus dem Gürtel.

»Die übrigen rollen den Sturmbock zurück. Nicht weit. vier Schritte, dann haltet ihr an. Und dann…« Er eilte zum Vorderteil des Bocks und begutachtete den Schaden. »Zehn Mann gehen nach draußen. Nehmt Stöcke, Speere – was immer ihr findet – und rollt diese Säule direkt an das Tor. Sie ist nicht sehr breit – wenn wir mit dem vordersten Rad ganz an sie heranfahren, können wir den Sturmbock immer noch schwingen.«

»Befestigt wieder die Ketten. Ich brauche einen Hammer, nein, zwei. Zieht den Sturmbock zurück, an seinen Platz…«

Die Zeit verflog in der Hektik. Shef war sich der Gesichter, die ihn anstarrten, bewußt, ebenso wie des silbernen Helms, der immer wieder am hinteren Zugang aufblitzte, und Muirtachs Dolchstoß, mit dem die Schmerzensschreie des verletzten Wikingers jäh abbrachen. Aber er schenkte all dem keine Beachtung. In seinen Gedanken waren die Ketten und Stangen, die Nägel und die gebrochenen Träger glühende Linien, die sich in der korrekten Position anordneten. Er hatte keinen Zweifel daran, was zu tun war.

Aufgeregtes Gebrüll drang von außen herein, als die Armee versuchte, mit behelfsmäßigen Leitern eine scheinbar unverteidigte Mauer zu erstürmen. Doch die Engländer sammelten sich und schlugen sie zurück.

Angestrengtes Ächzen und Gemurmel erfüllte das Innere des Sturmbocks. »Es ist der Schmied, der Einäugige. Tut, was er sagt.«

Schließlich waren sie fertig. Shef schob sich nach hinten durch und bedeutete den Kriegern, die Seile zu ergreifen. Dann sah er zu, wie der Sturmbock vorwärts rumpelte, bis das Vorderrad die Säule berührte. Die zertrümmerte Eisenschnauze blieb zurück; jetzt würde sich Eiche mit Eiche messen. Die Wikinger umklammerten die Griffe und warteten auf das Kommando. Dann schwangen sie alle gleichzeitig zurück und wieder vor… Und vor… Und vor… Sie begannen zu singen. Ein Lied, das sie auch beim Rudern sangen. Sie legten das ganze Gewicht ihrer Körper hinein, wuchteten den Bock instinktiv und ohne Anleitung. Shef verließ wieder den Schutz der Schilde und trat ins Tageslicht.

Um ihn herum hatte sich das schlammige Ödland endgültig in ein Schlachtfeld verwandelt. Überall lagen Leichen, verletzte Männer humpelten davon oder wurden von ihren Kameraden getragen, der Boden war übersät mit Pfeilen, die eifrige Bogenschützen aufsammelten. Besorgte Gesichter wandten sich zuerst ihm zu, dann dem Tor.

Es begann nachzugeben. Mit jedem Schlag des Sturmbocks bewegte es sich; einer der Eichenstämme war verrutscht. Die Männer im Bock tasteten sich näher heran, um härter zuschlagen zu können. In fünfzig Atemzügen, vielleicht hundert würde es endgültig nachgeben. Die Champions Northumbriens würden nach draußen stürmen, ihre Schwerter mit den goldenen Knäufen schwingen und sich mit den Champions Dänemarks, des Vik und den Abtrünnigen Irlands messen. Der Wendepunkt der Schlacht war gekommen.

Shef blickte plötzlich in das Gesicht Ivars des Knochenlosen, der ihn aus einigen Schritten Entfernung haßerfüllt und mißtrauisch aus bleichen Augen anstarrte. Dann wandte Ivar sich ab. Er wußte ebenfalls, daß die entscheidende Phase der Schlacht angebrochen war. Mit beiden Armen gab er ein vorher vereinbartes Zeichen. Zwischen den Häusern am Ouse erschien eine Gruppe von Männern. Sie trugen lange Leitern, nicht provisorisch zusammengezimmerte wie beim letzten Versuch die Mauern zu erstürmen, sondern solide gearbeitete. Die Männer waren ausgeruht und verstanden ihr Handwerk. Sobald die Besten der Engländer in den Kampf am Tor eingriffen, würde Ivar sie zum Angriff auf den Eckturm schicken.

Die Engländer sind erledigt, dachte Shef. Ihre Verteidigung bricht an zwei Stellen zusammen. Gleich stößt die Armee durch.

Wieso habe ich das getan? Wieso habe ich Ivar und der Großen Armee geholfen? Sie haben dir dein Auge genommen!

Von der anderen Seite des bedrängten Tors kam ein eigenartiges, dumpfes Schwirren, als ob die Saite einer Harfe risse, nur viel lauter. Eine gewaltige Masse schoß in den Himmel, ein Felsblock, den nicht einmal zehn Mann hätten anheben können. Das ist unmöglich, dachte Shef. Unmöglich.

Aber der Felsblock stieg immer höher, bis Shef schließlich den Kopf in den Nacken legen mußte, um ihm zu folgen. Einen Augenblick schien er bewegungslos in der Luft zu hängen.

Dann fiel er herunter.

Er schlug mitten in den Sturmbock ein und zerschmetterte die Schilde und Träger, als ob sie nur ein Spielzeughaus aus Rinde wären. Der Kopf des Sturmbocks wurde nach oben gerissen und kippte dann wie ein sterbender Fisch zur Seite. Von innen drangen heisere Schmerzensschreie.

Gleichzeitig berührten die Leitern der zweiten Welle die Mauer; die ersten Wikinger hasteten die Sprossen hinauf. Die Verteidiger stießen eine der Leitern weg, aber die übrigen standen fest. Eine Achtelmeile weiter, am anderen Ufer des Ouse, geschah etwas auf der hölzernen Palisade von Marystown: Männer beugten sich über eine Art Maschine.

Diese schleuderte keinen Felsblock. Shef sah, wie etwas in einer fast geraden Linie über den Fluß schoß, auf die Leitern zu. Einer der Krieger, der gerade die Hand auf die steinernen Zinnen legte und hinüberklettern wollte, wurde von dem Geschoß erfaßt.

Der Mann wurde so hart gegen die Mauer geschmettert, als ob ihn die Faust eines Riesen am Rücken getroffen hätte. Die Leiter zerbrach unter der Gewalt des Aufpralls. Der Mann fiel mit weit ausgestreckten Armen zu Boden, und Shef sah den riesigen Bolzen, der aus seinem Genick ragte. Der Wikinger knickte nach hinten, als ob er in zwei Teile zerbräche, und stürzte in den Haufen seiner Kameraden, die vergeblich versuchten davonzukrabbeln.

Ein Pfeil und doch kein Pfeil. Kein Mensch konnte ihn abgeschossen haben, noch konnte ein Mensch den Felsblock geworfen haben. Dennoch war es geschehen. Shef ging langsam nach vorne und musterte den Felsen, der zwischen den Überresten des Sturmbocks lag. Er ignorierte das mitleiderregende Zappeln unter ihm ebenso wie die Hilfeschreie.

Maschinen hatte diese Dinge angerichtet. Und was für Maschinen! Irgendwo in dem Fort mußte es einen Mann geben, dessen handwerkliches Geschick selbst seine kühnsten Träume übertraf. Vielleicht war es einer der schwarzen Mönche. Er mußte herausfinden, wer es war. Aber wenigstens wußte er jetzt, wieso er der Großen Armee geholfen hatte. Er konnte einfach nicht mitansehen, wie eine Maschine unsachgemäß behandelt wurde. Doch jetzt gab es auf beiden Seiten Maschinen.

Brand packte ihn und drückte ihm die Hellebarde in die Hand. Während er ihn aus der Gefahrenzone drängte, schnaubte er ihn wütend an: »... stehst einfach da wie ein Hahnrei! Jeden Moment machen sie einen Ausfall!«

Shef registrierte, daß er und Brand beinahe die letzten verbliebenen Männer auf dem Schlachtfeld waren. Die übrigen hatten sich in den kleinen Gruppen, in denen sie vorgedrungen waren, wieder zurückgezogen.

Der Angriff der Ragnarssons auf York war gescheitert.

Mit aller Vorsicht, die Zunge zwischen den Zähnen, drückte Shef die scharfe Klinge des Messers gegen den

Faden. Er riß. Das Gewicht an einem Ende des hölzernen Arms fiel nach unten, das andere schoß nach oben. Ein Kiesel flog in einem hohen Bogen durch die Schmiede.

Shef setzte sich seufzend auf. »So funktioniert es also«, sagte er zu Thorvin. »Ein kurzer Arm, ein schweres Gewicht; ein langer Arm, ein leichtes Gewicht. Das ist alles.«

»Ich bin froh, daß du endlich zufrieden bist«, entgegnete Thorvin. »Zwei Tage lang hast du mit Hölzchen und Faden herumgespielt, während ich die ganze Arbeit erledigen mußte. Vielleicht kannst du jetzt endlich wieder eine Hand entbehren.«

»Ja, das kann ich, aber das hier ist auch wichtig. Das ist das neue Wissen, nach dem der Weg streben muß.«

»Das stimmt. Aber die tägliche Arbeit muß auch getan werden.«

Thorvin war ebenso interessiert an den Experimenten wie Shef, aber nach einigen Versuchen zu helfen hatte er eingesehen, daß er der entfesselten Phantasie seines vormaligen Lehrlings nur im Weg stand. Murrend hatte er sich wieder der enormen Arbeit gewidmet, die eine Armee Schmieden verursachte.

»Aber ist es *neues* Wissen?« fragte Hound. »Ingulf vollbringt Dinge, die kein Engländer jemals vermochte. Und er lernt durch Experimente und dadurch, daß er die Toten in Stücke schneidet. Du versuchst auch durch Experimente zu lernen, aber nur das, was die schwarzen Mönche sowieso schon wissen. Und sie spielen nicht mit Modellen herum.«

Shef nickte. »Ich weiß, ich verschwende meine Zeit. Ich verstehe jetzt, wie man es anstellen kann, aber da ist noch so vieles, was ich nicht verstehe. Wenn ich hier ein echtes Gewicht hätte – wie es die Engländer verschossen haben –, was für ein Gewicht müßte ich dann auf den anderen Arm legen? Es würde viel schwerer sein, als ein Dutzend Männer heben können. Und wenn es das wäre, wie könnte ich dann den langen Arm – den, der schießt – herunterziehen? Ich bräuchte eine Art Winde. Aber wenigstens weiß ich jetzt, was für ein Geräusch ich hörte, kurz bevor der Fels über die Mauer flog. Jemand hat das Tau durchgeschnitten, um ihn zu schleudern.«

»Und etwas beunruhigt mich noch mehr. Sie schleuderten nur einen Felsen – und trafen den Sturmbock. Wenn der Schuß kein Treffer gewesen wäre, hätten wir das Tor zerstört und sie alle getötet. Sie müssen sich ihrer Sache sehr sicher gewesen sein.«

Plötzlich wischte er die Linien aus, die er in den Erdboden gezogen hatte. »Es ist eine Zeitverschwendung. Verstehst du das, Thorvin? Es muß irgendeine Fertigkeit, irgendeine Kunst geben, die einem Mann zeigt, wie es geht, damit man nicht alles immer wieder neu ausprobieren muß. Als ich zum erstenmal die Palisade um euer Lager am Stour sah, war ich verblüfft. Ich dachte, woher wissen die Anführer, wieviel Stämme sie mitbringen müssen, um eine Palisade für alle Männer zu bauen? Aber jetzt weiß ich, wie es die Ragnarssons machen. Sie ritzen für jedes Schiff eine Kerbe in einen Stock. Wenn zehn Kerben in einem Stock sind, werfen sie ihn auf einen von drei oder vier Haufen, je nachdem wieviel Mauern das Lager haben soll. Wenn sie mit allen Stöcken fertig sind, zählen sie sie. So rechnen die größten Anführer und Seemänner der Welt: Mit einem Haufen Stöckchen! Aber dort drüben in der Stadt haben sie das Wissen der Römer, die Zahlen genauso einfach wie Buchstaben schreiben konnten. Wenn ich nur wüßte, wie man römische Zahlen schreibt. Dann würde ich eine echte Maschine bauen!«

Thorvin legte die Zange beiseite und blickte nachdenklich auf den silbernen Hammer auf seiner Brust.

»Glaub nicht, daß die Römer auf alles eine Antwort

wußten«, bemerkte er. »Wenn es so gewesen wäre, würden sie jetzt noch von York aus über England herrschen. Und letzten Endes waren sie nur Christen.«

Shef sprang ungeduldig auf. »Ha! Wie erklärst du dir dann die andere Maschine? Die, die den großen Pfeil abfeuerte. Ich habe mir den Kopf darüber zermartert. Aber ich komme nicht darauf. Man kann keinen Bogen machen, der groß genug für so einen Pfeil wäre. Das Holz würde brechen. Aber was außer einem Bogen kann schießen?«

»Was du brauchst«, sagte Hound, »ist ein Flüchtling aus der Stadt oder aus Marystown. Jemand, der gesehen hat, wie die Maschinen abgeschossen wurden.«

»Vielleicht kommt einer«, sagte Thorvin.

Stille setzte ein, die nur von Thorvins Hammerschlägen und dem Zischen der Blasebälge unterbrochen wurde, die Shef wütend betätigte. Flüchtlinge waren ein Thema, das man besser nicht ansprach. Nach dem fehlgeschlagenen Angriff hatten sich die Ragnarssons wütend über das Umland Yorks hergemacht – einen wehrlosen Landstrich, denn seine Bewaffneten und Adligen, seine Thanes und Champions waren mit König Ella in der Stadt eingeschlossen. »Wenn wir die Stadt nicht nehmen können«, hatte Ivar geschrien, »dann werden wir eben den Rest verheeren.« Und das hatten sie getan. Gründlich.

»Ich habe es satt«, hatte Brand Shef nach dem letzten Durchkämmen der bereits verwüsteten Gegend gebeichtet. Die Mannschaften hatten sich abwechselnd die blutige Aufgabe geteilt. »Halte mich nicht für ein Muttersöhnchen oder einen Christen. Ich will reich werden, und es gibt nur wenig, was ich nicht für Geld tun würde. Aber bei dem, was wir tun, springt kein Geld heraus. Und, wenn du mich fragst, auch kein Spaß. Nicht bei dem, was die Ragnarssons, die Gaddgedlar und ihr übriges Gesindel anstellen. Du weißt ja, wie ein Dorf aussieht, nachdem sie damit fertig sind. Gut, sie sind nur Christen und vielleicht verdienen sie es nicht besser, wenn sie vor dem Christengott und seinen Priestern katzbuckeln.

Aber das genügt nicht. Wir fangen Hunderte von Sklaven, alle beste Qualität. Aber wo sollen wir sie verkaufen? Im Süden? Dazu müßten wir mit einer starken Flotte und einem wachsamen Auge fahren. Wir sind dort unten nicht beliebt – und ich gebe Ragnar und seiner Brut die Schuld dafür. Oder in Irland? Das ist ein langer Weg, und es dauert viele Monate, bevor man sein Geld bekommt. Und außer den Sklaven gibt es nichts zu holen. Die Kirchen haben ihr Gold und Silber vor unserem Eintreffen nach York geschickt. Und das Geld, das die Bauern und Thanes haben, ist erbärmliches Zeug. Sonderbar, nicht wahr? Jeder kann sehen, daß es ein reiches Land ist. Wo ist all ihr Silber hin? Auf diese Weise werden wir nie reich. Manchmal wünsche ich mir, ich hätte den Ragnarssons nie die Nachricht vom Tod ihres Vaters gebracht, ganz gleich, was die Priester des Weges mir auftrugen. Was habe ich schon davon gehabt?«

Aber Brand hatte die Mannschaften wieder angeführt, war in der Hoffnung auf eine Ladung Gold und Silber zum Heiligengrab in Strenshall vorgestoßen. Shef hatte ihn darum gebeten, im Lager bleiben zu dürfen. Der Anblick eines Landes, das die Ragnarssons und ihr Pack kreuz und quer heimgesucht hatten, verursachte ihm Übelkeit. Die Männer hatten sich gegenseitig dabei überboten, die Informationen über vergrabene Schätze aus Churls und Thralls herauszufoltern, die weder das eine noch das andere hatten.

Brand hatte ihm einen finsteren Blick zugeworfen und gezögert.

»Wir sind alle zusammen in der Großen Armee«, hatte er gesagt. »Was wir zusammen beschließen, müssen alle tun, auch wenn es manchen nicht gefällt. Wenn uns etwas nicht behagt, müssen wir die anderen in einer öffentlichen Versammlung von unserer Meinung überzeugen. Aber mir gefällt deine Einstellung nicht. Du glaubst, daß du manches von der Armee nehmen kannst und anderes nicht, junger Mann. Du bist jetzt ein Carl. Carls tun, was das Beste füreinander ist. Deshalb haben wir alle eine Stimme.«

»Als der Sturmbock getroffen wurde, tat ich, was das Beste war.«

Brand hatte unschlüssig gegrunzt und dann gemurmelt: »Du hattest deine eigenen Gründe.« Aber er hatte Shef mit Thorvin und einem Berg an Schmiedearbeiten in dem bewachten Lager bei York zurückgelassen, das immer auf der Hut vor einem Ausfall der eingeschlossenen Engländer war. Shef hatte auf der Stelle begonnen, mit den Modellen zu spielen, sich riesige Bögen oder Steinschleudern und Schlaghölzer vorzustellen. Jetzt hatte er wenigstens ein Problem gelöst – wenn schon nicht in der Praxis, dann zumindest in der Theorie.

Vor der Schmiede hörte man das Getrappel rennender Füße und erschöpftes Keuchen. Die drei Männer eilten gleichzeitig zu den breiten, offenstehenden Türen der Schmiede. Einige Meter vor ihnen hatte Thorvin durch Bänder miteinander verbundene Pfosten aufgestellt, von denen die Beeren der Eberesche hingen und den heiligen Ring markierten. An einem der Pfosten hing eine nach Luft schnappende, in rauhes Sackleinen gekleidete Gestalt. Der eiserne Kragen um den Hals des Mannes verriet seinen Stand. Verzweifelt irrte sein Blick von einem der drei Gesichter zum nächsten, dann leuchteten seine Augen vor Erleichterung auf, als sie den Hammer um Thorvins stämmigen Hals erblickten.

»Zuflucht«, keuchte er. »Gewährt mir Zuflucht.« Er sprach Englisch.

»Was ist ›Zuflucht‹?« fragte Thorvin.

»Schutz. Er will sich unter deinen Schutz stellen. Bei den Christen kann sich ein entlaufener Sklave in manchen Kirchen gegen die Tür werfen, dann steht er unter dem Schutz des Bischofs, bis sein Fall verhandelt wird.«

Thorvin schüttelte zögernd den Kopf. Die Verfolger kamen jetzt in Sicht – ein halbes Dutzend Männer, ihrem Aussehen nach von den Hebriden, die eifrigsten Sklavenjäger der Armee. Jetzt, da sie ihr Wild erspäht hatten, waren sie nicht mehr in Eile.

»Wir haben hier diese Sitte nicht«, sagte Thorvin.

Der Sklave heulte vor Angst auf, als er die Geste des Priesters sah und klammerte sich noch fester an den zerbrechlichen Pfosten. Shef erinnerte sich an den Augenblick, als er selbst zu Thorvins Schmiede gegangen war, ohne zu wissen, ob er in den Tod marschierte oder nicht. Aber er hatte sich einen Schmied nennen können, einen Gefährten desselben Handwerks. Dieser Mann sah aus, als ob er nur für einfachste Plackerei taugte und nichts von Wert wußte.

»Komm mit, du«, sagte der Führer der Sklavenjäger. Er schlug dem sich zusammenkrümmenden Mann aufs Ohr und versuchte, seine Finger vom Pfosten zu lösen.

»Wieviel wollt ihr für ihn?« fragte Shef einer plötzlichen Eingebung folgend. »Ich kaufe ihn euch ab.«

Gelächter antwortete ihm. »Wozu, Einauge? Willst du ihn fürs Bett? Drunten im Pferch habe ich bessere für so was.«

»Ich sagte, ich kaufe ihn. Ich habe das Geld.« Shef drehte sich um. Hinter ihm steckte die Hellebarde im Boden vor der Schmiede. Sein Beutel mit den wenigen Münzen, die ihm Brand für ihre mageren Erfolge beim Plündern ausbezahlt hatte, hing daran.

»Keine Chance. Komm zu den Pferchen, wenn du einen Sklaven willst, ich verkaufe dir jederzeit einen. Aber den hier muß ich mitnehmen, als warnendes Beispiel für den Rest. Zu viele von ihnen sind ihrem ersten

Herrn weggerannt. Wenn ich ihn nicht bestrafe, kommen sie vielleicht auf die Idee, auch ihrem neuen Herrn wegzurennen. Man muß ihnen zeigen, daß es sich nicht auszahlt.«

Der Sklave hatte einen Teil der Worte verstanden und heulte wieder auf, diesmal noch verzweifelter. Als die Männer seine Arme packten und versuchten, ihn von dem Pfosten wegzuziehen, ohne die Kette der Ebereschen zu zerreißen, schlug er wild um sich. »Die Anhänger«, schrie er. »Sie sagten, die Männer mit den Anhängern würden helfen.«

»Wir können dir nicht helfen«, entgegnete Shef auf Englisch. »Du hättest bei deinem englischen Herrn bleiben sollen.«

»Meine Herren waren die schwarzen Mönche. Ihr wißt, wie sie mit ihren Sklaven umspringen. Und mein Herr war der schlimmste von allen – Erkenbert, der Diakon, der die Maschinen macht…«

Einer der wütenden Sklavenjäger verlor die Geduld, zog einen Sandsack vom Gürtel und schlug zu. Er verrechnete sich und traf statt der Schläfe den Kiefer des Sklaven. Mit einem dumpfen Schlag brach der Kiefer des Mannes und baumelte plötzlich schief herunter. Aus den Mundwinkeln des Sklaven lief Blut.

»Er' en' ert. Er is' ein Teu'el. Ma' di' Ma'inen.«

Shef griff nach den Panzerhandschuhen und zog sie an. Er war bereit, die Hellebarde hochzureißen. Das Knäuel der kämpfenden Männer wankte einige Schritte weg von der Schmiede.

»Hört auf«, sagte er. »Der Mann ist wertvoll. Nicht mehr schlagen.« Zehn Worte, dachte er, mehr brauche ich vielleicht nicht. Dann kenne ich das Prinzip des großen Bogens.

Der Sklave, der jetzt rasend wie ein gefangenes Wiesel kämpfte, bekam einen Fuß frei und trat aus. Ein Sklavenjäger grunzte und beugte sich fluchend vor.

»Das reicht«, blaffte der Anführer der Gruppe. Als Shef vorsprang, um das Leben des Mannes zu erflehen, zog der Wikinger ein Messer aus dem Gürtel, machte einen Schritt nach vorne und rammte es dem Sklaven in den Bauch. Der Engländer krümmte sich einige Augenblicke in den Händen seiner Peiniger, dann erschlaffte er.

»Du Holzkopf!« brüllte Shef. »Du hast einen der Maschinen-Männer getötet!«

Der Sklavenjäger drehte sich um, sein Mund verzerrte sich vor Wut. Als er zu einer Entgegnung ansetzte, schlug Shef ihm die gepanzerte Faust mitten ins Gesicht. Der Wikinger flog mit ausgestreckten Armen nach hinten und kam hart auf dem Boden auf. Absolute Stille setzte ein.

Der Wikinger kämpfte sich langsam wieder auf die Beine und spuckte erst einen, dann einen zweiten Zahn in die offene Hand. Er sah seine Männer an und zuckte die Achseln. Sie ließen die Leiche des Sklaven fallen, machten auf dem Absatz kehrt und gingen gemeinsam zurück zu ihrem Teil des Lagers.

»Jetzt hast du es geschafft, Junge«, sagte Thorvin.

»Was meinst du damit?«

»Jetzt kann nur eines geschehen.«

»Und das ist?«

»Holmgang.«

KAPITEL 3

SHEF LAG AUF SEINEM STROHLAGER nahe an dem eingefaßten Feuer der Schmiede und wälzte sich unruhig im Schlaf. Thorvin hatte ihm ein schweres Abendessen aufgedrängt, eigentlich eine willkommene Abwechslung in einem Heerlager, das für seine Versorgung ganz auf Raubzüge angewiesen war und in dem die Rationen beständig schrumpften. Aber das Roggenbrot und der gebratene Ochse lagen ihm schwer im Magen. Doch seine Gedanken lasteten noch schwerer auf ihm. Thorvin und die anderen hatten ihm die Regeln des *holmgang* erklärt, die ganz und gar nichts mit dem improvisierten Duell gemein hatten, in dem er vor Monaten den Iren Flann getötet hatte. Er wußte, daß er furchtbar im Nachteil war. Aber es gab keinen Ausweg für ihn. Die ganze Armee wußte über den Vorfall mit dem Sklaven Bescheid und freute sich auf die Zerstreuung des Kampfes. Er saß in der Falle.

Und trotzdem grübelte er immer noch über die Maschinen nach. Wie wurden sie gebaut? Wie konnte man bessere bauen? Wie konnten sie eine Bresche in die Mauern Yorks schlagen? Langsam versank er in einem tieferen Schlummer.

Er war auf einer weit entfernten Ebene. Vor ihm ragten drohend riesige Mauern auf. Sie waren so hoch, daß die Mauern Yorks oder die jeder anderen Stadt, die er je gesehen hatte, neben ihnen wie das Werk von Zwergen erschienen. Hoch über ihm standen die Gestalten, die er schon zuvor in seinen Träumen gesehen hatte – seinen ›Visionen‹, wie Thorvin sie zu nennen pflegte –, die mächtigen Gestalten, deren kantige, harte Gesichter tiefsten Ernst ausdrückten. Aber diesmal zeichnete sich in ihnen auch Besorgnis, ja Bestürzung ab. Im Vordergrund bewegte sich eine weitere Gestalt auf die Mauern zu, gigantischer noch als die Götter und von so enormer Größe, daß sie bis zu den Mauern hinaufreichte, auf denen die Götter standen. Aber der Neuankömmling hatte nicht die Proportionen eines Menschen: Mit seinen Stummelbeinen, fleischigen Armen, dem gewaltigen Bauch und den Zahnlücken wirkte er wie ein riesiger Clown. Ein Hahnrei, ein entstellt geborenes Kind, das ohne Aufhebens in den Sümpfen Emneths verschwunden wäre, wenn nicht Pater Andreas sehr schnell aufkreuzte. Der Riese trieb ein immenses Pferd an. Das Tier zog einen Karren, auf dem ein Felsblock von der Größe eines Bergs türmte.

Shef erkannte, daß der Felsblock eine große Lücke in der Mauer füllen sollte. Die Mauer war nicht fertig – aber es fehlte nicht viel. Die Sonne dieser eigenartigen Welt ging unter, und irgendwie wußte er, daß etwas Furchtbares, nicht Wiedergutzumachendes geschehen würde, wenn die Mauer vor Sonnenuntergang fertiggestellt würde. Deshalb waren die Götter so bestürzt, und deshalb trieb der Riese sein Pferd – einen Hengst, wie Shef jetzt sah – mit ausgelassenen, erwartungsvollen Rufen an.

Shef hörte ein Wiehern hinter seinem Rücken. Es kam von einem zweiten Pferd, aber von gewöhnlicheren Proportionen als das, das den Karren zog. Eine Stute mit kastanienbraunem Haar, die Mähne verdeckte fast die Augen. Sie wieherte ein zweites Mal, dann wandte sie sich verschämt ab, ganz so, als ob sie um die Wirkung ihres Rufs nicht wüßte. Aber der Hengst hatte sie gehört. Er hob den Kopf und schüttelte sich im Geschirr. Sein Glied richtete sich auf.

Der Riese schrie, schlug dem Hengst auf den Kopf und versuchte, seine Augen zu bedecken. Die Nüstern des Tiers bläh-

ten sich auf, es schnaubte wütend. Wieder wieherte die Stute aufmunternd, jetzt aus nächster Nähe, und spielte kokett mit den Hufen im Sand. Der Hengst bäumte sich auf, trat mit mächtigen Hufen nach dem Riesen und dem Pferdegeschirr. Der Karren kippte um und der Stein stürzte zu Boden. Der Riese sprang wutenbrannt auf und ab. Dann war der Hengst frei und stürzte mit erigiertem Glied in Richtung der Stute. Aber sie neckte ihn und tänzelte auffordernd. Forderte ihn auf, ihr zu folgen. Die beiden Pferde drehten sich im Kreis, dann schossen sie plötzlich im vollen Galopp davon; der Hengst schien die Stute einzuholen, aber beide verschwanden nach kurzer Zeit aus Shefs Sicht. Hinter ihnen tanzte der wütende Riese in merkwürdigen Verrenkungen. Die Sonne ging unter. Eine der Gestalten auf der Mauer trat mit grimmigem Ausdruck nach vorne und zog Panzerhandschuhe über.

Eine Buße muß bezahlt werden, dachte Shef.

Wieder war er auf einer Ebene vor einer befestigten Stadt. Die Stadtmauer war mächtig; sie reckte sich noch höher in den Himmel als die Yorks, schien aber von Menschen errichtet. Tausende winziger Gestalten wogten zu beiden Seiten. Vor der Mauer mühten sich Menschen ab, ein riesiges Standbild anzuschieben – keinen Eber wie der Sturmbock der Ragnarssons, sondern ein gewaltiges Pferd. Ein hölzernes Pferd. Wozu soll ein hölzernes Pferd taugen? fragte sich Shef. Damit konnte man sicherlich keine Verteidiger täuschen.

Und das gelang auch nicht. Pfeile und Steine flogen von der Mauer auf das Pferd und die Männer, die sich an seinen mächtigen Rädern abmühten. Die Geschosse prallten vom hölzernen Leib ab und scheuchten die Männer auseinander, aber das entmutigte keinen der vielen Krieger, die heraneilten, um die Plätze der Gefallenen einzunehmen. Das Pferd erreichte die Mauer; es überragte sie. Shef wußte, daß er den Höhepunkt von etwas beobachtete, das sich viele Jahre hingezogen und Tausenden das Leben gekostet hatte. Und noch die vieler weiterer kosten würde. Irgend etwas sagte ihm, daß dieses Geschehen Männer für viele Generationen faszinieren würde –

und daß nur wenige es jemals verstehen würden und es statt dessen vorzogen, ihre eigenen Geschichten zu erfinden.

Plötzlich hörte Shef eine bekannte Stimme in seinen Gedanken. Es war dieselbe Stimme, die ihn in der Nacht vor der Schlacht am Stour gewarnt hatte. Und das in demselben Tonfall interessierter Belustigung.

»Jetzt paß auf«, sagte sie. »Paß gut auf.«

Das Maul des Pferdes öffnete sich. Die Zunge glitt heraus und legte sich auf die Mauer. Aus dem Maul…

Thorvin schüttelte ihn, zerrte unbarmherzig an seiner Schulter. Shef setzte sich auf. In Gedanken tastete er immer noch nach der Bedeutung seines Traums.

»Es ist Zeit aufzustehen«, sagte Thorvin. »Vor dir liegt ein harter Tag. Ich hoffe nur, du wirst auch sein Ende erleben.«

Diakon Erkenbert saß in seinem Turmzimmer hoch über dem großen Saal der Klosterkirche und zog den Leuchter näher heran. Drei Kerzen steckten auf ihm, alle aus bestem Bienenwachs, nicht aus stinkendem Talg, und spendeten klares Licht. Er warf einen zufriedenen Blick auf den Leuchter und hob die Gänsefeder aus dem Tintenfaß. Er hatte eine mühselige und schwierige Aufgabe zu bewältigen, und ihr Ergebnis mochte traurig sein.

Vor ihm lag ein unordentlicher Haufen Pergamentstücke, die man beschrieben, die Buchstaben durchgestrichen, und wieder beschrieben hatte. Jetzt nahm er den Federkiel und ein neues Stück. Darauf schrieb er:

De parochia quae dicitur	*Schirlam*	*desunt nummi*	*XLVIII*
″ ″ ″ ″	*Fulford*	*″ ″*	*XXXVI*
″ ″ ″ ″	*Haddinatunus*	*″ ″*	*LIX*

Die Liste wurde immer länger. Schließlich war sie fertig, und er zog eine Linie unter den Einträgen der unbezahlten Pachtsummen der Klosterkirche. Dann holte er tief Luft und begann die den Verstand verdrehende Plackerei des Zusammenzählens. *»Octo et sex«*, murmelte er vor sich hin, *»quattuordecim. Et novo, sunt ... viginta tres. Et septem.«* Um sich seine Aufgabe zu erleichtern, zog er auf einem alten Pergament kurze Linien und strich sie jeweils durch, sobald er zehn erreicht hatte. Außerdem begann er, als sein Finger die Liste hinunterkroch, ein kleines Zeichen zwischen die *XL* und die *VII*, sowie die *L* und die *IX* zu setzen, als Erinnerung daran, welche Teile er addieren und welche er ignorieren sollte. Schließlich hatte er seine erste Berechnung beendet, schrieb mit fester Hand *CDXLIX* auf das Pergament und machte sich an die Zahlen, die er bisher ausgelassen hatte. *»Quaranta et triginta sunt septuaginta. Et quinquaginta. Centum et viginta.«* Der Novize, der einige Minuten später in aller Schicklichkeit den Kopf durch die halbgeöffnete Tür streckte, um zu sehen, ob der Diakon irgendeinen Wunsch hatte, kehrte ehrfürchtig zu seinen Gefährten zurück.

»Er sagt Zahlen auf, von denen ich noch nie gehört habe«, berichtete er.

»Er ist ein erstaunlicher Mann«, sagte einer der schwarzen Mönche. »Möge Gott geben, daß es kein Unheil heraufbeschwört, solche schwarzen Künste zu erlernen.«

»Duo milia quattuor centa nonaginta«, verkündete Erkenbert und schrieb die Zahl nieder: *MMCDXC*. Die beiden Zahlen standen nebeneinander: *MMCDXC* und *CDXLIX*. Nach einigen Minuten geistiger Verrenkungen hatte er das Ergebnis: *MMCMXXXIX*. Und jetzt begann die eigentliche Strapaze. Das war die Summe der Pachtausfälle für ein Vierteljahr. Was würde das für ein ganzes Jahr ergeben, wenn Gott beschloß, sie so lange mit seiner heidnischen Plage, den Wikingern, zu bestrafen? Selbst viele der *Arithmetici* hätten den einfacheren

Weg eingeschlagen und dieselbe Summe viermal addiert. Aber Erkenbert war auf solche Ausflüchte nicht angewiesen. Gewissenhaft machte er sich an die komplizierte Prozedur für die schwierigste aller teuflischen Fertigkeiten: Die Multiplikation mit römischen Zahlen.

Als er damit fertig war, starrte er ungläubig auf das Ergebnis. Niemals zuvor war er einer solchen Summe begegnet. Langsam und mit zitternden Fingern löschte er die Kerzen. Jetzt, da der Tag langsam anbrach, würde er sie nicht mehr benötigen. Gleich nach der Morgenliturgie mußte er den Erzbischof aufsuchen.

Die Summe war zu groß. Diese Verluste konnten sie nicht verkraften.

Weit entfernt von York, hundertfünfzig Meilen weiter im Süden, fiel dasselbe Dämmerlicht auf die Augen einer Frau, die sich tief in das Nest aus einer Matratze und Wolldecken schmiegte, um der Kälte zu entgehen. Sie reckte sich und drehte sich zur Seite. Ihre Hand berührte den warmen, nackten Oberschenkel des Mannes neben ihr. Die Finger zuckten zurück, als ob sie die Schuppen einer riesigen Viper berührt hätten.

Er ist mein Halbbruder, sagte sie sich zum tausendsten Mal. Der Sohn meines eigenen Vaters. Wir begehen eine Todsünde. Aber wie kann ich es ihnen sagen? Ich konnte es nicht einmal dem Priester sagen, der uns getraut hat. Alfgar sagte ihm, wir hätten auf der Flucht vor den Wikingern eine Sünde des Fleisches begangen und beteten jetzt um Gottes Vergebung und seinen Segen für unsere Verbindung. Sie halten ihn für einen Heiligen. Und die Könige, die Könige von Mercien und Wessex, lauschen allem, was er über die Bedrohung durch die Wikinger zu sagen hat, was sie seinem Vater antaten, und wie er im Wikingerlager kämpfte, um mich zu befreien. Sie halten ihn für einen Helden. Sie sagen, daß sie ihn zum Alderman machen und ihm eine eigene Grafschaft geben wollen. Und dann wollen sie seinen armen, gemarterten Vater aus York heimholen, wo er immer noch den Heiden trotzt.

Aber was geschieht, wenn uns unser Vater zusammen sieht? Wenn nur Shef noch lebte…

Als Godive seinen Namen dachte, rollten ihr Tränen aus den geschlossenen Lidern auf das Kissen.

Shef marschierte die matschige Straße zwischen den Buden hinunter, die die Wikinger gebaut hatten, um sich vor dem Winter zu schützen. Seine Hellebarde ruhte auf der Schulter, und er trug die Panzerhandschuhe, aber sein Helm war in der Schmiede zurückgeblieben. Kettenhemden und Helme durften beim *holmgang* nicht getragen werden, hatte man ihm erklärt. Bei dem Duell ging es um die Ehre, bloße Zweckmäßigkeiten wie das eigene Überleben oder der Tod des Gegners waren daher nebensächlich.

An einem *holmgang* waren vier Männer beteiligt. Die beiden Duellanten hieben abwechselnd aufeinander ein. Aber jeder der Kämpfer wurde von seinem Sekundanten, dem Schildträger, geschützt, der einen Schild für ihn hielt und die Schläge abwehrte. Das Leben des Duellanten hing von der Geschicklichkeit seines Sekundanten ab.

Shef hatte keinen Sekundanten. Brand und seine Schiffsmannschaften waren nicht im Lager. Thorvin hatte wütend an seinem Bart gezerrt und den Hammer immer wieder frustriert in den Boden gerammt, aber als Priester des Weges blieb ihm die Teilnahme verwehrt. Versuchte er es trotzdem, würden die Schiedsrichter ihn zurückweisen. Dasselbe galt für Hounds Herren Ingulf. Die einzige Person, die er bitten konnte, war Hound, und Shef wußte, daß der Gehilfe des Heilers ihm sicher assistieren würde. Aber als Hound ihm seine Hilfe anbot, lehnte Shef auf der Stelle ab. Ganz abgesehen von allen übrigen Erwägungen war Shef sich dessen gewiß, daß Hound im kritischen Moment, wenn ein Schwert auf ihn zuraste, gerade einen Reiher oder Lurch im Sumpf bemerken würde, was ihnen beide das Leben kosten würde.

»Ich werde es allein durchfechten«, hatte er den Priestern des Weges mitgeteilt, die zu seiner Überraschung aus allen Winkeln des Lagers zusammengeströmt waren.

»Dafür haben wir nicht bei Schlangenauge um dein Leben gefleht und dich vor der Rache Ivars gerettet«, versetzte Farman scharf – Farman, der Priester Freyrs, der für seine Wanderschaften in anderen Welten berühmt war.

»Kennt ihr denn mein Schicksal so genau?« hatte Shef entgegnet, und die Priester waren verstummt.

Aber es war nicht das Duell an sich, daß ihn beunruhigte, als er zum Austragungsort des *holmgang* stapfte. Ihn quälte die Frage, ob die Schiedsrichter ihn überhaupt allein kämpfen lassen würden. Wenn nicht, dann würde er zum zweitenmal in seinem Leben auf Gnade und Ungnade der kollektiven Entscheidung der Armee, dem *vapna takr*, ausgeliefert sein. Beim Gedanken an das Geschrei und das Waffengeklirr, das mit einem Beschluß einherging, zog sich sein Magen zu einem schmerzhaften Klumpen zusammen.

Er durchquerte das Tor der Palisade und hielt auf die arg mitgenommene Wiese zu, auf der sich die Armee versammelt hatte. Bei seinem Anblick erhob sich ein unterdrücktes Stimmengewirr, und die Zuschauermenge teilte sich, um ihn durchzulassen. In ihrer Mitte befand sich ein Ring aus Weidenruten, der knapp zehn Fuß durchmaß. »Das *holmgang* sollte immer nur auf einer Insel in einem Fluß ausgefochten werden«, hatte ihm Thorvin gesagt, »aber wo es keinen passenden Werder gibt, markiert man statt dessen einen symbolischen. Im *holmgang* darf es keinen Platz zum Manövrieren geben: Die beiden Duellanten schlagen aufeinander ein, bis einer von ihnen tot ist. Oder bis einer nicht mehr kann oder sich freikauft oder seine Waffen wegwirft oder den markierten Bereich verläßt. Bei den letzten beiden Möglichkeiten unterwirft man sich der Gnade des Gegners, der den Tod oder die Verstümmelung verlangen kann. Wenn der Kämpfer Feigheit zeigte, ordnen die Schiedsrichter fast immer eines von beiden oder sogar beides an.«

Shefs Gegner stand bereits bei den Weiden: Magnus, der Sklavenjäger von den Hebriden, dem er die Zähne ausgeschlagen hatte. In der ungeschützten Hand hielt er ein Breitschwert. Die Schlangen-Verzierungen auf der polierten Klinge schienen sich im Morgenlicht zu winden. Neben Magnus stand sein Sekundant: ein hochgewachsener, mit Narben gezeichneter, kräftiger Mann mittleren Alters. Er hielt einen übergroßen Schild aus bemaltem Holz, mit eiserner Umrandung und Buckel. Shef musterte seine Gegner kurz, dann zwang er sich, nach den Schiedsrichtern umzublicken.

Sein Herz setzte aus, als er in einer kleinen Gruppe von vier Männern die unverkennbare Gestalt des Knochenlosen entdeckte. Ivar trug wie immer Scharlachrot und Grün, hatte aber den silbernen Helm abgesetzt; die blassen wimpernlosen Augen mit den unsichtbaren Brauen starrten direkt in die seinen. Aber diesmal drückten sie nicht Mißtrauen aus, sondern Selbstsicherheit und Belustigung, die sich in Verachtung verwandelten, als sie registrierten, wie Shef bei seinem Anblick zusammenzuckte und vergeblich versuchte, seine Angst mit gespielter Teilnahmslosigkeit zu kaschieren.

Ivar reckte sich gähnend und wandte sich ab. »Ich kann über diesen Fall hier nicht richten«, sagte er. »Dieser Hinterhofgockel und ich haben eine andere Rechnung offen. Ich will nicht, daß er behaupten kann, ich hätte die Lage ausgenutzt, unfair über ihn zu urteilen. Ich überlasse seinen Tod Magnus.«

Zustimmendes Gepolter kam von denen, die am nächsten standen, dann folgte Gemurmel, als sich die Nachricht herumsprach. Alles in der Armee, wurde Shef erneut bewußt, unterlag öffentlicher Zustimmung. Es kam immer darauf an, die öffentliche Meinung auf seiner Seite zu haben.

Nach Ivars Rückzug blieben drei Männer, allesamt offenkundig erfahrene Krieger und gut bewaffnet, als Schiedsrichter. An ihren Hälsen, Gürteln und Armen glitzerte Silber zur Unterstreichung ihres Status. Den mittleren der Männer erkannte Shef als Halfdan Ragnarsson, den ältesten der Brüder: Ein Mann, der für seine Grausamkeit bekannt war, und dafür, zu kämpfen, auch wenn es nicht nötig war – weder so weise wie sein Bruder Sigurth, noch so furchtbar wie sein Bruder Ivar, aber kein Mann, der einem Feigling Gnade angedeihen ließ.

»Wo ist dein Sekundant?« fragte Halfdan mit gerunzelter Stirn.

»Ich brauche keinen«, antwortete Shef.

»Du mußt einen haben. Du kannst ohne Schild oder Schildträger kein *holmgang* kämpfen. Wenn du ohne antrittst, lieferst du dich praktisch der Gnade deines Gegners aus. Magnus, was willst du mit ihm tun?«

»Ich brauche keinen Sekundanten!« schrie Shef. Er machte einen Schritt nach vorne und rammte das untere Ende seiner Hellebarde senkrecht in den Boden. »Ich habe einen Schild.« Er hob den linken Unterarm, an den er einen kleinen rechteckigen Schild aus Eisen geschnallt hatte. Lederriemen um Handgelenk und Ellbogen hielten ihn am Platz. »Ich bin Engländer und nicht Däne!«

Das Publikum antwortete mit einem Knurren – einem Knurren, in dem ein belustigter Unterton mitschwang. Die Armee liebte dramatische Schauspiele, das wußte Shef. Wenn er ihnen etwas gab, auf das sie wetten konnten, würden sie vielleicht die Regeln großzügiger auslegen. Sie würden einen Mann selbst dann unterstützen, wenn er unrecht hatte, sollte er nur genug Schneid zeigen.

»Wir können diesen Vorschlag nicht annehmen«, sagte Halfdan zu den beiden anderen Schiedsrichtern. »Was sagt ihr?«

Plötzlich entstand Unruhe in den hinteren Reihen, jemand zwängte sich durch die dichtgedrängten Männer und baute sich neben Shef auf. Eine weitere riesige, mit Silber behangene Gestalt. Magnus und sein Schildträger standen mit gerunzelter Stirn einige Meter abseits. Ein Schock durchfuhr Shef, als er den Mann erkannte: Es war sein Vater Sigvarth. Sigvarth blickte seinen Sohn an, dann wandte er sich an die Richter. Er breitete die fleischigen Arme in einer kalkuliert versöhnlichen Geste aus.

»Ich wünsche, als der Schildträger dieses Mannes zu dienen.«

»Hat er dich darum gebeten?«

»Nein.«

»Was kümmert dich dann diese Angelegenheit?«

»Ich bin sein Vater.«

Wieder knurrte das Publikum, diesmal erregter. Das Leben im Winterlager war kalt und langweilig. Das hier war bei weitem die beste Unterhaltung, die den Wikingern seit dem gescheiterten Sturm auf York geboten wurde. Wie Kinder waren die Männer der Armee darauf bedacht, daß das Spektakel nicht zu früh endete. Sie rückten näher heran, um besser zu hören, was gesagt wurde, und flüsterten die Worte den Männern in den hinteren Reihen zu. Ihre Anwesenheit beeinflußte die Schiedsrichter: Sie mußten korrekt urteilen, durften aber auch die Stimmung der Menge nicht außer acht lassen.

Als die drei Richter sich flüsternd miteinander berieten, wandte sich Sigvarth schnell an Shef. Er trat an ihn heran, beugte sich eine Handbreit herunter, um den Kopf auf derselben Höhe wie sein Sohn zu haben, und sagte flehend:

»Du hast mich schon einmal zurückgewiesen, als du in der Klemme gesteckt hast. Ich muß zugeben, das erforderte Mut. Aber sieh nur, welchen Preis du dafür gezahlt hast. Ein Auge. Tu es nicht noch einmal. Es tut mir leid, was mit deiner Mutter passierte. Wenn ich gewußt hätte, daß sie einen Sohn wie dich gebärt, hätte ich es nicht getan. Viele haben mir erzählt, was du beim Angriff mit dem Sturmbock gemacht hast – die ganze Armee weiß es. Ich bin stolz auf dich.

Also laß mich jetzt diesen Schild für dich halten. Ich mache das nicht zum erstenmal. Ich bin besser als Magnus und auch als sein Kumpel Kolbein. Mit mir als Schildträger kann dir nichts passieren. Und du hast diesem Narren von den Hebriden schon einmal das Licht ausgeblasen. Tu es noch mal! Zusammen erledigen wir die beiden.«

Seine Finger schlossen sich fest um die Schulter seines Sohns. Seine Augen leuchteten vor Erregung, einer Mischung aus Stolz, Scham und noch etwas – dem Hunger nach Ruhm, erkannte Shef. Niemand konnte zwanzig Jahre lang Jarl sein, der Anführer von Kriegern, ohne den unbändigen Drang zu haben, ganz vorne zu stehen, im Mittelpunkt der Aufmerksamkeit, und dem Schicksal mit nackter Gewalt den eigenen Willen aufzuzwingen. Shef war plötzlich ruhig und gefaßt. Er schaffte es sogar, darüber nachzudenken, wie er seinen Vater zurückweisen könnte, ohne daß dieser das Gesicht verlor. Er wußte jetzt, daß seine schlimmste Befürchtung nicht eintreten würde. Die Schiedsrichter würden ihn alleine kämpfen lassen. Jede andere Entscheidung hätte eine zu große Enttäuschung für die wartende Armee bedeutet.

Shef löste sich aus dem Griff seines Vaters.

»Ich danke Jarl Sigvarth für das Angebot, mein Schildträger zu sein. Aber zwischen uns steht vergossenes Blut – und er weiß, wessen. Ich glaube aber dennoch, daß er mir treu dienen würde, und seine Hilfe würde einem jungen Mann wie mir viel bedeuten. Aber nähme ich sein Angebot an, zeigte ich kein *drengskapr*.«

Shef benutzte das Wort für Mannhaftigkeit und Ehre – das Wort, das anzeigte, daß man über solchen Lappalien stand und sich nicht um den eigenen Vorteil kümmerte. Das Wort war eine Herausforderung. Wenn ein Mann für sich in Anspruch nahm, *drengskapr* zu zeigen, blieb seinem Gegner keine Wahl, als es ihm gleichzutun.

»Ich sage noch einmal: Ich habe einen Schild, und ich habe eine Waffe. Wenn das weniger ist, als ich haben sollte, gereicht das Magnus nur zum Vorteil. Aber ich sage, es ist mehr. Wenn ich mich irre, wird es der Kampf zeigen.«

Halfdan Ragnarsson blickte die beiden anderen Schiedsrichter an, sah ihr zustimmendes Nicken und schloß sich ihrer Entscheidung an. Die beiden Sklavenjäger begaben sich sofort in den Weidenring und stellen sich nebeneinander auf: Sie wußten, daß jedes Zögern oder Diskutieren ihrem Ansehen geschadet hätte. Shef betrat ebenfalls den Kreis, verfolgte, wie die beiden Junior-Schiedsrichter links und rechts ihre Positionen bezogen, während Halfdan in der Mitte die Regeln des Duells wiederholte. Aus dem Augenwinkel heraus sah er, daß Sigvarth sich immer noch in der ersten Reihe befand. An seiner Seite stand jetzt der junge Mann mit den hervorstehenden Zähnen, den er bereits zuvor gesehen hatte. Hjörvarth Jarlsson, stellte er ungerührt fest. Sein Halbbruder. Direkt hinter dem Paar stand eine Gruppe von Männern mit Thorvin in ihrem Zentrum. Obwohl er versuchte, Halfdans Ausführungen zu folgen, entging ihm nicht, daß jeder der Männer um Thorvin deutlich sichtbar einen silbernen Anhänger trug. Der Priester des Weges hatte, wenn er schon nicht selbst in den Kampf eingreifen konnte, wenigstens für Unterstützung unter den Zuschauern gesorgt.

»... Kombattanten müssen abwechselnd die Waffe führen. Wer zweimal schlägt, verliert den *holmgang*, auch wenn er den Gegner überrumpelt, und unterwirft sich dem Urteil der Schiedsrichter. Und das wird hart ausfallen! Fangen wir an. Magnus, als der Geschädigte, soll den ersten Schlag führen.«

Halfdan trat zurück und beäugte die beiden Duellanten argwöhnisch. Er hatte das Schwert gezogen, um jeden regelwidrigen Hieb abzuwehren. Shef fand sich in völliger Stille wieder, Auge in Auge mit dem Gegner.

Er schwang die Hellebarde nach vorn und richtete die Spitze auf Magnus' Gesicht; seine linke Hand umklammerte den Schaft unmittelbar unterhalb der schweren Spitze. Seine rechte Hand ruhte auf der Hüfte, bereit, den Schaft zu ergreifen und in jede Richtung zu parieren. Magnus runzelte die Stirn. Ihm ging auf, daß er sich jetzt für eine Seite entscheiden und die Richtung signalisieren mußte. Er machte einen Schritt nach vorn und dann nach rechts, bis an die Linie, die Halfdan in den Schlamm gezogen hatte, um die beiden Kombattanten auseinanderzuhalten. Sein Schwert sauste auf Shefs Kopf herunter, der denkbar einfachste Schlag. Er will das hier hinter sich bringen, dachte Shef. Der Hieb war gnadenlos und schnell wie ein Blitz. Shef riß den linken Arm hoch, um ihn mit dem Buckel seines eisernen Schilds abzufangen.

Ein Klirren, dann prallte die Klinge ab. Der Hieb hinterließ eine undeutliche Linie und eine Beule, die sich über den ganzen Schild erstreckte. Als Schmied wollte sich Shef gar nicht ausmalen, wie die Schneide von Magnus Schwert jetzt aussah.

Magnus machte einen Schritt zurück, und Kolbein trat mit dem Schild vor, um ihn zu schützen. Shef hob die Hellebarde beidhändig über die rechte Schulter, ging an die Linie und stach mit der Spitze direkt auf Magnus' Herz, ohne dem erhobenen Schild die geringste Beachtung zu schenken. Die dreieckige Lanzenspitze zerteilte das Lindenholz wie Käse, aber gleichzeitig riß Kolbein den Schild nach oben, so daß das Metall an Magnus' Wange vorbeischoß. Shef zog an der Hellebarde, drehte sie, und riß sie dann ganz zurück. Holz zersplitterte mit lautem Krachen, und die Waffe kam frei. In dem fröhlichen Blau des Schilds klaffte jetzt ein Loch, und Kolbein und Magnus warfen einander beunruhigte Blicke zu.

Magnus trat vor. Er hatte jetzt erkannt, daß er nicht auf Shefs Schildseite schlagen durfte. Er schwang das Schwert jetzt mit der Rückhand, zielte aber wieder auf den Kopf, immer noch in dem Glauben, daß ein Mann ohne Schwert und echten Schild im Nachteil sein mußte. Ohne den Griff zu wechseln, schwang Shef den Kopf der Hellebarde zur Seite und fing das Schwert nicht mit der Axtklinge, sondern dem eisernen Stachel ab.

Das Schwert flog aus Magnus' Hand und landete weit in Shefs Teil des Rings. Aller Augen flogen zu den Schiedsrichtern. Shef machte einen Schritt zurück, dann noch einen und starrte angestrengt in den Himmel. Aufgeregtes Stimmengewirr machte sich breit, als das Publikum verstand, was geschah, gefolgt von einem tiefen, zustimmenden Brummen – einem Brummen, das nicht abebben wollte, als die Zuschauer die Vielseitigkeit von Shefs Waffe und die Probleme seiner Gegner zu ahnen begannen. Mit versteinertem Gesicht nahm Magnus das Schwert wieder an sich, zögerte, grüßte dann kurz mit der Klinge und kehrte in seine Hälfte des Rings zurück.

Diesmal schwang Shef seine Klinge über die linke Schulter und führte sie wie ein Holzfäller, der einen Baum umlegen wollte. Seine linke Hand rutschte in der Bewegung den Schaft hinunter, und er legte seine ganze Kraft und das gesamte Gewicht von sieben Fuß Metall hinter die wenige Zentimeter lange Klinge. Kolbein reagierte schnell und entschlossen, um seinen Gefährten zu retten, und es gelang ihm, den Schild weit über Kopfhöhe hochzureißen. Die Axtklinge schnitt durch die eiserne Schildkante und dann – nur unwesentlich abgelenkt – durch einen halben Meter Lindenholz und grub sich schließlich tief in den schlammigen Untergrund. Shef zog die Hellebarde aus dem Boden und wartete auf den nächsten Schlag des Gegners.

Kolbein warf einen Blick auf die Hälfte des Schilds, die noch an seinem Arm hing, und flüsterte Magnus etwas zu. Ungerührt trat Halfdan Ragnarsson vor, hob das abgebrochene Holzstück auf und warf es zur Seite.

»Schilde dürfen nur mit Zustimmung beider Seiten ersetzt werden«, verkündete er. »Weiter.«

Als Magnus jetzt vortrat, flackerte Verzweiflung in seinen Augen. Ohne Vorwarnung führte er einen hinterhältigen Streich in Kniehöhe. Ein Schwertkämpfer wäre darüber weggesprungen, oder hätte es zumindest versucht – der Streich war eine Handbreit über der Höhe, die ein Mann üblicherweise überspringen konnte. Shefs rechte Hand zuckte nach unten, und er stoppte den Streich mit dem metallverstärkten Schaft seiner Waffe. Noch während Magnus versuchte, sich hinter den Schild seines Kameraden zurückzuziehen, sprang er vor und stieß die Hellebarde von unten nach oben, mit dem Stachel vorne. Mit einem dumpfen Schlag fegte er die Reste des Schilds beiseite. Und nicht nur den: Kolbein starrte ungläubig auf den fußlangen Stachel, der neben seiner Elle durch den Unterarm gefahren war.

Mit versteinertem Gesicht packte Shef den Schaft der Hellebarde unmittelbar vor der Klinge und riß die Waffe zurück. Kolbein stolperte nach vorne und übertrat mit einem Fuß die Linie. Dann fing er sich ab und richtete sich auf; das Gesicht totenbleich vor Schock und Schmerz. Ein Aufschrei brandete durch die Menge, als sein Fuß Shefs Hälfte des Kreises berührte, dann setzte lautes Stimmengewirr ein.

»Es ist vorbei, er ist über die Markierung getreten!«

»Er hat auf den Schildträger gezielt!«

»Nein, auf den Gegner. Wenn der Schildträger dazwischengeht...«

»Der Schmied hat das erste Blut fließen lassen, die Wetten sind entschieden!«

»Aufhören! Jetzt!« rief Thorvin, aber eine zweite Stimme übertönte ihn. Es war Sigvarth: »Sollen sie es ausfechten! Sie sind Krieger, nicht Mädchen, die über jeden Kratzer plärren!«

Shef warf einen Blick zur Seite. Halfdan bedeutete den Kombattanten feierlich, aber sichtlich fasziniert, weiterzumachen.

Kolbein zitterte und hantierte an den Riemen seines nutzlosen Schilds. Er konnte ihn offensichtlich nicht mehr länger halten. Magnus war jetzt ebenfalls aschfahl. Jeder einzelne der Hiebe der Hellebarde hätte ihn beinahe getötet. Jetzt hatte er keinen Schutz mehr. Dennoch gab es keinen Ausweg, keine Chance auf eine Flucht oder Kapitulation.

Seine Lippen waren weiße Striche, als er mit dem Mut der Verzweiflung an die Linie trat, das Schwert hob und senkrecht nach unten schwang. Es war ein Hieb, dem jeder bewegliche Mann ausweichen konnte, aber in einem *holmgang* mußte man stillhalten. Zum erstenmal in dem Duell verdrehte Shef die linke Hand und parierte mit der Axtklinge der Hellebarde. Die Axt traf das herabschwingende Breitschwert in der Mitte der Klinge und schlug es zur Seite. Magnus verlor das Gleichgewicht. Als er es zurückerlangt hatte, besah er sich seine Waffe. Das Schwert war zwar nicht abgebrochen, aber halb durchgeschnitten und verbogen.

»Schwerter dürfen nur mit Zustimmung beider Seiten ersetzt werden«, sagte Halfdan ruhig.

Magnus' Gesicht schien in sich zusammenzusinken. Er versuchte, sich zusammenzureißen, um dem sicheren Todesstoß aufrecht ins Auge zu sehen. Kolbein schlurfte etwas nach vorne und versuchte mit dem unversehrten Arm den Schildarm in Position zu bringen.

Shef besah sich die Klinge der Hellebarde und strich mit dem Daumen über die Kerbe, die er der Waffe gerade zugefügt hatte. Etwas sorgfältige Arbeit mit der Feile sollte genügen, sinnierte er. Die Waffe hieß ›Thralls Rache‹. Er kämpfte, weil der Mann dort drüben einen Thrall ermordet hatte. Jetzt war der Moment der Rache gekommen, für diesen Thrall und zweifellos für viele andere.

Aber er hatte Magnus nicht niedergeschlagen, weil er einen Sklaven ermordet hatte, sondern weil er selbst, Shef, den Sklaven gewollt hatte. Weil er mehr über die Maschinen hatte erfahren wollen, die der Sklave bedient hatte. Aber Magnus Tod brachte dieses Wissen nicht zurück. Außerdem hatte er jetzt bereits mehr durch eigenes Nachdenken herausgefunden.

In der vollständigen Stille trat Shef zurück. Er rammte die Hellebarde mit der Spitze in den Boden, schnallte den Schild ab und schleuderte ihn in den Schlamm. Dann wandte er sich an Halfdan und rief mit lauter Stimme, damit ihn die ganze Armee hörte:

»Ich gebe diesen *holmgang* auf und bitte die Schiedsrichter um ihre Entscheidung. Ich bereue, daß ich Magnus Ragnaldsson in meiner Wut angriff und ihm zwei Zähne ausschlug. Wenn er mich von dem *holmgang* entläßt, werde ich ihm Entschädigung für seine Verletzung und die seines Kameraden Kolbein anbieten und für die Zukunft um seine Freundschaft und Unterstützung bitten.«

Enttäuschtes Stöhnen mischte sich mit zustimmenden Rufen. Dann setzte lautes Schreien und Bewegung in der Menge ein, als die Vertreter der verschiedenen Meinungen ihren Ansichten handgreiflich Nachdruck verliehen. Halfdan und die übrigen Schiedsrichter berieten eng aneinandergedrängt, und nach einigen Augenblicken riefen sie die beiden Sklavenjäger zu sich. Dann kamen sie zu einem Entschluß. Langsam verebbte der Tumult, als die Menge darauf wartete, ihre Entscheidung zu hören, um darüber abzustimmen. Shef hatte keine Angst, keine Erinnerung an den letzten Spruch eines Ragnarsson lastete auf ihm. Er wußte, daß er die Stimmung der Menge richtig eingeschätzt hatte, und daß keiner der Schiedsrichter es wagen würde, dagegen anzugehen.

»Es ist das Urteil aller drei Schiedsrichter, daß dieses *Holmgang* gut und fair gekämpft wurde. Keine der Seiten hat ihren Ruf geschädigt. Und du, Shef...« Er mühte sich mit dem englischen Namen ab, konnte ihn aber nicht korrekt aussprechen. »...*Skjef*, Sohn des Sigvarth, hattest das Recht, dich unserem Urteil zu unterwerfen, als du an der Reihe warst.« Halfdan blickte sich um und wiederholte den Satz. »Als du an der Reihe warst. Und da Magnus Ragnaldsson ebenfalls bereit ist, unser Urteil anzunehmen, erklären wir hiermit dieses Duell ohne Strafe für eine der beiden Seiten für beendet.«

Magnus trat vor. »Und ich erkläre, daß ich bereit bin Skjef Sigvarthssons Angebot einer Entschädigung für meine Verletzungen und die Kolbein Kolbrandssons zu akzeptieren und setze sie auf eine halbe Mark Silber für jeden von uns fest...« – Pfiffe und höhnisches Johlen kommentierten den niedrigen Tarif der sprichwörtlich habgierigen Inselbewohner – »...unter einer Bedingung: Daß Skjef Sigvarthsson für uns beide in seiner Schmiede Waffen ähnlich der seinen herstellt, zum Preis von jeweils einer halben Mark Silber. Und damit gewähren wir ihm unsere volle Freundschaft und Unterstützung.«

Magnus drückte Shef grinsend die Hand, gefolgt von Kolbein. Hound war ebenfalls im Ring und ergriff Kolbeins blutenden und bereits geschwollenen Arm. Der dreckstarrende Ärmel des Wikingers entlockte ihm ein fassungsloses Kopfschütteln. Sigvarth war ebenfalls dort, sprang ein paar Schritte hinter den Duellanten aufgeregt hin und her und versuchte etwas zu sagen. Eine eisige Stimme schnitt durch das Geplapper.

»Nun, ihr habt alle in irgend etwas eingewilligt. Wenn ihr nur kämpfen wolltet, bis der erste Tropfen Blut fließt, hättet ihr das hinter den Latrinen erledigen können, anstatt die Zeit der ganzen Armee zu verschwenden.«

»Aber sag mir eins, mein kleiner Hahn auf dem Misthaufen…« Die Stimme des Knochenlosen traf jetzt auf Schweigen, als er mit glasigen Augen nach vorne stolzierte. »Was glaubst du? Wie kannst du meine Freundschaft und Unterstützung gewinnen? Denn zwischen uns steht ebenfalls vergossenes Blut. Was kannst du mir im Ausgleich dafür anbieten?«

Shef drehte sich um und antwortete mit fester Stimme. Er ließ absichtlich einen herausfordernden und verachtenden Unterton einfließen. Die ganze Armee sollte wissen, daß Ivar herausgefordert wurde.

»Ich kann dir etwas geben, Ivar Ragnarsson, etwas, das ich dir bereits zu geben versuchte und das du alleine nicht erlangen kannst. Nein, ich meine damit nicht Weiberröcke…« Ivar taumelte zurück, ohne daß seine Augen von Shefs Gesicht abließen. Shef wußte, daß Ivar ihm das niemals verzeihen, ihm niemals vergessen würde, bis einer von ihnen beiden tot war.

»Nein. Gib mir fünfhundert Mann, und ich gebe dir etwas, das du mit uns allen teilen kannst. Ich werde dir Maschinen geben, die stärker sind als die der Christen. Waffen, die besser sind, als die, die ich gerade benutzte. Und wenn ich all das habe, gebe ich dir noch etwas.

Ich gebe dir York!«

Er schloß mit einem Aufschrei, und die Armee schrie mit ihm und klirrte zustimmend mit den Waffen.

»Gut geprahlt«, entgegnete Ivar und starrte wütend Sigvarth, Magnus und Kolbein, sowie Thorvin und die Gruppe der Anhänger des Weges an, die sich unterstützend um Shef gesammelt hatten. »Aber den Jungen erwartet ein trauriges Schicksal, wenn er seine Worte nicht wahr macht.«

KAPITEL 4

IM ENGLISCHEN WINTER, dachte Shef, kann man kaum sagen, wann die Morgendämmerung anbricht. Die Wolken reichten bis auf den Boden, Regen- und Graupelschauer fegten über das Land – die unsichtbare Sonne mußte erst Schicht um Schicht überwinden, bevor ihr Licht durchdrang. Aber Shef brauchte das Licht für seine eigenen Männer, und er brauchte es, um die Engländer zu sehen. Bis er es hatte, blieb ihnen nichts anderes übrig als zu warten.

Er bewegte seinen protestierenden Körper unter der schweißgetränkten Wolle, in die sich sein Mantel verwandelt hatte, und dem steifgekochten Leder, das immer noch die einzige Rüstung darstellte, derer er bisher hatte habhaft werden können. Jetzt, nach stundenlanger keuchender, heimlicher Arbeit war der Schweiß eiskalt. Er hatte nur noch den Wunsch, die gesamte Kleidung abzustreifen und sich auf einem Mantel trocken zu reiben. Und er wußte, daß es den Männern in der Dunkelheit hinter ihm nicht besser ergehen würde.

Aber jeder von ihnen mußte jetzt nur an eines denken, an die Pflicht, die er auszuführen hatte. Shef hatte sie den Männern mühselig und immer wieder von neuem eingedrillt. Nur er selbst hatte eine Vorstellung von all den Dingen, die geschehen mußten, von all den Teilen, die zusammenzupassen hatten. Nur er konnte die Hunderte von Dingen sehen, die schief gehen konnten. Shef fürchtete sich nicht vor Tod oder Verstümmelung, vor Schmerz oder Schande – den üblichen Schrekken des Schlachtfelds. Die vertrieb die Erregung des Kampfes. Er hatte Angst vor dem Unvorhergesehenen, dem Unerwarteten, einer gebrochenen Speiche, rutschigem Laub und den unbekannten Maschinen der Engländer.

In den Augen eines erfahrenen Jarls der Piraten hatte Shef alles falsch gemacht. Seine Männer waren zwar in Formation, aber sie froren, waren müde und steif und verstanden nicht, was vor sich ging.

Aber dies würde eine neue Art von Schlacht sein. Der Sieg in dem kommenden Gefecht hing nicht davon ab, was die Männer fühlten oder wie gut sie kämpften. Wenn jeder tat, was von ihm erwartet wurde, mußte nichts gut gemacht werden. Es genügte, wenn es überhaupt getan wurde. Diese Schlacht würde dem Pflügen eines Feldes gleichen, oder dem Herausreißen von Baumstümpfen. Bar jeder Tapferkeit und heroischen Einsatzes.

Shef glaubte einen Funken zu sehen. Ja. Dann folgten weitere Funken, ein brennender Strauch und weitere Flammen in größerer Entfernung, alle an verschiedenen Stellen. Jetzt konnte er die Umrisse von Gebäuden erkennen. Rauch stieg von ihnen auf und wurde vom Wind erfaßt. Die Flammen erhellten die lange Mauer mit dem Stadttor, das der Sturmbock der Ragnarssons vor zwei Wochen vergeblich zu durchbrechen versucht hatte. Überall vor der Ostmauer steckten Männer die Häuser in Brand. Lange Rauchfahnen wogten, Wikinger mit Leitern stürmten vor – ein Überraschungsangriff. Pfeile surrten durch die Luft, Kriegshörner schmetterten, und neue Männer drängten nach vorne, als sich die erste Welle zurückzog. Der Krach, die Flammen und die Wellen der Krieger waren harmlos. Bald würden die Anführer der Engländer bemerken, daß es nur ein Scheinangriff war und ihre Aufmerksamkeit woanders hin richten. Aber Shef erinnerte sich zu gut an die hoffnungslose Schwerfälligkeit und Kopflosigkeit des Aufgebots von Emneth. Bei den Engländern machte es keinen großen Unterschied, was die Anführer dachten. Shef hoffte, die Schlacht bereits gewonnen zu haben, bevor es den englischen Thanes gelang, ihre Männer zu überzeugen, nicht dem Augenschein zu trauen.

Kriegshörner auf der Brustwehr schlugen Alarm, und auf der Mauer vor ihnen zeichneten sich die ersten Anzeichen von Aktivität ab. Sein Augenblick war gekommen.

Shef wandte sich nach rechts und schritt die lange Linie der Häuser an der Nordmauer ab; die Hellebarde baumelte locker an seiner Hüfte. Vierhundert Doppelschritte waren abzuzählen. Nach vierzig Doppelschritten sah er den mächtigen, rechteckigen Umriß der ersten Kriegsmaschine. Die Mannschaft drängte sich in der Mündung der Gasse, in die sie die Maschine unter immensen Mühen geschoben hatte. Er nickte ihnen zu und tippte mit dem Schaft der Hellebarde den vordersten der Männer an – Egil, den Häuptling aus Skane. Egil nickte ernst und stapfte auf der Stelle. Flüsternd zählte er jedesmal, wenn sein linker Fuß den Boden berührte.

Der schwerste Teil von Shefs Aufgabe war gewesen, den Männern das Abzählen beizubringen. Es war unkriegerisch. *Drengir* benahmen sich nicht so. Ihre Männer könnten sie auslachen. Und außerdem – wie konnte ein Mann so weit zählen? Fünf weiße Kieselsteine hatte Shef Egil gegeben, einen für je hundert Berührungen und einen schwarzen für die letzten sechzig. Nachdem sein linker Fuß fünfhundertsechzimal den Boden berührt hatte, würde Egil losmarschieren – wenn er sich nicht verzählte und seine Männer ihn nicht auslachten. Zu jenem Zeitpunkt würde Shef bereits die ganze Linie abgeschritten und seinen eigenen Posten in der Mitte bezogen haben. Er glaubte nicht, daß Egils Männer lachen würden. Die zehn Wikinger, die er zum Abzählen ausgesucht hatte, waren alle berühmte Krieger. Sie bestimmten, was würdevoll war und was nicht.

Das ist die Aufgabe eines Anführers in dieser neuen Art von Schlacht, dachte Shef, als er weiterging. Er sucht Männer aus, genauso wie ein Zimmermann die Balken für ein Haus auswählt. Er zählte bis achtzig, erblickte die zweite Kriegsmaschine, tippte Skuli den Kahlen an, wartete, bis er seine Kiesel nahm und zu zählen begann, und ging weiter. Und wie ein Zimmermann mußte der neue Typ von Anführer die Teile seines Plans zu einem Ganzen zusammenfügen.

Das alles muß auch einfacher zu bewerkstelligen sein, sagte er sich, als er die dritte und vierte Maschine passierte. Den Römern mit ihrer Zahlenkunst wäre das hier nicht schwergefallen, aber er kannte keine Esse, die heiß genug gewesen wäre, damit er sich ihre Fähigkeiten hätte schmieden können.

Die nächsten drei Maschinen wurden von Brands Mannschaften bedient. Danach kamen die Männer von den Hebriden, ein halbes Dutzend Krieger, ihre neuen Hellebarden in den Händen.

Shefs Verwunderung über die Freiwilligen war immer noch nicht verflogen. Nach dem *holmgang* hatte er Sigurth Schlangenauge um fünfhundert Mann gebeten. Letztendlich hatte er beinahe zweitausend gebraucht, den kleineren Teil von ihnen als Mannschaften für die Maschinen und für Ablenkungsangriffe, die Mehrzahl für die Arbeitstrupps, die Bäume fällten und zusägten, die riesigen Nägel schmiedeten oder die gewaltigen Geräte den schlammigen Hang hinaufschafften. Aber diese Männer gehörten nicht zu Sigurth, Ivar oder einem der übrigen Ragnarssons, die nach einigen Tagen auf Distanz zu Shefs Vorhaben gegangen waren. Die Freiwilligen waren von den kleinen Mannschaften gekommen, die keinem der großen Anführer Gefolgschaft schuldeten, den Randgruppen der Armee. Viele von ihnen trugen Anhänger des Weges auf der Brust.

Shef behagte nicht, daß Thorvins und Brands Überzeugungen über ihn sich nach und nach unter den einfachen Kriegern verbreiteten. Die Leute fingen an, Geschichten über ihn zu erzählen.

Doch wenn alles gutging, würden sie bald eine neue Geschichte bekommen.

Bei 412 gelangte er zur letzten Maschine. Er wirbelte herum und machte sich im Laufschritt auf den Rückweg. Das Abzählen war vorüber. Das Tageslicht gewann zusehends an Kraft, und das Waffengeklirr an der Ostmauer hatte seinen Höhepunkt erreicht. Immer noch stieg Rauch in die düstere Luft.

Unvermittelt schossen die Worte eines Verses aus seiner Kindheit durch seine Gedanken:

An der Furt bei der hölzernen Brücke,
liegen die alten Könige, Kiele unter ihnen...

Nein, das stimmte nicht! Es mußte heißen »*Der Staub stieg in den Himmel, der Tau fiel zur Erde, und die Nacht schritt voran*« – das war der Vers... Aber was hatte es mit diesem anderen Reim auf sich?

Er hielt an und stürzte, als ob ein Krampf durch seinen Schenkel geschossen wäre. Etwas Schreckliches ging in seinem Kopf vor. Und das genau in dem Moment, in dem er keine Sekunde zu verlieren hatte! Mühselig kämpfte er sich hoch. Brand kam auf ihn zu; in seinem Gesicht spiegelte sich Besorgnis.

»Ich habe mich verzählt.«

»Macht nichts. Wir können jetzt vierzig Doppelschritte weit sehen. Wir setzen uns in Bewegung, sobald Gumi es tut. Da ist noch etwas...« Brand beugte sich vor und murmelte in Shefs Ohr: »Gerade kam ein Mann von der Nachhut. Er sagt, die Ragnarssons wären nicht hinter uns. Sie folgen uns nicht.«

»Dann ziehen wir den Angriff alleine durch. Aber ich sage dir nur eins: Egal, ob es die Ragnarssons sind oder sonst jemand – wer nicht kämpft, bekommt auch keinen Anteil!«

Gleich darauf war Shef bei seiner Maschine, roch den vertrauten Geruch von frisch gesägtem Holz. Er duckte sich unter der Verkleidung durch, hängte die Axtklinge seiner Hellebarde an einen Nagel, den er in der vorigen Nacht eigenhändig eingeschlagen hatte, und ging an seinen Platz an der hintersten Stange. Er drückte mit dem ganzen Gewicht dagegen, und quietschend schob sich die Maschine über den ebenen Grund der Mauer entgegen.

Den englischen Wachen schien es, als ob sich die Häuser bewegten. Aber nicht die ihnen vertrauten kleinen, flachen Lehmhäuser des äußeren Yorks. Es schien ihnen eher, als ob die Hallen von Thanes und Kirchtürme aus dem Nebel auf sie zukröchen. Wochenlang hatten sie von den Mauern über die Häuser- und Baumwipfel gestarrt. Jetzt krochen plötzlich Gebilde auf sie zu, die mit ihnen auf einer Höhe waren. Waren es Sturmböcke? Getarnte Leitern? Die Tarnung für irgendein anderes Teufelswerk? Einhundert Bögen spannten sich und entließen ihre Pfeile. Es war zwecklos. Jeder konnte sehen, daß diesen Konstruktionen mit Geschossen herkömmlicher Bögen nicht beizukommen war.

Aber sie besaßen auch andere Waffen. Mit einem wütenden Knurren schleuderte der Thane des Nordtors den bleichen Gefolgsmann irgendeines unbedeutenden Adligen zurück auf seinen Posten hinter den Zinnen, packte einen seiner Sklaven-Meldegänger und blaffte:

»Renn zum Ostturm! Sag den Maschinenmännern dort, sie sollen schießen. Du da! Du rennst zum Westturm und richtest dasselbe aus. Und du! Renn zum Platz und sag den Männern an der Steinschleuder, daß

Maschinen auf die Nordmauer zukommen! Sag ihnen *Maschinen*! Kein Zweifel möglich! Was immer hier vorgeht, es ist kein Scheinangriff. Und jetzt weg mit euch!«

Als die Meldegänger verschwanden, richtete er seine Aufmerksamkeit auf die eigenen Männer. Die Reserven kletterten die Leitern hinauf zu ihren Posten, während die Männer auf der Mauer wild gestikulierend auf die näherkommenden Maschinen deuteten und schrien.

»Wo habt ihr nur euren Kopf?« brüllte er. »Seht nach unten, um Gottes willen! Was immer diese Dinger sind, sie können nicht bis an die Mauer. Und wenn sie noch näher kommen, zerstören die Maschinen der Priester sie!«

Wenn die Festung immer noch den Soldaten der Römer gehört hätte, hatte Shef erkannt, wäre am Fuß der Mauer ein tiefer Graben gewesen, den jeder Angreifer zuerst hätte überwinden müssen, bevor an irgendeine Art der Erstürmung der Wälle überhaupt nur zu denken gewesen wäre. Aber die sorglosen Bewohner Yorks hatten jahrhundertelang ihre Abfälle in den Graben gekippt, der sich dadurch in einen rasenbewachsenen, fast zwei Meter hohen und ebenso breiten Damm verwandelt hatte. Ein Mann, der seine Spitze erklomm, befand sich nur noch vier Meter unter den an zahlreichen Stellen ausgebesserten Zinnen. Den Verteidigern war der Wall als ungefährlich erschienen. Und in der Tat bildete er ein zusätzliches Hindernis für den Feind, ohne daß es die Engländer wußten.

Als der Belagerungsturm fast an der Mauer heran war, brüllten die vordersten Männer auf, und die Wikinger beschleunigten in einen Laufschritt. Die Maschine rollte nach vorne, traf auf den ansteigenden Wall und kam zitternd zum Stehen. Sofort verließen einige der Wikinger ihre Posten hinter dem Belagerungsturm und rannten vor. Die Hälfte von ihnen hielt schwere rechteckige Schilde hoch, um den Pfeilregen abzulenken. Die übrigen trugen Spitzhacken und Schaufeln. Wortlos begannen sie vor den Vorderrädern eine Spur freizulegen. Wie Dachse buddelten sie die Erde beiseite.

Shef drängte sich zwischen den schwitzenden Männern an den Stangen hindurch nach vorne und warf einen Blick durch die Ritzen der dünnen Planken an der Front der Maschine. Das Gewicht war ihr größtes Problem gewesen. Im Grunde genommen war der Turm nicht mehr als ein rechteckiges Gerüst, drei Meter breit, vier Meter lang und zehn Meter hoch, mit sechs Wagenrädern. Der schwerfällige Belagerungsturm schwankte bei jeder Bewegung, obwohl der untere Teil beider Flanken aus den schwersten Balken der Häuser und Kirchen Northumbriens gezimmert worden war. Diese sollten selbst den englischen Bolzenschleudern trotzen. Aber sie hatten irgendwo Gewicht einsparen müssen, und Shef hatte sich für die Vorderseite entschieden. Das Holz dort hatte nur die Dicke eines Schilds. Während er hinausspähte, schlugen Pfeile in die Planken; die Spitzen drangen durch das Holz. Nur wenige Handbreit vor ihm schaufelten die Erdarbeiter wie rasend, um den Rädern den zusätzlichen halben Meter ebenen Bodens zu verschaffen.

Dann war es soweit. Shef wollte sich umdrehen, um den Männern den Befehl zum weiterschieben zu geben, als er plötzlich Schreie und lautes Krachen hörte. Er wirbelte herum; sein Herz machte einen Satz. Ein Bolzen? Einer der riesigen Felsbrocken? Nein, es war nicht so schlimm. Irgendein stämmiger Engländer hatte einen Stein heruntergeschleudert; er mußte mindestens einen halben Zentner gewogen haben. Der Stein hatte die Schilde durchschlagen, dann war er vor die Front der Maschine gekracht und hatte einige Planken zersplittert. Das war egal. Aber es war auch ein Mann zu

Boden gegangen – Eystein, das verdrehte Bein unter dem linken Rad, starrte aus weit aufgerissenen Augen auf die Maschine, die sich über ihm auftürmte.

»Halt!« Die Männer hielten plötzlich inne. Der letzte Stoß, der den Belagerungsturm direkt über Eysteins zertrümmertes Bein geführt hätte, blieb aus.

»Trag ihn da weg, Stubbi. In Ordnung. Räumtrupp in Deckung. Und stemmt, was ihr könnt, Männer. Gut – wir sind da! Brand, leg Steine hinter die Räder, damit der Turm nicht zurückrollt. Runter mit den Leitern. Bogenschützen auf die oberste Plattform. Der Sturmtrupp folgt mir.«

Ein Leiternpaar führte die schwer bewaffneten und gerüsteten Männer vier Meter höher. Sie schnappten keuchend nach Luft vor Anstrengung, aber die Erregung der Schlacht trieb sie weiter. Sie erklommen die nächsten Leitern, wieder vier Meter höher. Jemand reichte Shef die Hellebarde, die er in der Hektik vergessen hatte. Er nahm sie und beobachtete die Männer, die sich auf die oberste Plattform zwängten. Waren sie auf gleicher Höhe mit der Mauer?

Ja! Er konnte die Zinnen sehen, sie waren in Kniehöhe. Ein Engländer legte mit dem Bogen an. Der Pfeil schoß durch eine Lücke zwischen den Planken und surrte hindurch, bis sich der Schaft verhakte und abbrach, die Spitze nur eine Handbreit vor Shefs verbliebenem Auge. Er warf den hölzernen Stock beiseite. Die Männer warteten auf das Zeichen.

Shef legte die rasiermesserscharfe Schneide der Hellebarde gegen das Tau und durchtrennte es.

Sofort fiel die Zugbrücke nach vorne, zuerst langsam, dann sauste sie dank der an der Vorderseite befestigten Sandsäcke wie ein riesiger Hammer nach unten. Ein dumpfer Schlag folgte. Als die Säcke platzten, versperrte eine Sandwolke die Sicht, dann hörte Shef das Schwirren der Sehnen direkt über seinem Kopf, als die Bogenschützen damit begannen, die Zinnen von Engländern zu säubern.

Mit einem Grunzen warf Brand seinen hünenhaften Körper auf die Zugbrücke und stürzte mit erhobener Axt weiter. Als Shef ihm folgen wollte, schloß sich von hinten ein Paar kräftiger Arme um ihn. Er drehte den Kopf und starrte Ulf, den Schiffskoch, an, einen der stärksten Männer der drei Schiffsmannschaften Brands.

»Brand sagte, du nicht. Beim ersten Mal darfst du nicht in Gefahr geraten.«

Die Männer strömten an ihm vorbei, zuerst der Sturmtrupp, dann die übrige Mannschaft der Maschine, eine lange Schlange von Kriegern, die sich dicht an dicht die Leitern hinauf und über die Zugbrücke wälzten. Dann folgten die Männer, die den Wall vor der Mauer abgetragen hatten. Shef wand sich in Ulfs Griff, seine Füße baumelten in der Luft. Das Klirren der Waffen und das Geschrei der Schlacht erfüllten die Luft.

Als die ersten unbekannten Gesichter aus anderen Mannschaften die Leitern hinaufkamen, ließ Ulf ihn los. Shef war mit einem Sprung auf der Zugbrücke, und sah endlich, ob sein Plan aufging.

Im fahlen Licht des Morgen krochen die Belagerungstürme über die offene Fläche auf die Mauer zu. Einer von ihnen war steckengeblieben, und wirkte wie das verendete Exemplar einer riesigen unbekannten Tierart. Die Maschine mußte ein Rad verloren haben, oder vielleicht war die Achse an einer unebenen Stelle – möglicherweise einer alten Jauchegrube – gebrochen. Der Belagerungsturm rechts von ihm, den die Krieger von den Hebriden bemannten, schien die Mauer unversehrt erreicht zu haben. Die Zugbrücke ruhte immer noch auf den Zinnen, und gerade, als Shef hinsah, rannte eine weitere Gruppe Krieger über sie hinweg. Der Belagerungsturm daneben hatte weniger Glück gehabt. Die Männer hatten das Tau zu früh durchschnitten und die Zugbrücke war einige Zentimeter vor der Mauer ausgeklappt. Jetzt hing sie baumelnd da, wie die riesige Zunge eines augenlosen Gesichts. Unter ihr, am Fuß der Mauer, lagen reglose Männer in Kettenhemden.

Shef trat von der Zugbrücke, um die nächste Welle der Krieger vorbeizulassen, dann begann er zu zählen. Drei der Türme hatten es nicht bis an die Stadtmauer geschafft, zwei weitere waren zwar dort angekommen, aber ihren Besatzungen war es nicht gelungen, Fuß auf der Mauer zu fassen. Das bedeutete, sie hatten bestenfalls fünf Breschen geschlagen. Das sollte genügen. Aber wir hätten viel mehr Männer verloren, wenn die Türme langsamer gewesen wären, dachte Shef. Oder wenn sie nicht alle gleichzeitig angekommen wären.

Es mußte eine Regel für einen solchen Angriff geben. Wie konnte man sie in Worte fassen? In Nordisch vielleicht ›*Höggva ekhi hyggiask*‹ – nicht nachdenken, zuschlagen. Ein stahlharter Schlag anstatt vieler kleiner Nadelstiche. Brand würde die Regel gefallen, wenn er sie ihm nach der Schlacht am Lagerfeuer erklären würde.

Er blickte auf und sah am Himmel, was er seit Wochen in seinen Träumen, seinen Alpträumen gesehen hatte: Ein riesiger Felsblock stieg mit übernatürlicher Leichtigkeit auf, höher, als der Verstand ihm je zubilligen würde, und erreichte den Scheitelpunkt seiner Flugbahn. Dann fiel er herunter. Nicht auf ihn, nein, auf den Turm.

Shef duckte sich erschrocken – nicht aus Angst um die eigene Haut, sondern wegen des entsetzlichen Krachens, das unweigerlich folgen würde. Das Reißen und Splittern, mit dem all die Balken, Räder und Achsen, über denen er geschwitzt hatte, bersten würden. Der Wikinger auf der Zugbrücke folgte seinem Beispiel und riß gleichzeitig seinen nutzlosen Schild hoch.

Ein dumpfer Aufschlag, lose Erde spritzte auf. Ungläubig starrte Shef auf den Felsblock, der sich zwei Schritte rechts von dem Belagerungsturm in den Boden gebohrt hatte. Es schien, als ob er seit Anbeginn der Schöpfung dort gelegen hatte. Die Engländer hatten den Turm verfehlt. Um ein paar Handbreit. Er hatte das nicht für möglich gehalten.

Dann wurde der Mann vor ihm, eine stämmige Gestalt mit Kettenhemd, zur Seite geschleudert.

Blut spritzte durch die Luft, ein Klimpern wie die tiefste Note der Harfe eines Riesen ertönte. Der Bolzen war zu schnell, als daß das Auge ihm hätte folgen können, und durchschlug den Körper des Mannes.

Sie setzten nicht nur das Katapult ein, sondern auch die Bolzenschleuder. Shef trat an die Mauerkante und blickte die Leiche an, die ausgestreckt am Fuß des Walls lag. Gut, die Maschinen griffen jetzt ein – aber eine von ihnen hatte daneben geschossen, und sie kamen ohnehin zu spät. Trotzdem, sie mußten sich ihrer bemächtigen.

»Macht schon, steht nicht wie Jungfrauen da, die zum erstenmal den Bullen gesehen haben!« Shef gestikulierte wütend in Richtung der Männer, die sich auf der obersten Plattform des Turms zusammendrängten. »Sie brauchen eine Stunde, um ihre Maschinen für den nächsten Schuß aufzuziehen. Folgt mir jetzt, und wir sorgen dafür, daß sie dazu keine Gelegenheit kriegen.«

Er wirbelte herum und rannte den Laufgang hinter den Zinnen entlang. Im Schlepptau Ulf, der ihm wie ein riesiges Kindermädchen folgte.

Sie fanden Brand unmittelbar hinter dem geöffneten Stadttor auf einem kleinen Platz, gesäumt mit den üblichen Überresten einer Schlacht: gespaltene Schilde, verbogene Waffen, Leichen und – auf sonderbare Weise fehl am Platz – ein kaputter Schuh, den sein Träger verloren hatte. Brands Atem ging stoßweise. Er saugte kräftig an einem Kratzer auf seinem nackten Arm oberhalb seiner Panzerhandschuhe, war aber ansonsten unverletzt. Immer noch drängten Männer durch das Tor. Die Schiffskapitäne nahmen sie in Empfang und leiteten sie dem Plan gemäß weiter, auf den man sich im Vorfeld geeinigt hatte. Über dem Geschehen lag eine Atmosphäre wilder Hektik. Brand rief zwei ranghöhere Krieger herbei, die gerade durch das Tor gekommen waren, und gab ihnen einige knappe Anweisungen.

»Sumarrfugl, nimm dir sechs Mann und seht euch die Leichen hier an. Durchsucht die Engländer und häuft alles, was ihr findet, dort drüben bei dem Haus auf. Kettenhemden, Waffen, Ketten, Schmuck, Säckel. Vergeßt nicht, unter den Achseln nachzusehen. Thorstein, du nimmst dir auch sechs Mann und machst das gleiche auf der Mauer. Paßt auf, daß ihr nicht abgeschnitten werdet, und geht keine unnötigen Risiken ein. Bringt alles mit, was ihr findet, und werft es auf Sumarrfugls Haufen. Wenn ihr damit fertig seid, könnt ihr nach euren eigenen Toten und Verwundeten sehen. Und jetzt – du da, Thorvin!«

Der Priester Thors erschien gerade mit einem schwer beladenen Packpferd im Tor.

»Du hast deine Ausrüstung dabei? Ich will, daß du hier bleibst, bis wir die Klosterkirche eingenommen haben. Sobald ich einen Trupp zu dir schicke, kommst du. Dann kannst du deine Schmiede aufbauen und dich ans Einschmelzen der Beute machen.«

»Die Beute!« Brands Augen glitzerten vor Entzücken. »Ich kann meinen Hof in Halogaland schon riechen. Grundbesitz! Eine eigene Grafschaft! Also los, gehen wir!«

Shef wirbelte herum und packte Brands Ellbogen.

»Brand, ich brauche zwanzig Mann.«

»Wofür?«

»Um uns die Bolzenschleuder auf dem Eckturm zu sichern, und danach die Felsschleuder.«

Der Champion wandte sich um, immer ein Auge auf das chaotische Geschehen um ihn herum gerichtet. Seine riesigen, gepanzerten Finger schlossen sich um Shefs Schulter und drückten ihn sanft.

»Mein junger Irrer. Meine Rotznase. Du hast heute Großes vollbracht. Aber vergiß nie – Männer kämpfen um des Geldes willen!« Er benutzte das nordische Wort *fe,* das jede Art von Besitz zusammenfaßte, Geld und Metall ebenso wie Handelsgüter und Vieh. »Also laß die Maschinen für heute gut sein. Wir werden alle reich!«

»Aber wenn wir die…«

Shef fühlte, wie sich Brands Finger wie ein Schraubstock um sein Schlüsselbein zusammenzogen.

»Du hast gehört, was ich gesagt habe. Vergiß nicht, du bist ein Carl der Armee, wie wir alle. Wir kämpfen zusammen und teilen die Beute zusammen auf. Und – bei Thor! – wir werden zusammen plündern. Und jetzt zurück an deinen Platz mit dir!«

Einige Augenblicke später trampelten fünfhundert Männer in einer engen Kolonne in die Mündung einer der Straßen der Innenstadt, die zur Klosterkirche führte. Shef starrte Brand hinterher, wog die Hellebarde in der Hand und warf den kleinen Gruppen von Kriegern, die zurückblieben, einen sehnsüchtigen Blick zu.

»Komm mit«, drängte Ulf. »Mach dir keine Sorgen, Brand hat genug Männer zurückgelassen, um die Beute zu bewachen. Jeder weiß, daß er denselben Anteil bekommt. Die Wachen sind nur da, um versprengte Engländer zu vertreiben.«

Die vorrückende Kolonne hatte fast auf Laufschritt beschleunigt und die vertraute Keilformation gebildet, die Shef von seinem ersten Scharmützel kannte. Zweimal trafen sie auf Widerstand: Hastig aufgetürmte Barrikaden versperrten die Straße, verzweifelte Thanes der Northumbrier hieben über die Sperren auf ihre Feinde ein, während ihre Churls und Gefolgsleute aus den

Häusern über ihnen Speere und Steine schleuderten. Die Wikinger stürmten heran, stürzten sich auf die Thanes, strömten in die Häuser und vertrieben die Bogenschützen und Speerwerfer. Dann brachen sie durch die Innenwände der Häuser, um die Engländer von der Seite und von hinten anzugreifen. Sie handelten ohne Pause und Anweisungen, getrieben von einer rasenden Blutgier. Jedesmal, wenn sie aufgehalten wurden, nutzte Shef die Chance, sich näher an die Spitze der Kolonne zu kämpfen, wo er Brands breiten Rücken erblickte. Er wußte, daß er warten mußte, bis die Krieger die Klosterkirche eingenommen hatten. Aber vielleicht konnte er, nachdem die Beute – die kostbaren, über Jahrhunderte gesammelten Reliquien – gesichert war, einige Männer bekommen, um die Maschinen in ihren Besitz zu bringen. Nur, das Wichtigste überhaupt war, in der Nähe der Anführer zu sein, um die Leben von Gefangenen zu retten – die Leben gelehrter Männer, der Zahlenkundigen.

Die Wikinger waren wieder in Laufschritt verfallen, Brand nur einige Reihen vor ihm. Die Kolonne folgte einer Kehre – die Männer auf der Innenseite verlangsamten etwas, damit ihre Kameraden auf der Außenseite Schritt halten konnten –, dann ragte vor ihnen plötzlich die Klosterkirche auf wie das Werk eines Riesen. Sie war keine sechzig Schritte vor ihnen, ein offener Platz trennte die Kirche von den niedrigeren Gebäuden, die um sie herum kauerten.

Und da waren wieder Northumbrier, ein letztes Mal griffen sie mit dem Mut der Verzweiflung an, um das Haus ihres Gottes zu verteidigen.

Die Wikinger rissen die Schilde hoch und brachten ihren Ansturm zum Halten. Shef, der sich nach vorne drängte, stand plötzlich auf derselben Höhe wie Brand, dann raste ein Breitschwert wie ein Meteor auf seinen Hals zu.

Ohne nachzudenken parierte er, spürte das bereits vertraute Klirren einer brechenden Klinge und stieß den Lanzenkopf seiner Hellebarde nach vorne. Er verdrehte und zog ihn zurück, um den Schild seines Gegners zur Seite zu reißen. Rücken an Rücken mit Brand schlug er blindlings in einem weiten Bogen aus. Unmittelbar vor ihm war ein freier Raum, überall um ihn herum Feinde. Er schwang die Waffe ein zweites Mal, die Axtklinge der Hellebarde zischte durch die Luft. Shef wechselte den Griff und schwang sie zurück, als die Feinde versuchten, seine Streiche zu unterlaufen. Er verfehlte einmal, zweimal, aber in den wenigen Augenblicken hatten sich die Wikinger neu formiert. Ihre Keilformation stürmte vor, die Breitschwerter hieben aus allen Winkeln auf die Engländer ein. Brand führte die Männer und schwang die Axt mit der Präzision eines Zimmermanns.

Die Kolonne brach durch und überrannte die englischen Verteidiger. Shef wurde mitgerissen und stürmte auf den Platz vor der Klosterkirche, jubelnde Schlachtrufe hallten in seinen Ohren.

Geblendet von einem plötzlichem Sonnenstrahl sah er unvermittelt safranfarbene Mäntel vor sich. Dann, unvorstellbarer Weise, das vertraute Gesicht Muirtachs, der grinsend einen Pfosten in den Boden rammte. Eine ganze Reihe von Pfosten, dazwischen spannten sich Seile wie die Bänder mit Ebereschen, die Thorvins Schmiede behüteten. Verblüfft erstarb der Jubel der Wikinger.

»Gut gemacht, Jungs. Aber hier dürft ihr nicht rein. Keiner steigt über das Seil, verstanden?«

Muirtach wich zurück und breitete beschwichtigend die Arme aus, als Brand vortrat. »Ruhig Blut, Jungs. Ihr bekommt euren Anteil, bestimmt. Aber das wurde alles schon über euren Köpfen ausgehandelt. Ihr hättet euren Anteil sogar dann bekommen, wenn der Angriff schief gegangen wäre.«

»Sie kamen von hinten«, schrie Shef. »Sie sind uns heute morgen nicht gefolgt. Sie brachen durch das Westtor, während wir im Norden angriffen!«

»Von wegen durchgebrochen«, versetzte eine wütende Stimme. »Man hat sie reingelassen. Seht nur!«

Ivar spazierte in aller Gelassenheit aus der Tür der Klosterkirche. Er trug immer noch den scharlachroten Mantel und die grasgrüne Hose. Neben ihm lief eine Gestalt in einem Gewand, wie Shef es seit Ragnars Tod im vorigen Jahr nicht mehr gesehen hatte: Ein Mann in Purpur und Weiß, mit einem sonderbaren, hohen Hut auf dem Kopf und einem goldverzierten Bischofsstab aus Elfenbein in der Hand. Beinahe automatisch hob er segnend die andere Hand. Es war der Erzbischof der Diözese Eoforwich persönlich, Wulfhere *Eboracensis*.

»Wir haben einen Handel abgeschlossen«, sagte Ivar. »Die Christen boten an, uns unter der Bedingung, daß die Klosterkirche verschont wird, in die Stadt zu lassen. Ich gab mein Wort. Wir können alles übrige haben: Die Stadt, die Grafschaft, Hab und Gut des Königs, einfach alles. Aber nicht die Klosterkirche und das Eigentum der Kirche. Und die Christenpriester werden unsere Freunde sein und uns zeigen, wie wir dieses Land wie einen Schwamm auspressen können.«

»Aber du bist ein Jarl der Großen Armee«, rief Brand. »Du hast kein Recht dazu, auf eigene Rechnung zu handeln und uns außen vorzulassen.«

Theatralisch reckte Ivar die verletzte Schulter vor und zurück. Sein Gesicht verzog sich im gespielten Schmerz.

»Ich sehe, deine Hand ist wieder gesund, Brand. Sobald auch ich mich erholt habe, müssen wir uns über einige Dinge unterhalten. Aber bleib auf deiner Seite des Zauns! Und halte deine Männer im Zaum, sonst werden sie es bereuen.«

»Diesen Burschen auch«, fügte er mit einem Seitenblick auf Shef hinzu.

Hinter der Klosterkirche waren in der Zwischenzeit Hunderte von Männern hervorgeströmt, die Gefolgsleute der Ragnarssons – bis an die Zähne bewaffnet, ausgeruht und selbstsicher. Kalt beäugten sie ihre abgekämpften Kameraden. Schlangenauge löste sich aus dem Pulk, seine beiden Brüder links und rechts von ihm – Halfdan blickte grimmig drein, während Ubbi wenigstens diese eine Mal betreten auf den Boden starrte.

»Ihr habt gut gekämpft«, sagte Schlangenauge. »Tut mir leid wegen der Überraschung. Wir werden alles in einer öffentlichen Versammlung erklären. Aber Ivar hat recht. Überschreitet nicht den Kreis. Haltet euch von der Klosterkirche fern. Ansonsten könnt ihr euch nach Belieben bereichern.«

»Wie soll das gehen?« schrie eine Stimme aus den Reihen der erschöpften Wikinger. »Seit wann lassen die Christenpriester für irgend jemand anderes Gold übrig?«

Schlangenauge antwortete nicht. Sein Bruder drehte sich um und gab den Männern hinter ihnen einen Wink. Ein Mast wurde hochgezogen und tief in den festgetretenen Boden vor den Türen der Kirche gerammt. Jemand zog an einem Seil, und der berühmte Rabe, das Banner der Brüder, entfaltete sich und flatterte im feuchten Wind, die Flügel weit zum Sieg ausgebreitet.

Langsam löste sich die Gruppe, die die Mauern erstürmt und sich durch die Stadt gekämpft hatte, murrend und ihre Verluste zählend auf.

»Gut, sie haben die Klosterkirche«, murmelte Shef vor sich hin. »Aber wir können uns immer noch die Maschinen holen.«

»Brand«, rief er. »Brand. Kann ich die *jetzt* zwanzig Mann haben?«

KAPITEL 5

Eine Gruppe Männer saß zusammen unter der fahlen Wintersonne in einem kahlen Wäldchen außerhalb Yorks. Seile umringten sie, die Beeren der Eberesche leuchteten scharlachrot zwischen den Speeren. Es war eine geheime Sitzung der Priester, aller Priester des Weges Asgards, die die Armee der Ragnarssons begleiteten: Thorvin für Thor, Ingulf für Idun, aber auch andere – Vestmund, der Nautiker und Kundige der Sterne, für Njörd, den Gott des Meeres; Geirulf, der Chronist der Schlachten und Priester Tyrs, und Skaldfinn, der Dolmetscher und Priester Heimdalls. Dazu kam Farman, der Priester Freyrs, der wegen seiner Visionen und Wanderschaften in anderen Welten am höchsten geachtet wurde.

Im Kreis ragte der silberne Speers Odins auf, neben ihm loderte das heilige Feuer Lokis. Aber kein Priester der Armee verspürte den Drang, die große Verantwortung auf sich zu nehmen, die mit dem Speer Odins einherging. Es hatte auch nie einen Priester Lokis gegeben – doch gleichzeitig wurde seine Existenz nie vergessen.

Etwas abseits und schweigend, aber immer noch innerhalb des Kreises, saßen zwei Laien, Brand der Champion, und Hound, der Lehrling Iduns. Sie sollten als Zeugen aussagen und – falls nötig – ihren Rat geben.

Farman ließ seinen Blick über die Runde wandern. »Es ist Zeit, unsere Lage zu überdenken.«

Die Priester nickten wortlos. Diese Männer sprachen nur, wenn es nötig war.

»Wir alle wissen, daß die Geschichte der Welt, *heimsins kringla*, des Kreises der Erde, nicht vorherbestimmt ist. Aber viele von uns haben seit Jahren eine Vision der Welt gesehen, die unweigerlich auf uns zukommt.

Eine Welt, in der der Christengott herrscht. In der über tausend Jahre die Menschen nur ihm und seinen Priestern untertan sind. Dann, am Ende dieser tausend Jahre – Feuer und Hunger. Und während dieser ganzen Zeit der Kampf, die Menschen so zu lassen, wie sie sind, geschunden und hoffnungslos; ihnen einzureden, diese Welt zu vergessen und nur an die nächste zu denken. Als ob Ragnarök – die Schlacht der Götter, Menschen und Riesen – bereits entschieden und der Sieg den Menschen sicher wäre.« Finster starrte er in die Runde der Priester.

»Wir müssen unser Augenmerk auf diese Welt richten, und es ist jene Zukunft, die wir verhindern müssen. Ihr werdet euch erinnern, daß ich in London durch Zufall vom Tod Ragnar Lodbroks gehört habe. Dann kam mir im Schlaf die Vision, daß dies einer der Momente ist, an dem die Geschichte der Welt einen anderen Kurs einschlagen kann. Also forderte ich Brand auf«, er winkte in Richtung der mächtigen Gestalt, die einige Meter weiter hockte, »den Söhnen Ragnars die Nachricht zu überbringen, und das in einer Weise, daß sie sich der Herausforderung nicht verweigern konnten. Nur wenige hätten einen solchen Auftrag überlebt. Doch Brand nahm ihn auf sich, im Namen dessen, der aus dem Norden kommen wird. Und das, wie wir glauben, um die Welt auf den richtigen Weg zu bringen.«

Die Männer im Kreis berührten respektvoll ihre Anhänger.

Farman sprach weiter. »Ich hoffte, daß die Söhne Ragnars über die christlichen Königreiche Englands herfallen, ihre Macht brechen und dann ein mächtiges Instrument in unserer Hand, der des Weges Asgards, sein würden. Ich war ein Narr, daß ich versuchte, die Absichten der Götter zu erraten. Ein Narr, daß ich glaubte, Gutes könnte aus dem Bösen der Ragnarssons kommen. Sie sind keine Christen, aber was sie tun, stärkt die Christen. Folter. Vergewaltigung. *Heimnars*.«

Ingulf, Hounds Herr, unterbrach ihn. »Ivar gehört zur Brut Lokis, die geschickt wurde, um die Erde zu geißeln. Man hat ihn auf der anderen Seite gesehen – und nicht als Mensch. Man kann ihn für keinen guten Zweck einsetzen.«

»Wir müssen jetzt mitansehen«, erwiderte Farman, »daß er die Macht des Christengotts nicht gebrochen hat, sondern sich mit ihm verbündete. Er hat seine eigenen Gründe – und nur dieser Narr von Erzbischof würde ihm jemals trauen. Doch im Augenblick sind beide stärker als wir.«

»Und wir sind ärmer!« knurrte Brand. Die Wut fegte seinen Respekt beiseite.

»Aber ist Ivar reicher?« fragte Vestmund. »Ich kann nicht sehen, was Ivar und seine Brüder von diesem Handel haben. Außer Zugang zu York.«

»Das kann ich dir sagen«, meldete sich Thorvin. »Ich habe mir diese Angelegenheit genau angesehen. Wir wissen alle, wie schlecht das Geld dieses Landes ist. Wenig Silber und viel Blei und Kupfer. Wo ist das ganze Silber hin? Selbst die Engländer stellen einander diese Frage. Ich kann es euch sagen. Die Kirche hat es genommen.«

»Wir können nicht ermessen – nicht einmal Ivar kann das –, wie reich die Kirche in Northumbrien ist. Die Christenpriester sind seit zweihundert Jahren hier, und in dieser ganzen Zeit haben sie Geschenke angenommen – Silber, Gold und Land. Und aus ihrem Land quetschen sie mehr Silber, und aus dem Land, das ihnen noch nicht gehört, quetschen sie noch mehr. Dafür, daß sie ein Kind mit Wasser bespritzen, daß sie Hochzeiten segnen und schließlich dafür, daß sie die Menschen in heiligem Boden begraben und vor dem Fegefeuer schützen. Und die Verdammung droht den Christen nicht etwa wegen ihrer Sünden, sondern dann, wenn sie ihre Abgaben an die Kirche nicht zahlen.«

»Aber was machen sie mit diesem Silber«, fragte Farman.

»Sie machen daraus Schmuck für ihren Gott. Es ist jetzt alles in der Klosterkirche, so nutzlos, als ob es immer noch in der Erde schlummerte. Das Silber und Gold in ihren Kelchen, in ihren großen Kruzifixen und Lettnern, auf ihren Altären und den Särgen für die Gebeine ihrer Heiligen – es stammt alles aus dem eingeschmolzenen Geld. Je reicher die Kirche, desto armseliger die Münzen.« Er schüttelte angewidert den Kopf.

»Die Kirche wird nichts davon herausrücken – und Ivar weiß nicht einmal, was er in der Hand hat. Die Priester haben ihm gesagt, sie werden alle Münzen im Königreich einziehen und einschmelzen. Das schlechte Metall herauslösen und ihm das Silber überlassen. Und damit werden sie neue Münzen machen. Für Ivar den Siegreichen, den König von York. Und Dublin.«

»Die Ragnarssons werden vielleicht nicht reicher, aber mächtiger.«

»Und Brand, der Sohn Barns, wird noch ärmer sein!« rief eine wütende Stimme.

»Wir haben also bewirkt«, faßte Skaldfinn zusammen, »daß die Ragnarssons und die Christenpriester sich miteinander verbündeten. Wie sicher bist du dir jetzt also, was deinen Traum angeht, Farman? Und was ist mit der Geschichte der Welt und ihrer Zukunft?«

»Da träumte ich damals nicht«, entgegnete Farman. »Aber inzwischen habe ich von ihm geträumt – dem Jungen Skjef.«

»Sein Name ist Shef«, warf Hound ein.

Farman nickte zustimmend. »Denkt nach. Er trotzte Ivar. Er kämpfte einen *holmgang*. Er erstürmte die Mauern Yorks. Und er platzte vor Monaten in eine Versammlung Thorvins und sagte, er käme aus dem Norden.«

»Er wollte damit nur sagen, daß er aus dem Norden Ostangliens kommt«, protestierte Hound.

»Was er sagen wollte, ist eine Sache, was die Götter sagen wollen, eine andere«, entgegnete Farman. »Ihr dürft auch nicht vergessen, daß ich ihn auf der anderen Seite sah. In der Heimstatt der Götter.«

»Und da ist noch etwas Merkwürdiges: Wer ist sein Vater? Jarl Sigvarth denkt, er wäre es. Aber der einzige Nachweis dafür ist das Wort seiner Mutter. Und inzwischen kommt mir der Gedanke, daß dieser Junge vielleicht der Beginn einer großen Veränderung, die Mitte des Kreises ist, obwohl niemand das vorhersehen konnte. Deshalb frage ich seine Freunde und die, die ihn kennen: Ist der Junge verrückt?«

Nach und nach richteten sich alle Augen auf Ingulf. Der Heiler zog die Augenbrauen hoch.

»Verrückt? Das ist kein Wort, das ein Heiler benutzen sollte. Aber da ihr mir die Frage stellt, werde ich es euch sagen. Ja, natürlich ist der Junge Shef verrückt. Bedenkt nur...«

Hound fand seinen Freund wie erwartet zwischen einem Haufen verkohltem Holz und ausgeglühtem Metall am Nordostturm über den alten römischen Mauern. Ein Knäuel interessierter Anhänger des Weges umringte ihn. Hound schlüpfte wie ein Aal zwischen ihnen durch.

»Hast du schon herausgefunden, was passiert ist?« fragte er.

Shef blickte auf. »Ich glaube, ich weiß es jetzt. An

jeder Maschine war ein Mönch, der die Aufgabe hatte, sie zu zerstören. Sie setzten sie in Brand, dann hasteten sie zurück zur Klosterkirche. Die Männer, die sie zurückließen, verspürten keine große Neigung, ihre Arbeit zu vollenden. Dieser Sklave wurde gefangen«, er deutete mit einem Nicken in Richtung eines Engländers mit Eisenkragen im Ring der Wikinger. »Er hat mir gesagt, wie sie funktionierte. Ich habe nicht versucht, die Maschine zu reparieren, aber ich verstehe sie jetzt.«

Er deutete auf einen Haufen verkohlter Holzträger und Eisenteile.

»Das ist die Maschine, die die Bolzen abfeuerte.«

Shef zeigte auf die Mitte des Haufens. »Siehst du? Die Kraft ist nicht im Holz, sondern steckt im Tau. Wenn man an dem Rad dreht, verdreht es das Tau, das wiederum immer mehr Kraft in die beiden Bögen und die Sehne legt. Dann, im richtigen Moment, löst man die Sehne...«

»...und wumm!« sagte einer der Wikinger. »Und mit dem alten Tonni ist es vorbei.«

Grunzendes Gelächter antwortete ihm. Shef deutete auf die Zahnräder an der Maschine. »Siehst du den Rost? Sie sind uralt. Ich weiß nicht, wieviel Zeit seit dem Abzug der Römer vergangen ist, oder ob diese Dinger seitdem in irgendeinem Arsenal herumlagen. Aber eins ist sicher, die Christenpriester haben sie nicht gemacht. Sie können sie nur benutzen.«

»Was ist mit der großen Steinschleuder?«

»Die haben sie besser verbrannt. Aber ich wußte schon, bevor wir die Mauer nahmen, wie man sie baut. Der Sklave sagt, die Christenpriester hätten die Beschreibungen aus einem Buch, und die Teile der Maschine wären uralt. Es tut mir schon deswegen leid, daß sie alles verbrannt haben. Und ich wünschte mir, ich könnte dieses Buch sehen, das beschreibt, wie man solche Maschinen baut. Das und das Buch über Zahlenkunde!«

»Erkenbert beherrscht die Zahlenkunde«, sagte der Sklave unvermittelt. Er hatte das nordische Wort dank Shefs schwachem englischen Akzent aufgeschnappt. »Er ist ein *Arithmeticus.*«

Mehrere der Wikinger umklammerten schützend ihre Anhänger. Shef lachte.

»*Arithmeticus* oder nicht, ich kann eine bessere Maschine bauen als er. Viele Maschinen. Der Thrall sagte, er hörte einmal einen Mönch über sie selbst und die Römer erzählen, daß die Christen nur wie Zwerge auf den Schultern von Riesen stünden. Nun, sie können vielleicht mit ihren Büchern und alten Maschinen und Stadtmauern auf den Riesen reiten, aber sie bleiben Zwerge. Aber wir, wir sind …«

»Sag es nicht«, unterbrach ihn ein Wikinger und trat vor. »Sag das Wort nicht, Skjef Sigvarthsson, es bringt Unglück. Wir sind keine Riesen, und die Riesen – die Jötun – sind die Feinde der Götter und Menschen. Das weißt du doch? Hast du sie nicht gesehen?«

Shef nickte bedächtig. Der Traum von der unvollständigen Mauer und dem gigantischen, ungeschickten Riesen mit dem Hengst blitzte in seiner Erinnerung auf. Die Wikinger warfen einander bedeutungsvolle Blicke zu.

Shef warf die Eisenstücke, die er hielt, zu Boden. »Laß den Sklaven frei, Steinulf, als Belohnung für das, was er uns gesagt hat. Zeig ihm, wie er hier weg kommt, ohne daß ihn die Ragnarssons fangen. Wir können unsere Maschine jetzt ohne ihn bauen.«

»Haben wir die Zeit dazu?« fragte einer der Wikinger.

»Wir brauchen nur Holz. Und etwas Arbeit in der Schmiede. Bis zur Versammlung der Armee sind es immer noch zwei Tage.«

»Es ist neues Wissen«, fügte einer der Zuhörer hinzu. »Thorvin würde uns auftragen, es zu tun.«

»Wir treffen uns morgen früh hier«, sagte Shef entschlossen.

Als die Menge sich abwandte, sagte einer der Männer: »Für König Ella werden es lange Tage sein. Der Erzbischof der Christen ist ein Hund, daß er ihn Ivar übergab. Ivar hat einiges vor mit ihm.«

Shef starrte den Männern einige Sekunden lang nach, dann wandte er sich wieder an seinen Freund.

»Was hast du da?«

»Einen Arzneitrank von Ingulf. Für dich.«

»Ich brauche keine Arznei. Wofür ist sie?«

Hound zögerte. »Er sagte, sie wird dich beruhigen. Und... und sie soll deine Erinnerung zurückzubringen.«

»Was stimmt nicht mit meiner Erinnerung?«

»Shef, Ingulf und Thorvin sagen, du hättest sogar vergessen, daß wir dich geblendet haben. Daß Thorvin dich festhielt, und Ingulf die Nadel zum Glühen brachte, und ich sie führte. Wir taten das nur, damit es nicht irgendeiner von Ivars Schlächtern machte. Aber sie sagen, es ist unnatürlich, daß du nie davon redest. Sie glauben, daß du deine Blendung vergessen hast. Und Godive, wegen der du überhaupt nur in das Lager am Stour gekommen bist.«

Shef starrte auf den kleinen Heiler mit dem Anhänger Iduns hinunter.

»Du kannst ihnen ausrichten, daß ich nichts davon auch nur einen Augenblick lang vergessen habe.«

»Aber trotzdem«, er streckte die Hand aus, »werde ich eure Arznei nehmen.«

»Er hat sie genommen«, sagte Ingulf.

»Shef ist wie der Vogel in der alten Geschichte«, sagte Thorvin. »Die, die sich die Christen darüber erzählen, wie die Engländer im Norden Christen wurden. Sie sagen, König Edwin hätte seinen Rat einberufen, um darüber zu debattieren, ob sein Königreich vom Glauben der Väter ablassen und einen neuen annehmen sollte. Ein Priester sagte, wieso nicht. Schließlich hätten ihm die alten Götter keinen Nutzen gebracht. Aber dann sagte ein anderer Ratsherr, daß ihm die Welt wie die Halle eines Königs an einem Winterabend erschiene – innen wäre es warm und hell, aber draußen kalt und dunkel, eine Welt, die niemand sehen kann. ›Und in diese Halle‹, sagte der Mann, ›fliegt ein Vogel. Für einen kurzen Augenblick ist er im Licht und in der Wärme, dann fliegt er wieder hinaus in die Dunkelheit und Kälte. Wenn der Christengott uns mehr darüber sagen kann, was vor und nach dem Leben eines Menschen geschieht, dann sollten wir mehr von seiner Lehre hören.‹«

»Eine gute Geschichte, und sie sagt viel Wahres«, bemerkte Ingulf. »Ich verstehe, wieso du sagst, Shef könnte dieser Vogel sein.«

»Er könnte es sein – oder etwas anderes. Als Farman ihn in seiner Vision in Asgard sah, hatte er den Platz Wölunds, des Schmieds der Götter, eingenommen. Du kennst die Geschichte nicht, Hound. Wölund wurde von dem bösen König Nidud gefangen und versklavt. Nidud zerschnitt seine Kniesehnen, damit er arbeiten, aber nicht weglaufen konnte. Aber Wölund lockte die Söhne des Königs in die Schmiede, tötete sie und machte Broschen aus ihren Augäpfeln und Halsketten aus ihren Zähnen. Die schickte er ihrem Vater, seinem Herrn. Dann lockte er die Tochter des Königs in die Schmiede, betäubte sie mit Bier und schändete sie.«

»Wieso sollte er das tun, solange er noch Gefangener war?« fragte Hound. »Er konnte doch nicht wegrennen.«

»Er war ein meisterlicher Schmied«, sagte Thorvin. »Als die Tochter des Königs erwachte, rannte sie zu ihrem Vater und erzählte ihm alles. Nidud kam, um Wölund zu Tode zu foltern – doch der legte die Flügel an, die er heimlich geschmiedet hatte. Wölund flog davon und lachte die aus, die ihn für einen Krüppel gehalten hatten.«

»Aber wieso ist Shef Wölund?«

»Er sieht Dinge, die andere Männer nicht sehen können. Es ist eine große Gabe, aber ich fürchte, es ist eine Gabe Odins. Odin Allvaters. Othin Böllwerks, des Übelstifters. Deine Arznei wird ihn träumen lassen, Ingulf. Nur… was wird er in seinen Träumen sehen?«

Shefs schwindendes Bewußtsein brütete über dem Geschmack des Trunks. Ingulfs Arznei hatte nach Honig geschmeckt, ganz anders als die widerlichen Tränke, die er und Hound für gewöhnlich zusammenmischten. Doch unter der Süße hatte sich noch ein zweiter Geschmack verborgen: Schimmel? Pilze? Er konnte es nicht sagen, aber er wußte, daß sich etwas Faules unter dem süßen Schein versteckte. Noch während er die Arznei getrunken hatte, war ihm bewußt geworden, daß er bald leiden würde.

Und dennoch begann sein Traum lieblich, wie diejenigen, von denen er in Emneth so viele gehabt hatte, lange bevor er gewußt hatte, daß Wulfgar ihn versklaven wollte.

Er schwamm im Moor. Aber als er immer weiterschwamm verdoppelte und vervielfachte sich schließlich die Kraft seiner Züge, bis das Ufer hinter ihm wegzufallen schien, und er schneller durchs Wasser glitt, als ein Pferd galoppieren konnte. Dann hoben ihn seine Züge aus dem Wasser, und er stieg in die Luft, nicht mehr länger mit den Armen rudernd. Zuerst kletterte er langsam, aber dann, als ihn die Furcht verließ, schoß er immer höher, wie ein Vogel. Das Land unter ihm war grün und sonnenüberflutet, mit dem Frühling entfalteten sich überall junge Blätter. Die Wiese ging sanft in ein sonniges Hochland über. Plötzlich wurde es dunkel. Vor ihm ragte eine gewaltige schwarze Säule auf. Er wußte, daß er schon einmal an diesem Ort gewesen war. Aber damals war er an der Säule – oder auf ihr – gewesen, und hatte nach unten geblickt: Er wollte nicht noch einmal sehen, was er damals gesehen hatte. Den König, Edmund, mit seinen traurigen und gequälten Zügen, das eigene Rückgrat in der Hand. Wenn er vorsichtig anflog und sich nicht umsah, hatte er vielleicht eine Chance, ihn diesmal nicht zu erblicken.

Langsam näherte sich die wandernde Seele dem gewaltigen, finsteren Baumstamm. An das Holz war – wie erwartet – eine Gestalt genagelt; ein Bolzen ragte aus ihrem Auge. Er sah sich das Gesicht genau an – war es sein eigenes?

Nein, das war es nicht. Das unversehrte Auge war geschlossen. Die Gestalt schien nicht an ihm interessiert.

Über dem Kopf der Gestalt schwebten zwei schwarze Vögel, mit schwarzen Schnäbeln: Raben. Sie richteten ihre hellen Augen auf ihn und hoben neugierig den Kopf. Ihre Flügelspitzen kräuselten und bewegten sich kaum, während sie mühelos ihre Positionen hielten. Die Gestalt, erkannte Shef, war Odin, und die Raben waren seine ständigen Begleiter.

Wie hießen sie? Ihre Namen waren wichtig. Er hatte sie irgendwo gehört. Im Nordischen hießen sie… das war es, Hugin und Munin. Hugin, das hieß ›Geist‹. Den wollte er nicht. Als ob er ihn entlassen hätte, zog der Vogel einige enge Kreise und ließ sich auf der Schulter seines Herrn nieder.

Munin. Das hieß ›Gedächtnis‹. Diesen wollte er. Aber er würde dafür bezahlen müssen. Er hatte einen Freund, einen Beschützer unter den Göttern, soviel war ihm bereits klar. Aber es war nicht Odin, egal, was Brand dachte. Ein Preis mußte bezahlt werden. Er wußte, was der Preis sein würde. Unverhofft schoß wieder ein Vers durch sein Bewußtsein, wieder auf Englisch. Er beschrieb den Gehängten am Galgen, der knarrend im Wind baumelte und auf die Raben wartete, die kamen…

Kamen, um seine Augen zu holen. Sein Auge. Plötzlich war der Vogel unmittelbar vor ihm und versperrte jede Sicht, sein schwarzer Schnabel wie eine Pfeilspitze nur einen Fingerbreit vor seinem Auge. Aber nicht seinem unversehrten, sondern dem geblendeten. Dem Auge, das er bereits verloren hatte. Aber da war immer noch die Erinnerung an früher, als es noch unverletzt gewesen war. Sein Hände waren an den Hüften. Er konnte sie nicht bewegen, denn Thorvin hielt sie fest. Nein, das war falsch, diesmal konnte er sie bewegen, aber er durfte es nicht. Und würde es nicht.

Der Vogel registrierte, daß er sich nicht wehren würde. Triumphierend kreischend schoß er nach vorne und rammte seinen Schnabel tief in Shefs Auge und Gehirn. Als der weißglühende Schmerz durch seinen Körper raste, kehrten sie plötzlich wieder zurück – die Worte des dem Untergang geweihten Königs:

»An der Furt bei der hölzernen Brücke,
liegen die alten Könige, Kiele unter ihnen.
Dort, tief drunten schlafen sie und wachen.
Vier Finger zeigen in flacher Linie
von unten auf das nördlichste Grab.
Dort liegt Wuffa, Wehhas Nachkomme
auf geheimem Schatz. Suche ihn, wer es wagt.«

Er hatte seine Pflicht erfüllt. Der Vogel ließ von ihm ab. Sofort glitt er vom Baumstamm und fiel taumelnd dem viele Meilen entfernten Boden entgegen. Er konnte die Hände immer noch nicht bewegen. Er hatte viel Zeit, darüber nachzudenken, was er tun sollte. Er brauchte die Hände nicht. Er konnte einfach seinen Körper in die gewünschte Richtung drehen; drehen und rollen, bis er wieder in der Sonne war, und dann in langgezogenen Kreisen sanft an den Ort zurückgleiten, an den er gehörte, wo sein Körper auf dem Stroh lag.

Es war ein merkwürdiges Gefühl, das Land von oben zu

sehen. Die Menschen, die Armeen und die Händler kamen und gingen. Viele gaben ihren Pferden die Sporen, doch unter seinen gewaltigen, zwanzig Meilen durchmessenden Kreisen schienen sie fast auf der Stelle zu stehen. Er sah den Sumpf, das Meer, die riesigen Grabhügel im grünen Gras. Er würde sich an sie erinnern, ein anderes Mal über sie nachdenken. Jetzt hatte er nur eine Pflicht, und die würde er erfüllen, sobald sein Geist wieder am rechten Ort war, in dem Körper, den er jetzt auf dem Stroh liegen sah, dem Körper, in den er jetzt schlüpfte…

Shef schnellte mit einer ruckartigen Bewegung aus dem Schlaf. »Ich muß mich erinnern, aber ich kann nicht schreiben«, rief er bestürzt aus.

»Ich kann es«, sagte Thorvin, der drei Schritte weiter auf seinem Stuhl saß. Der Priester Thors war im schwachen Licht des heruntergebrannten Feuers nur ein vager Umriß.

»Du kannst schreiben? Du kannst schreiben wie ein Christ?«

»Ja, ich kann wie ein Christ schreiben. Aber ich kann auch Nordisch schreiben, oder wie ein Priester des Weges. Ich kann in Runen schreiben. Was soll ich aufschreiben?«

»Mach schnell«, sagte Shef. »Ich habe das hier mit Schmerzen von Munin erkauft.«

Thorvin blickte nicht auf, als er ein Brett aus Buchenholz nahm und ein Messer, bereit, die Buchstaben zu schneiden.

›An der Furt bei der hölzernen Brücke,
liegen die alten Könige, Kiele unter ihnen…‹

»Ist nicht einfach, Englisch in Runen zu schreiben«, murmelte der Priester Thors. Aber er murmelte es unhörbar.

Drei Wochen bevor die Christen die Geburt ihres Gottes feierten, versammelte sich die Armee mißtrauisch und schlecht gelaunt auf der großen freien Fläche vor der Ostmauer Yorks. Siebentausend Mann brauchten viel Platz, ganz besonders wenn sie mit voller Bewaffnung erschienen und dick gegen den Wind und den Schneeregen eingepackt waren. Aber da Shef die verbliebenen Häuser auf dieser Seite der Mauer niedergebrannt hatte, blieb der Armee genug Raum, sich in einem unregelmäßigen Halbkreis aufzustellen.

In seiner Mitte standen die Ragnarssons und ihre Anhänger, das Rabenbanner hinter sich. Einige Schritte weiter, umringt von einer Vielzahl safranfarbener Mäntel, wartete die schwarzhaarige Gestalt des Königs – des ehemaligen Königs Ella. Sein Gesicht war so bleich wie das Weiß eines gekochten Eis, sagte sich Shef an seinem sechzig Schritte entfernten Platz in dem Halbkreis.

Ella war dem Untergang geweiht. Die Armee hatte seinen Tod noch nicht formal beschlossen, aber er konnte seinem Schicksal nicht entrinnen. Bald würde der König der Ostangeln das Klirren der Waffen hören, mit der die Armee ihre Zustimmung signalisierte. Und dann würden sie sich über ihn hermachen, genauso wie sie sich über Shef hergemacht hatten, über König Edmund und König Maelguala und all die anderen jämmerlichen Könige der Iren, an denen Ivar seine Foltertechnik perfektioniert hatte. Es gab keine Hoffnung für Ella. Er hatte Ragnar in die Schlangengrube geworfen. Selbst Brand und Thorvin akzeptierten, daß ein Sohn das Recht hatte, Vergeltung für seinen Vater zu üben. Nicht nur das Recht, sogar die Pflicht. Die Armee würde aufmerksam zusehen, um sicherzustellen, daß die Vergeltung eines Kriegers gemäß genommen würde.

Aber die Armee hatte sich auch versammelt, um über die eigenen Anführer zu richten. Nicht nur Ella war in

Gefahr. Selbst Ivar Ragnarsson oder Sigurth Schlangenauge konnten diesmal nicht sicher sein, daß sie die Versammlung unverletzt und mit unbeschadetem Ruf verlassen würden. Spannung lag in der Luft.

Als die Sonne die Position erreichte, die sich im englischen Winter als Mittag ausgab, rief Sigurth die Armee zur Ordnung.

»Wir sind die Große Armee«, rief er. »Wir haben uns versammelt, um über das zu sprechen, was geschehen ist und das, was als nächstes getan werden soll. Ich habe etwas zu sagen. Aber zuerst höre ich die Männer der Armee an, die unzufrieden über die Art sind, wie die Stadt eingenommen wurde. Wird einer von ihnen freimütig vor uns allen sprechen?«

Ein Mann trat aus dem Halbkreis, ging auf den freien Platz in der Mitte, und stellte sich so hin, daß sowohl seine eigenen Anhänger als auch die Ragnarssons ihn hören konnten. Es war Skuli der Kahle, der den zweiten Belagerungsturm an die Mauer geführt hatte, aber auf halbem Weg steckengeblieben war.

»Ein abgekartetes Spiel«, brummte Brand. »Man hat ihn fürs Sprechen bezahlt, er soll nicht zu hart rangehen.«

»Ich bin unzufrieden«, rief Skuli. »Ich führte meine Mannschaften zum Angriff auf die Mauern dieser Stadt. Ich verlor ein Dutzend Männer, darunter meinen Schwager, einen guten Mann. Wir haben die Mauer trotzdem genommen und uns den Weg zur Klosterkirche freigekämpft. Aber dann hinderte man uns an der Plünderung der Kirche, was unser Recht gewesen wäre. Und wir fanden heraus, daß wir die Männer unnötig verloren haben, weil die Stadt bereits erobert war. Wir erhielten weder Beute, noch eine Entschädigung. Weshalb ließest du uns wie Narren gegen die Mauer anstürmen, Sigurth, obwohl du wußtest, daß es unnötig war?«

Zustimmendes Murmeln brandete auf, einige Anhänger der Ragnarssons buhten und pfiffen. Sigurth trat vor und brachte die Männer mit einer Handbewegung zum Schweigen.

»Ich danke Skuli für seine Worte. Ich gebe zu, er hat nicht unrecht damit. Aber ich will zwei Dinge sagen. Erstens, ich wußte nicht, daß der Sturm auf die Mauer unnötig war. Wir konnten nicht sicher sein, daß uns die Engländer hereinlassen. Die Priester hätten uns belügen können. Oder der König hätte von dem Handel erfahren und seine eigenen Männer an dem Tor postieren können. Wenn wir der ganzen Armee davon erzählt hätten, hätte vielleicht ein Sklave den Plan aufgeschnappt und verraten. Also behielten wir ihn für uns.

Das zweite, was ich sagen will, ist das: Ich glaubte nicht, daß Skuli und seine Männer die Stadtmauer bezwingen würden. Ich glaubte nicht einmal, daß sie überhaupt an den Wall gelangen würden. Diese Maschinen, diese Türme, haben wir noch nie zuvor gesehen. Ich hielt sie für Spielzeuge und dachte, daß ein paar Pfeile sie erledigen würden. Wenn ich es besser gewußt hätte, wäre ich nie auf den Gedanken gekommen, Skulis Leben und das seiner Männer aufs Spiel zu setzen. Ich habe mich geirrt, und es tut mir leid.«

Skuli nickte würdevoll und ging zurück an seinen Platz.

»Das genügt nicht!« rief eine Stimme aus der Menge. »Was ist mit Entschädigung? Wergeld für unsere Verluste?«

»Wieviel haben euch die Priester gegeben?« schrie eine zweite. »Und wieso teilen wir das nicht unter allen auf?«

Sigurth hob die Hand. »Das gefällt mir besser. Ich frage die Armee: Weshalb sind wir hier?«

Brand trat vor und schwang seine Axt. Die Anstrengung des Schreis rötete seinen Nacken. »Geld!«

Aber selbst seine Stimme ging in dem Tumult unter: »Geld! Reichtum! Gold und Silber! Tribut!«

Als das Gepolter abebbte, schrie Sigurth zurück. Er hat die Versammlung unter Kontrolle, dachte Shef. All das gehört zu seinem Plan, und selbst Brand spielt mit.

»Und *wozu* wollt ihr das Geld«, rief Sigurth. Verwirrung machte sich breit, Männer riefen verschiedene Antworten – manche von ihnen obszöner Art.

Schlangenauge ließ sich nicht beirren. »Ich sage es euch. Ihr wollt euch zuhause Land kaufen und Sklaven, die es für euch bestellen. Ihr wollt nie wieder einen Pflug anfassen. Aber ich sage euch etwas: Hier gibt es nicht genug Geld, um euch das zu erfüllen. Kein gutes Geld.« Er schleuderte verächtlich eine Handvoll Münzen zu Boden. Die Männer erkannten die billigen Legierungen, auf die sie schon so oft gestoßen waren.

»Aber das heißt nicht, daß wir es nicht bekommen können. Nur, daß es einige Zeit brauchen wird.«

»Wozu brauchst du die Zeit, Sigurth? Um deine Beute zu verstecken?«

Schlangenauge machte einen Schritt nach vorne, seine blassen Augen suchten den Mann in der Menge, der ihn beschuldigt hatte. Seine Hand legte sich auf den Schwertknauf.

»Ich weiß, daß das eine offene Versammlung ist«, rief er, »in der jeder Mann unverblümt seine Meinung sagen kann. Aber wenn irgend jemand mich oder meine Brüder beschuldigt, nicht wie Krieger zu handeln, dann werde ich ihn außerhalb der Versammlung zur Rechenschaft ziehen!

Und jetzt sage ich euch, wieso wir so handelten. Wir nahmen Lösegeld von der Kirche, das stimmt. Diejenigen von euch, die die Mauer stürmten, nahmen ebenfalls Beute, von den Toten und den Häusern innerhalb der Stadtmauer. Alle von uns zogen Gewinn aus dem, was außerhalb der Klosterkirche erbeutet wurde.«

»Aber das ganze Gold war in der Klosterkirche!« Es war Brands Aufschrei. Der aufgebrachte Hüne stand so weit vorne in der Menge, daß er nicht zu übersehen war.

Sigurth warf ihm einen eisigen Blick zu, ließ sich aber nicht aufhalten. »Wir werden alles zusammenlegen – Beute, Lösegeld, was immer sonst – und teilen es Mannschaft für Mannschaft auf, wie es den Gepflogenheiten der Armee entspricht.

Und dann werden wir dieser Grafschaft und diesem Königreich einen weiteren Tribut auferlegen, der noch in diesem Winter zu entrichten ist. Zugegeben, sie werden mit schlechtem Metall bezahlen. Aber wir werden das Silber aus dem Metall schmelzen und neue Münzen daraus machen. Und *diese* werden wir aufteilen. Und damit kommt jeder zu seinem Anteil.

Da ist nur ein Problem. Dafür brauchen wir die Münzwerkstatt.« Gemurmel hing über der Versammlung, als die Wikinger das unbekannte Wort wiederholten. »Wir brauchen die Männer, die die Münzen machen und ihre Werkzeuge. Und beides ist in der Klosterkirche. Es sind die Christenpriester und ihre Geräte. Ich habe dies noch nie gesagt, aber ich sage es jetzt: Wir müssen die Priester dazu bringen, mit uns zusammen zu arbeiten.«

Diesmal ebbte die Debatte nur langsam ab. Eine Vielzahl von Männern trat vor und sagte verworrene Dinge. Aber langsam setzte sich Sigurths Ansicht durch. Auf die Männer, die das nutzlose Plündern satt hatten, übte sie einen gewissen Reiz aus. Dennoch gab es entschiedenen Widerstand – von den Anhängern des Weges, von den Männern, die die Christen einfach verabscheuten und ihnen mißtrauten, und denen, die immer noch über die entgangene Plünderung der Klosterkirche verärgert waren.

Und der Widerstand ließ nicht nach. Auf den Versammlungen kam es fast nie zu Gewaltausbrüchen, das verhinderten strenge Strafen. Doch die Menge war bewaffnet, die Männer trugen Kettenhemden, Schilde und Helme und jeder von ihnen war es gewöhnt, sich handgreiflich durchzusetzen. Es gab immer die Chance eines Gewaltausbruchs. Schlangenauge muß etwas unternehmen, dachte Shef. Er muß die Menge wieder unter Kontrolle bringen. Im selben Moment zog ein Mann – Egil von Skane, der einen der Belagerungstürme befehligt hatte – mit einer wütenden Hetzrede gegen die Hinterhältigkeit der Christen die Aufmerksamkeit der Armee auf sich.

»Und da ist noch etwas«, schrie er. »Wir wissen, daß die Christen nie ihr Wort halten, das sie uns geben. Denn sie glauben, daß nur die Jünger ihres Gottes nach dem Tod weiterleben. Aber wißt ihr, was noch gefährlicher ist? Sie bringen auch andere Männer dazu, ihre Versprechen zu vergessen. Sie bringen einen Mann dazu, einen Tag das eine und am nächsten das andere zu denken, und dann den Priester um Verzeihung anzuflehen. Sie wischen die Vergangenheit weg, wie eine Frau die Scheiße vom Hintern eines Säuglings. Und meine Worte gelten euch! Euch, den Söhnen Ragnars!«

Er wirbelte herum, um den Brüdern in die Augen zu sehen. Trotzig trat er näher – ein tapferer Mann, dachte Shef, und ein wütender. Er schlug den Mantel zurück, um das silberne Horn Heimdalls zu entblößen, das auf seiner Brust glänzte.

»Wie gedenkt ihr dem Tod eures Vaters, der sein Ende hier in dieser Stadt in der Schlangengrube fand? Wie gedenkt ihr eurer Prahlereien in der Halle in Roskilde, als ihr auf dem Block gestanden und Bragi eure Schwüre dargebracht habt?«

»Was geschieht mit Eidbrechern in der Welt, an die wir glauben? Habt ihr das vergessen?«

Eine Stimme aus dem Gedränge unterstützte ihn. Sie

war tief und feierlich. Es war Thorvin, erkannte Shef, der einen der heiligen Verse rezitierte.

»Dort krümmen sich Männer in Pein und Angst,
Mörderwölfe und verlorene Männer.
Nithöggr saugt das Blut aus nackten Körpern,
Der Wolf zerreißt sie. Wollt ihr mehr?«

»Verlorene Männer!« schrie Egil. Er wandte sich um und ging zurück an seinen Platz, den Ragnarssons den Rücken zuwendend. Dennoch schienen sie zufrieden, ja fast erleichtert. Sie hatten gewußt, daß jemand den Vorwurf aussprechen würde.

»Man hat uns herausgefordert«, rief Halfdan Ragnarsson. Er ergriff zum erstenmal das Wort. »Laßt uns antworten. Wir wissen noch gut, was wir in der Halle in Roskilde sagten. Und das waren unsere Worte: Ich schwor, England zu überfallen, um unseren Vater zu rächen…« Die vier Brüder rückten enger zusammen und fuhren einstimmig fort.

»Und das habe ich. Und Sigurth, er schwor…«

»…alle Könige der Engländer zu besiegen und über ihre Länder zu herrschen.«

»Zwei habe ich geschlagen, und der Rest wird folgen.«

Zustimmende Rufe aus den Reihen ihrer Anhänger antworteten ihm.

»Und Ivar, er schwor…«

»…Vergeltung über die schwarzen Krähen, die Christenpriester zu bringen, die dem König zur Schlangengrube rieten.«

Totenstille setzte ein, Ivar hatte das Wort.

»Und das habe ich nicht getan. Aber es ist nur noch nicht vollbracht, nicht vergessen. Vergeßt nicht: Die schwarzen Krähen sind in meiner Hand. Ich entscheide darüber, wann ich die Finger zur Faust balle.«

Immer noch herrschte atemlose Stille. Ivar fuhr fort. »Aber Ubbi, mein Bruder, er schwor…«

»…König Ella gefangenzunehmen und ihn zu Tode zu foltern.«

»Und das werden wir tun«, rief Ivar. »Damit sind zwei unserer Schwüre vollbracht, und zwei von uns haben sich ihrer Pflicht vor Bragi, dem Schwur-Gott entledigt. Und die beiden anderen Schwüre werden wir noch erfüllen.«

»Bringt den Gefangenen!«

Muirtach und seine Männer trieben ihn nach vorne. Die Ragnarssons zählten darauf, erkannte Shef, mit Hilfe Ellas die Menge umzustimmen. Er dachte an den jungen Wikinger, der ihm im Lager am Stour die Sklavenpferche gezeigt hatte, und an seine Geschichten von Ivars Grausamkeit. Es gab immer Männer, die sich von solchen Schauspielen beeindrucken ließen. Die entscheidende Frage war nur, wie viele Angehörige der Großen Armee dazuzählten.

Die Gaddgedlar brachten Ella in die Mitte des freien Platzes und hämmerten einen dicken Pfosten in die Erde. Der König war jetzt noch bleicher als zuvor, das schwarze Haar und der Bart bildeten einen auffälligen Kontrast zu seiner fahlen Gesichtsfarbe. Man hatte ihn nicht geknebelt. Sein Mund stand offen, aber kein Laut drang aus seiner Kehle. Blut klebte an seinem Hals.

»Ivar hat ihm die Stimmbänder durchtrennt«, sagte Brand unvermittelt. »Das macht man für gewöhnlich mit Schweinen, damit sie nicht quieken. Was wollen sie mit der Kohlenpfanne?«

Die Gaddgedlar trugen auf mit dicken Tüchern geschützten Händen eine glühende Kohlenpfanne heran. Eisenstangen ragten drohend über die Einfassung, bereits feurig rot. Die Menge wogte und murmelte aufgeregt. Einige der Männer drängten nach vorne, um besser sehen zu können, andere schienen zu spüren, daß dies nur ein Ablenkungsmanöver war, aber schienen unschlüssig, was sie dagegen unternehmen sollten.

Plötzlich zog Ivar dem dem Untergang geweihten Mann den Mantel weg, damit er nackt vor der Menge stand; nicht einmal ein Lendenschurz bedeckte seine Blöße. Gelächter und feixende Rufe brandeten auf, aber auch mißbilligendes Brummen. Vier Gaddgedlar packten Ella an den Gliedmaßen und hoben ihn hoch. Ivar trat vor den König, ein schimmerndes Messer in der Hand. Dann beugte er sich über den Bauch Ellas und versperrte dem erschütterten Shef, der keine vierzig Schritte vom Geschehen entfernt stand, den Blick. Der König krümmte sich verzweifelt, versuchte, wild um sich zu schlagen, aber die vier Renegaten hielten ihn erbarmungslos fest.

Ivar trat zurück, ein Knäuel einer blaugrauen, glitschigen Masse in der Hand.

»Er hat ihm den Bauch aufgeschlitzt und die Gedärme herausgezogen«, kommentierte Brand.

Ivar ging zu dem Pfosten. Er zog vorsichtig aber unnachgiebig an den sich ausrollenden Gedärmen. Den Schmerz und die Verzweiflung im Gesicht des Königs quittierte er mit einem Grinsen. Schließlich war er am Pfosten, nahm einen Hammer und nagelte das lose Ende der Eingeweide daran fest.

»Jetzt«, rief er, »wird König Ella solange um den Pfosten laufen, bis er sein eigenes Herz herauszieht und stirbt. Na los, Engländer! Je schneller du läufst, desto schneller ist alles vorbei. Aber wer weiß? Ein paar Runden wird es schon dauern. Wenn du mich fragst, liegen dreißig Fuß vor dir. Ist das etwa zuviel verlangt? Muirtach, mach ihm Beine.«

Der Gefolgsmann trat mit einem glühenden Eisen in der Hand vor, und stieß es in das Gesäß des Königs. Ella zuckte unkontrolliert, sein Gesicht verfärbte sich grau, und er schlurfte langsam vorwärts.

Ausdärmen ist der schlimmste Tod, den ein Mann erleiden kann, dachte Shef. Ohne Stolz, ohne Würde. Der einzige Ausweg das, was die Feinde wollten, und dazu ihr Hohn. Das Wissen, daß man es tun, es hinter sich bringen mußte, aber es dennoch nicht schnell genug tun konnte. Die glühenden Eisen, die einen vorantrieben. Nicht einmal eine Stimme zum Schreien übrig. Und die ganze Zeit wurden die Gedärme weiter herausgezogen.

Er reichte Brand wortlos die Hellebarde und schlüpfte durch die drängelnde, sich den Hals verrenkende Menge zurück. Gesichter blickten vom Turm herunter, auf dem er seine Helfer postiert hatte, um ihre neue Maschine zu bewachen. Ein Seil schlängelte sich herunter, als die Männer erkannten, was er wollte. Dann zog er sich die Mauer hoch, und der vertraute Geruch frisch bearbeiteten Holzes und Eisens empfing ihn.

»Er ist jetzt dreimal um den Pfosten gelaufen«, sagte einer der Wikinger auf dem Turm; Freyrs Phallus baumelte um seinen Hals. »So sollte kein Mann sterben.«

Der Bolzen war eingelegt. Die Maschine schwang herum – sie hatten am Tag zuvor den Einfall gehabt, das Gerüst auf ein paar robuste Räder zu stellen. Der Widerhaken des Bolzens stand senkrecht zwischen den Steuerfedern ab. Auf die sechshundert Schritte Entfernung würde er ihn etwas nach oben ziehen.

Shef zielte die Spitze des Widerhakens auf die Wunde im Bauch des Königs, als er zum vierten Mal um den Pfosten humpelte, angetrieben von glühenden Eisen. Er drückte langsam den Abzug.

Ein dumpfer Schlag ertönte, und der Bolzen durchschlug Ellas Brust und überanstrengtes Herz und bohrte sich hinter ihm in den Boden, beinahe zwischen Muirtachs Füße. Als die Gewalt des Einschlags den König nach hinten schleuderte, sah Shef, wie sich seine gequälten Züge entspannten.

Langsam wandte sich die Menge um, jeder einzelne Kopf verdrehte sich und starrte auf den Turm, von dem der Schuß gekommen war. Ivar beugte sich kurz über die Leiche, dann richtete er sich auf und drehte sich mit zusammengeballten Fäusten um.

Shef nahm eine der neuen Hellebarden und ging die Mauer entlang in Richtung der versammelten Armee. Er wollte, daß ihn alle sahen. Am Rand des Halbkreises hielt er an und sprang auf die Zinnen.

»Ich bin nur ein Carl«, rief er laut, »kein Jarl. Aber ich will der Armee drei Dinge sagen.

Erstens, die Söhne Ragnars erfüllten diesen Teil ihres Schwurs, weil ihnen der Mut für den Rest fehlt.

Und zweitens, ganz egal, was Schlangenauge beteuert, er hatte nicht das Wohl der Armee im Sinn, als er sich mit Hilfe der Christenpriester durch die Hintertür nach York hineinschlich, sondern das eigene und das seiner Brüder. Er dachte nicht daran, zu kämpfen oder die Beute zu teilen.«

Aufgebrachte Schreie antworteten ihm, die Gaddgedlar hetzten auf der Suche nach den Treppen, die sie zu Shef hinaufführten, davon. Andere Männer stellten sich ihnen in den Weg, hielten sie an den Mänteln fest. Shef schrie jetzt noch lauter, um den Tumult zu übertönen.

»Und drittens, einen Mann und Krieger so zu behandeln, wie sie König Ella behandelten, zeigt kein *drengskapr*. Ich nenne es *nithingsverk*.«

Das Werk eines *nithing*, eines Manns ohne Ehre, eines Manns ohne Rechte, der noch unter einem Gesetzlosen stand. Vor der ganzen Armee *nithing* genannt zu werden, war die schlimmste Schande die einem Carl – oder Jarl – zustoßen konnte. Zumindest dann, wenn die Armee der Anschuldigung zustimmte.

Einige Männer riefen zustimmend. Shef sah Brand, die Axt erhoben und bereit loszuschlagen. Seine Männer drängten sich um ihn und stießen die Anhänger der

Ragnarssons mit ihren Schilden beiseite. Von der anderen Seite her strömten Männer, um sich ihnen anzuschließen, Egil, der Verehrer Heimdalls an ihrer Spitze. Wer ging da in die andere Richtung, zu den Ragnarssons? Sigvarth, der mit hochrotem Gesicht eine Beleidigung erwiderte. Skuli der Kahle, der neben Ellas Leiche zögerte, als Ubbi ihm etwas zubrüllte.

Die ganze Armee war in Bewegung, teilte sich auf. Nach hundert Herzschlägen klaffte eine Lücke zwischen den beiden Gruppen, und sie drifteten immer noch weiter auseinander. Die Ragnarssons standen an der Spitze der einen, Brand, Thorvin und eine Handvoll andere an der Spitze der anderen.

»Die Gefolgsleute des Weges gegen den Rest«, murmelte der Wikinger mit dem Anhänger Freyrs hinter Shefs Rücken. »Und dazu noch ein paar deiner Freunde. Zwei zu eins gegen uns, schätze ich.«

»Du hast die Armee gespalten«, sagte ein Krieger aus der Mannschaft Magnus'. »Das ist eine große Tat, aber unbesonnen.«

»Die Maschine war geladen«, entgegnete Shef tonlos. »Ich mußte nur noch abdrücken.«

KAPITEL 6

SCHNEEFLOCKEN RIESELTEN aus dem windstillen Himmel, als die Mauern Yorks hinter der Armee zurückblieben. Nicht der Großen Armee. Die Große Armee würde nie wieder zusammenkommen. Der Teil des Heers, der die Befehlsgewalt der Ragnarssons nicht mehr anerkennen wollte und sie nicht mehr als Kameraden akzeptieren mochte – knapp zweitausendfünfhundert Mann – zog ab. Mit sich führten die Männer eine Unmenge von Pferden, Packpferden und -eseln und fünfzig hölzerne Karren, die unter der Last der schweren Beute ächzten: Bronze und Eisen, Schmiedewerkzeuge und Schleifsteine ebenso wie die Kisten mit den schlechten Münzen und einer Handvoll echten Silbers. Dazu kamen die Verwundeten, die nicht laufen oder sich auf dem Rücken eines Ponys halten konnten.

Der Rest der Armee verfolgte ihren Abzug auf den Stadtmauern. Einige der jüngeren und ungezügelteren Männer hatten gejubelt und gespottet und sogar einige Pfeile in den Boden hinter ihren ehemaligen Kameraden geschossen. Aber das Schweigen der Kolonne und das ihrer eigenen Anführer auf der Mauer hatte ihre Stimmung gedämpft. Sie zogen ihre Mäntel enger um sich und blickten in den Himmel und auf das erfrorene Gras auf den Hügeln vor der Stadt. Sie waren dankbar für ihre Quartiere, die Vorräte an Feuerholz, die Fensterläden und schützenden Wände.

»Es wird noch vor morgen früh stärker schneien«, murmelte Brand. Er ritt am Ende der Kolonne, dem neuralgischen Punkt bis sie aus der Reichweite der Ragnarssons waren.

»Du bist ein Nordländer«, entgegnete Shef. »Ich dachte, Schnee würde dir nichts ausmachen.«

»Nicht, solange der Frost länger bleibt«, sagte Brand. »Aber wenn es schneit und dann wieder taut wie in diesem Land, marschieren wir durch Matsch. Das laugt die Männer und die Tiere aus, und die Karren werden noch langsamer. Und wenn man unter solchen Bedingungen marschiert, braucht man Vorräte. Weißt du, wie lange ein Reiter dazu braucht, um sein eigenes Gewicht an Vorräten zu essen? Aber wir müssen einigen Abstand zwischen uns und die Ragnarssons bringen. Wer weiß, was sie als nächstes vorhaben.«

»Wohin marschieren wir?« fragte Shef.

»Das weiß ich nicht. Und überhaupt – wer führt die Armee eigentlich an? Alle denken, du tust es.«

Shef verstummte verblüfft.

Als die letzten dick vermummten Gestalten der Nachhut zwischen den Ruinen der Häuser des äußeren Yorks verschwanden, wandten sich die Ragnarssons ab und sahen einander an.

»Die wären wir los!« sagte Ubbi. »Ein paar Mäuler weniger zu stopfen; weniger Männer, mit denen wir teilen müssen. Was sind schon ein paar Hundert Anhänger des Weges? Mit ihren kümmerlichen Händen und schwachen Mägen.«

»Niemand hat Viga-Brand jemals kümmerliche Hände vorgeworfen«, entgegnete Halfdan. Seit dem *holmgang* hatte er nur zögerlich in die Attacken seiner Brüder auf Shef und seine Anhänger eingestimmt. »Und sie sind nicht alle Gefolgsleute des Weges.«

»Es ist egal, was sie sind«, sagte Sigurth. »Jetzt sind

sie unsere Feinde. Mehr brauchen wir nicht zu wissen. Aber wir können uns im Augenblick nicht leisten, sie zu bekämpfen. Wir müssen unsere Gewalt über die hier behalten…«

Er deutete mit dem Daumen auf eine kleine Gruppe, die sich einige Meter weiter drängte: Erzbischof Wulfhere mit einem Knäuel der schwarzen Mönche, darunter die dürre, blasse Gestalt des Diakons Erkenbert, jetzt der Meister der Münzwerkstatt.

Ivar lachte unvermittelt auf. Seine drei Brüder sahen ihn unsicher an.

»Wir brauchen nicht gegen sie zu kämpfen«, sagte er. »Das Verderben marschiert in ihren eigenen Reihen mit – zumindest für einige von ihnen.«

Wulfhere starrte der Kolonne ebenfalls mit finsterem Blick hinterher. »Da ziehen ein paar der Blutwölfe dahin«, sagte er. »Wenn sie früher gegangen wären, hätten wir uns vielleicht nie mit den übrigen einlassen müssen. Aber jetzt sind sie innerhalb unserer Mauern.« Er sprach lateinisch, damit feindlich gesinnte Ohren ihr Gespräch nicht aufschnappten.

»In diesen unruhigen Zeiten müssen wir der Weisheit der Schlange folgen«, entgegnete Erkenbert in derselben Sprache, »und der Gerissenheit der Taube. Aber wir können unsere Feinde überwinden – sowohl die innerhalb unserer Mauern wie die außerhalb.«

»Ich verstehe, wie du das für die Feinde hier meinst. Es sind jetzt weniger, und vielleicht kämpft man wieder gegen sie. Nicht wir in Northumbrien, aber die Könige im Süden – Burgred von Mercien und Ethelred von Wessex. Deshalb haben wir den verstümmelten Thane aus Ostanglien zwischen Ponys aufgehängt nach Süden geschickt. Er wird den Königen dort die Augen über die Wikinger öffnen und ihren erlahmten Kampfgeist neu anstacheln.«

»Aber was, Erkenbert, ist dein Plan, für die, die gerade abmarschieren? Was können wir mitten im Winter gegen sie unternehmen?«

Der kleine Diakon lächelte. »Die Männer dort draußen brauchen Vorräte, und die Plünderer aus dem Norden sind daran gewöhnt, sich zu nehmen, was sie brauchen. Aber jeder Mundvoll, den sie jetzt stehlen, fehlt dem Kind eines Mannes, bevor der Frühling kommt. Das wird selbst die Churls dazu anspornen, gegen sie zu kämpfen.«

Ich habe dafür gesorgt, daß ihnen dieser Ruf vorauseilt.

Die Angriffe begannen, als sich der kurze Wintertag dem Ende zuneigte. Anfangs waren es kaum mehr als Nadelstiche: Einzelne Churls warfen einen Stein oder schossen hinter Bäumen hervor einen Pfeil ab und machten sich dann hastig davon, ohne abzuwarten, ob sie ihr Ziel überhaupt getroffen hatten. Dann kam ein kleines Knäuel von ihnen näher. Die Wikinger mit Bögen nahmen ihre Waffen von den Rücken, versuchten die Bogensehnen trocken zu halten und schossen zurück. Die übrigen duckten sich hinter den Schilden zusammen, warteten, bis die Geschosse abgeprallt waren, und forderten ihre Feinde höhnisch auf, sich dem Kampf Mann gegen Mann zu stellen. Schließlich schleuderte ein aufgebrachter Wikinger einer huschenden Gestalt einen Speer hinterher, verfehlte ihn und bog fluchend vom Weg ab, um ihn zurückzuholen. Einen Augenblick lang verschwand er in einer wirbelnden Schneewolke. Als das Treiben nachließ, war keine Spur mehr von ihm zu sehen. Mit einiger Mühe stoppten seine Schiffskameraden, dreißig entschlossene Männer, die sich langsam dahinschleppende Kolonne und brachen auf, um ihn zu retten. Als sie mit der bereits aller Waffen und Wertsachen beraubten und verstümmelten Leiche zurückgewankt kamen, folgten ihnen wieder Pfeile aus dem Dämmerlicht.

Die Kolonne hatte sich fast eine Meile entlang der Straße auseinandergezogen. Kapitäne und Steuermänner trieben die Männer fluchend in eine breitere, kürzere Formation, die Bogenschützen an den Flanken, die Karren in der Mitte. »Sie können euch nichts anhaben«, rief Brand zum wiederholten Male. »Nicht mit ihren Jagdbögen. Schreit einfach laut und schlagt gegen eure Schilde; dann machen sie sich in die Hosen und rennen weg. Wenn jemand ins Bein getroffen wird, dann bindet ihn auf ein Lastpferd. Wenn nötig, dann laßt einen Teil des Plunders in den Karren zurück. Aber marschiert weiter.«

Bald erkannten die englischen Churls, was sie ausrichten konnten. Ihre Feinde waren schwer bepackt mit ihren Waffen und Rüstungen und den dicken Mänteln. Die Gegend war ihnen fremd. Die Churls dagegen kannten jeden Baum, Busch, Pfad und jedes Schlammloch. Sie konnten sich bis auf Hose und Umhang ausziehen, unbehindert heranstürmen und zuschlagen, noch bevor die Wikinger ihre Waffen unter den Mänteln hervorzuziehen vermochten. Keiner der Krieger würde sie mehr als ein paar Schritte in das Dunkel des Waldes verfolgen.

Nach einiger Zeit organisierte irgendein Dorfvorsteher die wachsende Zahl von Männern. Vierzig oder fünfzig Churls griffen zusammen die Westflanke der Kolonne an, machten die wenigen Männer mit Knüppeln und Sensen nieder und zerrten die Leichen davon wie Wölfe ihr Opfer. Wutentbrannt sammelten sich die Wikinger und verfolgten sie mit erhobenen Äxten und Schilden. Als sie knurrend zurückstolperten, ohne einen einzigen Engländer gefangen zu haben, sahen sie die liegengebliebenen Karren, deren Kutscher mit Streitäxten erschlagen worden waren. Die Ladeflächen der Karren standen offen, die Verwundeten darin waren nicht mehr länger eine Last. Frisch gefallener Schnee verdeckte schon beinahe die Blutflecken des Gemetzels.

Brand, der wie ein Eistroll die Kolonne auf- und abritt, wandte sich an Shef. »Sie glauben, sie hätten uns jetzt in der Tasche«, knurrte er. »Aber sobald es wieder hell wird, werde ich ihnen dafür eine Lehre erteilen. Das schwöre ich, und wenn es das letzte ist, was ich tue.«

Shef starrte ihn an; er blinzelte schnell, damit ihm keine Schneeflocken das Auge verklebten. »Nein«, sagte er. »Du denkst wie ein Carl, wie ein Carl der Großen Armee. Aber es gibt keine Armee mehr. Also dürfen wir nicht mehr wie Carls denken. Statt dessen müssen wir denken, wie du es mir unterstellst, wie ein Jünger Odins, des Schlachtenlenkers.«

»Und was sind deine Befehle, Bursche, der du noch nie in einer Schlachtreihe gestanden hast?«

»Ruf die Kapitäne zusammen, alle, die in Hörweite sind.« Shef zeichnete hastig einige Linien in den Schnee.

»Wir marschierten durch Eskrick, hier, bevor der Schneefall so stark wurde. Wir sind allenfalls noch eine Meile nördlich von Riccall.« Die versammelten Männer nickten verstehend. Die Gegend um York war ihnen von zahlreichen Beutezügen gut vertraut.

»Ich will, daß hundert ausgesuchte Männer, junge Männer, flink zu Fuß und noch nicht zu erschöpft, vorstoßen und Riccall einnehmen. Nehmt ein paar Gefangene – wir werden sie brauchen – und vertreibt die übrigen Einwohner. Wir werden dort die Nacht verbringen. Es ist nur ein Dorf, vielleicht fünfzig Hütten und eine Kirche aus Lehm. Aber wenn wir eng zusammenrücken, wird uns das genug Schutz bieten.

Vier Gruppen mit jeweils dreißig Mann patrouillieren entlang der Flanken der Kolonne. Die Engländer werden sich nicht herantrauen, wenn sie Angst haben, daß ihnen jemand den Rückweg abschneiden könnte. Ohne ihre Mäntel müssen sie in Bewegung bleiben, um nicht zu erfrieren. Alle anderen ziehen weiter und sorgen dafür, daß die Karren nicht zurückbleiben. Sobald wir in Riccall sind, blockiert ihr die Lücken zwischen den Hütten mit den Karren. Die Ochsen und wir bleiben in dem Ring. Wir werden Feuer machen und Unterstände errichten. Brand, such die Männer zusammen und bring sie auf Trab.«

Zwei ereignisreiche Stunden später saß Shef auf einem Stuhl in dem Langhaus des Thanes von Riccall und starrte einen grauhaarigen, älteren Engländer an. Das Haus war mit Wikingern vollgestopft, die sich überall ausstreckten oder kauerten und dampften, als ihre gesammelte Körperwärme langsam die durchnäßten Kleider trocknete. Wie befohlen schenkte keiner von ihnen Shef Beachtung.

Zwischen den beiden Männern stand ein Lederkrug mit Bier auf einem grob gezimmerten Tisch. Shef nahm einen Schluck und musterte den Mann gegenüber eingehend; er schien seine fünf Sinne noch beisammen zu haben. Ein eiserner Kragen umschloß seinen Hals.

Shef schob ihm den Krug hin. »Du hast mich trinken sehen, jetzt weißt du, daß es nicht vergiftet ist. Also trink. Wenn ich dir etwas antun wollte, gäbe es einfachere Wege für mich.«

Die Augen des Thralls weiteten sich, als er das flüssige Englisch hörte. Er griff nach dem Krug und nahm einen gierigen Schluck.

»An welchen Herrn zahlt ihr eure Abgaben?«

Der Mann leerte den Krug, bevor er antwortete. »Thane Ednoth gehört das meiste Land, König Ella hat es ihm überlassen. Aber er ist in der Schlacht gefallen. Der Rest gehört den schwarzen Mönchen.«

»Habt ihr letzten Michaelstag eure Pacht bezahlt? Wenn nicht, dann hoffe ich nur, daß ihr das Geld gut versteckt habt. Die Mönche sind streng mit säumigen Schuldnern.«

Angst blitzte im Gesicht des Sklaven auf, als Shef die Mönche und ihre Strafen erwähnte.

»Du trägst einen Eisenkragen, dann weißt du, was die Mönche mit entlaufenen Sklaven anstellen. Hound, zeig ihm deinen Hals.«

Wortlos streifte Hound den Anhänger Iduns ab und reichte ihn Shef. Dann zog er sein Hemd zurück und entblößte die Schwielen und Striemen, die der Eisenkragen über die Jahre hinterlassen hatte.

»Sind viele entlaufene Sklaven hier gewesen? Männer, die dir hiervon erzählten?« Shef hob den Anhänger Iduns hoch und gab ihn Hound zurück. »Oder von diesen.« Er deutete auf Thorvin, Vestmund, Farman und die anderen Priester, die sich einige Schritte weiter drängten. Auf Shefs Zeichen zeigten sie ebenfalls wortlos ihre Anhänger.

»Wenn sie dir davon erzählten, dann vielleicht auch davon, daß man Männern mit diesen Zeichen vertrauen kann.«

Der Sklave senkte zitternd den Blick. »Ich bin ein guter Christ. Ich weiß nichts von diesen heidnischen Dingen…«

»Ich rede von *Vertrauen* – nicht von heidnisch oder christlich.«

»Ihr Wikinger macht Sklaven, ihr befreit sie nicht.«

Shef streckte den Arm aus und pochte auf den Eisenkragen. »Es war kein Wikinger, der dir das hier angelegt hat. Und außerdem bin ich selbst Engländer. Erkennst du das nicht daran, wie ich rede? Jetzt hör mir genau zu. Ich werde dich ziehen lassen. Sag den Churls dort draußen in der Nacht, daß sie uns nicht mehr angreifen sollen, denn wir sind nicht ihre Feinde – die sitzen immer noch in York. Wenn deine Kameraden uns ziehen lassen, wird niemand zu Schaden kommen. Und dann berichte deinen Freunden von diesem Banner.«

Shef deutete zum gegenüberliegenden Ende des rauchgeschwängerten, dampfenden Raums auf mehrere Huren der Armee. Die Frauen standen auf und entfalteten das große Banner, an dem sie hektisch gearbeitet hatten. Mit silbernem Faden hatten sie einen doppelköpfigen Schmiedehammer aus weißem Leinen auf rote Seide genäht.

»Die andere Armee, die, die wir hinter uns gelassen haben, marschiert unter einem schwarzen Raben, einem Aasfresser. Und ich sage dir, das Zeichen der Christen steht für Folter und Tod. Unser Zeichen ist das eines Schöpfers. Sag ihnen das. Und damit du siehst, was der Hammer für dich tun kann, nehmen wir dir den Eisenkragen ab.«

Der Sklave zitterte vor Angst. »Nein, wenn die schwarzen Mönche zurückkommen…«

»…werden sie dich auf furchtbare Weise zu Tode foltern. Vergiß das nicht und sag es den anderen. Wir Heiden boten dir an, dich zu befreien. Aber deine Angst vor den Christen ist zu groß. Und jetzt geh!«

Der Sklave zögerte. »Ich bitte euch nur um eines, Herr. Tötet mich nicht für meine Worte, aber… eure Männer leeren die Speicher und nehmen uns die Wintervorräte. Wenn ihr das tut, wird es noch vor dem Frühling leere Mägen und tote Kinder geben.«

Shef seufzte. Der nächste Schritt würde schwierig sein. »Brand, bezahl den Thrall. Bezahl ihn mit gutem Silber, nicht mit dem Plunder des Erzbischofs.«

»Ich ihn bezahlen! Er sollte mich bezahlen! Was ist mit Wergeld für die Männer, die wir verloren haben? Und seit wann bezahlt die Armee für ihren Proviant?«

»Es gibt keine Armee mehr. Und er schuldet dir kein Wergeld. Du bist in sein Land eingedrungen. Bezahl ihn. Ich sorge dafür, daß es nicht dein Schaden sein wird.«

Brand murmelte leise vor sich hin, als er seinen Beutel öffnete und sechs silberne Pennies aus Wessex abzählte.

Der Sklave traute kaum seinen Augen. Er starrte die glänzenden Münzen an, als ob er noch nie Geld wie dieses gesehen hätte; vielleicht hatte er es wirklich nicht.

»Ich werde es ihnen erzählen«, rief er. »Und auch von dem Banner.«

»Wenn du das tust und heute nacht zurückkommst, zahle ich dir noch einmal sechs Pennies – und die kannst du für dich behalten.«

Brand, Thorvin und die übrigen warfen Shef skeptische Blicke zu, als eine Eskorte den Sklaven hinaus und an den Feuern der Wachen vorbeiführte.

»Du wirst weder das Geld noch den Sklaven jemals wieder sehen«, sagte Brand.

»Warten wir's ab. Jetzt brauche ich zweihundert Männer mit unseren besten Pferden und einer guten Mahlzeit im Magen. Wenn der Sklave zurückkommt, müssen sie zum Aufbruch bereit sein.«

Brand öffnete einen der Fensterläden einen Spaltbreit und starrte in die Nacht und den wirbelnden Schnee. »Wozu?« brummte er.

»Ich muß deine zwölf Pennies zurückholen. Und ich habe noch eine Idee.« Langsam kratzte Shef mit der Messerspitze Linien in den Tisch vor sich, die Stirn vor Konzentration gerunzelt.

Anders als die schwarzen Mönche der Klosterkirche St. Peter in York besaßen die Mönche von St. Johns in Beverley nicht die sicheren Mauern einer alten Römerfestung. Statt dessen konnten ihre Pächter und die Männer aus der Ebene östlich der Yorkshire Wolds zweitausend kräftige Krieger aufbieten und darüber hinaus noch viele Speerwerfer und Bogenschützen.

Den ganzen Herbst hindurch, als die Wikinger in kleinen Einheiten Yorkshire plünderten, hatten sie gewußt, daß nur ein größeres Aufgebot der Großen Armee sie bedrohen konnte. Gleichzeitig war ihnen klar gewesen, daß ihnen früher oder später ein Angriff der Wikinger bevorstand. Der Mesner war bereits vor Monaten mit den wertvollsten Reliquien der Klosterkirche verschwunden und Tage später mit einer Nachricht zurückgekehrt, die ausschließlich für die Ohren des Abts bestimmt gewesen war. Sie hatten die Hälfte ihrer Streitmacht in der Stadt behalten, die andere verteilte sich auf ihre Besitzungen, um die Ernte und die Vorbereitungen für den Winter zu beaufsichtigen. In dieser Nacht fühlten sie sich sicher. Ihre Späher hatten gesehen, wie sich die Große Armee gespalten hatte, und ein Teil von ihr war nach Süden marschiert.

Aber in der Mitte des Winters dauerte die Nacht sechzehn Stunden: Mehr als genug Zeit für entschlossene Männer, um vierzig Meilen zu reiten. Auf den ersten Meilen folgten Shef und seine ausgesuchten Reiter schlammigen, sich schlängelnden Viehwegen, dann kamen sie zügig voran, als sie ihre Pferde die besseren Straßen der Yorkshire Wolds entlang führten. Sie verloren etwas Zeit, weil sie die Dörfer auf dem Weg umgingen, aber ihr Führer, der Sklave Tida, leitete sie zuverlässig und verließ sie erst, als sie im ersten Licht der Dämmerung den Turm der Klosterkirche Beverleys erblickten. Aus den Hütten der Wachen krochen gerade erst die ersten Sklavinnen, um die Feuer zu entzünden und das Korn für die Frühstücksgrütze zu mahlen. Beim Anblick der Wikinger rannten sie kreischend und jammernd zurück in die Hütten, um ungläubige Krieger aus den Decken zu zerren – nur um für ihre Mühen Närrinnen gescholten und Teil der völligen Verwirrung zu werden, mit der die Engländer auf Überraschungen zu reagieren pflegten.

Shef stieß die großen hölzernen Türen der Klosterkirche zur Seite und trat ein, die drängelnden Kameraden dicht auf den Fersen.

Aus der Kirche drang der Wechselgesang der Mönche, die auf beiden Seiten des Hauptschiffs saßen und die süßen Choräle, die die Geburt des Christkinds verkündeten, sangen. Keine anderen Kirchgänger waren anwesend, obwohl ihnen das Gotteshaus offenstand. Die Mönche intonierten ihre Lobgesänge jeden Tag, ganz gleich, ob ihnen jemand lauschte oder nicht. In der Dämmerung eines Wintermorgens erwarteten sie keine Zuhörer.

Als die Wikinger den Gang entlangschritten, der zum Hochaltar führte – in ihre nassen Mäntel gehüllt, die einzige sichtbare Waffe die Hellebarde über Shefs Schulter –, starrte sie der Abt entsetzt von seinem großen Stuhl in der Empore an. Einen Augenblick lang verließen Shef Nerven und Verstand im Angesicht der Erhabenheit der Kirche, in der er aufgewachsen, die er verehrt hatte.

Er räusperte sich; unsicher, wie er beginnen sollte.

Den hinter ihm stehenden Guthmund, einen Kapitän aus dem schwedischen Kattegat, plagten keinerlei Skrupel oder Zweifel. Sein ganzes Leben lang hatte er sich gewünscht, bei der Plünderung einer wahrhaft großen Kirche dabei zu sein, und er hatte nicht die Absicht, sich diesen Moment von den schwachen Nerven eines Anfängers verderben zu lassen. Zuvorkommend schob er seinen jungen Anführer beiseite, packte den nächsten Mönch am Talar und schleuderte ihn in den Gang. Mit einer schnellen Bewegung zog er die Axt unter dem Mantel hervor und versenkte sie in das Geländer des Altars. Ein dumpfer Schlag hallte durch die Kirche.

»Schnappt euch die Schwarzkutten«, blaffte er. »Durchsucht sie, und bringt sie in die Ecke dort drüben. Tofi, hol diese Kerzenleuchter. Frani, ich will diesen Teller da. Snok und Uggi, ihr seid doch Leichtgewichte. Seht ihr die Statue da?« Er zeigte auf das große Kruzifix hoch über dem Altar, das traurig auf sie herabblickte. »Klettert hinauf und nehmt ihm die Krone ab. Sieht von hier wie echtes Gold aus. Ihr übrigen dreht alles um und schüttelt es durch, nehmt alles mit, was auch nur im entferntesten glänzt. Ich will, daß ihr den Laden hier ausräumt, bevor die Hundesöhne hinter uns überhaupt nur ihre Stiefel angezogen haben. Und du…« Er ging auf den Abt zu, der auf seinem Thron in sich zusammensank.

Shef drängte sich zwischen die beiden. »Ihr, Pater«, setzte er auf Englisch an. Die vertraute Sprache ließ den Blick des Abtes versteinern; er war gleichzeitig erschrocken und tödlich beleidigt. Shef zauderte einen Augenblick – dann erinnerte er sich daran, daß die Innenseite der Kirchentür, wie viele andere, mit Haut überzogen war. Der eines Menschen, gehäutet bei lebendigem Leibe für die Sünde des Sakrilegs, den Diebstahl von Kircheneigentum. Er stählte sein Herz.

»Deine Wachen werden bald hier sein. Wenn du leben willst, dann mußt du sie uns vom Leib halten.«

»Nein!«

»Dann stirbst du jetzt.« Die Spitze seiner Hellebarde drückte gegen die Kehle des Priesters.

»Wie lange?« Die zitternden Hände Abtes umklammerten die Hellebarde, ohne sie wegstoßen zu können.

»Nicht lange. Dann dürft ihr uns und eurem Eigentum nachjagen. Also tu, was ich sage…«

Hinter ihm hallte das Krachen von Holz. Guthmund zerrte einen Mönch vor. »Ich glaube, das ist der Mesner. Er sagt, der Schatz wäre fort.«

»Das stimmt«, gab der Abt zu. »Alles wurde vor Monaten versteckt.«

»Was versteckt wurde, kann auch wiedergefunden

werden«, sagte Guthmund. »Ich fange mit dem jüngsten an, damit sie merken, daß ich keinen Spaß mache. Nach dem ersten oder zweiten toten Mönch wird der Mesner plaudern.«

»Das wirst du nicht«, befahl Shef. »Wir nehmen sie mit uns. Die Gefolgsleute des Weges werden nicht foltern. Die Asen haben es verboten. Außerdem haben wir schon gute Beute gemacht. Jetzt schafft sie raus, damit die Wachen sie sehen können. Vor uns liegt noch ein langer Ritt.«

In dem zunehmenden Licht bemerkte Shef etwas an der Wand: Eine glatt gestrichene Pergamentrolle mit einem ihm unbekannten Bild.

»Was ist das?« fragte er den Abt.

»Für einen wie dich ist es wertlos. Am Rahmen ist weder Gold noch Silber. Es ist eine *mappamundi*. Eine Karte der Welt.«

Shef riß das Pergament herunter, rollte es auf und steckte es in den Mantel. Dann trieb er den Abt und die Mönche nach draußen, vor die unregelmäßige Schlachtlinie der Engländer, die endlich aus ihren Betten gekrochen waren.

»Wir schaffen es nie zurück«, murmelte Guthmund wieder und griff sich einen metallisch rasselnden Sack.

»Das brauchen wir auch nicht«, antwortete Shef. »Du wirst schon sehen.«

KAPITEL 7

Burgred, der König Merciens, eines der beiden großen Königreiche Englands, das die Wikinger noch nicht erobert hatten, hielt am Eingang seiner privaten Gemächer kurz an, entließ seine Begleiter und ihren zahlreichen Anhang, legte seinen Marderfellmantel ab, gestattete es, daß man ihm die nassen Stiefel auszog und durch Pantoffeln aus weichem Schafsleder ersetzte, und genoß den Augenblick. Auf seine Anweisung hin warteten der junge Mann und sein Vater ebenso wie Edeling Alfred, der seinen Vater Ethelred repräsentierte, den König von Wessex – des zweiten verbliebenen großen englischen Reichs.

Zur Debatte stand das Schicksal Ostangliens. Der König dieses Landes war tot, es gab keinen Thronfolger, und das Volk war demoralisiert und verunsichert. Dennoch wußte Burgred, daß er mit seinen Truppen nicht einfach einmarschieren und Ostanglien seinem Reich einverleiben konnte. Die Ostangeln würden womöglich kämpfen, Engländer gegen Engländer, wie es schon oft zuvor geschehen war. Aber wenn er einen der ihren schicken würde – einen Adligen, der trotzdem die Armee, die er führte, und alles, was er besaß, König Burgred verdankte – mochten sie den Einmarsch vielleicht schlucken, zumindest hoffte er das.

Und dazu kam, daß dieser Adlige und dankbare junge Mann einen überaus nützlichen Vater hatte. Einen, der sozusagen – Burgred gestattete sich ein kaltes Lächeln –

das Zeugnis seiner Gegnerschaft mit den Wikingern am Leibe trug. Wer würde sich nicht um solch eine Galionsfigur scharen? Auch wenn sie eher ein ›Galionsrumpf‹ war. Burgred pries lautlos den Tag, an dem zwei Ponys und ihre Reiter ihn auf einer Bahre aus York gebracht hatten.

Und dann war da noch das wunderschöne Mädchen. Was für eine rührende Szene es gewesen war. Der junge Mann mit zurückgekämmtem Haar, der vor seinem Vater kniete, noch bevor man ihn von der Trage losgebunden hatte, und um Vergebung dafür flehte, daß er ohne seine Zustimmung geheiratet hatte. Nach all dem, was das Paar durchlitten hatte, hätte man ihm noch viel Schlimmeres vergeben, aber nein, der junge Alfgar hatte sich während der ganzen Sache vorbildlicher Schicklichkeit befleißigt. Es war dieser Geist, der England eines Tages zur größten aller Nationen machen würde. Anstand, dachte Burgred, *gedafenlicnis.*

Aber in Wirklichkeit hatte Alfgar zu Füßen seines Vater etwas ganz anderes gemurmelt: »Ich habe Godive geheiratet, Vater. Ich weiß, sie ist meine Halbschwester, aber sag nichts, sonst erzähle ich allen, du wärst verrückt. Und dann könnte dir ein Unfall zustoßen. Männer ohne Arme ersticken leicht. Und vergiß nicht, wir sind beide deine Kinder. Wenn wir Erfolg haben, könnten deine Enkel Prinzen sein. Oder Besseres.«

Und nach dem ersten Schock hatte sich Wulfgar damit angefreundet. Gut, sie hatten Inzest begangen, aber was machte schon so eine Kleinigkeit? Thryth, seine eigene Frau, hatte Unzucht mit einem Wikingerhäuptling getrieben, und niemand hatte deswegen etwas unternommen. Wenn aus Alfgars und Godives Inzest ein Kind hervorging wie das Sigemunds und seiner Schwester in den Legenden, konnte es nicht schlimmer sein als der Herumtreiber Shef, den er närrischerweise aufgezogen hatte.

Als der König Merciens den Raum betrat, erhoben sich die Männer und verbeugten sich. Die einzige Frau, die Schönheit aus Ostanglien mit dem traurigen Gesicht und den leuchtenden Augen, stand auf und knickste im neuen Stil der Franken. Auf ein Handzeichen Burgreds nahmen sie wieder ihre Plätze ein; Stühle standen für alle außer den König und den *heimnar* bereit. Wulfgar hätte aus eigener Kraft nicht die Balance auf einem Stuhl halten können.

»Ich habe Nachrichten aus Eoforwich«, verkündete der König. »Neuere als Ihr gebracht habt«, er deutete mit einem Nicken in Richtung Wulfgars, »und bessere. Und deshalb habe ich mich zu handeln entschlossen.«

»Es scheint, daß nach der Kapitulation der Kirche der Stadt und König Ellas…«

»Besser gesagt«, unterbrach ihn der junge Edeling aus Wessex, »nach dem schändlichen Verrat an König Ella durch die, die er beschützte.«

Burgred runzelte die Stirn. Der junge Mann hatte wenig Respekt vor Königen und nicht den geringsten für die Kirchenoberen.

»Nach seiner Kapitulation wurde König Ella leider auf abstoßendste Weise von den heidnischen Ragnarssons ermordet. Dabei hat sich der, den man den Knochenlosen nennt, besonders hervorgetan. Ella erging es genauso wie Eurem Herrn, dem Edlen Edmund«, fügte er hinzu und nickte Wulfgar zu.

»Aber es scheint, daß darüber ein Streit unter den Heiden ausgebrochen ist. In der Tat erzählt man sich eine merkwürdige Geschichte. Angeblich wurde die Hinrichtung durch irgendeine Art von *Maschine* vorzeitig beendet. Bei allem, was in Eoforwich geschah, scheinen Maschinen im Spiel gewesen zu sein.

Doch die wichtigste Nachricht ist die vom Streit. Im Anschluß daran spaltete sich die Wikingerarmee.«

Überraschtes und erfreutes Raunen erfüllte den Raum.

»Ein Teil der Armee hat Eoforwich verlassen und marschiert nach Süden. Der kleinere Teil, aber immer noch ein ernstzunehmender Gegner. Ich muß mich eins fragen: Wohin wollen sie? Und ich sage, sie ziehen zurück nach Ostanglien, woher sie kamen.«

»Zurück zu ihren Schiffen«, stieß Alfgar hervor.

»Das könnte sein. Aber ich fürchte, daß die Ostangeln nicht gegen sie kämpfen werden. Sie haben ihren König und zu viele Anführer, Thanes und Krieger in der Schlacht am Stour verloren, aus der Ihr, junger Alfgar, Euch so tapfer herausgekämpft habt. Dennoch, wie ihr mir alle sagt«, Burgred warf Alfred einen sarkastischen Blick zu, »müssen die Wikinger bekämpft werden.«

»Also werde ich einen Feldherrn nach Ostanglien entsenden, mit einer starken Streitmacht meiner Männer, um die er seine eigene scharen kann.«

»Euch, Alfgar, Sohn Wulfgars. Ihr kommt aus dem Nordvolk. Euer Vater war ein Thane König Edmunds. Eure Familie hat mehr verloren und mehr gewagt als jede andere. Ihr werdet das Königreich wieder auf die Beine bringen.«

»Nur daß es nicht länger ein Königreich sein kann«, warf Alfred ein.

Burgred starrte den junge Edeling von Wessex wütend an: Seine Augen waren so blau und sein Haar so blond wie das Alfgars, er war ein wahrer Prinz aus königlichem Geschlecht. Aber er hatte etwas Sonderbares, Eigensinniges an sich. Etwas Verschlagenes. Sie wußten beide, daß das der springende Punkt war. Burgred von Mercien hatte ebensowenig Anspruch auf Ostanglien wie Ethelred von Wessex. Aber der, der die Lücke füllte, würde eindeutig der mächtigere der beiden sein.

»Was für einen Titel würde ich führen?« fragte Alfgar vorsichtig.

»Alderman. Des Nord- und Südvolks.«

»Das sind zwei Grafschaften«, wandte Alfgar ein. »Ein Mann kann nicht gleichzeitig der Alderman zweier Grafschaften sein.«

»Die Zeiten haben sich geändert und die Dinge mit ihnen«, antwortete Burgred. »Aber was Ihr sagt, ist wahr. Mit der Zeit werdet Ihr vielleicht einen neuen Titel erringen, Alfgar. Ihr könntet werden, was die Priester einen *subregulus* nennen. Ihr könntet mein Unterkönig werden. Sagt, werdet Ihr mir und Mercien treu dienen? Mit Leib und Seele?«

Wortlos kniete Alfgar vor dem König nieder und legte die Hände zwischen die Knie, um seine Unterwerfung zu signalisieren. Der König klopfte ihm auf die Schulter und zog ihn hoch.

»Wir werden das hier in Kürze formell beschließen. Ich wollte jetzt nur sicherstellen, daß wir uns alle einig sind.« Er wandte sich an Alfred. »Und ja, junger Edeling, ich weiß, daß Ihr nicht zugestimmt habt. Aber berichtet Eurem König und Bruder von unserer Abmachung. Er soll auf seiner Seite der Themse bleiben, dann bleibe ich auf der meinen. Aber das Land nördlich der Themse und südlich des Humber – das gehört mir. Alles.«

Burgred ließ die gespannte Stille einen Augenblick lang über dem Raum lasten, dann versuchte er, sie zu zerstreuen. »Da ist noch etwas Merkwürdiges. Die Ragnarssons waren von jeher die Führer der Großen Armee, aber sie sind alle in Eoforwich geblieben. Manche Geschichten besagen, die Wikinger, die abgezogen sind, hätten keinen Anführer, die anderen, sie hätten derer viele. Aber eine Geschichte behauptet, ihr wichtigster Anführer wäre ein Engländer. Seiner Sprache nach zu urteilen ein Mann aus Ostanglien. Aber der Bote konnte mir nur sagen, wie ihn die Wikinger nennen, Skjef Sigvarthsson. Was könnte das wohl auf Englisch heißen?«

»Shef!« Die schweigsame Frau keuchte den Namen. Ihre großen Augen leuchteten vor Freude auf. Ihr Ehemann starrte sie an, als ob er sie mit der Rute züchtigen wollte, während ihr Schwiegervater rot anlief und krampfhaft gegen die Wand starrte.

»Ich dachte, du hättest für seinen Tod gesorgt«, knurrte der Heimnar anklagend.

»Das werde ich nachholen«, murmelte Alfgar. »Gebt mir ein paar Männer dafür.«

Fast zweihundert Meilen weiter nördlich drehte sich Shef wieder einmal im Sattel um und blickte zurück, ob die Nachhut Schritt hielt. Es war wichtig, daß alle Männer eng beieinander und in Hörweite blieben. Shef wußte, daß eine vierfache Übermacht ihnen auf der schlammigen Straße folgte, die zum Nichtstun verurteilt war, solange die Wikinger die dreißig Geiseln, die Mönche St. Johns und ihren Abt Saxwulf, in ihrer Hand hatten. Sie mußten trotz der langen Nacht, die hinter ihnen lag, das Tempo halten, damit ihnen nicht die Nachricht ihres Kommens vorauseilte und man ihnen einen heißen Empfang bereitete.

Der salzige Geruch des Meeres führte sie – und bald darauf, als sie einen sanften Hügel erklommen, lag unverkennbar der Felsen von Flamborough Head vor ihnen. Shef trieb die Vorhut mit einem gellenden Ruf und einer ausladenden Handbewegung an.

Guthmund fiel etwas zurück, in der Hand die Zügel des Pferdes des Abtes. Shef winkte ihn heran. »Halte das Tempo – und bleib in meiner Nähe.«

Mit einem Schlachtruf gab er seinem erschöpften Wallach die Sporen und holte die gesamte Kavalkade, hundertzwanzig Wikinger und dreißig Geiseln, gerade in dem Moment ein, als sie den langen Abhang zu den jämmerlichen Hütten Bridlingtons hinuntergaloppierte.

Sofort brach das Chaos los. Frauen rannten hin und

her und schnappten in Lumpen gekleidete Kinder, Männer griffen nach den Speeren, ließen sie wieder fallen; einige suchten Schutz unter den Booten, die man auf den schmutzigen, schneebedeckten Strand gezogen hatte. Shef riß das Pferd herum und zeigte den Abt wie eine Trophäe vor. Mit seinem schwarzen Gewand war er unverkennbar.

»Friede«, schrie er. »Friede. Ich will zu Ordlaf.«

Aber Ordlaf, der Vogt von Bridlington, der Fänger Ragnars stand bereits auf dem Dorfplatz. Er löste sich aus dem Knäuel der sich eng zusammengedrängten, verängstigten Dorfbewohner, beäugte die Wikinger und Mönche mit aufgerissenen Augen und übernahm widerstrebend die Verantwortung.

»Zeig ihnen den Abt«, rief Shef in Richtung Guthmunds. »Sorge dafür, daß die Reiter hinter uns auf Abstand bleiben.« Er zeigte auf den Vogt Ordlaf. »Wir beide haben uns schon mal getroffen. An dem Tag, an dem du Ragnar gefangen hast.«

Er rammte die Spitze der Hellebarde in den sandigen Boden und stieg ab. Dann legte er die Hand auf die Schulter des Vogts, zog ihn etwas abseits, außerhalb der Hörweite des wütend funkelnden Abts, und sprach eindringlich auf ihn ein.

»Das ist unmöglich«, sagte Ordlaf eine Minute später. »Das geht nicht.«

»Wieso nicht? Gut, der Seegang ist hoch, und es ist kalt, aber der Wind kommt aus dem Westen.«

»West Südwest«, verbesserte Ordlaf ihn automatisch.

»Mit ihm im Segel kannst du die Küste hinunterfahren. Nach Spurn Head. Das sind keine 25 Meilen. Bei Einbruch der Dunkelheit sind wir da. Wir bleiben die ganze Zeit an der Küste. Ich verlange nicht, daß wir die See überqueren. Wenn das Wetter wechselt, werfen wir den Treibanker und stehen es an Ort und Stelle durch.«

»Sobald wir um die Landspitze herum sind, kommt der Wind direkt von vorne.«

Shef zeigte mit dem Daumen über die Schulter. »Du hast die besten Ruderer der Welt bei dir. Du setzt sie einfach an ihre Plätze und thronst wie ein Fürst am Steuerriemen.«

»Aber… was ist, wenn mir der Abt hinterher seine Männer auf den Hals hetzt, um mich auszuräuchern?«

»Du hast es nur getan, um dem Abt das Leben zu retten.«

»Ich bezweifle, daß er mir dafür dankbar sein wird.«

»Du kannst dir Zeit mit dem Zurückkommen lassen. Zeit genug, um das zu verstecken, was wir dir bezahlen werden. Silber aus der Klosterkirche. Dein Silber. Euren Zehnten für ein Jahr. Versteck es und schmelz es ein. Sie werden nie herausfinden, woher es kommt.«

»Hm… wer sagt mir, daß du mir und meinen Männern nicht einfach die Kehle durchschneidest?«

»Niemand – aber dir bleibt kaum eine Wahl. Entscheide dich.«

Der Vogt zögerte noch einen Moment. Er dachte an Merla, den Vetter seiner Frau, den der hinter ihm stehende Abt versklavt hatte, weil er mit dem Zehnten in Rückstand geraten war. Und an Merlas Frau und Kinder, die seitdem nur noch von Almosen lebten.

»In Ordnung. Aber tu so, als ob du hart mit mir umspringst.«

Shef explodierte in vorgetäuschter Wut, holte nach dem Kopf des Vogts aus und zog das Messer aus der Scheide. Der Vogt wandte sich ab und schrie dem kleinen Knäuel Männer, das sich ein paar Meter weiter zusammendrängte, Befehle zu. Zögerlich schoben die Männer Fischerboote in die Brandung, richteten Masten auf und schleppten Segel aus den Schuppen. Eng zusammengedrängt gingen die Wikinger an den Strand, die Geiseln in ihrer Mitte. Mit kaum hundert

Schritten Abstand folgten ihnen fünfhundert englische Reiter, eher geneigt anzugreifen, als zuzusehen, wie ihnen die Geiseln endgültig entglitten. Nur die glänzenden Waffen über den tonsurierten Köpfen hinderten sie daran, die Wikinger auf der Stelle zu überrennen.

»Halt sie zurück!« befahl Shef dem Abt brüllend. »Sobald wir an Bord sind, laß ich die Hälfte deiner Leute ziehen. Du und der Rest bekommen ein Beiboot, sobald wir auf See sind.«

»Ich nehme an, du weißt, daß wir damit die Pferde verlieren«, warf Guthmund trübsinnig ein.

»Du hast sie sowieso gestohlen. Du kannst ein andermal neue stehlen.«

»Also ruderten wir bei Einbruch der Dunkelheit in die Mündung des Humber, zogen die Boote für die Nacht an Land und am Morgen ruderten wir flußaufwärts, um euch zu treffen. Mit der Beute.«

»Wieviel ist es?« fragte Brand, der unter den anderen Mitgliedern des improvisierten Rates saß.

»Ich habe alles gewogen«, sagte Thorvin. »Der Abendmahlsteller, die Kerzenleuchter, diese kleinen Kisten, in denen die Christen die Knöchel ihrer Heiligen aufbewahren, das Gefäß für die Hostien, diese Dinger, in denen sie Weihrauch verbrennen – und eine Menge Münzen. Ich dachte, Mönche dürften kein Eigentum besitzen, aber Guthmund sagt, man hätte sie nur hart genug schütteln müssen, dann kamen ihre Beutel zum Vorschein. Also, abzüglich dem, was Shef den Fischern gab, haben wir immer noch 92 Pfund Silber.«

»Aber noch besser ist das Gold. Die Krone, die ihr dem Christus am Kreuz abnahmt, war aus purem Gold und schwer. Und dasselbe gilt für einen Teil des Tellers. Das sind noch einmal vierzehn Pfund. Und wir rechnen, daß ein Pfund Gold acht Pfund Silber entspricht. Also entspricht das noch einmal über hundert Pfund Silber.«

»Also zusammen über zweihundert Pfund«, sagte Brand nachdenklich. »Wir werden das unter allen Mannschaften aufteilen. Die einzelnen Mannschaften können dann selbst entscheiden, wie sie es unter sich verteilen wollen.«

»Nein«, sagte Shef.

»Du benutzt dieses Wort in letzter Zeit häufig«, entgegnete Brand.

»Weil ich weiß, was zu tun ist – die anderen nicht. Wir werden das Geld nicht aufteilen. Es ist die Kriegskasse der Armee. Dafür habe ich es geholt. Wenn wir es aufteilen, wird jeder von uns ein bißchen reicher sein. Ich dagegen will es dafür einsetzen, daß wir alle sehr viel reicher werden.«

»Wenn du es so ausdrückst«, sagte Thorvin, »wird sich die Armee damit abfinden, denke ich. Du hast es erbeutet. Du hast das Recht zu sagen, was deiner Meinung nach damit geschehen soll. Aber wie werden wir alle sehr viel reicher?«

Shef zog die *mappamundi*, die er von der Wand der Klosterkirche gerissen hatte, aus dem Mantel. »Seht euch das an«, sagte er. Ein Dutzend Köpfe beugten sich über das riesige Pergament. Mit unterschiedlichen Graden von Verwirrung starrten die Gesichter auf die gekritzelten Linien.

»Könnt ihr die Buchstaben lesen?« fragte Shef.

»Dort, in der Mitte«, sagte Skaldfinn, der Priester Heimdalls, »wo das kleine Bild ist, steht ›Hierusalem‹. Das ist die heilige Stadt der Christen.«

»Lügen, wie üblich«, sagte Thorvin abfällig. »Dieser schwarze Rand soll der Ozean sein, die große See, die Midgard, die die Welt umgibt. Sie behaupten, ihre heilige Stadt wäre der Mittelpunkt der Welt. Aber was soll man von den Christen schon anderes erwarten?«

»Seht euch die Ränder an«, brummte Brand. »Seht euch an, was die Karte dir über Orte sagt, die wir kennen. Wenn sie über die lügt, dann wird der Rest auch Lüge sein, wie Thorvin sagt.«

»›*Dacia et Gothia*‹«, las Skaldfinn laut. »›Gothia‹. Das muß das Land der Gauten sein, im Süden der Schweden. Außer wenn sie Gotland meinen. Aber Gotland ist eine Insel, aber das hier ist keine. Und daneben – daneben ist ›Bulgaria‹.«

Der Rat brach in schallendes Gelächter aus. »Die Bulgaren sind die Gegner des Kaisers der Griechen, in Miklagard«, sagte Brand. »Es ist eine Reise von mindestens zwei Monaten vom Land der Gauten bis zu dem der Bulgaren.«

»Auf der anderen Seite von Gothia haben sie ›Slesvic‹ eingezeichnet. Wenigstens das ist klar. Wir kennen alle das Slesvic der Dänen. Daneben steht noch etwas: ›*Hic abundant leones.*‹ Das heißt: ›Dort gibt es viele Löwen.‹«

Wieder lachten die Männer. »Ich war ein dutzendmal in Schleswig«, sagte Brand. »Und ich habe dort Männer getroffen, die von Löwen erzählten. Das sind sehr große Katzen, und sie leben in dem heißen Land südlich von Sarkland. Aber in Schleswig hat es nie auch nur einen einzigen Löwen gegeben. Du verschwendest deine Zeit mit dieser – wie nennst du sie? – dieser *mappa*. Sie ist nur blanker Unsinn, wie alles, was die Christen als Weisheit ansehen.«

Shefs Finger fuhr weiter an den Schriftzeichen entlang, während er gleichzeitig halblaut die Buchstaben murmelte, die im Pater Andreas mit mäßigem Erfolg beigebracht hatte.

»Da ist etwas auf Englisch«, sagte er. »In einer anderen Handschrift als der Rest. ›*Suth-Bryttas*‹, daß heißt ›Süd-Briten‹.«

»Damit sind die Bretonen gemeint«, sagte Brand. »Sie leben auf einer großen Halbinsel jenseits der Englischen See.«

»Also ist das nicht so falsch. Man kann also auch

Wahres auf einer *mappa* finden. Wenn man es daraufgeschrieben hat.«

»Ich verstehe immer noch nicht, wie uns das hier reich machen soll«, antwortete Brand. »Du hast gesagt, daß du uns reich machst.«

»Das hier wird es nicht tun.« Shef rollte das Pergament zusammen und schob es beiseite. »Aber vielleicht die Idee dahinter. Wir müssen mehr wichtige Dinge erfahren. Vergeßt nicht – wenn wir vor ein paar Tagen im Schnee nicht gewußt hätten, wo Ricall ist, hätten die englischen Churls uns vielleicht abgeschnitten und aufgerieben. Als ich nach Beverley aufbrach, wußte ich die ungefähre Richtung, aber ohne einen Führer, der die Straßen kannte, hätten wir die Klosterkirche nie gefunden. Und ich habe Bridlington und den Mann, der uns aus der Falle segeln konnte, nur deshalb gefunden, weil ich schon einmal dort gewesen bin.

Versteht ihr, was ich meine? Wir wissen vieles, aber unser ganzes Wissen hängt von einzelnen Männern ab. Aber kein einziger von uns weiß alleine genug. Eine *mappa* sollte das Wissen vieler Männer bewahren. Und wenn wir so eine hätten, könnten wir uns in Gegenden zurechtfinden, in denen wir vorher noch nie gewesen sind. Wir könnten Entfernungen bestimmen.«

»Also machen wir so eine *mappa* mit Wissen«, sagte Brand bestimmt. »Und jetzt sag mir, wie wir reich werden.«

»Wir haben noch einen zweiten kostbaren Besitz«, sagte Shef. »Und den bekamen wir nicht von den Christen. Thorvin wird euch davon berichten. Ich habe ihn selbst erkauft, von Munin, Odins Raben. Ich erkaufte ihn mit Pein. Zeig es ihnen, Thorvin.«

Thorvin zog ein dünnes, rechteckiges Brett unter dem Umhang hervor. Jemand hatte darauf kleine Runen eingeritzt und mit roter Farbe nachgezogen.

»Es ist ein Rätsel. Wer es löst, wird den Schatz Raedwalds, des Königs der Ostangeln finden. Das ist es, wonach Ivar letzten Herbst gesucht hat. Aber König Edmund nahm das Geheimnis mit ins Grab.«

»Ein Königsschatz«, sagte Brand. »Gut, der könnte etwas wert sein. Aber zuerst müssen wir das Rätsel lösen.«

»Das kann eine *mappa* für uns tun«, sagte Shef bestimmt. »Wenn wir jedes Stück Wissen, das wir auftun, aufschreiben, werden wir schließlich genug Teile haben, um das Rätsel zu lösen. Aber wenn wir die Teile nicht aufschreiben, werden wir die ersten schon wieder vergessen haben, wenn wir zum letzten gelangen.

Und noch etwas.« Shef mühte sich mit einem Bild in seinem Kopf ab, dem Überrest einer Erinnerung, wie er hinunterblickte – auf eine Weise, wie kein Mensch es in Wirklichkeit jemals vermochte. »Selbst diese *mappa* kann uns nützen. Sie gibt uns eine Idee. Es ist so, als ob wir von oben auf die Welt herunterblickten. Als ob sie sich unter uns ausbreiten würde, so wie ein Adler sie sehen würde. Und so kann man Dinge finden.«

Guthmund brach das nachdenkliche Schweigen. »Aber bevor wir irgend etwas sehen oder finden, müssen wir entscheiden, wohin wir jetzt weiterziehen.«

»Und noch wichtiger«, ergänzte Brand, »wir müssen entscheiden, wie diese Armee geführt wird und welches Gesetz für sie gelten soll. Als wir noch Krieger der Großen Armee waren, lebten wir unter dem alten *hermanna lög* unserer Vorfahren – dem Gesetz der Krieger. Aber Ivar der Knochenlose hat es gebrochen, und ich habe kein Bedürfnis zu ihm zurückzukehren. Nun, ich weiß, daß nicht jeder in der Armee einen Anhänger trägt.« Er blickte Shef und Guthmund vielsagend an. »Aber ich denke, wir sollten uns darauf einigen, unter einem neuen Gesetz zu leben. *Vegmanna lög* würde ich es nennen. Das Gesetz des Wegvolkes. Aber zuallererst muß sich die Armee in einer offenen Versammlung darauf einigen, wem es die Macht gibt, Gesetze zu machen.«

Sofort brach eine erregte Debatte los. Aber Shefs Gedanken verweilten – wie so oft – bei anderen Fragen. Er wußte, was die Armee jetzt zu tun hatte. Sie mußten aus Northumbrien abmarschieren, die Ragnarssons hinter sich lassen und die Grafschaften des mächtigen König Burgred so schnell wie möglich durchqueren. Dann mußten sie sich in dem königlosen Reich der Ostangeln einrichten und von der Bevölkerung im Austausch für ihren Schutz Abgaben einziehen. Schutz vor Königen, Schutz vor den Äbten und Bischöfen. Der Umfang der Abgaben würde selbst Brand nach kurzer Zeit zufriedenstellen.

In der Zwischenzeit würde er an der *mappa* arbeiten. Und an dem Rätsel. Und am wichtigsten: Wenn er die Armee des Weges vor ihren Feinden schützen wollte, mußte er ihr neue Waffen geben. Neue Maschinen.

Als er vor seinem geistigen Auge ein neues Katapult skizzierte, bohrte sich eine Stimme in sein Bewußtsein, die heftig für ihren Platz im Rat der erblichen Jarle eintrat.

Es war die Sigvarths, seines Vaters, dessen Mannschaften sich im allerletzten Augenblick der abmarschierenden Kolonne angeschlossen hatten. Er wünschte, Sigvarth wäre zurückgeblieben. Er und sein Sohn mit dem Pferdegebiß, Hjörvarth. Dennoch, vielleicht würden sie sich nicht begegnen. Vielleicht würde die Armee keinen Rat der Jarle beschließen.

Shef konzentrierte sich wieder auf das Problem, wie er die Kraft des langsamen und umständlichen Gegengewichts ersetzen konnte. Seine Finger juckten danach, endlich wieder einen Hammer zu halten.

KAPITEL 8

VIER WOCHEN SPÄTER HATTE das Jucken in Shefs Fingern nachgelassen. Er stand auf dem Katapultstand außerhalb des behelfsmäßigen Lagers der Armee des Weges. Aber die Maschine, die hinter ihm stand, hätte selbst die Römer in Verwunderung versetzt.

»Runterlassen!« rief er der achtköpfigen Katapultmannschaft zu.

Der lange Balken senkte sich quietschend den wartenden Händen entgegen. Der zehn Pfund schwere Stein ruhte in der an einem Haken befestigten ledernen Schlinge.

»Anspannen!« Die acht stämmigen Wikinger am anderen Ende des Katapultarms legten ihr Gewicht in die Seile und sammelten ihre Kräfte für den Zug. Shef spürte wie der Arm – der 15 Fuß lange Mast eines Langschiffs, den man unmittelbar über dem Deck abgesägt hatte – sich zwischen seinem und ihrem Gewicht bog, dann verlor er den durchnäßten Boden unter den Füßen.

»Zieht!« Die Wikinger zogen wie ein Mann. Jeder von ihnen legte sein gesamtes Gewicht und seine volle Stärke hinein, mit derselben perfekten Koordination, als ob sie die Rahe eines Langschiffs aufzögen. Der kurze Arm des Katapults schnellte nach unten, der lange nach oben. Die Schlinge wurde Shef mit brachialer Gewalt aus den Fingern gerissen.

Der Stein stieg in den trüben Himmel. Einige Herzschläge schien er am höchsten Punkt seiner bogenförmigen Flugbahn stehenzubleiben, dann begann sein langer Fall, an dessen Ende er eine Achtelmeile weiter in das Moor klatschen würde. Noch während das Geschoß flog, rannten zehn abgerissene Gestalten los und wetteiferten darum, den Stein zu finden und zurückzubringen.

»Runterlassen!« befahl Shef mit überschlagender Stimme. Wie üblich nahm die Katapultmannschaft nicht die geringste Notiz von ihm. Die Wikinger jubelten und brüllten, klopften einander auf die Schultern und warteten auf den Einschlag.

»Eine Achtelmeile!« schrie Steinulf, Brands Steuermann.

»Laßt den Arm herunter! Hier geht es um Schnelligkeit!« rief Shef. Langsam entsann sich die Mannschaft wieder seiner Existenz. Einer der Männer, Ulf der Koch, schlenderte zu Shef und klopfte ihm freundschaftlich auf die Schulter.

»Der Test ist durch den Wind«, sagte er umgänglich. »Aber mach dir keine Sorgen, wenn wir jemals so schnell schießen müssen, tun wir es einfach. Jetzt ist es Zeit, sich ums Essen zu kümmern.«

Seine Kameraden nickten zustimmend und nahmen ihre Jacken, die sie am Katapult aufgehängt hatten.

»Toller Spaß, toller Schuß«, sagte Kolbein von den Hebriden, der seit neuestem einen Anhänger des Weges, den Phallus Freyrs, trug. »Wir kommen morgen wieder. Jetzt ist Essenszeit.«

Wütend und enttäuscht sah Shef ihnen nach, wie sie zur Palisade stapften, die das Gewimmel der Zelte und grob gezimmerten Hütten schützte, das Winterlager der Armee des Weges in Crowland.

Die Idee für das neue Katapult war ihm gekommen, als er Ordlaf und seinen Fischern beim Aufziehen des Segels zugesehen hatte. Die riesige Steinschleuder der

Mönche von York, die vor drei Monaten den Sturmbock der Ragnarssons zerstört hatte, hatte ihre Kraft aus einem Gegengewicht gezogen. Dieses Gegengewicht war von den Männern mit einer Winde hochgezogen worden. Die einzige Aufgabe des Gewichtes war es gewesen, die Arbeit der Männer zu speichern, die sie beim Hochziehen aufgewendet hatten.

Warum aber die Arbeit überhaupt speichern? hatte er sich damals gefragt. Warum nicht einfach Seile an dem kurzen Arm befestigen, an denen dann Männer ziehen? Für kleine Steine wie die, die sie zu nicht ganz perfekten Kugeln gehauen hatten, war die neue Maschine – der ›Zugwerfer‹, wie sie die Wikinger nannten – prächtig geeignet.

Die Maschine schleuderte die Steine in völlig geraden Linien und konnte nur jeweils wenige Fuß nach links oder rechts davon zielen. Die Wirkung ihrer Geschosse war verheerend, sie pulverisierten Steine und durchschlugen Schilde wie Pergament. Als sie die Bedienung der Maschine immer besser beherrschten, erhöhte sich ihre Reichweite nach und nach auf eine Achtelmeile. Und Shef war sich ganz sicher, daß er in der Zeit, die ein Mann brauchte, um bis hundert zu zählen, zehn Steine schleudern konnte – wenn die Katapultmannschaft nur seinen Befehlen folgte.

Aber für die Mannschaft war das Katapult keine Waffe, sondern nur ein Spielzeug. Vielleicht würde sie sich eines Tages gegen eine Palisade oder Stadtmauer als nützlich erweisen. Ansonsten war sie für die Männer eine Ablenkung von der Langeweile des Winterlagers in den Sümpfen, insbesondere da ihnen die traditionellen Vergnügungen wie kleinere Raubzüge auf der Suche nach Mädchen und Geld strengstens verboten waren.

Aber diese Katapulte würden gegen alles funktionieren, dachte Shef. Schiffe. Armeen. Wie würde eine

Schlachtformation gegen einen tödlichen Steinregen abschneiden, geschleudert von Männern, die sich nicht einmal in Reichweite der Bogenschützen befanden?

Erst jetzt merkte er, daß ihn eine Traube aufgeregter, grinsender Gesichter anstarrte. Die Sklaven. Entlaufen aus Ostanglien oder den Ländereien des Königs von Mercien und von dem erstaunlichen Gerücht angezogen, daß ihnen hier, im Wikingerlager im flachen, sumpfigen Grenzgebiet zwischen den Flüssen Nene und Welland der Eisenkragen abgenommen wurde. Daß man für Arbeit Essen erhielt. Man hatte ihnen gesagt, auch wenn sie noch nicht daran glauben konnten, daß man sie nicht wieder versklaven würde, wenn ihre neuen Herren weiterzogen.

Jede der zerlumpten Gestalten hielt einen der zehn Pfund schweren Steine in den Händen, die sie in den letzten Tagen mit ein paar von Thorvins älteren Meißeln in die richtige Form gehauen hatten.

»In Ordnung«, sagte Shef. »Zieht die Pflöcke aus dem Boden, zerlegt die Maschine, tragt die Teile zurück und packt sie in ihre Planen.«

Die Männer scharrten mit den Füßen und warfen einander unsichere Blicke zu. Sie drängten einen der ihren vor, der stockend, mit gesenktem Kopf das Wort an Shef richtete.

»Wir haben nachgedacht, Herr. Darüber, daß Ihr aus Emneth seid. Und daß Ihr mit uns redet und das alles. Also...«

»Sprich weiter.«

»Wir haben uns gefragt, da Ihr ja einer von uns seid, ob wir nicht auch einmal schießen dürfen.«

»Wir wissen, wie es geht!« rief ein anderer Sklave. »Wir haben genau zugesehen. Wir haben nicht so dicke Muskeln wie sie, aber wir können ziehen.«

Shef starrte in die aufgeregten Gesichter, musterte die dürren, unterernährten Körper. Wieso eigentlich nicht? Er war immer davon ausgegangen, daß man für diese Aufgabe vor allem rohe Kraft und Körpergewicht brauchte. Aber Koordination war mindestens ebenso wichtig. Vielleicht konnten zwölf leichte Engländer acht schwergewichtige Wikinger ersetzen? Ginge es um Schwerter oder Äxte, würde es klappen. Aber diese ehemaligen Sklaven würden zumindest tun, was man ihnen sagte.

»In Ordnung«, sagte er. »Wir schießen fünf Steine zur Übung. Dann werden wir sehen, wie viele Schüsse ihr schafft, bis ich bis hundert zähle.«

Die Freigelassenen machten Luftsprünge vor Freude und rannten jubelnd zu den Seilen.

»Halt! Hier geht es um Schnelligkeit. Also stapelt die Steine erst einmal auf einem Haufen, damit ihr nicht mehr als einen Schritt zum Nachladen machen müßt. Und jetzt paßt genau auf...«

Eine Stunde später, nachdem er seine neue Mannschaft weggeschickt hatte, um die Teile dessen zu lagern, was sie jetzt *ihre* Maschine nannten, ging Shef nachdenklich zur Hütte Hounds und Ingulfs, wo die Kranken und Verletzten lagen. Hound reinigte gerade seine blutverschmierten Hände vor der Hütte, als Shef eintraf.

»Wie geht es ihnen?« fragte Shef. Er meinte die Verunglückten seiner zweiten Maschine, der Bolzenschleuder, die König Ella erlöst hatte.

»Sie werden überleben. Einer hat drei Finger verloren. Aber er hatte Glück, es hätte genausogut die ganze Hand oder gar der Arm sein können. Dem anderen wurde fast der ganze Brustkorb eingedrückt. Ingulf mußte ihm ein Stück Lunge wegschneiden. Aber die Wunde verheilt gut. Ich habe gerade an der Naht gerochen. Kein Anzeichen von Wundfäule. Damit hat die Maschine innerhalb von vier Tagen zwei Männer übel zugerichtet. Was ist los mit ihr?«

»Mit der Maschine ist alles in Ordnung. Es sind diese Nordländer. Starke Männer, stolz auf ihre Kraft. Sie drehen die Zahnräder bis zum Anschlag – und dann legt einer von ihnen sein ganzes Gewicht auf den Hebel, um noch eine letzte Drehung rauszuholen. Die Sehne reißt, der Bogenarm schnellt vor – und verletzt jemanden.«

»Dann ist nicht die Maschine schuld, sondern die Männer, die sie bedienen?«

»Genau. Wir brauchen Männer, die das Zahnrad genau so viele Umdrehungen aufziehen, wie nötig. Männer, die tun, was man ihnen sagt.«

»Von denen gibt es hier im Lager nicht viele.«

Shef starrte seinen Freund an. »Zumindest nicht viele, die Nordisch sprechen.« In seinen Gedanken formte sich der erste Umriß einer neuen Idee.

In den langen Winternächten würde er eine Kerze nehmen und an der neuen *mappa* arbeiten – einer wahrheitsgetreuen Karte von England.

»Ich nehme an, außer Roggengrütze ist nichts mehr zu Essen übrig?«

Wortlos reichte Hound ihm seinen Napf.

Sigvarth blickte sich leicht verunsichert um. Die Priester des Weges hatten den heiligen Kreis geformt. Ebereschen hingen von den Seilen, der Speer steckte im Boden, das Feuer loderte. Diesmal blieben die Laien des Weges ausgeschlossen: Niemand außer den sechs weiß gewandeten Priestern und Jarl Sigvarth von den Kleinen Inseln hielt sich in dem trüben, mit einem Segel überdachten Schuppen auf.

»Es ist Zeit, daß wir uns aussprechen, Sigvarth«, sagte Farman. »Wie sicher bist du, daß du Shefs Vater bist?«

»Er sagt es selbst«, antwortete Sigvarth. »Jeder glaubt, daß er es ist. Seine Mutter auch, und sie sollte es wissen.

Aber natürlich kann sie alles mögliche angestellt haben, nachdem sie mir weggerannt ist – ein Mädchen, das zum erstenmal frei herumläuft. Vielleicht hat sie es sich gutgehen lassen.« Sigvarths gelbe Zähne blitzten auf. »Aber das glaube ich nicht. Sie war eine Dame.«

»Ich glaube, ich kenne fast die ganze Geschichte«, sagte Farman. »Du hast sie ihrem Ehemann geraubt. Aber eins verstehe ich nicht: Sie ist dir weggerannt, zumindest erzählt man sich das. Gehst du immer so sorglos mit deinen Gefangenen um? Wie ist sie dir entkommen? Und wie ist sie zu ihrem Mann zurückgekehrt?«

Sigvarth rieb sich nachdenklich das Kinn. »Das ist jetzt zwanzig Jahre her. Trotzdem, es war eine komische Sache. Ich kann mich noch gut erinnern.

Wir waren auf dem Rückweg von einer Fahrt in den Süden. War nicht besonders gut gelaufen. Also beschloß ich auf gut Glück den Wash hinaufzufahren und zu sehen, was wir dort auftun können. Wir gingen an Land. Wie üblich waren überall Engländer. Wir fielen über dieses kleine Dorf, es hieß glaube ich Emneth, her und schnappten uns so viele Einwohner wie möglich. Eine von ihnen war die Frau eines Thanes – ihren Namen habe ich vergessen.

Aber nicht die Frau an sich. Sie war gut. Ich nahm sie mit, um sie für mich selbst zu behalten. Ich war damals dreißig, sie war vielleicht zwanzig. Das paßt oft gut zusammen. Sie hatte schon ein Kind, war also schon eingeritten. Aber ich hatte das Gefühl, daß sie keine große Freude an ihrem Mann gehabt hatte. Anfangs wehrte sie sich wie eine Wilde, aber daran bin ich gewöhnt – das müssen sie tun, um zu zeigen, daß sie keine Huren sind. Aber als sie merkte, daß sie keine Wahl hatte, klemmte sie sich richtig dahinter. Sie hatte diesen Trick, diese Gewohnheit... wenn sie kam, drückte sie sich fast ganz vom Boden weg und mich mit ihr.«

Thorvin brummte mißbilligend. Farman, die eine

Hand um seinen Anhänger, ein getrockneter Hengstpenis, brachte ihn mit einem Wink zum Schweigen.

»Aber in einem schlingernden Langschiff ist es nur der halbe Spaß. Also suchten wir nach einem guten Landeplatz, nachdem wir eine Zeitlang die Küste entlanggesegelt waren. Ein bißchen *strandhögg*, dachte ich mir. Ein Feuer zum Aufwärmen, ein guter Braten und ein paar Fässer Ale und etwas Abendvergnügen. Außerdem bringt das die Männer in die richtige Stimmung für eine Überquerung des Ozeans. Aber ich wollte natürlich kein Risiko eingehen, auch nicht mit den Engländern.

Also suchte ich einen Platz aus. Einen Strand unter hohen Klippen. Ein Bach strömte in einer engen Rinne herunter. Ich stellte dort ein halbes Dutzend Männer als Wachen auf, damit uns keines der Mädchen entwischte. Außerdem postierte ich auf beiden Seiten der Klippen jeweils einen Mann mit Hörnern für den Fall, daß Eingeborene auftauchten. Und wegen der Klippen gab ich beiden jeweils ein Seil und einen Pflock. Falls man uns zu überraschen versuchte, sollten die Männer in der Rinne zurückrennen und die auf den Klippen sich abseilen. Wir hatten drei Boote, an Bug und Heck festgebunden – Bug am Strand, Heck an einem Treibanker in der See. Wenn es drauf ankam, mußten wir nur einladen, die Seile am Bug losmachen, uns an den Heckseilen auf See ziehen und die Segel setzen. Aber das Wichtigste ist, es war mindestens so schwer, vom Strand wegzukommen, wie bei einer dieser Christennonnen reinzukommen.«

»Du mußt es ja wissen«, sagte Thorvin.

Sigvarths Zähne blitzten erneut auf. »Weiß keiner besser, außer dem Bischof.«

»Aber sie entkam«, soufflierte Farman.

»Genau. Wir hatten unseren Spaß. Ich nahm sie zweimal im Sand. Es wurde dunkel. Dann... ich reichte sie nicht herum, aber die Männer teilten sich ein Dutzend

Mädchen, und ich hatte Lust mitzumischen – ha, ich war damals dreißig! Also zog ich mein Boot auf den Strand, ließ meine Kleider im Sand und stieg mit ihr ein. Dann zog ich uns an der Heckleine vielleicht hundert Fuß ins Meer und schwamm zurück an Land. Da war dieses hübsche große Mädchen, das ich wollte. Hatte schon 'ne Menge Lärm gemacht.

Aber nach einer Weile – ich hatte eine gebratene Rippe in der Hand und einen Krug Ale in der anderen – fingen die Männer an zu schreien. Gerade außerhalb des Feuerscheins war ein Schatten auf dem Strand, ein großer Schatten. Zuerst hielten wir ihn für einen gestrandeten Wal, aber als wir rüberrannten, keuchte das Tier und griff den vordersten Mann an. Er wich zurück, und wir sahen nach unseren Waffen. Ich dachte, es könnte ein Walroß sein.

Und genau im selben Moment kam dieses Geschrei von der Spitze der Klippen. Der Junge da oben, er hieß Stig, schrie nach Hilfe. Wohlgemerkt er stieß nicht ins Horn, sondern wollte Hilfe. Hörte sich so an, als ob er gegen etwas kämpfte. Also kletterte ich das Seil hinauf, um nachzusehen, was es war.«

»Und was war es?«

»Nichts. Zumindest nicht, als ich ankam. Aber er war den Tränen nahe und sagte, ein *skoffin* hätte ihn angegriffen.«

»Ein *skoffin*?« sagte Vigleik. »Was ist das?«

Skaldfinn lachte. »Du mußt mehr mit alten Frauen reden, Vigleik. Ein *skoffin* ist das Gegenteil von einem *skuggabaldur*. Der eine ist der Nachkomme eines Fuchses und einer Katze, der andere von einem Kater und einer Füchsin.

Nun«, schloß Sigvarth, »langsam wurden die Männer unruhig. Also sagte ich Stig, er solle sich nicht zum Narren machen, rutschte das Seil herunter und befahl den Männern, zurück aufs Schiff zu gehen.

Aber als wir mein Schiff an Land zogen, war die Frau verschwunden. Wir suchten den Strand ab. Ich sah nach den Männern am Bach. Sie hatten sich die ganze Nacht nicht von der Stelle gerührt und schworen, daß niemand an ihnen vorbeigekommen war. Ich kletterte an den Seilen auf beide Klippen. Keine der Wachen hatte etwas gesehen. Am Ende war ich so wütend über das Ganze, daß ich Stig für sein wehleidiges Getue die Klippen runterwarf. Er brach sich das Genick und starb. Zuhause mußte ich Wergeld für ihn zahlen. Aber die Frau sah ich erst letztes Jahr wieder. Und da war ich zu beschäftigt, um sie auszufragen.«

»Ja, wir wissen, womit du beschäftigt warst«, sagte Thorvin. »Mit dem Werk des Knochenlosen.«

»Bist du ein Christ, daß du deswegen winselst?«

»Aber es könnte doch sein«, sagte Farman, »daß die Frau in dem Durcheinander weggeschwommen ist. Du bist ja auch an Land geschwommen.«

»Sie hätte das mit ihren Kleidern tun müssen, denn die waren auch verschwunden. Und sie hätte nicht nur zum Strand schwimmen müssen, sondern den ganzen langen Weg um die Klippen durch die Nacht. Denn sie war nicht am Strand, da bin ich mir ganz sicher.«

»Ein Walroß. Ein *skoffin*. Eine Frau, die verschwindet und dann schwanger wieder auftaucht«, sinnierte Farman. »Das läßt sich alles erklären. Doch man kann es auf mehr als eine Weise erklären.«

»Du glaubst nicht, daß er mein Sohn ist«, forderte Sigvarth ihn heraus. »Du glaubst, er wäre der Sohn einer eurer Götter. Ich will dir eines sagen: Ich verehre keine Götter außer Ran, die in der Tiefe lebt und die ertrunkenen Seemänner empfängt. Und was diese andere Welt angeht, diese Visionen, mit denen du dich brüstest – ich habe gehört, wie die Männer im Lager sich über euren Weg unterhielten –, ich denke, daß sie von zuviel Ale und verdorbenem Essen kommen, daß das

Gerede eines Mannes einen anderen angesteckt hat, bis jeder von seinen Visionen erzählen mußte, um mit dem Rest mitzuhalten. An dem Zeug ist nicht mehr dran als an *Skoffins*. Der Junge ist mein Sohn. Er sieht mir ähnlich. Er benimmt sich wie ich, als ich noch jung war.«

»Er benimmt sich wie ein Mann«, knurrte Thorvin. »Und du wie ein brünstiges Tier. Ich sage dir, auch wenn du viele Jahre ohne Reue und Strafe verlebt hast, Männer wie dich ereilt ihr Schicksal. Unser Dichter sagte, als er das Reich der Toten sah:

›Viele Männer sah ich stöhnen vor Qual,
voller Leid durch Hel stolpern.
Blutüberströmt ihre elenden Züge,
gestraft für den Schmerz der Frauen.‹«

Sigvarth stand auf, die linke Hand am Schwertgriff. »Und ich werde dir einen besseren Vers aufsagen. Der Skalde des Knochenlosen dichtete ihn letztes Jahr auf Ragnars Tod:

›Wir führten das Schwert. Und es ist gut, daß
Bursche und Bursche sich im Wirbel der Klingen messen,
den Kampf nicht meiden. Der Freund der Krieger
verdient sich Frauen im Krieg, einem drengr *gemäß.*‹

Das ist Dichtkunst, wie sie einem Krieger gebührt. Jemandem, der weiß, wie man lebt und wie man stirbt. Für einen wie ihn wird es einen Platz in der Halle Odins geben, ganz gleich, wie viele Frauen seinetwegen weinen. Dichtkunst für einen Wikinger, kein Muttersöhnchen.«

Farman sagte sanft in die Stille: »Nun, Sigvarth, wir danken dir für deine Geschichte. Wir werden nicht vergessen, daß du ein Jarl und Mitglied des Rats bist. Und du wirst nicht vergessen, daß wir jetzt den Gesetzen des Weges folgen, egal, was du von unserem Glauben hältst.«

Er öffnete die Seile des Kreises, um Sigvarth hinauszulassen. Als der Jarl ging, begannen die Priester sich flüsternd zu unterhalten.

Shef, der nicht Shef war, wußte, daß seit zweihundert Jahren kein Lichtstrahl die Dunkelheit, die ihn umgab, durchbrochen hatte. Eine Zeitlang hatte das phosphoreszierende Glühen der Fäulnis die steinerne Kammer und die Erde um sie herum erhellt; die Maden, die sich lautlos wanden und die Körper, die Augen und Lebern, das Fleisch und das Mark derjenigen verzehrten, die man hierher gelegt hatte. Aber jetzt waren die Maden fort und die vielen Leichen nur noch bleiche Gerippe, so hart und untätig wie der Schleifstein, der unter seiner eigenen, fleischlosen Hand lag. Sie waren jetzt nur noch leblose Habe, ebenso unanfechtbar sein Besitz wie die Kisten und Truhen zu seinen Füßen und unter seinem Stuhl, und der Stuhl selbst – der wuchtige hölzerne Thron, auf dem er sich vor Generationen niedergelassen hatte, für die Ewigkeit. Der Thron war unter der Erde zusammen mit seinem Besitzer vermodert – die beiden waren miteinander verwachsen. Dennoch saß die Gestalt reglos und die leeren Augenhöhlen starrten in die Erde und durch sie hindurch.

Shef, der nicht Shef war, die Gestalt auf dem Thron, erinnerte sich, wie er hierher gekommen war. Die Männer hatten den großen Graben ausgehoben, dann das Langschiff auf den Rollen hineingezogen und den Thron wie befohlen auf dem Heck am Steuerriemen aufgestellt. Er hatte sich darin niedergelassen, den Schleifstein – sein Zepter – mit den eingeritzten, wilden Fratzen auf die eine Lehne gelegt und sein langes Breitschwert auf die andere. Dann hatte er den Männern mit einem Nicken befohlen, weiterzumachen. Zuerst brachten sie seinen Hengst herein, hielten ihn vor ihm fest und erschlugen ihn mit einer Streitaxt. Dann starben seine vier besten Jagdhunde durch Dolchstöße ins Herz. Er achtete genau dar-

auf, daß sie wirklich tot waren. Er hatte nicht die Absicht, sein ewiges Grab mit einem gefangenen Fleischfresser zu teilen. Dann kamen die Falken, die die Männer mit flinken Händen erdrosselten. Dann die Frauen, zwei Schönheiten, weinend und schreiend trotz des Mohnsafts, den man ihnen eingeflößt hatte. Sie teilten das Schicksal der Falken.

Dann trugen die Männer vor Anstrengung grunzend jeweils zu zweit die Truhen herein. Er achtete wieder genau darauf, daß es keinen Verzug, kein Zögern gab. Sie hätten seinen Reichtum behalten, wenn sie es nur gewagt hätten. Sie würden ihn wieder ausgraben, wenn sie es wagten. Sie würden es nicht wagen. Ein Jahr lang würde die Fäulnis den Hügel blau erglühen lassen; ein Mann würde mit einer Fakkel die Ausdünstungen entzünden, die aus dem Boden stiegen. Geschichten würden die Runde machen, bis alle den Grabhügel Kars des Alten fürchteten. Wenn er denn ein Grab für Kar bedeutete.

Kaum waren die Truhen gestapelt, begannen die Männer, den Bauch des Langschiffs mit Leichen zu füllen. Andere häuften Steine um ihn herum auf, bis sie die Höhe des seidenen Baldachin über dem Thron erreicht hatten. Dann legten sie starke Balken und eine Platte aus Blei auf die Steine. Um seine Füße und über seine Truhen legten sie geteertes Segeltuch. Mit der Zeit würde das Holz verfaulen, und die Erde auf die Ladung des Langschiffs fallen, die toten Frauen und Tiere, die in seinem Bauch ruhten. Doch er würde immer noch hier sitzen und seinen Blick über sie schweifen lassen, das Blei ein sicherer Schutz. Sie hatte man tot begraben, ihn nicht.

Als die Arbeiten abgeschlossen waren, kam ein Mann und blieb vor dem Thron stehen: Kol den Geizhals würde man ihn nennen, den Sohn Kars des Alten. »Es ist soweit, Vater«, sagte er, die Züge vor Angst und Haß verzerrt.

Kar nickte ohne zu blinzeln. Er würde seinem Sohn kein Glück oder Lebewohl wünschen. Wenn in seinen Adern das schwarze Blut seiner Vorfahren geflossen wäre, hätte er sich zu seinem Vater in den Grabhügel gesellt, hätte er es vorge-

zogen, bis in alle Ewigkeit auf seinen Schätzen zu sitzen, anstatt sie dem neuen König zu überlassen, der vom Süden her ins Land drängte, und ein ehrloses Dasein als dessen Unterkönig zu fristen.

Seine besten Krieger, sechs insgesamt, metzelten die Sklavenarbeiter nieder und häuften sie um das Schiff herum auf. Dann hasteten sie und sein Sohn hinaus. Einige Augenblicke später begann die lose Erde in Klumpen auf das Deck zu fallen, bedeckte es schnell und türmte sich auf den Planken, dem Segeltuch und dem Blei. Er sah zu, wie es langsam wuchs, erst bis zu seinen Knien, dann bis zur Brust. Er saß regungslos da, und als die Erde schließlich in die Steinkammer rieselte, senkte sich seine Hand auf das Schleifsteinzepter.

Noch glitzerte ein letzter Lichtstrahl. Die Erde regnete weiter. Dann war der Lichtstrahl verschwunden und machte absoluter Dunkelheit Platz. Kar lehnte sich zurück und seufzte erleichtert und zufrieden. Nun waren die Dinge dort, wo sie hingehörten. Und dort würden sie bleiben, für immer sein.

Er fragte sich, ob er hier unten sterben würde. Was konnte ihn töten? Aber es war egal. Ob er lebte oder starb, machte keinen Unterschied. Er würde immer derselbe bleiben. Der haugbui, *der Bewohner des Grabhügels.*

Shef schreckte keuchend hoch. Sein Körper unter den grob gewebten Decken war klatschnaß. Zögernd zog er sie beiseite und rollte mit einem Grunzen aus dem Nachtlager und auf den feuchten, festgetrampelten Boden. Als die eiskalte Luft seinen Körper berührte, griff er nach seinem Hemd aus Hanffasern und zog es an, dann die Hose und den schweren Wollmantel.

Thorvin sagt, die Götter schicken mir diese Visionen, um mich anzuleiten, dachte Shef. Aber was sollte mir diese hier sagen? Diesmal war keine Maschine in der Vision vorgekommen.

Das Segeltuch, das vor der Tür zur Hütte hing, wurde zur Seite gezogen, und der Freigelassene Padda schlurfte herein. Draußen, im ersten Licht eines Morgens im späten Januar, zeigte sich nur dichter Nebel, der aus dem feuchten Boden aufstieg. Die Armee würde heute lange in den Decken bleiben.

Die Namen der Männer in dem Traum, Kar und Kol, sie klangen nicht englisch. Und auch nicht nordisch. Aber auf der anderen Seite liebten es die Nordländer, Namen abzukürzen. Guthmund wurde von seinen Freunden nur Gumi gerufen, Thormoth nur Tommi. Und die Engländer machten es auch. Diese Namen in König Edmunds Rätsel: »... Wuffa, Wehhas Nachkomme ...«

»Was ist dein richtiger Name, Padda?« fragte er.

»Paldriht, Herr. Aber seit meine Mutter gestorben ist, hat mich keiner mehr so genannt.«

»Wofür würde dann Wuffa stehen?«

»Weiß nicht. Vielleicht Wulfstan. Aber es könnte alles mögliche sein. Ich kannte mal einen Mann namens Wiglaf. Sehr vornehmer Name. Wir nannten ihn nur Wuffa.«

Shef grübelte über die Eigentümlichkeiten der Namensgebung nach, während Padda vorsichtig in die Asche des Feuers vom Vorabend blies.

Wuffa, Sohn des Wehha. Wulfstan oder Wiglaf, Sohn des... Weohstan. Oder vielleicht Weohward. Er kannte diese Namen nicht, aber er mußte mehr über sie herausfinden.

Als Padda mit Holz und Wasser, den Töpfen und der immergleichen Grütze herumfingerte, nahm Shef die *mappamundi* aus ihrer Wachstuchhülle und rollte sie auf dem Zeichentisch aus; die Ecken beschwerte er mit kleinen Steinen. Er sah sich nicht mehr die Karte der Christen an, denn auf der Rückseite des Pergaments hatte er seine eigene begonnen. Eine Karte von England, auf der er alle Informationen eintrug, derer er habhaft werden konnte. Zuerst skizzierte er die Konturen, Namen und Entfernungen auf Birkenrinde. Erst nachdem er eine Information nachgeprüft hatte, und sie mit den bereits eingetragenen übereinstimmte, trug er sie mit Tinte auf dem Pergament auf. Dennoch wuchs die Karte mit jedem Tag; eng beschrieben und akkurat für Norfolk und die Fens, ungleichmäßig und unsicher für Northumbrien mit Ausnahme Yorks und noch völlig leer für den Süden, mit Ausnahme Londons und der Themse und dem schattenhaften Umriß von Wessex im Westen davon.

Padda hatte aber unter den Freigelassenen einen Mann aus Suffolk ausfindig gemacht. Im Gegenzug für ein Frühstück würde er Shef alles, was er über die Grafschaft wußte, erzählen.

»Ruf ihn herein«, sagte Shef und rollte ein neues Stück Birkenrinde aus. Als der Mann hereinkam, prüfte er gerade die Spitze des Messers.

»Ich will, daß du mir soviel wie möglich über deine Grafschaft erzählst. Fang mit den Flüssen an. Ich weiß schon vom Yare und Waverly.«

»Ah«, sagte der Freigelassene nachdenklich. »Nun, südlich davon ist der Alde, der bei Aldeburgh ins Meer fließt. Dann kommt der Deben. Der fließt zehn Meilen südlich von Aldeburgh ins Meer, in der Nähe von Woodbridge, der Stadt bei der hölzernen Brücke, wo die alten Könige begraben sein sollen. Wißt Ihr, wir hatten in Suffolk unsere eigenen Könige, bevor die Christen kamen…«

Minuten später kam Shef in die Schmiede gerannt, in der Thorvin sich gerade darauf vorbereitete, einen weiteren Tag Zahnräder für die Bolzenschleudern anzufertigen.

»Ruf den Rat der Armee zusammen, sofort«, verlangte er.

»Wieso?«

»Ich weiß jetzt, wie ich Brand zum reichen Mann mache.«

KAPITEL 9

Die Expedition brach ein Woche später kurz nach Morgengrauen unter einem bedrohlich grauen Himmel auf. Der Rat der Armee des Weges hatte sich geweigert, daß Lager aufzugeben und in voller Stärke abzumarschieren. Da waren immer noch die Schiffe zu bewachen, die sie entlang des Ufers von Welland an Land gezogen hatten. Das Lager bot ihnen nicht nur Wärme für die verbleibenden Wintermonate, sondern auch einen mühsam angehäuften Vorrat an Lebensmitteln. Und es war auch nicht von der Hand zu weisen, daß viele der Jarle im Rat Shefs leidenschaftliche Überzeugung, daß seine *mappa* den Schlüssel zum Wohlstand für Generationen darstellte, bestenfalls widerstrebend teilten.

Gleichzeitig war klar, daß nur wenige Mannschaften als Wachen benötigt wurden. Dem Königreich der Ostangeln fehlte der Herrscher, und die meisten seiner mächtigsten Krieger und erhabensten Thanes waren tot. Dennoch, wenn man sie provozierte, mochten sich die Einheimischen zusammenrotten. Eine kleine Einheit der Wikinger würde Gefahr laufen, abgeschnitten und von einer überwältigenden Übermacht abgeschlachtet zu werden. Brand hatte gepoltert, daß er die ganze Expedition zwar für verrückt hielte, er aber nicht das Bedürfnis habe, eines Morgens von dem Gepolter abgeschlagener Kameradenköpfe zu erwachen, die die Engländer über die Palisaden schleuderten. Schließlich hatte man Shef erlaubt, nach Freiwilligen zu suchen, und dank der Langeweile des Winterlagers hatte er keine Mühe gehabt, sie zu finden.

Knapp tausend Wikinger ritten auf ihren Ponys davon, aufgeteilt in Schiffsmannschaften, wie es ihrer Gewohnheit entsprach. Hunderte von Packponys, geführt von englischen Thralls, trugen Zelte und Bettzeug, Vorräte und Ale. In der Mitte der Kolonne fand sich aber etwas Neuartiges: Mehrere Dutzend Karren mit Seilen, Trägern, Rädern und Hebeln – sorgfältig beschriftet zur schnellen Montage. Ein Dutzend Katapulte und acht Bolzenschleudern. Jede einzelne Maschine, die Shef und Thorvin in den Wochen des Winterlagers hatten bauen können. Wären sie im Lager geblieben, hätte man sie vergessen, in Stücke geschlagen und als Feuerholz benutzt. Sie hatten zuviel Arbeit in sie gesteckt, um das zuzulassen.

Um die Karren drängten sich Gruppen von Thralls, die entlaufenen Sklaven der Gegend. Jede Katapult-mannschaft lief neben ihrer Maschine, angeführt von einem von Shefs ursprünglichem Dutzend. Den Wikingern behagte das nicht. Natürlich, jede Armee brauchte ihre Thralls, um die Latrinen auszuheben, die Feuer anzuzünden und die Pferde zu striegeln. Aber so viele? Und alle aßen von den Vorräten? Und vielleicht kamen sie auch noch auf den Gedanken, daß sie überhaupt keine Thralls waren? Selbst die Anhänger des Weges hatten nie erwogen, Männer, die nicht Nordisch sprachen, als vollwertige Mitglieder in ihre Gemeinschaft aufzunehmen. Und noch wagte Shef nicht, es vorzuschlagen.

Er hatte Padda und den übrigen Maschinen-Kommandanten klar gemacht, daß ihre Männer besser keine unnötige Aufmerksamkeit auf sich ziehen sollten. »Wenn jemand will, daß ihr ihm sein Korn mahlt oder Zelt aufstellt, dann tut es einfach«, hatte er ihnen gesagt. »Ansonsten bleibt aus dem Weg.«

Dennoch wollte er, daß sich seine Rekruten als etwas Besonderes fühlten. Daß sie stolz auf die Schnelligkeit und Geschicklichkeit waren, mit der sie ihre Posten einnahmen und die Maschinen bedienten.

Um sie herauszustellen, trugen die Katapult-Männer jetzt identische Wämser, zwar nur aus grobem, ungefärbtem Sackleinen, aber sie verdeckten wenigstens teilweise die Lumpen, mit denen sie im Lager eingetroffen waren und die sie immer noch trugen. Vorne und hinten hatten sie sorgfältig doppelköpfige Hämmer aus weißem Leinen aufgenäht. Dazu fand sich um die Hüfte jedes Thralls ein Gürtel oder zumindest ein Seil, an denen manche von ihnen Messer trugen.

Vielleicht wird es funktionieren, dachte Shef, als die quietschenden Karren an ihm vorüberzogen, Wikinger vor und hinter ihnen, Freigelassene mit Wämsern in der Mitte. Sie gingen auf jeden Fall bereits besser mit den Katapulten um als die Wikinger, deren Plätze sie eingenommen hatten. Und selbst in der brutalen Kälte eines Wintertags wirkten sie fröhlich.

Ein sonderbarer Laut erscholl. An der Spitze der Karren marschierte Cwicca, ein Thrall, der vor einigen Tagen vom Schrein St. Guthlacs in Crowland geflohen war und seinen geliebten Dudelsack mitgebracht hatte. Jetzt führte er den Zug mit aufgeblähten Backen an, während seine Finger unermüdlich über die Knochenpfeife huschten. Seine Kameraden jubelten und strafften sich, einige pfiffen mit.

Ein Wikinger an der Spitze drehte sich auf seinem Pferd um und blickte sie finster an. Hjörvarth Sigvarthsson, registrierte Shef, das Pferdegebiß war unverkennbar. Sein Halbbruder. Sigvarth hatte sich und seine Mannschaften auf der Stelle für die Expedition gemeldet, zu schnell, um ihn abzuwimmeln, und schneller noch als Thorvin oder die Männer von den Hebriden oder der immer noch skeptische Brand. Jetzt trabte Hjörvarth drohend auf den Dudelsackpfeifer zu, die Hand am Schwert. Die Musik erstarb in einem Mißton.

Shef ritt zwischen sie, stieg vom Pony und reichte Padda die Zügel.

»Laufen hält dich warm«, sagte er zu Hjörvarth und blickte hinauf in das wütende Gesicht. »Und Musik läßt die Meilen dahinschwinden. Laß ihn spielen!«

Hjörvarth zögerte, dann riß er den Kopf seines Ponys herum. »Wie du willst«, versetzte er über die Schulter. »Aber einem Krieger gebühren Harfen. Nur ein *hornung* würde einem Dudelsack lauschen.«

Hornung, gadderling, dachte Shef. Wie viele Worte es für Bastard gibt. Aber es hält die Männer nicht davon ab, sie den Frauen in den Leib zu pflanzen. Vielleicht hat Godive jetzt schon einen.

»Spiel weiter«, rief er Cwicca zu. »Spiel den ›Ebereschentanz‹. Spiel ihn für Thunor, den Sohn des Odin. Und zum Teufel mit den Mönchen.«

Der Freigelassene spielte wieder den ruckhaften Schnellschritt, aber lauter, das trotzige Pfeifen seiner Kameraden im Rücken. Und die Karren rollten hinter den geduldigen Ochsen her.

»Und du bist sicher, daß König Burgred Ostanglien in die Finger bekommen will?« fragte König Ethelred. Seine Frage endete mit einem Hustenanfall – schneidend, hoch und scheinbar endlos.

Alfred der Edeling blickte seinen älteren Bruder besorgt an. Aber auch mit widerstrebender Berechnung. Alfreds Vater Ethelwulf – König von Wessex und Sieger über die Wikinger in Oakley – hatte vier starke Söhne: Ethelstan, Ethelbad, Ethelbert und Ethelred. Als der fünfte Sohn zur Welt kam, war es so unwahrscheinlich erschienen, daß er jemals regieren würde, daß die Verleihung des königlichen Zeichens des Hauses Wessex –

des ›Ethel‹ – für unnötig befunden worden war. Statt dessen hatte man Alfred nach dem Volk seiner Mutter benannt.

Aber jetzt waren sein Vater und drei seiner Brüder tot. Keiner von ihnen hatte sein Leben in einer Schlacht gelassen, dennoch waren sie alle den Wikingern zum Opfer gefallen. Jahrelang waren sie bei jeder Witterung marschiert, hatten in ihren durchnäßten Mänteln geschlafen, Wasser aus Bächen getrunken, die durch die Lager von Armeen flossen, die sich nicht darum kümmerten, wo sie ihre Abfälle abluden oder ihre Notdurft verrichteten. Sie starben an Darmkrämpfen oder Lungenkrankheiten. Jetzt hatte Ethelred sich die Schwindsucht zugezogen. Wie lange noch, fragte sich Alfred, bis ich der letzte Edeling des Hauses Wessex bin? Doch bis zu diesem Tag mußte er dienen.

»Ganz sicher«, antwortete er. »Burgred sagte es unverblümt. Als ich abreiste, hatte er seine Krieger antreten lassen. Aber er macht es nicht zu offensichtlich. Er will einen Mann aus Ostanglien zum Unterkönig machen. Das wird es den Ostangeln einfacher machen, seine Herrschaft zu akzeptieren. Und das ganz besonders, weil er ein Totem hat. Den Mann ohne Glieder, von dem ich dir erzählt habe.«

»Und wie wichtig ist das für uns?« Ethelred strich sich müde über die speichelverschmierten Lippen.

»Die Ostangeln haben zwanzigtausend Hides. Das, zusammen mit dem, was er jetzt bereits besitzt, wird Burgred mächtiger machen als uns, und viel mächtiger als Northumbrien. Wenn wir darauf vertrauen könnten, daß er nur die Heiden bekämpft… aber vielleicht wird er leichtere Beute vorziehen. Er könnte behaupten, es wäre seine Pflicht, alle Königreiche der Engländer zu vereinigen. Unseres eingeschlossen.«

»Also?«

»Wir müssen einen Anspruch erheben. Denn Essex

gehört uns bereits. Und die Grenze zwischen Essex und Suffolk verläuft...«

Die beiden Männer, der König und der Prinz, arbeiteten langsam den Anspruch des Königreichs heraus, eine neue Grenzlinie. Sie hatten keine genaue Vorstellung von dem Gebiet, das sie diskutierten, nur das Wissen, daß dieser Fluß nördlich von jenem war, daß diese Stadt in dieser oder jener Grafschaft lag. Die Diskussion forderte einen noch größeren Tribut von Ethelreds schwindenden Kräften.

»Du bist sicher, daß sie sich geteilt haben?« fragte Ivar Ragnarsson scharf.

Der Bote nickte. »Fast die Hälfte ist nach Süden marschiert. Ungefähr zweitausendfünfhundert sind zurückgeblieben.«

»Und es gab keinen Streit?«

»Nein. Im Lager hieß es, daß sie einen Plan hätten, an den Schatz König Jatmunds zu kommen, dem du den Blutadler geritzt hast.«

»Unsinn«, knurrte Ivar.

»Hast du gehört, was sie bei dem Überfall auf die Klosterkirche in Beverley erbeutet haben sollen?« fragte Halfdan Ragnarsson. »Hundert Pfund Silber und noch einmal denselben Wert in Gold. Das ist mehr, als wir bisher irgendwo geplündert haben. Der Junge ist gut im Pläne machen. Du hättest dich nach dem *holmgang* mit ihm einigen sollen. Es ist besser, ihn als Freund zu haben denn als Feind.«

Ivar drehte sich zu seinem Bruder um. Einer seiner berüchtigten Wutanfälle ließ jede Farbe aus seinem Gesicht weichen. Halfdan erwiderte seinen Blick seelenruhig. Die Ragnarssons kämpften nie gegeneinander. Das war das Geheimnis ihrer Macht, das vergaß Ivar selbst in der schlimmsten Raserei nicht. Er würde seine Wut an jemand anderem auslassen.

»Aber jetzt ist er unser Feind«, sagte Sigurth entschlossen. »Wir müssen entscheiden, ob er im Augenblick unser größter Gegner ist. Und wenn er das ist... du kannst jetzt gehen, Bote.«

Die Männer steckten die Köpfe in einem kleinen Raum abseits der zugigen Halle König Ellas in Eoforwich zusammen, und wogen Zahlen, Vorräte, Entfernungen und Möglichkeiten ab.

»Die Weisheit der Schlange, die Gerissenheit der Taube«, sagte Diakon Erkenbert zufrieden. »Unsere Feinde vernichten bereits einander und sich selbst.«

»Wahrhaftig«, stimmte Wulfhere zu. »Die Heiden machen einen großen Wirbel, die Königreiche sind geweckt. Aber Gott hat seine Stimme erhoben, und die Erde soll dahinschmelzen.«

Das Hämmern der Prägestempel begleitete ihre Unterhaltung. Im monotonen Rhythmus legten die Laienbrüder in der Münzwerkstatt des Klosters Rohlinge vor sich hin und schlugen die Prägung erst in die eine, dann auf die andere Seite ein. Erst den Raben der Ragnarssons mit den weit ausgebreiteten Flügeln, dann die Buchstaben *S.P.M. – Sancti Petri Moneta.* Sklaven mit Eisenkragen schlurften vorbei, trugen Säcke mit Holzkohle herein und schoben Karren mit dem ausgeschmolzenen Blei, Kupfer und der Schlacke heraus. Nur die Mönche berührten das Silber. Sie hatten Anteil am Wohlstand der Klosterkirche. Und jeder, der auch nur für einen Augenblick an seinen eigenen Vorteil dachte, konnte über die Regeln des heiligen Benedikt von Nursia und die dem Erzbischof darin eingeräumten Befugnisse der Züchtigung nachsinnen. Es war zwar lange her, daß ein Mönch im Domkapitel zu Tode geprügelt oder in den Kellergewölben bei lebendigem Leib eingemauert worden war, aber solche Vorfälle waren unvergessen.

»Sie sind in Gottes Hand«, schloß der Erzbischof. »Die göttliche Rache wird diejenigen ereilen, die St. Johns in Beverley plünderten.«

»Aber Gottes Hand zeigt sich durch die anderer«, sagte Erkenbert. »Und wir müssen diese anderen zu Hilfe rufen.«

»Die Könige von Mercien und Wessex?«

»Nein, eine größere Macht als die ihre.«

Wulfhere blickte den Diakon überrascht und skeptisch an. Dann verstand er und nickte.

»Ich habe einen Brief aufgesetzt, mit Eurem Siegel. Einen Brief für Rom.«

Freude zeigte sich auf Wulfheres Gesicht, vielleicht Vorfreude auf die unter vorgehaltener Hand gerühmten Genüsse der Heiligen Stadt. »Eine Angelegenheit von entscheidender Bedeutung«, verkündete er. »Ich werde den Brief persönlich überbringen.«

Shef starrte nachdenklich auf die Rückseite der *mappamundi*, seine Karte von England. Mitten in der Arbeit hatte er das Konzept des Maßstabs entdeckt, allerdings zu spät, um es auf die ganze Karte anzuwenden. Suffolk war jetzt übergroß und bedeckte einen ganzen Quadranten des Pergaments. Am linken Rand der Karte hatte er in allen Einzelheiten aufgezeichnet, was er über das Nordufer des Deben hatte herausfinden können.

Es paßt, dachte er. Da ist die Stadt Woodbridge. Sie muß mit der hölzernen Brücke in der ersten Zeile des Gedichts gemeint sein. Aber wichtiger noch ist, was der Thrall über diesen namenlosen Ort flußabwärts von der Brücke und der Furt sagte. Dort sind die Hügelgräber, die Ruhestätten der alten Könige. Aber wer sind diese alten Könige? Der Sklave wußte keine Namen, aber der Thane von Helmingham, der uns Met verkaufte, schrieb uns die Vorfahren von Raedwald dem Großen auf. Darunter sind Wiglaf und sein Vater Weohstan. Und Wuffa, Wehhas Nachkomme.

Wenn den Sklaven die Erinnerung nicht trog, dann gab es vier Hügelgräber in einer von Norden nach Süden verlaufenden Linie. Und im nördlichsten der Gräber wartete der Schatz.

Wieso hatte man ihn nicht geraubt? Wenn König Edmund gewußt hatte, daß dies das Versteck der Schätze seines Reiches ist, wieso war es dann nicht bewacht?

Aber vielleicht gab es ja Wachen. Aber keine Männer. Zumindest glaubte das der Sklave. Als ihm aufgegangen war, was Shef plante, war er verstummt. Jetzt war er spurlos verschwunden. Er hatte das Risiko, wieder eingefangen zu werden, einem Grabraub vorgezogen.

Shef lenkte seine Aufmerksamkeit auf die praktischen Fragen. Er brauchte Grabmannschaften und Wachen. Spaten, Seile, Kisten und Schlingen, um die Erde von tief unten heraufzuschaffen. Und Licht – er hatte nicht die Absicht im hellen Tageslicht mit dem ganzen Land als Zuschauer zu graben.

»Sag mir, Thorvin«, sagte er. »Was werden wir deiner Meinung nach in diesem Grab finden? Außer dem Gold, auf das wir hoffen.«

»Ein Schiff«, antwortete Thorvin knapp.

»Fast eine Meile vom Wasser entfernt?«

»Sieh dir die Karte an. Man könnte es den Hang hinaufziehen. Die Hügelgräber haben die Form von Schiffen. Und der Thane sagte uns, Wiglaf wäre ein Seekönig gewesen, von der Küste Schwedens. In meinem Land lassen sich sogar reiche Bauern aufrecht sitzend in ihren Booten begraben. Sie glauben, daß sie auf diese Weise nach *Ódáinsakr* – dem Feld der Lebenden – segeln und sich zu ihren Vorfahren und den Asen gesellen können. Und ich sage nicht, daß das falsch ist.«

»Nun, wir werden es bald wissen.« Shef warf einen kurzen Blick durch den Eingang des Zelts auf die untergehende Sonne und die ausgesuchten Männer – fünfzig Wikinger als Wachen und zwanzig Engländer als Grabmannschaften – die sich wortlos fertig machten. Sie würden erst nach Einbruch der Dunkelheit aufbrechen.

Als er aufstand, um sich ebenfalls fertig zu machen, hielt ihn Thorvin am Arm. »Nimm das hier nicht auf die leichte Schulter, junger Mann. Ich glaube nicht – oder kaum – an *draugr,* die lebenden Toten und ähnliches Zeug. Dennoch, du wirst die Toten berauben. Es gibt viele Geschichten darüber, und sie besagen alle dasselbe. Die Toten geben ihre Güter preis, aber erst nach einem Kampf. Und sie verlangen einen Preis. Du solltest einen Priester mitkommen lassen. Oder Brand.«

Shef schüttelte den Kopf. Sie hatten schon mehrmals darüber gestritten. Er hatte Entschuldigungen vorgebracht, Gründe angeführt. Aber keiner von ihnen traf wirklich zu. Denn tief in seinem Herzen spürte er, daß ihm alleine der Schatz zustand, vermacht von dem sterbenden König. Er ging hinaus in die Abenddämmerung.

Dank der Karte fanden sie die Gräber mühelos. Niemand war ihnen begegnet. Nur, wo sollten sie jetzt zu graben beginnen? Die Wachen und die Freigelassenen drängten sich schweigend zusammen und warteten auf Shefs Befehle. Er ordnete an, Fackeln zu entzünden, um mögliche Unregelmäßigkeiten im Boden zu entdecken. Aber im selben Moment, als das erste harzige Bündel knisternd zum Leben erwachte, schoß plötzlich eine blaue Flamme aus dem Hügelgrab und in den Himmel hinauf. Shef verlor auf der Stelle die Hälfte der Freigelassenen; sie rannten einfach in die Nacht davon. Die Wikingereskorte hielt sich besser. Die Krieger zogen sofort die Waffen und starrten in die Dunkelheit, als ob sie erwarteten, jeden Augenblick von den rachelüsternen Toten angegriffen zu werden. Doch selbst die Begeisterung Guthmunds des Gierigen, des beflissensten Schatzjägers unter ihnen, war plötzlich verflogen. »Wir verteilen uns etwas«, murmelte er. »Nicht, daß uns jemand zu nahe kommt.« Ab diesem Moment blieben die Wikinger verschwunden. Shef blieb mit zehn englischen Freigelassenen zurück, die vor Angst mit den Zähnen klapperten. In Ermangelung eines Plans oder einer besseren Idee führte er sie einfach auf die Spitze des Hügels und befahl ihnen, senkrecht nach unten zu graben.

Viele Stunden später hörte Shef, wie eine Hacke gegen Holz krachte. Er richtete sich neben dem schwarzen Loch auf, an dem er gekauert hatte. »Ist es eine Truhe?« rief er erwartungsvoll in den Schacht.

Die einzige Antwort war ein panisches, ruckartiges Ziehen an dem Seil, das in das fast zehn Fuß tiefe Loch herabhing. »Sie wollen hoch«, murmelte einer der Männer, die um den Schacht herumstanden.

»Dann zieht!«

Langsam wurden die schlammverschmierten Männer aus der Erde geholt. Shef wartete mit aller Geduld, die er aufbringen konnte, auf ihren Bericht.

»Keine Truhe, Herr. Ein Boot. Die Unterseite eines Boots. Sie müssen es verkehrt herum eingegraben haben.«

»Dann brecht durch.«

Die Männer schüttelten den Kopf. Wortlos hielt ihm einer der ehemaligen Sklaven die Hacke hin. Ein anderer reichte ihm eine schwach leuchtende Tannenfackel. Shef nahm beides. Er wußte, daß es keinen Sinn mehr hatte, um Freiwillige zu bitten. Er rammte die Hellebarde mit der Spitze tief in den Boden, griff nach dem Seil, prüfte die Verankerung und warf einen Blick in die Runde der dunklen Gestalten. Nur ihre Augäpfel waren in der Nacht sichtbar.

»Bleibt beim Seil.« Die Männer nickten. Er ließ sich unbeholfen, Hacke und Fackel in einer Hand, in den schwarzen Schacht hinab.

Unten angekommen spürte er eine sanfte Schräge aus Holzplanken unter den Füßen, offenbar in der Nähe des Kiels. Im schwachen Fackelschein strich er mit den Fingern über die Planken. Überlappend, klinkergebaut. Und dick geteert. Wie lange konnten sie dem trockenen, sandigen Boden getrotzt haben? Er hob die Hacke und schlug zu – einmal, dann ein zweites Mal mit größerer Wucht. Das Holz splitterte.

Modriger Gestank schlug ihm entgegen. Seine Fackel flammte plötzlich auf. Von oben drangen alarmierte Schreie und hastige Schritte. Dennoch, das war nicht der Gestank der Fäulnis. Eher wie der in einem Kuhstall am Ende des Winters. Er schlug immer wieder zu und vergrößerte das Loch im Rumpf. Unter dem Holz, wurde ihm klar, war keine Erde, sondern ein Hohlraum. Die Baumeister des Hügelgrabs hatten eine Kammer für die Toten und den Schatz eingerichtet und ersparten ihm damit, sich mit der Schaufel durch das Erdreich zu kämpfen.

Shef ließ das Seil durch das Loch im Schiffsrumpf fallen und schwang sich mit der Fackel in der Hand hinterher.

Seine Füße zermahlten knirschend Knochen. Menschliche Knochen. Mitleidig sah er auf den Boden. Die Rippen, die er abgebrochen hatte, gehörten nicht dem Herrn des Schatzes. Es waren die Knochen einer Frau. Die Brosche ihres Mantels glitzerte unterhalb des Schädels. Sie lag mit dem Gesicht nach unten neben einer Schicksalsgenossin, der Länge nach auf dem Boden der Grabkammer ausgestreckt. Man hatte ihnen die Hände auf den Rücken gebunden, sie in ihr Grab gelegt, mit schweren Mühlsteinen das Genick gebrochen und sie in der Dunkelheit sterben lassen. Die Mühlsteine, die immer noch auf den Skeletten ruhten, zeigten an, was sie gewesen waren: Die Mühlsklaven ihres Herrn. Im Grab, um ihm bis in alle Ewigkeit das Korn zu mahlen und die Grütze zuzubereiten.

Und wo die Sklaven waren, würde auch ihr Herr zu finden sein. Er hob die Fackel und wandte sich in Richtung Heck.

Dort, auf seinem Thron saß der König und blickte über seine Hunde, sein Pferd und seine Frauen. Seine Zähne grinsten aus der verschrumpelten Haut. Ein goldenes Diadem ruhte immer noch auf dem Schädel. Shef trat näher und starrte in das halberhaltene Gesicht, als ob er das Geheimnis seiner Majestät ergründen wollte. Er erinnerte sich an den Drang Kar des Alten, die Dinge zu behalten, sie für immer in seiner Hand zu haben, anstatt ohne sie zu leben. Unter seiner Hand ruhte der königliche Schleifstein, das Abzeichen des Kriegerkönigs, der seine Macht der Schärfe seiner Waffen verdankte. Plötzlich erlosch Shefs Fackel.

Shef erstarrte, seine Haut kribbelte. Vor ihm ertönte ein Quietschen, ein Gewicht verlagerte sich. Der alte König erhob sich von dem Thron, um mit dem Eindringling abzurechnen, der seinen Schatz stehlen wollte. Shef machte sich auf die Berührung knöcherner Finger gefaßt, auf die furchtbaren Zähne in dem ausgetrockneten, ledrigen Gesicht.

Er drehte sich um und machte vier, fünf, sechs Schritte, in der Hoffnung, an die Stelle zu gelangen, an der er das Grab betreten hatte. War die Dunkelheit wirklich vollkommen? Wieso zitterte er wie ein dahergelaufener Sklave? Shef gab sich einen Ruck. Er hatte dem Tod schon mehrfach ins Auge geblickt – er würde es auch hier tun, in der Schwärze.

»Du hast kein Recht mehr auf das Gold«, sagte er in

die Dunkelheit und tastete sich zurück zum Thron. »Das Kind deiner Kinder deiner Kinder gab es mir. Für einen Zweck.«

Er tastete sich weiter vor, bis seine Finger sich um die Fackel schlossen. Dann beugte er sich vor, holte Feuerstein, Stahl und Zunder aus seinem Beutel und mühte sich, einen Funken zu schlagen.

»Und überhaupt, du altes Gerippe, sei froh, daß ein Engländer deinen Schatz bekommt. Viel schlimmere Männer haben es auf ihn abgesehen.«

Dann loderte die Fackel von neuem. Er lehnte sie gegen einen vermoderten Balken und trat vor den Thron und seinen gräßlichen Besitzer. Er legte die Arme um den Leichnam und hob ihn vorsichtig an, in der Hoffnung, daß die Fleisch-, Haut- und Kleidungsreste die morschen Knochen zusammenhalten würden. Shef drehte sich um, und legte das Skelett neben die Reste der beiden Frauen.

»Jetzt müßt ihr drei da unten eure Streitigkeiten alleine ausfechten.«

Er nahm das goldene Diadem vom Schädel und setzte es sich auf den Kopf. Dann wandte er sich wieder dem leeren Thron zu, nahm das steinerne Zepter, das unter der rechten Hand des Königs gelegen hatte, und pochte mit dem schweren Stab nachdenklich gegen die Handfläche.

»Eines werde ich dir für dein Gold geben«, sagte er. »Und das ist Vergeltung für deinen Nachkommen. Vergeltung an dem Knochenlosen.«

Noch während er sprach, raschelte etwas in der verschwommenen Schwärze hinter ihm. Shef zuckte zusammen. Hatte der Knochenlose seinen Namen gehört und war erschienen? War er mit einer riesigen Schlange in dem Grab gefangen?

Shef zwang sich, mit erhobener Fackel auf den Ausgangspunkt des Geräusches zuzugehen. Er fand das

Seil, an dem er heruntergeklettert war. Man hatte es durchgeschnitten.

Von oben drang undeutlich angestrengtes Stöhnen. Wie in dem Traum Kar des Alten begann Erde herunterzurieseln.

Er mußte seine gesamte Willenskraft aufbieten, um sich zu erklären, was geschah. Es war kein Alptraum, nichts, was seinen Verstand außer Kraft setzen durfte. Er mußte es als Rätsel sehen, etwas, an dem er arbeiten, das er lösen konnte.

Dort oben waren Feinde. Padda und die anderen Freigelassenen hätte vielleicht die Angst übermannt, und sie wären fortgerannt, aber sie hätten nie das Seil durchschnitten oder Erde hinuntergeworfen. Dasselbe galt für Guthmund. Also mußte jemand sie vertrieben haben, vielleicht die Engländer, die gekommen waren, um das Grab ihres Königs zu verteidigen. Aber sie schienen nicht herunterkommen zu wollen. Aber das war gleich, er hatte trotzdem keine Chance zu entkommen.

Aber gab es einen anderen Weg? König Edmund hatte das Grab Raedwalds Schatz genannt, aber der Hügel gehörte Wuffa. Konnte es sein, daß er und seine Vorfahren ihn als Versteck für ihre Reichtümer benutzt hatten? Wenn das der Fall war, dann mußte es einen Weg geben, neue Schätze hineinzubringen – und hinaus. Aber der Grabhügel war unversehrt gewesen. Gab es einen anderen Weg? Wenn ja, dann mußte er in der Nähe des Golds sein. Und das Gold mußte so nah wie möglich an seinem Wächter sein.

Shef ging zurück zum Thron und zog ihn zur Seite. Vier robuste Truhen mit Ledergriffen kamen zum Vorschein. Das Leder war unbeschädigt, wie er feststellte, als er sie befühlte. Hinter ihnen war ein sauber geschnittenes, quadratisches Loch in der Wölbung des Bugs, kaum schulterbreit.

Das war der Tunnel! Er verspürte unermeßliche Erleichterung; eine unsichtbare Last fiel von seinen Schultern. Es war also möglich. Ein Mann konnte von draußen den Gang entlangkriechen, eine Truhe öffnen und sie wieder schließen. Er mußte nicht einmal dem alten König ins Gesicht sehen.

Er setzte das Diadem wieder auf und umklammerte die beinahe heruntergebrannte Fackel. Sollte er das Schleifsteinzepter oder die Hacke mitnehmen? Ich könnte mich mit der Hacke ausgraben, dachte er. Aber jetzt, da er das Zepter des alten Königs an sich genommen hatte, glaubte er kein Recht mehr zu haben, es wieder abzulegen.

Fackel in der einen Hand, Schleifstein in der anderen bückte er sich und kroch in die Schwärze.

Nach kurzer Zeit verengte sich der Tunnel. Er mußte abwechselnd eine Schulter vorschieben, dann die zweite. Die Fackel brannte herunter und versengte seine Hand. Er drückte sie an der Tunnelwand aus und kroch weiter. Unablässig versuchte er sich zu sagen, daß sich die enge Röhre nicht um ihn schloß. Schweiß bedeckte seine Stirn und lief ihm in die Augen, aber er konnte keine Hand freibekommen, um ihn abzuwischen. Und zurückkriechen kam auch nicht in Frage. Der Tunnel war zu niedrig, als daß er die Hüften hätte heben und senken können.

Plötzlich stießen seine Finger nicht auf Erde, sondern auf leeren Raum. Mit einem Stoß waren Shefs Kopf und Schultern über der Lücke. Vorsicht streckte er wieder die Finger aus. Ein, zwei Fuß vor ihm war fester Grund, der schräg nach unten führte. Die Erbauer hatten den Durchgang nicht so einfach machen wollen.

Aber er wußte, daß es weitergehen mußte. Dies war keine Falle, sondern ein Eingang. Er mußte nur nach unten kriechen, um die Biegung. Sein Gesicht würde eine Zeitlang in der Erde sein, aber er konnte den Atem lange genug anhalten.

Wenn ich mich irre, dachte er, werde ich mit dem Gesicht nach unten ersticken. Das Schlimmste wird der Kampf sein. Das werde ich nicht tun. Wenn ich nicht durchkomme, dann drücke ich das Gesicht in die Erde und sterbe.

Shef kroch über den Rand und verdrehte den Körper. Einen Augenblick versagten ihm die Muskeln den Dienst, als seine Beine sich krampfhaft an dem ebenen Boden verhakten. Dann zog er sich hinunter, rutschte einige Handbreit und kam dann nicht mehr weiter. Er steckte mit dem Kopf nach unten in absoluter Dunkelheit fest.

Er unterdrückte die aufkeimende Panik. Du mußt das Ganze als Rätsel sehen, sagte er sich wieder. Das kann keine Sackgasse sein, das ergibt keinen Sinn. Thorvin sagt immer, der Mensch trägt keine nützlichere Last als seinen Verstand.

Shef tastete seine unmittelbare Umgebung ab. Eine Öffnung. Hinter seinem Nacken. Wie eine Schlange glitt er hinein. Und dann war er wieder auf ebenem Boden, und diesmal führte eine Öffnung nach oben. Er wuchtete sich hinein, und zum erstenmal seit einer halben Ewigkeit stand er aufrecht. Seine Finger fanden eine hölzerne Leiter.

Er kletterte unsicher hinauf. Schließlich stieß er mit dem Kopf gegen eine Falltür. Aber eine Tür, die dazu gedacht war, von außen geöffnet zu werden, und nicht so einfach nachgeben würde. Auf ihr konnten ohne weiteres fünf oder sechs Fuß Erde ruhen.

Er zog den Schleifstein aus dem Gürtel, preßte sich gegen die Schachtwand und stieß mit der scharfen Spitze nach oben. Das Holz knarrte und splitterte. Immer und immer wieder schlug er zu. Schließlich gelang es ihm, eine Hand durch die Öffnung zu quetschen und ein größeres Holzstück abzureißen. Sandiger Erdboden begann in den Schacht zu rieseln und prasselte in immer größeren Mengen herunter, als er das Loch vergrößerte. Dann erschien über ihm der blasse Himmel der Morgendämmerung.

Shef zog sich müde aus dem Tunnel und fand sich in einem dichten Hagedornbusch wieder, keine zweihundert Schritte von dem Grabhügel entfernt, in den er sich vor so langer Zeit abgeseilt hatte. Auf der Spitze des Hügels stand eine Gruppe Männer und starrte den Schacht hinunter. Er würde sich nicht vor ihnen verstecken oder sich davonschleichen. Shef richtete sich auf, rückte das Diadem zurecht, hob den Schleifstein hoch und ging wortlos auf sie zu.

Sein Halbbruder Hjörvarth steckte dahinter; er hatte es beinahe erwartet.

Jemand bemerkte ihn im zunehmenden Morgenlicht, schrie auf und taumelte zurück. Der Haufen der Männer folgte seinem Beispiel und ließ Hjörvarth allein neben dem immer noch nicht ganz aufgefüllten Schacht stehen. Shef stieg über die Leiche eines der Engländer, den ein Schwertstreich von der Schulter bis zur Brust aufgeschlitzt hatte. Er sah jetzt, daß Guthmund und eine Gruppe Bewaffneter mit gezogenen Waffen fünfzig Meter weiter standen, aber offenbar nicht die Absicht hatten, sich einzumischen.

Shef blickte seinen Halbbruder mit dem Pferdegebiß erschöpft an.

»Nun, Bruder«, sagte er. »Es scheint, daß du mehr als deinen Anteil willst. Oder tust du das vielleicht für jemanden, der nicht hier ist?«

Hjörvarths Züge strafften sich. Er zückte sein Breitschwert, reckte seinen Schild vor und kam den Hügel heruntergerannt.

»Du bist kein Sohn meines Vaters«, knurrte er und schwang das Schwert.

Shef blockte den Streich mit dem handgelenkdicken Schleifstein ab. »Stein schneidet Schere«, sagte er, als die Klinge zerbarst. »Und Stein zerschmettert Schädel.«

Er schnellte den Schleifstein mit der Rückhand herum und spürte, wie sich die gemeißelten Fratzen der Könige an seiner Spitze in Hjörvarths Schläfe bohrten.

Der Wikinger taumelte, fiel auf die Knie und stützte sich noch einen Moment lang auf den Stumpf seines Schwertes. Shef trat zur Seite, zielte und holte mit ganzer Kraft aus. Wieder knirschten Knochen, und sein Bruder fiel nach vorne; Blut strömte ihm aus Mund und Ohren. Bedächtig wischte Shef das Steinzepter ab und blickte Hjörvarths Männer an, die mit weit aufgerissenem Mund dastanden.

»Nur eine Familienangelegenheit«, sagte er. »Nichts, was einen von euch zu kümmern bräuchte.«

KAPITEL 10

SIGVARTHS EINSPRUCH BEIM RAT der Wikinger verlief nicht nach seinen Erwartungen. Mit bleichen und verzerrten Zügen starrte er über den Tisch.

»Er hat meinen Sohn getötet – und dafür verlange ich eine Entschädigung.«

Brand hob eine seiner mächtigen Hände, um ihn zum Schweigen zu bringen. »Wir wollen abwarten, bis Guthmund seinen Bericht beendet hat. Erzähl weiter.«

»Meine Männer verteilten sich in der Dunkelheit um den Hügel. Plötzlich waren Hjörvarths Männer da. Wir hörten ihre Stimmen und wußten, daß sie keine Engländer waren, aber wir wußten nicht, was wir tun sollten. Sie stießen alle beiseite, die sie zur Rede stellen wollten. Aber niemand kam dabei um. Dann versuchte Hjörvarth, seinen Bruder Skjef zu töten, erst, indem er ihn bei lebendigem Leib im Hügel begrub, dann, indem er ihn mit dem Schwert angriff. Wir haben es alle gesehen. Skjef hatte nur ein Zepter aus Stein.«

»Er hat Padda und fünf meiner Freigelassenen getötet«, sagte Shef. Der Rat ignorierte ihn.

Brand sagte entschlossen: »Ich kann keinen Anspruch auf Entschädigung erkennen, Sigvarth. Nicht einmal für deinen Sohn. Er versuchte, einen Armeekameraden umzubringen, der unter dem Schutz vom Gesetz des Weges stand. Wenn ihm der Mord gelungen wäre, hätten wir ihn gehängt. Außerdem versuchte er, seinen Bruder im Erdhügel zu begraben. Und stellt euch nur vor, was wir verloren hätten, wenn ihm das gelungen wäre!« Er schüttelte ungläubig den Kopf.

Mindestens zweihundert Pfund Gold. Und vieles davon in einer handwerklichen Qualität, die den reinen Materialwert weit überstieg. Verzierte Schalen der Römer. Große Torques aus hellem Gold aus dem Land der Iren. Münzen mit den Häuptern von unbekannten Römerherrschern. Arbeiten aus Cordoba und Miklagard, aus Rom und Deutschland. Und dazu säckeweise Silber, von den Beauftragten des Königs über Generationen in der Mündung des Tunnels deponiert. Alles zusammen genug, um jeden einzelnen Krieger der Armee des Weges für den Rest seines Lebens zu einem reichen Mann zu machen. Zumindest, wenn sie überlebten. Denn die Dämmerung hatte der Heimlichkeit ein Ende bereitet.

Sigvarth schüttelte den Kopf, sein Gesichtsausdruck war unverändert. »Sie waren Brüder«, murmelte er. »Die Söhne desselben Mannes.«

»Deshalb steht Vergeltung außer Frage«, sagte Brand. »Du kannst dich nicht an einem Sohn für einen anderen rächen, Sigvarth. Das mußt du schwören.« Er hielt kurz inne. »Die Nornen haben sein Schicksal bestimmt. Ein böses Schicksal, aber nichts, was Sterbliche hätten abwenden können.«

Diesmal nickte Sigvarth. »Ja, es waren die Nornen. Ich schwöre, Brand, Hjörvarth soll ungerächt ruhen. Zumindest, was mich angeht.«

»Gut. Dann will ich euch etwas sagen.« Brand ließ den Blick über die Runde wandern. »Dieser ganze Reichtum macht mich so nervös wie eine Jungfrau auf einer Orgie. Die Gegend muß vor Gerüchten über unseren angeblichen Fund schwirren. Shefs Freigelassene reden mit den Churls und Thralls. Und sie haben etwas erfahren. Eine neue Armee ist in dieses Reich einmarschiert. Eine englische Armee, aus Mercien. Sie will das Königreich neu errichten. Ihr könnt Gift darauf nehmen, daß sie schon von uns gehört haben. Wenn sie nur einen Funken Verstand besitzen, sind sie bereits losmarschiert, um uns von unseren Schiffen abzuschneiden oder, wenn es dazu zu spät ist, um uns nachzusetzen.«

»Ich will, daß wir noch vor Sonnenuntergang das Lager abgebrochen haben und auf dem Weg sind. Wir müssen die ganze Nacht und den Tag durchmarschieren. Vor morgen Abend können wir uns keinen Halt leisten. Sagt den Kapitänen Bescheid und seht zu, daß die Männer und Tiere einen vollen Magen bekommen.«

Als sich die Gruppe auflöste, und Shef nach den Karren mit den Maschinen sehen wollte, legte ihm Brand eine Hand auf die Schulter.

»Du nicht«, sagte er. »Wenn ich eine polierte Stahlplatte hätte, würde ich dir dein Gesicht zeigen. Weißt du eigentlich, daß du graue Haare an den Schläfen hast? Guthmund kann sich um deine Karren kümmern, und du legst dich in einen, mit deinem und meinem Mantel als Decke.« Er reichte ihm eine Flasche.

»Trink das. Ich habe es für dich aufgehoben. Nenn es ein Geschenk Odins, für den Mann, der den größten Schatz fand, seit Gunnar das Gold der Niflungen versteckte.« Shef stieg der Duft vergorenen Honigs in die Nase: Odins Met.

Brand musterte das totenbleiche, verwüstete Gesicht – ein Auge eingesunken und eingeschrumpft, die Wangenknochen standen zwischen den verspannten Muskeln heraus. Brand fragte sich, was für einen Preis der *draugr*, der Untote, aus dem Grabhügel für seinen Schatz nehmen würde. Er klopfte Shef noch einmal auf die Schulter und eilte nach Steinulf und seinen Kapitänen rufend davon.

Als sie losmarschierten, lag Shef eingezwängt zwischen zwei Schatztruhen und einem Katapultträger auf der

Pritsche eines Karren, die leere Flasche neben sich und durch die wiegende Bewegung in den Halbschlaf gelullt. Neben jedem der Karren marschierte ein Dutzend von Brands Männern als Eskorte. Um sie herum drängten sich die freigelassenen Maschinen-Männer, angespornt von dem Gerücht, daß sie vielleicht auch einen kleinen Anteil erhalten würden. Es wäre das erste Geld ihres Lebens. Am Anfang und Ende der Kolonne und an ihren Flanken ritten starke Wikingertrupps, immer auf der Hut vor einem Hinterhalt. Brand ritt unermüdlich die Kolonne auf und ab, tauschte das Pferd, wenn seine Kräfte nachließen, und forderte die Männer ohne Unterlaß auf, sich mehr anzustrengen.

Nicht meine Aufgabe heute, dachte Shef. Er glitt in einen tieferen Schlaf.

Er ritt über eine Ebene. Nein, das war falsch – er gab seinem Pferd verzweifelt die Sporen. Das Tier unter ihm ächzte, als er ihm mit den Spornrädchen erneut über die blutende Brust scharrte. Das Pferd kämpfte gegen den Schmerz an, unterlag und beschleunigte. Shef stemmte sich in den Sattel und blickte hinter sich. Eine Horde Reiter strömte einen niedrigen Hügel herunter, einer von ihnen, auf einem mächtigen Grauschimmel, weit vorne: Adils, König von Schweden.

Und wer war er selbst? Shefs Geist konnte nicht sagen, in welchem Körper er sich befand. Aber der Mann war auffallend groß, so hochgewachsen, daß seine langen Beine trotz des riesigen Pferdes den Boden berührten. Und der große Mann hatte Begleiter, bemerkte Shef. Merkwürdige Begleiter. Ihm am nächsten ritt ein Mann, so breitschultrig, daß man glauben konnte, er hätte die Schultertrage einer Melkerin unter der ledernen Jacke. In der Mitte des breiten, animalische Verschlagenheit ausstrahlenden Gesichts fand sich eine Stupsnase. Sein Pferd mühte sich ebenfalls vergeblich ab, das Gewicht seines Reiter bei diesem Tempo zu tragen. Neben ihm ritt ein ungewöhnlich stattlicher Mann – hochgewachsen, blond, mit

Wimpern wie eine Frau. Neun oder zehn Reiter galoppierten im selben mörderischen Tempo vor ihnen her.

»Sie holen uns ein!« rief der Mann mit den breiten Schultern. Er löste eine kurzstielige Axt von einer Schlaufe an seinem Sattel und schüttelte sie vergnügt.

»Noch nicht, Bödwar«, sagte der hochgewachsene Mann. Er zügelte sein Pferd, zog ein Säckchen aus der Satteltasche und holte mehrere Handvoll Gold heraus. Er verstreute es auf dem Boden, riß das Pferd herum und ritt weiter. Minuten später, als Shef sich wieder umdrehte, sah er, wie die Verfolgermeute anhielt und sich in einen Haufen Männer verwandelte, die ihre Pferde gegeneinander stießen, während sie tastend den Boden absuchten. Der Grauschimmel löste sich aus dem Gewimmel und galoppierte weiter; einige der Reiter gaben ihren Pferden die Sporen, um ihn einzuholen.

Noch zweimal verstreute der hochgewachsene Mann Gold, und jedesmal blieben einige ihrer Verfolger zurück. Aber ihre Pferde reagierten jetzt nicht mehr auf die Sporen, die geplagten Tiere schleppten sich nur noch im Schritt dahin. Doch sie hatten es nicht mehr weit, bald waren sie in Sicherheit – welche Art von Sicherheit das war, wußte Shefs Geist nicht. Ein Schiff? Eine Grenze? Es war egal. Es zählte nur, daß sie sie erreichten.

Plötzlich brach Bödwars Pferd zusammen, überschlug sich in einem Wirbel aus Schweiß und Blut, das aus seinen Nüstern quoll. Der breitschultrige Mann machte sich behende los, griff nach der Axt und drehte sich erwartungsvoll nach den Reitern um, die jetzt kaum noch zweihundert Schritte entfernt waren. Es waren immer noch zu viele, der König ganz vorne – Adils von Schweden auf seinem Grauschimmel.

»Trag ihn, Hjalti«, sagte der hochgewachsene Mann. Er griff wieder in den Beutel. Doch seine Finger fanden nichts mehr – bis auf den Ring Swiagriss. Obwohl der Tod auf ihn zuritt, und die Sicherheit nur noch einen letzten Spurt entfernt war, zögerte der hochgewachsene Mann. Dann hob er den Ring mit Mühe und warf ihn weit den matschigen Weg

zurück in Richtung Adils. Dann sprang er auf der Stelle vom Pferd und rannte mit aller Kraft zur Zuflucht jenseits des Kamms.

Am Kamm angekommen, drehte er sich um. Adils war bei dem Ring angelangt. Der König zügelte sein Pferd und senkte den Speer in dem Versuch, den Ring ohne anzuhalten mit der Spitze aufzuheben. Er scheiterte. Er riß zur Verwirrung der Männer hinter ihm das Pferd herum, und versuchte es ein zweitesmal. Wieder mißlang der Versuch.

Haßerfüllt und unschlüssig sah Adils seinen Gegner an, den nur noch ein Schritt vom Entkommen trennte, dann wieder den im Matsch versinkenden Ring. Plötzlich warf er sich vom Pferd, bückte sich und tastete nach dem Schatz – und vergab seine Chance.

Der hochgewachsene Mann lachte krächzend und folgte seinen Kameraden. Als der breitschultrige Mann, Bödwar, ihn fragend ansah, schrie er seinen Triumph heraus: »Jetzt habe ich den Höchsten der Schweden dazu gebracht, wie ein Schwein im Morast zu wühlen!«

Shef setzte sich ruckartig in dem Karren auf; seine Lippen formten leise das Wort *svinbeygt*. Er starrte direkt in Thorvins Gesicht.

»›Schwein-gebeugt‹, nicht wahr? Das sagte Hrolf Kraki auf dem Fyrrisfeld. Es freut mich, daß du etwas Ruhe gefunden hast, aber jetzt ist es Zeit, daß du aufstehst – wie wir alle.«

Er half Shef, über die Seitenwand des Karrens zu klettern und sprang neben ihm hinunter. Dann flüsterte er: »Hinter uns ist ein Heer. In jedem Weiler erfahren deine Thralls mehr darüber. Sie sagen, daß dreitausend Mann hinter uns sind, die Armee Merciens. Als wir aus Woodbridge abmarschierten, verließen sie Ipswich, und jetzt wissen sie von dem Gold. Brand hat Reiter zum Lager in Crowland vorausgeschickt und dem Rest unserer Armee aufgetragen, uns kampfbereit zu treffen –

in March. Wenn wir es dahin schaffen, sind wir in Sicherheit. Zweitausendfünfhundert Wikinger, dreitausend Engländer. Sie werden sich wie üblich früher oder später auflösen. Aber wenn sie uns vor March einholen, sieht die Sache anders aus.«

»Und die Thralls berichten noch etwas Merkwürdiges. Angeblich wird die Armee von einem Heimnar angeführt. Einem Heimnar und seinem Sohn.«

Shef spürte einen eisigen Schauder. Vor ihnen eine Serie geschriener Befehle. Die Karren hielten an, und die Männer schnürten plötzlich Bündel auf.

»Brand läßt die Kolonne alle zwei Stunden anhalten, damit die Tiere Wasser und die Männer etwas zu Essen bekommen«, sagte Thorvin. »Er sagt, daß wir selbst in der Eile damit Zeit sparen.«

Eine Armee hinter uns, dachte Shef. Und wir hasten, um in Sicherheit zu kommen. Das habe ich in meinem Traum gesehen. Ich soll von dem Ring lernen, dem Ring Swiagriss.

Aber *wer* will das? Einer der Götter, aber nicht Thor oder Odin. Thor ist gegen mich, und Odin beobachtet nur. Wie viele Götter gibt es überhaupt? Ich wünschte, ich könnte Thorvin fragen. Aber es scheint, mein Beschützer – der mir die Warnungen schickt – mag keine Fragen.

Als Shef über den Ring Swiagriss brütend zur Spitze der Kolonne ging, sah er Sigvarth am Straßenrand, der auf einem Hocker aus Segeltuch zusammengesunken war. Die Augen seines Vaters folgten ihm, als er ihn passierte.

In der trüben Februarmorgendämmerung erspähten Shefs müde Augen zur Rechten den massigen Umriß der Klosterkirche von Ely. Die Große Armee hatte sie bereits auf dem Marsch nach York in Brand gesteckt, aber der Turm stand noch.

»Sind wir jetzt in Sicherheit?« fragte er Thorvin.

»Die Thralls scheinen das zu glauben. Sieh dir nur an, wie sie lachen. Aber wieso? Wir sind noch einen Tagesmarsch von March entfernt, und die Mercier sind uns dicht auf den Fersen.«

»Es ist wegen der Fens hinter Ely«, sagte Shef. »In dieser Jahreszeit ist die Straße nach Ely für viele Meilen ein Damm, der über dem Wasser und dem Schlamm gebaut wurde. Falls nötig, könnten wir umdrehen und die Straße mit ein paar Männern und einer Barrikade blockieren. Es gibt keinen anderen Weg. Nicht für Fremde.«

Stille senkte sich über die Kolonne, eine Stille, die dem anrückenden Brand folgte. Plötzlich stand er vor Shef und Thorvin, sein Mantel über und über mit schwarzem Schlamm bespritzt, sein Gesicht totenbleich vor Schreck.

»Stopp!« schrie er gellend. »Alle anhalten. Tränkt und füttert die Tiere, lockert die Zügel.« Sehr viel leiser murmelte er den beiden Ratsmitgliedern zu: »Es gibt bösen Ärger. Wir treffen uns vorne. Laßt euch nichts anmerken.«

Shef und Thorvin sahen einander an und folgten ihm wortlos.

Ein Dutzend Männer, die Anführer der Wikinger, standen am Straßenrand. Ihre Stiefel sanken bereits in den Sumpf ein. Unter ihnen, schweigend und die Hand wie immer am Schwertknauf, stand Sigvarth.

»Es ist Ivar«, sagte Brand ohne Umschweife. »Er hat vergangenen Nacht unser Lager in Crowland angegriffen. Er hat einige der Männer getötet und den Rest zerstreut. Mit Sicherheit hat er welche gefangen. Sie haben bestimmt bereits geplaudert. Er weiß jetzt, wo wir den Rest der Armee treffen wollten – und von dem Gold.«

»Wir müssen davon ausgehen, daß er bereits losmarschiert ist, um uns abzufangen. Damit steht er im

Norden von uns und die Engländer ein paar Meilen im Süden.«

»Wie viele sind es?« fragte Guthmund.

»Die Männer, die entkommen und hierher geritten sind, glauben ungefähr zweitausend. Nicht die ganze Armee aus York. Und keiner der übrigen Ragnarssons ist dabei. Nur Ivar und sein Haufen.«

»Wenn wir unsere volle Stärke hätten, könnten wir es mit ihnen aufnehmen«, sagte Guthmund. »Eine Bande von Verbrechern. Gaddgedlar. Gebrochene Männer.« Er spuckte verächtlich.

»Aber wir haben nicht unsere volle Stärke.«

»Noch nicht, aber bald«, entgegnete Guthmund. »Wenn Ivar von dem Gold weiß, dann wette ich, daß jeder Mann in unserem Lager zuerst davon wußte. Sie waren wahrscheinlich völlig besoffen und feierten gerade, als er angriff. Sobald sie wieder einen klaren Kopf haben, werden sich die, die entkommen sind, direkt zum Treffpunkt in March aufmachen. Wenn wir dorthin kommen, haben wir wieder fast unsere ganze Stärke. Dann rechnen wir mit Ivars Pöbel ab. Du kannst Ivar für dich haben, Brand. Ihr habt noch eine Rechnung offen.«

Brand grinste. Diesen Leuten kann man nicht so einfach Angst einjagen, sagte sich Shef. Um sie zu besiegen, mußte man einen nach dem anderen töten, bis keiner mehr von ihnen übrig war. Leider war zu befürchten, daß genau das geschehen würde.

»Was ist mit den Engländern hinter uns?« fragte er.

Ernüchterung machte sich in Brands Gesicht breit, als Shefs Worte ihn aus dem Traum eines Zweikampfs mit Ivar rissen.

»Sie sollten kein allzu großes Problem sein. Wir haben sie bisher immer geschlagen. Aber wenn sie uns von hinten angreifen, während wir mit Ivar beschäftigt sind… wir brauchen Zeit. Zeit, um uns mit dem Rest der Armee in March zu vereinigen. Zeit, um mit Ivars Dummköpfen abzurechnen.«

Shef dachte an seine Vision. Wir müssen ihnen etwas hinwerfen, was sie wollen, dachte er. Keinen Schatz. Brand würde nie ein Stück davon abgeben.

Das steinerne Zepter des Königs steckte immer noch in seinem Gürtel. Er zog es heraus und starrte auf die bärtigen, gekrönten Häupter, die an beiden Enden eingemeißelt waren. Grausame Gesichter, die um ihre Macht wußten. Könige mußten Dinge tun, die andere Männer nicht tun würden. Genauso wie Anführer. Genauso wie Jarle. Sie hatten gesagt, daß er einen Preis für den Schatz zu zahlen hätte. Vielleicht war es das. Als er aufblickte, bemerkte er, daß Sigvarth mit geweiteten Augen auf die Waffe starrte, die den Schädel seines Sohnes zerschmettert hatte.

»Der Damm«, sagte Shef heiser. »Ein paar Männer können dort die Engländer lange Zeit aufhalten.«

»Das könnten sie«, stimmte Brand zu. »Aber einer von uns müßte sie anführen. Ein Jarl. Einer, der es gewohnt ist, eigenständig zu handeln. Einer, der sich auf seine Männer verlassen kann. Ungefähr hundert Krieger würden genügen.«

Lange Zeit sagte keiner der Männer etwas. Wer immer zurückblieb, war so gut wie tot. Das war viel verlangt – selbst von diesen Wikingern.

»Einer von uns hier hat seine gesamte Mannschaft bei sich. Einer, der den Mann zum Heimnar machte, den uns die Engländer jetzt entgegentragen…«

»Sprichst du von mir, Brand? Verlangst du von mir und meinen Männern, den Weg in die Hölle einzuschlagen?«

»Ja, Sigvarth, ich spreche von dir.«

Sigvarth setzte zu einer Antwort an, dann wandte er sich um und sah Shef an. »Ja, ich werde es tun. Ich spüre, daß die Runen, die hiervon berichten, bereits geritzt sind. Du sagtest, die Nornen wollten den Tod meines Sohnes. Ich glaube, daß die Nornen auch auf diesem Damm Schicksale miteinander verknüpfen. Und nicht nur die Nornen.«

Er hob den Kopf und erwiderte den Blick Shefs.

Die Vorhut der mercischen Armee, die durch die Nacht hastete, um ihre Feinde einzuholen, ging eine Stunde nach Sonnenuntergang in Sigvarths Falle. In nur zwanzig Herzschlägen verloren die Engländer, die dicht gedrängt in Zehnerreihen den Damm entlangmarschierten, in dem Gemetzel ein halbes Hundert ihrer besten Champions. Die übrigen – erschöpft, durchnäßt, hungrig und wütend auf ihre Anführer – wichen verwirrt zurück, ohne die Leichen und Verwundeten oder ihre Rüstungen zu bergen. Eine Stunde lang lauschten Sigvarths Männer, die in angespannter Bereitschaft standen, wie die Engländer einander anschrien und sich gegenseitig beschimpften. Dann hörten sie nach und nach, wie die Krieger sich zurückzogen. Aber nicht ängstlich. Eher unsicher, sich fragend, ob man die Sperre umgehen konnte, auf Befehle wartend. Die Engländer zogen es vor, sich in ihre nassen Decken einzuwickeln und etwas Schlaf zu bekommen, anstatt ihre wertvollen Leben gegen einen unbekannten Feind zu riskieren.

Schon zwölf Stunden gewonnen, dachte Sigvarth. Er befahl seinen Männern, sich hinzulegen. Aber nicht ich, schoß ihm durch den Kopf, ich kann ebensogut Wache halten. Ich werde nie wieder schlafen. Nicht nach Hjörvarths Tod. Mein einziger Sohn. Ob Shef wohl auch mein Sohn ist? Wenn ja, dann ist er mein Verderben.

In der Dämmerung kehrten die Engländer zurück, dreitausend Mann, um nachzusehen, was für ein Hindernis ihnen den Weg versperrte.

Die Wikinger hatten sich zu beiden Seiten des Damms in den durchweichten Boden eingegraben. In einem Fuß Tiefe waren sie auf Wasser gestoßen, in zweien fanden sie nur noch Schlamm. Anstatt ihrer normalen Gräben hatten sie mit Wasser gefüllte, zehn Fuß breite Rinnen angelegt. Sie hatten die beiden Karren, die Shef ihnen überlassen hatte, auseinandergenommen und die Träger und Holzstücke auf ihrer Seite der Gräben in den Boden gerammt. Ein dürftiges Hindernis, das ein Trupp Churls in wenigen Momenten zur Seite hätte räumen können, wenn nicht die Wikinger hinter ihnen gewacht hätten.

Auf dem Damm konnten nur zehn Männer nebeneinander stehen. Und nur fünf konnten ihre Waffen führen. Die mercischen Krieger rückten vorsichtig vor und fanden sich in fast hüfthohem, eiskaltem Wasser wieder, bevor die Feinde überhaupt in Reichweite ihrer Schwerter waren. Ihre Lederschuhe rutschten auf dem schlammigen Untergrund. Als sie sich vortasteten, starrten sie in wütende, bärtige Gesichter, zweihändige Äxte über den Schultern. Sollten sie die Männer angreifen? Ein Mann mußte sich eine matschige Böschung hinaufkämpfen, um einen Streich zu führen. Und währenddessen konnte die Wikinger mit den Äxten genau Maß nehmen.

Die Engländer konnten versuchen, die Brustwehr auf dem Damm wegzuräumen. Aber achtete man einen Augenblick nicht auf den Wikinger über sich, würde er einem den Arm oder Kopf abschlagen.

Schwungvoll und gleichzeitig verzweifelt darum bemüht, das Gleichgewicht zu halten, rannten die mercischen Champions probeweise gegen die Sperre an, angefeuert von den Männern in den hinteren Reihen.

Im Laufe des kurzen Wintertags gewannen die Kämpfe an Heftigkeit. Cwichelm, der mercische Hauptmann, der von seinem König abgeordnet war, um den neuen Alderman zu beraten und zu unterstützen, verlor die Geduld mit den zaghaften Angriffen. Er zog seine Männer zurück, und befahl zwanzig Bogenschützen mit einem unbegrenzten Vorrat an Pfeilen nach vorne. »Zielt auf Kopfhöhe«, trug er ihnen auf. »Es ist gleich, wenn ihr sie nicht trefft, solange sie nur die Köpfe unten behalten.«

Andere Männer unterstützten den Beschuß mit Speeren, die sie unmittelbar über die Köpfe ihrer Kameraden schleuderten. Cwichelm appellierte an den Stolz seiner besten Schwertkämpfer und befahl ihnen vorzurücken – aber nicht vorzustürmen. Sie sollten die Wikinger ermüden und dann mit der nächsten Reihe die Plätze tauschen. Währenddessen schickte Cwichelm tausend Mann mehrere Meilen nach hinten, um Büsche abzuschneiden, an die Barrikade zu bringen und sie unter die Füße der Kämpfenden zu werfen. Nach und nach, so Cwichelms Hoffnung, würden sie zusammengetrampelt und einen festen Untergrund bilden.

Alfgar, der die Kämpfe zwanzig Schritte weiter hinten verfolgte, raufte sich verärgert den Bart.

»Wieviel Männer braucht ihr noch?« fragte er. »Das sind nur zwei Gräben und ein Zaun. Ein richtiger Ansturm, und wir brechen durch. Es ist gleich, wenn wir dabei ein paar Männer verlieren.«

Der Hauptmann warf seinem angeblichen Herrn einen spöttischen Blick zu. »Versucht, das den paar Männern klarzumachen«, sagte er. »Oder vielleicht wollt Ihr selbst einen Anlauf unternehmen? Erledigt einfach den Großen in der Mitte. Den mit den gelben Zähnen, der die ganze Zeit lacht.«

Im trüben Licht starrte Alfgar über das kalte Wasser und die kämpfenden Männer hinweg auf Sigvarth, der hin und her lief, während er Schwerthiebe parierte und versuchte, selbst einen Streich zu führen. Alfgars Hand zitterte unvermittelt; er schob sie unter den Gürtel.

»Bringt meinen Vater her«, murmelte er seinem Begleiter zu. »Da ist etwas, das er sehen muß.«

»Die Engländer tragen einen Sarg her«, bemerkte einer der Wikinger in der ersten Reihe zu Sigvarth. »Eigentlich sollte ihnen schon aufgegangen sein, daß ihnen einer nicht reichen wird.«

Sigvarth starrte die gepolsterte Kiste an. Die Träger hielten sie fast aufrecht, und der Mann in ihr wurde nur von Trägern um die Brust und die Hüfte festgehalten. Über das Wasser hinweg erwiderte der Wikinger den Blick des Mannes, den er verstümmelt hatte. Einen Augenblick später warf Sigvarth den Kopf zurück. Er lachte laut auf, riß Schwert und Schild hoch und schrie etwas auf Nordisch.

»Was sagt er?« murmelte Alfgar.

»Er fordert deinen Vater heraus«, übersetzte Cwichelm. »Erkennt dein Vater die Axt wieder? Glaubt dein Vater, er hätte etwas vergessen? Dein Vater soll nur die Hosen herunterlassen, dann holt er es nach.«

Wulfgars Lippen bewegten sich. Sein Sohn beugte sich vor, um das heisere Murmeln zu verstehen.

»Er sagt, sein ganzer Besitz gehört dem Mann, der diesen Wikinger lebend fängt.«

Cwichelm schürzte die Lippen. »Leichter gesagt als getan. Eins muß man diesen Teufeln lassen. Man kann sie schlagen, manchmal. Aber es ist nie einfach. Niemals.«

Aus dem Himmel näherte sich ihnen ein schrilles Pfeifen.

»Runterlassen!« brüllte der Anführer der Katapultmannschaft eins. Das Dutzend freigelassener Thralls gab mehrere Handbreit Seil nach und schrie heiser: »Eins, zwei, drei.« Die Schlinge fiel in die Hände des Anführers. Sofort sprang der Ladeschütze auf und schob einen zehn Pfund schweren Stein hinein. Dann sprang er wieder zurück und griff nach dem nächsten Geschoß.

»Anspannen!« Rücken krümmten sich, die Arme der Maschinen bogen sich, und nur noch die Zehenspitzen des Anführers berührten den Boden.

»Zieht!« Ein kollektives Grunzen antwortete ihm, die Schlinge peitschte nach oben, und der Stein wirbelte durch die Luft. Während des Flugs rotierte der Stein, und die Rillen in seiner Oberfläche lösten ein unheilvolles Pfeifen aus. Im selben Moment hörte die Mannschaft hinter sich den Ruf des Anführers des zweiten Katapults.

»Anspannen!«

Widersinnigerweise entfalteten Zugkatapulte ihre größte Zerstörungskraft auf maximaler Reichweite. Sie schleuderten ihre Geschosse in den Himmel. Je höher sie stiegen, desto härter schlugen sie ein. Die beiden Mannschaften ehemaliger Sklaven, die auf Shefs Befehl mit ihren Maschinen zurückgeblieben waren, hatten deshalb ihre Katapulte eine sorgfältig abgemessene knappe Achtelmeile hinter der Brustwehr auf dem Damm aufgestellt.

Der enge Damm war ein ideales Ziel für die Maschinen. Sie warfen die Steine in einer perfekt geraden Linie, mit einer maximalen seitlichen Abweichung von fünf oder sechs Fuß. Die englischen Freigelassenen hatten jeden Handgriff immer wieder geübt und erledigten sie jetzt immer exakt auf die selbe Art und Weise und so schnell wie möglich. Drei Minuten lang arbeiteten sie mit aller Kraft für den Abschuß, dann standen sie keuchend neben ihren Maschinen.

Mit den Steinen regnete der Tod auf die mercische Kolonne herab. Das erste Geschoß traf einen hochgewachsenen Krieger, der fassungslos in den Himmel starrte, und hämmerte ihm den Schädel zwischen die Schultern. Das zweite traf einen instinktiv hochgerissenen Schild, zerschmetterte den Arm dahinter und prallte davon ab und krachte in den Brustkorb eines weiteren Kriegers. Das dritte traf einen ihm zugewandten Rücken und zermalmte das Rückgrat. Einen Augenblick später war der Damm verstopft mit panischen Männern, die versuchten, einem Tod zu entrinnen, den sie weder sehen konnten noch verstanden. Die Steine fielen in das Gedränge, schlugen ein paar Schritte weiter vorne oder hinten ein, je nachdem, wieviel Kraft die Mannschaften in den jeweiligen Schuß legten. Nur die Engländer, die sich in die Gräben direkt vor den Wikingern drängten, blieben unversehrt.

Am Ende des dreiminütigen Beschusses bot sich den mercischen Kriegern in der vordersten Reihe ein Bild des Chaos und der Zerstörung. Die weiter hinten erkannten derweil, daß sie ab einer bestimmten Entfernung in Sicherheit waren.

Cwichelm, der in einem Graben unmittelbar an der Brustwehr der Wikinger kauerte, schwang sein Breitschwert und brüllte Sigvarth wutentbrannt an. »Kommt heraus! Kommt heraus aus euren Löchern und kämpft wie Männer. Mit Schwertern, nicht mit Steinen.«

Sigvarths gelbe Zähne blitzten auf, als er die Lippen zu einem Grinsen verzog. »Komm und hol mir!« rief er in gebrochenem Englisch. »Ihr so tapfer. Wie viele ihr braucht noch?«

Noch ein paar Stunden gewonnen, dachte er. Wie lange braucht ein Engländer, um zu kapieren?

Nicht lange genug, sinnierte er, als der kurze Februartag in einem Schneeregen zu Ende ging. Der Graben und die Katapulte hatten die Engländer geschockt. Aber ganz, ganz langsam – vielleicht nicht langsam genug für ihre Zwecke – hatten sie den ersten Schreck überwunden und herausgefunden, was sie von Anfang an hätten tun sollen.

Und das hieß alles – und zwar gleichzeitig. Einen Frontalangriff, um Sigvarth zu beschäftigen. Speere und Pfeile in Kopfhöhe, um die Wikinger zu zermürben. Büsche unter den Füßen der Kämpfer, um eine Unterlage zu bilden. Männer, die nur im Gänsemarsch und wachsam vordrangen, um den Katapulten kein Ziel zu bieten. Krieger, die sich in kleinen Gruppen durch den Sumpf quälten, um hinter der Barrikade auf den Damm zu klettern. Boote, die durch den Sumpf stakten, um weit hinter den Wikingern den Nachschub abzuschneiden. Der nächste entschlossene Vorstoß würde den Engländern den Durchbruch bescheren.

Einer der Sklaven von den Katapulten zog Sigvarth am Ärmel.

»Wir jetzt gehen«, sagte er in gebrochenem Nordisch. »Steine alle. Shef sagte, schießt Steine, dann geht. Seile sind durchgeschnitten, Maschinen im Sumpf. Wir jetzt weg!«

Sigvarth nickte und sah zu, wie die kümmerliche Gestalt sich davonmachte. Jetzt galt es an die eigene Ehre zu denken. Er mußte sein Schicksal erfüllen. Er ging zur ersten Reihe der Kämpfer und klopfte den Männern auf die Schultern. »Weg mit euch« sagte er ihnen. »Holt eure Pferde und verschwindet. Reitet direkt nach March, dann kriegen sie euch nicht.«

Sigvarths Steuermann Vestlithi zögerte. »Wer bringt dir dein Pferd? Wir müssen schnell handeln.«

»Ich muß noch etwas erledigen. Geh, Vestlithi. Das hier ist mein Schicksal, nicht deines.«

Als hinter ihm die Männer durch den Morast davonritten, stand Sigvarth den fünf größten Champions Merciens gegenüber, die langsam und vorsichtig gegen ihn vorrückten. Nach dem langen Gemetzel mißtrauten sie jeder Gelegenheit.

»Macht schon«, rief er ihnen zu. »Ich bin's nur!«

Als der Krieger in der Mitte ausrutschte, warf Sigvarth sich mit beängstigender Schnelligkeit nach vorne, holte aus, parierte und rammte ihm das Schwert in die Kehle. Dann sprang er zurück und täuschte nach beiden Seiten an, als die wutschnaubenden Engländer auf ihn eindrangen.

»Kommt schon!« rief er und brüllte noch einmal die Worte des Todeslieds, das der Skalde Ivar Ragnarssons gedichtet hatte:

»›*Wir kamen mit dem Schwert, viele Dutzend Male.*
Vorne war ich, wenn die Krieger aufeinanderprallten.
Nie fand ich – auch wenn ich früh begann,
Kettenhemden aufzureißen – einen Ebenbürtigen.
Was kümmert den, den Odin bald in der Halle
der Erwählten empfangen wird, der Tod?‹«

Wulfgars tiefe Stimme übertönte das Geklirr der Waffen.

»Fangt ihn lebend! Drückt ihn mit den Schilden auf den Boden! Fangt ihn lebend!«

Ich muß es zulassen, dachte Sigvarth, als er herumwirbelte und zuschlug. Noch habe ich meinem Sohn nicht genug Zeit erkauft. Aber es gibt einen Weg, wie ich ihm noch eine ganze Nacht kaufen kann.

Es wird eine lange Nacht für mich werden.

KAPITEL 11

SHEF UND BRAND STANDEN eng beieinander und beobachteten die zweihundert Mann breite Formation, die langsam über die ebene Wiese auf sie zumarschierte. Über den Männern wehten die Standarten, die persönlichen Banner der Jarle und Champions, aber nicht das Rabenbanner der Ragnarssons. Das wurde nur aufgezogen, wenn alle vier Brüder zustimmten. Doch über der Reserve in der Mitte blähte ein Windstoß eine lange Standarte auf: der sich windende Drache Ivar Ragnarssons. Selbst über die beträchtliche Entfernung hinweg glaubte Shef das Glitzern seines silbernen Helms und den scharlachroten Mantel zu erkennen.

»Das wird ein Gemetzel heute. Unsere Stärke ist fast gleich«, murmelte Brand. »Selbst die Sieger werden schwere Verluste einstecken müssen. Es braucht Schneid, trotzdem in der ersten Reihe zu marschieren. Aber schade, Ivar ist weiter hinten. Ich hatte gehofft, er wäre ganz vorne dabei, und ich könnte persönlich mit ihm abrechnen. Der einzige Weg für uns billig davonzukommen ist, wenn wir einen ihrer Anführer töten und dem Rest den Mut nehmen.«

»Und gibt es für sie einen Weg, billig davonzukommen?«

»Ich bezweifle es. Unsere Männer haben das Geld gesehen. Ihre haben nur davon gehört.«

»Aber du glaubst, daß wir trotzdem verlieren?«

Brand klopfte Shef beruhigend auf die Schulter. »An so etwas denken Helden nicht. Aber jeder verliert einmal. Und sie sind in der Überzahl.«

»Du hast meine Thralls nicht gezählt.«

»Ich habe noch nie davon gehört, daß Thralls Schlachten entscheiden.«

»Dann laß dich überraschen.«

Shef rannte einige Schritte zurück unter die Hammerflagge in der Mitte ihrer eigenen Schlachtordnung. Sie war ein Spiegelbild der Aufstellung Ivars, nur daß sie lediglich fünf Reihen tief gestaffelt war und über weniger Reserven verfügte. Shef hatte die Bolzenschleudern auf Rädern inmitten der Männer placiert, nur von einer einzigen Reihe aus Männern und Schilden verdeckt. Die Zugkatapulte standen weit hinter der Schlachtordnung; die Mannschaften hielten die baumelnden Seile in den Händen.

Aber zuerst waren die Bolzenschleudern dran. Shef stützte sich auf die Hellebarde und sprang in den mittleren der ihm verbliebenen neun Karren, die mit angespannten Ochsen warteten. Sein Blick wanderte entlang der Reihe der Männer; die Gesichter der Katapult-Mannschaften blickten ihn erwartungsvoll an.

»Aus der Schußlinie!«

Die Wikinger vor den Bolzenschleudern traten zur Seite. Die Seile waren gespannt, die Ladeschützen standen mit Munitionsbündeln neben den feuerbereiten Maschinen. Sie konnten die langsam heranrückende Kette der Angreifer unmöglich verfehlen. Über die Wiese drang der heisere Sprechgesang von Ivars Armee: *»Ver thik«*, schrien sie immer wieder. *»Ver thik, her ek kom.«* – »Hütet euch, jetzt komme ich.«

Shef senkte die Spitze seiner Hellebarde und schrie »Schießt!«

Schwarze Streifen schossen hinauf, senkten sich wieder und stürzten in die heranrückenden Reihen.

Die Thralls zogen wild an den Griffen, um die Maschinen wieder aufzuziehen, die Ladeschützen legten neue Geschosse ein. Shef wartete bis die letzte Schleuder geladen war, sich die letzte Hand zum Zeichen der Einsatzbereitschaft erhoben hatte.

»Schießt!«

Wieder ertönte das Schlagen der Sehnen, die Bolzen fuhren heraus und flogen ihrem Ziel entgegen. Ein aufgeregtes Summen erhob sich über der Armee des Weges. Und es geschah auch etwas in den Reihen Ivars. Die Männer hatten ihren gemächlichen Schritt aufgegeben, ihr Sprechgesang erzitterte und brach dann abrupt ab. Jetzt rückten sie im Laufschritt vor, begierig darauf, die gegnerische Formation zu erreichen, bevor sie wie Schweine für ein Lagerfeuer gepfählt wurden, ohne auch nur einen einzigen Streich angebracht zu haben. Eine halbe Meile in voller Rüstung zu rennen, würde sie erschöpfen. Die Bolzenschleudern hatten damit ihre wichtigste Aufgabe erfüllt.

Aber sie konnten nicht mehr lange schießen. Shef rechnete damit, daß sie noch zwei Schüsse hatten, bevor die Feinde heran waren. Bis dahin würden sie noch einige Männer töten und den Rest verwirren.

Als der Rückstoß die Maschinen zum letzten Mal einige Schritte nach hinten rollen ließ, befahl er den Männern den Rückzug.

Die Mannschaften hoben die Schwanzstücke der Lafetten an, und rollten ihre Maschinen rennend zu den wartenden Karren. Die Männer schrien ihren Triumph heraus.

»Haltet den Mund! Bemannt die Katapulte!«

Innerhalb von Sekunden luden die ehemaligen Thralls die Maschinen und zielten. Wikinger hätten das nie getan, dachte Shef. Sie hätten sich zuerst voreinander mit ihren Taten brüsten müssen. Er hob die Spitze der Hellebarde und zehn Steine wurden gleichzeitig in die Luft geschleudert.

Die Thralls luden so schnell wie möglich nach und schoben die schwerfälligen Maschinen nach den Anweisungen ihrer Hauptmänner fingerbreit nach links oder rechts. Steine regneten aus dem Himmel, jetzt nicht mehr in Salven, da die Mannschaften dazu übergangen waren, so schnell wie möglich nachzuladen und zu schleudern.

Zermürbt löste sich die Formation Ivars auf und ging zum Frontalangriff über. Die ersten Steine schlugen hinter den rennenden Männern ein. Aber Shef sah befriedigt die lange Spur zerschmetterter Körper und sich windender Verletzter, die wie der Abdruck einer riesigen Schlange hinter der Armee zurückgeblieben war.

Die beiden Heere prallten mit einem Aufschrei und dem ohrenbetäubenden Klirren von Waffen aufeinander. Die Armee des Weges fiel unter dem Ansturm zurück, hielt ihm stand und rückte wieder vor. Augenblicke später hatte sich die Schlacht in Einzelgefechte aufgelöst; Männer schlugen ihre Schwerter und Äxte gegen Schilde, versuchten den Arm des Gegners hinunterzuzerren, unter seiner Deckung hindurchzustechen oder ihm Gesicht und Brustkorb mit dem Schildbuckel zu zerschmettern.

Die weiß gewandeten Priester des Weges, die sich hinter den Kämpfenden um den heiligen Silberspeer Odins, des Schlachtengotts, scharten, stimmten einen tiefen Singsang an.

Shef wog die Hellebarde unschlüssig in den Händen. Er hatte seine Aufgabe erfüllt. Sollte er jetzt nach vorne stürmen, um zwischen den Kämpfern zu stehen? Ein Mann unter viertausend?

Nein. Es gab noch einen Weg, die Maschinen einzusetzen. Er rannte zu den Thralls, die sich um ihre Katapulte drängten, und schrie und fuchtelte mit den Armen. Langsam verstanden sie, was er wollte. Sie rannten zurück zu den Bolzenschleudern und rollten die Maschinen auf die wartenden Karren.

»Wir umgehen ihre Flanke – folgt mir! Sie kämpfen Mann gegen Mann. Wir können hinter sie gelangen.«

Als die Ochsenkarren quälend langsam ihrem Ziel entgegenächzten, sah Shef, wie sich einige der Kämpfer umwandten. Die Wikinger fragten sich, ob er floh. Aber mit Ochsenkarren? Einige der Gesichter erkannte er: Magnus, Kolbein und die anderen Männer von den Hebriden, die im Rücken der Schlachtordnung als Reserve warteten. Brand hatte sie dort hinbeordert, weil sie Schwierigkeiten gehabt hätten, ihre Hellebarden im Gedränge einzusetzen.

»Magnus! Ich brauche für jeden Karren sechs von deinen Männern als Schutz.«

»Wenn wir das tun, haben wir keine Reserve mehr.«

»Mach, was ich sage, und wir werden keine brauchen!«

Hellebardiere umringten die Karren, als Shef sie in einem weiten Bogen um die Flanken der miteinander verbissenen Armeen führte. Erst glotzten ihnen die Männer des Weges mit aufgerissenem Mund nach, dann die Ivars. Aber in der Hitze der Schlacht erblickten sie in ihnen nicht mehr als eine nebensächliche Ablenkung. Schließlich gelangten sie in eine Position weit hinter der rechten Flanke von Ivars Armee.

»Anhalten! Dreht die Karren nach links! Keilt die Räder fest! Nein! Nicht ausladen, wir schießen von den Karren.«

»Gut. Jetzt stellt sie schräg.« Die Hellebardiere zogen die Bolzen heraus und ließen die Karren nach vorne kippen. Die schußbereiten Schleudern richteten sich aus.

Shef besah sich das Geschehen vor sich sorgfältig.

Die beiden Schlachtordnungen hatten sich entlang einer Achtelmeile breiten Front ineinander verbissen, und machten keine Anstalten einander auszumanövrieren. Aber in der Mitte seiner Formation hatte Ivar einen Pulk seiner Männer zusammengezogen, um dank ihrer puren Übermacht den Gegner zu überrennen. Über ihnen wehte seine Standarte. Darauf mußten sie zielen – nicht auf die Kampflinie, wo sie Gefahr liefen, ihre eigenen Männer zu treffen.

»Zielt auf die Mitte, auf den sich windenden Wurm. Schießt!«

Die Bolzenschleudern wurden von jedem Schuß in die Höhe gerissen. Beim Rückschlag kamen sie auf den harten Planken ins Rutschen und wären beinahe von den Karren gekippt. Die Thralls ergriffen sie und brachten sie wieder in Position. Die Männer an den Hebeln mühten sich, die Zahnräder wieder aufzuziehen.

Um die Wurmstandarte Ivars brach das Chaos aus. In dem wogenden Gedränge sah Shef einen Augenblick lang einen langen Bolzen, auf dem zwei Männer wie Lerchen auf einem Spieß steckten. Ein anderer Mann schlug verzweifelt um sich, um eine abgebrochene Bolzenspitze aus seinem Arm zu ziehen. Die ersten Gesichter wandten sich ihnen zu – aber dabei blieb es nicht. Als die Männer erkannten, daß der Angriff irgendwie von hinten erfolgt war, drehten sie ihre Schilde in Shefs Richtung. Aber die Wurmstandarte wehte weiter, ihr Träger wurde immer noch von mehreren Reihen von Kriegern geschützt. Sobald die Schleudern nachgeladen waren, brüllte Shef das Kommando.

»Schießt!«

Diesmal ging der Wurm zu Boden, was die Armee des Weges mit einem freudigen Aufschrei quittierte. Jemand griff danach und reckte ihn noch einmal trotzig in die Höhe, aber die Männer waren fünf blutüberströmte Meter nach hinten gewichen, verzweifelt darum bemüht, das Gleichgewicht zu halten, als sie über den nassen Boden und ihre Toten stolperten. Gleichzeitig rannten die ersten Männer Ivars auf die Karren mit den Bolzenschleudern zu.

»Neues Ziel?« schrie ein Hauptmann und deutete auf die heranstürmenden Krieger.

»Nein! Wieder auf den Wurm. Schießt!«

Wieder prasselte ein Bolzenregen in die dichtgedrängte Menge; der Wurm ging erneut zu Boden. Aber Shef blieb keine Zeit abzuwarten, ob er wieder hochkam oder Brand die Sache zu Ende bringen würde. Die Männer zogen die Schleudern mit verzweifelten, hektischen Bewegungen wieder auf, aber er wußte, daß sie keine Gelegenheit für eine weitere Salve bekommen würden.

Shef langte mit seinen in Panzerhandschuhe gehüllten Händen nach ›Thralls Rache‹ und dem Helm, den er noch nie in einer Schlacht getragen hatte.

»Alle Hellebardiere auf die Karren«, schrie er. »Wehrt sie ab, mehr nicht. Die übrigen benutzen ihre Stangen und Hacken.«

»Was ist mit uns, Herr?« Fünfzig nahezu unbewaffnete Freigelassene drängten sich noch hinter den Karren, Hammerembleme auf den Wämsern. »Sollen wir wegrennen?«

»Kriecht unter die Karren und benutzt eure Messer.«

Augenblicke später war die Welle der Angreifer in einem Tumult wütend dreinblickender Gesichter und herabsausender Klingen über ihnen. Shef spürte, wie ihm eine Last von den Schultern fiel. Jetzt mußte er nicht mehr nachdenken, keine Verantwortung mehr für andere tragen. Die Schlacht würde an anderer Stelle entschieden. Alles, was er jetzt tun mußte, war, seine Hellebarde so zu schwingen, als würde er immer noch das glühende Eisen in der Schmiede zurechthämmern:

Parieren und zuschlagen, von oben angreifen und nach unten stechen.

Auf ebenem Grund hätten Ivars Krieger die wenigen, nur halbbewaffneten Männer Shefs in wenigen Augenblicken überrollt. Aber sie hatten nicht die geringste Vorstellung davon, wie sie die Männer auf den Karren bekämpfen sollten. Ihre Gegner thronten hoch über ihnen, geschützt von Eichenbrettern. Die Hellebarden gaben Magnus und seinen Männern die größere Reichweite. Und die Wikinger, die sich unter ihren Hieben wegduckten und versuchten, sich an den Karrenwänden hochzuziehen, waren leichte Beute für die Stöcke und Hacken der englischen Thralls. Dürre Hände hinter schützenden Rädern rammten Messer in ihre Oberschenkel und Hüften.

Nach einigen verzweifelten Versuchen wichen die Wikinger zurück. Die Besonneneren unter ihnen riefen Befehle. Einige Männer schnitten die Ochsen aus ihren Geschirren und ergriffen die Zugstangen, bereit, die Karren über den Thralls wegzuziehen. Speerwerfer gingen in Stellung, um eine Salve auf die ungeschützten Hellebardiere zu schleudern.

Unvermittelt starrte Shef in die Augen Muirtachs. Der riesige Mann stürmte wie ein gewaltiger Wolf los, Shefs Männer machten eine Gasse für ihn frei. Er trug kein Kettenhemd, sein rechter Arm und der Oberkörper waren nackt. Er hatte seine Tartsche weggeworfen und umklammerte mit beiden Händen das spitze Langschwert der Gaddgedlar.

»Jetzt heißt es du oder ich, Bursche«, sagte er. »Ich werde mir mit deinem Skalp den Hintern abwischen.«

Als Antwort riß Shef den Bolzen los, die Ladefläche des Karrens kippte.

Muirtach griff an, noch bevor er sich wieder aufrichten konnte. Der Gaddgedlar war schneller als jeder andere Mann, den Shef je gesehen hatte. Er hatte sich bereits auf den Karren geschwungen, die Schwertspitze für den tödlichen Stoß gesenkt. Shef sprang wieder zurück und prallte gegen Magnus. Es gelang ihm nicht, die Hellebarde tief genug zu senken, um zuzustechen oder zu parieren.

Muirtach schwang bereits das Schwert. Da warf Cwicca eine Stange dazwischen, die den Hieb auf die Bogensehne des schußbereiten Katapults ablenkte.

Ein tiefes Schwirren ertönte, gefolgt von einem Krachen, lauter als die Schwanzflosse eines Wals, die aufs Wasser schlug.

»Heilige Jungfrau«, keuchte Muirtach und starrte hinab auf seinen Oberkörper.

Ein Arm der Schleuder war die ganzen zwei Handbreit Spielraum, die er hatte, nach vorne geschnellt. Auf diesen fünfzehn Zentimetern hatte er die gesamte gespeicherte Energie entladen, die einen Bolzen beinahe eine Meile weit befördern konnte. Eine Hälfte von Muirtachs nacktem Brustkorb schien vom Hammerschlag eines Riesen zerschmettert. Blut quoll aus dem Mund des Iren. Er taumelte zurück und sackte gegen die Seitenwand des Karrens.

»Ich sehe, du bist wieder zum Christen geworden«, sagte Shef. »Dann wirst du dich an das hier erinnern: ›Auge um Auge.‹« Shef drehte die Hellebarde um und rammte den Stachel Muirtach ins Gesicht.

In den wenigen Sekunden ihrer Konfrontation hatte sich die Lage völlig verändert. Shef blickte auf und sah nur noch gepanzerte Rücken. Die Angreifer hatten sich zur Flucht gewandt, warfen ihre Waffen weg und schnallten die Schilde ab. »Brüder«, riefen sie, »Kameraden, Gefährten.« Einer von ihnen riß sogar den Mantel auf und zog einen silbernen Anhänger hervor. Ein Jünger des Weges vielleicht, der beschlossen hatte, bei seinem Vater oder Kapitän zu bleiben, anstatt aus York abzumarschieren. Hinter ihnen rückten Hunderte Männer in Keilformation vor, die riesige Gestalt Brands an der Spitze. Vor dem Keil waren nur noch Männer, die panisch davonrannten, humpelten oder mit erhobenen Händen in kleinen Gruppen warteten. Die Armee Ivars war geschlagen. Den Überlebenden blieb nur noch die Wahl, in den schweren Kettenhemden um ihr Leben zu rennen oder auf die Gnade der Sieger zu hoffen.

Shef senkte ›Thralls Rache‹. Schlagartig fühlte er sich unendlich müde. Als er vom Karren klettern wollte, bemerkte er plötzlich eine Bewegung aus dem Augenwinkel. Es waren zwei Pferde. Und einer der Reiter trug einen scharlachroten Mantel und eine grasgrüne Hose!

Einen Augenblick lang starrte Ivar Ragnarsson aus dem Sattel über die verlorene Schlacht und auf Shef. Dann schleuderten die trampelnden Hufe Erdklumpen in die Luft, und er und sein Pferdebursche waren verschwunden.

Brand kam herüber und ergriff Shefs Hand.

»Du hast mir vielleicht Sorgen gemacht. Ich dachte, du rennst davon. Aber du bist zur Schlacht gerannt, nicht von ihr davon. Wir haben ein gutes Tageswerk vollbracht.«

»Der Tag ist noch nicht vorüber. Hinter uns ist immer noch eine Armee«, sagte Shef. »Und Sigvarth. Die Mercier hätten uns schon längst einholen müssen. Er hat sie viel länger aufgehalten, als ich es für möglich gehalten hätte.«

»Aber vielleicht nicht lange genug«, sagte Magnus Zahnlücke von der Ladefläche des Karrens herunter. Er streckte den Arm aus und deutete nach Süden. Dort, am Horizont, fiel ein vereinzelter Wintersonnenstrahl auf glänzendes Metall: Die Speerspitzen einer kampfbereiten Armee im Anmarsch.

»Ich brauche Zeit«, schrie Brand rauh in Shefs Ohr.

»Geh und rede mit ihnen, verhandle, schinde etwas Zeit.«

Shef hatte keine Wahl. Thorvin und Guthmund begleiteten ihn, als er der anrückenden Schlachtordnung der Mercier entgegenschritt, nach außen hin nur durch die drei großen Kreuze, die über ihr türmten, von derjenigen zu unterscheiden, die sie gerade geschlagen hatten.

Hinter ihnen gruppierte sich die Armee des Weges hastig neu. Vielleicht ein Drittel der Männer war tot oder hatte ernsthafte Verletzungen davongetragen. Jetzt waren selbst die Verwundeten, die noch gehen konnten, ungestüm am Werk: Sie nahmen den Kriegern Ivars, die sich ergeben hatten, Waffen und Rüstungen ab, durchkämmten das Schlachtfeld nach Nützlichem und Wertvollem und trieben – mit der begeisterten Hilfe von Shefs Freigelassenen – die verwundeten Feinde in Richtung der Schiffe, die immer noch unter Bewachung am Ufer des Wash lagen. Gleichzeitig trugen sie die wenigen Schwerverletzten, die den Plünderern entgangen waren, zu den Heilern.

Ihre ›Armee‹ war reine Fassade. Ein paar hundert der ausgeruhtesten Männer bildeten eine Schlachtreihe. Hinter ihnen zog sich Reihe um Reihe von Gefangenen mit gefesselten Händen, denen man das Leben versprochen hatte, wenn sie nur dastünden und sich von den Feinden zählen lassen würden. Eine halbe Meile hinter ihnen hoben Thralls und Krieger hastig einen Graben aus, brachten die Maschinen in Stellung – und trieben die Pferde für den kommenden Rückzug zusammen. Die Armee des Weges war nicht kampfbereit, aber sie hatte auch den Mut nicht verloren, noch nicht. Doch die Tradition verlangte nach dem Sieg über einen überlegenen Feind eine Pause zum Feiern und Erholen. Sofort ein weiteres Gemetzel durchzustehen, überforderte die Männer.

Shef wußte, daß die nächsten Minuten gefährlich werden würden. Einige Männer lösten sich aus der Formation der Mercier und gingen ihm und seinen Begleitern entgegen; zwei Krieger und ein Priester. Zwei weitere Männer schoben eine sonderbare Holzkiste auf Rädern. In ihr, wurde ihm einen Moment später klar, konnte nur sein Stiefvater Wulfgar liegen.

Die beiden Gruppen hielten in zehn Schritten Abstand an und musterten einander. Shef brach das haßerfüllte Schweigen.

»Nun, Alfgar«, sagte er zu seinem Halbbruder, »ich sehe, du hast es weit gebracht. Freut sich deine Mutter?«

»Unsere Mutter hat sich nie von dem erholt, was ihr dein Vater angetan hat. Dein toter Vater. Er hat uns eine Menge erzählt, bevor er starb. Er hatte viel Zeit dazu.«

»Hast du ihn denn gefangen? Oder hast du dich vornehm zurückgehalten, wie beim Kampf im Wikingerlager am Stour?«

Alfgar trat vor, die Hand am Schwert. Der grimmig wirkende Mann neben ihm faßte schnell seinen Arm.

»Ich bin Cwichelm, Marschall König Burgreds von Mercien«, sagte er, »und beauftragt, die Grafschaften Norfolk und Suffolk meinem König zu unterwerfen und ihrem neuen Alderman zu übergeben. Und wer seid ihr?«

Langsam, der hektischen Vorbereitungen hinter ihm gewahr, stellte Shef sich und seine Begleiter vor und lauschte anschließend, wie Cwichelm die seinen vorstellte. Er stritt alle feindlichen Absichten ab, erklärte ihre Absicht zum Rückzug, deutete eine mögliche Entschädigung an.

»Du weichst mir aus, Junge«, unterbrach ihn Cwichelm. »Wenn ihr stark genug zum kämpfen wärt, würdet ihr nicht verhandeln. Ich sage dir also, was ihr zu tun habt, wenn ihr die Morgendämmerung erleben wollt. Erstens, wir wissen, daß ihr den Schatz aus dem Grabhügel bei Woodbridge geraubt habt. Ich muß ihn haben, für meinen König. Er stammt aus seinem Reich.«

»Zweitens«, sagte der schwarz gewandete Priester, der Thorvin unverwandt anstarrte, »unter euch gibt es Christen, die von ihrem Glauben abgelassen und ihre Herren betrogen haben. Sie müssen bestraft werden.«

»Du ebenfalls«, sagte Alfgar. »Was immer auch mit den übrigen geschieht, mein Vater und ich werden nicht zulassen, daß du davonmarschierst. Ich werde dir eigenhändig den Eisenkragen anlegen. Du kannst dich glücklich schätzen, daß es dir nicht wie deinem Vater ergeht.«

Shef machte sich nicht die Mühe, Alfgars Worte für Guthmund zu übersetzen.

»Was habt ihr meinem Vater angetan?«

Wulfgar hatte bis zu diesem Augenblick nichts gesagt. Er lag in seiner Kiste, festgehalten von den Riemen. Shef erinnerte sich an das gelbliche, schmerzverzerrte Gesicht, das er zuletzt in der Tränke in Emneth gesehen hatte. Jetzt war Wulfgars Gesichtsfarbe rosig, die Lippen zwei rote Striche in dem mit grauen Haaren durchsetzten Bart.

»Ich habe ihm angetan«, sagte er, »was er mir angetan hat. Nur geschickter. Erst schnitten wir ihm die Finger ab, dann die Zehen, die Ohren und Lippen. Aber weder die Augen, damit er sehen konnte, was wir taten, noch die Zunge, damit er weiter schreien konnte. Dann folgten die Hände und Füße, die Knie und Ellbogen. Und nie ließen wir ihn bluten. Ich habe ihn zurechtgestutzt wie ein Bursche einen Stock. Am Ende war nur noch der Torso übrig.«

»Hier, Junge, für dich. Zur Erinnerung an deinen Vater.«

Er nickte, und ein Diener warf einen blutdurchtränkten Lederbeutel in Shefs Richtung. Shef löste die Bänder, warf einen Blick hinein und schleuderte ihn vor Cwichelms Füße.

»Du bist in armseliger Gesellschaft, Krieger«, bemerkte er.

»Zeit zu gehen«, sagte Guthmund.

Die beiden Gruppen liefen rückwärts voneinander weg und drehten sich in sicherer Entfernung um. Als sie im Laufschritt zu ihrer eigenen Formation zurückeilten, hörte Shef die Kriegshörner der Mercier, gefolgt von dem Klirren der Kettenhemden, als die englische Armee zum Angriff ansetzte.

Wie vereinbart machte die Armee des Weges auf dem Absatz kehrt und rannte davon. Der erste Teil ihres geplanten langen Rückzugs hatte begonnen.

Stunden später, als das trübe Winterlicht langsam in Dunkelheit überging, murmelte Brand mit trockener Kehle: »Vielleicht haben wir es geschafft, Shef. Vielleicht.«

»Für heute, ja«, stimmt ihm der Angesprochene zu. »Für morgen habe ich keine Hoffnung.«

Brand zuckte die Achseln und befahl den Männern abzusteigen, Feuer zu entzünden, Wasser zu kochen und das Essen zuzubereiten.

Den ganzen Tag über war die Armee des Weges zurückgefallen, hatte die Maschinen abgeschirmt, sie abgeschossen, sobald die Mercier angriffen, und sie aufgehalten. Dann hatten die Männer eilig die Karren und Lastpferde beladen und sich in Gruppen zur nächsten Verteidigungslinie zurückgezogen. Die Mercier waren ihnen wie Männer gefolgt, die darauf bedacht waren, einen bissigen Hund anzubinden. Sie näherten sich, wichen vor dem Bellen und Schnappen zurück und drängten wieder vor. Mindestens dreimal waren die Armeen aufeinandergeprallt, als die Anhänger des Weges ein Hindernis zu verteidigen hatten: Zuerst an den Gräben, die sie ausgehoben hatten, dann an einem Deich entlang des Sumpfes und schließlich am flachen, schlammigen Lauf des Nene. Jedesmal hatten sich die Mercier nach einem halbstündigen Hauen und Stechen mürrisch zurückziehen müssen – und waren dabei wieder dem Hagel der Steine und Bolzen ausgesetzt gewesen.

Die Anhänger des Weges hatten mit steigender Hoffnung immer besser gekämpft. Das Problem war nur, daß die Mercier ebenfalls lernten. Anfangs waren sie bei jedem Pfeifen am Himmel oder beim bloßen Anblick einer Bolzenschleuder zusammengezuckt. Jeder Graben in dem sumpfigen Gelände hatte sie ins Stokken kommen lassen. Sigvarth mußte ihnen in den Fens eine herbe Lektion erteilt haben.

Aber im Laufe des Tages erkannten sie die wahre Schwäche der Armee des Weges und wurden kühner.

Mit einer halb aufgegessenen Schüssel Grütze in der Hand sank Shef gegen einen Packsattel und schlief auf der Stelle ein.

Als im Morgengrauen die Hörner ertönten, erwachte er steifgefroren. Überall um ihn herum kämpften sich Männer mühsam auf die Beine und tranken Wasser oder die letzten Reste Ale oder Met. Sie schlurften zu der hastig zusammengezimmerten Brustwehr vor dem Weiler, den Brand als Schauplatz für ihr letztes Aufbäumen ausgewählt hatte.

Im ersten Licht des Tages bot sich den Männern ein Anblick, der selbst die Tapfersten unter ihnen erschütterte. Die Armee, gegen die sie am Vortag gekämpft hatten, war wie sie selbst immer abgerissener geworden – die Kleidung durchnäßt, die Schilde schlammbeschmiert, die Männer bis zu den Augenbrauen vor Schmutz starrend, geschwächt durch das stetige Rinnsal der Toten, Verletzten und Deserteure – bis sie nur noch die anderthalbfache Größe der Armee des Weges besessen hatte.

Jetzt war sie ganz verschwunden. Statt dessen stand vor ihnen in tiefgestaffelter Schlachtordnung mit herausfordernd schallenden Hörnern eine neue Armee, so ausgeruht, als ob sie niemals auch nur eine einzige Meile marschiert wäre. Frische Farbe strahlte auf den Schilden, Kettenhemden und Waffen glitzerten rötlich in der Dämmerung. Kreuze türmten über den Reihen der Krieger, aber die Banner – die Banner waren andere. Neben den Kreuzen flatterte ein goldener Drachen.

Ein Reiter auf einem Grauschimmel löste sich aus dem Pulk, Sattel und Geschirr leuchteten purpurn. Er hatte den Schild zum Zeichen seiner friedlichen Absichten nach außen gedreht.

»Sie wollen verhandeln«, sagte Shef.

Schweigend schoben die Männer des Weges einen umgedrehten Karren zur Seite, damit sich ihre Anführer durchzwängen konnten: Brand und Shef, Thorvin und Farman, sowie Guthmund und Steinulf. Immer noch schweigend folgten sie dem Reiter zu einem langen Zeichentisch, der widersinnigerweise direkt zwischen den Kriegern stand.

Auf einer Seite saßen mit verkniffenen Gesichtern Cwichelm und Alfgar; Wulfgars Kiste stand neben ihnen. Der Herold bedeutete den sechs Anführern des Weges, sich auf den Stühlen gegenüber niederzulassen.

Zwischen den Gruppen saß ein Mann – jung, blond, blauäugig, wie der König in dem Grabhügel ein goldenes Diadem auf dem Kopf. Was für einen merkwürdigen, durchdringenden Blick er hat, dachte Shef. Ihre

Blicke kreuzten sich, als sie sich setzten. Der junge Mann lächelte.

»Ich bin Alfred, Edeling von Wessex, Bruder König Ethelreds«, sagte er. »Ich höre, daß der Amtsgenosse meines Bruders, Burgred von Mercien, einen Alderman für die Grafschaften ernannt hat, die einst dem König der Ostangeln gehörten.« Er hielt kurz inne. »Das kann ich nicht zulassen.« Alfgar und Cwichelm warfen ihm mürrische Blicke zu, sagten aber nichts. Sie mußten diesen Teil von Alfreds Absichten bereits kennen.

»Aber ich werde auch nicht zulassen, daß irgendeine Wikingerarmee aus dem Norden sich in einer englischen Grafschaft niederläßt, um ihrer Gewohnheit folgend zu rauben und zu morden. Bevor ich das zulasse, werde ich euch alle vernichten.«

Wieder schwieg der Edeling einige Augenblicke lang. »Aber ich weiß nicht, was ich mit euch tun soll. Soweit ich weiß, habt ihr gestern gegen Ivar Ragnarsson gekämpft und ihn geschlagen. Mit ihm werde ich keinen Frieden schließen, denn er tötete König Edmund. Wer tötete König Ella?«

»Ich«, sagte Shef, »aber er hätte mir dafür gedankt. Ich sagte Ivar, daß das, was er dem König antat, *nithingsverk* war.«

»Dann sind wir uns darin einig. Aber die Frage ist, kann ich mit euch Frieden schließen? Oder müssen wir kämpfen?«

»Habt Ihr eure Priester gefragt?« erkundigte sich Thorvin in seinem langsamen, bedachten Englisch.

Der junge Mann lächelte. »Mein Bruder und ich haben bemerkt, daß sie jedesmal Geld verlangen, wenn wir sie etwas fragen. Und sie helfen uns nicht einmal dabei, uns Männern vom Schlage Ivars zu erwehren. Aber ich bin trotzdem ein Christ. Ich ehre den Glauben meiner Väter. Ich hoffe, daß eines Tages selbst ihr Krieger des Nordens die Taufe annehmen und euch unserem Gesetz unterwerfen werdet. Aber ich bin kein Mann der Kirche.«

»Einige von uns sind Christen«, sagte Shef. »Manche Engländer.«

»Sind sie ebenbürtige Mitglieder eurer Armee? Steht ihnen ein Anteil zu?«

Brand und Guthmund warfen einander vielsagende Blicke zu, als sie verstanden, wie die Frage gemeint war.

»Wenn Ihr es sagt, dann sind sie es«, sagte Shef.

»Also. Ihr seid Engländer und Nordländer, Christen und Heiden.«

»Nicht Heiden«, sagte Thorvin, »Gefolgsleute des Weges.«

»Aber ihr kommt miteinander aus. Vielleicht ist das ein Vorbild für uns alle. Hört zu, alle! Wir können einen Vertrag aushandeln: Anteile und Steuern, Rechte und Pflichten, Regeln über Wergeld und Freigelassene. Alle Einzelheiten. Aber der Kern jeder Abmachung muß folgender sein: Ich gebe euch Norfolk, über das ihr nach euren eigenen Gesetzen herrschen könnt. Aber ihr müßt gerecht herrschen. Ihr müßt jeden Angreifer abwehren. Und euer Alderman muß bei meinen Reliquien und euren heiligen Symbolen schwören, König Ethelred und seinem Bruder ein guter Freund zu sein. Nun, wenn es so kommt, wer soll euer Alderman sein?«

Brands vernarbte Hand klopfte auf Shefs Schulter. »Er muß es sein, Bruder des Königs. Er spricht beide Sprachen. Er lebt in beiden Welten. Seht, er trägt nicht das Abzeichen des Weges. Er ist getauft, aber er ist unser Freund. Wählt ihn.«

»Er ist ausgerissen!« brüllte Alfgar plötzlich mit überschlagender Stimme. »Ein Thrall. Auf seinen Rücken trägt er das Mal der Peitsche!«

»Und das Mal des Folterknechts im Gesicht«, sagte Alfred. »Vielleicht wird er dafür sorgen, daß es von beidem weniger in England gibt. Aber tröstet Euch, junger Mann, ich werde Euch nicht allein zu König Burgred zurückschicken.«

Er winkte. Irgendwo hinter ihm raschelten Röcke. Eine Gruppe Frauen wurden hergeführt.

»Ich habe sie unbewacht hinter den Linien gefunden, also brachte ich sie mit mir, damit ihnen nichts Schlimmeres zustößt. Ich höre, eine von ihnen ist Eure Frau, junger Edler. Kehrt mit ihr zu König Burgred zurück und seid dankbar.«

Seine Frau, dachte Shef, und starrte tief in Godives graue Augen. Sie war schöner als je zuvor. Was konnte sie von ihm schon halten, schmutzstarrend, nach Schweiß und Üblerem stinkend, ein Auge ausgestochen? In ihrem Gesicht spiegelte sich blankes Entsetzen. Er spürte, wie sich eine kalte Faust um sein Herz schloß.

Dann lag sie plötzlich weinend in seinen Armen. Er drückte sie mit einem Arm fest an sich und blickte in die Runde. Alfgar war auf den Beinen und wand sich im Griff zweier Wachen, Wulfgar brüllte in seiner Kiste, Alfred erhob sich bestürzt.

Als der Tumult abflaute, sagte Shef: »Sie gehört mir.«

»Sie ist meine Frau«, schrie Alfgar.

Und deine Halbschwester, dachte Shef. Wenn ich das sage, wird die Kirche eingreifen und sie dir wegnehmen. Aber dann ließe ich zu, daß die Kirche über mich und das Gesetz des Weges bestimmt. Über das Land des Weges.

Das ist der Preis, den der alte *draugr* aus dem Grab für sein Gold verlangt. Das letzte Mal war es ein Auge, jetzt ist es ein Herz.

Er hielt still, als die Diener Godive von ihm wegzogen, zurück zum Inzest – zu ihrem Mann – und zur blutverschmierten Rute.

Ein König zu sein, ein Anführer, verlangte Dinge, die

man von einem gewöhnlichen Mann nicht verlangen konnte.

»Wenn Ihr bereit seid, die Frau als ein Zeichen Eures guten Willens zurückzugeben«, sagte Alfred laut, »werde ich Suffolk in das Reich meines Bruders einverleiben, aber Euch, Shef Sigvarthsson, als Alderman von Norfolk anerkennen. Wie lautet Eure Antwort?«

»Sagt nicht ›Alderman‹«, schaltete sich Brand ein. »Benutzt unser Wort. Sagt, daß er unser Jarl wird.«

DRITTES BUCH

JARL

KAPITEL 1

Shef sass auf einem einfachen, dreibeinigen Stuhl vor den Scharen der Bittsteller. Er trug immer noch seinen alten Waffenrock aus Hanf und Wollhosen, bar jeder Insignien seines Rangs. Aber in seiner linken Hand ruhte das steinerne Zepter aus dem Grab des alten Königs. Von Zeit zu Zeit strich Shef sanft mit einem Daumen über eines der grausamen, bärtigen Gesichter, die an beiden Enden eingeritzt waren, während er den Zeugen lauschte.

»...also trugen wir den Fall König Edmund in Norwich vor. Und er richtete darüber in seiner privaten Kammer – er war gerade von der Jagd zurückgekehrt und wusch seine Hände, Gott soll mich niederstrecken, wenn ich lüge – und entschied, daß das Land für zehn Jahre an mich gehen und dann zurückgegeben werden sollte.«

Der Sprecher, ein Thane mittleren Alters aus Norfolk, dessen goldbesetzter Gürtel nur mühsam das Resultat vieler guter Jahre zusammenhielt, unterbrach kurz seine Tirade, unsicher, ob die Erwähnung Gottes in einem Gericht des Weges ihm nicht zum Nachteil gereichen würde.

»Hast du irgendwelche Zeugen für diese Vereinbarung?« fragte Shef.

Der Thane, Leofwin, blies pompös die Backen auf. Er war es offensichtlich nicht gewohnt, befragt oder in Abrede gestellt zu werden.

»Ja, natürlich. Viele Männer waren in der Kammer des Königs. Wulfhun und Wihthelm. Und Edrich, der Thane des Königs. Aber Edrich wurde in der großen Schlacht von den Heiden getötet. Und Wulfhun auch. Wihthelm ist in der Zwischenzeit an der Schwindsucht gestorben. Dennoch, es hat sich alles genauso zugetragen, wie ich es Euch sage!« Leofwin schloß trotzig und starrte wütend die anderen Anwesenden am Hof an: Wachen, Diener, seinen Ankläger und die übrigen Bittsteller, die darauf warteten, daß ihre Anliegen gehört und entschieden wurden.

Shef schloß einen Augenblick lang das Auge und dachte an den Abend des Friedens und der Ruhe, den er mit Edrich in den Sümpfen ganz in der Nähe verbracht hatte. Das war also aus ihm geworden. Er hätte es sich denken können.

Er öffnete das Auge wieder und starrte unverwandt Leofwins Ankläger an. »Wieso«, sagte er freundlich, »erscheint dir König Edmunds Entscheidung so ungerecht? Oder streitest du ab, daß der König so entschied, wie dieser Mann behauptet?«

Aus dem Gesicht des Anklägers, einem weiteren Thane mittleren Alters, der aus dem selben Holz wie sein Widersacher geschnitzt war, wich die Farbe, als der durchdringende Blick des Jarl auf ihn fiel. Ganz Norfolk wußte, daß dieser Mann als Thrall in Emneth gelebt hatte. Daß er der letzte Engländer war, der mit dem zu Tode gemarterten König gesprochen hatte. Daß er – Gott allein wußte, wie – als Anführer der Heiden zurückgekehrt war. Daß er den Schatz Raedwalds ausgegraben hatte. Daß er den Knochenlosen besiegt und schließlich irgendwie die Unterstützung und Freundschaft von Wessex errungen hatte. Wer konnte wissen, wie das alles gekommen war? Ganz gleich, ob er einen Hundenamen trug, er war ein zu merkwürdiger Mann, als daß man es gewagt hätte, ihn anzulügen.

»Nein«, sagte der zweite Thane. »Ich streite nicht ab, daß der König das gesagt hat, und ich habe dem auch zugestimmt. Aber das Einvernehmen hinter der Entscheidung war, daß nach zehn Jahren das Land von Leofwin auf meinen Enkel übergehen sollte, dessen Vater ebenfalls von den Heiden getötet wurde. Das heißt, von… von den Männern aus dem Norden. Und zwar im ursprünglichen Zustand! Aber was dieser Mann getan hat?« – Empörung verdrängte die Vorsicht in seiner Stimme – »Leofwin hat es ruiniert! Er hat alle Bäume des Waldes gefällt, ohne neue zu pflanzen; er hat Ackerland in Rieselwiesen für Heu verwandelt. Am Ende der Jahre wird das Land wertlos sein.«

»Wertlos?«

Der Bittsteller zögerte. »Nicht soviel wert wie zuvor, Herr.«

Irgendwo draußen ertönte eine Glocke, das Zeichen, daß die Gerichtsstunde für diesen Tag vorüber war. Aber diesen Fall mußte er noch entscheiden. Es war eine knifflige Angelegenheit, wie das Gericht bereits in ermüdender Länge gehört hatte, mit Beschuldigungen und Ausflüchten, die Generationen zurückreichten, und Beteiligten, die alle miteinander verwandt waren. Keiner der beiden Thanes war ein Mann von Bedeutung. Keiner von ihnen war König Edmund in irgendeiner Weise aufgefallen, weshalb er sie auf ihren Gütern hatte leben lassen, während er bessere Männer in seinen Dienst gerufen hatte. Und die, wie Edrich, oft dafür mit ihrem Leben bezahlt hatten. Dennoch waren sie Engländer von adliger Herkunft, und ihre Familien lebten seit Generationen in Norfolk: Genau die Art von Leuten, die er für sich gewinnen mußte. Es war ein gutes Zeichen, daß sie am Hof des neuen Jarl um ein Urteil nachsuchten.

»Dies ist mein Richtspruch«, sagte Shef. »Das Land

soll für die restliche Zeit der vereinbarten zehn Jahre im Besitz Leofwins bleiben.« Das rote Gesicht strahlte triumphierend.

»Aber er soll einen Teil seiner Gewinne an meinen Thane in Lynn abgeben, dessen Name…«

»Beld«, sagt der Mann im schwarzen Talar, der zu Shefs Rechten am Schreibpult stand.

»Dessen Name Beld ist. Am Ende der zehn Jahre soll Leofwin, falls Beld der Gewinn an dem Land unvernünftig hoch erscheint, entweder einen zusätzlichen Betrag für die gesamte Zeit an den Enkel zahlen oder eine Summe, die Beld festlegt und die dem Wert entspricht, die es unter seiner Verwaltung verlor. Die Wahl soll von dem Großvater getroffen werden, der heute ebenfalls hier ist.«

Das Strahlen aus dem Gesicht Leofwins verschwand, das Belds hellte sich auf. Dann nahmen beide Gesichter denselben angestrengten Ausdruck an, als die Männer bang die Summen durchrechneten. Gut, dachte Shef. Keiner von ihnen ist ganz glücklich. Dann werden sie meinen Spruch respektieren.

Er erhob sich. »Die Glocke hat geläutet. Die Gerichtsstunde ist für heute vorüber.« Protestierendes Geplapper antwortete ihm, und Männer und Frauen drängten sich aus den Reihen der Wartenden vor.

»Morgen werde ich wieder richten. Habt ihr alle eure Zählstöcke? Zeigt sie an der Tür, und eure Fälle werden der Reihenfolge nach gehört.« Shefs kräftige Stimme übertönte das Gemurmel.

»Und merkt euch eines! Vor dem Gericht des Weges gibt es weder Christen noch Heiden, weder Gefolgsleute des Weges noch Engländer. Seht – ich trage keinen Anhänger. Und Vater Boniface hier…« – er deutete auf den schwarz gewandeten Schreiber – »ist zwar ein Priester, aber er trägt kein Kreuz. Die Gerechtigkeit hier hängt nicht vom Glauben des einzelnen ab. Merkt euch das und erzählt es weiter. Und jetzt geht. Die Anhörung ist zu Ende.«

Die Türen am anderen Ende des Raums schwangen auf. Diener baten die enttäuschten Bittsteller in die Frühlingssonne. Ein weiterer Diener, ein sauber aufgenähtes Hammerzeichen auf dem grauen Gewand, winkte die Parteien des letzten Falls zu Vater Boniface. Der würde den Spruch des Jarls unter Zeugen zweimal niederschreiben. Eines der Exemplare würde in der Schreibstube des Jarls verbleiben, das andere würde sorgfältig in zwei Teile zerrissen und den beiden Thanes überreicht, damit keiner von ihnen zukünftigen Gerichten eine Fälschung vorlegen konnte.

Durch eine der rückwärtigen Türen kam ein Hüne. Sein Kopf und seine Schultern überragten bei weitem die herausdrängenden Menschen. Er trug Kettenhemd und Mantel, war aber unbewaffnet. Shef spürte, wie die Last des einsamen Richteramts plötzlich von ihm abfiel.

»Brand! Du bist zurück! Du kommst genau im richtigen Moment; ich habe etwas freie Zeit.«

Eine Hand von der Größe eines Bierkrugs schloß sich um Shefs Finger. Brands Züge verzogen sich zu einem freudigen Lächeln.

»Nicht ganz, Shef. Ich kam vor beinahe zwei Stunden. Deine Wachen wollten mich nicht vorlassen, und angesichts der ganzen Hellebarden, mit der sie vor meiner Nase herumfuchtelten, fehlte mir der Mut zu streiten. Außerdem sprach keiner von ihnen auch nur ein Wort Nordisch.«

»Ha! Sie hätten… nein. Mein Befehl lautet, daß niemand die Gerichtsstunde unterbrechen darf, außer mit einer Kriegsnachricht. Sie haben richtig gehandelt. Aber es tut mir leid, daß ich nicht daran gedacht habe, für dich eine Ausnahme anzuordnen. Ich hätte dich gerne dabeigehabt und gehört, was du hiervon hältst.«

»Ich habe alles gehört.« Brand deutete mit dem Daumen über die Schulter. »Dein Wachhauptmann war früher bei den Katapultmannschaften und kannte mich, auch wenn ich ihn nicht kannte. Er brachte mir gutes Ale – hervorragendes Ale, um sich nach der Überfahrt das Salz aus dem Hals zu waschen – und sagte mir, ich solle durch die Tür lauschen.«

»Und? Was hältst du davon?« Shef schlenderte mit Brand durch die jetzt unbehinderte Tür in den Hof. »Was hältst du von der Versammlung des Jarl?«

»Ich bin beeindruckt. Wenn ich nur daran denke, wie es hier vor vier Monaten ausgesehen hat – überall Schlamm; Krieger, die auf dem Boden schnarchten, weil es keine Betten gab; keine Küchen und kein Essen, das man in ihnen hätte kochen können. Und jetzt? Wachen, Kammerherren, Backöfen und Brauereien. Zimmermänner reparieren die Fensterläden und Arbeitertrupps streichen alles, was sich nicht bewegt. Männer, die deinen Namen und deine Absichten erfragen. Und es *aufschreiben*, wenn du es ihnen sagst.«

Dann runzelte Brand die Stirn, blickte sich um und senkte seine mächtige Stimme zu einem ungewohnten Flüstern. »Shef – oder eigentlich sollte ich Jarl Shef sagen. Etwas gefällt mir nicht. Wozu all diese Schwarzkutten? Kannst du ihnen vertrauen? Und was, bei Thor, hat ein Jarl, der Anführer von Kriegern, ein paar Schafsköpfen zuzuhören, die über ihre Wehwehchen streiten? Du solltest lieber den Bau der Katapulte beaufsichtigen. Oder in der Schmiede sein.«

Shef lachte und musterte die schwere Silberspange, die den Umhang seines Freundes zusammenhielt, besah sich den prallen Beutel an seinem Schwertgürtel, die schmückende Kette aus Silbermünzen um seine Hüfte.

»Sag, Brand, wie war deine Fahrt nach Hause? Konntest du alles kaufen, was du wolltest?«

Brands Züge nahmen einen wachsamen Ausdruck an, nicht unähnlich dem eines feilschenden Händlers. »Ich gab einen Teil des Gelds in sichere Hände. Die Preise in Halogaland sind hoch und die Menschen niederträchtig. Dennoch, wenn ich die Axt eines Tages an den Nagel hänge, könnte dort ein kleiner Hof als Alterssitz auf mich warten.«

Shef lachte wieder. »Mit deinem Anteil an gutem Silber mußt du das halbe Land aufgekauft und in die Obhut deiner Verwandten gegeben haben.«

Diesmal grinste auch Brand. »Ich gebe zu, ich habe einen guten Schnitt gemacht. Besser als jemals zuvor.«

»Nun, dann will ich dir von den Schwarzkutten erzählen. Was niemand von uns je erkannt hat, ist, wieviel Geld die seßhaften Leute besitzen. Was für ein Wohlstand in einem ganzen Land steckt; einem reichen Land wie England, nicht in einem felsigen und armen wie Norwegen, aus dem du kommst. Zehntausende von Männern pflügen unermüdlich die Äcker, scheren Schafe, züchten Bienen und fällen Bäume, schmelzen Eisen und halten Pferde. Sie haben über vierhundert Hektar Land. Und für jeden einzelnen davon müssen sie mir, dem Jarl, etwas bezahlen, und wenn es nur Kriegssteuer oder Brücken- und Wegezoll ist.

Manche von ihnen zahlen alle Abgaben. Ich nahm das gesamte Kirchenland in Besitz. Einen Teil davon, acht Hektar pro Mann, gab ich den Freigelassenen, die für uns kämpften. Für sie ist das ein Vermögen – aber im Vergleich zum Ganzen ist das nur ein Flohbiß. Einen guten Teil habe ich auf der Stelle an die reichen Männer Norfolks verpachtet, zu günstigen Preisen, um schnell an Geld zu kommen. Diese Männer würden es nicht gern sehen, wenn die Kirche zurückkehrte. Das meiste Land habe ich für das Reich behalten. In Zukunft wird es Geld für mich abwerfen, mit dem ich Arbeiter und Krieger anheuern kann.

Aber nichts davon wäre mir ohne die Schwarzkutten – wie du sie nennst – gelungen. Wer könnte das ganze Land, die ganzen Güter und Pachtverträge im Kopf behalten? Thorvin kann schreiben, aber sonst fast niemand. Und nachdem ich ihnen das Land abgenommen hatte, gab es plötzlich gelehrte Männer, Kirchenmänner, ohne Land und ohne Lebensunterhalt. Einige von ihnen arbeiten jetzt für mich.«

»Aber kannst du ihnen vertrauen, Shef?«

»Diejenigen, die mich oder den Weg hassen und uns nie verzeihen werden, sind zu König Burgred oder zu Erzbischof Wulfhere nach York gegangen, um einen Krieg anzuzetteln.«

»Du hättest das ganze Pack töten sollen.«

Shef wog das steinerne Zepter in der Hand. »Die Christen sagen, das Blut der Märtyrer sei der Samen der Kirche. Ich glaube ihnen. Ich schaffe keine Märtyrer. Aber ich habe dafür gesorgt, daß die erbittertsten von denen, die gingen, erfuhren, wer geblieben ist. Sie werden den Männern, die für mich arbeiten, niemals vergeben. Ihr Schicksal hängt nun – wie das der reichen Thanes – an dem meinen.«

Sie gelangten zu einem niedrigen Gebäude innerhalb der Palisade, die die Festung des Jarls schützte. Die Fensterläden standen offen, um die Wärme der Frühlingssonne hereinzulassen. Shef zeigte auf die Schreibpulte und auf die Männer, die sich leise berieten und auf Pergament schrieben. An einer Wand konnte Brand eine große *mappa* sehen: Eine neue, bar jeder Verzierung aber voller Einzelheiten.

»Bis zum Winter werde ich ein Buch mit jedem Grundstück in Norfolk haben und ein Bild der ganzen Grafschaft an meiner Wand. Und bis zum nächsten Sommer wird nicht ein einziger Penny für Land bezahlt werden, ohne daß ich davon weiß. Und dann werden wir einen Reichtum besitzen, der selbst der Kirche unbekannt ist. Wir können Dinge tun, die niemals zuvor getan wurden.«

»Wenn das Silber gut ist«, sagte Brand zweifelnd.

»Es ist viel besser als das im Norden. Ich habe nachgedacht: Es scheint mir, daß es nur eine bestimmte Menge Silber in allen englischen Königreichen gibt. Aber es gibt immer dieselbe Arbeit zu erledigen – Land zu kaufen und zu verkaufen, Dinge zum Handeln. Nun, je mehr Silber in den Truhen der Kirche weggesperrt ist oder in Gold eingetauscht oder zu wertvollen Dingen verarbeitet wird, die nicht mehr gehandelt werden, desto mehr ist das übrige – nein, desto schwerer ist das übrige...«

Shef kam ins Stocken und verstummte. Weder Englisch noch Nordisch gaben ihm die Worte, um zu erklären, was er dachte.

»Was ich meine, ist dies: Die Kirche hat zuviel aus Northumbrien herausgeholt und zuwenig zurückgegeben. Deshalb waren ihre Münzen so schlecht. König Edmund war weniger gütig zur Kirche, und deshalb war hier das Geld besser. Und bald wird es das Beste sein.«

»Und das gilt nicht nur für das Geld, Brand.« Der junge Mann sah seinen wuchtigen Gefährten an, sein verbliebenes Auge glänzte. »Ich will, daß diese Grafschaft das beste und glücklichste Land im ganzen Norden ist. Ein Ort, an dem jeder sein Leben von der Wiege bis zur Bahre in Sicherheit verbringen kann. Wo wir wie Menschen leben können, nicht wie Tiere, die gerade genug zum Überleben zusammenkratzen. Wo wir einander helfen können.«

»Denn ich habe noch etwas gelernt, Brand. Von Ordlaf, dem Vogt in Bridlington, von den Sklaven, die meine *mappa* zusammentrugen und uns zum Rätsel Edmunds führten. Etwas, das der Weg erfahren muß. Was ist dem Weg Asgards am wertvollsten?«

»Neues Wissen«, sagte Brand und berührte unwillkürlich seinen Hammeranhänger.

»Neues Wissen ist gut. Nicht jeder hat es. Aber etwas anderes ist genausogut und kann von überall kommen: *Altes Wissen, das niemand beachtet*. Seit ich Jarl geworden bin, sehe ich das ganz deutlich. Es gibt immer jemanden, der die Antwort auf eine Frage weiß. Aber normalerweise hat ihn niemand gefragt. Oder sie. Die Person, die helfen kann, mag ein Sklave sein, ein armer Bergarbeiter, eine alte Frau, ein Fischer oder ein Priester.

Wenn wir das ganze Land und sein Silber besitzen und sein gesamtes Wissen aufgeschrieben haben, werden wir der Welt etwas Neues zeigen!«

Brand, der auf Shefs blinder Seite stand, musterte die angespannten Nackensehnen und den gestutzten Bart des jungen Mannes. In den Haaren zeigten sich die ersten grauen Strähnen.

Was du brauchst, dachte er, ist eine schöne, lebhafte Frau, die dich beschäftigt hält. Aber selbst ich, Brand, der Champion, wage es nicht, dir eine zu kaufen.

Am Abend desselben Tages, als der Rauch aus den Schornsteinen sich mit dem grauen Dämmerlicht vermengte, trafen sich die Priester des Weges im heiligen Kreis. Sie saßen im Kräutergarten eines Landhauses außerhalb der Palisade des Jarls. Die Luft roch angenehm nach den verschiedensten Pflanzen. Über ihnen trällerten lautstark Drosseln und Amseln.

»Er ahnt nichts vom wahren Zweck deiner Fahrt?« fragte Thorvin.

Brand schüttelte den Kopf. »Nicht das geringste.«

»Aber du hast die Nachricht weitergegeben.«

»Ja und ich habe Nachrichten erhalten. Jeder Priester des Weges im Norden hat erfahren, was hier geschehen ist, und sie werden es ihren Anhängern berichten. Die Nachricht ging nach Birka, Kaupang und Skiringssal.«

»Also können wir mit Verstärkung rechnen«, sagte Geirulf, der Priester Tyrs.

»Bei dem Geld, das nach Hause geflossen ist, und den Geschichten, die jeder Skalde erzählt, können wir sicher sein, daß jeder Krieger des Weges, der ein Schiff auftreiben kann, hierherkommen und nach Arbeit sehen wird. Und das gilt auch für jeden Priester, der sich loseisen kann. Es werden auch viele kommen, die den Anhänger aus Hoffnung tragen. Manche von ihnen werden Lügner sein, keine Gläubigen. Aber mit denen werden wir fertig. Es gibt noch etwas Wichtiges.«

Brand hielt kurz inne, und blickte in die Runde gespannter Gesichter. »In Kaupang, auf dem Heimweg, traf ich Vigleik, den Priester.«

»Vigleik mit den vielen Visionen?« fragte Farman unruhig.

»Genau den. Er hatte eine geheime Sitzung der Priester aus Norwegen und Südschweden einberufen. Er sagte ihnen – und mir – er wäre beunruhigt.«

»Worüber?«

»Über viele Dinge. Er ist sich jetzt – genauso wie wir – sicher, daß Shef im Mittelpunkt der Veränderung steht. Ihm kam sogar der Gedanke, daß er das ist, was er Thorvin bei ihrer ersten Begegnung sagte: Der, der aus dem Norden kommen wird.«

Brand erwiderte die Blicke der Männer um den Tisch, die ihn unverwandt anstarrten. »Und dennoch, falls das stimmt, ist die Geschichte anders als selbst die weisesten unter uns vermutet haben. Vigleik sagt, daß er zum einen kein Nordländer ist. Er hat eine englische Mutter.«

Einige der Priester zuckten die Achseln. »Wer nicht?« fragte Vestmund. »Englisch, irisch, was auch immer. Meine Großmutter war Lappin.«

»Außerdem wurde er als Christ aufgezogen. Er ist getauft.«

Diesmal antwortete ihm belustigtes Grunzen. »Wir haben alle die Narben auf seinem Rücken gesehen«, sagte Thorvin. »Er haßt die Christen ebensosehr wie wir. Nein, er haßt sie nicht einmal. Er hält sie für Narren.«

»In Ordnung. Aber hier kommt der springende Punkt: Er trägt keinen Anhänger. Er glaubt nicht an uns. Er hat Visionen, Thorvin, zumindest hat er dir das gesagt. Aber er hält sie nicht für Visionen einer anderen Welt. Er ist kein Gläubiger.«

Diesmal schwiegen die Männer und blickten einer nach dem anderen Thorvin an. Der Priester Thors strich sich über den Bart.

»Nun, er ist genausowenig ein Ungläubiger. Wenn wir ihn fragten, würde er sagen, daß er mit dem Anhänger eines Heidengotts, wie ihn die Christen nennen, nicht über Christen herrschen kann. Zumindest so lange nicht, bis sie ihrem Glauben abschwören. Er würde antworten, daß das Tragen eines Anhängers keine Glaubensfrage ist, sondern nur ein Fehler, so als ob ein Schmied zu hämmern begänne, bevor das Eisen glüht. Und außerdem weiß er nicht, welchen Anhänger er tragen sollte.«

»Ich schon«, sagte Brand. »Ich sah und sagte es letztes Jahr, als er den ersten Mann tötete.«

»Du hast recht«, stimmte ihm Thorvin zu. »Er sollte den Speer Odins tragen, des Gotts der Gehängten, des Verräters der Krieger. Nur ein solcher Mann würde den eigenen Vater in den Tod schicken. Aber wenn Shef hier wäre, würde er natürlich sagen, daß ihm keine andere Wahl blieb.«

»Sprach Vigleik nur von Wahrscheinlichkeiten?« fragte Farman unvermittelt. »Oder hatte er eine bestimmte Botschaft? Eine Botschaft, die ihm ein Gott gesandt hat?«

Wortlos zog Brand einen in Robbenhaut gehüllten Packen dünner Täfelchen aus dem Mantel und reichte ihn den Priestern. In das Holz waren Runen eingeritzt. Thorvin musterte sie forschend, und Geirulf und Skaldfinn beugten sich vor, um die Botschaft ebenfalls zu sehen. Als sie die Worte lasen, verdüsterten sich ihre Mienen.

»Vigleik hat etwas gesehen«, sagte Thorvin schließlich. »Brand, kennst du die Geschichte von Frodis Mühle?«

Der Champion schüttelte den Kopf.

»Vor dreihundert Jahren gab es in Dänemark einen König namens Frodi. Man sagt, daß er eine magische Mühle besaß, die nicht Korn sondern Frieden, Reichtum und Fruchtbarkeit mahlte. Wir glauben, daß es eine Mühle des neuen Wissens war. Frodi hatte zwei Riesinnen, Fenja und Menja, als Sklavinnen, die die Mühle in Gang hielten. Aber der König war so auf weiteren Frieden und Reichtum für sein Volk versessen, daß er den Riesinnen keine Pause erlaubte, ganz gleich, wie sehr sie darum bettelten.«

Thorvins Stimme verfiel in einen tiefen, volltönenden Singsang:

»›Nicht länger sollt ihr schlafen‹, sagte Frodi,
›Als ein Kuckuck braucht, einem anderen zu antworten.
Oder als ein Bursche, um ein Lied zu singen,
Während er eine Besorgung für seinen Herrn macht.‹

Die Sklavinnen wurden wütend und erinnerten sich an das Blut der Riesen in ihren Adern. Und anstatt Friede, Reichtum und Fruchtbarkeit mahlten sie Feuer, Blut und Krieger. Und die Feinde überfielen Frodi in der Nacht und vernichteten ihn und sein Königreich, und die sagenhafte Mühle war für immer verloren.

Das ist es, was Vigleik gesehen hat. Er glaubt, daß man auf der Jagd nach neuem Wissen nur bis an einen gewissen Punkt gehen kann, zumindest solange die

Welt noch nicht dafür bereit ist. Man muß den Hammer führen, solange das Eisen noch glüht. Aber man kann auch die Blasebälge zu lang und zu hart betätigen.«

Die Stille zog sich hin. Widerstrebend entgegnete Brand: »Ich erzähle euch besser, was der Jarl, Skjef Sigvarthsson, mir heute morgen über seine Absichten berichtete. Ihr müßt dann entscheiden, wie das zu Vigleiks Vision paßt.«

Einige Tage später stand Brand vor einem halb in einer Wiese versunkenen Felsen, in der Nähe der Stelle, an der der matschige Damm von Ely in die Felder vor March mündete.

Ein Runenband zog sich über den Stein, die Kanten noch scharf von dem Meißel. Shef strich leicht mit den Fingerspitzen darüber.

»Ich habe den Reim selbst in eurer Sprache verfaßt, wie Geirulf es mir beigebracht hat. Die Runen sagen folgendes:

›Gut verließ er das Leben, auch wenn
er es schlecht führte.
Doch der Tod begleicht alle Rechnungen.‹«

Und darüber stand ein Name: *Sigvarth Jarl.*

Brand grunzte unschlüssig. Er hatte Sigvarth nicht gemocht. Und dennoch – der Mann hatte den Tod seines ersten Sohnes mit Würde aufgenommen. Und er hatte zweifelsohne seinen zweiten Sohn und die Armee des Weges gerettet, indem er eine Nacht der Folter und schließlich den Tod auf sich genommen hatte.

»Nun«, sagte er schließlich, »jetzt hat er seinen *bautasteinn*. Wie in dem alten Sprichwort: ›Kaum ein Stein stünde am Wegesrand, wären nicht die Söhne.‹ Aber das ist doch nicht der Ort, an dem sie ihn töteten, oder?«

»Nein«, sagte Shef. »Sie töteten ihn im Sumpf. Es scheint, als ob mein anderer Vater, Wulfgar, nicht einmal abwarten konnte, bis sie festen Boden unter den Füßen hatten.« Seine Lippen verzerrten sich, und er spuckte ins Gras. »Aber wenn wir den Stein dort aufgestellt hätten, wäre er innerhalb von sechs Wochen im Sumpf verschwunden.

Außerdem wollte ich, daß du das hier siehst.«

Er grinste, drehte sich um und winkte in Richtung der fast unmerklichen Steigung, die hinauf nach March führte. Von irgendwo außerhalb ihres Gesichtsfeldes drang ein quiekender Ton, als ob man ein Dutzend Schweine gleichzeitig schlachtete. Brands Axt schoß in die Höhe, als seine Augen fieberhaft nach dem lauernden Feind Ausschau hielten.

Dann marschierten sie in Viererreihen und mit aufgeblasenen Backen den tief eingefurchten Weg herunter – Shefs Dudelsackpfeifer. Brand erkannte in der ersten Reihe das vertraute Gesicht Cwiccas, des ehemaligen Sklavens St. Guthlacs in Crowland.

»Sie spielen alle dieselbe Melodie«, brüllte er über das Getöse. »War das deine Idee?«

Shef schüttelte den Kopf und deutete auf die Pfeifer. »Ihre. Sie haben sie sich selbst ausgedacht. Sie nennen sie ›Der entbeinte Knochenlose‹.«

Brand schüttelte ungläubig den Kopf. Englische Sklaven, die den Champion des Nordens verspotteten …

Hinter dem Dutzend Pfeifern schritt eine Kolonne Hellebardiere, ihre Köpfe halb von glänzenden, scharfkantigen Helmen verdeckt. Sie trugen Lederjacken mit aufgenähten Metalltafeln und kleine runde Tartschen an den linken Unterarmen. Ihre Größe verriet Brand, daß auch sie Engländer sein mußten – kaum einer von ihnen war über einsfünfundsechzig. Aber dennoch, es gab auch viele große und kräftige Engländer. Brand erinnerte sich noch gut an die Kolosse, die König Edmund verteidigt hatten. Nein, das waren nicht nur Engländer, sondern arme Engländer. Keine englischen Thanes, keine Carls der Armee, sondern Churls. Oder Sklaven. Sklaven in Waffen und Rüstung!

Brand starrte ihnen skeptisch und ungläubig nach. Sein ganzes Leben lang hatte er das Gewicht eines Kettenhemds getragen. Er wußte um die Kraft, die es brauchte, um eine Axt oder ein Breitschwert zu führen. Ein komplett ausgestatteter Krieger hatte vierzig bis fünfzig Pfund Metall zu tragen – und nicht nur zu tragen, sondern auch zu handhaben. Wie lange hielt ein Mann das durch? Denn der, dessen Arm in der Schlacht als erstes erlahmte, war tot. Nach Brands Maßstäben war es ein hochgeschätztes Kompliment, einen Mann ›stämmig‹ zu nennen. Dagegen kannte er siebzehn verschiedene Ausdrücke für einen ›kleinen Mann‹, ausnahmslos Beleidigungen.

Er sah wie der Trupp der Pygmäen, zweihundert Mann insgesamt, an ihnen vorbeistampfte. Brand bemerkte, daß alle ihre Hellebarde auf dieselbe Weise hielten, gegen die rechte Schulter gelehnt. Männer, die eng nebeneinander marschierten, konnten sich nicht den Luxus individueller Entscheidungen leisten. Eine Wikingerarmee dagegen wäre nach ihrem eigenen Gusto marschiert, und jeder Mann hätte seine Waffe so gehalten, wie es ihm gerade einfiel, nicht zuletzt in der Absicht, seine Unabhängigkeit zu demonstrieren.

Hinter den Hellebardieren kam zu seiner Überraschung ein Pferdegespann nach dem anderen. Nicht die trägen, verbissenen Ochsengespanne, die Shefs Katapulte um die Flanke von Ivars Armee gezogen hatten. Die ersten zehn Pferdepaare zogen die Karren mit den Teilen der Maschinen, die er kannte, den Zugkatapulten. Neben jedem Karren lief die zugehörige Mannschaft, jeweils ein Dutzend Männer mit denselben grauen Wämsern und weißen Hammerinsignien wie die Pfeifer und Hellebardiere. In jeder Mannschaft erspähte Brand ein bekanntes Gesicht. Die Veteranen von Shefs Winterfeldzug hatten sich um ihr neues Land gekümmert, es in der Obhut der Männer, die es bestellten, zurückgelassen und waren zu ihrem Herrn, ihrem Wohltäter zurückgekehrt. Jeder von ihnen führte jetzt seine eigene Mannschaft an, rekrutiert aus den Sklaven der aus Norfolk vertriebenen Kirche.

Die nächsten zehn Gespanne waren wieder etwas Neues. Die Pferde zogen Gebilde auf breiten Karrenrädern, deren hintere Enden so hoch und lang abstanden, daß sich die Vorderteile wie Hühner, die nach Würmern suchten, nach vorne beugen zu schienen. Bolzenschleudern. Aber nicht in Einzelteilen, sondern einsatzbereit. Die großen Räder waren der einzige Unterschied zu der Maschine, die König Ella getötet hatte, und denen, die Ivars Wurmstandarte zu Fall gebracht hatten. Wieder marschierten die Mannschaften, jeweils ein Dutzend Männer, mit geschulterten Stangen, die zum Aufziehen der Maschinen dienten, und Bündeln von Bolzen neben den Schleudern.

Als auch sie an ihm vorbeimarschierten, bemerkte Brand, daß das Pfeifen der Dudelsäcke zwar eine andere Tonlage angenommen hatte, aber nicht leiser geworden war. Die fünfhundert Mann, die ihn bereits passiert hatten, stellten sich hinter ihm und Shef in Reih und Glied auf.

Dann bot sich Brand endlich ein Bild, das dem einer anrückenden Armee, wie er sie kannte, ähnelte. Hunderte von Männern, nicht in Reihen, nicht im Gleichschritt, manche von ihnen lässig auf Ponys sitzend, strömten den Weg herunter. Brand erblickte Kettenhemden, Breitschwerter, Helme und vertraute Gesichter. Er winkte fröhlich, als er Guthmund – den man immer noch den Gierigen nannte – an der Spitze seiner eigenen Schiffsmannschaft erkannte. Anders als die

Engländer winkten einige von ihnen und riefen zurück: Magnus Zahnlücke und sein Freund Kolbein mit ihren Hellebarden; Vestlithi, der ehemalige Steuermann Sigvarths; und ein Dutzend andere Anhänger des Weges.

»Einige von ihnen haben sich wie du aufgemacht, ihren Anteil auszugeben«, sagte Shef. »Andere haben ihr Geld an Verwandte geschickt oder haben es behalten, um hierzubleiben. Viele davon haben Grund gekauft. Jetzt verteidigen sie ihr eigenes Land.«

Das Getöse der Dudelsäcke verstummte schlagartig, und Brand registrierte, daß ihn ein dichter Ring von Männern umgab.

»Tausendzweihundert Mann?« sagte er schließlich. »Zur Hälfte Engländer, zur Hälfte Nordländer?«

Shef nickte. »Was hältst du von ihnen?«

Brand schüttelte den Kopf. »Die Pferdegespanne«, sagte er, »sind doppelt so schnell wie die Ochsenkarren. Aber ich wußte nicht, daß die Engländer mit Pferden umgehen können. Ich habe gesehen, wie sie es versuchten, aber sie spannten sie an wie Ochsen, so daß sie gegen die Stange drückten. Das schnürt den Pferden die Luft ab, und sie können ihre Stärke nicht einsetzen. Wie hast du das bemerkt?«

»Wie ich schon sagte«, antwortete Shef. »Es gibt immer jemanden, der es besser weiß. Diesmal war es einer der Männer aus deiner Mannschaft – der hinkende Gauti. Er kam zufällig vorbei, als ich das erstemal versuchte, ein Pferd anzuspannen, und sagte mir, was für ein Narr ich sei. Dann zeigte er mir, wie es die Leute in Halogaland machen. Dort benutzen sie nämlich nur Pferde zum Pflügen. Das ist kein neues Wissen, sondern altes. Altes Wissen, das nicht jeder kennt. Aber wie man sie an die Katapulte anschirrt, haben wir selbst herausgefunden.«

»Schön und gut«, sagte Brand. »Aber verrate mir eines: Katapulte und Pferdegespanne hin oder her, wie viele deiner Engländer können in einer Schlacht geübten Kriegern standhalten? Kriegern mit anderthalbfachem Gewicht und doppelter Stärke? Du kannst aus Küchenjungen keine Champions machen. Du solltest lieber ein paar von den gutgenährten Thanes, die wir sahen, rekrutieren. Oder ihre Söhne.«

Shef krümmte einen Finger. Zwei Hellebardiere drängten einen Gefangenen nach vorne. Es war ein Nordländer – bärtig, bleich unter der vom Wind geröteten Haut, einen Kopf größer als seine Bewacher. Er hielt das linke Handgelenk unbeholfen in der Rechten, offenbar war sein Schulterblatt gebrochen. Das Gesicht kam Brand entfernt bekannt vor: Er mußte den Mann vor langer Zeit einmal an einem Lagerfeuer gesehen haben, als die Wikingerarmee noch eine Einheit gewesen war.

»Er versuchte vor zwei Wochen, mit drei Schiffen das Gebiet um den Yare zu plündern«, bemerkte Shef. Er wandte sich an den Gefangenen. »Sag ihm, wie es euch ergangen ist.«

Der Mann starrte Brand fast flehentlich an. »Alles Feiglinge. Sie kämpften nicht fair«, knurrte er. »Sie erwischten uns, als wir das erste Dorf verließen. Ein Dutzend meiner Männer wurde von Bolzen aufgespießt, bevor wir überhaupt wußten, woher sie kamen. Als wir die Maschinen angriffen, wehrten sie uns mit großen Äxten ab. Dann kamen noch mehr von ihnen von hinten. Nachdem sie mit uns fertig waren – mit dem gebrochenen Arm konnte ich nicht einmal den Schild heben –, nahmen sie mich mit, damit ich mitansah, wie sie die Schiffe angriffen, die wir am Strand zurückgelassen hatten. Sie versenkten eines mit den Steinschleudern, die anderen beiden entkamen.«

Er verzog das Gesicht. »Ich bin Snaekolf aus Raumariki. Ich wußte nicht, daß die Männer des Weges den Engländern soviel beigebracht haben, sonst wären wir nicht hierher gekommen. Wirst du ein gutes Wort für mich einlegen?«

Shef schüttelte den Kopf, noch bevor Brand antworten konnte. »Seine Männer führten sich in dem Dorf wie Bestien auf. So etwas werden wir nicht mehr dulden. Ich habe ihn bisher nur verschont, damit er seinen Satz aufsagen kann. Hängt ihn am nächsten Baum auf.«

Hufe ertönten hinter ihrem Rücken, als die Hellebardiere den schweigenden Wikinger abführten. Shef wandte sich ohne Eile dem Reiter zu, der den schlammigen Weg entlang galoppiert kam. Der Mann machte vor ihnen Halt, stieg ab und überbrachte seine Botschaft. Die Männer der Armee des Weges, Engländer wie Nordländer, spitzten die Ohren.

»Nachricht aus Eurer Festung, Herr. Gestern traf ein Reiter aus Winchester ein. König Ethelred von Wessex ist tot. Die Schwindsucht hat ihn dahingerafft. Es wird erwartet, daß sein Bruder, Euer Freund Edeling Alfred, seine Nachfolge antreten wird.«

»Gute Nachrichten«, sagte Brand nachdenklich. »Es ist immer gut, einen Freund an der Macht zu haben.«

»Du hast ›erwartet‹ gesagt, Bote«, hakte Shef nach. »Wer könnte sich ihm widersetzen? Er ist der letzte Überlebende des Königshauses.«

KAPITEL 2

DER JUNGE MANN STARRTE durch ein schmales Fenster im Gemäuer. Hinter sich hörte er undeutlich, wie die Mönche der alten Klosterkirche eine der vielen Messen zelebrierten, für die er bezahlt hatte. Messen für die Seele seines letzten Bruders, König Ethelred. Unter ihm herrschte geschäftiges Treiben. Auf der breiten Straße, die Winchester von Ost nach West durchschnitt, drängten sich die Händler und Kunden zwischen zahllosen Marktbuden. Dazwischen versuchten sich mit Holz beladene Karren ihren Weg zu bahnen. An drei verschiedenen Stellen zu beiden Seiten der Straße arbeiteten Männer an Häusern, hoben Fundamente aus, rammten Träger in den Boden oder befestigten Bretter an Holzgerüsten. Weiter draußen, am Stadtrand, arbeiteten zahllose Männer an der Verstärkung der Brustwehr, die sein Bruder angeordnet hatte, zogen neue Träger ein und erneuerten die Wehrgänge. Von allen Seiten war Sägen und Hämmern zu hören.

Der junge Mann, Edeling Alfred, verspürte grimmige Befriedigung. Dies war seine Stadt: Winchester. Seit Jahrhunderten, seit die Engländer auf dieser Insel waren, ja noch länger, denn er konnte selbst Briten und Römer zu seinen Vorfahren zählen. Diese Klosterkirche gehörte ihm. Sein Ahne König Cenwalh hatte vor zweihundert Jahren der Kirche das Land, auf der das Gebäude errichtet worden war, gegeben, ebenso wie das Land, aus dem sie ihre Einkünfte bezog. Nicht nur sein

Bruder Ethelred war hier begraben, sondern auch sein Vater Ethelwulf, seine übrigen Brüder und seine Onkel und Uronkel in fast unüberschaubarer Zahl. Sie hatten gelebt, waren gestorben und wieder in die Erde zurückgekehrt. Aber es war dieselbe Erde. Der junge Edeling mochte der letzte seines Geschlechts sein, doch er fühlte sich nicht alleine.

Gestärkt drehte er sich um und bot der Stimme die Stirn, die krächzend mit den Geräuschen der Stadt wetteiferte. Sie gehörte Bischof Daniel von Winchester.

»Was habt Ihr da gerade gesagt?« erkundigte sich der Edeling. »*Falls* ich König werde? Ich *bin* der König. Ich bin der letzte des Hauses Cerdic, dessen Geschlecht bis zu Wodan zurückreicht. Das *witenagemot*, die Versammlung der Ratsherren, wählte mich ohne Streit. Die Krieger hoben mich auf den Schild. Ich bin der König.«

Das Gesicht nahm einen störrischen Ausdruck an. »Was ist das für eine Gerede von Wodan, dem Gott der Heiden? Das ist kein Eignungszeugnis für einen christlichen König. Und was die *witan* – die Krieger – tun, hat in den Augen Gottes keine Bedeutung.

Ihr seid erst dann König, wenn ihr wie Saul oder David mit dem heiligen Öl gesalbt seid. Nur ich oder ein anderer Bischof des Reichs können das tun. Und ich sage Euch – das werden wir nicht tun. Nicht, wenn Ihr uns nicht zeigt, daß ihr ein wahrhaft christlicher König eines christlichen Landes seid. Als Beweis müßt Ihr Euren Bund mit den Kirchenschändern auflösen. Entzieht dem Mann, den man Sheaf nennt, Euren Schutz. Führt Krieg gegen die Heiden. Die Heiden des Weges!«

Alfred seufzte. Langsam schritt er durch den Raum. Er rieb mit einem Finger über einen dunklen Fleck an der Wand, einem Brandfleck.

»Vater«, sagte er geduldig, »Ihr wart vor zwei Jahren hier. Es waren die Heiden, die diese Stadt plünderten, die jedes Haus niederbrannten, aus der Klosterkirche alle Geschenke meiner Vorfahren raubten und alle Bewohner und Priester, derer sie habhaft werden konnten, zu den Sklavenmärkten trieben.«

»Das waren echte Heiden. Und dabei war es nicht einmal die Große Armee, die Armee der Söhne Ragnars, die das anrichtete. Es war nur ein Trupp Plünderer.«

»Das zeigt, wie schwach wir sind... nein, waren. Ich will dafür sorgen« – seine Stimme wurde plötzlich lauter und herausfordernder –, »daß diese Geißel nie wieder Winchester heimsucht und meine Vorväter in Frieden in ihren Gräbern ruhen können. Aber dazu brauche ich Stärke. Und Hilfe. Die Männer des Weges werden uns nicht angreifen, sie leben in Verbundenheit mit uns, Heiden hin oder her. Sie sind nicht unsere Feinde. Ein wahrhaft christlicher König sorgt für sein Volk. Und das tue ich. Wieso wollt Ihr mich nicht weihen?«

»Ein wahrhaft christlicher König«, sagte der Bischof langsam und mit Nachdruck, »ein wahrhaft christlicher König sorgt zuallererst für die Kirche. Die Heiden mögen das Dach von dieser Kirche gebrannt haben. Aber sie haben ihr nicht für immer das Land und die Einnahmen genommen. Noch kein Heide, nicht einmal der Knochenlose, hat sich das Land der Kirche einverleibt und es Sklaven und Söldnern gegeben.«

Alfred wußte, daß der Bischof die Wahrheit sagte. Plündernde Banden oder sogar die Große Armee mochten über eine Kirche oder ein Kloster herfallen und seine Güter, Schätze und Reliquien rauben. Bischof Daniel würde vor Wut toben und jeden einzelnen versprengten Wikinger, der ihm in die Hände geriet, zu Tode foltern lassen. Aber dennoch wäre es für ihn noch immer keine lebenswichtige Frage. Die Kirche konnte neue Dächer auf ihre Gotteshäuser setzen, ihre Ländereien neu bestellen, neue Gemeindemitglieder heranziehen und sogar ihre Bücher und heiligen Knochen zurückkaufen. Plünderung bedeutete nicht das Ende.

Aber der Kirche das Land zu rauben, hieß, ihr die Quelle ihres Reichtums zu nehmen, das Ergebnis von Jahrhunderten frommer Stiftungen, und das war gefährlich. Das war es, was der neue Alderman, nein, der Jarl des Wegvolkes getan hatte. Bischof Daniel trieb jetzt eine neue Furcht um, die Furcht um die Existenz der Kirche. Alfred dagegen fürchtete um Winchester. Ganz egal, wieviel er wiederaufbauen, wieviel Lösegeld er bezahlen mußte oder wie lange es dauerte – er würde dafür einstehen, daß die Stadt nie wieder geplündert und gebrandschatzt wurde. Winchester war wichtiger als die Kirche.

»Ich brauche Euer heiliges Öl nicht«, sagte er gebieterisch. »Ich kann ohne Euch herrschen. Die Aldermen und die Vögte, die Thanes und die Ratsherren und die Krieger – sie alle werden mir als König folgen, ob ich geweiht bin oder nicht.«

Der Bischof starrte unverwandt in das entschlossene junge Gesicht vor sich und schüttelte den Kopf in kalter Wut. »Das wird nicht geschehen. Die Schreiber, die Priester, die Männer, die Eure königlichen Erlässe aufschreiben und Eure Pachtverträge verbuchen – sie werden Euch nicht gehorchen. Sie werden meinen Anordnungen folgen. In Eurem ganzen Königreich – falls Ihr Euch wirklich König nennen könnt – gibt es keinen einzigen Mann, der Lesen und Schreiben kann und nicht Mitglied der Kirche ist. Und was noch wichtiger ist – Ihr selbst könnt nicht einmal lesen! So sehr sich auch Eure heilige und fromme Mutter gewünscht hat, daß Ihr diese Kunst erlernt hättet!«

Wut und Scham ließen den jungen Edeling erröten, als er sich an den Tag erinnerte, an dem er seine Mutter getäuscht hatte. Er hatte einen Priester eines ihrer innig geliebten englischen Gedichte immer wieder vorlesen lassen, bis er es auswendig konnte. Dann hatte er es vor ihr aufgesagt und vorgegeben, er würde es aus dem Buch lesen, das er begehrt hatte. Wo war das Buch jetzt? Irgendein Priester hatte es genommen. Wahrscheinlich hatte er die Gedichte weggeschabt, um irgendeinen frommen Text hineinzuschreiben.

Die Stimme des Bischofs krächzte weiter. »Also, junger Mann, Ihr braucht mich. Und das nicht nur wegen der Macht meiner Untergebenen, der Macht, die ich Euch leihe. Denn auch ich habe Verbündete und ja, Vorgesetzte. Ihr seid nicht der einzige christliche König in England. Der fromme Burgred von Mercien kennt seine Pflichten. Der junge Mann, dem Ihr Norfolk nahmt, Alfgar und sein achtbarer Vater Wulfgar, den die Heiden verstümmelten – auch sie kennen ihre Pflichten. Seid Ihr sicher, daß es unter Euren Thanes und Aldermen niemanden gibt, der ihnen als König folgen würde?«

»Die Thanes von Wessex werden nur einem Landsmann folgen.«

»Selbst wenn man ihnen andere Anweisungen gibt? Und wenn diese direkt aus Rom kommen?«

Der Name hing im Raum. Alfred hielt den verächtlichen Kommentar zurück, der ihm auf der Zunge lag. Wessex hatte schon einmal Rom herausgefordert: Als sein Bruder Ethelbald die Witwe seines Vaters gegen alle Regeln der Kirche geheiratet hatte. Die Kirche hatte ihm gedroht, und Ethelbald war bald darauf gestorben – die Todesursache blieb unbekannt –, woraufhin die Braut zu ihrem Vater, dem König der Franken, zurückgekehrt war. Die Kirche hatte nicht erlaubt, daß man Ethelbald in Winchester begrub.

Der Bischof lächelte. Er wußte, daß seine Worte Alfred getroffen hatten. »Ihr seht, mein König, Ihr habt keine Wahl. Und was Ihr unternehmt, macht ohnehin keinen Unterschied, es ist nur eine Probe Eurer Treue. Der Mann, den Ihr unterstützt habt – Sheaf, der Sohn eines heidnischen Jarls; der Engländer, der als Christ aufgezogen wurde und dann der Kirche den Rücken zuwandte; der Abtrünnige, schlimmer noch als jeder Heide, ja selbst der Knochenlose –, er hat nur noch wenige Wochen zu leben. Seine Feinde umzingeln ihn. Glaubt mir! Mich erreicht Kunde, die Euch entgeht.

Trennt auf der Stelle Euren Bund mit ihm. Zeigt Euren Gehorsam zur Mutter Kirche.«

Der Bischof lehnte sich in dem neugezimmerten Stuhl zurück, seiner Macht sicher, darauf bedacht, eine Überlegenheit zu besiegeln, die die gesamte Lebensspanne des jungen Manns vor ihm Bestand haben würde.

»Bald mögt Ihr König sein«, sagte er. »Aber jetzt seid Ihr in unserem Haus. Ich gestatte Euch zu gehen. Geht. Und gebt die Befehle, die ich fordere.«

Plötzlich schoß Alfred das Gedicht, das er vor vielen Jahren für seine Mutter gelernt hatte, durch den Kopf. Es war ein Gedicht mit weisen Ratschlägen für Krieger gewesen, noch aus der Zeit, bevor die Christen gekommen waren.

»Beantworte Lüge mit Lüge«, hatte es gesagt, *»und täusche deinen Feind, den, der dich verhöhnt. Unvermutet soll deine Rache ihn treffen.«* Ein guter Rat, dachte Alfred. Vielleicht schickt meine Mutter ihn.

»Ich werde Euren Worten gehorchen«, sagte er und erhob sich demütig. »Und bitte Euch, die Irrtümer meiner Jugend zu vergessen. Ich danke Euch für Euren umsichtigen Rat.«

Schwächling! dachte der Bischof.

Er erhält Kunde, die mir entgeht? fragte sich der König.

Jeder, der ihn kannte – und viele, die ihn nicht kannten – konnten die Male der Niederlage und der Schande in Ivar Ragnarssons Gesicht lesen. Die furchtbaren Augen waren noch immer da; die Augen unter den gefrorenen Lidern, die niemals blinzelten. Aber sie hatten eine neue Qualität: Etwas fehlte, etwas war verschwunden. Ivar hatte den Gang eines Mannes, den unablässig etwas beschäftigte, langsam, abwesend, fast mühsam. Verschwunden war die Geschmeidigkeit, die ihn einst auszeichnete.

Doch wenn er sie brauchte, war sie immer noch da. Die lange Flucht von den Feldern Norfolks zum Lager seiner Brüder in York nach der Niederlage gegen die Armee des Weges war nicht einfach gewesen. Männer, die sich beim Anrücken der Großen Armee versteckt hatten, waren aus jedem Seitenweg oder Wäldchen hervorgestürmt, als Ivar und sein treuer Pferdebursche Hamal zurückgaloppierten. Sechsmal hatten wütende Bauern, örtliche Thanes oder Grenzwachen König Burgreds ihnen im Hinterhalt aufgelauert.

Ivar hatte mit allen kurzen Prozeß gemacht. Noch bevor Norfolk hinter ihnen zurückgeblieben war, hatte er zwei Churls auf einem Karren die Köpfe abgeschlagen und ihre Lederjacken und Decken wortlos an Hamal weitergereicht. Bei ihrer Ankunft in York hatte der Pferdebursche schon lange den Überblick über seine vielen Opfer verloren.

Selbst drei geschulte Krieger konnten ihm nicht standhalten, berichtete Hamal einem zugleich neugierigen und faszinierten Publikum. Ivar wollte beweisen, daß er noch immer Champion des Nordens war.

Da muß er sich mächtig ins Zeug legen, murmelte das Publikum, die Carls der Armee, die ihr Recht auf freie Rede ausübten. Zieht mit über zweitausend Mann los und kommt mit einem zurück. Er ist nicht mehr unschlagbar.

Es war das Urteil der Männer, das Ivar nicht mehr aus dem Kopf gehen wollte. Seinen Brüdern, die ihn in ihrem Quartier vor der Klosterkirche mit heißem Met traktierten, war das nicht entgangen. Sie hatten eingesehen, daß sie ihren Bruder, der nie wirklich verläßlich gewesen war, mit keiner Angelegenheit mehr betrauen konnten, die Berechnung verlangte. Ihre berühmte Einheit war nicht zerbrochen – nichts vermochte sie zu zerstören –, aber jetzt, wenn sie beisammensaßen, waren sie drei und einer und nicht mehr zu viert wie früher.

Sie hatten die Veränderung gleich in der ersten Nacht bemerkt. Wortlos hatten sich ihre Blicke gekreuzt, wortlos hatten sie das getan, was sie schon zuvor getan hatten, ohne ihre Männer einzuweihen, ohne es sogar einander einzugestehen. Sie wählten eine englische Sklavin aus, knebelten und fesselten sie, wickelten sie in ein Segel und brachten sie mitten in der Nacht in Ivars Quartier, wo er sie hellwach und erwartungsvoll empfing.

Am Morgen hatten sie, was von ihr übrig war, in der hölzernen Kiste, die sie schon zuvor für diesen Zweck benutzt hatten, weggeschafft. Eine Zeitlang würde Ivar nicht verrückt spielen, nicht zum Berserker werden. Dennoch fühlte kein vernünftiger Mann in seinem Beisein irgend etwas anderes als Furcht.

»Er kommt«, rief ein Mönch vom Eingang zur großen Werkstatt, in der die Mönche der Klosterkirche Yorks für ihre Verbündeten, die sich jetzt in ihre Herren verwandelt hatten, arbeiteten. Die Sklaven, die an der Schmiedeesse, den Schraubstöcken oder Seilerbahnen schwitzten, vervielfachten ihre Anstrengungen. Ivar pflegte jeden, den er untätig sah, zu töten.

Der scharlachrote Mantel und der Silberhelm schritten durch die Tür. Ivar sah sich wütend um. Diakon Erkenbert, der einzige Mann, der sein Verhalten nicht geändert hatte, wandte sich Ivar zu.

Der Wikinger deutete mit dem Daumen auf die Sklaven. »Alle soweit? Jetzt fertig?« Er sprach das Mischmasch aus Englisch und Nordisch, das die Krieger der Armee und die Mönche sich über den Winter angewöhnt hatten.

»Genug von beidem, um es zu versuchen.«

»Die Bolzenschleudern? Die Katapulte?«

»Seht selbst.«

Erkenbert klatschte in die Hände. Sofort riefen die Mönche Befehle, und die Sklaven begannen an einer Reihe von Maschinen zu drehen und zu zerren. Ivar sah ihnen ausdruckslos zu. Nachdem seine Brüder die Kiste mit den Überresten der Sklavin mitgenommen hatten, war er einen Tag und eine Nacht regungslos dagelegen, den Mantel über dem Gesicht. Dann, wie jeder Krieger der Armee wußte, war er aufgestanden, zur Tür gegangen und hatte in den Himmel geschrien: »Sigvarthsson hat mich nicht besiegt! Es waren die Maschinen!«

Er hatte Erkenbert und die gelehrten Männer Yorks zu sich gerufen, und seitdem war das Hämmern in den Schmieden keine Minute lang verstummt.

Vor der Werkstatt bauten die Sklaven eine Bolzenschleuder zusammen, identisch mit der, die dem ersten Angriff der Wikinger auf die Mauern Yorks die Spitze genommen hatte. Sie stand innerhalb des Geländes der Klosterkirche und war auf die gegenüberliegende Mauer in ungefähr einer Achtelmeile Entfernung gerichtet. Dort hatten ein Dutzend Churls eine große Zielscheibe aus Stroh aufgehängt. Andere drehten fieberhaft an den frischgeschmiedeten Zahnrädern.

»Genug!« Erkenbert trat persönlich an die Maschine und überprüfte die Position des mit Stacheln versehenen Bolzens. Dann sah er Ivar an und reicht ihm den Lederriemen, der an einem eisernen Hebel befestigt war.

Ivar zog daran. Der Hebel flog zur Seite und prallte gegen seinen Helm. Der Bolzen schoß davon, und unmittelbar darauf hallte ein ohrenbetäubender, dumpfer Schlag über den Hof. Der Bolzen hatte sich tief in das Ziel gebohrt; das rückwärtige Ende zitterte in seinem Strohbett.

Ivar ließ den Riemen fallen und wandte sich um. »Die andere.«

Diesmal schoben die Sklaven eine merkwürdige Maschine heran. Wie die Bolzenschleuder hatte sie einen wuchtigen, hölzernen Rahmen. Aber die Zahnräder waren nicht oben, sondern an der Seite angebracht. Sie verdrehten ein einziges Seil, in dessen Fasern eine Holzrute eingebettet war. Am Ende der Rute hing eine schwere Schlinge nur wenige Zentimeter über dem Boden. Die Rute bebte gegen den Rückhaltebolzen, während die Sklaven die Zahnräder anzogen.

»Das ist die Steinschleuder«, verkündete Erkenbert.

»Nicht wie die, die meinen Sturmbock zerstörte?«

Der Diakon lächelte zufrieden. »Nein. Das war eine riesige Maschine, die einen Felsblock schleuderte. Aber um sie zu transportieren, brauchte man viele Männer, und sie konnte nur einmal schießen. Diese hier verschießt kleinere Steine. Niemand hat seit den Tagen der Römer eine solche Maschine gebaut. Aber ich, Erkenbert, der demütige Diener Gottes, habe die Worte im Werk des Vegetius gelesen. Und ich habe diese Maschine gebaut. Sie heißt *Onager*. In eurer Sprache heißt das soviel wie ›der wilde Esel‹.«

Ein Sklave legte einen zehn Pfund schweren Stein in die Schlinge und gab Erkenbert ein Zeichen.

Wieder reichte der Diakon Ivar den Lederriemen. »Zieht«, sagte er.

Ivar riß an dem Riemen. Schneller als das Auge folgen konnte schnellte die Rute wie ein großer Schwungarm nach vorne.

Krachend prallte die Rute gegen den gepolsterten Träger und der ganze, gewichtige Rahmen sprang wie ein bockender Esel in die Luft. Die Schlinge wirbelte viel schneller herum als die von Shefs Steinschleudern. Wie ein Blitz raste der Stein in einer geraden Linie über den Kirchenhof. Die Strohzielscheibe blähte sich auf und fiel dann langsam wieder in sich zusammen. Die Sklaven schrien triumphierend auf.

Langsam drehte sich Ivar zu Erkenbert. »Das ist sie nicht«, sagte er. »Die Maschinen, die Tod auf meine Armee regneten, warfen die Steine hoch in den Himmel. So.« Er warf ein Steinchen fast senkrecht in die Höhe. »Nicht so.« Er schleuderte einen zweiten Stein auf einen pickenden Spatzen.

»Du hast die falsche Maschine gebaut.«

»Unmöglich«, sagte Erkenbert. »Die eine ist eine großartige Maschine für Belagerungen und die andere für den Kampf gegen Armeen. Vegetius beschreibt keine anderen.«

»Dann haben diese Hundesöhne um Shef eine neue Maschine gemacht. Eine, die nicht in deinem Buch steht.«

Erkenbert zuckte wegwerfend die Achseln. Was kümmerte ihn, was dieser Pirat behauptete? Er konnte nicht einmal lesen, von Latein an sich ganz zu schweigen.

»Und wie schnell schießt sie?« Ivar starrte wütend die Sklaven an, die sich hektisch an den Hebeln zu schaffen machten. »Ich sage dir, ich habe gesehen, wie die Katapulte den nächsten abschießen, während der erste Stein noch in der Luft war. Die hier ist zu langsam.«

»Aber ihre Wucht ist größer. Nichts und niemand kann ihr widerstehen.«

Ivar starrte nachdenklich auf die Zielscheibe. Plötzlich wirbelte er herum und schrie gellend Befehle auf Nordisch. Hamal und eine Handvoll anderer Wikinger rannten herüber, schoben die Sklaven zur Seite, und drehten die schwerfällige, schußbereite Maschine herum.

»Nein«, schrie Erkenbert und drängte sich vor. Ivars

Arm legte sich wie ein Schraubstock um seinen Hals, eine muskulöse Hand zwang seinen Kiefer zusammen.

Ivars Männer schoben die Maschine einen weiteren Fuß weit im Kreis und zogen sie auf den Befehl ihres Anführers eine Handbreit zurück. Ivar, der mit einer Hand immer noch mühelos den Diakon über dem Boden hielt, riß zum drittenmal an dem Riemen.

Die riesige Tür der Klosterkirche – zwei Lagen solider Eichenplanken, mit eisernen Bändern armiert – explodierte förmlich. Holzsplitter flogen in hohem Bogen über den Hof. Von innen drang ein vielstimmiges Jammern, Mönche rannten heraus und wichen schreiend wieder zurück.

Sie alle starrten auf das riesige Loch, das der Stein hinterlassen hatte.

»Seht Ihr«, sagte Erkenbert, »das ist eine echte Steinschleuder. Ihre Wirkung ist durchschlagend. Niemand kann ihr widerstehen.«

Ivar drehte sich um und blickte verächtlich auf den kleinen Mönch hinab. »Das ist keine echte Steinschleuder. Es gibt noch eine zweite Art, von der du nichts weißt. Aber diese hier ist mächtig. Du wirst mir viele davon machen.«

Jenseits des schmalen Meeresstreifens, der das Land der Franken von England trennte, weit weg im Land der Römer in einer Kirche, die größer war als die Winchesters, ja selbst als die Yorks, herrschte tiefe Stille. Die Päpste hatten in ihrer Geschichte bereits viele Nöte und Fehlschläge erdulden müssen. Manche von ihnen hatten das Martyrium erlitten, andere hatten fliehen müssen, um ihr Leben zu retten. Es war keine dreißig Jahre her, daß sarazenische Piraten sich ihren Weg bis an die Tore Roms gebahnt und die heilige Peterskirche geplündert hatten, die sich damals noch außerhalb der Stadtmauer befunden hatte.

Aber ein solcher Vorfall würde sich nicht wiederholen. Der Mann, der jetzt der Ebenbürtige der Apostel war, der Nachfolger Petri, der Schlüsselwärter des Himmels, strebte einzig und allein nach Macht. Tugend war wichtig und ebenso Demut, Keuschheit und Armut. Aber ohne Macht konnte nichts davon bestehen. Es war seine Pflicht gegenüber den Demütigen, Keuschen und Armen, nach Macht zu streben. In seinem Trachten hatte er so manchen Mächtigen vom Thron gestoßen – er, Papst Nikolaus I., Diener der Diener Gottes.

Bedächtig streichelte der alte Mann mit dem Falkengesicht die Katze, seine Sekretäre und Diener saßen schweigend um ihn herum. Sie hatten den närrischen Erzbischof aus dieser Stadt in England – dieser Stadt mit diesem merkwürdigen ausländischen Namen: *Eboracum* anscheinend, genau konnte man das wegen seines barbarischen Akzents nicht sagen – mit aller Höflichkeit entlassen und einen Kardinal abgestellt, der ihm die gebührende Ehre erweisen und ihm Unterhaltung zukommen lassen sollte. Der Erzbischof hatte nur Unsinn dahergeredet: Eine neue Religion, eine Herausforderung für die Autorität der Kirche, die Barbaren des Nordens entwickelten angeblich geistige Fähigkeiten. Nichts als panische Schreckensgeschichten.

Dennoch bestätigten sie die übrigen Informationen, die der Papst aus England erhielt: Kirchenraub, Diebstahl von Kirchenland, Männer, die sich willig vom Glauben abwandten. Es gab ein Wort dafür. *Enteignung*. Die Basis ihrer Macht war in Gefahr. Wenn sich die Nachricht davon verbreitete, mochten sich zu viele versucht fühlen, dem Beispiel nachzueifern, selbst im Reich, ja sogar in Italien. Sie mußten etwas unternehmen.

Doch Nikolaus I. und die Kirche hatten noch weitere Probleme, viele davon weit dringlicher als diese englischen und nordländischen Barbaren, die in einem Land, das der Papst niemals zu Gesicht bekommen würde, um Grundbesitz und Silber kämpften. Ihr Kern war die Spaltung des großen Reiches, das Karl der Große, der König der Franken, am Weihnachtstag achthundert in eben dieser Kathedrale gegründet hatte. Seit zwanzig Jahren war dieses Reich in mehrere Teile zerfallen, befanden sich seine Feinde im Aufwind. Die Enkel Karls des Großen hatten einander bekämpft, bis sie sich auf Frieden und die Teilung des Reichs geeinigt hatten. Deutschland ging an den ersten, Frankreich an den zweiten und der große, lange, unregierbare Streifen von Italien bis an den Rhein an den dritten. Und jetzt war der letztere tot, und sein Drittel des Reiches wurde wiederum unter seinen drei Söhnen aufgeteilt. Der Kaiser selbst, der älteste Sohn des ältesten Sohns herrschte nur noch über ein Neuntel des Landes, das seinem Großvater gehört hatte. Und was tat dieser Kaiser Ludwig II.? Nichts. Er konnte nicht einmal die Sarazenen vertreiben. Und sein Bruder Lothar? Dessen einziges Interesse war es, sich von seiner unfruchtbaren Frau scheiden zu lassen und seine fruchtbare Mätresse zu heiraten – etwas, was er, Nikolaus, niemals erlauben würde.

Lothar, Ludwig, Karl. Die Sarazenen und die Nordländer. Land, Macht und Enteignung. Der Papst streichelte seine Katze und erwog sie alle. Irgend etwas sagte ihm, daß in diesem nebensächlichen Zank, von dem ihm dieser närrische Erzbischof, der vor seinen Pflichten davongerannt war, berichtet hatte, eine Lösung für alle seine Probleme lag.

Oder war dieses Kribbeln, das er verspürte, Angst? Eine Warnung vor einer kleinen, dunklen Wolke, die immer weiter anwachsen würde?

Der Papst räusperte sich rauh. Sein erster Sekretär tauchte auf der Stelle die Federspitze ins Tintenfaß.

»›An unsere Diener. Karl den Kahlen, König der Franken, Ludwig, Kaiser des Heiligen Römischen Reichs deutscher Nation und Lothar, König von Lotharingen. Karl, König der Provence – du kennst ihre Titel, Theophanus. An all diese christlichen Könige. Und dann…

Wisset, meine Geliebten, daß wir, Papst Nikolaus, über größere Sicherheit und größeren Wohlstand für alle Christenvölker nachgedacht haben. Und deshalb weisen wir Euch an, um auch in Zukunft unserer Liebe würdig zu sein, zusammen mit Euren Brüdern, den übrigen christlichen Königen, wie folgt zu verfahren…‹«

Langsam skizzierte der Papst seine Pläne. Pläne für eine gemeinsame Unternehmung. Für die Einheit. Für eine Ablenkung vom Bürgerkrieg und der Spaltung des Reichs. Für die Erlösung der Kirche und die Vernichtung ihrer Gegner und auch – sollten Erzbischof Wulfheres Worte der Wahrheit entsprochen haben – ihrer Rivalen.

»›…und es ist unser Wunsch‹«, schloß die trockene, krächzende Stimme, »›daß in Anerkennung des Dienstes an der Mutter Kirche jeder Mann Eurer Armeen, der sich dieser gesegneten und heiligen Expedition anschließt, das Zeichen des Kreuzes über seiner Rüstung trägt.‹

Bring die Briefe in die richtige Form, Theophanus. Ich unterzeichne und versiegele sie morgen. Such bis dahin die geeigneten Boten aus.«

Der alte Mann erhob sich, tätschelte die Katze und verließ den Arbeitsraum gemächlich in Richtung seiner Privatgemächer.

»Eine kluge Geste, dieses Kreuz«, bemerkte einer der Sekretäre, die eifrig Kopien des Schreibens in der purpurnen Tinte des Papstes anfertigten.

»Ja. Der Engländer, der ihm von den Hämmern erzählte, die die Heiden tragen, um das Kreuz zu verhöhnen, brachte ihn auf die Idee.«

»Was die Könige wirklich lieben werden«, sagte der oberste Sekretär und bestreute das Pergament schwungvoll mit Sand, »ist der Satz mit dem Wohlstand. Er gibt ihnen damit zu verstehen, daß sie ganz England plündern können, wenn sie seinem Wort folgen. Oder Britannien, oder wie immer dieses Land auch heißt.«

»Alfred will Missionare?« fragte Shef ungläubig.

»Genau das, *missionarii.*« In der Aufregung verriet Thorvin, was Shef seit längerem vermutete, nämlich daß der Priester trotz seiner Verachtung für die christliche Lehre ihre heilige Sprache, das Latein, zumindest bruchstückhaft beherrschte. »Es ist dasselbe Wort, daß sie seit langem für die Männer benutzen, die sie zu uns schicken, um uns von ihrem Gott zu überzeugen. Ich habe noch nie davon gehört, daß ein christlicher König darum bat, Männer in sein Land zu entsenden, um es zu unserem Glauben zu bekehren.«

»Und darum bittet uns jetzt Alfred?«

Shef war mißtrauisch. Thorvin wurde offensichtlich trotz seines Glaubens an Ruhe und Selbstbeherrschung von dem Gedanken an den Ruhm mitgerissen, den er und seine Freunde unter den Anhängern des Weges ernten würden.

Doch Shef war sich ziemlich sicher, daß die Bitte eine andere Bedeutung hatte, als auf den ersten Blick ersichtlich war. Der Edeling Alfred, den er kannte, interessierte sich nicht für die heidnischen Götter und war – soweit Shef das beurteilen konnte – ein gläubiger Anhänger des Christengotts. Wenn er jetzt darum bat, daß sie Missionare des Weges nach Wessex entsandten, mußte das tiefere Gründe haben. Es war ein Zug gegen die Kirche, soviel stand fest. Man konnte ohne weiteres an Gott glauben und gleichzeitig die Kirche hassen, die seine Gläubigen errichtet hatten. Aber was hoffte Alfred damit zu erreichen? Und wie würde die Kirche darauf reagieren?

»Wir Priester müssen darüber entscheiden, wer von unseren Freunden gehen soll.«

»Nein«, sagte Shef.

»Ah, sein Lieblingswort«, bemerkte Brand von seinem Stuhl.

»Schick keinen deiner Standesgenossen. Schick keine Nordländer. Es gibt Engländer, die sich gut genug mit deinem Glauben auskennen. Gib ihnen Anhänger. Bring ihnen bei, was sie zu sagen haben und schick sie dann nach Wessex. Sie sprechen die Sprache seiner Bewohner besser. Man wird ihnen eher glauben.«

Während Shef sprach, strichen seine Finger über die Gesichter auf dem Zepter.

Brand war es schon vor einiger Zeit aufgefallen – Shef tat das immer, wenn er log. Soll ich es Thorvin sagen? dachte er. Oder soll ich es Shef sagen, damit er in Zukunft besser lügen kann, wenn es nötig ist?

Thorvin schnellte aus dem Stuhl, die Aufregung ließ ihn nicht mehr länger sitzen. »Es gibt ein heiliges Lied«, sagte er, »das die Christen singen. Es heißt *nunc dimittis,* ein Lied, in dem es heißt: ›Herr, du magst deinen Diener sterben lassen, denn er hat gesehen, wie sich dein Zweck erfüllte.‹ Ich habe gute Lust, es selbst zu singen. Seit mehr Jahrhunderten, als ich zählen kann, hat sich ihre Kirche immer weiter ausgebreitet, erst über die Länder des Südens, dann des Nordens. Sie glauben, sie können uns alle erobern. Ich habe noch nie davon gehört, daß die Kirche jemals ein Land wieder aufgab, nachdem sie es für sich gewonnen hatte.«

»Sie haben nicht aufgegeben«, sagte Shef. »Der König bittet dich, Missionare zu entsenden. Er kann nicht garantieren, daß man ihnen zuhört oder das Volk ihnen glaubt.«

»Sie haben ihr Buch, wir haben unsere Visionen!« rief Thorvin. »Wir werden sehen, was stärker ist.«

Brands tiefe Baßstimme schaltete sich ein. »Der Jarl

hat recht, Thorvin. Schick freigelassene Sklaven. Engländer.«

»Sie kennen nicht die Legenden«, protestierte Thorvin. »Was wissen sie von Thor oder Njörd, von Freyr und Loki? Sie kennen nicht die heiligen Geschichten und wissen nichts von den in ihnen verborgenen Bedeutungen.«

»Das brauchen sie auch nicht«, sagte Brand. »Wir schicken sie nämlich nach Wessex, um über Geld zu reden.«

KAPITEL 3

AN DIESEM SCHÖNEN SONNTAGMORGEN – wie an jedem Sonntagmorgen – versammelten sich die Einwohner Suttons im County Berkshire im Königreich der Westsachsen, wie verfügt vor der Halle ihres Lehensherrn Hereswith, dem Thane des toten Königs Ethelred. Und jetzt der Thane, so munkelten sie, König Alfreds. Oder war er immer noch Edeling? Man würde es ihnen sagen. Ihre Augen huschten unaufhörlich umher, um zu sehen, wer anwesend war und ob irgend jemand es gewagt hatte, sich dem Befehl Hereswiths zu widersetzen, die drei Meilen entfernte Kirche aufzusuchen, um das Gesetz Gottes zu hören, das über dem der Menschen stand.

Nach und nach richteten sich aller Augen in dieselbe Richtung. Auf dem kleinen Platz vor dem Holzhaus des Thanes standen Fremde. Keine Ausländer, zumindest sahen sie nicht so aus. Sie glichen den vierzig oder fünfzig anwesenden Churls und Sklaven fast bis aufs Haar: klein, mehr schlecht als recht in schmuddelige Wollmäntel gehüllt und schweigsam – insgesamt sechs Männer. Dennoch, diese Männer hatte man noch nie in oder in der Nähe Suttons gesehen – ein fast unerhörter Vorgang in der abgeschiedenen englischen Provinz. Jeder von ihnen stützte sich auf einen langen mit Eisen verstärkten Holzstock, ähnlich wie der Griff einer Streitaxt, aber doppelt so lang.

Fast unmerklich wichen die Dorfbewohner vor ihnen

zurück. Sie wußten nicht, was diese Neuheit zu bedeuten hatte, aber lange Jahre der Erfahrung hatten sie gelehrt, daß alles Neue gefährlich war – bis ihr Lehensherr es gesehen und gebilligt oder es abgelehnt hatte.

Die Tür des Holzhauses öffnete sich, und Hereswith kam heraus, gefolgt von seiner Frau und ihrer schnatternden Kinderschar. Als er die gesenkten Köpfe, den Kreis und die Fremden bemerkte, hielt Hereswith inne. Seine linke Hand legte sich automatisch auf den Griff seines Breitschwerts.

»Wieso geht ihr zur Kirche?« rief einer der Fremden unvermittelt. Die Tauben, die am Boden gepickt hatten, flatterten erschrocken davon. »Es ist ein schöner Tag. Würdet ihr nicht lieber in der Sonne sitzen? Wieso die drei Meilen nach Drayton und wieder zurück laufen? Und wieso einem Mann zuhören, dem ihr den Zehnten dafür bezahlen müßt?«

»Wer, zum Teufel, seid ihr?« knurrte Hereswith und schritt auf die Fremden zu.

Der vorderste der Fremden wich nicht zurück und sprach so laut, daß alle ihn hören konnten. Die Dorfbewohner bemerkten seinen merkwürdigen Akzent. Er war Engländer, soviel war sicher, aber nicht von hier, nicht von Berkshire. Vielleicht war er nicht einmal aus Wessex?

»Wir sind Alfreds Männer. Wir bringen das Wort des Königs. Wessen Männer seid ihr? Die des Bischofs?«

»Ich will verflucht sein, wenn ihr Alfreds Männer seid«, brummte Hereswith und zog das Schwert. »Ihr seid Ausländer, das höre ich.«

»Ja, wir sind Ausländer. Aber wir kommen mit der Erlaubnis des Königs, um ein Geschenk zu bringen. Und unser Geschenk ist die Freiheit: Von der Kirche, von der Sklaverei.«

»Ihr werdet meine Sklaven nicht ohne meine Erlaubnis befreien«, sagte Hereswith entschlossen. Er schwang sein Schwert waagrecht, um die Kehle des nächsten Ausländers aufzuschlitzen.

Der Mann reagierte auf der Stelle und riß seinen sonderbaren, metallverstärkten Stab hoch. Das Schwert prallte klirrend auf das Eisen und glitt aus Hereswiths ungeübten Händen. Der Thane ging auf die Knie, um nach dem Griff zu tasten. Seine Augen flogen von einem Fremden zum nächsten.

»Ganz ruhig«, sagte der Mann. »Wir wollen dir nichts antun. Wenn du uns zuhörst, dann werden wir dir erklären, warum uns dein König hierhergebeten hat, und wie es möglich ist, daß wir als Ausländer seine Männer sind.«

Hereswith fühlte sich nicht genötigt, seinen Worten zu lauschen oder nachzugeben. Er ergriff das Schwert, richtete sich auf und hieb nach dem Knie des Fremden. Wieder blockte der Stab die Klinge mühelos ab. Als der Thane sein Schwert zurückzog, trat der angegriffene Mann auf ihn zu und schlug ihm den Stab auf die Brust. Hereswith taumelte zurück.

»Helft mir, Männer«, schrie der Thane gellend den schweigenden Zuschauern zu und griff mit geduckten Schultern an, entschlossen, dem Fremden den Bauch aufzuschlitzen.

»Genug«, sagte ein zweiter der Fremden und rammte seinen Stab zwischen die Beine Hereswith'. Der Thane krachte auf den Boden und wollte sich wieder hochkämpfen. Da zog der erste der Männer eine kurze, armdicke Rolle aus dem Ärmel: einen Sandsack, wie ihn Sklavenjäger benutzten. Er schwang ihn, traf die Schläfe des Thanes und beugte sich über ihn, bereit für einen zweiten Schlag. Als Hereswith mit dem Gesicht nach vorne kippte und reglos liegenblieb, nickte er, richtete sich auf und verstaute den Sandsack wieder unter seiner Kleidung. Dann winkte er der Frau des Thanes zu, damit sie sich um den Bewußtlosen kümmerte.

»Jetzt«, sagte der Fremde und drehte sich zu dem faszinierten aber immer noch regungslosen Publikum, »will ich euch erzählen, wer wir sind und was wir bis vor kurzem waren.«

»Jetzt sind wir Männer des Weges, aber noch letztes Jahr waren wir Sklaven der Kirche. Sklaven der großen Klosterkirche in Ely. Ich will euch berichten, wie wir die Freiheit erlangten.«

Die Sklaven in der Menge, vielleicht ein Dutzend der fünfzig Männer und noch einmal so viele Frauen, tauschten verängstigte Blicke.

»Und den freien Männern wollen wir berichten«, fuhr Sibba fort, einst Sklave, dann Katapultschütze in der Armee des Weges und Veteran des Sieges über Ivar den Knochenlosen, »wie wir unser eigenes Land bekamen. Jeder von uns acht Hektar«, fügte er hinzu. »Frei von Abgaben an irgendeinen Lehensherrn, außer dem Dienst, den wir Jarl Shef schulden. Und dem Dienst, den wir freiwillig – merkt euch das: *freiwillig* – dem Weg erweisen. Acht Hektar. Keine Abgaben. Kann irgendein Freier hier dasselbe von sich behaupten?«

Diesmal warfen sich die Freien in der Menge vielsagende Blicke zu, interessiertes Raunen erhob sich. Als Hereswith mit hängendem Kopf davongetragen wurde, rückten sie näher an die Neuankömmlinge heran. Das im Schlamm vergessene Breitschwert ignorierten sie.

»Wieviel kostet es euch, Christus zu folgen?« fragte Sibba. »In barer Münze? Hört mir zu, und ich sage es euch…«

»Sie sind überall«, berichtete der Verwalter des Bischofs. »Wie Flöhe im Fell eines alten Hundes.«

Bischof Daniels Augenbrauen zogen sich angesichts der Frivolität seines Dieners zusammen, aber er beherrschte sich. Er brauchte die Informationen.

»Ja«, fuhr der Verwalter fort, »es scheint, daß diese Männer aus Norfolk behaupten, sie wären freigelassene Sklaven. Und das leuchtet ein. Bedenkt, Eure Exzellenz, wir haben allein auf unserem Besitz um Winchester und in den Klosterkirchen über tausend Sklaven. Der Mann, von dem Ihr sprecht, der neue *Jarl,* wie ihn die Heiden nennen, er hätte alleine dreitausend Sklaven schicken können, um seine Botschaft zu verbreiten.«

»Sie müssen alle gefangen werden«, schnappte Daniel. »Gejätet wie Kornrade aus dem Weizen.«

»Das ist nicht so einfach. Wie ich höre, wollen die Sklaven sie nicht ausliefern und die Churls auch nicht. Die Thanes können sie nicht fangen. Und wenn sie sie kriegen, verteidigen sie sich. Sie sind immer mindestens zu zweit. Manchmal bilden sie Gruppen von einem Dutzend und mehr Männern, was es den kleinen Dörfern nicht einfach macht. Und außerdem…«

»Und außerdem was?«

Der Verwalter wählte seine Worte vorsichtig. »Diese Fremden behaupten – es mögen Lügen sein, aber sie bestehen darauf –, König Alfred hätte sie gerufen…«

»Der *Edeling* Alfred! Er wurde nicht gekrönt.«

»Verzeiht, Eure Exzellenz. Edeling Alfred. Aber selbst einige der Thanes wären nicht willens, einen vom König gesandten Mann der Kirche zu übergeben. Sie sagen… sie sagen, daß die Großen sich streiten und sie sich nicht einmischen wollen.« Und viele würden sowieso auf der Seite des Edelings, des letzten der großen Dynastie der Cerdic stehen, dachte der Verwalter. Aber er war klug genug, den Gedanken nicht auszusprechen.

Lügner, dachte der Bischof. Es war keinen Monat her, daß er und der Prinz in demselben Raum gesessen hatten, und Alfred den Blick wie eine Jungfrau gesenkt, sich entschuldigt und um Anweisungen gebettelt hatte. Und kaum hatte er den Raum verlassen, mußte er die Ungläubigen zu Hilfe gerufen haben! Und jetzt war er verschwunden, niemand wußte, wohin. Nur hin und wieder besagten Gerüchte, er wäre in verschiedenen Teilen von Wessex aufgetaucht, um die Thanes gegen die Kirche aufzuhetzen: Sie sollten dem Beispiel Norfolks folgen und diesen Glauben des Weges annehmen. Es half nichts, daß Alfred gleichzeitig beteuerte, weiterhin treu an Christus zu glauben. Wie lange würde der Glaube überleben, ohne das Land und das Geld, die ihn stützten? Und wenn die Dinge sich so weiterentwickelten, wie lange würde es dauern, bis ein Bote oder eine Armee an die Türen der Klosterkirche pochte, und den Bischof aufforderte, allen seinen Rechten und Pachtverträgen zu entsagen?

»Also«, sagte Daniel schließlich, mehr zu sich selbst, »wir können mit diesen Männern in Wessex nicht fertigwerden. Wir brauchen Hilfe von außen. Und in der Tat, eine Streitmacht ist bereits auf dem Weg, die dieses Übel ein für allemal auslöschen wird.

Dennoch kann ich nicht warten. Es ist meine Pflicht als Christ, zu handeln.« Und, fügte er in Gedanken an, ich schulde es mir selbst. Ein Bischof, der still dasitzt und nichts unternimmt – wie wird er auf den Heiligen Vater in Rom wirken, wenn er über den neuen Führer der Kirche Englands entscheidet?

»Nein«, fuhr der Bischof fort, »die Wurzel des Übels ist Norfolk. Und dort muß es auch geheilt werden. Auch in Norfolk gibt es noch Männer, die ihre Christenpflicht nicht vergessen haben.«

»In Norfolk, Eure Exzellenz?« fragte der Verwalter zweifelnd.

»Nein, im Exil. Wulfgar der Krüppel und sein Sohn. Der eine verlor seine Glieder an die Wikinger. Der andere verlor seine Grafschaft an sie. Und dann ist da noch König Burgred von Mercien. Ich dachte, es wäre uns egal, wer Ostanglien, Mercien oder Wessex regiert. Aber jetzt verstehe ich. Es ist besser, wenn der fromme

Burgred das Königreich Edmunds des Märtyrers erhält als Alfred. Alfred der Undankbare, so werde ich ihn ab jetzt nennen.

Hol meine Sekretäre. Ich werde ihnen allen schreiben. Und meinen Amtsbrüdern in Lichfield und Worcester. Was die Kirche verloren hat, wird sie zurückgewinnen.«

»Werden sie kommen, Eure Exzellenz?« fragte der Verwalter. »Werden sie keine Angst haben, in Wessex einzufallen?«

»Ich spreche jetzt für Wessex. Und es gibt größere Mächte als Wessex oder Mercien. Ich biete Burgred und den übrigen an, sich auf die Seite der Sieger zu schlagen, bevor wir gewonnen haben, mehr nicht. Und Unverschämtheit zu bestrafen: Die der Heiden und der Sklaven. Wir müssen an ihnen ein Exempel statuieren.«

Die Finger des Bischofs schlossen sich zur Faust. »Ich werde diese Fäulnis nicht wie Unkraut jäten, nein, ich werde sie wie ein Geschwür ausbrennen.«

»Sibba. Ich glaube, wir bekommen Ärger.« Die flüsternde Stimme durchbrach die Stille des dunklen Raums, in dem ein Dutzend Missionare in ihre Decken gehüllt schliefen.

Wortlos gesellte sich Sibba zu seinem Gefährten an das winzige, unverglaste Fenster. Draußen lag das Dorf Stanford-in-the-Vale, zehn Meilen und ebenso viele Predigten von Sutton entfernt, still unter dem Mondlicht. Tieftreibende Wolkenfetzen warfen ihre Schatten auf die niedrigen, aus mit Lehm beworfenem Flechtwerk errichteten Häuser, die sich um das Holzhaus des Thanes drängten, in dem die Missionare des Weges schliefen.

»Was hast du gesehen?«

»Da ist etwas aufgeblitzt.«

»Ein vergessenes Feuer?«

»Glaube ich nicht.«

Sibba ging schweigend zu dem kleinen Raum, der in die große Mittelhalle mündete. Dort drinnen sollte Thane Elfstan, ihr Gastgeber, der seine Treue zu König Alfred beteuerte, mit seiner Frau und den Kindern schlafen. Einige Augenblicke später kam er zurück.

»Sie sind immer noch da. Ich kann sie atmen hören.«

»Also wissen sie nichts davon. Aber das heißt nicht, daß ich Gespenster sehe. Sieh nur! Da ist es wieder.«

Draußen schlüpfte ein Schatten von einem dunklen Fleck zum nächsten und kam näher. Etwas glitzerte im Mondlicht, etwas Metallisches.

Sibba wandte sich an die schlafenden Männer. »Hoch mit euch, Jungs. Packt eure Sachen zusammen.«

»Rennen wir weg?« fragte der wachhabende Missionar.

Sibba schüttelte den Kopf. »Sie müssen wissen, wie viele wir sind. Sie würden nicht angreifen, wenn sie sich nicht sicher wären, daß sie mit uns fertigwerden. Und das ist draußen leichter für sie, als wenn sie uns hier herausholen müssen. Wir werden versuchen, ihnen den Mut zu nehmen.«

Hinter ihnen rappelten sich die Männer auf und tasteten nach ihren Hosen und Gürteln. Ein Mann öffnete einen Ballen und zog merkwürdig geformte, metallene Gegenstände hervor. Die anderen stellten sich in einer Reihe vor ihm auf, die langen Pilgerstäbe in den Händen, die sie für jeden sichtbar getragen hatten.

»Macht sie gut fest«, brummte der Mann, der sich abmühte, die erste Hellebardenspitze auf den sorgfältig gearbeiteten Schaft aufzupflanzen.

»Macht schnell!« sagte Sibba. »Berdi, wenn ihr fertig seid, nimmst du zwei Mann und stellst sie neben der Tür auf. Wilfi, du machst dasselbe an der anderen Tür. Der Rest bleibt bei mir und springt dort ein, wo er gebraucht wird.«

Die Bewegung und das Klirren von Metall hatte den Thane, Elfstan, aus dem Bett geholt. Er starrte die Missionare fragend an.

»Draußen sind Männer«, sagte Sibba. »Nicht freundlich gesinnte.«

»Hat nichts mit mir zu tun.«

»Das wissen wir. Wenn Ihr jetzt das Haus verlaßt, lassen sie Euch gehen.«

Der Thane zögerte kurz. Er rief seine Frau und Kinder, die sich gerade hastig anzogen, und redete flüsternd auf sie ein.

»Kann ich die Tür öffnen?«

Sibba sah sich um. Seine Männer waren bereit, ihre Waffen waren fertig montiert. »Ja.«

Der Thane hob den schweren Balken, der die Tür geschlossen hielt, und schob beide Flügel auf. Von draußen antwortete ihm ein Stöhnen, fast ein Seufzen. Dort warteten eine Menge Männer auf den Befehl zum Sturm. Aber jetzt wußten sie, daß man sie gesehen hatte.

»Meine Frau und meine Kinder – sie kommen jetzt raus!« rief Elfstan. Seine Kinder huschten durch die Tür, gefolgt von seiner Frau. Nach einigen Schritten drehte sie sich um und winkte ihm verzweifelt zu. Ihr Mann schüttelte den Kopf.

»Sie sind meine Gäste«, sagte er. Seine Stimme wurde zu einem Schreien, bestimmt für die Angreifer vor dem Haus. »Meine Gäste und die König Alfreds. Ich weiß nicht, wer diese nächtlichen Diebe in Wessex sind, aber der Vogt des Königs wird sie bestimmt hängen.«

»Es gibt keinen König von Wessex«, rief eine Stimme von draußen. »Und wir sind die Männer König Burgreds. Burgreds und der Kirche. Deine Gäste sind Vagabunden und Häretiker. Sklaven aus einem anderen Land! Wir sind hier, um ihnen Eisenkragen umzulegen und sie zu brandmarken.«

Plötzlich schien das Mondlicht auf dunkle Gestalten, die sich aus dem Schutz der Häuser und Zäune lösten.

Sie zögerten nicht. Es wäre einfacher gewesen, den Feind im Schlaf zu überwältigen, aber man hatte den Kriegern gesagt, mit wem sie es zu tun hatten: freigelassenen Sklaven, den niedrigsten der Niedrigen. Männer, die man niemals die Fechtkunst gelehrt, die man nicht von Kind an zum Krieg erzogen hatte. Die noch nie den Aufprall von Klingen auf ihren Schilden gespürt hatten. Ein Dutzend Krieger Merciens rannten auf die dunklen Türen der Halle zu. Hinter ihnen ertönten die Kriegshörner.

Die Türen der Halle maßen knapp sechs Fuß, breit genug, um zwei bewaffnete Männer gleichzeitig durchzulassen. Zwei Champions stürmten mit erhobenen Schilden und wütenden Blicken hinein.

Die beiden sahen die Hiebe gar nicht kommen, die sie töteten. Als die Krieger auf der Suche nach Feinden in das Dunkel spähten, erwischten die Hellebarden sie auf Oberschenkelhöhe, unter dem Schild und dem Kettenhemd. Die Köpfe der Hellebarden, auf der einen Seite eine Axt, auf der anderen ein Stachel, hatten das doppelte Gewicht eines Breitschwerts. Eine Hellebarde teilte das Bein eines Kriegers und bohrte sich tief in den Oberschenkel des anderen Beins. Die zweite Hellebarde rutschte am Knochen entlang und drang tief in das Becken des anderen Manns. Während der eine Krieger in der Pfütze seines eigenen Bluts lag, dessen Verlust ihn in Sekunden töten würde, schlug der andere schreiend um sich und versuchte, die große Klinge aus dem Knochen zu ziehen.

Weitere Männer drängten über die Gefallenen hinweg ins Haus. Diesmal wurden sie von Speerspitzen empfangen, die die hölzernen Schilde und Metallringe der Kettenhemden durchstießen, und die Krieger zurück in das Chaos im Türrahmen schleuderten.

Sie brüllten vor Schmerzen, die ihnen die klaffenden Bauchwunden verursachten. Und jetzt mähten die langen Klingen, die in fünf Fuß weiten Bögen schwangen, die gepanzerten Krieger nieder wie Binsen. Dennoch schien es einige Sekunden lang, als ob sie mit der brachialen Gewalt ihres Ansturms und der zahlenmäßigen Überlegenheit den Durchbruch schaffen würden.

Aber im Angesicht der tödlichen Bedrohung aus dem Halbdunkel versagten die Nerven der Krieger. Die Mercier wichen zurück, die in der vordersten Reihe wanden sich verzweifelt hinter den Schilden und versuchten, ihre Toten und Verwundeten mit sich zu zerren.

»So weit, so gut«, murmelte einer der Missionare.

»Sie werden wiederkommen«, sagte Sibba.

Noch viermal griffen die Mercier an. Jedesmal gingen sie vorsichtiger vor, als sie nach und nach die Bewaffnung und Taktik ihrer Gegner erfaßten. Immer öfter versuchten sie nun, den Hieben auszuweichen und dann nach vorne zu springen, bevor die Hellebardiere ihre klobigen Waffen zurückziehen konnten. Die Freigelassenen aus Norfolk nutzten die Vorteile ihrer Stellung und warteten weiter paarweise neben den Türen. Langsam wuchs die Zahl der Toten und Verletzten auf beiden Seiten.

»Sie versuchen, sich durch die Wände zu bohren«, murmelte Elfstan zu Sibba, als sich das erste Licht des Morgens zeigte.

»Das ist egal«, entgegnete Sibba. »Sie müssen trotzdem durch die Öffnungen klettern. Es müssen nur noch genug von uns übrig sein, um sie niederzumachen.«

Draußen starrte ein liebliches, wütendes Gesicht in ein blutendes und erschöpftes. Alfgar hatte die Angreifer begleitet, um die Vernichtung der Missionare des Weges zu verfolgen. Was er aber jetzt sah, erfreute ihn nicht im geringsten.

»Ihr könnt nicht durchbrechen?« schrie er. »Es sind doch nur eine Handvoll Sklaven!«

»Wir haben zu viele gute Männer gegen ›diese Handvoll Sklaven‹ verloren«, entgegnete der mercische Hauptmann. »Acht von uns sind tot, und ein Dutzend schwer verletzt. Ich werde jetzt tun, was wir von Anfang an hätten machen sollen.«

Er wandte sich an seine Männer und winkte eine Gruppe von ihnen zu dem unbeschädigten Giebel am Ende der Halle. Die Männer trugen Dornenbüsche. Sie häuften sie an der Wand des Hauses auf und trampelten sie zusammen. Dann schlug Stahl auf Feuerstein und Funken fielen auf das getrocknete Stroh. Gleich darauf loderten die ersten Flammen in die Höhe.

»Ich will Gefangene«, sagte Alfgar.

»Wenn wir welche kriegen«, sagte der Mercier. »Aber jetzt müssen sie auf jeden Fall herauskommen.«

Als der erste Rauch in die zugige Halle wogte, tauschten Sibba und Elfstan vielsagende Blicke. In der zunehmenden Helligkeit konnten sie einander jetzt sehen.

»Wenn Ihr hinausgeht, nehmen sie Euch vielleicht immer noch gefangen«, sagte Sibba. »Vielleicht übergeben sie Euch Eurem eigenen König. Ihr seid immer noch Thane.«

»Das bezweifle ich stark.«

»Was sollen wir tun?«

»Das übliche. Wir werden hier bis zum letzten Moment warten, bis der Rauch ganz dicht ist. Dann rennen wir hinaus und hoffen darauf, daß ein paar von uns in der Verwirrung entkommen können.«

Die Rauchschwaden wurden dichter. Schließlich sahen sie das rote Züngeln der Flammen, die an den Brettern nagten. Elfstan wollte einen verwundeten Mann, der auf dem Boden lag, aus dem Qualm ziehen, aber Sibba winkte ihn zurück.

»Es ist ein leichter Tod, den Rauch einzuatmen«, sagte er. »Leichter, als wenn das Feuer das Fleisch verzehrt.«

Ein Hellebardier nach dem anderen konnte den Rauch nicht mehr ertragen und rannte in Windrichtung hinaus, um wenigstens einige Meter Tarnung zu haben. Grimmig lachend stürzten sich ihre Feinde auf sie, versperrten ihnen den Weg, zwangen sie, zuzuschlagen oder zur Seite zu springen, und fällten sie dann von hinten mit Schwertern oder Dolchen; versessen darauf, eine lange, verlustreiche Nacht zu rächen. Der letzte und unglücklichste der Freigelassenen war Sibba. Als er hinausrannte, spannten zwei Mercier, die inzwischen wußten, wohin sich ihre Beute wenden würde, eine Peitsche in seinem Weg auf. Bevor er wieder auf die Beine kommen oder sein Messer ziehen konnte, preßte ein Knie gegen seinen Rücken und stämmige Arme umklammerten seine Handgelenke.

Der letzte Mann, der aus dem brennenden Haus kam, war Elfstan. Der Thane schritt langsam hinaus. Anders als die übrigen rannte er nicht in Windrichtung, sondern trat mit drei großen Schritten aus dem Rauch und erwartete die Feinde mit erhobenem Schild und gezücktem Breitschwert. Die Mercier, die auf ihn zurannten, zögerten. Hier war schließlich ein Mann ihres Standes. Aus sicherer Entfernung verfolgten die Sklaven und Pächter, wie ihr Lehensherr dem Tod entgegenging.

Mit heiserer Stimme und eindeutigen Gesten forderte Elfstan die Mercier auf, ihn anzugreifen. Einer der Krieger löste sich aus der Gruppe, schwang das Schwert rückhand, vorhand und stieß den eisernen Schildbukkel nach oben. Elfstan parierte Klinge mit Klinge mit der Leichtigkeit lebenslanger Übung, stieß den eigenen

Schild nach vorne, drehte sich auf die eine, dann auf die andere Seite im Bestreben, eine Schwäche in der Technik seines Gegners auszumachen. Mehrere Minuten lang zog sich das schwerfällige Ballett des Schwertduells hin; die Kunst, zu der die Thanes von Kindesbeinen an erzogen wurden. Dann spürte der Mercier die Erschöpfung Elfstans. Als der Schildarm vor ihm erschlaffte, täuschte er einen weiten Hieb an, der unvermittelt in einen kurzen Stoß überging. Die Klinge drang unter dem Ohr durch den Knochen. Während er fiel, holte Elfstan zu einem letzten Streich aus. Sein Gegner stolperte, starrte ungläubig auf das Blut, das aus der durchtrennten Pulsader seines Oberschenkels schoß und stürzte ebenfalls zu Boden. Verzweifelt versuchte er den Strom mit den Händen zu stoppen.

Ein empörtes Ächzen erhob sich aus den Reihen der Männer von Stanford-in-the-Vale. Elfstan war ein strenger Herr gewesen – oft hatten die Sklaven seine Fäuste gespürt und die Freien die Macht seines Reichtums –, aber dennoch, er war ihr Nachbar gewesen. Und er hatte die Angreifer des Dorfes bekämpft.

»Ein guter Tod«, stellte der Hauptmann der Mercier fest. »Er hat verloren, aber vielleicht hat er seinen Gegner mit sich genommen.«

Alfgar stöhnte angewidert auf. Hinter ihm rollten einige Männer den Karren mit seinem Vater heran. Durch die zerstörte Palisade des Dorfes näherte sich ein zweiter Zug, schwarz gewandete Priester in der vordersten Reihe. In ihrer Mitte glitzerte der vergoldete Krummstab des Bischofs.

»Wenigstens haben wir ein paar Gefangene«, sagte er.

»Zwei?« fragte Bischof Daniel ungläubig. »Ihr habt neun getötet und zwei gefangen?«

Niemand machte sich die Mühe, ihm zu antworten.

»Wir müssen das Beste daraus machen«, sagte Wulfgar. »Nun, was fangen wir jetzt mit ihnen an? Ihr sagtet etwas von ›ein Exempel statuieren‹.«

Die beiden Missionare des Weges standen vor ihnen, festgehalten von jeweils zwei Kriegern. Daniel schritt vor, streckte eine Hand aus und riß das lederne Band vom Hals eines Gefangenen. Er starrte auf den Anhänger zwischen seinen Fingern und riß ihm dem zweiten Gefangenen ebenfalls vom Hals. Ein silberner Hammer für Thor, ein silbernes Schwert für Tyr. Er steckte beide in seinen Beutel. Für den Erzbischof, dachte er und korrigierte sich lautlos. Nein, Ceolnoth ist ein Schwächling. Schlimmer noch als dieser Wetterhahn Wulfhere von York.

Diese hier sind für Papst Nikolaus. Mit diesen hier in den Händen sieht er vielleicht endlich ein, daß sich die Kirche in England keine schwachen Erzbischöfe mehr leisten kann.

»Ich habe geschworen, die Fäulnis auszubrennen«, sagte Daniel. »Und das werde ich tun.«

Eine Stunde später stand Wilfi aus Ely am Brandpfahl, die Beine straff angebunden, damit er nicht treten konnte. Das Gestrüpp loderte hell, und die Flammen erfaßten seine Wollhosen. Als das Feuer seine Haut versengte, wand er sich in seinen Fesseln, aus seiner Kehle drang gegen seinen Willen ein gepeinigtes Keuchen. Die mercischen Krieger musterten ihn abschätzend, neugierig, wie ein Sklave die Schmerzen ertragen würde. Die Dorfbewohner verfolgten das Spektakel angsterfüllt. Sie hatten viele Hinrichtungen gesehen. Aber selbst den heimtückischsten Mördern und Einbrechern drohte nur der Galgen. Das englische Recht kannte keinen langsamen Tod – im Gegensatz zum Recht der Kirche.

»Atme den Rauch ein«, schrie Sibba plötzlich. »Atme den Rauch!«

Über die Schmerzen hörte ihn Wilfi, senkte den Kopf

und sog den Qualm in tiefen Zügen ein. Als seine Peiniger zögerten, an das Feuer zu treten, ließ er sich in seinen Fesseln nach vorne fallen. Und als er spürte, wie die Ohnmacht ihn überwältigte, sammelte er sich ein letztes Mal und blickte in den Himmel.

»Tyr«, rief er. »Tyr, hilf mir!« Wie als Antwort hüllte ihn der Rauch vollständig ein. Als er sich wieder klärte, hing er leblos in den Fesseln. Gemurmel erhob sich unter den Zuschauern.

»Nicht gerade ein eindrucksvolles Schauspiel«, bemerkte Wulfgar zu dem Bischof. »Darf ich Euch zeigen, wie man es richtig anfängt?«

Als sie Sibba zum zweiten Scheiterhaufen zerrten, rannten andere Männer auf Wulfgars Befehl zum nächsten Haus und rollten wenige Augenblicke später ein Bierfaß heraus; einen Gegenstand, der selbst in den ärmlichsten Häusern Englands nicht fehlte. Auf ein Zeichen hin schlugen sie erst einen Boden, dann den anderen ein, um einen kurzen, breiten Zylinder zu erhalten. Der Besitzer des Fasses sah schweigend zu, wie sein Ale im Boden versickerte.

»Ich habe darüber nachgedacht«, sagte Wulfgar. »Was sollte ich auch sonst tun? Was wir brauchen, ist Durchzug. Wie im tönernen Schornstein eines Kamins.«

Sie banden den bleichen und wütend funkelnden Sibba an den Pfahl. Als sie das Gestrüpp um ihn herum auftürmten, trat Daniel vor.

»Schwöre deinen heidnischen Göttern ab«, sagte er. »Kehre zu Christus zurück. Ich werde dich persönlich von deinen Sünden lossprechen und dir die Absolution erteilen. Man wird dich gnädigerweise erstechen, bevor du verbrennst.«

Sibba schüttelte den Kopf.

»Abtrünniger!« schrie der Bischof. »Was du jetzt spüren wirst, ist nur der Anfang des ewigen Fegefeuers. Merk dir das!« Er drehte sich um und schüttelte drohend die Faust in Richtung der Dorfbewohner. »Seine Qualen sind die, die ihr alle auf ewig erdulden müßt. Die alle Menschen erdulden müßten, wenn es nicht Christus gäbe. Christus und die Kirche, die die Schlüssel für den Himmel und die Hölle in den Händen hält!«

Auf Wulfgars Befehl senkten sie das Faß über den Pfahl und den verurteilten Mann, schlugen Funken gegen das Gestrüpp und fächelten die Flammen an. Die Feuerzungen leckten in das Faß, wurden nach oben gezogen, als die Luft über ihnen brannte, und erfaßten den Körper und das Gesicht Sibbas. Einen Augenblick später ertönten die schrillen Schreie. Hörten nicht mehr auf. Wurden immer lauter. Ein zufriedenes Lächeln machte sich auf dem Gesicht des gliederlosen Torsos breit, der die Exekution aus seiner gepolsterten Kiste verfolgte.

»Er sagt etwas«, bellte Daniel plötzlich. »Er sagt etwas. Er will widerrufen. Löscht das Feuer! Zieht das Gestrüpp beiseite.«

Langsam harkten die Männer die brennenden Büsche beiseite. Dann wickelten sie Tücher um die Hände und hoben das schwelende Faß über den Pfahl.

Unter ihm kam verkohltes Fleisch zum Vorschein; die Zähne standen weiß aus dem geschwärzten Gesicht und den versengten Lippen. Die Flammen hatten Sibbas Augäpfel zusammenschrumpfen lassen und sich tief in seine Lungen gebohrt, als sein gemarterter Körper nach Luft geschnappt hatte. Er war aber immer noch bei Bewußtsein.

Sein Kopf hob sich, als sich ihm der Bischof näherte. Er war zwar blind, fühlte aber, daß er wieder an der Luft war.

»Widerrufe jetzt«, schrie Daniel laut genug, damit alle Zuschauer ihn hören konnten. »Gib mir ein Zeichen, irgendein Zeichen und ich werde dich bekreuzigen und deine Seele ohne weitere Qualen zum Jüngsten Gericht befördern.«

Er beugte sich vor, um jedes Wort zu hören, das die verbrannten Lungen hervorstoßen würden.

Sibba hustete zweimal und spuckte den verkohlten Belag seiner Kehle in das Gesicht des Bischofs.

Daniel sprang zurück und wischte angewidert den schwarzen Schleim mit seinem bestickten Talar ab. Er zitterte unwillkürlich.

»Weiter«, stieß er hervor. »Macht weiter. Bringt das Faß zurück und entzündet das Feuer. Und diesmal soll er nach seinen Heidengöttern rufen, bis ihn der Teufel holt.«

Doch Sibba gab keinen Ton mehr von sich. Und während Daniel tobte, Wulfgar zufrieden grinste, und die Krieger langsam das Feuer zu den Leichen ihrer gefallenen Kameraden zogen, um sich das Ausheben einer Grube zu sparen, schlichen sich zwei Männer aus der hintersten Reihe der Zuschauer davon. Einer von ihnen war der Sohn von Elfstans Schwester. Der andere hatte mit ansehen müssen, wie sein Haus in einem Kampf zerstört worden war, der ihn nichts anging. Die Gerüchte, die in der Grafschaft kursierten, sagten ihnen, wohin sie ihre Nachrichten zu tragen hatten.

KAPITEL 4

SHEFS MIENE BLIEB UNVERÄNDERT, als der Bote, der nach seinem langen Ritt vor Müdigkeit und Erschöpfung taumelte, seine Nachrichten überbrachte: Eine mercische Armee war in Wessex. König Alfred war verschwunden, und niemand wußte wohin. Die Abgesandten des Weges wurden überall gejagt. Bischof Daniel hatte den Kirchenbann über Alfred und alle Verbündeten des Weges verhängt, ihnen alle Rechte genommen. Niemand durfte ihnen helfen oder sie verstecken.

Und überall loderten die Scheiterhaufen. Oder, wenn der gefürchtete lebende Leichnam nicht zugegen waren, fanden Kreuzigungen statt. Die Liste der Getöteten wurde immer länger: Freigelassene, Kameraden, Veteranen der Schlacht gegen Ivar. Thorvin stöhnte entsetzt auf, als er die Namen las; er war zutiefst erschüttert, auch wenn die Getöteten nicht zu seinem Volk oder seiner Familie gehörten und erst seit wenigen Wochen dem Weg gefolgt waren. Shef blieb auf dem Stuhl sitzen, sein Finger strich immer und immer wieder über die grausamen Gesichter des Zepters.

Du hast es kommen sehen, dachte Brand, und erinnerte sich an das plötzliche Veto, das Shef gegen Thorvins Eifer, selbst das Wort zu verbreiten, eingelegt hatte. Du wußtest, daß so etwas passieren würde. Du hast deine eigenen Landsleute, Engländer, Männer, die du aus dem Staub geholt hast, wissentlich in Tod und Folter geschickt. Und dasselbe hast du mit deinem eigenen Vater gemacht. Ich muß genau aufpassen, dachte Brand, daß du mich niemals so abwägend ansiehst. Wenn ich nicht schon gewußt hätte, daß du der Sohn Odins bist, dann wüßte ich es jetzt.

Und dennoch – hättest du anders gehandelt, würde ich jetzt über Thorvins Tod trauern und nicht über eine Bande dahergelaufener Churls.

Schließlich beendete der Bote seine Aufzählung der Schreckensnachrichten. Shef entließ ihn, damit er essen und ruhen konnte, und wandte sich an seine engsten Ratgeber, die um ihn herum in der sonnendurchfluteten Halle saßen: Thorvin und Brand, Farman der Visionär und Boniface, der ehemalige Priester mit seiner stets bereiten Feder.

»Ihr habt die Nachrichten gehört«, sagte er. »Was müssen wir unternehmen?«

»Gibt es daran irgendeinen Zweifel?« fragte Thorvin. »Unser Verbündeter bat uns um Hilfe. Jetzt beraubt ihn die Kirche seines Eigentums. Wir müssen ihm sofort zur Hilfe eilen.«

»Noch mehr als das«, fügte Farman hinzu. »Wenn es einen Augenblick gibt, in dem wir eine bleibende Veränderung bewirken können, dann ist es dieser hier. Das Königreich ist in sich selbst zerstritten. Ein wahrer König – auch wenn er Christ sein mag – spricht für uns, für den Weg. Wie oft schon haben die Christen ihre Botschaft verbreitet, indem sie den König bekehrten, der wiederum sein Volk bekehrte? Nicht nur die Sklaven werden uns unterstützen, sondern auch die freien Männer und die Hälfte der Thanes. Das ist unsere Chance, die Flut des Christentums zurückzudrängen. Nicht nur in Norfolk, sondern auch in einem großen Königreich.«

Shef preßte die Lippen hart zusammen. »Was sagst du, Brand?«

Brand zuckte die Achseln. »Wir müssen unsere Kameraden rächen. Keiner von uns ist Christ – Verzeihung, Pater. Aber wir übrigen sind keine Christen und vergeben unseren Feinden nicht. Ich sage, wir sollten losmarschieren.«

»Aber ich bin der Jarl. Es ist meine Entscheidung.«

Die nickten bestätigend.

»Was ich denke, ist dies: Als wir die Missionare aussandten, stachen wir in ein Wespennest. Und jetzt wurden wir gestochen. Das hätten wir voraussehen sollen.«

Das hast du, kommentierte Brand in Gedanken.

»Und ich stach in ein weiteres, als ich der Kirche das Land nahm. Dafür hat man mich noch nicht gestochen, aber das wird noch kommen. Ich sehe es voraus. Doch laßt uns sehen, wer unsere Gegner sind, bevor wir zuschlagen. Sollen sie doch zu uns kommen.«

»Und unsere Kameraden sollen ungerächt bleiben?« brummte Brand.

»Wir versäumen unsere Chance auf ein Königreich. Auf ein Königreich des Weges!« rief Farman.

»Und was ist mit unserem Verbündeten Alfred?« erkundigte sich Thorvin.

Langsam brach Shef ihren Widerstand. Wiederholte seinen Standpunkt. Widerlegte ihre Argumente. Und überzeugte sie schließlich, noch eine Woche auf weitere Nachrichten zu warten.

»Ich hoffe nur«, sagte Brand abschließend, »daß das gute Leben dich nicht verweichlicht hat. Uns alle. Du solltest mehr Zeit mit der Armee verbringen als mit diesen Schafsköpfen in deinen Gerichtsstunden.«

Wenigstens das ist ein guter Rat, dachte Shef. Es ist Zeit, die aufgewühlten Gemüter zu beruhigen. Er wandte sich an Pater Boniface, der sich an der Diskussion nicht beteiligt und lediglich darauf gewartet hatte, Entscheidungen oder Anordnungen niederzuschreiben.

»Pater, laßt Wein kommen. Unsere Kehlen sind staubtrocken. Und zum Andenken an unsere toten Kameraden sollten wir etwas besseres als Ale trinken.«

Der Priester, der sich eigensinnigerweise immer noch in Schwarz kleidete, blieb auf dem Weg zur Tür stehen.

»Es gibt keinen Wein, Herr. Die Männer sagten, sie hätten auf eine Lieferung vom Rhein gewartet, aber sie ist nicht eingetroffen. Seit vier Wochen wurden keine Schiffe mehr aus dem Süden gesichtet, ja sie sind nicht einmal nach London gekommen. Ich werde statt dessen ein Faß Eures besten Honigwassers anbrechen. Vielleicht sind nur die Winde ungünstig.«

Schweigend erhob sich Brand vom Tisch, ging zum offenen Fenster und starrte auf die Wolken am Horizont. Er fragte sich, was das Wegbleiben der Schiffe zu bedeuten hatte. Er hätte selbst im alten Waschzuber seiner Mutter von der Rheinmündung zum Yare segeln können. Und Boniface behauptete, der Wind wäre verkehrt! Irgend etwas stimmte nicht, aber – da war sich Brand sicher – es war nicht der Wind.

Im Morgengrauen schlugen die Mannschaften und Kapitäne von über hundert beschlagnahmten Handelsschiffen – Einmaster und bauchige Koggen, englische, fränkische und friesische Langschiffe – mißmutig ihre Decken zur Seite und starrten in den Himmel über dem Hafen Dünkirchen, wie sie es seit über einem Monat jeden Tag getan hatten. Um zu prüfen, ob die Bedingungen stimmten. Um sich zu fragen, ob sich ihre Herren endlich zu einer Entscheidung herabließen.

Sie erblickten das Licht der Sonne, das aus dem Osten gekommen und bereits über die undurchdringlichen Wälder und schäbigen Ansiedlungen Europas gerast war, über die Flüsse und Zollstationen, über Burgen, Schlösser und Festungen. Überall auf dem Kontinent waren die Strahlen auf Soldaten gefallen, die sich sammelten, auf rumpelnde Versorgungskarren und Pferdeburschen, die Rösser für die Armeen besorgten.

Als das Licht der Sonne den Ärmelkanal erreichte –

den man damals noch die Fränkische See nannte –, berührte es den höchsten Wimpel, der über dem steinernen Bergfried der Festung flatterte, die den Hafen Dünkirchen bewachte. Der Wachhauptmann sah hinauf zum Wimpel und nickte. Der Trompeter befeuchtete die Lippen, schürzte sie und schickte ein trotziges Schmettern durch die Metallröhre. Gleich darauf antworteten die Wachen von den verschiedenen Abschnitten der Mauer, und die Männer im Bergfried schälten sich aus ihren Decken. Und draußen, im Lager und Hafen und entlang der langen Reihen von Pferden, die sich in den Feldern verloren, regten sich die Soldaten, überprüften ihre Ausrüstung und begannen den Tag mit demselben Gedanken wie die Seemänner, die im Hafen gefangen waren: Würde ihr Herr heute den Befehl geben? Würde König Karl seinen eigenen Truppen und denen, die ihm seine frommen Brüder und Neffen geschickt hatten, das Signal für die kurze Überfahrt nach England geben?

Im Hafen beäugten die Kapitäne ihre Wetterfahnen und starrten nach Osten und Westen an den Horizont. Der Kapitän der Kogge *Dieu Aide*, die nicht nur den König, sondern auch den Erzbischof von York und den Legaten des Papstes befördern würde, tippte seinen ersten Offizier an und deutete auf die Flagge, die im Wind flatterte. Die Flut würde ihren Höchststand in vier Stunden erreichen, das wußten beide. Die Strömung würde dann und für einige Zeit danach auf ihrer Seite sein. Der Wind kam aus der richtigen Richtung und machte keine Anstalten nachzulassen.

Konnten die Landratten rechtzeitig die Schiffe besteigen? Weder Kapitän noch Offizier gaben sich mit Spekulationen ab. Die Dinge würden ihren Lauf gehen. Aber wenn der König der Franken, Karl der Kahle – wenn der König ernsthaft die Anordnungen seines geistlichen Herrn, des Papstes, befolgen und die Herrschaftsgebiete seines Großvaters, Karls des Großen, vereinen und England im Namen seiner Heiligkeit plündern wollte, würde sich ihm nie wieder eine bessere Gelegenheit bieten.

Als die beiden Männer die Flagge und den Wind beobachteten, hörten sie wie eine halbe Meile weiter die Trompeten auf dem Bergfried erneut erschallten. Aber diesmal nicht um die Dämmerung zu begrüßen. Und dann trug der Südostwind schwach den Jubel zu ihnen. Den Jubel von Soldaten, die eine Entscheidung begrüßten. Ohne ein einziges Wort zu verschwenden deutete der Kapitän der *Dieu Aide* auf den Mastenkran und klopfte gegen die Luken des einzigen Laderaums der Kogge. Weg mit den Luken, bedeutete er. Die Ausleger zur Seite. Sie brauchten Platz für die Pferde. Die Schlachtrösser Frankreichs.

Derselbe Wind strich in der Dämmerung über die vierzig Drachenboote, die vom Humber aus die englische Küste hinunterfuhren, und machte das Anschlagen der Segel unmöglich. Ivar Ragnarsson, der im Bug des vordersten Bootes stand, war das egal. Seine Ruderer entledigten sich ihrer Aufgabe in einem gemächlichen Rhythmus, den sie, falls nötig, acht Stunden am Tag durchhalten konnten. Jedesmal, wenn die Ruder durch das Wasser pflügten, stöhnten die Männer einstimmig, drehten mit der Mühelosigkeit jahrelanger Übung die Riemen flach, führten, als sie sie zurückzogen, ihre Gespräche mit ein paar Worten weiter und tauchten sie wieder ins Wasser.

Doch in den ersten sechs Booten mußten die Männer zusätzliche Arbeit leisten. In jedem dieser Schiffe ruhte ein Gewicht von anderthalb Tonnen, sorgsam vor dem Mast verstaut: Die Onager Erkenberts; alle Maschinen, die die Schmieden Yorks in den letzten Wochen hatten herstellen können.

Ivar hatte wegen ihres Gewichts getobt und verlangt,

sie leichter zu machen. Unmöglich, hatte der Diakon erwidert, so sind sie in Vegetius beschrieben. Aber überzeugender als die Worte Erkenberts hatte sich die Tatsache erwiesen, daß die leichteren Modelle nach einem Dutzend Schüssen auseinandergefallen waren. Der Tritt des wilden Esels, der den Maschinen ihren Namen gegeben hatte, kam in dem Moment, in dem der Wurfarm auf den Querträger prallte. Ohne diesen Querträger würde der Stein nicht mit erstaunlicher Gewalt und Geschwindigkeit davongeschleudert. Aber ein leichter Querträger hielt der Belastung nicht stand, ganz gleich, wie gut man ihn polsterte.

Laute Würgegeräusche unterbrachen Ivars Betrachtungen. Jeder Onager wurde jeweils von einem Dutzend Sklaven der Klosterkirche bedient. Ihr Anführer war Erkenbert, der gegen seinen erklärten Willen aus seinen Studien in der Bibliothek der Kirche gerissen worden war. Jetzt war einer der Sklaven der langen Dünung der Nordsee erlegen und übergab sich über die Reling. Allerdings auf der falschen Seite. Der Wind wehte den dürftigen Inhalt seines Magens den nächsten Ruderern ins Gesicht, die sich daraufhin schreiend und fluchend beschwerten. Der monotone Rhythmus der Männer kam ins Stocken.

Ivars Hand legte sich auf das Messer an seinem Gürtel. Er wollte auf den Sklaven zugehen, als ihm Hamal zuvorkam, sein Pferdebursche, der ihn nach der verlorenen Schlacht bei March gerettet hatte. Der Wikinger packte den Sklaven am Kragen und schlug ihn einmal, zweimal brutal über den Kopf. Dann hob Hamal den unglücklichen Mann von den Füßen und schleuderte ihn über die Ruderbänke auf die Leeseite, damit er sich dort ungestört weiter übergeben konnte.

»Heute nacht werden wir ihm die Haut abziehen«, sagte Hamal. Ivar starrte seinen Pferdeburschen einen Augenblick lang ungerührt an. Er wußte genau, was

Hamal tat, entschied aber, die Angelegenheit fürs erste auf sich beruhen zu lassen. Wieder versank Ivar in Gedanken.

Hamal sah mit einem Seitenblick, daß einer der Ruderer so tat, als ob er sich den Schweiß von der Stirn wischte. Ivar tötete jetzt fast jeden Tag einen Mann, meistens einen der wertlosen Sklaven der Klosterkirche. Bei diesem Tempo würden sie niemanden mehr übrig haben, der die Maschinen gegen die Armee ihres Feindes bediente. Und niemand konnte sich sicher sein, gegen wen sich Ivars Zorn als nächstes richtete. Und es gelang nur selten, ihn durch demonstrative Grausamkeit abzulenken.

Thor, mach, daß wir bald auf unsere Feinde treffen, dachte Hamal. Nur eines kann Ivars Wut zügeln – der Kopf und die Eier des Mannes, der ihn geschlagen hat, Skjef Sigvarthsson. Sonst bringt er uns alle um. Deshalb haben ihn seine Brüder allein auf diese Reise geschickt. Mit mir als seinem Kindermädchen und Schlangenauges Pflegevater, um Bericht zu erstatten.

Wenn wir nicht bald auf die Feinde stoßen, dachte Hamal, mache ich mich bei der nächsten Gelegenheit davon. Ivar schuldet mir sein Leben. Aber er ist viel zu verrückt, um die Schuld einzulösen. Trotzdem – wenn er seine Wut an den richtigen Leuten ausläßt, können wir hier, in den wohlhabenden Königreichen des Südens, Reichtümer erringen.

»Verfluchter Mist!« fluchte Oswi, vormaliger Sklave St. Aethelthryths in Ely und jetzt Hauptmann einer Katapultmannschaft in der Armee des Weges. Seine Männer nickten zustimmend, als sie nachdenklich ihre heißgeliebte aber nicht ganz vertrauenswürdige Waffe betrachteten. Es war eine der Bolzenschleudern. Jeder der Männer war über alle Maßen stolz auf sie. Sie hatten sie schon vor Wochen getauft: ›Todesblitz‹. Unzählige

Male hatten sie jede Holzoberfläche poliert. Dennoch jagte ihnen die Schleuder Angst ein.

»Man kann abzählen, wie oft man die Zahnräder dreht«, sagte Oswi, »dann werden sie nicht überspannt.«

»Und vor jedem Schuß lege ich den Kopf über die Seile und lausche«, fügte einer seiner Kameraden hinzu, »bis sie gestimmt sind wie die Saiten einer Harfe.«

»Aber die Schleuder wird, verflucht noch mal, eines Tages plötzlich auseinanderbrechen. Und einen oder zwei von uns zum Frühstück verschlingen.«

Ein Dutzend Köpfe nickte trübsinnig.

»Wir brauchen stärkere Balken«, sagte Oswi. »Das würde helfen.«

»Und wenn wir sie mit Seil umwickeln?«

»Nein, das würde sich schnell lösen.«

»Ich habe früher in der Schmiede meines Dorfes gearbeitet«, sagte das neueste Mitglied der Mannschaft zögernd. »Wenn wir Eisen drumherum ...«

»Nein, diese Holzarme biegen sich etwas«, sagte Oswi bestimmt. »Das müssen sie. Eisen würde sie daran hindern.«

»Kommt auf das Eisen an. Wenn man es erhitzt und wieder erhitzt und auf die richtige Weise hämmert, dann verwandelt es sich in etwas, das mein alter Herr *Stahl* nannte. Stahl biegt sich etwas. Nur, es ist nicht wie weiches Eisen, Stahl schnellt wieder zurück. Wenn wir auf den Innenseiten der Holzarme jeweils einen Streifen Stahl anbringen, würde er sich mit dem Holz krümmen – und verhindern, daß es in Stücke fliegt.«

Nachdenkliche Stille antwortete ihm.

»Was ist mit dem Jarl«, fragte eine Stimme.

»Ja, was ist mit dem Jarl?« schloß sich eine zweite Stimme von außerhalb des Halbkreises an. Shef, der sich Brands Rat zu Herzen genommen hatte und durch das Lager geschlendert war, hatte die nachdenklichen Gesichter bemerkt und war lautlos zu ihnen herübergelaufen, um der Diskussion zu lauschen.

Verwirrung und Unruhe erfaßte die Männer. Innerhalb weniger Augenblicke verteilte sich die Gruppe so, daß das neueste Mitglied in ihrer Mitte stand und dem Unvorhersehbaren allein ins Auge blickte.

»Äh... Udd hat eine Idee«, sagte Oswi und schob die Verantwortung ebenfalls weiter.

»Dann sprich.«

Shef musterte den neuen Rekruten, als er zuerst stokkend, dann zunehmend flüssiger und zuversichtlicher den Prozeß zur Stahlherstellung beschrieb. Er war ein unscheinbarer, kleiner Mann mit schlechten Augen und einem krummen Rücken. Brands Wikinger hätten ihn als wertlos für die Armee abgetan, nicht einmal als Latrinengräber seine Rationen wert. Dennoch, er wußte etwas. War es neues Wissen? Oder altes, das viele Schmiede unter den richtigen Bedingungen gekannt hatten, aber es nur ihrem Lehrling hatten vermitteln können?

»Dieser Stahl biegt sich, sagst du«, versicherte sich Shef. »Und schnellt zurück? Nicht wie mein Schwert«, Shef zog das hervorragend gearbeitete baltische Schwert aus der Scheide, das Brand ihm geschenkt hatte. Wie seine selbstgeschmiedete und seit langem verlorene Klinge war es aus einer Kombination von weichem Eisen und hartem Stahl gefertigt. »Sondern aus einem Stück? Und überall elastisch?«

Udd nickte.

»In Ordnung«, Shef überdachte einen Moment lang das Gehörte. »Oswi, sag dem Lagermarschall, daß du und deine Mannschaft von allen Pflichten entbunden seid. Udd, du gehst morgen früh mit so vielen Männern, wie du brauchst, zu Thorvins Schmiede und fängst mit der Arbeit an diesen Stahlstreifen an. Bringt die ersten am ›Todesblitz‹ an, und probiert aus, ob sie funktionieren. Wenn das so ist, bringt sie an allen Maschinen an.

Und Udd: Wenn ihr damit fertig seid, dann möchte ich mir dieses neue Metall genauer ansehen. Schmiede ein paar zusätzliche Streifen für mich.«

Shef ließ die Männer zurück, als die Hörner das Signal zum Löschen der Feuer gaben, und die Nachtwachen auf ihre Posten gingen. Shef wußte, daß er auf etwas gestoßen war, das sie dringend benötigten. Denn das neue Selbstvertrauen Thorvins und seiner Freunde konnte ihn nicht darüber hinwegtäuschen, daß man sie vernichten würde, wenn sie sich damit begnügten, das zu wiederholen, was sie schon einmal getan hatten. Jeder Hieb lehrte den Geschlagenen. Und Shef hatte überall Feinde, im Süden und im Norden, in der Kirche und unter den Heiden. Bischof Daniel. Ivar. Wulfgar und Alfgar. König Burgred. Sie würden sich nicht ein zweites Mal einfach hinstellen und niedermähen lassen.

Er wußte nicht, was auf sie zukam, aber er wußte, daß es unberechenbar sein würde. Um zu überleben, mußten sie ebenso unberechenbar sein.

Die Vision begrüßte er diesmal fast mit Erleichterung. Wohin Shef auch blickte, erwarteten ihn Schwierigkeiten. Er wußte nicht, wie er sie bestehen konnte. Wenn irgendeine höhere Macht es wußte, war ihm ihr Beistand willkommen. Er glaubte nicht, daß es Odin in seiner Verkleidung als Böllwerk, als Übelstifter war, der ihn anleitete, ganz gleich, wie sehr Thorvin ihm sein Zeichen, den Speer-Anhänger, aufdrängte. Aber wer sonst würde ihm helfen? Wenn ich das herausfinde, dachte Shef, werde ich sein Zeichen tragen.

Plötzlich blickte er hinunter. Hinunter aus einer großen Höhe. Als seine Sicht klarer wurde, bemerkte er, daß er auf ein großes Schachbrett mit Spielfiguren starrte. Eine Partie war im Gange. Und die Spieler waren die mächtigen Gestalten, die er schon zuvor gesehen hatte: Die Götter Asgards die hier, wie ihm Thorvin berichtet hatte, auf ihrem heiligen Brett mit Feldern aus Gold und Silber spielten.

Aber es waren mehr als zwei Spieler. Die Umrisse um das Brett waren so groß, daß Shef sie wie eine Gebirgskette nicht alle gleichzeitig scharf sehen konnte. Doch einen der Spieler erkannte er. Es war nicht die Gestalt mit den roten Backen, die Brand ähnelte und von der er wußte, daß sie Thor war. Und auch nicht die mit der Stimme eines kalbenden Gletschers, die Odin war. Diese hier schien irgendwie schärfer, schlanker, die Augen nicht ganz auf gleicher Höhe. Intensive Schadenfreude blitzte in den Zügen des Gottes auf, als er eine Spielfigur zog. Vielleicht war es Loki der Listige. Loki, dessen Feuer immer im heiligen Kreis brannte, aber dessen Gefolgsleute unerkannt blieben.

Nein, dachte Shef. Dieser Gott mag verschlagen sein, aber er sieht nicht aus wie Loki, sondern wie Ivar. Unvermittelt ging Shef auf, daß er ihn schon einmal gesehen hatte. Es war der Gott, der ihn wie ein Pferd gemustert hatte, das er kaufen wollte. Und seine Miene – zweifellos mußte das der Besitzer der belustigten Stimme sein, die ihm zwei Warnungen gegeben hatte. Das ist mein Beschützer, dachte Shef. Aber ich kenne diesen Gott nicht. Was sind seine Eigenschaften? Was führt er im Schilde? Und welches ist sein Zeichen?

Dann erkannte er, daß die Götter nicht auf einem Schachbrett spielten, sondern auf einer mappa. *Keiner* mappamundi, *sondern einer Karte Englands. Er beugte sich vor, um sie genauer zu betrachten. Er war sich jetzt sicher, daß die Götter seine Feinde waren. Er mußte wissen, was sie planten. Und dann bemerkte er, daß er auf einem Kaminsims stand, wie eine Maus in der Halle eines Königs. Und genau wie eine Maus konnte er zwar sehen, was vor sich ging, aber es nicht verstehen. Die Götter zogen ihre Figuren und lach-*

ten donnernd. Nichts davon ergab irgendeinen Sinn für ihn. Und dennoch hatte man ihn hierhergebracht, um das Schauspiel zu verfolgen und zu verstehen.

Das schadenfrohe Gesicht blickte zu ihm auf. Shef stand wie versteinert da. Er konnte sich nicht entscheiden, ob er sich verkriechen oder einfach regungslos stehenbleiben sollte. Aber das Gesicht wußte, daß er da war. Es hielt ihm eine Figur entgegen, unbemerkt von den anderen Göttern, die ihre ganze Aufmerksamkeit dem Spiel widmeten.

Er will mir sagen, dachte Shef, daß ich diese Figur zu nehmen habe.

Welche war es? Eine Dame, erkannte er. Eine Dame mit dem Gesicht von…

Der unbekannte Gott senkte den Blick und machte eine wegwerfende Handbewegung. Als ob ihn eine Sturmböe erfaßt hätte, stürzte Shef immer weiter, zurück ins Lager, in sein Bett, seine Decken. Während er stürzte, erkannte er plötzlich das Gesicht der Dame.

Shef setzte sich stöhnend auf. Godive, dachte er schwerfällig. Sein Puls raste. Mein eigenes Verlangen muß mir diese Vision geschickt haben. Wie kann ein Mädchen Einfluß auf die miteinander ringenden Armeen haben?

Vor Shefs Schlafgemächern ertönten plötzlich schnelle Pferdehufe. Dann hörte er schwere Stiefel, die ungeachtet der Proteste der Kammerdiener näher kamen. Shef zog einen Umhang über und öffnete die Tür, bevor die Schritte ihn erreichten.

Vor ihm stand eine vertraute Gestalt: Der junge Alfred, immer noch das goldene Diadem auf dem Kopf, immer noch voller nervöser Energie, doch in seinen Augen schimmerte eine neue Verbissenheit.

»Ich gab Euch diese Grafschaft«, sagte er übergangslos. »Ich glaube jetzt, ich hätte sie besser dem anderen geben sollen, Eurem Feind Alfgar. Alfgar und seinem verstümmelten Vater. Denn die beiden haben mich zusammen mit meinen verräterischen Bischöfen und König Burgred aus meinem Königreich verjagt.«

Alfreds Gesicht nahm einen neuen Ausdruck an, zeigte plötzlich Müdigkeit und Niedergeschlagenheit. »Ich bin hier als Bittsteller. Als Vertriebener. Mir blieb keine Zeit, meine treuen Thanes zu sammeln. Die Armee Merciens ist mir auf den Fersen. Ich habe Euch gerettet. Werdet Ihr jetzt mich retten?«

Als Shef seine Gedanken für eine Antwort sammelte, hörte er weitere Schritte von jenseits des Fackelkreises, der Alfred umringte. Ein Bote, zu unruhig und gehetzt, um sich um das Protokoll zu kümmern. Sobald der Mann im Türrahmen stand, brachen die Worte aus ihm hervor.

»Die Signalfeuer brennen, Herr! Eine Flotte naht, mindestens vierzig Schiffe. Die Männer auf den Wachposten sagen es kann nur… kann nur Ivar sein.«

Als Shef zusah, wie sich Verwirrung in Alfreds Zügen breit machte, kam etwas Kaltes in ihm zu einem Entschluß. Alfgar auf der einen Seite, Ivar auf der anderen. Und was haben die beiden gemein? Dem einen nahm ich eine Frau. Der andere nahm mir dieselbe Frau. Wenigstens kann ich jetzt sicher sein, daß wirklich ein Gott mir diesen Traum sandte, ganz egal, welcher es ist. Godive ist der Schlüssel. Und jemand sagt mir, ich soll ihn umdrehen.

KAPITEL 5

SCHON NACH WENIGEN WOCHEN als Jarl hatte Shef gelernt, daß Nachrichten nie so gut oder schlecht waren, wie sie auf den ersten Blick schienen. Das galt auch in diesem Fall. Signalfeuer waren bestens geeignet, vor Gefahren zu warnen, vor der Richtung, aus der sie kamen und auch dazu – allerdings unter Vorbehalt – die Stärke des Gegners zu übermitteln. Aber sie sagten nichts über Entfernungen. Die Kette der Signalfeuer hatte ihren Ausgangspunkt hoch im Norden, an der Küste Lincolnshires. Das konnte nur bedeuten, daß Ivar – wenn es sich wirklich um Ivar handelte – den Humber hinter sich gelassen hatte, und ihm der Wind jetzt direkt ins Gesicht blies, wie Brand auf der Stelle bemerkt hatte. Er würde frühestens in drei Tagen eintreffen.

König Burgred sowie Alfgar und Wulfgar in seinem Schlepptau waren Alfred auf den Fersen. Der König von Wessex war sich ganz sicher, daß sie auf das Drängen des Bischofs nichts geringeres als die völlige Zerstörung des Landes des Weges und die Ausweitung ihrer Herrschaft über das gesamte England südlich des Humber planten. Aber Alfred war ein junger Mann, der hart ritt und nur von seiner Leibwache begleitet wurde. Burgred dagegen war berühmt für die üppige Ausstattung seiner Feldlager und die vielen Ochsenkarren, die zu seinem Transport nötig waren. Vierzig Meilen bedeuteten für ihn einen Viertagesmarsch.

Shef mußte von jedem seiner Feinde einen schweren Angriff befürchten, aber keinen überraschenden.

Und es machte ohnehin keinen Unterschied. Shef mußte auf die drängenden Erfordernisse der Lage reagieren und hatte nur Zeit, an das zu denken, was er ohnehin tun mußte – und daran, wem er in dieser Situation vertrauen konnte. Auf letztere Frage gab es nur eine Antwort. So schnell wie möglich schickte er die Mitglieder seines Rates mit verschiedenen Aufträgen davon, schlich sich durch die Tore seiner Festung, wimmelte die beunruhigten Wachen, die ihn zu begleiten versuchten, ab und bahnte sich unbemerkt den Weg durch die geschäftigen Straßen, die sich um die Palisaden drängten.

Hound war wie erwartet in seinem Stand und behandelte eine Frau, deren schreckhaftes Zusammenzucken beim Anblick des Jarls ihr schlechtes Gewissen verriet: eine Hure oder Kräuterhexe. Hound behandelte sie weiter, als ob sie die Dame eines Thanes wäre. Erst nachdem sie gegangen war, setzte er sich wortlos neben seinen Freund.

»Wir haben Godive schon einmal gerettet«, sagte Shef. »Ich werde es noch einmal tun. Ich brauche deine Hilfe. Ich kann niemandem erzählen, was ich tue. Wirst du mir helfen?«

Hound nickte. Er zögerte. »Ich werde dir immer helfen, Shef. Aber ich muß dich trotzdem fragen. Wieso hast du dich ausgerechnet jetzt dazu entschlossen? Du hättest in den letzten Monaten jederzeit versuchen können, sie zu befreien. Und da hat dir viel weniger auf dem Herzen gelegen als jetzt.«

Shef überdachte noch einmal ganz nüchtern, wieviel er verraten konnte. Er wußte bereits, wozu er Godive benutzen wollte: als Köder. Nichts konnte Alfgar rasender machen als das Wissen, daß Shef sie entführt hatte. Wenn er es schaffte, die Entführung als eine direkte Beleidigung durch den Weg Asgards erscheinen zu lassen, würden Alfgars Verbündete mit hereingezogen. Er wollte, daß sie Godive wie einen kräftigen Fisch verfolgten, der sich an der Angelschnur wand. Bis zu Ivars Haken. Und er konnte auch Ivar ködern. Mit einer kleinen Erinnerung an die Frau, die er verloren, und an den Mann, der sie ihm genommen hatte.

Aber er wagte es nicht einmal, Hound, seinem Kindheitsfreund, irgend etwas davon zu sagen. Der Heiler war auch ein Freund Godives gewesen.

Shef ließ Sorge und Verwirrung in seinen Zügen aufblitzen. »Ich weiß«, sagte er. »Ich hätte es schon viel früher tun sollen. Aber ich habe plötzlich Angst um sie.«

Hound sah seinem Freund ruhig in die Augen. »In Ordnung«, sagte er. »Ich hoffe, du hast einen triftigen Grund für das, was du tust. Also, wie willst du es anstellen?«

»Ich schleiche mich bei Einbruch der Dunkelheit hinaus. Wir treffen uns an dem Platz, an dem wir mit den Katapulten üben. Sammel bis dahin ein halbes Dutzend Männer zusammen. Aber hör mir genau zu. Sie dürfen keine Nordländer sein, nur Engländer und Freigelassene. Und sie müssen alle wie Freigelassene aussehen. Wie du.« Zu klein und unterernährt, meinte Shef damit. »Mit Pferden und Vorräten für eine Woche. Aber abgerissen, nicht in den Kleidern, die wir ihnen gaben.«

»Und da ist noch etwas, Hound, und deshalb brauche ich dich. Mit meinem einen Auge erkennt man mich zu leicht. Wenn ich jetzt meinem angeblichen Halbbruder und Stiefvater einen Besuch abstatte, brauche ich eine Verkleidung. Ich dachte mir folgendes…«

Shef schilderte seinen Plan, und Hound schlug einige Änderungen und Verbesserungen vor. Schließlich steckte der kleine Heiler langsam seinen Apfel-Anhänger unter den Mantel.

»Wir können es schaffen«, bemerkte er, »wenn die Götter uns beistehen. Hast du schon daran gedacht, was hier im Lager passieren wird, wenn sie aufwachen und du verschwunden bist?«

Sie werden glauben, ich hätte sie im Stich gelassen, dachte Shef. Ich werde eine Nachricht hinterlassen, daß ich es für eine Frau getan habe. Und dennoch ist es nicht wahr.

Er spürte das Gewicht vom Zepter des alten Königs, das er unter den Gürtel gesteckt hatte. Sonderbar, dachte er, als ich in Ivars Lager ging, hatte ich nur eines im Kopf: Godive zu retten und mit ihr zusammen glücklich zu werden. Und jetzt werde ich dasselbe tun. Aber diesmal – diesmal tue ich es nicht für sie. Und nicht einmal für mich. Ich tue es, weil es getan werden muß. Das ist die Antwort. Und sie und ich sind nur ein Teil der Antwort.

Wir sind wie die kleinen Zähne der Räder, die die Katapulte spannen. Sie können sich nicht einfach weigern weiterzudrehen, und uns ergeht es nicht besser.

Er dachte an die merkwürdige Geschichte von Frodis Mühle, die Thorvin ihm erzählt hatte, und an die Riesinnen und den König, der ihnen keine Pause gestatten wollte. Ich würde ihnen Ruhe gönnen, sagte er sich, und allen anderen, die in dieser Mühle des Krieges gefangen sind. Aber ich weiß nicht, wie ich sie befreien kann. Oder mich selbst.

Früher, als Thrall, bin ich noch frei gewesen, dachte er.

Godive ging durch die Frauentür am rückwärtigen Ende von König Burgreds immensem Pavillon und arbeitete sich an den langen Reihen der gerade unbenutzten Tische auf Böcken entlang. Falls irgend jemand sie anhalten sollte, hatte sie einen Auftrag zu erledigen – König Burgreds Braumeister sollte zusätzliche Fässer anbrechen, und auf Alfgars Anweisung sollte sie ihn dabei beaufsichtigen. Aber eigentlich hatte sie nur der erstickenden Atmosphäre im Quartier der Frauen entkommen müssen, bevor ihr das Herz vor Angst und Trauer barst.

Ihre einstige Schönheit war verblaßt. Sie wußte, daß das den übrigen Frauen nicht entgangen war. Sie tratschten mit boshafter Schadenfreude darüber, was ihr zugestoßen war, über den Fall der Favoritin. Sie kannten nicht die Gründe für ihren Fall. Sie mußten wissen, daß Alfgar sie schlug, daß seine Wut und Brutalität mit jeder Woche stieg und er sie mit der Rute züchtigte, bis das Blut über ihre nackte Haut rann und ihr Nachthemd jeden Morgen an ihr klebte. So etwas ging nicht geräuschlos vonstatten. Selbst durch die massiven Stämme von Burgreds Halle in Tamworth, seiner Hauptstadt, waren die Geräusche gedrungen. Und in den Zelten, in denen die Könige die Sommer auf Feldzügen verbrachten…

Aber obwohl alle es hörten, half ihr niemand. Die Männer verkniffen sich ein Lächeln, die Frauen redeten beruhigend und tröstend auf sie ein. Aber sie alle hielten die Prügeleien für den normalen Lauf der Dinge und fragten sich nur, wie sie wohl das Mißfallen ihres Ehemanns erregt hatte.

Keiner von ihnen – außer Wulfgar, und dem war es inzwischen egal – wußte um die Verzweiflung und das Entsetzen, die sie überkamen, wenn sie an die Sünde dachte, die sie und Alfgar begingen. Es war die Sünde des Inzest, und sie würde ihre Körper und Seelen für immer brandmarken. Und niemand wußte, daß sie auch eine Mörderin war. Zweimal in diesem Winter hatte sie das Leben in ihrem Bauch wachsen gespürt, auch wenn es sich gottlob nie bewegt hatte. Denn dann hätte sie vielleicht nicht die Kraft gefunden, um in den Wald zu gehen und Bingelkraut und Lerchensporn zu suchen und mit dem bitteren Trunk das Kind der Schande in ihrem Leib zu töten.

Aber selbst das war es nicht, was ihr die tiefen Furchen ins Gesicht gegraben und ihren Gang gebeugt und schlurfend wie den einer alten Frau gemacht hatte. Nein, es war die Erinnerung an die Freude, an die sie sich klammerte. Die Erinnerung an jenen sonnigen Morgen in den Wäldern, die Blätter über ihrem Kopf, an die Berührung warmer Haut und seinen drängenden Körper, das Gefühl der Erlösung und Freiheit.

Nur eine Stunde hatte es angehalten, aber die Erinnerung daran löschte den Rest ihres jungen Lebens aus. Wie sonderbar er bei ihrem Wiedersehen ausgesehen hatte. Das Auge, die grimmigen Züge, dieses Gefühl von unterdrücktem Schmerz. Und dann der Moment, als er sie an Alfgar zurückgab…

Godive senkte den Blick noch tiefer und rannte fast über den leeren Platz vor dem Pavillon, auf dem sich Burgreds Leibwache, seine engsten Vertrauten, und Hunderte Offiziere und Boten der großen Armee drängten, die auf Befehl ihres Königs auf dem Weg nach Norfolk war. Ihre Röcke strichen an einer Gruppe von Männern vorbei, die einem blinden Spielmann und seinem Begleiter zuhörten. Undeutlich nahm sie wahr, daß sie eine Ballade aus der Geschichte von Sigmund, dem Drachentöter spielten. Sie kannte sie aus der Halle ihres Vaters.

Eine merkwürdige Kälte zog an Shefs Herz, als er Godive hinterherblickte. Sie war hier. Und Alfgar. Und noch besser war, daß sie ihn nicht erkannt hatte, obwohl sie keine vier Schritte entfernt an ihm vorbeigegangen war. Nur, sie hatte so krank und zerbrechlich ausgesehen. Aber das Schlimmste war, daß sich ihr Herz bei seinem Anblick ihm nicht wie erwartet zugewandt hatte, wie es früher geschehen war. Etwas fehlte ihm. Nicht sein Auge. Etwas in seinem Herzen.

Shef verwarf den Gedanken, als er an das Ende der Ballade kam, und Hound, sein Begleiter, sich eilig mit dem Beutel in den Händen nach vorne drängte. Die Krieger schubsten den kleinen Hound von einem Mann zum nächsten, als er seine Runde machte, aber glücklicherweise war es nur ein gutmütiger Spaß. Hounds Beutel füllte sich mit etwas Brot, einem Stück hartem Käse, einem halben Apfel – eben dem, was die Männer bei sich führten. Das war natürlich eine unkluge Vorgehensweise. Ein umsichtiger Spielmann hätte bis zum Abend gewartet, den Fürsten angesprochen und um Erlaubnis gebeten, die Kompanie unterhalten zu dürfen. Dann hätten sie Aussicht auf eine echte Mahlzeit und eine Unterkunft für die Nacht gehabt, und vielleicht sogar auf etwas Geld und ein Frühstück.

Aber ihre Ungeschicktheit paßte zu ihrer Tarnung. Shef wußte, daß er sich nie als ausgebildeten Spielmann hätte ausgeben können. Statt dessen versuchte er sich als ein trauriges Überbleibsel des Krieges zu verkaufen, wie man es in ganz England kannte: Ein jüngerer, im Kampf verstümmelter Sohn, von seinem Herrn verstoßen und von seiner Familie zurückgewiesen, der jetzt versuchte, dem Hungertod durch das Besingen ruhmreicher Taten zu entrinnen. Hounds Fertigkeit hatte Shefs Körper eine Geschichte aufgezeichnet, die jedermann lesen konnte. Erst hatte er sorgfältig eine riesige Narbe in Shefs Gesicht gemalt, das Resultat eines Axt- oder Schwertstreichs quer über die Augen. Dann hatte er die angebliche Narbe mit den dreckigen Lumpen eines englischen Armeeheilers verbunden, so daß nur die Ränder verrieten, was sich darunter verbarg. Anschließend hatte er Shefs Beine unter den weiten Hosen so geschient, daß er unmöglich ein Knie beugen konnte. Und schließlich, als Krönung seiner Tortur, hatte er ihm einen Metallbarren auf den Rücken gebunden, um jede ungehinderte Bewegung zu vereiteln.

»Du hast nicht aufgepaßt«, hatte er gesagt. »Ein Wikinger hat dich im Gesicht erwischt. Als du vornüber fielst, zertrümmerte die stumpfe Seite einer Axt oder ein Kriegshammer das Rückgrat. Jetzt kannst du die Beine nur noch hinter dir herziehen, wenn du auf deinen Krücken dahinhoppelst. Das ist deine Geschichte.«

Aber niemand fragte Shef danach. Dafür bestand für einen erfahrenen Krieger keine Notwendigkeit. Außerdem jagte der Anblick des Krüppels und seines abgemagerten Helfers den mercischen Kriegern Angst ein. Jeder von ihnen wußte, daß ihn eines Tages ein ähnliches Schicksal ereilen konnte. Könige und Fürsten unterhielten hin und wieder einige Krüppel, um ihre Großzügigkeit zu demonstrieren oder aus einem Gefühl der Verbundenheit zu der Familie des Unglücklichen. Aber Dankbarkeit oder Sorge für die Unbrauchbaren konnte sich ein Land im Krieg nicht leisten.

Die Zuhörer wandten sich ab. Hound leerte den Beutel, reichte Shef Hälfte des Inhalts und kauerte sich neben ihm hin. Mit gesenkten Köpfen verschlangen sie die Gaben. Ihr Hunger war nicht gespielt. Seit zwei Tagen hatten sie sich immer näher an Burgreds Lager herangearbeitet. Shef war in sich zusammengesackt auf einem gestohlenen Esel geritten. Während dieser Zeit hatten sie nur von dem gelebt, was man ihnen gab, und hatten die kalten Nächte in ihren Kleidern verbracht.

»Du hast sie gesehen«, murmelte Shef.

»Wenn sie kommt, werfe ich ihr das Zeichen zu«, entgegnete Hound. Danach schwiegen die beiden. Sie wußten, daß der entscheidende Moment gekommen war.

Schließlich konnte Godive ihren Auftrag nicht weiter in die Länge ziehen. Sie wußte, daß in den Quartieren der Frauen Polga, die alte Vettel, die Alfgar als ihre Bewacherin eingesetzt hatte, mißtrauisch und ängstlich werden würde: Alfgar hatte ihr gesagt, daß er sie zum Sklavenmarkt nach Bristol bringen lassen würde, wo die walisischen Häuptlinge menschliches Strandgut kauften, sollte seine Hure von Frau sich einen Liebhaber nehmen.

Godive bahnte sich ihren Weg durch das immer noch dichte Gedränge des Platzes. Der Spielmann und sein Junge waren immer noch dort. Arme Leute. Ein blinder Krüppel und ein Hungerleider. Selbst die Waliser würden sie nicht kaufen. Wie lange würden sie leben? Vielleicht bis zum Winter. Und damit vielleicht länger als sie.

Der Spielmann hatte seine grobe, braune Kapuze übergezogen, um sich gegen den Nieselregen zu schützen, der den Staub in Schlamm verwandelte. Oder vielleicht wollte er auch nur die grausamen Blicke der Welt abwehren, denn er hatte das Gesicht in den Händen begraben. Als sie auf gleicher Höhe mit dem Paar war, beugte sich der Helfer vor und warf ihr etwas vor ihre Füße. Instinktiv bückte sie sich danach.

Es war Gold. Eine goldene Harfe, eine winzige Brosche für das Kleid eines Kindes. Trotz ihrer Winzigkeit hätte sich ein Mann damit genug Essen für ein oder zwei Jahre kaufen können. Wie kam ein wandernder Bettler zu so einem Schmuckstück? An die Kette gebunden war ein…

Es war eine Garbe. Nur ein paar verwobene Halme, aber in einer unverkennbaren Form. Aber wenn die Harfe den Spielmann meinte, dann stand die Garbe für…

Ruckartig drehte sie sich zu dem blinden Mann um. Seine Hände lösten sich vom Gesicht und mit ihnen der Verband. Sie sah das eine Auge, das tief in die ihren starrte. Das Auge blinzelte. Als Shef das Gesicht wieder in den Händen vergrub, sagte er leise aber klar vier Worte: »Am Abort. Um Mitternacht.«

»Aber er wird bewacht«, sagte Godive. »Und da ist noch Alfgar…«

Hound streckte ihr den Beutel entgegen, als ob er sie verzweifelt um ein Almosen anbettelte. Als der Beutel sie berührte, drückte er ihr eine kleine Flasche in die Hand.

»Tu es ins Ale«, flüsterte er. »Wer immer es trinkt, wird schlafen.«

Godive machte sich mit einem Ruck los. Als ob man seine Bitte abgeschlagen hätte, sank Hound zurück. Der Spielmann vergrub das Gesicht noch tiefer in den Händen, anscheinend zu verzweifelt, um aufzublicken. Einige Schritte weiter sah Godive Polga, die ihr tadelnd entgegenhumpelte. Sie wandte sich ab und kämpfte gegen den Drang, vor Freude aufzuspringen, die alte Frau zu umarmen, als wäre sie wieder eine Jungfrau ohne eine einzige Sorge in der Welt. Aber die Schnittwunden auf ihren Oberschenkeln rieben gegen ihr wollenes Kleid und zwangen sie zu einem verkrampften Schlurfen.

Shef hatte nicht erwartet, kurz vor der Entführung zu schlafen, aber die Müdigkeit war unwiderstehlich. Zu kraftvoll, um natürlichen Ursprungs zu sein, fürchtete er. Als er einschlief, hörte er eine Stimme. Nicht die bereits vertraute, belustigte Stimme seines Gönners, sondern die Odins, des Förderers der Schlachten, des Verräters der Krieger, des Gottes, der die Opfer nahm, die man dem Strand der Toten übergab.

»Nimm dich in acht, Knirps«, sagte die Stimme. »Du und dein Vater, ihr könnt tun, was ihr wollt, aber vergiß nicht, mir das zu geben, was mir zusteht. Ich zeige dir, was mit denen geschieht, die es versäumen.«

Plötzlich saß Shef am Rand eines Lichtkreises, noch in der Dunkelheit, aber er blickte hinein. Im Licht spielte ein Harfenist. Er sang vor einem Mann, einem alten Mann mit grauem Haar und einem spitzen, grausamen Gesicht, das denen auf seinem Zepter glich. Er sang vor dem Mann. Aber Shef wußte, daß er es eigentlich für die Frau tat, die zu Füßen ihres Vaters saß. Er sang ein Liebeslied aus dem Süden über eine Frau, die im Garten einer Nachtigall lauschte und sich hilflos nach ihrem Geliebten sehnte. Das Gesicht des alten Königs entspannte sich genüßlich, er schloß die Augen und dachte an seine Jugend und daran, wie er um seine jetzt tote Frau geworben hatte. Währenddessen legte der Harfenist ohne eine einzige Note auszulassen einen runakefli *– einen Stock, in den Runen eingeritzt waren – neben den Rock der Frau: eine Botschaft von ihrem Geliebten. Plötzlich wußte Shef, daß er selbst der Geliebte war und Hedin hieß. Der Harfenist war von seinem Fürsten ausgesandt worden, um Hild von ihrem eifersüchtigen Vater, Hägni dem Unerbittlichen, wegzulocken.*

Dann wechselte die Szene. Dieses Mal standen sich zwei Armeen auf einem unruhigen Strand gegenüber, unentwegt rollten schwere Wellen über den Seetang. Ein Mann löste sich aus der Masse und ging auf einen zweiten zu. Shef wußte, daß es Hedin war, der gekommen war, den Brautpreis für die gestohlene Tochter anzubieten. Er hätte es nicht getan, wenn ihn nicht Hägnis Männer eingeholt hätten. Er zeigte die Säcke mit Gold, die wertvollen Juwelen. Aber es war der andere, der ältere Mann, der sprach. Shef wußte, daß er das Angebot zurückwies. Er hatte das Schwert Dainsleif gezogen, das die Zwerge geschmiedet hatten. Es konnte erst wieder in seiner Scheide ruhen, nachdem es ein Leben gekostet hatte. Der alte Mann sagte, für die Beleidigung wäre er mit nichts weniger als dem Leben Hedins zufrieden.

Plötzlich spürte Shef Hast und Druck von außen. Aber er mußte die letzte Szene sehen. Es war dunkel, der Mond schien durch vereinzelte Wolken. Viele tote Männer lagen auf dem Feld, die Schilde gespalten, die Herzen aufgespießt. Hedin und Hägni lagen nahe nebeneinander in tödlicher Umarmung. Aber jemand war noch am Leben, bewegte sich. Es war Hild, die nicht nur ihren Ehemann und Entführer sondern auch ihren Vater verloren hatte. Sie ging zwischen den Leichen und sang ein Lied, ein galdorleoth, *das ihr finnisches Kindermädchen ihr beigebracht hatte. Und plötzlich regten sich die Leichen. Erhoben sich und starrten einander im Mondlicht an. Hoben ihre Waffen und drangen aufeinander ein. Hild schrie aus Wut und Enttäuschung auf, aber ihr Geliebter und ihr Vater ignorierten sie. Sie droschen auf die zersplitterten Schilde ein. Und so, wußte Shef, würde es am Strand von Hoy auf den abgelegenen Orkneyinseln bis zum letzten Tag weitergehen, denn dies war die Endlose Schlacht.*

Der Druck nahm zu, bis Shef aus dem Schlaf schreckte. Hound preßte einen Daumen unter sein rechtes Ohr, um ihn lautlos zu wecken. Die Nacht um sie herum war ruhig, nur die Bewegung und das Husten Hunderter Schlafender in den Zelten und Unterständen war zu vernehmen. Die lärmenden Festlichkeiten in dem großen Zelt hatten schließlich geendet. Ein kurzer Blick auf den Mond verriet Shef, daß es Mitternacht war. Zeit zu handeln.

Die sechs Freigelassenen, die sie mit sich gebracht hatten, standen auf und gingen leise zu dem Karren einige Meter weiter. Cwicca, der Dudelsackpfeifer aus Crowland, führte sie an. Sie sammelten sich am Karren, packten die Zuggriffe und machten sich auf den Weg. Sofort erfüllte das laute Quietschen ungeschmierter Räder die Nacht und handelte ihnen die ersten Beschwerden von gestörten Schlafenden ein. Die Freigelassenen schenkten ihnen keine Beachtung und marschierten verbissen weiter. Shef, der sich von den Fesseln und Verbänden befreit hatte, sich aber immer noch auf Krücken dahinschleppte, folgte ihnen in dreißig

Schritten Abstand. Hound starrte ihnen einen Augenblick lang nach, dann schlüpfte er im Mondlicht in Richtung des Lagerrands und der wartenden Pferde.

Als der Karren sich auf das große Zelt zubewegte, stellte sich ihm ein Thane aus Burgreds Leibwache in den Weg. Shef hörte sein herausforderndes Knurren. Dann krachte sein Speerschaft auf die Schulter eines unglücklichen Freigelassenen. Beschwerden hallten durch die Nacht, gefolgt von Vorhaltungen. Als der Thane näher kam, um nachzusehen, was die Männer trieben, drang der Gestank von dem Karren an seine Nase. Er wich würgend zurück und wedelte mit einer Hand vor seiner Nase. Shef ließ die Krücken fallen und schlüpfte hinter dem Rücken des Thanes in das Gewirr der Halteseile des königlichen Zeltes. Von dort sah er, wie der Thane die Freigelassenen wieder zurückwinkte, während Cwicca geduckt weiter seine Erklärungen hinunterleierte: »Leert sie jetzt aus, haben sie gesagt. Der Kammerherr sagte, er wolle nicht sehen, daß irgendwer bei Tag Scheiße schaufelt. Und schon gar nicht, daß wir die Damen erschrecken. Uns gefällt das auch nicht, Herr, wir wären lieber im Bett, aber wenn wir es bis morgen früh nicht gemacht haben, sind wir dran. Der Kammerherr sagte, er läßt mir die Haut abziehen.«

Das typische Winseln des Sklaven war unverkennbar. Während Cwicca redete, schoben seine Begleiter den Karren weiter nach vorne, damit das Aroma von über zwanzig Jahren menschlicher Ausscheidungen, die an dem Karren klebten, dem Thane in die Nase stieg. Der Thane gab auf und zog sich mit einer Hand Luft zufächelnd weiter zurück.

Ein hartes Stück Arbeit für die Dichter, dachte Shef. Bis jetzt hatte noch keiner von ihnen einen Platz für Cwicca und seinesgleichen in seinen Versen gefunden. Doch ohne sie konnte der Plan nicht funktionieren.

Sklaven, freie Männer und Krieger sahen verschieden aus, bewegten sich und redeten anders. Keine Thane hätte je daran gezweifelt, daß Cwicca ein Sklave war, der einen Auftrag erledigte. Wie hätte ein Krieger des Gegners so kümmerlich sein können?

Die Gruppe gelangte zur Tür des Frauenaborts an der rückwärtigen Seite des Zelts. Vor dem Abort stand eine Wache, ein Krieger aus Burgreds engstem Vertrautenkreis, einsachtzig groß und vom Helm bis zu den verzierten Stiefeln bewaffnet. Shef sah gespannt aus seinem Versteck im Schatten zu. Er wußte, daß dies der kritische Moment war. Cwicca hatte mit seinem Karren die Sicht fast vollständig verstellt, aber trotzdem konnte irgendwo in der Dunkelheit ein aufmerksames Auge lauern.

Die Freigelassenen umringten die Wache unterwürfig aber entschlossen und zupften den Mann am Ärmel, als sie ihre Absichten zu erklären versuchten. Dann schoß plötzlich eine dürre Hand auf die Kehle des Kriegers zu. Shef sah, wie der Mann sich wand, und hörte einen erstickten Schrei. Dann spritzte Blut, als Cwicca mit einem rasiermesserscharfen Messer den Hals des Mannes aufschlitzte.

Sechs Händepaare fingen den erschlaffenden Wachmann auf und schoben ihn mit dem Kopf voraus auf den Karren. Dann war Shef bei den Freigelassenen und nahm Helm, Speer und Schild des Toten an sich. Einen Augenblick später stand er im Mondlicht und winkte den Karren ungeduldig weiter. Jetzt würde jeder Beobachter von der Harmlosigkeit der Szene überzeugt sein: Der bewaffnete Hüne winkte eine Gruppe schmächtiger Arbeiter weiter. Cwiccas Männer verteilten sich mit ihren Schaufeln und Eimern um die Grube. Shef wartete einige Sekunden, dann trat er wieder in den Schatten, so als ob er die Sklaven aus nächster Nähe beaufsichtigen wollte.

Gleich darauf war er durch die Tür, und Godive lag in seinen Armen. Sie war nackt unter dem Nachthemd.

»Ich bin nicht an meine Kleider herangekommen«, flüsterte sie. »Alfgar schließt sie jede Nacht weg. Er hat das Schlafmittel getrunken, aber Wulfgar schläft auch in unserem Abteil, und er hat kein Ale getrunken, weil heute ein Fastentag ist. Er hat mich weggehen sehen. Wenn ich nicht zurückkomme, schlägt er vielleicht Alarm.«

Gut, dachte Shef eisig, trotz des warmen Körpers in seinen Armen. Jetzt wird ihr das, was ich sowieso vorhatte, natürlich erscheinen. Dann muß ich weniger erklären. Vielleicht wird sie nie erkennen, daß ich nicht ihretwegen gekommen bin.

Hinter ihnen drängten Cwiccas Männer durch den Türrahmen. Sie gaben sich immer noch den Anschein von Männern, die schweigend ihrer Arbeit nachgingen.

»Ich gehe in die Schlafkammer«, flüsterte Shef ihnen zu. »Die Lady wird mir den Weg zeigen. Wenn ihr hört, daß jemand Alarm gibt, dann flieht auf der Stelle.«

Als sie in den dunklen Gang zwischen den kleinen Schlafabteilen von Burgreds engsten Höflingen trat – Godive führte ihn mit der Sicherheit einer Frau, die denselben Weg schon Hunderte Male benutzt hatte –, hörte Shef Cwiccas Stimme hinter sich. »Na ja, wenn wir schon mal da sind, können wir genausogut aufräumen. Was sind schon ein paar Eimer Scheiße?«

Godive hielt vor einer heruntergelassenen Klappe aus Zeltleinwand an. Sie zeigte darauf und flüsterte fast unhörbar: »Wulfgar. Hier links. Er schläft oft bei uns, damit ich ihn nachts umdrehen kann. Er ist in seiner Kiste.«

Mir fehlt ein Knebel, durchzuckte es Shef. Ich dachte, er würde schlafen. Schweigend faßte er den Saum von Godives Nachthemd und hob es an. Einen Augenblick lang hielt Godive automatisch den Stoff schamhaft fest, dann ließ sie ihn los und stand gleich darauf nackt vor ihm. Das erstemal für mich, dachte Shef. Hätte nie geglaubt, daß es mir keine Freude machen würde. Aber Wulfgar wird verwirrt sein, wenn sie nackt hereinkommt. Vielleicht gibt mir das den zusätzlichen Moment, den ich brauche.

Er versetzte ihr einen Schubs in den nackten Rücken und spürte, wie sie zusammenzuckte. Seine Fingerspitzen ertasteten das vertraute Gefühl von getrocknetem Blut. Rasender Zorn erfüllte ihn, auf Alfgar und auf sich selbst. Wieso hatte er in diesen langen Monaten nicht ein einziges Mal daran gedacht, was sie ihr antun würden?

Im Mondlicht lief Godive durch den Raum zum Bett, in dem ihr betäubter Ehemann lag. Aus der gepolsterten Kiste kam ein überraschtes, ärgerliches Knurren. Einen Herzschlag später stand Shef über der Kiste und blickte hinunter auf das Gesicht seines Stiefvaters. Er sah, wie sich Erkennen auf Wulfgars Zügen breit macht und sein Mund vor Schreck aufklappte. Dann stopfte er ihm das blutige Nachthemd zwischen die Zähne.

Wulfgar wandte und verdrehte sich wie eine gefangene Riesenschlange. Er hatte zwar keine Gliedmaßen mehr, aber er mühte sich trotzdem mit der ganzen Kraft seiner Bauch- und Rückenmuskeln einen Stumpf über die Kante der Kiste zu heben, um vielleicht auf den Boden zu rollen. Shef wußte, daß das zuviel Krach verursachen würde. Die privilegierten Paare, die in den Abteilen aus Zeltleinwand schliefen, würden aufwachen und vielleicht eingreifen.

Oder auch nicht. Denn selbst adlige Paare lernten, sich gegenüber Liebeslauten taub zu stellen. Und auch denen der Gewaltanwendung. Shef dachte an Godives vernarbten Rücken und an seinen eigenen und überwand den flüchtigen Widerwillen. Er rammte ein Knie in Wulfgars Magen und zwängte das Nachthemd tiefer in seinen Mund. Dann verdrehte er die Enden hinter dem Kopf und verknotete sie mehrmals. Gleich darauf stand Godive neben ihm und hielt ihm die Lederriemen hin, mit denen Alfgars Männer tagsüber die Truhen mit ihren Habseligkeiten an den Sätteln der Lastesel befestigten. Rasch schlangen sie die langen Riemen um Wulfgars Kiste, um sicherzustellen, daß der Krüppel sich nicht aus ihr herauswinden und über den Boden kriechen konnte. Als sie damit fertig waren, bedeutete Shef Godive ans andere Ende der Kiste zu kommen. Vorsichtig hoben sie das sargähnliche Behältnis von seinem Ständer und setzten es auf dem Boden ab. Jetzt konnte Wulfgar die Kiste nicht einmal umkippen, um Krach zu schlagen.

Dann ging Shef mit zwei langen Schritten neben das große Bett und starrte auf den betäubten Alfgar herunter. Der Mund seines Halbbruders stand offen und ein regelmäßiges Schnarchen drang aus seiner Kehle. Er ist immer noch ein ansehnlicher Mann, dachte Shef. Und er hatte Godive für die letzten zwölf Monate. Dennoch verspürte er keinen Drang, ihm die Kehle durchzuschneiden. Er brauchte Alfgar noch für seinen Plan. Und für eine Geste – eine Geste, die den Plan besser funktionieren lassen würde.

Godive kam zu ihm. Sie trug jetzt ein Kleid und einen Mantel aus der Truhe, in der sie Alfgar weggeschlossen hatte. In der Hand hielt sie ihre kleine Nähschere; ihre Miene spiegelte Entschlossenheit. Wortlos stellte sich Shef in Godives Weg und drückte ihre Hand hinunter. Er berührte ihren Rücken und sah sie fragend an.

Sie deutete in eine Ecke. Dort lag ein Bündel neuer Birkenruten, noch ohne verkrustetes Blut. Alfgar mußte sie sich für später bereitgelegt haben. Shef streckte seinen Halbbruder auf dem Bett aus, faltete seine Hände über der Brust und legte das Bündel zwischen sie.

Er ging zu Wulfgar, der mit aus den Höhlen hervortretenden Augen im Mondlicht lag und mit undeutbarem Gesichtsausdruck nach oben starrte: War es Angst? Fassungslosigkeit? Oder etwa Reue? Eine Erinnerung stieg aus Shefs Unterbewußtsein: Godive, Alfgar und er, die als Kinder ausgelassen miteinander spielten – vielleicht das Spiel mit Wegerichstengeln, bei dem jedes Kind abwechselnd mit dem eigenen Stengel versuchte, den seines Gegenübers abzuhauen. Und Wulfgar hatte ihnen lachend zugesehen und schließlich mitgespielt. Es war nicht seine Schuld, daß man ihm zum Heimnar gemacht hatte. Er hatte auch Shefs Mutter nicht verstoßen, obwohl er das Recht dazu gehabt hätte.

Doch er hatte zugesehen, wie sein Sohn seine Tochter fast zu Tode prügelte. Langsam, damit Wulfgar jede einzelne Bewegung sah, nahm Shef den geborgten silbernen Anhänger aus seinem Beutel. Er hauchte ihn an, polierte ihn und legte ihn auf Wulfgars Brust.

Es war der Hammer Thors.

Wortlos schlüpften die beiden aus dem Abteil, liefen durch die Dunkelheit zum Abort, geführt vom gedämpften Scharren und Klirren der Schaufeln. Plötzlich fiel Shef ein, was er übersehen hatte. Für eine adlige, zarte Lady wie Godive gab es nur einen Ausgang. Cwicca und seine Begleiter konnten das Lager geschützt durch ihre widerliche Aufgabe und ihren zwergenhaften Körperbau ungehindert verlassen. Er selbst konnte den Speer und Schild des toten Wachmanns an sich nehmen, sie begleiten und sich dabei laut darüber beklagen, daß ein Krieger den Abortkarren eskortieren mußte, damit die Sklaven nichts stahlen oder trödelten. Aber Godive. Sie mußte auf den Karren, mußte sich zu einer Leiche und zwanzig Eimern Kot legen.

Aber als er ansetzte, um ihr die Lage zu erklären, um die unumgängliche Notwendigkeit zu schildern, sich zu entschuldigen und ihr eine glänzende Zukunft zu versprechen, trat sie neben ihm.

»Weg mit dem Deckel«, knurrte sie Cwicca an. Sie legte die Hand auf den verschmierten Rand des Karrens und sprang mit einem Satz in den Gestank, der den Magen unwillkürlich revoltieren ließ. »Und jetzt los«, befahl ihre gedämpfte Stimme. »Verglichen mit König Burgreds Hof ist das hier frische Luft.«

Quietschend rumpelte der Karren über den Hof. Shef eilte ihm mit gesenktem Speer einige Schritte voraus.

KAPITEL 6

SHEF MUSTERTE DIE LANGE REIHE feindseliger, mißbilligender Gesichter.

»Du hast dir Zeit gelassen«, sagte Alfred.

»Ich hoffe, sie war es wert«, sagte Brand und blickte ungläubig die verhärmte und abgerissene Gestalt Godives an. Sie saß in ihrem von einer Churl geliehenem Kleid breitbeinig auf dem Pony hinter Shef.

»Das ist kein angemessenes Betragen für einen Kriegerfürsten«, sagte Thorvin. »Die Armee wird von zwei Seiten bedroht, und du machst dich wegen irgendeiner Privatsache davon. Ich weiß, daß du ursprünglich wegen des Mädchens zu uns kamst, aber uns jetzt im Stich zu lassen… hätte das nicht Zeit gehabt?«

»Sie hatte schon zu lange gewartet«, entgegnete Shef schroff. Er schwang sich vom Pferd – und verzog das Gesicht, als er den Schmerz in seinen Oberschenkeln spürte. Es war ein anstrengender, eine Nacht und einen Tag langer Ritt gewesen, doch mit dem Trost, daß König Burgred selbst mit der Wut Wulfgars und der Bischöfe im Rücken immer noch zwei Tage hinter ihnen sein mußte.

Shef wandte sich an Cwicca und seine Kameraden. »Geht zurück ins Lager und ruht euch aus«, sagte er. »Und vergeßt nicht, daß ihr eine große Tat vollbracht habt. Ihr werdet bald sehen, daß sie noch größere Bedeutung hat, als es scheint. Ich werde euch alle dafür belohnen.«

Als die Männer zusammen mit Hound davonritten, wandte er sich wieder an die Mitglieder seines Rates. »Jetzt wissen wir, wo König Burgred ist. Zwei Tage hinter uns, und er rückt so schnell auf, wie er kann, ohne in ungebührlicher Weise auf Luxus zu verzichten. Er wird voraussichtlich in zwei Tagen unsere Grenzen erreichen.«

»Aber wo ist Ivar?«

»Da gibt es schlechte Nachrichten«, antwortete Brand. »Er ist vor zwei Tagen mit vierzig Schiffen an der Mündung des Ouse gelandet. Am Ouse in Norfolk, nicht dem in Yorkshire. Er griff sofort Lynn an. Die Stadt leistete Widerstand. Er durchbrach in ein paar Minuten die Palisade und machte alles nieder. Es gibt keine Überlebenden, die berichten könnten, wie er das angestellt hat, aber es besteht kein Zweifel, daß er es war.«

»Die Mündung des Ouse«, murmelte Shef. »Das sind zwanzig Meilen. Und Burgred ist auch etwa so weit weg.«

Ohne daß Shef ihn dazu hätte anweisen müssen, hatte Pater Boniface inzwischen die große Karte Norfolks geholt, die Shef für die Wand seiner Kammer hatte fertigen lassen. Shef beugte sich über die Karte, schätzte Entfernungen ab und sah von einem Ort zum nächsten.

»Was wir tun müssen…«, sagte er.

»Bevor wir irgend etwas tun«, unterbrach ihn Brand, »müssen wir erst darüber beraten, ob wir dir immer noch als unserem Jarl vertrauen können.«

Einen langen Augenblick starrte Shef ihn an, ein Auge gegen zwei. Schließlich senkte Brand den Blick.

»In Ordnung, in Ordnung«, murmelte er. »Du hast bestimmt etwas Besonderes vor, und eines Tages wirst du uns sicher erzählen, was es ist.«

»Währenddessen«, schaltete sich Alfred ein, »wäre es ein Gebot der Höflichkeit zu überlegen, was Ihr mit der

Dame anfangen wollt. Schließlich nahmt Ihr erhebliche Mühen und Gefahren auf Euch, um sie zu befreien. Wir können sie nicht einfach vor unseren Zelten stehen lassen.«

Shefs Blick wanderte erneut von einem feindseligen Gesicht zum nächsten und verweilte schließlich auf Godives verweinten Augen.

Dazu ist keine Zeit! schrie etwas in ihm auf. Männer zu überzeugen, sie zu beschwichtigen, vorzugeben, sie wären wichtig. Sie sind alle nur Räder der großen Maschine, genauso wie ich! Aber wenn sie das erfahren, werden sie sich vielleicht weigern, sich zu drehen.

»Es tut mir leid«, sagte er. »Godive, vergib mir. Ich war so froh, daß wir in Sicherheit sind, daß ich mit meinen Gedanken woanders war. Darf ich dich meinen Freunden vorstellen?«

Die Drachenboote fuhren in einer langen Reihe den seichten, schlammigen Großen Ouse hinauf, die Westgrenze des Weglandes, das sie zu vernichten trachteten. Einige der Mannschaften sangen, um ihren Fortschritt anzuzeigen, als sich die Schiffe mit aufgerollten Segeln durch die grüne Sommerlandschaft schlängelten. Ivars Männer gaben sich damit nicht ab. Sie wußten auch ohne ein Lied, wieviel Zeit vergangen war. Zudem hing überall, wo Ivar Ragnarsson stand, eine gespannte und angestrengte Atmosphäre in der Luft, die selbst alte Veteranen, die damit prahlten, daß sie nichts und niemanden fürchteten, nicht ignorieren konnten.

Etwas weiter vorne konnten die Steuermänner – die Ablösungen der Ruderer und die eingeschüchterten Mannschaften der Maschinen – eine kleine hölzerne Brücke erkennen: Nicht Teil einer Stadt oder eines Dorfes, sondern nur ein Ort, an dem die Straße zufällig den Fluß kreuzte, kein guter Platz für einen Hinterhalt. Dennoch, Piraten wurden nur zu Veteranen, indem sie jedes unnötige Risiko vermieden. Selbst Ivar, der sich keinen Deut mehr um seine persönliche Sicherheit kümmerte, handelte, wie es seine Männer von ihm erwarteten. Eine Achtelmeile vor der Brücke drehte sich die Gestalt im scharlachroten Mantel und der grasgrünen Hose am Bug um und blaffte einen Befehl.

Die Ruderer zogen ihre Riemen aus dem Wasser und tauchten sie dann mit umgekehrten Blättern wieder ein. Langsam verlor sich die Fahrt des führenden Schiffs, und der Rest der Flotte reihte sich in einer engen Kette dahinter auf. Ivar gab den beiden Reitergruppen an den Ufern, die auf den flachen Wiesen ohne weiteres sichtbar waren, ein Zeichen. Sie trabten vor, um die Brücke zu überprüfen. Hinter ihnen begannen derweil die Mannschaften mit geübten, flinken Bewegungen, die Masten umzulegen.

Die Reiter trafen auf keinen Widerstand. Kein einziger Feind war zu sehen. Doch als die Wikinger von ihren Ponys rutschten, um sich auf der hölzernen Karrenbrücke zu treffen, sahen sie, daß jemand vor ihnen hiergewesen sein mußte. Vor ihnen, mitten auf dem Weg und unübersehbar, lag eine Kiste.

Dolgfinn, der Hauptmann der berittenen Aufklärer, beäugte sie mißtrauisch. Die ganze Sache behagte ihm nicht. Jemand hatte die Kiste zu einem bestimmten Zweck zurückgelassen. Und dieser Jemand hatte eine sehr klare Vorstellung vom Vorrücken einer Wikingerarmee gehabt. Kisten wie diese enthielten ausnahmslos entweder eine Botschaft oder ein Zeichen des Widerstands. Wahrscheinlich war ein Kopf darin. Und ohne Zweifel sollte er an Ivar gehen. Daran ließ das plumpe Bild eines hochgewachsenen Manns in einem scharlachroten Mantel, grüner Hose und mit einem silbernen Helm, das man mit unbeholfener Hand aufgemalt war, keinen Zweifel. Dolgfinn fürchtete nicht um sein eigenes Leben – schließlich war er Sigurth Ragnarssons

Stiefvater, von Schlangenauge persönlich ausgesandt, um ein Auge auf seinen verrückten Verwandten zu haben. Und wenn Ivar auch nur im entferntesten irgend etwas auf die Gedanken eines anderen Mannes gab, dann auf die seines älteren Bruders. Dennoch war Dolgfinn nicht gerade von der Aussicht auf die gewalttätige Szene, die sich gleich abspielen würde, begeistert. Jemand würde für diese Botschaft leiden, das wußte er. Dolgfinn erinnerte sich an den Tag vor vielen Monaten, als Viga-Brand die Ragnarssons mit der Nachricht vom Tod ihres Vaters verhöhnt und herausgefordert hatte. Guter Stoff für eine Geschichte, sinnierte er. Doch der vielversprechende Auftakt hatte getrogen. Hatte Brand vielleicht, auch wenn er ein einfacher Mann war, vorausgesehen, was geschehen würde? Und wenn das so war, was war hiermit?

Dolgfinn schob die düsteren Gedanken beiseite. Es mochte eine Falle sein, aber ihm blieb keine andere Wahl, als es auszuprobieren. Er hob die Kiste auf – wenigstens war sie zu leicht für einen Kopf – und ging ans Ufer, wo das Drachenboot Ivars wartete. Dolgfinn sprang an Deck und ging zu Ivar, der am Bug stand, ganz in der Nähe der anderthalb Tonnen schweren Maschine. Wortlos setzte er die Kiste auf den Planken ab, deutete auf das Bild, zog das Messer aus dem Gürtel und reichte es Ivar mit dem Griff voran, damit dieser den vernagelten Deckel aufstemmen konnte.

Ein englischer König hätte eine derart niedrige Aufgabe einem Diener überlassen, aber die Anführer von Piraten verfügten über keine vergleichbare Würde, die sie zu wahren hatten. Mit vier schnellen Bewegungen entfernte Ivar die Nägel. Seine farblosen Augen blickten zu Dolgfinn auf, während sich auf seinem Gesicht unvermittelt Vorfreude breit machte. Ivar wußte, daß ihm entweder eine Beleidigung oder eine Provokation bevorstand. Und dem Anführer der Wikinger gefiel der Gedanke, bald wieder etwas Neues heimzahlen zu können.

»Mal sehen, was uns die Männer des Weges geschickt haben«, sagte er.

Er schleuderte den Deckel beiseite und griff in die Kiste.

»Die erste Beleidigung. Ein Kapaun.« Er hob den toten Vogel aus der Kiste und strich über das Gefieder. »Ein kastrierter Hahn. Ich frage mich, was das bedeuten soll.«

Ivar schwieg solange, bis feststand, daß weder Dolgfinn noch einer der anderen Männer etwas zu sagen hatte, und griff ein zweites Mal in die Kiste.

»Die zweite Beleidigung. An den Kapaun ist etwas Stroh gebunden. Ein paar Halme.«

»Keine Halme«, sagte Dolgfinn. »Das ist eine Garbe. Muß ich dir erzählen, wofür das steht? Vor einigen Wochen noch hast du seinen Namen ständig im Mund geführt.«

Ivar nickte. »Danke für den Hinweis. Kennst du das alte Sprichwort ›Ein Sklave rächt sich gleich, ein Feigling niemals‹, Dolgfinn?«

Ich halte dich nicht für einen Feigling, dachte Dolgfinn, aber sprach den Gedanken nicht aus. Es hätte zu entschuldigend geklungen. Wenn Ivar etwas als Beleidigung auffassen wollte, tat er es auch.

»Kennst du dieses andere alte Sprichwort, Ivar Ragnarsson?« konterte er. »›Aus einem blutigen Beutel kommt oft schlechte Kunde.‹ Laß uns diesem hier auf den Grund gehen.«

Ivar langte wieder in die Kiste und holte den dritten und letzten Gegenstand heraus. Diesmal starrte er ihn mit ungespielter Verwirrung an. Es war ein Aal, der schlangenähnliche Fisch der Sümpfe.

»Was hat das zu bedeuten?« Schweigen antwortete ihm.

»Kann mir das irgend jemand sagen?« Die Krieger, die sich im Kreis um ihn drängten, schüttelten den Kopf. Aber einer der Sklaven, der neben seiner Maschine kauerte, rührte sich kurz. Ivars wachsamen Augen entging die Bewegung nicht.

»Jedem, der mir die Bedeutung dieses Aals sagen kann, gewähre ich einen Gefallen.«

Der Sklave richtete sich zögernd auf. Er spürte, daß aller Augen jetzt auf ihn gerichtet waren.

»Einen Gefallen, Herr, freimütig gewährt?«

Ivar nickte.

»Wir Engländer nennen den Fisch *eel*, Herr. Vielleicht ist damit ein Ort gemeint. Ely, die Aal-Insel nur wenige Meilen flußaufwärts von hier. Vielleicht will dieser Sheaf Euch dort treffen.«

»Weil ich der Kapaun bin?« erkundigte sich Ivar.

Der Sklave schluckte. »Ihr habt jedem, der Euch etwas sagt, einen Gefallen versprochen, Herr. Ich bitte Euch um die Freiheit.«

»Du kannst gehen«, sagte Ivar und trat von der Ruderbank zurück. Der Sklave schluckte ein zweites Mal und musterte die bärtigen, ausdruckslosen Gesichter. Er machte einen Schritt. Als niemand Anstalten machte ihn aufzuhalten, war er mit einem Satz an der Seite des Schiffs, sprang auf ein Ruder und dann ans Ufer. Mit tölpelhaften, froschähnlichen Sätzen steuerte er die nächste Deckung an.

»Acht, neun, zehn«, sagte Ivar zu sich selbst, den Speer mit der silbernen Spitze in den Händen. Er machte zwei Schritte zur Seite und nahm Wurfhaltung ein. Der Speer erwischte den rennenden Sklaven direkt zwischen den Schulterblättern und schleuderte ihn aufs Gesicht.

»Will mich noch jemand einen Kapaun nennen?« erkundigte sich Ivar.

Nein, das hat schon ein anderer erledigt, dachte Dolgfinn.

Später am Abend, nachdem die Schiffe vorsichtig zwei Meilen nördlich der Aal-Insel festgemacht hatten, unterhielten sich einige von Ivars erfahrensten Kapitänen sehr, sehr leise am Lagerfeuer weit entfernt von Ivars Zelt.

»Man nennt ihn den Knochenlosen«, sagte einer von ihnen, »weil er keine Frau nehmen kann.«

»Doch, das kann er«, warf ein anderer ein. »Er hat Söhne und Töchter.«

»Aber nur, wenn er zuerst merkwürdige Dinge mit ihnen anstellt. Und nicht viele Frauen überleben das. Es heißt…«

»Nein«, unterbrach ihn ein dritter Mann, »sprich es nicht aus. Ich sage euch, wieso er der Knochenlose ist. Weil er der Wind ist, der von überall kommt. Er könnte jetzt genau hinter uns stehen.«

»Ihr irrt euch alle«, sagte Dolgfinn. »Ich bin kein Gefolgsmann des Weges, aber ich habe Freunde, die es sind. Oder die es waren. Sie sagen folgendes, und ich glaube ihnen: Er ist der *beinnlauss*, das stimmt. Aber das bedeutet nicht der ›Knochenlose‹.« Dolgfinn hielt eine Rinderrippe hoch, um anzuzeigen, welche der beiden Bedeutungen des nordischen Worts er meinte. »Es heißt ›beinlos‹.« Er klopfte auf den eigenen Oberschenkel.

»Aber er hat Beine«, wandte einer der Zuhörer ein.

»In dieser Welt ja. Aber die, die ihn in der anderen Welt gesehen haben, die Gefolgsleute des Weges, sagen, daß er dort wie eine große Schlange, wie ein Drache, über den Boden kriecht. Er hat mehr als eine Haut. Und deshalb wird es mehr als Stahl brauchen, um ihn zu töten.«

Prüfend bog Shef den zwei Fuß langen und handbreiten Metallstreifen, den Udd, der kleine Freigelassene, ihm gebracht hatte. Seine Armmuskeln schienen zu bersten; Muskeln, die stark genug waren, den Eisenkragen eines Sklaven mit bloßen Händen auseinanderzubiegen. Der biegsame Stahl gab erst drei, dann vier Fingerbreit nach und schnellte wieder zurück.

»Bei den Schleudern funktioniert es gut«, erklärte Oswi, dessen Katapultmannschaft interessiert zusah.

»Ich frage mich, ob man diesen Stahl auch woanders einsetzen könnte«, sagte Shef. »Vielleicht für einen Bogen?« Wieder krümmte er den Streifen, aber diesmal legte er ihn über ein Knie und setzte zusätzlich zu seinen Muskeln sein Körpergewicht ein. Das Metall gab nur einige Fingerbreit nach und widerstand ihm. Es war zu stark für einen Bogen. Oder nur zu stark für die Arme eines Mannes? Doch es gab viele Dinge, die ein Männerarm nicht leisten konnte. Katapulte. Schwere Gewichte. Schiffswerften. Shef wog das Metall nachdenklich in der Hand. Irgendwie spürte er, daß er die Lösung zu seinem Rätsel in den Händen hielt: Eine Mischung zwischen dem neuen Wissen, nach dem der Weg strebte, und dem alten, auf das er immer wieder stieß. Aber ihm fehlte die Zeit, dieses Rätsel zu lösen.

»Wie viele von diesen hier hast du gemacht, Udd?«

»Ungefähr zwanzig Stück. Nachdem wir die Schleudern ausgestattet haben.«

»Dann bleib morgen in der Schmiede und mach mehr von ihnen. Nimm dir so viele Männer und soviel Eisen, wie du brauchst. Ich will hundert, zweihundert davon – so viele du machen kannst.«

»Heißt das, wir verpassen die Schlacht?« rief Oswi. »Wir bekommen keine Chance, den guten alten ›Todesblitz‹ wenigstens einmal abzuschießen?«

»In Ordnung. Udd sucht sich von jeder Mannschaft einen Mann aus. Der Rest zieht in die Schlacht.«

Wenn es überhaupt zu einer Schlacht kommt, fügte Shef in Gedanken hinzu. Aber das sieht mein Plan nicht vor, zumindest nicht für uns. Wenn England das Schachbrett der Götter ist und wir alle Spielfiguren, dann muß ich einige Figuren vom Feld fegen, um zu gewinnen. Ganz egal, wie das für die anderen aussieht.

Im Nebel des frühen Morgens machte sich König Burgreds Armee – dreitausend Kämpfer und noch einmal dieselbe Anzahl an Sklaven, Fuhrleuten, Maultiertreibern und Huren – auf die übliche englische Art bereit für den Weitermarsch: langsam, mißmutig und umständlich, aber dennoch mit wachsender Erwartung. Thanes schlenderten zu den Latrinen oder erleichterten sich in den Büschen. Sklaven, die es am Abend zuvor versäumt hatten, mahlten das Getreide für die unverwüstliche Grütze. Die ersten Feuer wurden entzündet, kochendes Wasser sprudelte in Töpfen, und die Gardisten des Königs schrien sich heiser, als sie versuchten, seinen treuen aber unorganisierten Untertanen ihren Willen aufzuzwingen. In den Worten des Marschalls Cwichelm: »Seht zu, daß die Hundesöhne ihr Futter bekommen, ihre Gedärme und Blasen leeren und dann los. Denn heute betreten wir das Gebiet des Feindes, überqueren den Ouse und marschieren auf Ely zu. Es kann jederzeit zur Schlacht kommen.«

Angetrieben von der Wut ihres Königs über den Einbruch in sein Zelt, den Ermahnungen der Priester und der wirren Raserei Wulfgars, des gefürchteten Heimnars, legte die Armee Merciens ihre Rüstung an und brach auf.

In den Drachenbooten bot sich ein anderes Bild. Die Schiffswache rüttelte die Männer wach, gefolgt von dem Befehl des Kapitäns. Die Krieger waren innerhalb weniger Minuten angezogen, bewaffnet und kampfbereit. Zwei Reiter trabten von den eine halbe Meile entfernten Vorposten heran und berichteten von Geräuschen aus dem Westen, und daß man Späher ausgeschickt hatte. Ein weiterer Befehl, diesmal von Ivar, und die Hälfte der Männer jeder Mannschaft machte sich daran das Frühstück für sich selbst und die Krieger, die in Kampfbereitschaft blieben, zuzubereiten. Abteilungen schwärmten zu den sechs schweren Maschinen auf den vordersten Schiffen aus und brachten Seile und Flaschenzüge an. Auf Befehl würden die Männer sie von ihren verstärkten Standplätzen hinaufziehen und auf den wartenden Karren absetzen. Aber noch war es nicht so weit. Das Schlagwort der Piraten lautete: »Warte bis zum letzten Augenblick und dann handle schnell.«

Die Armee des Weges, die vier Meilen weiter in einem dichten Buchenwald lagerte, verriet mit keinem Ton oder Lichtschein ihre Existenz. Shef, Brand, Thorvin und alle ihre Offiziere hatten am Vortag immer wieder die Runde gemacht und es selbst dem ungeduldigsten Wikinger und dem schwerfälligsten Freigelassenen eingeschärft: »Kein Krach. Nicht umherziehen. Bleibt unter den Decken, bis man euch ruft. Ruht euch aus. Frühstückt, wo ihr seid, dann formiert euch. Verlaßt nicht den Wald.«

Shef lag den eigenen Befehlen folgend in seinem Zelt und lauschte der gedämpften Geschäftigkeit der erwachenden Armee. Heute ist der Tag der Krise, dachte er. Aber es wird nicht die letzte sein. Aber vielleicht die letzte, für die ich planen kann. Heute muß alles nach Plan laufen, sonst bleiben uns nicht genug Kraftreserven für die Zeit danach.

Neben ihm auf der Pritsche lag Godive. Sie waren jetzt seit vier Tagen zusammen, und trotzdem hatte er sie noch nicht genommen, hatte ihr nicht einmal das Nachthemd abgestreift. Es wäre ihm nicht schwergefallen. Die Erinnerung an ihr Zusammentreffen im Wald ließ sein Glied hart werden. Und sie hätte sich ihm nicht widersetzt. Sie erwartete es nicht nur von ihm, sondern wunderte sich, daß er es noch nicht getan hatte. War er wie der Knochenlose? Oder war er weniger Mann als Alfgar? Shef stellte sich vor, wie sie aufschreien würde, wenn er in sie eindrang.

Und wer hätte es ihr verübeln können? Sie zuckte immer noch bei jeder Bewegung zusammen. Ihr Rükken würde wie der seine für immer von Narben gezeichnet bleiben.

Aber sie hatte immer noch beide Augen. Sie war nie Ivars Gnade ausgesetzt gewesen, hatte nie das *vapna takr* durchstehen müssen. Beim Gedanken an Ivar schrumpfte Shefs Glied; die Gedanken an Godives warme Haut und zarte Umhüllung schrumpften wie die Geschosse eines Katapults im Himmel.

Statt dessen machten sich andere Gedanken breit, kalt, brutal und weitsichtig. Der heutige Tag zählte nicht. Und auch nicht die vergängliche gute Meinung seiner Männer. Nur der Ausgang zählte. Entspannt und ausgestreckt, jeder Faser seines Körpers bewußt, sinnierte Shef darüber nach, was der Tag bringen würde.

Hound, entschied er. Es war Zeit, wieder den Heiler aufzusuchen.

Als die Sonne den Morgennebel aufsaugte, blickte Ivar von seinem Platz bei den Vorposten auf der Kammlinie über das vertraute Chaos einer englischen Armee.

»Das sind sie nicht«, sagte Dolgfinn neben ihm. »Das ist nicht die Armee des Weges, nicht Skjef Sigvarthsson. Sieh nur das ganze Christenzeug, die Kreuze und schwarzen Talare. Man kann hören, wie sie die Morgenmesse singen, oder wie immer sie dieses Gekrächze nennen. Also war Sigvarthssons Herausforderung entweder eine Lüge oder…«

»Oder irgendwo hier versteckt sich seine Armee, um den Sieger zu erledigen«, vollendete Ivar den Satz. Das spitze, gequälte Grinsen war wieder auf seinem Gesicht. Er wirkte wie ein Fuchs, der an dem Fleisch einer Wolfsfalle knabberte.

»Sollen wir zurück zu den Booten?«

»Nein«, sagte Ivar. »Der Fluß ist zu eng, um vierzig Boote in aller Eile zu wenden. Und wenn wir rudern, können wir nicht sicher sein, ob uns nicht ihre Reiter einholen. Und wenn ihnen das gelingt, könnten sie sich uns Boot für Boot vorknöpfen. Das würden selbst die Engländer hinkriegen.«

»Im Braethraborg schworen meine Brüder und ich vor Bragi, in England einzufallen und als Rache für unseren Vater alle seine Königreiche zu erobern. Zwei haben wir bereits erobert, das dritte ist heute dran.«

»Und Sigvarthsson?« fragte Dolgfinn.

Das Grinsen wurde breiter, Ivars Zähne blitzten. »Er wird seine Chance bekommen. Wir müssen dafür sorgen, daß er sie nicht wahrnimmt. Jetzt reite zu den Booten, Dolgfinn, und sag den Männern, sie sollen die Maschinen ausladen. Aber nicht auf diesem Ufer, auf dem gegenüberliegenden, verstanden? Hundert Schritte vom Fluß. Und zieh über jeder Schleuder ein Segel auf, damit sie wie Zelte aussehen. Wenn die Engländer in Sicht kommen, sollen die Männer so tun, als ob sie sie abbauten. Aber so wie es die Engländer tun – du weißt schon, als ob zehn alte Großmütter ihre Enkel verglichen. Laß das die Sklaven erledigen.«

Dolgfinn lachte. »Du hast die Sklaven in den letzten Monaten besser abgerichtet, Ivar.«

Jede Fröhlichkeit war aus Ivars Gesicht verschwunden, die Augen waren so bleich wie seine Haut. »Dann treib es ihnen wieder aus«, sagte er. »Die Maschinen kommen auf die andere Seite, die Männer auf diese.« Er drehte sich um und widmete seine Aufmerksamkeit wieder der Armee, die sechs Reihen tief gestaffelt und mit fliegenden Fahnen vorrückte. Auf Karren zogen die Christen mehrere große Kreuze mit sich. »Und schick mir Hamal, ich habe besondere Befehle für ihn. Er wird heute eine berittene Patrouille anführen.«

Von seinem Aussichtspunkt unter einem großen blühenden Hagedorn überblickte Shef die sich anbahnende Schlacht. Die Armee des Weges lag weit aufgefächert hinter und neben ihm im Schutz des Waldes oder von Hecken. Die schwerfälligen Katapulte waren immer noch nicht montiert, und die Bolzenschleudern mit ihren Pferdemannschaften noch weit hinten. Den englischen Dudelsackpfeifern und den Hornbläsern der Wikinger hatte man gleichermaßen Schmach, Folter und die Sperrung der Ale-Ration angedroht, sollten sie auch nur einen Ton von sich geben. Shef war sich ziemlich sicher, daß sie unentdeckt geblieben waren. Und jetzt, kurz vor Beginn der Schlacht, würden beide Seiten ihre Späher zurückgezogen haben. So weit, so gut.

Und dennoch hatte bereits die erste Überraschung auf sie gewartet. Ivars Maschinen. Shef hatte mitangesehen, wie man sie von den Booten geholt hatte. Ihm war nicht entgangen, wie die Rahen sich zur Seite neigten und die Boote krängten. Die Maschinen waren schwer, viel schwerer als seine eigenen. Hatte Ivar mit ihrer Hilfe Lynn eingenommen? Und sie hatten sie am falschen Ufer plaziert. Sie mochten dort vielleicht sicherer vor Angriffen sein, aber dafür konnten sie nicht vorrücken, wenn die Schlacht sich in eine andere Richtung verschob. Shef konnte trotz seiner Neugier nicht feststellen, wie sie konstruiert waren. Wie konnten sie seinen Schlachtplan beeinflussen?

Oder genauer gesagt, seinen Plan, die Schlacht zu vermeiden.

Marschall Cwichelm, der Veteran zahlloser Schlachten, hätte die Armee sofort angehalten, als die Vorhut ihm von den Drachenbooten auf dem Ouse berichtete – wenn er es gekonnt hätte. Er hatte nicht erwartet, gegen eine Wikingerflotte zu kämpfen. Alles Unerwartete sollte zuerst erkundet werden, und das ganz besonders, wenn man es mit den Männern des Weges zu tun hatte. Cwichelm hatte die vielen Fallen beim Kampf in den Sümpfen, in dem Sigvarth gefallen war, nicht vergessen.

Aber die Entscheidung war nicht die seine. Seinem König waren die Wikinger und die Männer des Weges gleichermaßen Feinde der Schicklichkeit. Für Wulfgar und die Bischöfe waren sie lediglich Heiden. Die Drachenboote bildeten eine lange Kette? Umso besser! Dann konnten sie sie zerstören, noch bevor es ihnen gelang sich zu sammeln. »Und wenn sie keine Anhänger des Weges sind«, hatte der junge Alfgar genüßlich angefügt, »haben wir eine Sorge weniger. Zumindest haben sie keine der Maschinen, die Ihr so sehr fürchtet.«

Von der Beleidigung angestachelt und nur allzu gewahr, daß komplizierte Manöver mit den Landadeligen, die den größten Teil von König Burgreds Armee ausmachten, unmöglich waren, führte Cwichelm seine Männer im Laufschritt über die niedrige Anhöhe vor dem Fluß. Er und seine Offiziere liefen weit vor der Masse der Armee, stießen Kriegsschreie aus und schwangen ihre Breitschwerter, um die Männer anzustacheln.

Die Engländer, die vor sich die verhaßten Drachenboote erblickten, deren Mannschaften sich in Keilformationen vor ihren jeweiligen Schiffen zusammendrängten, jubelten und stürmten begeistert vor. Wenigstens haben sie den Mut nicht verloren, dachte Cwichelm, der sich in die hinteren Reihen zurückfallen ließ. Und sie sind auch nicht schon vor der Schlacht ermüdet, wie so oft. Er stützte den Schild auf die Schulter und machte nicht die geringsten Anstalten, ihn in Gefechtsposition zu bringen. Er wog alleine zwölf Pfund, und der Rest seiner Waffen und Rüstung noch einmal vierzig Pfund. Nicht zu schwer zum Tragen. Aber eine Menge, um damit zu rennen. Und im Kampf fast unmöglich herumzuwuchten. Durch den Schweiß, der ihm in die Augen lief, nahm er verschwommen die Männer wahr, die am anderen Ufer panisch mit Zeltleinwänden hantierten. Passiert nicht oft, daß wir die Wikinger überrumpeln, dachte er. Normalerweise sind wir die letzten.

Die erste Salve von Erkenberts Onagern riß ein halbes Dutzend Löcher in die heranstürmende Masse der Engländer. Jeder der Steine durchschlug die sechs Reihen tief gestaffelten Männer. Der Schuß, der auf die in ihren goldenen und purpurnen Mänteln nicht zu übersehenden Anführer der Engländer zielte, kam etwas hoch, auf Kopfhöhe. Cwichelm sah weder noch spürte er den Stein, der seinen Kopf zurückriß und ihm das Genick brach, mehrere Männer hinter ihm tötete und sich nur zwei Fußbreit vor dem Karren in den Boden bohrte, auf dem Bischof Daniel einen anfeuernden Psalm sang. Mit einem Schlag hatten Cwichelm und die Armee den Kopf verloren.

Die meisten der englischen Krieger konnten durch die Visiere ihrer Helme überhaupt nicht sehen, was links und rechts von ihnen geschah. Sie sahen nur den Gegner direkt vor sich, der sich so verführerisch in kleinen, isolierten Gruppen drängte. In Haufen von jeweils ungefähr vierzig Mann erwarteten die Wikinger vor ihren Schiffen die Feinde. Mit einem Aufschrei stürzten sich die Engländer mit Speeren und Breitschwertern auf die Keilformationen der Wikinger, hackten auf die Holzschilde ein und hieben nach Köpfen und Beinen. Ivars ausgeruhte Männer mühten sich mit aller Kraft, die zahlenmäßig überlegenen Engländer für die fünf Minuten aufzuhalten, die ihnen ihr Anführer abverlangt hatte.

Und durch die sorgfältig ausgesparten Lücken zwischen den Wikingern schleuderten die Maschinen unermüdlich ihre tödlichen Geschosse.

»Da geht was vor«, brummte Brand.

Shef antwortete nicht. Minutenlang hatte er sich verzweifelt bemüht, mit seinem verbliebenen Auge Einzelheiten der Maschinen auszumachen, die unter König Burgreds Armee wüteten. Dann konzentrierte er seine Aufmerksamkeit auf eine einzige und zählte sorgfältig seine Herzschläge zwischen zwei Schüssen. Er glaubte jetzt, eine ganz gute Vorstellung von ihrer Konstruktion zu haben. Sie mußten auf Verdrehung beruhen – das belegte ihre niedrige Schußrate ebenso wie die verheerende Wirkung ihrer Geschosse, die die Männer scharenweise niedermähten. Die Maschinen arbeiteten nicht nach demselben Prinzip wie ein Bogen. Auch wenn er aus einer Meile Entfernung nur wenig erkennen konnte, ließen ihre quadratischen, hohen Formen keinen Zweifel daran. Und ihr hohes Gewicht hatte er aus dem Entladevorgang mit Hilfe von Flaschenzügen und der Neigung der Rahen ablesen können. Ja. Ein kleines Experiment, ein genauerer Blick aus einer kürzeren Entfernung und...

Aber zuerst standen drängendere Aufgaben an. Shef lenkte seine Aufmerksamkeit wieder auf die Schlacht. Da geht etwas vor, hatte Brand gesagt. Und was, war nicht schwer zu erraten. Nach den ersten Salven waren die Engländer in unmittelbarer Nähe zu den Schneisen auf die Seite ausgewichen. Sie hatten erkannt, daß der einzige Schutz darin lag, ihre Feinde zwischen sich und die Maschinen zu bringen. Aber dabei behinderten sie die Anstrengungen der Champions, die Verteidigungsstellungen von Ivars Männern zu durchbrechen. Diese wiederum, das Sichtfeld durch die Helme eingeengt und von ihren schweren Rüstungen niedergedrückt, wußten nichts von dem Geschehen. Sie merkten nur, daß irgend etwas um sie herum vor sich ging. Einige der Champions fielen zurück und suchten sich einen Platz, um das Visier zu heben und die Männer abzuschütteln, die sie eigentlich hätten unterstützen sollen, die sie aber statt dessen ständig behinderten und anrempelten. Ivars Männer hätten diesen Moment für einen Ausbruch nutzen können – wenn sie an einer Stelle konzentriert gewesen wären. Aber das waren sie nicht. Sie waren in kleinen Gruppen zerstreut, und sobald sich eine von ihnen dazu entschlossen hätte, sich von den Schiffen und dem schützenden Ufer zu lösen, wären sie innerhalb weniger Augenblicke in der zahlenmäßigen Überlegenheit der Engländer untergegangen. Die Schlacht stand auf Messers Schneide.

Brand brummte ein zweites Mal; seine Finger gruben sich tief in Shefs Arm. Jemand hatte den Sklaven bei den Maschinen den Befehl gegeben, auf ein neues Ziel anzulegen, und beschleunigte die Ausführung seiner Anordnung mit Tritten und Schlägen. Die Engländer hatten bei ihrem Sturm die schwerfälligen Karren zurückgelassen, auf denen die verschiedenen Banner der Armee wehten – das des Königs und des Aldermans, sowie die Kreuze der Bischöfe und Äbte. Aber jetzt war einer der Karren verschwunden. Holzsplitter spritzten wirbelnd nach allen Seiten. Ein Volltreffer. Und dann folgte der nächste – eine ganze Reihe Zugochsen ging in die Knie und ein massives Rad legte sich auf die Seite. Die Männer der Armee des Weges hinter Shef und seinen engsten Begleitern hielten hörbar die Luft an und hätten laut gejubelt, wenn sie nicht die unterdrückten Flüche und Tritte der Offiziere davon abgehalten hätten. Ein großes Holzkreuz stand einen Moment lang aufrecht, dann kippte es langsam aber unerbittlich zur Seite und krachte auf den Boden.

Irgend etwas tief in Shef klickte wie ein rotierendes Zahnrad. Unbemerkt in der steigenden Aufregung um sich herum nahm er nachdenklich einen tiefen Schluck aus der kleinen Flasche, die er den ganzen Tag in der Hand gehalten hatte. Es war gutes Ale, aber darin aufgelöst war der Inhalt des Ledersäckchens, das er am Morgen von Hound bekommen hatte. Er schluckte die Flüssigkeit trotz des Würgreflexes, den der abstoßende Geschmack verfaulten Fleischs auslöste, hinunter. »Kannst du einen Mann zum Erbrechen bringen, zur Reinigung?« hatte er den Heiler gefragt. »Das ist ausnahmsweise etwas, das wir wirklich können«, hatte Hound stolz geantwortet. Als die Arznei seine Kehle hinunterann, fühlte Shef mit felsenfester Sicherheit, daß sein Freund nicht zuviel versprochen hatte. Er trank die Flasche aus, um keinen Tropfen Beweis zurückzulassen und stand auf. Eine Minute noch, dachte er, vielleicht zwei. Alle müssen mich sehen.

»Wieso reiten sie vor?« fragte er. »Greifen sie an?«

»Ein Kavallerieangriff, wie ihn die Franken bevorzugen?« entgegnete Brand unsicher. »Ich habe davon gehört. Ich wüßte nicht, daß die Engländer...«

»Nein, nein, nein«, stieß Alfred, der sich ebenfalls erhoben hatte, ungeduldig hervor. »Es sind Burgreds berittene Thanes. Oh, seht euch diese Narren an! Sie glauben die Schlacht verloren und wollen ihren Fürsten retten. Aber sobald er aufsteigt... Großer Gott, er hat es getan!«

Am gegenüberliegenden Ende des Schlachtfelds hob sich ein goldgekränzter Kopf aus der Masse – der König stieg auf sein Roß. Einen Augenblick lang schien er zu widerstehen, schwang sein Schwert in Richtung der Schlacht, aber jemand anders hielt die Zügel seines Pferdes. Eine Gruppe Krieger löste sich erst langsam, dann im Galopp aus dem Kampf. Auf der Stelle begannen die ersten Männer aus der Schlachtlinie auszuscheren, um ihrem Anführer zu folgen. Anfangs fast beiläufig, dann hastig. Andere Krieger spürten die Bewegung hinter sich, drehten sich neugierig um und schlossen sich ihnen an. Die mercische Armee, noch immer ungeschlagen, viele ihrer Kämpfer noch immer furchtlos, begann nach hinten zu strömen. Sofort setzte wieder der Geschoßhagel ein. Die ersten Männer rannten.

Die Armee des Weges war jetzt auf den Beinen und hatte alle Augen erwartungsvoll auf ihre Anführer gerichtet. Das ist der Moment, dachte Shef. Sie mußten vorstoßen, solange beide Seiten noch beschäftigt waren, mußten die Maschinen einnehmen, bevor sie sie neu ausrichten konnten, die Schiffe stürmen, Ivar in der Flanke und von hinten bedrängen...

»Gebt mir ein paar Reiter«, flehte Alfred. »Burgred ist ein Narr, aber er ist der Mann meiner Schwester. Ich muß ihn retten. Wir schicken ihn aufs Altenteil, zum Papst...«

Ja, dachte Shef. Und damit wäre die Figur immer noch auf dem Brett. Und Ivar – selbst wenn wir ihn schlagen, könnte er uns noch auf einem Schiff oder Pferd entkommen, wie beim letzten Mal. Und dann bliebe noch eine Figur übrig. Aber wir dürfen jetzt nicht mehr so viele zulassen. Am Ende darf nur eine Figur übrigbleiben. Die Mühle muß zum Stillstand kommen.

Erleichtert spürte er, wie etwas Furchtbares in ihm aufstieg. Er trat vor. Sein Mund füllte sich mit eiskaltem Speichel, wie er ihn nur einmal geschmeckt hatte, in einem harten Winter in Emneth, als er verdorbenes Fleisch hinuntergezwungen hatte. Verbissen unterdrückte er das Gefühl. Zuerst mußten alle Augen auf ihn gerichtet sein. Alle.

Er drehte sich um und sah die Männer, die sich mit glitzernden Augen und wütend verkniffenem Mund aus dem Farn und den Büschen erhoben. »Vorwärts«, schrie er. Shef hob die Hellebarde und schwang sie in Richtung des Flusses. »Männer des Weges...«

Der Inhalt seines Magens schoß mit solcher Gewalt aus ihm hervor, daß er beinahe noch über den oberen Rand von Alfreds lackiertem Schild gespritzt wäre. Der

König riß fassungslos den Mund auf. Shef krümmte sich, die Hellebarde glitt aus seinen Fingern. Er schauspielerte nicht mehr. Wieder mußte er mit aller Gewalt würgen und ging zu Boden.

Als er sich im eigenen Erbrochenen auf dem Boden rollte, zögerte die Armee des Weges und starrte ihn entsetzt an. Alfred hob den Arm, um Pferde für sich und seine Begleiter zu rufen, dann ließ er ihn wieder fallen und blickte die sich windende Gestalt vor sich an. Thorvin kam nach vorne gerannt. Unsicheres Stimmengewirr erhob sich aus den Reihen der Krieger: Was hat er befohlen? Greifen wir an? Sigvarthsson ist am Boden? Wer hat den Befehl? Der Wikinger? Gehorchen wir einem Piraten? Einem Engländer? Dem König von Wessex?

Shef lag ausgestreckt im Gras und schnappte verzweifelt nach Luft, bevor ihn die nächste Welle von Krämpfen überrollte. Er hörte Brands Stimme, der mit kalter Mißbilligung auf ihn herunterstarrte.

»Es gibt ein altes Sprichwort«, sagte er. »›Wenn der Anführer erlahmt, kommt die ganze Armee ins Wanken.‹ Was können wir jetzt von ihr erwarten, wenn Shef sich die Seele aus dem Leib kotzt?«

Bleibt hart, dachte Shef, und wartet, bis es eurem Anführer besser geht. Bitte, Thor. Oder Gott. Oder wer auch immer. Hilf mir!

Ivar starrte über das Schlachtfeld, die Augen so blaß wie mit Wasser verdünnte Milch. Irgendwo dort draußen mußte eine Falle lauern. Zu seinen Füßen – er hatte aus freiem Willen an der Spitze der Keilformationen seiner Mannschaft gekämpft – lagen drei englische Champions. Jeder von ihnen war begierig auf den Ruhm gewesen, Ivar, die Geißel der Christenheit, eigenhändig zu bezwingen. Und jeder von ihnen hatte erfahren müssen, daß Ivars kurzer Körperbau über die außergewöhnliche

Kraft seines Armes und Körpers hinwegtäuschte. Dazu kam seine schlangenartige Schnelligkeit. Einer der Krieger, der mit einem tiefen, vom Schlüsselbein bis zum Brustkorb reichenden Schnitt durch sein Kettenhemd und Lederwams auf dem Boden lag und auf den Tod wartete, stöhnte auf. Wie die Zunge einer Schlange zuckte Ivars Schwert vor und biß tief in den Hals des Mannes. Ivar war nicht in der Stimmung für Unterhaltung. Er brauchte jetzt Ruhe zum Nachdenken.

In den Wäldern war nichts zu sehen. Auch nicht an den Flanken oder hinter der Armee. Wenn die Männer des Weges die Falle nicht bald auslösten, würde es zu spät sein. Es war jetzt schon fast zu spät. Überall um Ivar herum sicherten die erfahrenen Männer seiner Armee das Schlachtfeld, ohne daß er dazu den Befehl hätte geben müssen. Eine der größten Stärken der Wikingerarmeen war die Tatsache, daß ihre Anführer ihre Kraft nicht darauf verschwenden mußten, den einfachen Kriegern Routineaufgaben zu erklären. Statt dessen konnten sie die Lage übersehen und planen. Ivars Männer rückten in Paaren vor – einer zum Zustechen, der andere zum Wache halten – und stellten sicher, daß keiner der Engländer sich tot stellte, um bei der nächsten Gelegenheit einen Wikinger mit in den Tod zu ziehen. Hinter ihnen kamen Männer mit Säcken, um die Beute einzusammeln. Sie zogen die Toten nicht komplett aus – das würde später geschehen –, sondern nahmen ihnen lediglich alle sichtbaren Wertgegenstände ab. Auf den Schiffen schienten die Heiler Knochenbrüche und verbanden Wunden.

Gleichzeitig hatten die Männer immer ein Auge auf ihren Anführer, um dessen weitere Befehle unverzüglich auszuführen. Sie wußten alle, daß der Moment des Sieges die Zeit war, um einen Vorteil auszunutzen, und gingen ihren Aufgaben mit grimmiger Hast nach.

Nein, sinnierte Ivar. Man hatte ihnen eine Falle gestellt, dessen war er sich ganz sicher. Aber sie war nicht zugeschnappt. Wahrscheinlich waren die Narren zu spät aufgebrochen. Oder sie waren irgendwo in den Sümpfen steckengeblieben.

Er trat vor, setzte den Helm auf die Speerspitze und schwenkte beides im Kreis. Sofort löste sich eine halbe Meile flußabwärts eine Gruppe von Reitern aus ihrem Versteck in der Flanke der englischen Armee und gab wild tretend den Pferden die Sporen. Die Morgensonne glitzerte auf ihren Klingen, Rüstungen und Helmen. Die Engländer, die sich immer noch in kleinen Gruppen zurückzogen, schrien auf und rannten schneller. Narren, dachte Ivar. Sie haben ein Vielfaches der Stärke von Hamals Männern. Wenn sie nur anhalten und eine Verteidigungslinie bilden würden, könnten sie unsere Reiter erledigen, bevor wir bei ihnen wären. Und wenn wir unsere Formation aufbrechen würden, um ihnen nachzusetzen, könnten sie die Schlacht immer noch gewinnen. Aber gepanzerte Reiter hatten irgend etwas an sich, das verstreute Männer dazu brachte, die Füße unter den Arm zu nehmen, ohne sich auch nur einmal umzublicken.

Hamal und seine Berittenen – dreihundert Mann, mit jedem einzelnen Pferd, das die Armee hatte zusammenkratzen können – waren jedoch nicht einzelnen Flüchtenden auf den Fersen. Jetzt, nach der Schlacht, war es Zeit, die Anführer zu töten, damit ihre Königreiche nie wieder ihre alte Stärke zurückgewannen. Ivar registrierte befriedigt den Schlenker mit dem die fünfzig Männer auf den schnellsten Pferden dazu ansetzten, die goldbekränzte Gestalt einzuholen, die von ihren Thanes umringt hinter dem Horizont verschwinden wollte. Andere donnerten in Richtung der zerstreuten Karren, die sich mühsam davonzustehlen suchten. Die Masse der Reiter galoppierte aber den Hügelkamm entlang, um das Lager der Engländer einzunehmen, das zwar noch nicht in Sicht, aber in unmittelbarer Nähe sein mußte.

Es war Zeit, sich zu ihnen zu gesellen. Zeit, um reich zu werden. Zeit für etwas Spaß. Ivar spürte, wie die Aufregung seine Kehle zusammenschnürte. Sie hatten ihn um Ella gebracht. Aber nicht um Edmund, und Burgred würde er sich ebenfalls nicht aus den Händen nehmen lassen. Er genoß es, Könige zu töten. Und danach – danach würde er sich eine der Huren genehmigen, vielleicht eine der Ladies, aber in jedem Fall eines der weichen, hellhäutigen Wesen, die niemand vermissen würde. Und im Aufruhr eines geplünderten Lagers, in dem überall Tod und Vergewaltigung regierten, würde niemand sein Vergnügen bemerken. Es würde zwar nicht das Mädchen sein, daß ihm Sigvarthsson genommen hatte. Aber das würde noch kommen. Bis dahin würde er sich mit einer anderen trösten.

Ivar drehte sich um, sprang über die Eingeweide, die aus den dahingeschlachteten Männern zu seinen Füßen quollen und setzte den Helm wieder auf. Dann schwang er den Schild nach vorne. Die Männer, die die Beute in der Zwischenzeit bereits zur Seite geschafft und an ihre Plätze zurückgekehrt waren, antworteten ihm mit einem heiseren Aufschrei und schritten über die Leichen der Engländer hinweg mit ihm den Hügel hinauf. Im Marsch lösten sie die Keilformationen auf und bildeten eine Viertelmeile breite Kette. Hinter ihnen blieben die Schiffswachen an ihren Posten zurück und sahen ihnen nach.

Das tat auch die Armee des Weges aus ihrem Versteck im Wald eine Meile flußaufwärts. Verwirrt und frustriert stritten die Männer über der schlaffen Gestalt ihres Anführers.

KAPITEL 7

»Wir können nicht mehr länger warten«, sagte Thorvin. »Wir müssen die Angelegenheit ein für allemal zu Ende bringen. Und zwar jetzt.«

»Die Armee ist gespalten«, wandte Geirulf ein, der Priester Tyrs. »Wenn die Männer auch noch dich davonreiten sehen, wird sie endgültig der Mut verlassen.«

Thorvin fegte den Einwand mit einer ungeduldigen Geste beiseite. Um ihn herum spannten sich die Seile mit den heiligen Ebereschen; der Speer Odins steckte neben dem Feuer Lokis. Nur Priester des Weges waren anwesend, um über Dinge zu sprechen, die nicht für die Ohren von Laien bestimmt waren.

»Das haben wir viel zu lange getan«, entgegnete Thorvin. »Es gibt immer etwas Wichtigeres als diese wichtigste aller Fragen. Wir hätten dieses Rätsel schon lange lösen sollen, schon als wir zum erstenmal den Verdacht hegten, der Junge Shef wäre tatsächlich der, der aus dem Norden kommt. Wir fragten ihn, wir fragten seinen Freund, wir fragten Sigvarth – und der glaubte, er wäre sein Vater. Als wir keine Antwort fanden, beschäftigten wir uns mit anderen Dingen.«

»Aber wir müssen jetzt Gewißheit haben. Als er anfangs keinen Anhänger tragen wollte, sagte ich: ›Das hat noch Zeit.‹ Als er die Armee im Stich ließ, um seine Frau zu finden, dachten wir: ›Er ist noch ein Junge.‹ Jetzt gibt er vor, die Armee anzuführen und läßt sie in Aufruhr zurück. Was wird er das nächste Mal tun? Wir müssen es endlich wissen. Ist er ein Kind Odins? Und wenn er das ist, was wird er für uns sein? Der Allvater Odin, der Vater der Götter und Menschen? Oder Odin Böllwerk, der Gott der Gehängten, der Verräter der Krieger, der Helden nur für seine eigenen Zwecke sammelt?

Es hat seinen Grund, daß es in der Armee keinen Priester Odins gibt und nur wenige innerhalb des Weges. Wenn das seine Herkunft ist, müssen wir davon erfahren. Und vielleicht hat er eine andere Herkunft. Neben dem Allvater gibt es noch andere Götter, die auf der Welt wandeln.«

Thorvin warf einen vielsagenden Blick auf das Feuer, das zu seiner Linken knisterte. »Also: Laßt mich tun, was wir schon lange hätten tun sollen. Laßt mich zu seiner Mutter reiten und sie fragen. Wir wissen, aus welchem Dorf sie kommt. Es ist keine zwanzig Meilen von hier. Wenn sie noch dort ist, werde ich sie fragen – und wenn sie uns die falsche Antwort gibt, müssen wir uns seiner entledigen, bevor es zu spät ist. Denkt nur an die Warnung Vigleiks!«

Langes Schweigen schloß sich an Thorvins Worte an. Schließlich erhob Farman, der Priester Freyrs, die Stimme.

»Ich erinnere mich an Vigleiks Warnung, Thorvin. Und auch ich fürchte die Treulosigkeit Odins. Und dennoch bitte ich dich zu bedenken, daß Odin und seine Anhänger einen Grund dafür haben, so zu sein, wie sie sind. Nämlich um schlimmere Mächte abzuwehren.«

Farman warf ebenfalls einen nachdenklichen Blick auf das Feuer Lokis. »Wie du weißt, habe ich deinen früheren Lehrling in der anderen Welt gesehen, als er den Platz des Schmieds Wölund einnahm. Aber ich habe dort auch noch andere Dinge gesehen. Und ich sage dir, daß nicht weit von hier noch jemand ist, der viel schlimmer als dein Lehrling ist: Einer aus der Brut des Fenriswolfs, ein Enkel Lokis. Wenn du ihn in der anderen Welt gesehen hättest, würdest du die beiden, Odin und Loki, nie wieder verwechseln oder glauben, daß einer besser als der andere ist.«

»Das mag sein«, erwiderte Thorvin. »Aber ich bitte dich, Farman, hierüber nachzudenken. Wenn es in dieser Welt einen Krieg zwischen zwei Mächten, den Göttern und den Riesen, gibt, und Odin der Führer der einen Seite ist und Loki der anderen – wie oft geschieht es nicht in unserer Welt, daß im Laufe des Krieges die beiden Seiten sich immer mehr ähneln?«

Nach und nach nickten die Priester und schließlich auch Geirulf und Farman.

»Dann ist der Entschluß gefallen«, sagte Farman. »Geh nach Emneth. Finde die Mutter des Jungen und frag sie, wer sein Vater ist.«

Ingulf der Heiler, der Priester Iduns, meldete sich zum erstenmal zu Wort. »Es gibt noch etwas, Thorvin, das dir nützen kann. Wenn du gehst, nimm das englische Mädchen, Godive, mit. Sie hat auf ihre Weise ebenso verstanden wie wir. Sie weiß, daß er sie nicht aus Liebe rettete, sondern nur um sie als Köder zu benutzen. Niemand möchte das von sich selbst erfahren.«

Trotz der rasenden Krämpfe und seiner lähmenden Schwäche hatte Shef undeutlich wahrgenommen, wie die Führer der verschiedenen Fraktionen stritten. Irgendwann hatte Alfred gedroht, das Schwert gegen Brand zu ziehen; eine Geste, die der Hüne zur Seite wischte wie ein riesiger Hund eine Welpe. Er hatte gehört, wie Thorvin leidenschaftlich für etwas eintrat, irgendeine Rettung oder Expedition. Aber den größten Teil des Tages hatte er nur die Hände wahrgenommen, die ihn hochhoben, versuchten, ihn zum Trinken zu zwingen, und ihn während der anschließenden Würgeanfälle hielten: Manchmal waren es Ingulfs Hände gewesen, manchmal Godives aber nie die Hounds. Im letzten Funken seines Bewußtseins, der ihm geblieben war, hatte Shef verstanden, daß sein Freund um die Distanz des Heilers fürchtete, wenn er aus unmittelbarer Nähe sah, was sein Mittel angerichtet hatte. Jetzt, als die Dunkelheit sich über das Land senkte, fühlte er sich zwar müde, aber gleichzeitig erholt und bereit einzuschlafen. Wenn er wieder aufwachte, würde er handeln.

Aber zuerst mußte er schlafen. Der Übelkeit erregende Geschmack von Hounds schimmligem Aas-Trunk war das letzte, was er wahrnahm.

Es war dunkel. Er war in einer Rinne, einem felsigen Hohlweg. Langsam stolperte er vor. Er konnte nur wenige Meter weit sehen, lediglich ein blasses Licht am Himmel spendete etwas Helligkeit – und der Himmel war erst viele Meter über ihm zu sehen, wo die schroffen Umrisse der Felsen sich schwarz vom Grau abhoben. Er bewegte sich mit quälender Vorsicht. Er durfte nicht stolpern, keinen Stein lostreten. Sonst würde ihn etwas Unmenschliches heimsuchen; etwas, gegen das er keine Chance hatte.

In der Hand hielt er ein Schwert, es glänzte schwach im Sternenlicht. Etwas ging von dem Schwert aus. Es hatte seinen eigenen Willen; er spürte ein unbändiges Drängen. Es hatte bereits seinen Schmied und Herrn getötet und würde es bereitwillig wieder tun, auch wenn er jetzt sein Herr war. Die Klinge zog an seiner Hand. Ab und zu klirrte sie leise, als ob er sie gegen einen Fels gestoßen hätte. Aber das Schwert schien um die Notwendigkeit zur Heimlichkeit zu wissen. Niemand außer ihm selbst würde das Klirren hören können. Außerdem wurde es von dem Rauschen des Wassers am Grund des Hohlwegs übertönt. Das Schwert wollte töten, aber es würde stillhalten, bis seine Chance kam.

Unvermittelt wußte Shef, wie er es oft in seinen Träumen tat, wer er war. Diesmal war er ein Mann mit unmöglich breiten Hüften und Schultern, mit Handgelenken, die so dick waren, daß seine goldenen Armreifen in ihnen zu versinken schienen. Ihr bloßes Gewicht hätte einen schwächeren Mann bereits in die Knie gezwungen. Doch er bemerkte es nicht einmal.

Er hatte Angst. Sein Atem war kurz und flach, aber nicht wegen der Anstrengung des Aufstiegs, sondern aus Furcht. In seinem Magen war ein leeres, kaltes Gefühl. Und das, ging Shef auf, jagte seiner Traumpersönlichkeit besondere Angst ein, weil sie so etwas noch nie zuvor verspürt hatte. Er konnte es weder verstehen, geschweige denn benennen. Die Angst quälte ihn, aber sie beeinflußte ihn nicht, denn er wußte nicht, wie man von einem einmal begonnenen Vorhaben zurückwich. Er hatte es noch nie getan und würde es bis an sein Lebensende niemals tun. Jetzt kletterte er neben dem Bach hinauf, das Schwert vorsichtig in der Hand, um an den Ort zu gelangen, für den er sich für seinen Plan entschieden hatte. Doch beim bloßen Gedanken an das, was er erblicken würde, schien sein Herz zu bersten.

Oder auch nicht. Denn selbst dieser Mann, Sigurd Sigmundsson, dessen Namen man bis an den letzten Tag der Welt singen würde, wußte, daß er dem Wesen, das er töten wollte, nicht ins Auge blicken konnte.

Er gelangte an eine Stelle, an der auf einer Seite der Schlucht die Felswand eingebrochen war und eine Geröllhalde gebildet hatte. Es schien, als ob ein Riese den Fels zerschlagen und flachgetreten hätte, um zum Wasser zu gelangen. Als er an das Geröll kam, ließ ihn ein überwältigender Gestank innehalten; er schien fast wie eine feste Wand. Es stank nach Tod, wie ein zwei Wochen altes Schlachtfeld in der Sommersonne – aber auch nach Ruß, nach Verbranntem und einem Beigeschmack, der in der Nase stach. Es schien, als ob der Gestank selbst beim geringsten Funken Feuer fangen würde.

Es war der Gestank des Wurms. Des Drachens. Der Heimsuchung der Dämmerung, des Giftspritzers, der nackten, boshaften Kreatur, die auf ihrem Bauch dahinkroch. Des Beinlosen.

Der Held fand in dem Geröllhaufen eine Öffnung, die groß genug war, um ihn passieren zu lassen, und kroch hinein. Er war nicht zu früh gekommen. Denn der Drachen hatte Beine. Nur von weitem, wenn man ihn kriechen sah, schien er keine zu haben. Durch den Stein konnte der Held ein schweres Stampfen hören, als ein Fuß nach dem anderen aufsetzte. Dazwischen hörte er das schwere Rutschen des Drachenbauchs auf dem Boden. Des ledernen Bauchs, wenn man den Geschichten Glauben schenken durfte, und das hoffte er.

Der Held versuchte, sich auf den Rücken zu legen, zögerte und veränderte hastig seine Lage. Nun lag er auf der Seite mit dem Gesicht in die Richtung, aus der der Drachen kommen mußte, und stützte sich auf den linken Ellbogen. Der rechte Arm ruhte mit dem Schwert auf dem Boden. Seine Augen und ein Teil seines Kopfes ragten über den Weg heraus. Er sagte sich, daß er wie ein Stein aussah. Die Wahrheit war aber, daß selbst der Held nicht einfach still daliegen und darauf warten konnte, bis das Untier über ihm auftauchte, sonst würde es selbst ihn die Männlichkeit kosten.

Und dann war er plötzlich da. Der Umriß des riesigen Kopfs hob sich wie ein Felsvorsprung gegen das Grau ab. Aber der Drache bewegte sich. Sein gepanzerter Kamm und sein Schädel drehten sich wie eine metallene Kriegsmaschine. Der aufgedunsene Körper schaukelte hinterher. Durch einen Zufall schien das Licht der Sterne auf seinen Fuß, der auf einen Fels auftrat. Der Held starrte ihn an. Der Schock ließ ihn beinahe erstarren. Vier Zehen spreizten sich wie die Arme eines Seesterns, aber jeder von ihnen war so dick wie der Oberschenkel eines Mannes. Die Haut war mit Warzen übersät und knorrig wie der Rücken einer Kröte; Schleim tropfte auf den Stein. Der Ekel würde den Helden bei der bloßen Berührung töten. Seine Selbstbeherrschung reichte gerade aus, um bei dem Anblick nicht vor Angst zurückzuschrecken. Die leiseste Bewegung konnte jetzt sein Leben kosten. Seine einzige Hoffnung bestand darin, sich als Stein auszugeben.

Würde der Drache ihn sehen? Er mußte es. Er kroch in seine Richtung, stapfte mit großen, langsamen Schritten geradewegs auf ihn zu. Plötzlich war ein Vorderfuß unmittelbar vor ihm, dann senkte sich der zweite auf den Stein direkt vor seinem Gesicht. Ich muß ihn über mich hinweglaufen lassen, dachte der Held mit dem letzten Rest Vernunft, an den er sich noch klammerte, direkt über mich zu dem Fluß, an dem er trinkt. Und wenn ich ihn trinken höre, wenn das Wasser in den Magen über mir stürzt, dann muß ich zustoßen.

Dann war der Kopf nur ein paar Meter über ihm, und der Held erblickte etwas, von dem noch nie jemand gesprochen hatte. Die Augen des Drachen. Sie waren weiß; so weiß wie die einer alten Frau mit Grauem Star. Aber sie leuchteten. Aus ihnen drang schwaches Licht.

Der Held erkannte, daß er das am meisten fürchtete. Nicht daß der Beinlose, die knochenlose Schlange ihn töten würde. An diesem furchtbaren Ort wäre das fast eine Gnade gewesen. Nein, er fürchtete, daß der Drache ihn sehen und anhalten würde. Und sprechen würde, bevor er lange, lange mit ihm spielte.

Der Drache hielt mitten in der Bewegung inne und blickte zu Boden.

Shef erwachte mit einem spitzen Schrei und sprang hoch. Er kam zwei Schritte neben dem Bett auf, auf das sie ihn gelegt hatten. Drei Augenpaare starrten ihn mit einer Mischung aus Sorge, Erleichterung und Überraschung an. In einem Paar, dem Ingulfs, spiegelte sich plötzlich Verstehen wider.

»Du hast etwas gesehen?« fragte er.

Shef strich mit der Hand über das naßgeschwitzte Haar. »Der Knochenlose. Ivar ist auf der anderen Seite.«

Die Krieger um Ivar beobachteten ihren Anführer aus den Augenwinkeln. Sie waren zu stolz, um Besorgnis oder sogar Angst zu zeigen, aber gleichzeitig wußten sie nur zu gut, daß er jederzeit explodieren und sich gegen irgend jemanden wenden konnte, selbst gegen seine treuesten Anhänger oder die Abgesandten seiner Brüder. Er saß auf einem mit Schnitzereien verzierten Stuhl, den sie aus einem der Gepäckkarren Burgreds geraubt hatten. In der rechten Hand hielt er ein Horn mit Ale, das er aus dem großen Faß vor sich gefüllt hatte. In der linken Hand hielt er das goldene Diadem, das er Burgred vom Kopf gezogen hatte. Der Kopf des Königs steckte derweil auf einem der Speere, die einen scharf umrissenen Ring um das Lager der Wikinger bildeten. Das war der Grund für Ivars Verbitterung. Man hatte ihn wieder einmal um sein Recht gebracht.

»Tut mir leid«, hatte Hamal berichtet. »Wir versuchten ihn wie befohlen lebend zu fangen, zwischen unseren Schilden einzuklemmen. Er kämpfte wie ein Schwarzbär, erst vom Pferd aus, dann zu Fuß. Aber wir hätten ihn trotzdem gefangen, wenn er nicht gestolpert und in ein Schwert gefallen wäre.«

»In meines«, hatte Hamal gelogen. Wenn er auf den jungen Mann gezeigt hätte, der Burgred wirklich getötet hatte, wäre dieser auf der Stelle Ivars Wut und Frustration zum Opfer gefallen. Hamal hatte eine Chance zu überleben, allerdings keine besonders gute, trotz all seiner vergangenen Verdienste. Aber Ivar hatte ihn nur einen Augenblick lang gemustert und ihm ohne jede Regung mitgeteilt, er wäre ein Lügner und dazu noch ein schlechter, und hatte die Sache auf sich beruhen lassen.

Doch die Männer wußten, daß Ivar seinem Unmut auf andere Weise Luft verschaffen würde. Während Dolgfinn seinen Bericht ihres Sieges fortsetzte – die vielen Gefangenen, die Beute, die sie auf dem Feld und im Lager errungen hatten, das Gold und Silber, die Frauen und Vorräte –, wünschte er sich inständig, daß einige seiner Männer auftauchten. »Seht euch um«, hatte er ihnen aufgetragen. »Laßt die Frauen fürs erste links liegen; ihr werdet heute nacht noch genug bekommen. Aber, im Namen Ragnar Lodbroks, findet irgend etwas, das Ivar bei Laune hält. Sonst könnten morgen früh die Vögel an unseren Kadavern picken.«

Ivar blickte über Dolgfinns Schultern. Der Wikinger wagte es, dem Blick des Knochenlosen zu folgen. Gut, Greppi und seine Kameraden hatten endlich etwas gefunden. Aber was im Namen Hels, der Göttin des Totenreichs, konnte das sein?

Es war eine Kiste. Eine Kiste auf Rädern, die man kippen und wie einen aufgestellten Sarg rollen konnte. Aber gleichzeitig war sie zu kurz für einen Sarg. Und dennoch lag in ihr ein Körper. Ein Dutzend grinsender Wikinger schob die Kiste heran und kippte sie vor Ivar in eine aufrechte Position. Der Körper darin sah sie an und fuhr mit der Zunge über die Lippen.

Ivar stand auf und stellte sich vor Wulfgar. Zum erstenmal an diesem Abend legte er das goldene Diadem zur Seite.

»Hm«, bemerkte er schließlich. »Keine schlechte Arbeit. Aber nicht meine, glaube ich. Zumindest kann ich mich nicht an das Gesicht erinnern. Wer hat dir das angetan, *heimnar*?«

Das bleiche Gesicht mit den unpassend leuchtendroten Lippen starrte Ivar an, gab aber keine Antwort. Ein Wikinger trat vor und zog das Messer; bereit, auf Ivars Kommando zu schneiden oder zuzustechen. Der Knochenlose hielt ihn zurück.

»Denk ein wenig nach, Kleggi«, forderte er ihn auf. »Es ist nicht einfach, einem Mann, der bereits soviel verloren hat, Angst einzujagen. Was bedeutet ihm jetzt noch ein Auge oder ein Ohr?«

»Du bist ein toter Mann, Heimnar. Du warst es seit dem Tag, an dem man dir das angetan hat. Also sag mir: Wer war es? Vielleicht war er mein Freund auch nicht.«

Ivar sprach Nordisch, aber langsam und deutlich, so daß auch ein Engländer einige der Wörter heraushören konnte.

»Es war Jarl Sigvarth«, sagte Wulfgar. »Der Jarl der kleinen Inseln, so sagte man mir. Aber ich tat ihm das an, was er mir angetan hat. Nur schlimmer. Ich fing ihn in den Sümpfen bei Ely – wenn du ein Ragnarsson bist, warst du nicht weit weg. Ich schnitt ihm Finger um Finger, Zeh um Zeh zurecht. Er starb erst, als nichts mehr übrig war, was ein Messer hätte abschneiden können. Nichts, was du mir antun kannst, kann dem gleichkommen, was ich ihm zufügte.«

Er spuckte plötzlich. Der Speichel traf Ivars Schuh. »Und so sollt ihr alle ins Verderben gehen, ihr gottlosen Heiden! Und das ist mein Trost. Denn die Folter ist für euch nur das Tor zu ewigen Qualen. Aber ich werde von *neorxnawang*, dem Paradies aus zusehen, wie ihr in der glühenden Hitze vor Schmerz schreit. Dann werdet ihr um den kleinsten Tropfen aus meinem Ale-Krug betteln, um eure Qualen zu lindern. Aber Gott und ich werden euch abweisen.«

Die blauen Augen starrten hinauf; Wulfgar reckte das Kinn entschlossen vor. Ivar lachte unvermittelt, riß den Kopf zurück und leerte das Horn in seiner Hand bis zum letzten Tropfen.

»Nun«, sagte er, »wenn du so geizig zu mir sein willst, dann werde ich tun, was in euren Büchern steht und Schlechtes mit Gutem vergelten.«

»Werft ihn in das Faß!«

Die Männer sahen mit weit aufgerissenem Mund zu, wie Ivar vortrat und die Riemen, die Wulfgars Torso an Ort und Stelle hielten, durchtrennte. Er packte ihn an Gürtel und Mantel und hob ihn aus der Kiste. Dann machte er drei schwere Schritte zur Seite und warf den Heimnar in das vier Fuß hohe Dreihundert-Liter-Faß. Wulfgars Armstümpfe schlugen panisch um sich, und sein Kopf hob und senkte sich wie ein Korken, der auf den Wellen reitet, aus der Flüssigkeit. Seine Beinstümpfe reichten nicht ganz zum Boden des Fasses.

Ivar legte eine Hand auf Wulfgars Kopf und warf einen Blick in die Runde wie ein Lehrer, der seinen Schülern etwas vorführt.

»Siehst du, Kleggi?« führte er aus. »Wovor hat ein Mann ohne Arme und Beine Angst?«

»Vor der Hilflosigkeit.«

Er drückte den Kopf kraftvoll nach unten. »Jetzt kann er sich einen guten Schluck genehmigen«, bemerkte er. »Wenn es stimmt, was er sagt, wird er ihn auf der anderen Seite nicht brauchen, aber wir gehen besser auf Nummer Sicher.«

Viele der zuschauenden Wikinger lachten und riefen ihre Kameraden herbei, damit auch sie das Schauspiel verfolgen konnten. Dolgfinn gestattete sich ein Lächeln. Das hier brachte kein Ansehen, keine Ehre oder *drengskapr*. Aber vielleicht würde es Ivars schlechte Laune vertreiben.

»Laß ihn noch mal hochkommen«, rief er. »Vielleicht bietet er uns ja doch noch einen Tropfen aus dem Himmel an.«

Ivar packte den Haarschopf und zog Wulfgars Kopf aus dem schäumenden Gebräu. Panisch riß der Heimnar den Mund weit auf und schnappte nach Luft. Die Augen traten vor Angst und Demütigung fast aus den Höhlen. Wulfgar warf einen Armstumpf über den Rand des Fasses und versuchte, sich hochziehen.

Ivar schlug ihn beiseite und starrte in die Augen des Ertrinkenden, als ob er darin nach etwas suchte. Er nickte und drückte den Kopf wieder in das Ale.

»Jetzt hat er Angst«, sagte er zu Kleggi, der neben

ihm stand. »Wenn er könnte, würde er jetzt um sein Leben feilschen. Ich mag es nicht, wenn sie mir trotzen. Sie müssen nachgeben.«

»Am Ende geben sie alle nach«, sagte Kleggi lachend. »Genau wie die Frauen.«

Ivar drückte den Kopf ruckartig tiefer.

Shef wog nachdenklich den Gegenstand in der Hand, den Udd ihm gebracht hatte. Die beiden standen in der Mitte eines Kreises neugieriger Männer – ausschließlich freigelassene Engländer, Mitglieder der Katapultmannschaften und Hellebardiere – vor der Schmiede, in der Udd mit seinen Helfern Streifen biegsamen Stahls hergestellt hatte.

»Seht«, sagte Udd, »wir haben getan, was Ihr uns befohlen habt. Wir haben zwei Fuß lange Streifen geschmiedet. Ihr habt gesagt, Ihr wollt Bögen aus ihnen machen, also haben wir Kerben in die Enden gefeilt und Sehnen daran angebracht. Wie mußten dafür verflochtenen Darm nehmen, alles andere war nicht stark genug.«

Shef nickte. »Aber dann konntet ihr sie nicht zurückziehen.«

»Das ist richtig, Herr. Ihr konntet es nicht und wir auch nicht. Aber wir haben ein wenig darüber nachgedacht, und dann sagte Saxa hier…« – Uddi deutete auf ein Mitglied seiner Mannschaft –, »daß jeder, der jemals Träger war, weiß, daß Beine stärker sind als Arme.«

»Also nahmen wir dicke Eichenklötze, sägten Schlitze für die Stahlstreifen, legten sie ein und klemmten sie fest. Dann stellten wir Abzüge her, wie wir sie schon bei den großen Bolzenschleudern benutzen.«

»Als nächstes haben wir diese Eisenringe ganz vorne am Holz angebracht. Hier, Herr, versucht es. Stellt euren Fuß in den Ring.«

Shef folgte der Bitte.

»Und jetzt packt die Sehne mit beiden Händen und zieht sie gegen das Bein, bis sie hinter dem Abzug ist.«

Shef wuchtete die Sehne gegen starken, aber nicht unüberwindlichen Widerstand nach oben. Der schmächtige Udd und seine zu klein geratenen Kameraden hatten nicht die Kraft eines großen Mannes, der viel Zeit in der Schmiede verbracht hatte. Die Sehne rastete am Abzug ein. Shef erkannte jetzt, daß er eine Art Bogen hielt – nur daß der Schütze ihn waagrecht hielt und nicht senkrecht, wie bei einem hölzernen Handbogen.

Grinsend reichte ihm einer der Männer einen kurzen Pfeil. Kurz deshalb, weil der Stahlbogen nur ein paar Fingerbreit nachgab und keine halbe Armlänge wie ein herkömmlicher Bogen. Er legte ihn in die rauh gearbeitete Rinne an der Spitze des Holzblocks. Der Kreis der Männer teilte sich vor ihm und deutete auf einen Baum in vierzig Schritten Entfernung.

Shef brachte den Bogen in eine waagrechte Lage, zielte automatisch mit den Pfeilfedern, wie er es bei einer Bolzenschleuder getan hätte, und drückte den Abzug. Anders als bei der großen Maschine gab es keinen heftigen Rückschlag, kein schwarzer Blitz hob und senkte sich wieder auf sein Ziel. Dennoch schoß der Bolzen davon und blieb mitten im Stamm der Eiche stecken.

Shef ging zu dem Baum, griff nach dem Pfeil und zog an ihm. Nach einem Dutzend ruckelnden Bewegungen löste er sich aus dem Holz. Er blickte ihn abwägend an.

»Nicht übel«, sagte er. »Aber auch nicht gut. Der Bogen ist zwar aus Stahl, aber ich glaube nicht, daß die Pfeile eine größere Durchschlagskraft haben als die unserer Jagdbögen. Und das genügt nicht gegen Männer in Rüstung.«

Udds Gesicht fiel in sich zusammen. Er setzte automatisch zu dem Schwall von Entschuldigungen an, mit dem Sklaven strenge Herren zu beschwichtigen suchten. Shef gebot ihn mit einer Handbewegung zu schweigen.

»Das macht aber nichts, Udd. Wir lernen alle hiervon. Das ist etwas, das die Welt noch nicht gesehen hat, aber wer hat es gemacht? Saxa, weil er sich daran erinnert hat, daß Beine stärker sind als Arme? Du, weil du dich daran erinnert hast, wie dein Meister Stahl herstellte? Oder ich, weil ich dir auftrug, einen Bogen zu machen? Oder die alten Römer, weil sie mir zeigten, wie man die Bolzenschleudern baut, mit denen all das hier begann?«

»Es war keiner von uns. Das hier ist etwas Neues, aber kein neues Wissen. Nur das alte Wissen vieler kombiniert. Aber jetzt müssen wir die Maschine hier stärker machen. Nicht den Bogen, denn der ist stark genug. Den Zugmechanismus. Wie können wir es anstellen, daß wir das Doppelte meiner Stärke erreichen?«

Oswi, der Anführer der Katapultmannschaft, brach als erster das nachdenkliche Schweigen.

»Nun, Herr, wenn Ihr so fragt, ist die Antwort offensichtlich. Wie verdoppelt man die Zugkraft?«

»Man benutzt einen Flaschenzug. Oder eine Winde. Aber eine kleine; keine von den großen, wie sie die Nordländer auf ihren Schiffen benutzen. Man befestigt sie einfach am eigenen Gürtel, bindet ein Ende des Seils an der Bogensehne und zieht das andere so weit, wie man will.«

Shef reichte die primitive Armbrust wieder an Udd. »Das ist die Antwort, Udd. Bring den Abzug weiter hinten an, damit sich der Bügel so weit biegen kann, wie es der Stahl erlaubt. Und dann stell für jeden Bogen eine Winde und einen Haken her. Und mach aus jedem Stahlstreifen, den du hast, einen Bogen. Nimm dir so viele Männer, wie du brauchst.«

Der Wikinger, der sich seinen Weg durch die Menge bahnte, beäugte mißtrauisch den von einem Zwergenhaufen umgebenen Jarl. Er war erst in diesem Sommer aus Dänemark eingetroffen, angezogen von Geschichten über unerhörten Reichtum und Profit. Aber bisher hatte er lediglich eine Armee gesehen, die sich zum Kampf aufgestellt hatte und dann wie festgewurzelt stehengeblieben war. Und jetzt stand der Jarl persönlich da und sprach wie ein gemeiner Mann mit einem Haufen Thralls. Der Wikinger maß einsachtzig, wog fast zwei Zentner und konnte mit jeder Hand siebzig Pfund heben. Was für ein Jarl ist das? fragte er sich. Wieso redet er mit Sklaven und nicht mit Kriegern? *Skraelingjar* wie sie würden nie eine Schlacht gewinnen.

Er sprach den Jarl mit dem absoluten Mindestmaß an Unterwürfigkeit an: »Herr, der Rat ruft Euch.«

Damit hatte er seine Botschaft übermittelt. Er wandte sich verächtlich ab.

Da nahm Oswi seinen ganzen Mut zusammen und stellte die Frage, die alle bewegte. »Ziehen wir diesmal in die Schlacht, Herr? Wir müssen Ivar irgendwann aufhalten. Wir hätte ihn gerne auch schon früher erledigt.«

Shef spürte den Tadel, setzte sich aber über ihn hinweg. »Die Schlacht kommt noch früh genug, Oswi. Das Entscheidende ist, gut darauf vorbereitet zu sein.«

Als Shef das große Ratszelt betrat, spürte er sofort die feindselige Stimmung. Der ganze Rat der Gefolgsleute des Weges schien versammelt: Brand, Ingulf, Farman und die übrigen Priester, sowie Alfred, Guthmund und Vertreter aller Gruppen und Einheiten der Armee.

Er ließ sich auf seinem Platz nieder und legte die Hand automatisch auf das Schleifsteinzepter, das auf der Lehne auf ihn gewartet hatte. »Wo ist Thorvin?« fragte er unvermittelt, als ihm die Abwesenheit des Priesters aufging.

Farman wollte ihm antworten, wurde aber auf der Stelle von der wütenden Stimme Alfreds übertönt, der die Mischung aus Englisch und Nordisch, die im Rat des Weges so oft gesprochen wurde, bereits leidlich beherrschte.

»Was kümmert uns, ob hier ein Mann mehr oder weniger ist? Was wir zu entscheiden haben, kann nicht mehr länger warten. Wir haben schon viel zu lange gewartet!«

»Ja«, polterte Brand zustimmend. »Wir sind wie der Bauer, der die ganze Nacht aufbleibt, um den Hühnerstall zu bewachen, und am nächsten morgen feststellt, daß der Fuchs alle seine Gänse gerissen hat.«

»Und wer ist der Fuchs?« fragte Shef.

»Rom«, sagte Alfred und erhob sich, um auf die sitzenden Ratsmitglieder herabzublicken. »Wir haben die Kirche in Rom vergessen. Als Ihr ihr in Norfolk das Land nahmt, als ich ihr in Wessex drohte, ihre Einkünfte zu beschneiden, erschrak die Kirche. Der Papst in Rom erschrak.«

»Und?«

»Und jetzt sind zehntausend Mann an Land gegangen. Gepanzerte Reiter der Franken, angeführt von ihrem König Karl. Sie tragen Kreuze auf ihren Waffen und Mänteln und sagen, sie wären gekommen, um der Kirche Englands gegen die Heiden zu helfen.«

»Die Heiden! Seit hundert Jahren haben wir Engländer gegen die Heiden gekämpft. Jedes Jahr schickten wir den Peterspfennig als ein Zeichen unserer Treue nach Rom. Ich selbst« – Alfreds jugendliche Stimme überschlug sich vor Entrüstung – »ich selbst wurde von meinem Vater als Kind zum damaligen Papst, dem guten Leo, geschickt. Der Papst machte mich zu einem Konsul Roms! Dennoch hat man niemals ein Schiff oder einen Mann oder auch nur einen Silberpenny nach England geschickt. Aber am selben Tag, an dem der Besitz der Kirche in Gefahr ist, schickt Papst Nikolaus ein Heer.«

»Aber dieses Heer ist gegen die Heiden gerichtet«, sagte Shef. »Vielleicht gegen uns, aber nicht gegen Euch.«

Alfred wurde rot. »Ihr vergeßt, daß Daniel, mein Bischof, mich exkommuniziert hat. Meine Boten teilen mir mit, daß die Franken überall behaupten, es gäbe keinen König von Wessex, und die Unterwerfung verlangen. Bis dahin werden sie jede einzelne Grafschaft verheeren. Sie rücken gegen die Heiden an. Aber sie berauben und morden nur Christen.«

»Was schlagt Ihr vor?« fragte Shef.

»Wir müssen auf der Stelle aufbrechen und dieses fränkische Heer besiegen, bevor es mein Königreich vernichtet. Bischof Daniel ist tot oder auf der Flucht, und seine mercischen Helfer ebenfalls. Kein Engländer wird mehr meinen Anspruch auf den Thron bestreiten. Meine Thanes und Aldermen versammeln sich bereits hinter mir, und ich kann in jeder Grafschaft von Wessex Truppen ausheben. Viele behaupten, die Boten würden die Stärke des Feindes überschätzen. Wenn das wahr ist, kann sich meine Armee mit der ihren messen. Wenn nicht, werde ich sie dennoch bekämpfen, aber Eure Hilfe wäre mir sehr willkommen.«

Alfred setzte sich wieder und blickte gespannt in die Runde.

Brand brach das lange Schweigen mit einem Wort: »Ivar.«

Alle Augen richteten sich auf Shef, der mit dem Zepter auf den Knien auf seinem erhöhten Stuhl saß. Er schien nach seiner Krankheit immer noch blaß und ausgezehrt. Die Wangenknochen standen heraus; die Haut um seine leere Augenhöhle war so tief eingefallen, daß sie wie eine dunkle Grube erschien.

Ich weiß nicht, was in ihm vorgeht, sinnierte Brand. Aber in den vergangenen Tagen war er mit den Gedanken woanders. Vielleicht hat Thorvin recht, und der

Geist verläßt während der Visionen den Körper. Aber kann es sein, daß jedesmal ein Stück von ihm auf der anderen Seite zurückbleibt?

»Ja, Ivar«, wiederholte Shef. »Ivar und seine Maschinen. Wir können ihn nicht einfach ignorieren und nach Süden marschieren. Seine Macht würde wachsen. Jetzt, nach Burgreds Tod, ist es nur eine Frage der Zeit, bis die Mercier einen neuen König wählen und mit Ivar Frieden schließen, damit er nicht über sie herfällt. Dann kann Ivar sich nicht nur auf die Fertigkeiten und das Geld Yorks stützen, sondern auch noch auf Mercien.«

»Wir müssen also gegen ihn kämpfen. Ich muß gegen ihn kämpfen. Ich glaube, daß sein und mein Schicksal untrennbar miteinander verwoben sind.«

»Aber Ihr, König«, Shef strich über die ernsten, unerbittlichen Gesichter auf seinem Zepter, »Ihr müßt an Euer eigenes Volk denken. Vielleicht ist es das Beste, wenn Ihr in euer Land zurückkehrt und Eure Schlacht kämpft, während wir die unsere kämpfen. Jeder auf seine Art. Christen gegen Christen, Heiden gegen Heiden. Und dann, wenn Euer Gott und die unseren es so wollen, werden wir einander wieder treffen und dieses Land neu aufbauen.«

»So soll es sein«, sagte Alfred, dem wieder die Röte ins Gesicht schoß. »Ich werde meine Männer zusammenrufen und unverzüglich aufbrechen.«

»Geh mit ihm, Lulla«, trug Shef dem Hauptmann der Hellebardiere auf. »Und du auch, Osmond«, fügte er an den Hauptmann der Katapulte gerichtet hinzu, »und sorgt dafür, daß der König genug Pferde für seinen Ritt nach Süden erhält.«

Kaum hatten die einzigen Engländer den Rat verlassen, blickte Shef in die Runde und wechselte in sein flüssiges, schnelles Nordisch mit dem starken Akzent von Halogaland, den er von Brand übernommen hatte.

»Wie stehen seine Chancen, wenn er auf die übliche Weise kämpft? Was weißt du über diese Franken, Brand?«

»Er hat eine gute Chance, wenn er so kämpft wie wir. Wenn er zuschlägt, wenn sie unaufmerksam sind, sie im Schlaf überrascht. Hat nicht der alte Ragnar persönlich – verflucht sei sein Geist – in den Tagen unserer Väter ihre große Stadt geplündert und ihrem König Tribut aufgezwungen?«

»Aber wenn der König im üblichen englischen Stil kämpft, mit der Sonne hoch am Himmel und bar jeder Überraschung für den Feind …«

Brand grunzte skeptisch. »In der Zeit unserer Großväter hatten die Franken einen König: Sie nannten ihn Karl den Großen. Selbst Godefred, der König der Dänen, mußte sich ihm unterwerfen. Wenn man den Franken Zeit gibt, können sie jeden schlagen. Und wieso? Wegen ihrer Pferde. Sie kämpfen zu Pferde. Alle Jubeljahre tauchen sie auf, mit ihren fest gegürteten Sätteln, das Nackenhaar ihrer Pferde geflochten, oder wie immer man das nennt – bei Thor, ich bin kein Reiter sondern Seemann, und Schiffe scheißen einem wenigstens nicht auf die Füße.

Aber wenn sie aufmarschieren, hat man keine Chance gegen sie. Und wenn König Alfred wie alle anderen Engländer ist, hat seine letzte Stunde geschlagen.«

»Pferde auf der einen Seite, Höllenmaschinen auf der anderen«, sagte Guthmund. »Es ist zum Kotzen.«

Wachsame Augen ruhten auf Shef, neugierig, wie er die Herausforderung bewältigen würde.

»Wir kümmern uns zuerst um Ivar und seine Maschinen«, sagte er.

KAPITEL 8

ZWEI GESTALTEN IN DEN FETZEN einstmals feinsten Zwirns ritten entlang eines Wegs im Herzen Englands: Alfgar, Sohn eines Thanes, und vormaliger Favorit König Burgreds, und Daniel, ein Bischof ohne Gefolge, aber immer noch der Todfeind eines Königs. Beide waren Ivars Reitern am Ouse zusammen mit einem Dutzend Wachen und genug Geld und Proviant entkommen, um sie sicher nach Winchester zu geleiten. Aber kurz darauf hatten ihre Schwierigkeiten begonnen.

Eines Morgens waren sie aufgewacht, nur um festzustellen, daß ihre Wachen über Nacht das Weite gesucht hatten. Vielleicht hatten sie ihnen die Schuld an der Niederlage gegeben, oder hatte keinen Grund mehr gesehen, noch länger Alfgars ätzendes Mundwerk und Daniels Wutanfälle zu ertragen. Sie hatten Proviant, Geld und Pferde mit sich genommen. Daniel und Alfgar hatten sich zum nächsten Kirchturm am Horizont aufgemacht. Der Bischof war sich sicher gewesen, daß seine Autorität ihnen neue Pferde und Vorräte sichern würde, sobald sie einen Priester trafen. Aber sie waren nie dort angekommen. Angesichts der unruhigen Zeiten hatten die Churls ihre Dörfer für den Sommer verlassen und sich Schutzhütten im Wald gebaut. Der Dorfpriester hatte tatsächlich Daniels Rang anerkannt, was immerhin dazu geführt hatte, daß seine Gemeindemitglieder die beiden Wanderer nicht auf der Stelle erschlugen und Daniel sogar seinen Bischofsring und -stab ließen. Alles andere, darunter auch Alfgars Schwert und seine silbernen Armreifen, hatten sie an sich genommen. Danach hatten die beiden Flüchtenden drei Nächte lang ausgehungert, verängstigt und frierend im Tau gelegen.

Doch Alfgar war wie sein Halbbruder und Feind Shef ein Kind des Moors. Er konnte aus Weiden Aalfallen flechten und mit der Nadel seines Mantels und einem Stück Schnur Fische fangen. Nach und nach hatten die beiden die Hoffnung auf Rettung aufgegeben und gelernt, für sich selbst zu sorgen. Am fünften Tag hatte Alfgar zwei Pferde aus einem schlecht bewachten Gatter gestohlen, dazu das Messer des Hirtenjungen und eine flohverseuchte Decke. Danach waren sie zwar schneller vorangekommen, aber ihre Stimmung hatte sich nicht gebessert.

Karl der Kahle, König der Franken, musterte die Mauern Canterburys. Er hatte mit einem Kontingent seines Heers ihren Stützpunkt Hastings für einen vorsichtigen, sechstägigen Raubzug verlassen. Jetzt saß der König auf seinem Pferd und wartete darauf, daß die Prozession, die aus den offenen Toren strömte, ihn erreichte. Er war sich ihrer Natur sicher. An ihrer Spitze konnte er heilige Banner, singende Mönche und schwingende Weihrauchfässer erkennen. Dahinter wurde ein in Purpur und Weiß gekleideter Mann mit einem grauen Bart auf einer Sänfte getragen. Das mußte der Erzbischof von Canterbury sein, der Primas der englischen Kirche. Zumindest glaubte er das von sich, denn Karl beherbergte in seinem Lager in Hastings Wulfhere, den Erzbischof von York, der denselben Titel für sich beanspruchte. Ich hätte ihn mitbringen sollen, dachte der König, damit die beiden alten Narren die Sache untereinander ausfechten können.

»Wie heißt dieser hier?« fragte er seinen Konnetabel Godefroi, der auf dem Schlachtroß neben ihm saß.

Godefroi – der wie sein König bequem in einem tiefen Sattel saß, die Füße in stählernen Steigbügeln – blickte flehend gen Himmel. »Ceolnoth. Erzbischof von Cantwarabyirg. Gott, was für eine Sprache!«

Schließlich gelangte die Prozession ans Ziel und der Choral verstummte. Die Träger setzten die Sänfte ab, und der alte Mann stolperte heraus und ging auf den metallenen Mann auf dem gepanzerten Pferd zu, der ihn wortlos erwartete. Hinter Karl verdüsterte der Rauch brennender Dörfer den Himmel. Der Erzbischof begann, in Englisch auf den König einzureden.

Nach einiger Zeit hob Karl die behandschuhte Hand und wandte sich an den päpstlichen Legaten zu seiner Linken, Astolfo von Lombard; einen Kleriker – noch – ohne eigenes Bistum.

»Was sagt er da?«

Der Legat zuckte die Achseln. »Keine Ahnung. Er scheint Englisch zu sprechen.«

»Versucht es mit Latein.«

Der Legat antwortete dem Erzbischof mühelos und flüssig im Latein Roms – einem Latein, das sich selbstverständlich derselben Aussprache befleißigte wie die antiken Römer. Ceolnoth, der Latein aus Büchern gelernt hatte, lauschte seinen Worten verständnislos.

»Sagt mir jetzt nur nicht, er kann auch kein Latein.«

Der Legat zuckte erneut die Achseln und ignorierte Ceolnoths stockende Versuche, ihm zu antworten. »Das ist eben die englische Kirche. Wir wußten nicht, daß die Lage so ernst ist. Die Priester und Bischöfe tragen keine kanonischen Gewänder. Ihre Liturgie ist veraltet. Die Priester predigen auf Englisch, weil sie kein Latein können. Sie besitzen sogar die Verwegenheit, Gottes Wort in ihre barbarische Sprache zu übersetzen. Und ihre

Heiligen! Wie kann man Namen wie Willibrord verehren? Cynehelm? Ja sogar Frideswide! Seine Heiligkeit wird ihnen jede Befugnis entziehen, sobald er meinen Bericht liest.«

»Und dann?«

»Das hier muß eine neue, von Rom regierte Provinz werden. Und die Einnahmen gehen nach Rom. Ich spreche selbstverständlich nur von den geistlichen Einnahmen, dem Zehnten, den Abgaben für Taufen und Begräbnisse und die Zahlungen für den Erwerb geistlicher Ämter. Das Land selbst – der Besitz der weltlichen Fürsten – muß an die weltlichen Herrscher des Landes fallen. Und ihre Untertanen.«

Der König, der Legat und der Konnetabel tauschten einen Blick völliger Einigkeit.

»In Ordnung«, sagte Karl. »Seht, der Graubart scheint einen jüngeren Priester gefunden zu haben, der besser Latein kann. Sagt ihm, was wir wollen.«

Ceolnoths Augen weiteten sich vor Entsetzen, als der Legat die endlose Liste der Forderungen diktierte – Entschädigungen, Proviant, Tribut, damit die Stadt nicht geplündert wurde, sowie Geiseln und Sklaven, die sofort mit der Arbeit an der Festung für die fränkische Garnison zu beginnen hatten.

»Aber der König behandelt uns wie geschlagene Feinde«, stammelte er den Übersetzer an. »Wir sind keine Feinde. Die Heiden sind seine Feinde. Mein Amtsbruder aus York und der ehrwürdige Bischof von Winchester riefen ihn herbei. Sag dem König, wer ich bin. Sag ihm, daß er sich irrt.«

Karl, der sich gerade den Hunderten von gepanzerten Reitern zuwenden wollte, die hinter ihm warteten, registrierte den Tonfall von Ceolnoths Stimme, auch wenn er die Worte nicht verstand. Nach den niedrigen Standards der französischen Militäraristokratie war er kein ungebildeter Mann. Er hatte in seiner Jugend ein wenig Latein gelernt und erinnerte sich noch an Titus Livius' Geschichte Roms.

Lächelnd zog er das lange, zweischneidige Schwert aus der Scheide und hielt es wie die Waage eines Händlers.

»Das braucht Ihr nicht zu übersetzen«, sagte er zu Godefroi. Dann beugte er sich aus dem Sattel zu Ceolnoth hinunter und sagte langsam und klar zwei Worte.

»Vae victis.«

Wehe den Besiegten.

Shef hatte alle möglichen Angriffspläne auf Ivars Lager in Betracht gezogen, sie wie Schachzüge überdacht und sie einen nach dem anderen verworfen. Diese neuen Wege der Kriegsführung brachten eine bislang unbekannte Komplexität in das Schlachtengeschehen, das zu Verwirrung, zu unüberschaubaren Verlusten, ja zur totalen Niederlage führen konnte.

Früher, als gegnerische Armeen noch in langgezogenen Formationen aufeinandergeprallt waren und das Geschehen anschließend in zahllose Zweikämpfe übergegangen war, hatte sich ein Feldheer nicht so viele Gedanken machen müssen. Und Shef wußte, daß seine Wikinger immer unzufriedener mit den Neuerungen wurden. Sie sehnten sich nach der alten Sicherheit des Waffengeklirrs. Aber wenn sie Ivar und seine Maschinen besiegen wollten, konnten sie nicht auf die alte Art und Weise kämpfen. Das Alte und das Neue mußten miteinander verschmelzen.

Natürlich! Er mußte das Alte und Neue zusammenschmieden wie das weiche und das harte Eisen in seinem Schwert, das er in der Schlacht im Wikingerlager am Stour verloren hatte. Ein Wort formte sich in seinen Gedanken.

»*Flugstrith!*« schrie er und sprang auf.

»Flugstrith?« wiederholte Brand und wandte sich vom Feuer ab. »Das verstehe ich nicht.«

»So werden wir die Schlacht kämpfen. Wir werden sie zur *eldingflugstrith* machen!«

Brand starrte ihn ungläubig an. »Eine ›Blitz-Schlacht‹? Ich weiß ja, daß Thor auf unserer Seite steht, aber ich bezweifle, daß du ihn dazu bringst, Blitze für uns zu schleudern.«

»Nein, ich will keine Blitze. Ich will eine Schlacht so schnell wie der Blitz kämpfen. Der Gedanke ist da, Brand. Ich spüre, was ich tun muß. Aber ich muß ihn klarer machen – in meinen Kopf muß alles so klar sein, als ob es schon passiert wäre.«

Jetzt, als Shef eine Stunde vor der Dämmerung im Nebel wartete, war er sich ziemlich sicher, daß sein Schlachtplan aufgehen würde. Die Wikinger hatten ihn gebilligt – ebenso wie die englischen Katapultmannschaften. Und er mußte einfach funktionieren. Shef wußte, daß die Geduld des Rates und der Armee nach seiner Rettung Godives und seines Zusammenbruchs vor der Schlacht gegen Ivar nahezu erschöpft war. Man verheimlichte ihm Dinge. Er wußte nicht, wohin Thorvin verschwunden war und wieso Godive ihn begleitet hatte.

Wie schon vor den Mauern Yorks sinnierte er, daß der Kampf an sich das Leichteste an dieser neuen Art von Schlacht war. Oder zumindest stand das für ihn zu erwarten. Dennoch spürte er ein ängstliches Kribbeln in den Muskeln, aber er fürchtete weder den Tod noch die Schmach. Nein, es war die Furcht vor dem Drachen, den er unter Ivars Haut spürte. Er kämpfte die Furcht und den Ekel nieder, warf auf der Suche nach den ersten Anzeichen der Dämmerung einen prüfenden Blick in den Himmel und mühte sich angestrengt, den Nebel zu durchdringen, um den Umriß von Ivars Palisaden zu erkennen.

Ivar hatte sein befestigtes Lager nach exakt demselben Muster errichtet wie das, das König Edmund am Stour erstürmt hatte: ein niedriger Graben und ein Wall mit Stämmen bildeten drei Seiten eines Rechtecks, der Fluß Ouse die vierte. Dort hatten Ivars Männer auch die Schiffe ans schlammige Ufer gezogen. Der Wikinger, der den Wall an der Innenseite der Palisade entlangpatroullierte, war ein Veteran dieser Schlacht. Niemand mußte ihn zur Wachsamkeit ermahnen, denn die Erfahrung hatte ihn gelehrt, daß die kurzen Nachtstunden des Sommers die gefährlichsten waren. Als er sah, wie der Himmel langsam heller wurde, und den leichten Wind spürte, der immer vor der Dämmerung einsetzte, entspannte sich der Mann und dachte an den bevorstehenden Tag. Er wünschte, nicht wieder Ivar Ragnarsson zusehen zu müssen, wie er Gefangene abschlachtete. Wieso, fragte er sich, ziehen wir nicht weiter? Gut, man hatte Ivar bei Ely zum Kampf herausgefordert, aber er hatte sich ihm gestellt. Es waren Sigvarthsson und die Männer des Weges, die Schmach auf sich geladen hatten.

Der Wachmann hielt an und lehnte sich gegen die brusthohe Palisade. Der Wikinger mußte darum kämpfen, daß seine Aufmerksamkeit nicht nachließ. Er grübelte über die Geräusche nach, die er so oft in den letzten Tagen gehört hatte. Sie stammten von den blutüberströmten Händen Ivars. Dort draußen lagen zweihundert Leichen in frisch ausgehobenen Gräbern, das Ergebnis einer langen Woche der Folter und Schlächterei unter den mercischen Gefangenen. Eine Eule rief, und der Wikinger fuhr zusammen. Einen Augenblick lang hatte er den Ruf für den Aufschrei eines Rachegeists gehalten.

Es war sein letzter Gedanke. Noch bevor das Zappen der Sehne an seine Ohren drang, durchtrennte der Bolzen einer Armbrust seine Kehle. Die beiden Männer, die sich im Schutz des Nebels angeschlichen hatten, fingen ihn auf und warteten. Sie wußten, daß beim Ruf der Eule alle anderen Wachen auf dieselbe Weise ins Jenseits befördert worden waren.

Doch selbst die weichsten Sohlen konnten das Gras nicht lautlos durchqueren. Die Hunderten von rennenden Füßen klangen wie kleine Wellen, die an einem steinigen Strand zurückflossen. Dunkle Umrisse eilten zu einem genau ausgewählten Zeitpunkt schnell auf die westliche Palisade des Lagers zu. Sie waren nicht mehr als schwarze Schemen vor einem schwarzen Himmel. Doch wenn die Verteidiger aufwachten und in die Schlacht stürmten, würde der anbrechende Tag ihre Silhouetten sichtbar machen.

Shef verfolgte den Angriff mit geballten Fäusten. Die nächsten Sekunden würden über den Erfolg des gesamten Unternehmens entscheiden. Die Einnahme des Lagers würde wie die Einnahme Yorks sein – nur einfacher und schneller. Sie brauchten keine schwerfälligen Belagerungstürme, mußten den Angriff nicht in mehreren Stufen aufbauen. Ihr Plan war so einfach, das ihn selbst die Ragnarssons verstanden hätten – ein frontaler Angriff, und innerhalb einer Minute würde über Sieger und Besiegte entschieden sein.

Seine eifrigen Männer hatten stabile Bretter zu Stegen zusammengenagelt, dreißig Fuß lang und zehn Fuß breit. Eiserne Armierungen klemmten die Ruder, die man von den Schiffen genommen hatte, zusammen, die Griffe standen zu beiden Seiten heraus. An jedem stand ein Wikinger, dem das vertraute Holz Vertrauen einflößte, und der stolz auf die Kraft war, die es brauchte, um mit der gesamten Konstruktion zur Palisade zu rennen.

Die größten Krieger waren ganz vorne. Sie stöhnten vor Anstrengung – sie mußten nicht nur die Stege tragen, sondern sie auch noch an der Palisade hochheben, bis ihre Vorderteile sechs Fuß hoch aufragten und damit höher waren als die Stämme der Befestigung.

Mit einem Sprung waren sie über dem Graben, Holz krachte auf Holz, und die Männer in der ersten Reihe sprangen im letzten Moment zur Seite und rollten sich in den Graben.

Anders die Männer hinter ihnen. Im selben Moment, als die Stege in Position waren, stürmten sie hinauf und sprangen über die Palisade. Zehn, zwanzig, hundert, dann zweihundert waren bereits im Lager, noch bevor die Stegträger ihre Waffen ziehen und sich dem Angriff anschließen konnten.

Shef lächelte zufrieden. Sechs Stege hatten sie gezimmert, sechs hatten angegriffen – und nur einer war an der Palisade gescheitert. Dieser ragte zur Hälfte aus dem Graben. Fluchende Wikinger krochen darunter hervor und rannten zu den übrigen Stegen.

Schmerzensschreie und wütendes Brüllen ertönten, als die schlafenden Wikinger die Feinde in ihrer Mitte bemerkten. Anfangs hörte Shef nur das dumpfe Schlagen von Axtklingen, die sich in Fleisch und Knochen gruben. Als Ivars Männer erwachten, nach ihren Waffen griffen und sich zur Wehr setzten, gingen die Geräusche in das Klirren von Metall über. Shef sah in der zunehmenden Helligkeit, daß seine Krieger ihren Befehlen folgten, in gerader Linie vorstießen und alle Feinde auf ihrem Weg niedermetzelten. Er rannte los.

Auf der Ostseite hatten die englischen Freigelassenen wie befohlen gewartet und erst angegriffen, als sie die ersten Kampfgeräusche hörten. Shef hoffte, daß sich sein Timing als richtig erwies. Er hatte sie eine Achtelmeile vor der Palisade in Stellung gebracht und darauf gebaut, daß sie das Lager genau dann erreichen würden, wenn dort der Kampf besonders heftig tobte. Aller Augen sollten auf die angreifenden Wikinger gerichtet sein – und alle Männer Ivars sollten ihren Kameraden zur Hilfe eilen. Das hoffte er inbrünstig. Er erreichte die Ecke des Lagers, gerade als die ersten Freigelassenen heran waren.

Die Hellebardiere führten sie an. Jeder von ihnen trug neben seiner Waffe ein großes Bündel Reisig. Das Reisig sollten sie in den Graben werfen, bevor sie ihre scharfen Klingen gegen die Pflöcke und Lederriemen richteten, die die Palisade zusammenhielten.

Dann flutete die zweite Welle der Angreifer heran. Männer mit Armbrüsten drängten sich zwischen die Hellebardiere und zertrennten mit ihren Messern die letzten Lederriemen. Dann schoben sie die Pfähle zur Seite und kletterten zwischen ihnen hindurch.

Shef bahnte sich seinen Weg durch das Gedränge der Männer. Er mußte keine Befehle brüllen. Die Armbrustschützen führten ihre viele Male geübten Anordnungen aus und rückten jeweils zehn Schritte vor, um dann anzuhalten. Andere hielten hinter ihnen an und bildeten damit eine zweireihige Kette, die sich von der Palisade bis zum Fluß erstreckte. Flinke Läufer spurteten vorwärts, um Zeltseile zu zerschneiden und flohen zurück in die Sicherheit, während die Schützen neue Bolzen einlegten.

Ein paar der Armeehuren und einige Burschen starrten sie mit aufgerissenem Mund an und suchten eilig das Weite. Aber unvorstellbarer Weise schien sich keiner von Ivars Männern der Anwesenheit der Freigelassenen bewußt zu sein. Das vertraute Klirren der Waffen von der anderen Seite des Lagers mußte sie ganz eingenommen haben.

Shef trat einen Schritt hinter die Linie der Armbrustschützen. Die Gesichter der Männer wandten sich ihm in Erwartung des verabredeten Zeichens zu. Er hob den Arm und senkte ihn wieder. Die Köpfe flogen herum und ein kollektives Seufzen drang aus den Kehlen der

Schützen, gefolgt von dem scharfen Zappen Hunderter gleichzeitig abgeschossener Armbrüste.

Die kurzen, gedrungenen Bolzen schossen über das Lager und durchschlugen Leder, Kettenhemden und Körper.

Sofort begann die vorderste Reihe nachzuladen, während die zweite Reihe zwischen ihnen vortrat und Shef ansah. Der gab das Signal, und die zweite Salve fegte über das Lager.

Alarmierte und ungläubige Rufe mischten sich jetzt mit den Schmerzensschreien, als Ivars Krieger sahen, wie die Kameraden hinter ihnen fielen. Köpfe flogen herum – im Licht der Dämmerung schien jede Farbe aus den Gesichtern gewichen –, um den lautlosen Tod auszumachen, der sie aus dem Rücken ereilte. Gleichzeitig hielten die Wikinger des Weges von vorne den Druck aufrecht, legten ihre ganzen Kraftreserven in einen Angriff, der nach den Versprechungen ihres Anführers nur wenige Minuten dauern würde.

Die erste Kette der Schützen war wieder schußbereit. Die Männer rückten zwischen ihren Kameraden nach vorne und nahmen ihre Posten ein. Aber einige luden schneller nach als andere. Shef wartete ungeduldig, bis der letzte von ihnen fertig war – das Gelingen des Manövers hing entscheidend davon ab, daß sich die beiden Schützenketten nicht miteinander vermischten –, bevor er erneut den Arm senkte.

Sie schossen insgesamt vier Salven ab, bevor die ersten Verteidiger sich umwenden, sammeln und auf die Schützenketten zustürmen konnten. In sich zusammengefallene Zelte und die glühenden Kohlen der Küchenfeuer behinderten sie auf ihrem Weg. Als Ivars Krieger die erste Schützenkette fast erreicht hatten, gehorchten die Männer Shefs wieder ihren Befehlen. Die Männer mit geladenen Armbrüsten verschossen ihre Bolzen und rannten dann zusammen mit den übrigen Schützen hinter die Reihe der Hellebardiere, die sich hinter ihnen aufgebaut hatte. Die Hellebardiere traten kurz zur Seite, um ihre Kameraden hindurchzulassen, dann schloß sich wieder die undurchdringliche Barriere scharfer Metallspitzen.

»Nicht vorrücken! Bleibt einfach, wo ihr seid!« brüllte Shef, als er sich mit den letzten Schützen in Sicherheit brachte. Die wenigsten konnten ihn im Tumult der Kriegsrufe hören, aber das war egal: Dies war der Moment, für den Brand ihre Niederlage vorausgesagt hatte. Die schwächlichen Ex-Sklaven würden niemals der Wucht eines Wikingeransturms standhalten können.

Die Engländer gehorchten ihren Befehlen. Sie standen still, hielten die Spitzen der Hellebarden gerade, die zweite Reihe verstärkte die erste. Selbst ein Mann, dessen Magen sich aus Angst zu einem Klumpen zusammenzog, wußte aber, daß jetzt nicht mehr von ihm erwartet wurde als er leisten konnte. Und der Angriff der Wikinger überrollte sie nicht mit voller Wucht. Zu viele von Ivars Männern waren den Armbrüsten zum Opfer gefallen, darunter viele der Anführer. Und die meisten der Überlebenden standen unter Schock. Ihre Welle kam nicht in einem Schwung. Jeder Wikinger, der nach vorne stürmte, sah sich einer Hellebardenspitze gegenüber, während von links und rechts Klingen auf ihn einhieben. Ihre eigenen Hiebe wurden von langen Stangen abgewehrt, die die Engländer aus der zweiten Reihe ihnen entgegenhielten. Nach und nach wichen die Wikinger von der intakten Verteidigungslinie zurück; Köpfe flogen auf der Suche nach einem Anführer herum.

Da erscholl plötzlich ein Triumphschrei hinter ihnen. Viga-Brand, dem nicht entgangen war, wie die Front der Wikinger Ivars vor ihm immer mehr ausdünnte, hatte seine besten Männer auf das verbliebene Zentrum des Feindes angesetzt und es aufgerollt.

Die ersten der geschlagenen Männer warfen ihre Waffen weg.

Am Flußufer stand Ivar Ragnarsson und sah zu, wie seine Männer fielen und schließlich kapitulierten. Er hatte auf seinem Schiff, der *Lindormr* geschlafen, und sich zu spät aus seinen Decken gewälzt, um mehr als eine Zuschauerrolle zu spielen. Jetzt wußte er, daß die Schlacht verloren war.

Er wußte auch, wieso. Die letzten Tage des Blutes und der Schlächterei waren eine Wonne, ja eine Erlösung für ihn gewesen. Endlich hatte er den Wahnsinn abschütteln können, der seit vielen Jahren in ihm gelauert hatte. Nur hin und wieder hatte er seinen Zustand für kurze Zeit durch die Genüsse lindern können, die ihm seine Brüder besorgten, oder durch die ausgeklügelten Hinrichtungen, die die Große Armee als angemessen tolerierte. Sie waren eine Genugtuung für ihn gewesen, aber die Armee war ihrer nach und nach überdrüssig geworden. Ekel hatte die Kampfmoral verrotten lassen. Nicht sehr, aber so stark, daß sich seine Männer jetzt nicht mehr mit der allerletzten Kraft der Feinde erwehrten.

Er bereute nicht, was er getan hatte. Was er bereute, war, daß hinter dem Angriff nur ein einziger Mann stecken konnte – Shef Sigvarthsson. Die Zeichen waren überdeutlich. Der Ansturm in der Nacht, die Überwindung der Palisade und dann der feige Angriff aus dem Rücken. Die Schlacht war wahrhaftig entschieden. Er war schon zuvor aus verlorenen Gefechten geflohen – mußte er es jetzt wieder tun? Die Sieger waren ihm dicht auf den Fersen. Aber am anderen Flußufer, fünf Meilen flußabwärts, warteten zehn Onager, die hilfsbereite einheimische Churls auf provisorischen Flössen in Stellung gebracht hatten. Im erstarkenden Licht des Tages nahmen Shefs Katapultmannschaften Ivars Schiffe ins Visier.

Auf der *Lindormr* kauerten die Sklaven der Klosterkirche um ihre Maschine. Beim ersten Lärm der Schlacht hatten sie die Abdeckung entfernt und die Schleuder aufgezogen und geladen. Jetzt zögerten sie, uneins, in welche Richtung sie schießen sollten. Ivar stieg auf den Schandeckel.

»Verschwindet!« befahl er. »Laßt das! Stoßt uns vom Ufer ab!«

»Willst du deine Männer jetzt schon im Stich lassen?« fragte Dolgfinn, der mit einigen der erfahrensten Kapitäne am Ufer neben dem Schiff stand. »Ohne auch nur einen einzigen Schwertstreich geführt zu haben? Das wird sich nicht gut anhören, wenn die Dichter die Geschichte singen.«

»Ich lasse sie nicht im Stich. Ich bereite mich auf den Kampf vor. Komm an Bord, wenn du das auch willst. Wenn du wie eine alte Hure auf Kundschaft warten willst, dann bleib, wo du bist!«

Die Beleidigung erboste Dolgfinn, und er lief rot an. Er trat mit der Hand am Schwertgriff vor. Da schossen plötzlich Federn aus seiner Schläfe, und er ging zu Boden – die Armbrustschützen waren nach der Einnahme des Lagers ausgeschwärmt und schossen, wann immer sie auf Widerstand trafen. Ivar trat hinter die schützende Masse der Maschine am Bug des Schiffs. Als die Sklaven die *Lindormr* unbeholfen in die langsame Strömung stakten, zeigte er schnell auf einen Mann, der immer noch am Ufer stand.

»Du da. Komm hierher.«

Zögernd lüpfte Diakon Erkenbert den schwarzen Talar, sprang über die sich vergrößernde Lücke zwischen Schiff und Ufer und landete taumelnd in Ivars Armen.

Ivar deutete mit dem Daumen auf die immer größer werdende Zahl von Armbrustschützen, die im Dämmerlicht sichtbar wurden. »Noch mehr Maschinen, von denen du mir nichts gesagt hast. Wahrscheinlich willst du mir jetzt erzählen, daß es sie nicht geben kann. Wenn ich diesen Tag überlebe, werde ich dir das Herz herausschneiden und deine Kirche bis auf die Mauern niederbrennen.«

Dann schrie er die Sklaven an. »Schluß mit dem Staken! Werft den Anker. Runter mit der Gangway.«

Als die verblüfften Sklaven die schwere, über eine zwei Fuß breite Gangway vom Schandeckel zum Ufer schleppten, stellte sich Ivar vor seine robuste Maschine, umklammerte unnachgiebig Erkenberts rechtes Handgelenk und lehnte sich zurück, um das Sterben seiner Armee mitzuverfolgen. Er hatte keine Angst. Seine Gedanken kreisten nur noch um eine Frage: Wie konnte er den Triumph seiner Feinde verderben? Wie konnte er ihren Sieg in einen Fehlschlag verwandeln?

Umringt von einer starken Eskorte schritt Shef durch das Chaos des Wikingerlagers. Er hatte den Helm aufgesetzt, die Hellebarde ruhte auf seiner Schulter, aber er hatte noch keinen einzigen Streich geführt, noch hatte er einem ausweichen müssen. Ivars Armee war vernichtet. Die Männer des Weges trieben Gefangene zusammen, während einige wenige Überlebende in Zweier- und Dreiergruppen in der Hoffnung auf Flucht das Flußufer entlangrannten. Aber es waren zu wenige, als daß sie noch eine Bedrohung dargestellt hätten.

Wir haben gewonnen, sagte sich Shef. Und das mit Leichtigkeit. Alles lief nach Plan. Dennoch spürte er einen kalten Klumpen in seinem Magen. Es ist zu einfach gegangen, dachte er, viel zu einfach. Die Götter verlangen einen Preis für ihre Gefallen. Was werden sie von mir verlangen? Er rannte los, zum Fluß und den Schiffen, wo Brand an der Spitze der Krieger vorrückte. Da sah er plötzlich einen grellen Farbtupfer auf einem der Schiffe nur wenige Meter vor ihm. Gold glitzerte in den ersten Strahlen der aufgehenden Sonne. Der sich windende Wurm. Ivar hatte sein Banner aufgezogen.

Beim Anblick Ivars verlangsamte Brand seine Schritte. Der Wikinger stützte einen Fuß auf den Schandeckel der *Lindormr*, den nur vier Schritte Wasser vom Ufer trennten. Ivar trug volle Montur: grasgrüne Hose, Waffenrock sowie Kettenhemd und Helm. Er hatte den scharlachroten Mantel beiseite geworfen, aber das rote Morgenlicht glänzte auf dem polierten Buckel seines Schilds. Neben ihm stand ein kleiner Mann im schwarzen Talar eines christlichen Geistlichen, dem die nackte Angst ins Gesicht geschrieben stand.

Die Krieger beider Seiten spürten das sich anbahnende Duell und hörten auf zu kämpfen. Die Wikinger des Weges und der Ragnarssons blickten einander an, nickten, und akzeptierten, daß die Schlacht geschlagen war. Als die englischen Hellebardiere anrückten, denen eine derart nüchterne Einstellung fremd war, warfen Ivars Männer hastig die Waffen weg und stellten sich unter den Schutz ihrer vormaligen Feinde. Dann richteten sich die Augen aller, die der Engländer und der Nordländer, der Anhänger des Weges und der Piraten, auf die *Lindormr*. Wie würden sich ihre Anführer schlagen? Shef, der am äußersten Rand des Zuschauerrings stand, versuchte sich fluchend seinen Weg in die Mitte zu bahnen.

Brand hielt einen Augenblick inne. Die zehn Minuten verzweifelten Ringens, die hinter ihm lagen, ließen seinen Atem stoßweise gehen. Dann schlenderte er zur Gangway. Er hob die rechte Hand, die eine englische Klinge in der Schlacht gegen König Edmund beinahe gespalten hatte. Er bewegte die Finger, um zu zeigen, daß sie geheilt war.

»Erinnerst du dich noch an unsere Unterhaltung, Ivar?« fragte er. »Ich habe dir gesagt, du sollst besser auf deine Frauen aufpassen. Aber du hast meinen Rat in den Wind geschlagen. Aber wer weiß? Vielleicht hast du nur nicht gewußt, wie man das anstellt. Doch du hast gesagt, du würdest an mich denken, sobald deine Schulter verheilt ist. Und ich sagte, ich würde an dich denken, sobald meine Hand wieder verheilt ist. Nun, ich habe mein Wort gehalten. Wirst du das deine halten? Du siehst so aus, als ob du davonsegeln wolltest!«

Ivar grinste mit blitzenden Zähnen. Gemächlich zog er das Schwert und warf die verzierte Scheide in den Ouse.

»Komm her, und ich zeige es dir«, sagte er.

»Wieso kommst du nicht herunter und kämpfst auf festem Boden? Niemand wird mir helfen. Wenn du gewinnst, darfst du unbehelligt zurück auf dein Schiff.«

Ivar schüttelte den Kopf. »Wenn du wirklich so mutig bist, wieso kämpfst du dann nicht auf meinem Grund? Hier.« Ivar sprang mit einem Satz auf die Gangway. »Ich werde keinen Vorteil daraus ziehen. Wir werden beide auf derselben Planke stehen. Dann können alle sehen, wer zuerst zurückweicht.«

Interessiertes Gemurmel erhob sich von den zuschauenden Kriegern, als sie die Lage erfaßten. Auf den ersten Blick schien kein Zweifel am Ausgang des Kampfes zu bestehen. Brand wog mindestens siebzig Pfund mehr als Ivar, war mehr als einen Kopf größer und ein geschickter und erfahrener Kämpfer. Dennoch konnte jeder sehen, daß sich die Planke bereits unter dem Gewicht eines einzelnen Mannes durchbog. Was würde geschehen, wenn ein Mann mit dem Gewicht Brands dazukam? Würden sich beide Männer nur unbeholfen und schwerfällig auf der Planke halten können? Oder konnte das Holz überhaupt nur dem Gewicht eines der beiden standhalten? Ivar stand gefaßt auf der Gangway, so breitbeinig, wie es die Planke zuließ. Er streckte den Schwertarm wie ein Fechter aus, anstatt sich wie ein Krieger in der Schlacht hinter seinem Schild zu ducken.

Langsam ging Brand zur Gangway. In einer Hand hielt er seine riesige Streitaxt; ein kleiner, runder Schild war an den anderen Unterarm geschnallt. Nachdenklich löste er ihn, warf ihn zu Boden und umfaßte die Axt mit beiden Händen. Als Shef sich endlich keuchend durch den Ring der Zuschauer gekämpft hatte, sprang Brand bereits auf die Planke. Der Hüne rückte mit zwei schnellen Schritte vor und hieb übergangslos aus der Rückhand nach Ivars Gesicht.

Ivar wich der Klinge mühelos aus; er bewegte den Kopf nicht weiter als die Handbreit, die nötig war, um dem Hieb zu entgehen. Sofort hackte er nach den Oberschenkeln seines Kontrahenten. Brand schlug das Schwert mit dem metallverstärkten Schaft seiner Axt beiseite und führte fast gleichzeitig einen Gegenstoß auf Ivars Handgelenk. Zehn Sekunden lang deckten die Männer einander mit einem Hagel von Hieben und Stößen ein; die einzelnen Bewegungen schneller, als daß die Zuschauer hätten folgen können: Sie parierten, bückten und schwangen ihre gepanzerten Körper zur Seite. Doch keiner von ihnen rührte auch nur einen Fuß.

Dann schlug Brand zu. Er stieß Ivars Klinge nach oben, machte einen halben Schritt vor, sprang hoch in die Luft und landete mit dem ganzen Gewicht in der Mitte der Gangway. Das Holz bog sich durch, schnellte wieder hoch und riß beide Männer von den Beinen. Noch im Flug schwang Brand das eisenbeschlagene Ende seiner Axt gegen Ivars Kopf. Mit einem heftigen Schlag prallte sie auf den Wangenschutz seines Helms. Im selben Augenblick schnitt Ivar mit der Gewandtheit einer Raubkatze durch das Leder und Kettenhemd Brands und stieß sein Schwert tief in den Unterleib des Hünen.

Brand kam taumelnd auf, während Ivar mühelos das Gleichgewicht hielt. Einen Augenblick lang standen die beiden Männer regungslos da, verbunden durch die stählerne Klinge. Dann, genau in dem Moment, in dem Ivar seine Muskeln für die grausame Drehbewegung anspannte, mit der er Brands Eingeweide und Arterien für immer zerreißen würde, warf sich der Champion nach hinten. Anschließend blieb er ganz am Ende der Gangway stehen und drückte die linke Hand auf den Blutstrom, der zwischen dem zerfetzten Stahl hervorsprudelte.

Shef packte Brand mit beiden Händen an Kragen und Hüfte und riß ihn zur Seite. Die Zuschauer brüllten teils mißbilligend und wütend, teils anfeuernd auf. Shef umklammerte die Hellebarde mit beiden Händen und trat auf die Gangway. Es war das erstemal, seit dem Tag als man ihn geblendet hatte, daß er Ivar aus nächster Nähe ins Auge blickte. Er zwang sich, seinen Blick loszureißen. Wenn Ivar wirklich ein Drache war, wie er es im Traum von Fafnir gesehen hatte, konnte der Knochenlose ihn immer noch mit seinem Zauber lähmen. Und diesen Zauber konnte kein Stahl brechen.

Ivar grinste verächtlich. »Du kommst zu spät, Junge«, bemerkte er. »Glaubst du etwa, du könntest bestehen, wo Champions scheiterten?«

Shef blickte auf und starrte unbeirrt in Ivars Gesicht. Er zwang sich, nur an Godive zu denken – an das, was dieser Mann, diese Kreatur, ihr hatte antun wollen. Was er unzähligen Sklaven und Gefangenen angetan hatte. Wenn es einen Schutz gegen Ivars Zauber gab, dann war es Gerechtigkeit.

»Mir gelang, woran du gescheitert bist«, sagte er. »Die meisten Männer können, was dir unmöglich ist. Deshalb schickte ich dir den Kapaun.«

Ivars Grinsen verwandelte sich in das Starren eines Totenschädels. Er ließ die Schwertspitze einen Deut nach oben schnellen. »Komm«, flüsterte er. »Komm schon!«

Shef hatte sich bereits für ein Vorgehen entschieden. In einem herkömmlichen Zweikampf hatte er keine Chance gegen den Knochenlosen. Er mußte andere Waffen einsetzen, um Ivar von der Gangway zu locken. Er mußte seine Verachtung für ihn ausnutzen.

Behutsam tastete sich Shef die Planke hinauf und stieß schwerfällig die Speerspitze der Hellebarde vor. Ivar schlug sie ohne Augen oder Körper zu bewegen zur Seite und wartete darauf, daß sein unfähiger Gegner näher kam und sich eine Blöße gab.

Shef schwang die Hellebarde hoch über den Kopf und holte für einen mächtigen Schlag aus; einen Schlag, der einen gepanzerten Mann vom Nacken bis zum Schritt spalten würde. Als Ivar Shefs Absicht erkannte, wurde sein Grinsen noch breiter, und die Zuschauer am Ufer stöhnten ungläubig auf. Das hier war kein *holmgang*, bei dem beide Seiten stillstehen mußten. Jeder Greis würde einem derart durchsichtigen Hieb ausweichen, nur um dann seinem um das Gleichgewicht ringenden Gegner in die Kehle zu stechen. Nur ein närrischer Thrall würde auf so einen Gedanken kommen: Und genau das war dieser Sigvarthsson ja schließlich.

Shef schwang die Hellebarde mit ganzer Kraft hinunter, zielte aber nicht auf Ivar, sondern auf die Gangway. Die riesige Klinge schnitt glatt durch das Holz. Als Ivar überrascht versuchte, die zwei Schritte zum Schiff zurückzuspringen, ließ Shef die Hellebarde fallen, warf sich auf den Knochenlosen und klammerte sich an ihn. Sofort stürzten die beiden in das kalte, schlammige Wasser des Ouse.

Als die beiden Männer in den Fluß klatschten, schnappte Shef automatisch nach Luft. Sofort füllten sich sein Mund und seine Luftröhre mit Wasser. Würgend versuchte er an die Oberfläche zu gelangen, während erbarmungslose Hände ihn unten hielten. Er hatte die Hellebarde fallengelassen, aber sein voluminöser Helm füllte sich mit Wasser und zog ihn nach unten. Wie eine würgende Schlange zerdrückte eine Hand Ivars Shefs Kehle, während seine andere zum Gürtel, zum Messer schoß. Shef umklammerte verzweifelt mit der linken Hand Ivars rechtes Handgelenk.

Einen Augenblick lang schossen die Männer aus den trüben Fluten, und Shef gelang es, das Wasser aus seinen Lungen zu spucken. Dann hatte ihn Ivar wieder im Griff und drückte ihn unter die Wasseroberfläche.

Plötzlich war der kalte Ekel, der Shef halb gelähmt hatte – die Angst vor dem Drachen – verschwunden. Hier gab es keine Schuppen, keinen Panzer, keine furchtbaren Augen. Hier war nur ein Mann. Und er ist nicht einmal das, kreischte ein Bruchstück seines Verstands.

Shef, der wie ein Aal wild im Wasser zappelte, umklammerte seinen Feind. Dann senkte er den Helm und stieß mit dem Rand nach vorne – dem Rand, den er immer wieder bis zur Schärfe eines Rasiermessers gefeilt hatte. Etwas knirschte und gab nach. Zum erstenmal versuchte Ivar, sich von ihm zu lösen. Die Zuschauer am Ufer, die sich den Hals verrenkten, brüllten auf, als dunkles Blut das Wasser verfärbte. Shef stieß den Helm immer wieder nach vorne. Plötzlich lösten sich Ivars Hände, und der Knochenlose nahm ihn in den Würgegriff und rollte sich auf ihn. Jetzt war Ivar oben, den Kopf über dem Wasser, und drückte seinen Gegner verbissen nach unten. Er war zu stark für Shef und wurde mit jedem Atemzug stärker.

Shef, der wild um sich schlug, bekam Ivars Knie zu fassen. Das hier hat kein *drengskapr*, dachte er, Brand würde sich für mich schämen. Aber Ivar wird Godive wie einen Hasen in Stücke schneiden, wenn ich ihn nicht aufhalte.

Mit aller Kraft rammte er die rechte Hand unter Ivars Mantel und packte ihn am Schritt. Sein Faust schloß sich zuckend um die Wurzel von Ivars Männlichkeit und drückte mit jedem Quentchen an Stärke zu, das ihm die Jahre in der Schmiede gegeben hatten. Er hörte undeutlich einen Aufschrei nackter Todesangst. Aber der Ouse ertränkte ihn, als die schlammige Flüssigkeit sich ihren Weg in Ivars Lungen bahnte. Als Shef nicht mehr länger konnte, und das kalte, tödliche Wasser seine eigene Luftröhre hinunterschoß, beherrschte ihn nur ein Gedanke: Drück zu! Fester! Laß nicht nach…

KAPITEL 9

Hound sass an seinem Bett. Shef starrte ihn einen Augenblick lang an, dann übermannte ihn die Furcht, die tief in seinem Innern lauerte, und er schnellte hoch.

»Ivar? Wo ist er?«

»Sachte, ganz sachte«, sagte Hound und drückte ihn wieder hinunter. »Ivar ist tot. Tot und zu Asche verbrannt.«

Shefs Zunge schien zu dick, als daß er sie hätte beherrschen können. Mit letzter Anstrengung keuchte er: »Wie?«

»Schwer zu sagen«, antwortete Hound zögernd. »Kann sein, daß er ertrunken ist. Vielleicht ist er auch verblutet. Du hast ihm das Gesicht und den Hals mit deinem Helm in Stücke geschnitten. Aber wenn du mich fragst, ist er am Schmerz in den Hoden gestorben. Weißt du, du wolltest ihn einfach nicht mehr loslassen. Wir mußten ihn schließlich losschneiden. Wenn er nicht schon tot gewesen wäre, hätte das sein Ende bedeutet.«

»Es ist merkwürdig«, fügte er nachdenklich hinzu. »Körperlich war er völlig normal. Was immer er mit den Frauen hatte – und Ingulf hat viele Geschichten darüber gehört –, spielte sich nur in seinem Kopf ab.«

Langsam entwirrte Shefs benebeltes Gehirn die Fragen, die er stellen mußte.

»Wer hat mich aus dem Wasser geholt?«

»Ah, das waren Cwicca und seine Kameraden. Die

Wikinger standen einfach nur da und schauten zu – und zwar die von beiden Seiten. Offenbar ist es bei ihnen Zuhause ein Sport, daß sich zwei Männer zu ersäufen versuchen, und keiner wollte eingreifen, bevor nicht klar war, wer gewonnen hatte. Das wären sehr schlechte Manieren gewesen. Zum Glück weiß Cwicca nicht, was Manieren sind.«

Shef erinnerte sich an die Augenblicke kurz bevor er Ivar auf der schwankenden Gangway gegenübergestanden hatte; an den Schock, als Brand sich plötzlich taumelnd von Ivars Schwert freigemacht hatte.

»Und was ist mit Brand?«

Hounds Gesicht nahm den Ausdruck fachlicher Sorge an. »Vielleicht schafft er es. Er ist ein sehr starker Mann. Aber das Schwert hat ihn direkt in den Eingeweiden erwischt. Es ist unmöglich, daß sie nicht durchtrennt wurden. Ich gab ihm einen Knoblauchbrei zu essen und beugte mich dann vor, um an der Wunde zu schnüffeln. Und sie stank. Meistens bedeutet das den Tod.«

»Und in diesem Fall?«

»Ingulf hat ihn wie üblich behandelt. Er hat ihn aufgeschnitten, die Eingeweide zusammengenäht und an ihren Platz zurückgeschoben. Wir gaben ihm dieselbe Mischung aus Mohn und Bilsenkraut, die du Alfgar hast einflößen lassen, aber es war trotzdem sehr, sehr schwer. Er verlor nicht das Bewußtsein, und seine Bauchmuskeln sind so dick wie Taue. Wenn das Gift in ihm zu wirken beginnt…«

Shef hob die Beine über die Bettkante und versuchte aufzustehen. Sofort drohte ihn die Schwäche zu übermannen. Mit dem letzten Rest seiner Kraft wehrte er Hounds Versuche ab, ihn zurück ins Bett zu drängen.

»Ich muß Brand sehen. Und erst recht wenn er sterben muß. Er muß mir etwas sagen – etwas über die Franken.«

Viele Meilen weiter südlich kauerte eine müde und niedergeschlagene Gestalt in einer armseligen Hütte vor dem Kaminfeuer. Nur wenige hätten den Mann als den einstmaligen Edeling von Wessex erkannt, den Thronfolger des Königreiches. Sein goldenes Diadem war verschwunden – eine Lanzenspitze hatte es ihm vom Helm geschlagen. Auch sein Kettenhemd und der mit Tierzeichnungen verzierte Schild waren ihm abhanden gekommen. Auf seiner verzweifelten Flucht hatte er sie weggeworfen. Selbst seine Waffen hatte er verloren. Er hatte den ledernen Schwertgürtel durchtrennt, als nach einem langen Tag der Schlächterei nur noch die Wahl zwischen Tod und Flucht geblieben war – oder der Kapitulation vor den Franken. Er hatte viele Meilen mit gezücktem Schwert zurückgelegt, mit seinen letzten verbliebenen Leibwachen immer wieder versucht, die leichte Kavallerie der Franken abzuschütteln. Dann, als sein Pferd unter ihm verendet war, hatte er die Klinge fallen lassen und sich abgerollt. Er hatte gewartet, bis das Gefecht weitergezogen war, und hatte sich dann wieder auf die Beine gekämpft. Das Schwert war verschwunden geblieben. Er war wie ein Bettler mit leeren Händen in die willkommene Abenddämmerung und in den großen, dichten Wald des kentischen Weald geflüchtet. Er hatte das Glück gehabt, noch vor Einbruch der Nacht ein Licht funkeln zu sehen. Er hatte um Aufnahme in der ärmlichen, heruntergekommenen Behausung gefleht, in der er jetzt kauerte und auf die Haferküchlein auf dem Rost starrte, während seine widerstrebenden Gastgeber draußen ihre Ziegen zusammentrieben. Und vielleicht berieten sie dabei, an welche Seite sie ihn verraten sollten.

Doch Alfred glaubte nicht wirklich, daß sie ihn verraten würden. Selbst die Ärmsten der Armen in Kent und Sussex hatten in der Zwischenzeit gelernt, daß jeder, der sich in die Nähe der Kreuzträger von jenseits der See begab, sein Leben aufs Spiel setzte. Sie sprachen noch schlechter Englisch als die Wikinger und scherten sich genausowenig wie die Nordländer darum, was sie den Menschen antaten.

Nein, es war nicht die Furcht vor seinem eigenen Schicksal, die ihm die Tränen in die Augen trieb. Es war die Angst vor etwas Sonderbarem, das in der Welt vor sich ging. Zweimal hatte er bisher Shef, den jungen Mann mit dem geblendeten Auge, getroffen. Das erstemal hatte er ihn völlig in der Hand gehabt: Er war Edeling Alfred gewesen, der Kommandeur eines unbezwungenen Heers und Shef war am Ende gewesen, hatte kurz vor der Auslöschung durch die Armee Merciens gestanden. Damals hatte der Edeling den Carl gerettet, ihn zum Alderman erhoben, zum *Jarl*, wie ihn das Wegvolk nannte. Das zweitemal hatte Jarl Shef die ungeschlagene Armee kommandiert, und er, Alfred, war der Flüchtling und Bittsteller gewesen. Doch selbst damals war er kein Bittsteller ohne Hoffnung und eigene Mittel gewesen.

Und wie standen die Dinge jetzt? Der Einäugige hatte ihn nach Süden geschickt und gesagt, jeder von ihnen sollte seine eigene Schlacht schlagen. Alfred hatte das getan. Er hatte alle Männer aufgeboten, die er aus den östlichen Grafschaften seines Reichs hatte versammeln können; Männer, die gewillt waren, jeden Eindringling zu bekämpfen, ganz gleich, woher er kam. Und der furchtbare Angriff der gepanzerten Reiter hatte sie wie Blätter in einem Sturm durcheinandergewirbelt. Alfred war zutiefst überzeugt davon, daß die Schlacht, die sein Verbündeter und Rivale gekämpft hatte, anders verlaufen war. Shef hatte bestimmt gesiegt.

Aber das Christentum hatte es nicht vermocht, Alfred und seinen Landsmännern den Glauben an etwas Älteres und Tieferes als alle Götter, egal ob christlich oder heidnisch, auszutreiben: An das Glück. Das Glück des einzelnen. Das Glück einer Familie. Das eigene Glück änderte sich nicht mit den Jahren, entweder man hatte es, oder man hatte es nicht. Das überragende Prestige von Alfreds Königshaus, den Abkömmlingen Cerdics, beruhte stillschweigend auf dem tiefen Glauben an das Glück der Familie, das sie vierhundert Jahre an der Macht gehalten hatte.

Dem Flüchtling am Kamin schien es, als ob ihn und seine Familie das Glück verlassen hätte. Nein. Es war vom Glück einer stärkeren Figur überlagert worden – von dem des Einäugigen, der sich vom Thrall über den Hinrichtungsplatz zum Carl in der Großen Armee des Nordens und dann zum Jarl hochgekämpft hatte. Gab es einen besseren Beweis für die Existenz des Glücks? Wenn ein Mann soviel davon besaß, wie konnte dann noch etwas für seine Verbündeten übrigbleiben? Und für seine Gegner? Eisige Kälte umklammerte Alfreds Herz. Er spürte, daß er einen Vorteil in einem Wettbewerb verschenkt hatte, und das leichten Herzens und ohne die Auswirkungen zu bedenken. Jetzt baute der andere den Vorteil immer weiter aus, während ihm die Initiative für immer aus den Händen geglitten war. In diesem trostlosem Moment spürte er, daß das Spiel aus war. Für seine Familie, sein Königreich und für England. Schniefend zog Alfred eine Träne durch die Nase ein.

Im selben Moment roch er den Gestank verbrannten Brots. Schuldbewußt schoß seine Hand zum Rost, um die Haferküchlein auf die andere Seite zu drehen. Aber es war zu spät. Sie waren durch und durch verbrannt und nicht mehr genießbar. Alfreds Magen krampfte sich zusammen, als ihm aufging, daß ihm nach 16 Stunden verzweifelter Anstrengung nichts, nicht ein einziger eßbarer Krümel blieb. Die Tür der Hütte öffnete sich, und der Churl und seine Frau traten ein. Innerhalb weniger Momente füllte sich der Raum mit ihrer Wut. Für sie blieb auch nichts übrig. Ihre letzten Vorräte vergeudet. Verbrannt von einem Tunichtgut. Einem Vagabunden, zu feige, in der Schlacht zu sterben, und nicht einmal für die einfachsten Arbeiten zu gebrauchen; zu stolz, irgend etwas für das Essen und die Unterkunft zu bezahlen.

Sie verfluchten und beschimpften ihn. Und das Schlimmste für Alfred war die Erkenntnis, daß sie recht hatten. Er konnte sich nicht vorstellen, daß sich seine Lage auch nur im geringsten bessern würde. Er war ganz unten angelangt, und dort würde er bleiben. Wenn es eine Zukunft gab, dann nicht für ihn und seinesgleichen, die Christen Englands. Die Franken und die Männer des Weges würden sie unter sich ausmachen. Zutiefst verzweifelt stolperte Alfred hinaus in die Nacht.

Shef saß am Krankenbett. Brand drehte den Kopf fast unmerklich, um ihn anzusehen. Das Gesicht unter dem Bart war grau. Shef sah, daß selbst die winzigste Bewegung Brand Höllenqualen bereitete. Das Gift verbreitete sich in seiner Bauchhöhle, um die Stärke niederzukämpfen, die dem Körper des Hünen immer noch innewohnte.

»Ich muß mehr über die Franken wissen«, sagte Shef. »Alle anderen haben wir geschlagen, aber du warst dir sicher, daß sie Alfred besiegen würden.«

Brand nickte matt.

»Was ist so gefährlich an ihnen? Wie kann ich sie bekämpfen? Ich kann nur dich fragen, denn kein anderer Mann der Armee hat jemals gegen sie im Feld gestanden und überlebt. Aber dennoch behaupten viele Männer, sie hätten viele Jahre lang im Reich der Franken geplündert. Wie kann das sein, daß sie sich berauben lassen und man sie gleichzeitig fürchtet?«

Shef sah, daß Brand nicht um die Antwort verlegen war, aber überlegen mußte, wie er sie am besten in wenigen Worten geben konnte. Schließlich flüsterte er: »Sie kämpfen untereinander. Das hat uns immer eine Chance gegeben. Sie sind keine Seemänner. Und sie ziehen nur wenige Krieger heran. Bei uns braucht man nur einen Speer, Schild und eine Axt, und man ist ein Krieger. Aber sie brauchen ein ganzes Dorf, um einen Mann zu bewaffnen. Kettenhemd, Schwert, Lanze und Helm. Aber vor allem die Pferde, riesige Pferde. Hengste, die ein Mann kaum beherrschen kann. Man muß lernen, wie man auf ihnen mit einem Schild in einer Hand und einer Lanze in der anderen reitet. Man muß als Kind anfangen, sonst geht es nicht.

Ein fränkischer Reiter ist kein Problem. Man schleicht sich hinter ihn und schneidet die Kniesehnen des Pferdes durch, fertig. Aber fünfzig sind ein Problem. Und tausend…«

»Zehntausend?« fragte Shef.

»Glaube ich nicht. So viele gibt es nicht. Viele davon sind leichte Reiter. Sind schnell und deshalb gefährlich, tauchen immer dann auf, wenn man nicht mit ihnen rechnet.«

Brand raffte seine schwindenden Kräfte zusammen. »Sie reiten einen nieder. Oder schlachten einen auf dem Marsch ab. Wir müssen an den Flüssen bleiben. Oder hinter Palisaden.«

»Und wie schlagen wir sie im offenen Feld?«

Brand schüttelte matt den Kopf. Shef konnte nicht sagen, ob er damit ›unmöglich‹ oder ›Ich weiß es nicht‹ meinte. Als er nachfragen wollte, spürte er Ingulfs Hand auf der Schulter, die ihn nach draußen drängte.

Blinzelnd trat Shef aus dem Zelt ans Tageslicht und wurde sofort wieder mit Problemen bestürmt. Wachen mußten abgestellt werden, um den Transport ihrer ansehnlichen Beute nach Norwich zu sichern. Er mußte über das Schicksal der Gefangenen entscheiden: Einige von ihnen waren Folterknechte, andere nur einfache Krieger. Botschaften warteten darauf, gelesen oder abgeschickt zu werden. Und irgendwo in Shefs Verstand nagte immer noch der Gedanke an Godive. Wieso war sie mit Thorvin verschwunden? Und was hatte Thorvin für so wichtig gehalten, daß es keinen Aufschub geduldet hatte?

Aber jetzt stand vor ihm Pater Boniface, der ehemalige Priester, der ihm jetzt als Schreiber diente, und neben ihm ein kleiner Mann in einem schwarzen Talar. Bitterer, bösartiger Groll spiegelte sich in seinen Zügen. Langsam ging Shef auf, daß er den Mann schon einmal gesehen hatte, wenn auch nur aus einiger Entfernung. In York.

»Das ist Diakon Erkenbert«, sagte Boniface. »Wir fingen ihn auf Ivars Schiff. Er ist der Meister der Maschinen. Die Sklaven, die die Maschinen bedienten, sagen, daß er sie für Ivar herstellte. Sie sagen, die ganze Kirche Yorks würde Tag und Nacht nur für die Ragnarssons arbeiten.« Er beäugte Erkenbert mit abgrundtiefer Verachtung.

Der Meister der Maschinen, dachte Shef. Früher hätte ich alles für die Chance gegeben, mit diesem Mann zu sprechen. Aber jetzt? Ich frage mich, was er mir erzählen kann. Ich kann mir vorstellen, wie seine Maschinen funktionieren, und außerdem kann ich sie mir einfach ansehen. Ich weiß, wie langsam sie schießen, und mit welcher Wucht sie es tun. Ich weiß nur eines nicht: Wieviel anderes ist noch in seinem Kopf und in den Büchern? Aber das wird er mir nicht verraten.

Dennoch kann ich ihn vielleicht gebrauchen. Brands Worte gingen Shef noch einmal durch den Kopf und formten die Idee für einen Plan.

»Paß gut auf ihn auf, Boniface«, sagte Shef. »Sorg dafür, daß die Sklaven aus York gut behandelt werden, und sag ihnen, daß sie ab sofort frei sind. Und dann schick Guthmund zu mir. Und nach ihm, Lulla und Osmod. Ach ja, und Cwicca, Udd und Oswi.«

»Nein, das wollen wir nicht«, sagte Guthmund.

»Aber ihr könntet es?« fragte Shef.

Guthmund zögerte. Er wollte nicht lügen, aber auch nicht nachgeben.

»Ja, wir könnten. Aber ich halte es immer noch für keine gute Idee. Wir sollen alle Wikinger auf Ivars Boote laden, seine Männer als Rudersklaven benutzen, und um die Küste entlang zu einem Treffpunkt bei diesem Hastings fahren?«

»Jarl Shef.« Guthmund sprach flehend, so schmeichelnd, wie es sein Charakter erlaubte. »Ich weiß, daß ich und die anderen Männer nicht immer fair zu den Engländern gewesen sind, die du in die Armee aufgenommen hast. Wir nannten sie Zwerge und *skraelingiar*. Behaupteten, sie wären nie zu etwas nütze. Nun, sie haben das Gegenteil bewiesen.

Aber wir hatten gute Gründe für unsere Worte, und gegen die Franken mit ihren Pferden zählen sie noch mehr. Deine Engländer können die Maschinen bedienen. Einer von ihnen mit seiner Hellebarde schlägt genauso hart zu wie einer von unseren Männern mit seinem Schwert. Aber es gibt immer noch eine Menge, das sie nicht können, egal, wie sehr sie sich bemühen. Sie sind einfach nicht stark genug.«

»Und jetzt kommen diese Franken. Und wieso sind sie so gefährlich? Jeder weiß, daß sie es wegen ihrer Pferde sind. Wieviel wiegt ein Pferd? Tausend Pfund? Und darum geht es mir, Jarl. Um wenigstens ein paarmal auf diese Franken schießen zu können, muß man sie eine Weile aufhalten. Vielleicht können das unsere Männer. – Vielleicht. Sie haben es noch nie versucht. Aber sie können es bestimmt nicht, wenn du sie alle wegschickst. Was geschieht, wenn die Franken euch überraschen und du nur Engländer bei dir hast? Sie können sie nicht aufhalten. Ihnen fehlt die Kraft.« Und die Ausbildung, fügte Guthmund in Gedanken hinzu. Sie sind es nicht gewöhnt, daß Krieger direkt auf sie zumarschieren und auf sie einhauen. Und schon gar nicht Reiter. Wir waren immer da, um ihnen zu helfen.

»Du vergißt König Alfred und seine Männer«, sagte Shef. »Er muß in der Zwischenzeit seine Armee gesammelt haben. Du weißt, daß die englischen Thanes so stark und tapfer wie deine Männer sind – ihnen fehlt nur die Disziplin. Aber das kann ich ändern.«

Guthmund nickt widerstrebend.

»Also macht jeder das, was er am besten kann. Deine Männer segeln die Küste entlang und nehmen die Maschinen mit. Meine Freigelassenen werden sie bedienen und abschießen. Alfred und seine Engländer stehen einfach da und tun, was man ihnen sagt. Vertrau mir, Guthmund. Du hast mir das letztemal nicht geglaubt. Und auch nicht davor, oder als wir die Klosterkirche in Beverley plünderten.«

Guthmund nickte etwas weniger zögerlich. Aber als er sich zum Gehen wandte, fügte er noch eine letzte Bemerkung hinzu.

»Shef, du bist kein Seemann. Aber du darfst eines nicht vergessen. Wir haben jetzt Erntezeit. Und wenn die Nächte so lang wie die Tage werden, ändert sich das Wetter, das weiß jeder Seemann. Vergiß nicht das Wetter.«

Die Nachricht von der totalen Niederlage Alfreds erreichte Shefs Rumpfarmee am zweiten Tag ihres Marschs. Shef lauschte dem bleichen, erschöpften Thane, der die Kunde überbrachte, im Kreise interessierter Zuhörer – er hatte die Sitte der vertraulichen Ratssitzungen im selben Moment aufgegeben, als der immer noch murrende Guthmund und seine Kameraden an Bord der erbeuteten Schiffe gegangen waren. Die Freigelassenen musterten Shefs Miene aufmerksam, während der Bote sprach, und ihnen entging nicht, daß sie nur zweimal ihren Ausdruck veränderte. Das erstemal, als der Thane die fränkischen Bogenschützen verfluchte, die einen überwältigenden Pfeilregen auf Alfreds vorrückende Armee losgelassen hatten. Zweimal hatten sie anhalten und die Schilde heben müssen, nur um vom fränkischen Kavallerieangriff bewegungslos angetroffen zu werden. Das zweitemal, als der Thane zugab, daß seit dem Tag der Katastrophe niemand Alfred gesehen oder von ihm gehört hatte.

Die sich anschließende Stille wurde von Cwicca unterbrochen, der als Shefs Retter und Gefährte auszusprechen wagte, was alle dachten. »Was werden wir jetzt tun, Herr? Umdrehen oder weitermarschieren?«

Shef antwortete ohne zu zögern. »Weitermarschieren.«

Die Meinungen an den Lagerfeuern am selben Abend waren geteilt. Seit die Wikinger mit Guthmund aufgebrochen waren, schien die Armee verändert. Die freigelassenen Engländer hatten die Nordländer immer insgeheim gefürchtet – zu sehr ähnelten sie mit ihrer Kraft und Gewalttätigkeit ihren früheren Herren. Ja, ihr kriegerischer Geist übertraf noch weit den jedes englischen Herrn. Jetzt marschierte die Armee, als würde sie einen Festtag begehen: Die Dudelsackpfeifer spielten auf, die Männer machten Scherze und lachten und riefen zu den Bauern hinüber, die auf den Feldern die Ernte einbrachten und nicht mehr beim ersten Anzeichen der anrückenden Bewaffneten flohen.

Aber die Angst der Armee war gleichzeitig eine Garantie gewesen. So stolz die ehemaligen Sklaven auf ihre Maschinen, Hellebarden und Armbrüste waren, ihnen fehlte das Selbstvertrauen, das nur viele Jahre gewonnener Schlachten einflößten.

»In Ordnung, wir marschieren also weiter«, sagte ein Freigelassener an einem der Lagerfeuer. »Aber was ist, wenn wir ankommen? Kein Alfred, keine Nordländer warten auf uns. Und keine Armee aus Wessex. Nur wir. Und was passiert dann?«

»Wir schießen sie zusammen«, sagte Oswi selbstbewußt. »So wie wir es mit Ivar und seinem Haufen gemacht haben. Denn wir haben Maschinen und sie nicht. Und dazu die Armbrüste und Hellebarden.«

Zustimmendes Gemurmel erhob sich. Dennoch berichteten die Lagermarschalle jeden Morgen eine wachsende Zahl: Die der Männer, die sich jede Nacht davonschlichen und die Silverpennies aus ihrem Beuteanteil vom Sieg über Ivar mitnahmen, und damit das Versprechen auf Land und Vieh ausschlugen. Shef wußte, daß sie bereits zu wenig Männer hatten, um die fünfzig Maschinen, die sie mitführten, zu bemannen und die zweihundert mit Flaschenzügen versehenen Armbrüste zu bedienen, die Udds Schmieden bisher produziert hatten.

»Was willst du tun?« fragte Farman, der Priester Freyrs, am Morgen des vierten Tages. Er, Ingulf und Geirulf waren die einzigen Nordländer, die darauf bestanden hatten, bei Shef und den Freigelassenen zu bleiben.

Shef zuckte die Achseln.

»Das ist keine Antwort.«

»Ich sage dir die Antwort, wenn du mir sagst, wohin Thorvin und Godive sind. Und wieso sie verschwunden sind, und wann sie zurückkommen.«

Diesmal blieb Farman die Antwort schuldig.

Daniel und Alfgar verbrachten mehrere frustrierende Tage damit, das Lager der fränkischen Kreuzträger zu finden und dann an seinen Wachen und Außenposten vorbei zu ihrem Anführer vorzudringen. Ihr Aussehen sprach nicht für sie: Nach mehreren im Freien verbrachten Nächten waren ihre Mäntel schmutzig und durchnäßt, und die jämmerlichen Gäule, auf denen sie ohne Sattel angeritten kamen, erleichterten ihr Anliegen ebenfalls nicht gerade. Die erste Wache, auf die sie zusteuerten, war erstaunt, daß sich überhaupt irgendein Engländer dem Lager näherte. Die örtlichen Churls waren vor langer Zeit geflohen und hatten – falls ihnen das Glück vergönnt gewesen war – ihre Frauen und Töchter mitgenommen. Dennoch machte der Franke sich nicht die Mühe, einen Übersetzer für Daniel und Alfgars Latein herbeizurufen. Statt dessen lauschte er mehrere Minuten lang, wie die beiden Engländer zu seinem Posten über dem Tor der Palisade hinaufriefen, legte einen Pfeil in die Sehne und schoß ihn vor Daniel in den Boden. Alfgar zog den Bischof sofort weg von dem Tor.

Danach versuchten sie mehrmals, sich dem Zug der Ritter zu nähern, der jeden Tag aus Hastings herausströmte, um zu rauben und Vorräte einzubringen, während König Karl in aller Ruhe auf die Herausforderung wartete, die, wie er wußte, noch kommen würde. Beim ersten Versuch verloren sie die Pferde, beim zweiten Daniels Bischofsring, mit dem er zu eifrig vor den Nasen der Franken herumgefuchtelt hatte. Schließlich, der Verzweiflung nahe, versuchte es Alfgar. Als Daniel wütend einen fränkischen Priester anschrie, der in den Ruinen einer gebrandschatzten Kirche herumstocherte, stieß Alfgar ihn zur Seite.

»Machina«, sagte er deutlich eines der wenigen lateinischen Wörter, die er kannte. *»Ballista. Catapulta. Nos videre«* – er deutete auf seine Augen – *»Nos dicere. Rex.«* Er winkte in Richtung der wehenden Fahnen des zwei Meilen entfernten Lagers.

Der Priester musterte ihn, nickte und wandte sich wieder dem kaum verständlichen Bischof zu. Er redete in einem Latein mit sonderbarem Akzent auf ihn ein, unterbrach Daniels wütende Beschwerden und verlangte Informationen. Nach einiger Zeit rief er seine Wache, mehrere berittene Bogenschützen, und machte sich auf den Rückweg ins Lager. Die beiden Engländer nahm er mit. Danach wurden sie von Hand zu Hand gereicht, und ein Kleriker nach dem anderen versuchte, mehr Informationen aus Daniel herauszuholen.

Aber schließlich war der letzte der Kleriker verschwunden. Alfgar stand mit gebürstetem Mantel und vollem Magen einer Gruppe grimmig aussehender Männer gegenüber, die einen Zeichentisch umringten. Daniel stand einen Schritt hinter ihm. Einer der Franken trug ein goldenes Diadem, das Zeichen der Königswürde, auf dem haarlosen Kopf. Neben ihm stand ein Engländer, der genau zuhörte, was der König sagte. Nach einiger Zeit wandte sich der Mann um und sprach sie auf Englisch an – es war das erstemal, daß sie im Lager der Franken ihre eigene Sprache hörten.

»Die Priester haben dem König gesagt«, sagte er, »daß du mehr Verstand besitzt als der Bischof hinter dir. Aber der Bischof behauptet, nur ihr beide wüßtet die Wahrheit über das, was im Norden geschehen ist. Und daß ihr aus demselben Grund«, – der Engländer lächelte – »darauf begierig seid, dem König und dem Christentum mit Informationen zu helfen. Nun, der König interessiert sich nicht für die Klagen und Vorschläge des Bischofs. Er will mehr über drei Dinge wissen: Erstens über die Armee Merciens, zweitens über die Armee der heidnischen Ragnarssons und drittens über diese Armee von Häretikern, gegen die seine eigenen Bischöfe unbedingt kämpfen wollen. Wenn ihr ihm das alles sagt und euch vernünftig aufführt, wird es euch nicht schlecht ergehen. Der König wird einige vertrauenswürdige Engländer brauchen, nachdem er sein neues Reich hier errichtet hat.«

Alfgar setzte seine treueste Miene auf, blickte dem fränkischen König fest in die Augen und berichtete vom Tod Burgreds und der Niederlage am Ouse. Der Dolmetscher übersetzte Satz um Satz ins Französische, auch seine Beschreibungen, wie Ivars Maschinen Burgreds Armee demoralisierten. Er betonte, daß die Männer des Weges ebenfalls über Maschinen verfügten, und er mit eigenen Augen gesehen hatte, wie sie in den Schlachten des vergangenen Winters immer wieder eingesetzt worden waren. Schließlich faßte er soviel Mut, daß er mit Wein das Hammerzeichen auf den Tisch des Königs malte und von der Befreiung der Kirchensklaven berichtete.

Schließlich rührte sich der König und blaffte einen Befehl über die Schulter. Ein Kleriker löste sich aus dem Schatten, nahm einen Griffel und ein Wachstäfelchen und zeichnete ein Onager. Dann eine Bolzenschleuder und anschließend ein Katapult.

»Er fragt, ob du diese hier gesehen hast?« fragte der Dolmetscher.

Alfgar nickte.

»Er sagt, das sei interessant. Seine Gelehrten wissen auch, wie man sie baut. Es steht in dem Buch eines gewissen Vegetius. Er wußte nicht, daß die Engländer gebildet genug sind, solche Dinge herzustellen. Aber die Franken benutzen sie nur für Belagerungen. Es wäre töricht, sie gegen ein Reiterheer einzusetzen. Die Reiter sind viel zu schnell für sie. Aber der König dankt dir für deinen guten Willen und wünscht, daß du mit ihm ins Feld ziehst. Er glaubt, daß ihm dein Wissen über die Feinde von Nutzen sein kann. Dein Begleiter wird nach Canterbury geschickt und dort vom Legaten des Papstes befragt.« Der englische Dolmetscher erlaubte sich ein zweites Lächeln. »Ich glaube, du hast bessere Chancen als er.«

Alfgar stand auf und verbeugte sich. Dann ging er

rückwärts von dem Tisch weg – eine Ehrenbezeigung, die er Burgred niemals erwiesen hätte –, fest entschlossen, noch vor Einbruch der Nacht einen Französischlehrer zu finden.

Karl der Kahle sah ihm nach und nahm einen Schluck aus seinem Weinkrug. »Die erste der Ratten«, bemerkte er zu seinem Konnetabel Godefroi.

»Aber es sind Ratten mit Belagerungsmaschinen auf dem Schlachtfeld. Jagt Euch das, was er sagte, keine Furcht ein?«

Der König lachte. »Die See nach England zu überqueren ist, als ob wir in die Zeit unserer Vorväter zurückkehrten. Damals ritten die Könige auf Ochsenkarren in die Schlacht. In diesem ganzen Land gibt es nur die nordischen Banditen, die wir bezwingen müssen, und die sind so weit von ihren Schiffen entfernt harmlos. Die tapferen, dummen Krieger der Engländer mit ihren langen Schnurrbärten und lahmen Beinen haben wir bereits geschlagen. Sie haben weder Pferde, noch Lanzen, noch Steigbügel, noch Generäle.«

»Jetzt, da wir wissen, wie unser nächster Gegner kämpft, müssen wir Vorkehrungen treffen.« Er zupfte sich nachdenklich am Bart. »Aber es braucht mehr als ein paar Maschinen, um die mächtigste Armee der Christenheit zu bezwingen.«

KAPITEL 10

DIESMAL WARTETE SHEF gespannt auf die Vision, die, wie er wußte, ihn bald überkommen würde. Zweifel und Möglichkeiten schwirrten ihm durch den Kopf, doch ihm fehlte die Gewißheit. Er wußte, daß ihm etwas von außen helfen würde. Für gewöhnlich geschah das, wenn er erschöpft war oder eine schwere Mahlzeit zu sich genommen hatte. Deshalb war er den ganzen Tag schon neben seinem Pony gelaufen, ganz egal, wie sehr ihn seine Männer deswegen aufgezogen hatten. Abends hatte er sich bedächtig mit der Grütze vollgestopft, die sie aus dem letzten Getreide des Wintervorrats bereitet hatten. Dann streckte er sich aus und erwartete den Schlaf; voller Sorge, daß ihn sein geheimnisvoller Ratgeber im Stich lassen würde.

»Ja«, sagte die Stimme im Traum. Erleichterung überflutete Shef, als er sie erkannte. Es war die belustigte Stimme, die ihm geraten hatte, im Wikingerlager am Ouse auf dem Boden zu bleiben, und ihm den Traum vom hölzernen Pferd geschickt hatte; die Stimme des namenlosen Gotts mit den verschlagenen Zügen, der ihm die Dame des Schachspiels gezeigt hatte. Das war der Gott, der ihm Antworten schickte. Wenn er sie nur als solche erkennen konnte.

»Ja«, sagte die Stimme, »du wirst sehen, was du zu wissen brauchst. Aber es wird nicht das sein, was du erwartest. Deine Fragen lauten immer ›Was?‹ und ›Wie?‹. Aber ich werde dir das ›Wieso?‹ und das ›Wer?‹ zeigen.«

Im selben Moment stand er auf einer gewaltigen Klippe, so hoch, daß sich die ganze Welt unter und vor ihm zu erstrekken schien. Rauchfahnen stiegen in die Luft und Armeen marschierten, genau wie in seinem Traum an jenem Tag, an dem König Edmund gestorben war. Wieder hatte er das Gefühl, daß er jede Einzelheit sehen konnte, wenn er sein rechtes Auge nur auf die richtige Art und Weise zusammenkniff: Die Worte auf den Lippen des fränkischen Anführers genauso wie den Ort, an dem Alfred lauerte – tot oder lebendig. Shef sah sich begierig um, versuchte sich zu orientieren, damit er alles sehen konnte, was er erfahren mußte.

Etwas veranlaßte ihn, den Kopf von dem Panorama unter sich abzuwenden und in die Ferne zu starren, weit weg von der wirklichen Welt, sowohl örtlich wie zeitlich.

Er sah einen Mann, der einen Weg durch die Berge entlangging, einen Mann mit einem dunklen, lebendigen, humorvollen Gesicht, dem man nicht ganz trauen konnte. Es war das Gesicht des unbekannten Gottes seiner Träume. Dieser Mann, dachte Shef, hat mehr als eine Haut.

Der Mann, wenn er denn einer war, gelangte an eine Hütte. Eigentlich ein Stall, ein schmuddeliger Unterstand aus Pflöcken und Rinde, verstärkt mit Torf. Jemand hatte die Ritzen ungeschickt mit Ton verschmiert. So haben die Menschen früher gelebt, dachte Shef. Jetzt bauen sie bessere Häuser. Aber wer hat es ihnen gezeigt?

Neben der Hütte standen ein Mann und eine Frau, die beim Anblick des Neuankömmlings ihre Arbeiten unterbrachen. Sie waren ein merkwürdiges Paar. Harte Arbeit hatte sie gebeugt, ihr Körperbau war kurz und stämmig, ihr Haar war braun, die Haut bläßlich, ihre Finger verwachsen. »Sie heißen Ahn und Edda«, sagte die Stimme des Gottes.

Sie hießen den Neuankömmling willkommen und baten ihn in die Hütte. Sie boten ihm Essen an und kochten ihm Grütze, voller Spelzen und winziger Steinsplitter – ein Zeichen dafür, daß sie das Getreide mit den eigenen Händen mahlten – und gaben lediglich etwas Ziegenmilch hinzu. Der

Neuankömmling schien über die ärmliche Aufnahme nicht erschrocken und plauderte gutgelaunt mit dem Paar. Und als es Zeit war, schlafen zu gehen, legte er sich zwischen seine Gastgeber auf den Haufen schmutziger Felle.

Mitten in der Nacht drehte er sich zu Edda, die immer noch ihre langen, schwarzen Lumpen trug. Ahn schlief tief und fest und rührte sich nicht, vielleicht hatte ihn ein Schlafdorn gestochen. Der verschlagene Mann schob Eddas Lumpen beiseite und bestieg sie ohne Umschweife.

Am nächsten Morgen stand der Mann auf und ging seines Weges. Edda blieb zurück, schwoll an und gebar Kinder, die so stämmig und häßlich waren wie sie selbst, aber lebhafter und fleißiger. Sie schleppten den Mist, brachten Feuerholz, sahen nach den Schweinen und pflügten die Scholle mit hölzernen Spaten. Von ihnen, erkannte Shef, stammten die Thralls ab. Auch ich war einmal ein Thrall, vor langer Zeit.

Der Wanderer setzte schnellen Schritts seinen Weg durch die Berge fort. Als nächstes gelangte er zu einem wuchtigen Blockhaus. Die Enden der Stämme fügten sich glatt in die mit Äxten geschlagenen Kerben. Auf einer Seite war ein Fenster mit stabilen, paßgenauen Fensterläden, auf der anderen Seite hing ein Abort über einer tiefen Schlucht. Wieder legte ein Paar beim Anblick des Wanderers seine Arbeit nieder: Sie waren stark und kräftig, mit dicken Nacken und roten Wangen. Der Mann hatte eine Glatze und einen zurechtgestutzten Bart, die Frau ein rundes Gesicht und lange Arme, mit denen sie schwere Lasten schleppen konnte. Sie trug ein langes, braunes Kleid, aber ganz in ihrer Nähe lag ein wollener Mantel für die kühlen Abendstunden und daneben bronzene Spangen, um ihn festzumachen. Der Mann trug eine Hose wie die Krieger einer Wikingerflotte, aber sein ledernes Hemd war zum Schmuck an der Hüfte und an den Ärmeln in Streifen geschnitten. So leben heute die meisten Menschen, dachte Shef. »Sie heißen Ätti und Amma«, sagte die Stimme.

Auch sie luden den Neuankömmling ins Haus und boten ihm Essen an: Teller mit gesalzenen Schweinekoteletts, deren

Fett das Brot durchweichte – Essen für Schwerarbeiter und starke Männer. Dann legten sie sich zu dritt auf einer Strohmatratze mit wollenen Decken schlafen. Ätti schnarchte die ganze Nacht. Der Wanderer drehte sich zu Amma, die nur ein weites Nachthemd trug, flüsterte ihr etwas ins Ohr und nahm sie mit demselben Tempo und Eifer wie die Frau in der Nacht zuvor.

Wieder machte sich der Wanderer auf den Weg. Ammas Bauch schwoll an, und sie gebar mit stiller Gleichmut Kinder, so stark und gut gebaut wie sie selbst, aber vielleicht etwas intelligenter und aufgeschlossener für Neues. Ihre Kinder zähmten Ochsen, bauten Ställe, hämmerten Pflüge, knüpften Fischernetze und wagten sich aufs Meer. Von ihnen, erkannte Shef, stammten die Carls ab. Auch ich war einmal ein Carl, vor langer Zeit.

Die Straße senkte sich jetzt zu den weiten Ebenen. Er gelangte an ein Haus etwas abseits von der Straße. In den Boden gehämmerte Pfosten markierten einen Hof. Das Haus selbst hatte mehrere Zimmer, eines zum Schlafen, eines zum Essen, eines für die Tiere, und alle hatten Fenster und weite Türen. Ein Mann und eine Frau saßen vor dem Haus auf einer elegant gearbeiteten Bank. Sie riefen den Wandersmann herbei und boten ihm Wasser aus ihrem tiefen Brunnen an. Sie waren ein gutaussehendes Paar, mit ihren langen Gesichtern, breiten Stirnen und glatter Haut. Als der Mann aufstand, um den Fremden zu begrüßen, überragte er ihn um einen halben Kopf. Seine Schultern waren breit, sein Rücken gerade und seine Finger stark vom Spannen der Bogensehnen. »Das sind Vater und Mutter«, sagte die Stimme des Gottes.

Sie führten ihren Gast ins Haus. Auf dem Boden waren süß duftende Binsen verstreut. Die Frau setzte ihn an einen Tisch, brachte ihm in einer Schüssel Wasser, damit er sich die Hände waschen konnte, und tischte ihm anschließend einen gebratenen Truthahn, Pfannkuchen, Butter und Blutwurst auf. Nach dem Essen setzte sich die Frau an ihr Spinnrad, und der Mann ließ sich auf einer Sitzbank nieder und unterhielt sich mit dem Besucher.

Als die Nacht anbrach, schienen die Gastgeber unter einer Art Zwang zu stehen. Sie führten ihren Besucher zu einem breiten Federbett und bedeuteten ihm, sich zwischen sie zu legen. Bald darauf schlief Vater ein. Wieder wandte sich der Besucher der Gastgeberin zu, streichelte sie und ritt sie wie ein Hengst.

Der Besucher ging seines Weges, und der Bauch der Frau schwoll an, und sie gebar die Jarle, die Grafen, die Kriegerkaste. Sie schwammen in den Fjorden, zähmten Pferde, schmiedeten Eisen und Stahl, tauchten ihre Schwerter in Blut und fütterten die Raben auf den Schlachtfeldern. So wollen Männer heute leben, dachte Shef. Oder will jemand anderes, daß sie so leben?

Aber das kann nicht das Ende sein: Was ist mit ihren Söhnen und Töchtern? Was ist mit ihren Enkeln, Großenkeln und Urgroßenkeln? Und aus Thrall wurde Carl und dann Jarl. Ich bin jetzt Jarl. Aber was kommt nach dem Jarl? Wie heißen seine Söhne, und wie lange wird der Wanderer weiterziehen? Der Sohn des Jarls ist König, der Sohn des Königs ist…

Da war der Traum zu Ende. Shef erinnerte sich an jede Einzelheit und war sich ganz sicher, daß sie in irgendeiner Weise mit ihm zu tun hatten. Ihm ging auf, daß der Wanderer in seinem Traum Menschen gezüchtet hatte, genauso wie man bessere Pferde und Jagdhunde züchtete. Aber in welcher Hinsicht besser? Klüger? Besser darin, neues Wissen zu finden? So würden es die Priester des Weges ausdrücken. Oder paßten sie sich schneller an Veränderungen an? Oder wandten sie ihr bereits vorhandenes Wissen bereitwilliger an?

Aber Shef war sich wenigstens in einer Hinsicht sicher. Wenn die Zucht durch den verschlagenen, belustigten Wanderer betrieben wurde, der auch sein göttlicher Beschützer war, dann würden selbst diese besseren Menschen irgendwann einen Preis dafür zahlen müssen. Dennoch, der Wanderer wollte, daß er sein Ziel erreichte. Es mußte eine Lösung geben, er mußte sie nur finden.

Eine Stunde vor der Dämmerung zog Shef seine vom Tau durchnäßten Lederschuhe an und erhob sich von seinem Strohlager. Dann zog er die Decke über die Schultern und trat hinaus in die kühle Nachtluft des englischen Spätsommers. Er durchquerte das immer noch schlafende Lager wie ein Gespenst, seine einzige Waffe das Schleifsteinzepter in der Armbeuge. Seine Freigelassenen zogen keine Gräben und Palisaden um ihre Lager wie die nimmermüden Wikinger, aber sie hatten Wachen. Shef ging auf einen der Hellebardiere Lullas zu, der sich auf seine Waffe lehnte. Die Augen des Mannes waren offen, aber er nahm von Shef keine Notiz, als er schweigend an ihm vorbeiging und im dunklen Wald verschwand.

Mit dem ersten Licht im Osten begannen die Vögel zu singen. Shef bahnte sich vorsichtig seinen Weg durch das Gewirr der Hagedorne und Nesseln und gelangte schließlich auf einen schmalen Pfad. Er erinnerte ihn an den Weg, auf dem er im vorigen Jahr mit Godive vor Ivar geflohen war. Und tatsächlich, der Weg hatte sie schließlich zu einer Lichtung und einer Schutzhütte geführt.

Als er diesmal auf eine Lichtung gelangte, war der Tag angebrochen. Sonnenlicht flutete durch die Bäume. Der Unterstand war eine einfache Hütte. Plötzlich öffnete sich die schief im Rahmen hängende Tür und eine Frau kam heraus. Eine alte Frau? Sorge hatte tiefe Furchen in ihr Gesicht gegraben, das den blassen, bedrängten Ausdruck der Unterernährten hatte. Aber sie war eigentlich nicht alt, erkannte Shef, der lautlos unter den Bäumen verharrte. Sie blickte sich um, bemerkte ihn aber nicht. Dann ließ sie sich im schwachen Sonnenlicht neben ihrer Hütte niedersinken, legte das Gesicht in die Hände und weinte leise.

»Was hast du, Mutter?«

Als sie Shefs Stimme hörte, zuckte sie heftig zusammenzucken. Sie blickte ihn aus angstgeweiteten Augen an. Als sie bemerkte, daß es nur ein einzelner, unbewaffneter Mann war, beruhigte sie sich wieder.

»Was ich habe? Ach, die alte Geschichte. Sie haben meinen Mann mitgenommen. Für die Armee des Königs...«

»Für welchen König?« fragte Shef.

Sie zuckte die Achseln. »Ich weiß es nicht. Das war vor Monaten, und er ist nicht mehr zurückgekommen. Den ganzen Sommer haben wir gehungert. Wir sind keine Sklaven, aber wir haben auch kein Land. Jetzt, wo Edi nicht mehr hier ist und für die Reichen arbeitet, haben wir nichts mehr. Als die Ernte anfing, erlaubten sie mir das Korn aufzusammeln, das die Garbenbinder übersehen hatten – es war nur ein bißchen. Aber es hätte gereicht, wenn es nicht zu spät gewesen wäre. Vor zwei Wochen starb meine Tochter.

Ich brachte sie zur Kirche, damit sie begraben wird, aber es war kein Priester da. Er war geflohen. Es hieß, die Heiden hätten ihn verjagt. Das ›Wegvolk‹? Ich weiß nicht, wie sie sich nannten. Die Männer im Dorf freuten sich. Sie sagten, jetzt bräuchten sie keinen Zehnten und keinen Peterspfennig mehr zu bezahlen. Aber was habe ich davon? Ich war schon immerzu arm, als daß ich den Zehnten gezahlt hätte, und der Priester gab mir manchmal ein Almosen. Und wer soll jetzt mein Kind begraben? Wie kann es zur Ruhe kommen, wenn der Priester nicht die Worte über seinem Grab sagt? Jetzt wird es das Christkind nicht in den Himmel bringen.«

Die Frau begann wieder zu weinen, ihr Oberkörper wiegte vor und zurück. Was hätte Thorvin darauf antworten können? fragte sich Shef. Vielleicht würde er sagen, daß die Christen nicht immer schlecht gewesen sind, aber dann die Kirche verkommen ist. Aber wenigstens spendete die Kirche Trost – wenn auch nur manchen Menschen. Der Weg mußte dasselbe tun. Er durfte nicht nur an jene denken, die auf dem Pfad der Helden mit Odin nach Walhall wandelten. Er tastete auf der Suche nach Geld den Gürtel ab und stellte fest, daß er keines bei sich hatte.

»Erkennt Ihr jetzt, was Ihr getan habt?« fragte eine Stimme hinter ihm.

Shef drehte sich langsam um und stand Alfred gegenüber. Dunkle Ringe zeichneten sich unter den Augen des jungen Königs ab, seine Kleider waren voller Flecken und Matsch. Er hatte weder Schwert noch Mantel, trug aber immer noch ein Kettenhemd und ein Messer am Gürtel.

»Was *ich* getan habe? Ich glaube, auf dieser Seite der Themse sind die Menschen Eure Untertanen. Mag sein, daß der Weg der Frau den Priester genommen hat, aber Ihr habt ihren Mann genommen.«

»Dann eben was *wir* getan haben.«

Die beiden Männer blickten hinunter auf die Frau. Man hat mich geschickt, um diesen Dingen ein Ende zu machen, dachte Shef. Aber das kann ich nicht, indem ich nur dem Weg folge. Zumindest nicht dem Weg, wie ihn Thorvin und Farman sehen.

»Ich mache Euch ein Angebot, König«, sagte er. »Ihr tragt einen Geldbeutel an Eurem Gürtel und ich nicht. Gebt ihn der armen Frau hier, damit sie überleben und auf ihren Mann warten kann. Und ich gebe Euch dafür Norfolk zurück. Oder besser gesagt, wir werden es miteinander teilen, bis wir Eure Feinde, die Kreuzträger, besiegt haben, so wie ich die meinen geschlagen habe.«

»Was, Norfolk teilen?«

»Wir werden alles teilen. Das Geld, die Männer, die Herrschaft und das Risiko. Unsere Schicksale sollen miteinander verwoben sein.«

»Heißt das, daß wir auch unser Glück teilen?« fragte Alfred.

»Ja.«

»Ich stelle zwei Bedingungen«, sagte Alfred. »Wir können nicht nur unter dem Zeichen des Hammers marschieren, denn ich bin Christ. Aber ich werde auch nicht unter dem Kreuz marschieren, denn die Räuber aus dem Frankenland und Papst Nikolaus haben es besudelt. Laßt uns diese Frau hier und ihren Schmerz nicht vergessen und unter beiden Bannern marschieren. Und wenn wir siegen, sollen unsere Völker Frieden und Trost nach eigenem Gutdünken finden. In dieser Welt kann es ohnehin nie genug davon geben.«

»Und was ist die zweite Bedingung?«

»Das hier.« Alfred zeigte auf das Schleifsteinzepter. »Ihr müßt es ablegen. Wenn Ihr es in Hand haltet, lügt Ihr. Ihr schickt Eure Freunde in den Tod.«

Shef musterte den Stein, die bärtigen, grausamen Gesichter, die beide Enden verzierten: Gesichter wie die des verschlagenen Gottes in seinen Träumen. Er dachte an das Grab, aus dem er ihn geraubt hatte, an die Sklavinnen mit den zerschmetterten Genicken. Er dachte an Sigvarth, den er in einen grausamen Tod geschickt hatte, an Sibba und Wilfi, die er dem Scheiterhaufen übergeben hatte. Und er dachte an Alfred, den er wissentlich in eine Niederlage hatte marschieren lassen, und an Godive, die er nur gerettet hatte, um sie als Köder zu benutzen.

Er wirbelte herum und schleuderte das Zepter in das dichte Unterholz, damit es für immer im Moder lag.

»Ihr habt mein Wort«, sagte er. »Wir werden jetzt unter beiden Bannern marschieren, zusammen den Sieg erringen oder untergehen.« Er streckte die Hand aus.

Alfred zog den Dolch, schnitt den Geldbeutel vom Gürtel und warf ihn auf den nassen Boden zu Füßen der Frau. Er landete mit einem dumpfen Schlag. Erst dann ergriff er Shefs Hand und schüttelte sie.

Als sie gingen, mühte sich die Frau mit kraftlosen Fingern, die Schnüre des Beutels zu lösen.

Sie hörten den Tumult bereits, noch bevor sie eine Achtelmeile auf dem Pfad zurückgelegt hatten: Waffen klirrten, Männer schrien gellend, Pferde wieherten. Die beiden rannten los, aber die Dornen und das dichte Gestrüpp behinderten sie. Als sie schließlich keuchend den Waldrand erreichten, war bereits alles vorüber.

»Was ist passiert?« fragte Shef die Männer, die sie ungläubig anstarrten.

Farman kam hinter einem umgestürzten Zelt hervor. »Die leichte Kavallerie der Franken. Es waren nicht viele, vielleicht hundert Mann. Sie wußten, daß wir hier sind, und brachen alle gleichzeitig aus dem Wald hervor. Wo bist du gewesen?«

Shef antwortete nicht. Plötzlich sah er Thorvin, der sich seinen Weg durch die aufgeregten Männer bahnte. Der Priester Thors zog Godive hinter sich her.

»Wir sind kurz nach der Dämmerung eingetroffen«, sagte Thorvin. »Ein paar Minuten bevor die Franken angriffen.«

Shef ignorierte ihn, seine ganze Aufmerksamkeit galt Godive. Sie hob das Kinn und erwiderte seinen Blick. Er tätschelte sie sanft auf die Schulter. »Es tut mir leid, daß ich dich vergessen habe. Aber da sind Dinge – wenn... bald... werde ich versuchen wiedergutzumachen, was ich dir angetan habe.

Aber nicht jetzt. Jetzt bin ich immer noch Jarl. Zuerst müssen wir Wachen aufstellen, damit wir nicht ein zweites Mal überrascht werden. Dann müssen wir losmarschieren. Aber vorher – Lulla, Farman, alle Priester und Anführer sollen zu mir kommen, sobald die Wachen auf ihren Posten sind.«

»Und Osmond, da ist noch etwas. Schick mir sofort zwanzig Frauen.«

»Frauen, Herr?«

»Ja, Frauen. Wir haben ja genug bei uns. Frauen, Freundinnen, Huren – mir ist es gleich. Solange sie nur mit Nadel und Faden umgehen können.«

Zwei Stunden später verfolgten Thorvin, Farman und Geirulf – die einzigen Priester des Weges unter dem halben Dutzend englischer Offiziere – betreten, wie ein zweites Symbol auf das Schlachtbanner der Armee genäht wurde. Statt dem weißen Hammer, der aufrecht vor einem roten Hintergrund stand, fanden sich nun ein Hammer und ein Kreuz, die schräg angenäht einander überlappten.

»Wieso geben wir uns so sehr mit dem Feind ab?« fragte Farman. »Das würde der niemals mit uns tun.«

»Es ist die Bedingung, die der König für seine Unterstützung gestellt hat«, sagte Shef.

Die Priester musterten die schäbige, einsame Gestalt Alfreds mit gerunzelter Stirn.

»Nicht nur meine Unterstützung«, sagte der König. »Sondern auch die meines ganzen Königreichs. Ich mag eine Armee verloren haben, aber es gibt dort immer noch genug Männer, die willens sind, gegen die Invasoren zu kämpfen. Es wird ihnen leichter fallen, wenn sie dafür nicht auch noch die Religion wechseln müssen.«

»Eins ist sicher: Wir brauchen Männer«, sagte Osmod, der Lagermarschall und Hauptmann der Katapultmannschaften. »Die vielen Deserteure und dann noch der Angriff von heute morgen – wir haben sieben oder acht Mann pro Maschine statt dem Dutzend, das wir brauchen. Und Udd hat mehr Armbrüste auf Lager als Männer. Aber wir müssen sofort Verstärkung haben. Und wo sollen wir die in aller Eile finden?«

Shef und Alfred warfen einander einen unsicheren Blick zu, erfaßten das Problem und rangen in Gedanken um eine Lösung.

Völlig unerwartet brach eine Stimme aus dem hinteren Teil des Zelts das Schweigen. Sie gehörte Godive.

»Ich kann euch die Antwort darauf geben«, sagte sie. »Aber dafür müßt ihr mir zwei Dinge gewähren. Erstens, Sitz und Stimme im Rat. Ich habe genug davon, wie ein lahmes Pferd oder ein kranker Hund behandelt zu werden. Zweitens will ich nie wieder hören, wie der Jarl sagt: ›Nicht jetzt. Nicht jetzt, weil ich immer noch der Jarl bin.‹«

Köpfe flogen herum. Erst starrten die Männer verwundert Godive an, dann zweifelnd und beunruhigt Shef. Shef, dessen Hand automatisch nach der beruhigenden Kühle des Schleifsteinszepter tastete, blickte unvermittelt in Godives glänzende Augen. Es schien, als ob er sie zum erstenmal wahrnehmen würde. Dann erinnerte er sich: Das Zepter war verschwunden und mit ihm das, wofür es gestanden hatte. Er senkte den Kopf.

»Ich gewähre dir beide Bedingungen«, sagte er heiser. »Jetzt sag uns deine Antwort, Ratsherrin.«

»Die Leute, die ihr braucht, sind bereits im Lager«, sagte Godive. »Nur, es sind keine Männer, sondern Frauen. Hunderte von ihnen. Und in jedem Dorf findet ihr weitere. Vielleicht sind sie für euch nur Huren, wie sie der Jarl vorhin nannte. Oder vielleicht glaubt ihr, sie können nur mit Nadel und Faden umgehen. Aber es gibt vieles, das sie genausogut wie Männer können. Ordnet jeder Katapultmannschaft sechs von ihnen zu. Die freigewordenen Männer können zu Udd und seinen Armbrüsten gehen, und die stärksten von ihnen zu Lulla und seinen Hellebarden. Aber ich würde Udd eines raten: Nimm dir so viele der jüngsten Frauen, wie du bekommen kannst, und gib ihnen auch Armbrüste.«

»Das geht nicht«, sagte Cwicca ungläubig.

»Wieso nicht?«

»Nun… sie sind nicht stark genug.«

Shef lachte. »Weißt du noch, daß die Wikinger genau das über euch gesagt haben? Wieviel Kraft braucht man, um an einem Seil zu ziehen? An einem Hebel zu drehen? Oder einen Flaschenzug zu bedienen? Die Maschinen geben den Menschen Stärke.«

»Sie werden es mit der Angst zu tun bekommen und wegrennen«, protestierte Cwicca.

Eisig setzte sich Godive über seinen Einwand hinweg. »Sieh mich an, Cwicca. Du hast gesehen, wie ich in den Karren voller Scheiße geklettert bin. Hatte ich damals etwa Angst? Und selbst wenn ich sie hatte, ich habe es trotzdem getan.

Shef, laß mich mit den Frauen reden. Ich suche diejenigen aus, denen du vertrauen kannst, und wenn nötig führe ich sie an. Und keiner von euch sollte vergessen…« – sie blickte herausfordernd in die Runde –, »daß die Frauen vielleicht mehr zu verlieren haben als ihr. Und noch mehr zu gewinnen.«

Nach einigen Augenblicken der Stille meldete sich der nach wie vor skeptische Thorvin zu Wort. »Das mag ja alles schön und gut sein. Aber mit wie vielen Männern zog König Alfred gegen die Franken ins Feld? Fünftausend? Und das waren ausgebildete Krieger. Selbst wenn jede einzelne Frau im Lager mitkämpft, wie kann ein Drittel dieser Zahl darauf hoffen zu gewinnen? Und die meisten von ihnen haben noch nie in ihrem Leben eine Armbrust in der Hand gehabt. Man kann Leute nicht in einem Tag zu Kriegern machen.«

»Aber man kann jemandem in einem Tag beibringen, wie man eine Armbrust bedient«, warf Udd unerwartet ein. »Die Schützen müssen sie nur spannen und zielen.«

»Wie auch immer«, sagte Geirulf, der Priester Tyrs. »Aber haben wir nicht heute morgen erst am eigenen Leib erfahren, daß die Franken nicht stillstehen, um sich abschießen zu lassen? Was sollen wir also tun?«

»Hört mir zu«, sagte Shef und sog tief Luft ein, »und ich werde es euch sagen.«

KAPITEL 11

WIE EINE RIESIGE, STÄHLERNE ECHSE wälzte sich das fränkische Heer kurz nach Sonnenaufgang aus den Toren Hastings. Zuerst kamen die mehreren Hundert Reiter der leichten Kavallerie, lediglich mit stählernen Kappen, Lederwämsern und Säbeln ausgestattet. Ihre Aufgabe war es, den Gegner zu finden, die Flanken zu halten und Durchbrüche auszunutzen. Dann folgten endlose Reihen von Bogenschützen, wie alle Angehörigen der Armee beritten. Kam es zur Schlacht, würden sie absteigen, bis zu hundertfünfzig Fuß an die feindlichen Linien heranrücken und ihre Pfeile über sie herabregnen lassen. Ihre Aufgabe war es, den Gegner zum Stillstand zu bringen, ihn dazu zu zwingen, die Schilde zu heben, um das Gesicht zu schützen, und niederzuknien, um die ungepanzerten Beine zu schützen.

In der Mitte des Zuges ritt die schwere Kavallerie, die Waffe, die den Franken Sieg um Sieg auf den Ebenen Mitteleuropas beschert hatte. Jeder der Männer trug ein Kettenhemd und Beinschienen, hohe Sättel schützten ihre Rücken und Eingeweide. Dazu kamen Helm und Langschwert und, am wichtigsten, Schild, Lanze und Steigbügel. Der großflächige Schild schützte den Körper des Ritters, mit der Lanze konnte er von oben oder unten zustoßen, und die Steigbügel erlaubten ihm, sich beim Aufprall abzustützen. Nur wenige Männer – und darunter kein Engländer – vermochten es, mit einem Arm eine Lanze zu führen, den anderen an einen unbeweglichen Schild zu schnallen und gleichzeitig ein Schlachtroß nur mit den Oberschenkeln und den Fingerspitzen einer Hand zu beherrschen. Diese Männer glaubten, jede Infanterie der Welt niederreiten zu können, wenn sie erst einmal ihre Schiffe und Mauern hinter sich gelassen hatten.

An der Spitze der Hauptmacht von neunhundert Rittern drehte sich Karl der Kahle im Sattel um und musterte die Banner, die unmittelbar hinter ihm im Wind flatterten, die Mauern Hastings und seine Schiffe, die sich am Strand drängten. Seine Kundschafter hatten gute Nachrichten gebracht. Die letzten seiner Feinde waren südlich des Humber und marschierten sorglos und unvorbereitet, um sich der Schlacht zu stellen. Das war genau, was er wollte: Ein entscheidender Schlag, und ihre Anführer würden tot auf dem Schlachtfeld zurückbleiben. Danach war die Kapitulation und die Übertragung der Herrschaft auf ihn nur noch eine Formsache. Es hätte schon früher geschehen sollen, nach dem Sieg über den ritterlichen, aber närrischen Alfred, dann hätte sich der Feldzug nicht bis in den Spätsommer hingezogen.

Aber wenigstens war jetzt die Zeit reif. Nein, überreif. Heute, oder spätestens morgen, würde die Entscheidung fallen. Der Regen, der vom Kanal herantrieb, verwischte Karls Sicht. Er wandte sich von Hastings ab, ritt weiter und winkte den englischen Überläufer zu sich und seinen Übersetzern.

»Du lebst in diesem gottvergessenen Land«, sagte er. »Wie lange wird dieser Regen dauern?«

Alfgar warf einen Blick auf die schlaff herabhängenden Banner, nahm den Regen aus dem Südwesten zur Kenntnis und sagte sich in Gedanken, daß alles auf eine einwöchige Dusche hindeutete. Aber ihm war klar, daß der König das als letztes hören wollte.

»Er sollte bald vorübergezogen sein«, sagte er. Der

König brummte und trieb sein Pferd an. Als die Armee sich ihren Weg durch die noch nicht abgeernteten Felder bahnte, verwandelte sich die nasse Erde in Schlamm – die Vorhut hinterließ eine breite, schwarze Schneise im Boden.

Fünf Meilen weiter nordwestlich, auf einem Kamm südlich von Caldbeck Hill, verfolgte Shef den Vormarsch der Franken. Sein Banner, der Hammer und das Kreuz, wehte von einem Ochsenkarren. Er wußte, daß die Kundschafter der Franken es bereits bemerkt und König Karl ihren Standort gemeldet haben mußten. Shef hatte seine Truppen am Vorabend in Bewegung gesetzt, nachdem die leichte Kavallerie der Franken sich zurückgezogen hatte. Während der Nacht hatten seine Männer – und Frauen – ihre Stellungen bezogen, und jetzt war er beinahe allein, denn dies würde eine Schlacht sein, die er kaum noch beherrschen konnte. Shef wußte, daß nun alles darauf ankam, ob seine Armee nach Plan handeln konnte – und ob ihre verschiedenen Teile es noch immer vermochten, nachdem der Kontakt zu ihm und untereinander abgebrochen war.

Und eines war sicher: Seine Armee war größer, als er geglaubt hatte. Den ganzen vergangenen Tag hatte er kleine Gruppen von Männern auf dem Marsch zum Schlachtfeld überholt, Churls mit Speeren und Holzfäller mit ihren Äxten. Ja, selbst rußverschmierte Köhler aus den Wäldern waren Alfreds Ausrufung des *fierd*, der angestammten Einberufung von Wessex gefolgt. Ihnen allen hatte man dasselbe eingeschärft. Tretet den Feinden nicht gegenüber. Bildet keine Schlachtlinie. Wartet an den Flanken. Wenn ihr eine Chance seht, schlagt zu. Es war ein einfacher Befehl, und sie hatten ihn bereitwillig aufgenommen, nicht zuletzt deshalb, weil er von ihrem König persönlich gekommen war.

Aber dieser Regen, dachte Shef. Wird er uns helfen oder behindern? Bald werde ich es wissen.

Der erste Schuß kam aus dem Schutz eines halb niedergebrannten Weilers. Fünfzig leichte Reiter der Franken, der Hauptmacht weit vorausgeeilt, gerieten ins Visier des ›Todesblitz‹. Oswi betätigte den Abzug, spürte den dumpfen Schlag und einen Augenblick später schlug der riesige Bolzen mitten zwischen den enggedrängten Reitern ein. Sofort spannte die Mannschaft – sieben Männer und vier Frauen – die Maschine von neuem und lud einen Bolzen nach. Es würde dreißig lange Herzschläge dauern, bis sie wieder schießen konnten.

Der Anführer einer Einheit der leichten Kavallerie starrte verblüfft den Reiter an, der vor ihm auf dem Boden lag. Ein riesiger Bolzen ragte aus seinem Brustkorb. Belagerungsmaschinen, durchzuckte es ihn. Und das auf offenem Feld. Doch er wußte, was sie zu tun hatten: Sie durften kein Ziel bieten, mußten sich zerstreuen und dann um die Maschine herumreiten und sie von hinten angreifen. Der Schuß mußte von rechts gekommen sein. Er gab seinem Pferd die Sporen und schickte seine Männer brüllend über die Felder.

Dichte Hecken, dazu gedacht, das Vieh ein- und die Wildschweine auszusperren, zwängten den Ansturm der Franken in einen tief eingeschnittenen Weg. In den Hecken erwarteten angespannte Gesichter die Reiter. Aus wenigen Schritten Entfernung schlugen die Bolzen der Armbrüste in die ledergeschützten Rücken der Franken. Ohne abzuwarten, ob ihre Geschosse das Ziel gefunden hatten, sprangen die Armbrustschützen auf und wenige Augenblicke später saßen sie auf ihren Ponys und galoppierten davon.

»Ansiau ist in Schwierigkeiten«, bemerkte der Anführer einer zweiten Abteilung Kavalleristen, der den wachsenden Aufruhr verfolgte. »Ein Hinterhalt. Wir umgehen sie und nehmen sie in die Zange. Das wird ihnen eine Lehre sein, die sie nicht vergessen werden.«

Als er seine Männer in einem weiten Bogen um den Hinterhalt herumführen wollte, hörte er plötzlich einen dumpfen Aufschlag und unmittelbar danach furchtbare Schmerzensschreie: Ein riesiger Bolzen hatte aus dem Nichts heraus den Oberschenkel eines Mannes durchschlagen und gegen sein verendendes Pferd genagelt. Der Anführer wußte nicht, woher der Bolzen gekommen war, er war sich aber sicher, daß er nicht von derselben Maschine abgeschossen worden war, die den Hinterhalt gelegt hatte. Der Franke richtete sich in den Steigbügeln auf und musterte auf der Suche nach einem Hinweis auf den Standort des Geschützes angestrengt die gleichförmige Landschaft. Er sah nur Bäume und Weizenfelder. Und überall Hecken. Der Anführer wollte gerade wieder in den Sattel sinken, als ihn der Bolzen einer Armbrust mitten im Gesicht erwischte. Der Schütze, ein Wilderer aus Ditton-in-the-Fen machte keine Anstalten aufzuspringen und aus seinem dreihundert Schritte entfernten Versteck wegzurennen. Wie ein Aal in einem fast wasserlosen Graben kroch er schlängelnd zwanzig Meter weiter. Die gewachste und verdrehte Sehne seiner Armbrust nahm keinen Schaden im Wasser. Als die Reiter zögerten und schließlich in die Richtung galoppierten, in der sie den Schützen vermuteten, richtete sich langsam das Visier einer weiteren Bolzenschleuder auf sie.

Langsam, ohne schmetternde Hörner und Trompeten, wuchsen sich zwanzig einzelne Scharmützel zu einer Schlacht aus.

Von seinem Aussichtspunkt aus verfolgte Shef das Vorrücken der fränkischen Hauptmacht. Die Franken waren langsamer geworden, ritten nur noch im Schritttempo und sicherten immer wieder die Flanken. Und dort, an den Flanken, war oft lange Zeit nichts zu sehen. Dann erschienen plötzlich Reiter und donnerten um ein Wäldchen oder griffen in einer weit aufgefächerten Linie ein niedergebranntes Dorf an. Was sie angriffen, blieb Shef üblicherweise verborgen. Dann machte Shef plötzlich mit zusammengekniffenem Auge eine Bewegung im Regen aus. Zwei Pferde galoppierten über eine Wiese und zogen eine wild bockende Bolzenschleuder hinter sich her. Dahinter folgte die Mannschaft, die ihren Ponys die Hacken in die Flanken traten. Es war Oswi mit dem ›Todesblitz‹. Seine Mannschaft zog sich an einem Ende eines Weilers zurück, während die Franken am anderen Ende hereinströmten. Das fränkische Zangenmanöver, das dem Geschütz den Weg hätte abschneiden sollen, war gerade noch rechtzeitig durch Schüsse von anderen Maschinen aufgehalten worden. Die Schleuder verschwand in einer Bodensenke. Shef wußte, daß sie in wenigen Sekunden wieder schußbereit sein und einen weiten, eine halbe Meile durchmessenden Bogen bedrohen würde.

Shefs Strategie beruhte auf drei Säulen. Eine davon war das Wissen der Einheimischen. Die Menschen, die hier lebten, Ackerbau betrieben und jagten, wußten, wo es passierbare Wege und sichere Rückzugsrouten gab. Jede der Kampfgruppen hatte einen einheimischen Mann oder Jungen zugewiesen bekommen. Andere Männer hatten sich überall auf einer Fläche von mehr als fünfzig Quadratkilometern versteckt, mit dem ausdrücklichen Auftrag, sich aus den Kämpfen herauszuhalten und statt dessen Nachrichten zu überbringen. Die zweite Säule von Shefs Strategie war der massive Einsatz der Bolzenschleudern und der neuen Armbrüste. Beide Waffen ließen sich zwar nur langsam nachladen, aber selbst die Bolzen der Armbrüste durchdrangen Kettenhemden noch auf eine Entfernung von zweihundert Schritten. Und sie wurden am besten aus dem Verborgenen heraus abgefeuert.

Doch die wichtigste Säule von Shefs Plänen war die Erkenntnis, daß man eine Schlacht auf zwei Arten gewinnen konnte. Jede Schlacht, die er erlebt hatte – ja, jede Schlacht, die man in den vergangenen Jahrhunderten in der westlichen Hemisphäre ausgefochten hatte –, war durch den frontalen Zusammenprall beider Seiten entschieden worden. Man bildete Kampflinien und hieb drosch so lange aufeinander ein, bis eine Seite nachgab. Man konnte die Formation des Gegners mit Schwert und Axt durchbrechen, wie es die Wikinger bevorzugten; oder im fränkischen Stil mit Pferd und Lanze oder – wie Shef herausgefunden hatte – mit Steinen und Bolzen. Durchbrach man die Linie des Gegners, war das gleichbedeutend mit dem Sieg.

Aber jetzt versuchte Shef sich an einer völlig neuen Art und Weise, eine Schlacht zu gewinnen. Er versuchte nicht, den Gegner frontal anzugehen oder eine Schlachtlinie zu bilden, sondern ihn mit den Maschinen zu zermürben. Und nur Shefs laienhaften und unkriegerischen Truppen waren zu solch einer Kriegsführung bereit. Die Wikinger hätten es nie vermocht, mit ihren lebenslangen Traditionen zu brechen. Bodengewinn zählte nichts mehr, im Gegenteil, der Boden war dazu da, daß man ihn preisgab. Die Tapferkeit des einzelnen war nicht nur unwichtig, sie gefährdete sogar den Sieg. Und die üblichen Gefälligkeiten zur Hebung der Moral auf dem Schlachtfeld – die Hörner, die Lieder, die anfeuernden Rufe der Anführer und die Kameradschaft – waren ebenfalls auf der Strecke geblieben. In einer Schlacht wie dieser war es einfach, sich davonzumachen oder sich zu verstecken, um wieder hervorzukriechen, wenn alles vorüber war. Shef hoffte, daß die Mannschaften einander weiter Schutz geben würden: Sie waren in ungefähr fünfzig Mann starken Gruppen aufgebrochen – ein Katapult, zwanzig Armbrustschützen und ein paar Hellebardiere. Aber es lag in der Natur der Schlacht, daß sie sich trennten. Nur, würden sie danach wieder zusammenfinden?

Shef dachte an die verbissenen, wütenden Angriffe der Bauern Yorkshires auf die anrückende Große Armee. Der Schnee hatte die Churls damals nicht aufgehalten, vielleicht würden sich auch seine Truppen von keinen Hindernissen aufhalten lassen. Die Männer und Frauen, die dort draußen kämpften, hatten das Land, für das sie ihr Leben riskierten, vor Augen. Sie sahen die verwüsteten Felder, die niedergebrannten Scheunen, die gefällten Obstbäume. Den Kindern der Armen waren Essen und Land heilig. Sie hatten zu viele harte Winter durchgemacht.

Während er den Fortgang der Schlacht verfolgte, stieg ein sonderbares Gefühl in Shef auf – nicht Freiheit, aber die Freiheit von Sorge. Er war jetzt nur noch ein Zahnrad. Zahnräder mußten sich drehen, wenn man sie aufzog. Aber sie mußten sich nicht über den Rest der Maschine den Kopf zerbrechen. Die würde glatt laufen oder zerspringen, aber das ging das Zahnrad nichts an. Es mußte nur seinen Teil tun.

Neben ihm stand Godive. Shef legte eine Hand auf ihre Schulter. Sie blickte ihm von der Seite in das verwüstete Gesicht, zog aber seine Hand nicht weg.

König Karl hob zum zwanzigsten Mal den Arm, um die Hauptmacht seines Heers zum Halten zu bringen. Vor ihnen lag Caldbeck Hill, auf dessen Kamm von Zeit zu Zeit trotz des Regens das Banner des Feindes zu sehen war. Es schien sie verhöhnen zu wollen. Der Anführer der leichten Kavallerie ritt im kurzen Galopp zu seinem König; der Regen hatte das Leder und die Wolle seiner Kleidung durchnäßt.

»Nun, Rogier?«

Der Reiter schüttelte angewidert den Kopf. »Da draußen toben mindestens fünfzig Kämpfe gleichzeitig. Niemand stellt sich uns. Wir jagen ihnen hinterher, ohne sie fassen zu können. Aber sobald wir uns neu formieren, greifen sie uns wieder an oder kommen von hinten.«

»Was würde geschehen, wenn wir einfach zusammenbleiben und weiterreiten? Dort hinauf.« Der König deutete mit dem Daumen auf das Banner am Horizont.

»Sie werden uns auf dem ganzen Weg die Hölle heiß machen.«

»Aber nur so lange, wie wir für die Meile brauchen. In Ordnung, Rogier. Schreck diese Knappen mit ihren Bögen so gut es geht ab, aber von nun an reiten deine Männer mit der Hauptmacht. Wir kümmern uns um ihre Flanken, sobald wir ihre Hauptmacht gebrochen haben.«

Der König drehte sich um, hob die Lanze und schwang sie vorwärts. Seine Reiter antworteten mit einem heiseren Jubelschrei und spornten ihre Pferde in den Trab.

»Endlich. Sie kommen«, sagte Shef zu Alfred, der neben Godive stand. »Aber der Boden ist weich, und sie werden ihre Kräfte für den Ansturm auf den letzten Metern sparen.« Nicht einmal vier Dutzend Männer waren bei den drei Anführern auf dem Hügelkamm, die meisten von ihnen Melder, aber auch eine Katapultmannschaft mit ihrer schwerfälligen, unbeweglichen Maschine.

»Schwansteine«, befahl er.

Die Mannschaft – darunter auch mehrere Frauen – war froh, daß die Stunden der Untätigkeit vorüber waren, und eilte an ihre Plätze. Ihnen war heute ebenfalls nur eine Aufgabe zugedacht. Während der langen Stunden der Schießübungen hatten Shefs Freigelassene entdeckt, daß die Steine einen sonderbaren, trillernden Ton produzierten, wenn man Kerben in ihre Oberfläche meißelte. Das Geräusch hatte sie an einen Schwan erinnert. Zum Spaß hatten sie sich auf einen Wettbewerb eingelassen, wer den lautesten Stein zurechthauen konnte. Jetzt wollte sich Shef den Effekt zunutze machen, um seinen gesamten Truppen ein Zeichen zu geben.

Die Katapultmannschaft lud die Maschine, machte sie einsatzbereit und schoß sie ab. Der schaurig pfeifende Stein schoß in den Himmel über der rechten Flanke, dann drehten sie die Maschine und schossen einen zweiten ab. Die Gruppen mit den Bolzenschleudern und den Armbrüsten, die in ihren Hinterhalten immer noch die vorrückenden Franken erwarteten, hörten das Signal und zogen sich zurück, um sich zum erstenmal an diesem Tag zu ihren Anführern zu begeben. Eine Gruppe nach der anderen traf am Kamm ein und postierte ihre Maschinen in den Lücken zwischen den Bauernkarren, die Shef in einer langen Kette auf der Anhöhe hatte aufstellen lassen. Die Armbrustschützen bezogen auf und unter den Karren Stellung. Für jeden Mann, jede Frau und jede Maschine hielten Burschen keine zehn Schritte hinter ihnen Pferde bereit.

Shef schritt die Stellung auf und ab und wiederholte immer wieder seine Befehle. »Drei Schuß von jedem Katapult, mehr nicht. Schießt, sobald die Franken in Reichweite sind. Und ein Schuß pro Armbrust auf mein Kommando.«

Trotz des Regens hob sich König Karls Stimmung, als sie den Fuß des Hügels erreichten. Der Feind hatte versucht, sie zu stören und aufzuhalten, und jetzt schien er sich darauf zu verlassen, daß der Hang und der Schlamm dem Angriff der fränkischen Reiterei den Stachel nahm. Aber die leichte Kavallerie hatte ihre Aufgabe erfüllt, indem sie die Verluste der Scharmützel auf sich genommen hatte. Und die Engländer verstanden immer noch nicht den Plan des fränkischen Angriffs. Karl gab seinem Pferd die Sporen und galoppierte den Hügel hinauf. Innerhalb weniger Sekunden überholten und umringten ihn die Soldaten seiner Leibwache.

Die Katapulte schwirrten und die ersten Steine regneten auf die eng gedrängten fränkischen Ritter herab. Aber die Angreifer rückten weiter vor, als die Armbrustschützen aus der Deckung der Karren ihre Pfeile auf den Weg schickten. Wieder ertönte das fast musikalische Zirpen, wieder antworteten ihnen die Schmerzensschreie von Männern und Pferden. Die hinteren Reihen ritten über die Gefallenen hinweg. Das ist merkwürdig, dachte Karl, als das Hindernis in Sicht kam. Eine Barrikade, aber keine Schilde oder Krieger. Glauben sie etwa, sie könnten mich mit ein paar Karren aufhalten?

»Schießt!« Shef gab den Befehl, sobald die ersten Reihen der Angreifer die weißen Stöcke erreichten, die er am morgen in den Boden gesteckt hatte. Dann übertönte er das dumpfe Klacken der Armbrüste mit einem Schrei, der selbst Brand zur Ehre gereicht hätte: »Packt alles zusammen! Und dann weg mit euch!«

Innerhalb weniger Augenblicke rollte die Armee des Weges wie eine Welle den Hügel herunter, weg von den angreifenden Franken. An der Spitze waren die Armbrustschützen mit ihren Ponys, die Katapulte mußten erst festgezurrt werden und folgten einige Sekunden später. Einer der Hauptmänner der Maschinen verfluchte einen festgeklemmten Hebel, dann waren sie verschwunden. Als letztes wirbelte Godive plötzlich herum, riß das Banner mit dem Hammer und dem Kreuz aus seiner Halterung, sprang auf ihren Wallach und galoppierte davon. Das Banner schleifte hinter ihr durch das Gras wie die Schleppe eines vornehmen Kleids.

Mit wütend glitzernden Augen und gesenkten Lanzen fegte die fränkische Kavallerie den Hang hinauf, um den lästigen Störenfrieden endlich den Garaus zu machen. Einige der Reiter trieben ihre Pferde direkt durch die Lücken zwischen den Karren und wirbelten herum. Die Pferde bäumten sich auf, bereit mit ihren stahlbesetzten Hufen auf die Fußsoldaten einzuhauen, die dort lauern mußten.

Aber sie hatten nur leere Karren und Hufabdrücke vor sich. Und eine einzige Maschine – das Katapult, das Shef zurückgelassen hatte. Mehr und mehr Reiter drängten sich durch die Lücken, einige von ihnen stiegen schließlich aus den Sätteln, um die Hindernisse zur Seite zu schieben. Der König starrte mit weit aufgerissenem Mund auf das robuste Holzgerüst, aus dem Godive das Banner der Armee des Weges gezogen hatte. Noch während er um seine Beherrschung rang, wurde dasselbe Banner höhnisch auf einem anderen, eine halbe Meile entfernten Hügel erneut gehißt. Einige Heißsporne, deren Wut immer noch ein Ventil suchte, schrien gellend und gaben ihren Pferden die Sporen. Ein schneidender Befehl scheuchte sie zurück.

»Ich brachte ein Messer, um einen Braten zu tranchieren«, murmelte der König zu seinem Konnetabel Godefroi. »Aber man hat mir eine Suppe serviert. Eine sehr dünne Suppe. Wir werden nach Hastings umkehren und die Lage überdenken.«

Sein Blick fiel auf Alfgar. »Du hast gesagt, euer Regen würde aufhören.«

Alfgar starrte schweigend auf den Boden. Karl warf einen weiteren Blick auf das Gerüst, an dem der Hammer und das Kreuz geweht hatten. Es stand immer noch fest auf dem Karren. Er deutete mit dem Daumen darauf. »Hängt den englischen Verräter!« befahl er.

»Ich habe Euch vor den Maschinen gewarnt«, kreischte Alfgar, als stählerne Arme ihn packten.

»Was sagt er?« fragte einer der Ritter.
»Ich weiß es nicht. Irgendein englisches Gebrabbel.«

Auf einer Kuppe weit südlich von der Kolonne der Franken berieten sich Thorvin, Geirulf und Farman.
»Was haltet ihr davon?« fragte Thorvin.
Geirulf, der Priester Tyrs und Chronist der Schlachten, schüttelte den Kopf. »Es ist etwas Neues. Etwas völlig Neues. Ich habe noch nie von so etwas gehört. Ich frage mich nur, wer ihm diese Idee eingegeben hat. Wer außer dem Vater der Krieger könnte es gewesen sein? Er ist ein Sohn Odins, und solche Männer sind gefährlich.«
»Das glaube ich nicht«, sagte Thorvin. »Und ich habe mit seiner Mutter gesprochen.«
»Ich weiß, was du uns erzählt hast«, sagte Farman. »Aber wir wissen nicht, was es bedeutet. Wenn du keine bessere Erklärung hast, muß ich Geirulf zustimmen.«
»Jetzt ist nicht der richtige Moment, um sie zu geben«, sagte Thorvin. »Seht nur, es tut sich etwas. Die Franken ziehen sich zurück.«

Shef verfolgte mit bösen Ahnungen, wie die Ritter sich vom Kamm abwandten. Er hatte darauf gehofft, daß sie wieder angriffen, neue Verluste erlitten und sich selbst und ihre Pferde weiter erschöpften. Wenn sie sich jetzt zurückzogen, bestand die Chance, daß sie Hastings erreichten und den Tag ihres nächsten Angriffs selbst bestimmten. Er wußte instinktiv, daß seine Armee aus Irregulären für einen Zweck völlig ungeeignet war: Eroberten Boden zu verteidigen. Er hatte es an diesem Tag nicht versucht, und der fränkische König hatte nicht versucht, ihn dazu zu zwingen, weil er das traditionelle, alles entscheidende Gefecht gesucht hatte. Aber es mußte einen Weg geben, Karl zum Angriff zu provozieren. Die schutzlose Bevölkerung ganz Südenglands war ihm so auf Gnade und Ungnade ausgeliefert.

Er brauchte einen Sieg. Heute. Das hieß, er mußte ein größeres Risiko eingehen. Glücklicherweise waren Armeen auf dem Rückzug auf eine Art und Weise angreifbar, wie es für anrückende nicht zutraf. Bis jetzt hatten kaum die Hälfte von Shefs Männern in den Kampf eingegriffen. Es war Zeit, die übrigen ins Spiel zu bringen. Shef rief seine Botenjungen herbei und gab ihnen seine Befehle.

Unten, an den durchweichten Hängen, die von der See heraufstiegen, zeigten die fränkischen Reiter, daß sie lernfähig waren. Sie ritten nicht mehr länger in dichtgedrängten Gruppen, die leichte Ziele für die Armee des Weges waren. Statt dessen lauerten auch sie in der Deckung und bewegten sich nur, wenn sie mußten, und auch dann nur in kurzen Galopps. Eine Gruppe Berittener wartete neben einem Pfad in einem tropfenden Wald, als sie schnelle Schritte hörten. Ein barfüßiger Junge, der nur das Überbringen seiner Botschaft im Kopf hatte, wollte an ihnen vorbeirennen, aber einer der Reiter stellte sich ihm in den Weg und tötete ihn mit einem grausamen Säbelhieb.

»Er hatte keine Waffe«, sagte einer der Franken und blickte auf den verstümmelten Leichnam hinunter. Blut verfärbte die Pfützen.

»Er hatte seine Waffe im Kopf«, brummte der befehlshabende Feldwebel. »Macht euch bereit zum Weitermarsch.«

Der Bruder des Jungen, der ihm mit fünfzig Schritten Abstand gefolgt war, versteckte sich so lautlos wie eine Wühlmaus hinter einer Eberesche und verfolgte ihren Abzug. Dann schlich er sich weiter auf der Suche nach Rächern.

Die fränkischen Bogenschützen hatten bis jetzt lediglich gelegentlich den Beschuß des Feindes ertragen müssen, ohne es erwidern zu können. Ihre Sehnen waren so naß, daß sie praktisch unbrauchbar waren. Jetzt setzten die Kommandeure ihre Bogenschützen dazu ein, strategische Punkte zu halten, während die Armee sich zurückzog. Auch sie machten sich den Wald zunutze.

»Seht nur.« Einer der Bogenschützen deutete auf eine Gruppe Kavalleristen, die über ein Feld ritten. Einer der Reiter griff sich plötzlich an die Hüfte und fiel vom Pferd. Dann sahen die Bogenschützen, wie eine Gestalt hinter den Ruinen einer Scheune hervorschlüpfte, auf ein Pony stieg und davonritt, ohne daß die Reiter sie bemerkt hätten. Aber der Hinterhalt der Bogenschützen wartete bereits. Als der Mann im vollen Galopp um die Ecke der Scheune gebogen kam, rammten zwei Franken ihre kurzen Schwerter in die Brust des Ponys und ergriffen den Schützen.

»Was für ein Teufelszeug ist das hier?« fragte einer und schnappte sich die Armbrust. »Seht euch das an, ein Bogen, Pfeile. Und was hängt da an seinem Gürtel?«

»Kümmer dich nicht um den Gürtel, Guillaume«, rief einer seiner Kameraden. »Das ist ein Mädchen!« Die Männer starrten auf die schmächtige Gestalt im kurzen Kilt.

»Frauen, die Männer aus dem Hinterhalt erschießen«, murmelte Guillaume. »In Ordnung, wir haben genug Zeit, um ihr eine Lektion zu erteilen. Wir werden ihr ein paar Erinnerungen auf dem Weg in die Hölle mitgeben, die sie nicht vergessen wird.«

Während die Franken sich um die sich windende, an allen Vieren festgehaltene Gestalt drängten, krochen ein Dutzend Churls mit ihren Äxten und Sensen heran. Mit gepanzerten Reitern konnten sie es nicht aufnehmen, mit Marodeuren und Vergewaltigern schon.

Die große Stahlechse kroch träge zurück nach Hastings. Immer wieder fielen Männer und Pferde von ihr ab.

König Karl war so tief in Gedanken versunken, daß er erst merkte, daß der Zug zum Halten gekommen war, als er sich beinahe auf einer Höhe mit seinen Bogenschützen wiederfand. Er hielt an und blickte hinunter. Ein Offizier faßte seinen Steigbügel und deutete nach vorne. »Sire, sie sind vor uns. Und diesmal rennen sie nicht weg.«

Der Dorfvorsteher, den Shef ausfindig gemacht hatte, war sich absolut sicher, daß der lange Regen und die Tausenden von Pferden den Bach zwischen Brede und Bulverhythe in einen Sumpf verwandelt haben mußten. Shef hatte sich entschlossen, das Risiko einzugehen und ihm zu glauben. Seine Melder waren fast vollzählig durchgekommen. Die Katapulte waren mit ihren starken Wachen – ausnahmslos Hellebardieren – von den Flanken gekommen, wo sie auf ihren Einsatz gewartet hatten. Die Mannschaften montierten ihre Waffen und stellten sie in einer dreihundert Schritt langen Linie im Abstand von jeweils zehn Schritten auf. Selbst an einem schönen, trockenen Tag wäre der Angriff einer Kavallerie auf eine solche Stellung glatter Selbstmord gewesen.

Osmod, der Kommandeur der Katapulte, spähte durch den Regen und erblickte die fränkische Vorhut. Sie war in Reichweite. Auf seinen Befehl schossen zwanzig Katapultarme in die Höhe und schleuderten ihre Steine in den Himmel.

Karls Pferd bäumte sich auf, als ihm das zermalmte Gehirn eines enthaupteten Bogenschützen ins Gesicht spritzte. Ein zweiter Hengst, dessen Bein gebrochen war, stieg wiehernd hoch und fuchtelte Blut verspritzend in der Luft herum. Einen Augenblick lang stand die fränkische Armee, immer wieder aufs neue überrascht an diesem Tag, am Rande der Panik.

Karl ritt brüllend nach vorne und ignorierte die Steine, die jetzt genau auf ihn gezielt waren. Herrisch trieb er die Bogenschützen vorwärts. Ihre kläglichen Pfeilschüsse bohrten sich in den nassen Boden. Hinter ihnen kam die schwere Reiterei, die seinem Beispiel folgte und in einen langsamen Trab überging – direkt in den Sumpf, der einmal ein Bach gewesen war.

Zwei Grafen zogen Karl gleich darauf von seinem eingesunkenen Pferd. Seine Männer quälten sich hindurch, einige noch auf ihren Pferden, einige zu Fuß, um die Maschinen zu erreichen, die den endlosen Strom der Geschosse in die Luft schleuderten. Eine Linie von Männern mit sonderbaren Helmen erwartete sie, die mit einer Art von riesigen Äxten auf sie einstach und einhieb. Um den Elan gebracht, den sie als ihr Geburtsrecht betrachteten, bekämpften die fränkischen Ritter die Feinde Mann gegen Mann. Nach und nach drängten die riesigen, gepanzerten Männer ihre kleineren Gegner mit den merkwürdigen Äxten zurück. Immer weiter, bis fast zu den Maschinen, die sie um jeden Preis verteidigen mußten.

Hörner erschallten zu beiden Seiten. Karl, der sich durch den Schlamm kämpfte, versteifte sich. Das mußte der Gegenangriff sein, der letzte, verzweifelte Vorstoß. Statt dessen machten die Feinde unvermittelt auf dem Absatz kehrt und rannten davon. Rannten schamlos davon wie die Hasen. Und überließen dem Sieger ihre Maschinen.

Vor Anstrengung schnappte Karl nach Luft. Ihm wurde bewußt, daß seine Männer sie unmöglich abtransportieren konnten. Und Verbrennen war ebenfalls unmöglich. »Hackt sie in Stücke«, befahl er. Ein Bogenschütze warf einen zweifelnden Blick auf die dicken Balken. »Schneidet die Seile durch! Tut irgendwas!«

»Kaum haben sie ein paar Männer verloren«, sagte einer seiner Grafen, »rennen die Feiglinge davon. Und sie lassen ihre Waffen zurück!«

»Wir haben viele Männer verloren«, sagte der König. »Und wie viele Schwerter und Kettenhemden haben wir heute zurückgelassen? Bringt mein Pferd. Wir können uns glücklich schätzen, wenn wir mit der Hälfte unserer Männer wieder Hastings erreichen.«

Ja, dachte Karl, aber wir sind durchgebrochen. Haben alle Fallen hinter uns. Und die Hälfte der Männer hinter einer hohen Stadtmauer werden vielleicht ein andermal genügen.

Als wollte er den König ermutigen, ließ der Regen nach.

Guthmund der Gierige, dessen Schiffe ohne Segel den Kanal hinunterruderten, schenkte dem Regen keine Beachtung. Ihm war die schlechte Sicht nur willkommen. Wenn er an Land ging, sollte es eine Überraschung sein. Außerdem hatte er im Regen oder Nebel die Chance, Informationen aufzustöbern. Guthmund, der im Bug des vordersten Schiffs stand, deutete nach steuerbord und befahl, schneller zu rudern. Wenige Momente später ging das Langschiff neben einem Fischerboot mit sechs Rudern längsseits. Seine Besatzung starrte ängstlich hinauf. Guthmund zog den Hammeranhänger unter seinem Mantel hervor und hielt ihn den Fischern hin. Die Furcht in ihren Mienen machte wachsamer Vorsicht Platz.

»Wir sind hier, um gegen die Franken zu kämpfen«, rief er in dem englisch-nordischen Kauderwelsch der Armee des Weges. Als die Fischer seine Worte hörten und verstanden, entspannten sich ihre Züge weiter.

»Ihr seid zu spät dran«, rief einer der Fischer zurück. »Sie kämpfen schon.«

»Ihr kommt besser an Bord«, entgegnete Guthmund.

Der Puls des Wikingers beschleunigte sich, als er

dem Bericht der Fischer lauschte. Das Grundprinzip erfolgreicher Piraterie war, dort an Land zu gehen, wo der Feind schutzlos war. Guthmund fragte immer wieder nach: Das fränkische Heer war am Morgen losmarschiert. Sie hatte nur Wachen für das Lager und die Schiffe zurückgelassen. Ihre bisherige Beute, inklusive der Schätze Canterburys, befand sich in dem schlecht bewachten Lager. Die Fischer hatten jede Hoffnung verloren, daß man die Franken besiegen konnte. Und wenn schon? dachte sich Guthmund. Selbst wenn sie Shef besiegt haben sollten, konnte es nicht schaden, die Sieger zu berauben. Und ein Schlag in den Rücken der Franken konnte eine lebenswichtige Ablenkung bedeuten. Er wandte sich den Fischern wieder mit neuen Fragen zu: Ankerte die Flotte in einer Bucht? War das befestigte Lager auf einem Hügel? Wo war der nächste Meeresarm? Gab es wirklich nur einen Pfad die steilen Hänge hinauf?

Bald darauf bogen die Schiffe des Weges in einer langen Kette im strömenden Regen in die enge Mündung des Flusses unterhalb Hastings, an den Rudern die festgeketteten Krieger der Ragnarssons.

»Wollt ihr die Mauern mit Leitern erklimmen?« fragte einer der Fischer zweifelnd. »Sie sind zehn Fuß hoch.«

»Dafür haben wir die hier«, sagte Guthmund und deutete schwungvoll auf die sechs Onager, die gerade mit Mastenkränen ausgeladen wurden.

»Sie sind zu schwer für den Pfad«, sagte der Fischer, dem nicht entging, wie stark sich die Schiffe auf die Seite legten.

»Ich habe genug Träger«, entgegnete Guthmund, der zufrieden verfolgte, wie seine Männer mit gezückten Waffen die gefährlichen Rudersklaven in kleinen Gruppen losmachten und dann wieder an die Onager ketteten.

Als sich die kleine Flußmündung mit Männern füllte, entschloß sich Guthmund zu einer kurzen, anfeuernden Rede.

»Beute!« rief er. »Große Beute erwartet uns. Gestohlen von der Kirche der Christen, also müssen wir nie wieder etwas davon zurückgeben. Vielleicht müssen wir etwas davon mit dem Jarl teilen, wenn er heute siegt. Vielleicht auch nicht. Also los!«

»Und was ist mit uns?« rief einer der angeketteten Männer.

Guthmund musterte ihn aufmerksam. Es war Ogvind der Schwede, ein harter Mann. Drohungen konnten ihn nicht beeindrucken. Aber Guthmund wußte, daß er die ganze Stärke dieser Männer am Hang brauchte.

»Ganz einfach«, sagte er. »Wenn wir siegen, lasse ich euch ziehen. Wenn wir verlieren, lasse ich euch an den Maschinen angekettet. Vielleicht sind die Christen gnädig zu euch. Ist das fair?«

Ogvind nickte. Einer plötzlichen Eingebung folgend wandte sich Guthmund an den schwarzen Diakon, den Meister der Maschinen.

»Was ist mit dir? Wirst du für uns kämpfen?«

Erkenberts Züge verhärteten sich. »Gegen Christen? Gegen die Gesandten des Papstes, des Heiligen Vaters, den mein Herr und ich eigenhändig an diesen Hort der Wilden gerufen haben? Lieber werde ich das Martyrium erdulden, als…«

Jemand zupfte Guthmund am Ärmel – einer der wenigen Sklaven der Klosterkirche Yorks, der sowohl Ivars Wutanfälle als auch Erkenberts strenges Regiment überlebt hatte.

»Wir kämpfen gegen sie«, flüsterte der Mann. »Wird uns ein Vergnügen sein.«

Guthmund winkte die gemischte Gruppe den steilen Hügel hinauf. Er setzte sich zusammen mit den Fischern und den Sklaven der Klosterkirche an die Spitze, um die

Lage zu sondieren, gefolgt von den Männern der Ragnarssons, die sich unter ihren anderthalb Tonnen schweren Lasten den Hang hinaufschleppten. Geschützt von dem schweren Regen bezogen sechs Onager und tausend Wikinger ihre Positionen eine Viertelmeile vor den fränkischen Befestigungen. Guthmund stellte mißbilligend fest, daß die Franken an der Seeseite nicht einmal Wachen postiert hatten – oder diese sich auf die andere Seite des Lagers begeben hatten, um die noch weit entfernte Schlacht zu beobachten.

Der erste Probeschuß eines Onagers fiel zu kurz, riß einen zehn Fuß langen Pfosten aus dem Boden und wirbelte ihn durch die Luft. Die Sklaven zogen einige Keile heraus und hoben die Gestelle einige Fingerbreit an. Die nächste Salve aus fünf zwanzig Pfund schweren Geschossen rammte einen fünfundzwanzig Fuß breiten Abschnitt der Palisade auseinander. Guthmund sah keinen Grund, auf die zweite Salve zu warten. Seine Armee rannte direkt auf die Bresche zu. Die verwirrten Franken, zum großen Teil Bogenschützen, deren nassen Bogensehnen unbrauchbar waren, ergriffen angesichts der Aussicht auf einen Kampf Mann gegen Mann gegen tausend erfahrene Krieger auf der Stelle die Flucht.

Zwei Stunden nach ihrem Landgang blickte Guthmund von dem fränkischen Tor herunter. Seine ganze Erfahrung als Krieger drängte ihn, die Beute einzupacken, die nutzlos gewordenen Maschinen zurückzulassen und wieder in See zu stechen, bevor sie die Vergeltung der Franken ereilte. Aber gleichzeitig sah er etwas, das einer geschlagenen Armee auf dem Rückzug geradezu verblüffend ähnelte. Wenn das stimmte…

Er drehte sich um und brüllte einige Befehle. Der Dolmetscher Skaldfinn, der Priester Heimdalls, sah ihn verblüfft an.

»Das ist ein großes Risiko«, sagte er.

»Kann ich nicht ändern. Weißt du, was mein Großvater immer sagte? ›Du mußt einen Mann dann treten, wenn er am Boden liegt.‹«

Karl der Kahle spürte den Kampfgeist seines Heers zerbrechen, als sich das Banner des Hammers über ihrer sicher geglaubten Zuflucht entfaltete. Jeder Mann und jedes Pferd waren durchnäßt, durchfroren und erschöpft. Die Reiter sahen, als sie aus den Hecken und Wäldchen kamen, daß mindestens die Hälfte ihrer Kameraden tot auf den Feldern zurückblieb oder verwundet den Tod durch das Messer irgendeines Bauern erwartete. Die Bogenschützen waren den ganzen Tag hindurch wehrloses Freiwild gewesen. Selbst das Rückgrat seines Heers, die schwer gepanzerten Ritter, hatten ein Drittel ihrer Zahl am Hang oder im Schlamm verloren, ohne auch nur eine Chance erhalten zu haben, ihr Können auszuspielen. Die Palisade vor ihnen schien unversehrt und schwer bewacht. Ein Angriff würde auf entschlossenen Widerstand stoßen.

Karl, der weitere Verluste vermeiden wollte, stemmte sich in die Steigbügel, hob die Lanze und deutete auf die Schiffe am Strand. Mürrisch änderten seine Männer ihre Marschrichtung und bogen zum Strand ab, an dem sie erst vor wenigen Wochen an Land gegangen waren.

Als sie dort ankamen, verließ ein Drachenboot nach dem anderen die Flußmündung, in der die Mannschaften sie wieder bemannt hatten. Sie ruderten in Stellung, sperrten die Bucht ab und schwangen die Bögen mit der Fertigkeit von Veteranen. Ein Onager innerhalb der Palisade gab einen Probeschuß ab. Der Stein klatschte unmittelbar vor der Kogge *Dieu Aide* ins graue Wasser. Langsam richteten sich auch die übrigen Onager aus.

Shef musterte den dichtgedrängten Strand unter sich und erkannte, daß die fränkische Armee im gleichem Maß zusammengeschmolzen wie die seine angewachsen war. Die Bolzenschleudern und Armbrustschützen hatten ihre Stellungen bezogen, und ihre Zahl hatte sich gegenüber dem Morgen kaum vermindert. Währenddessen wurden dic Katapulte eilig herbeigeschafft. Die Franken hatten sie zurückgelassen, teilweise unbeschädigt, teilweise hatten Hunderte eifriger Hände die Seile neu spannen müssen. Lediglich die Hellebardiere hatten mehr als eine Handvoll Verluste zu beklagen. Und ihren Platz hatten buchstäblich Abertausende von wütenden Churls eingenommen, die mit ihren Äxten, Speeren und Sensen aus den Wäldern geströmt waren. Wenn die Franken auszubrechen versuchten, dann mußten sie es den Berg hinauf tun. Und das auf erschöpften Pferden und unter vernichtendem Beschuß.

Gegen seinen Willen mußte Shef an sein Duell mit Flann dem Gaddgedlar denken. Wenn man einen Mann oder eine Armee Nastrand, dem Strand der Toten, übergeben wollte, warf man einen Speer über sie als Zeichen dafür, daß sie Odin gehörten. Dann durften keine Gefangenen genommen werden. In ihm meldete sich eine Stimme, Odins kalte Stimme, die ihm aus seinen Träumen vertraut war.

»Mach schon«, sagte sie. »Gib mir, was mir zusteht. Noch trägst du nicht mein Zeichen, aber sagen nicht alle, daß du zu mir gehörst?«

Wie ein Schlafwandler bewegte sich Shef auf Oswis Bolzenschleuder zu – den ›Todesblitz‹, der schußbereit in die Mitte der fränkischen Armee zielte, die verwirrt unter ihnen wogte. Er musterte die Kreuze auf ihren Schilden und erinnerte sich an die Schlangengrube. An den armen Teufel Merla. Die Pein, die ihm Wulfgar bereitet hatte. An Godives vernarbten Rücken. An Sibba und Wilfis Ende auf dem Scheiterhaufen. An die Kreuzigungen. Mit ruhiger Hand zog er die Keile heraus und zielte die Waffe so, daß ihr Geschoß über die Köpfe der Franken fliegen würde.

In seinem Kopf hörte er wieder die Stimme; donnernd wie ein kalbender Gletscher. »Mach schon«, sagte sie. »Gib mir die Christen.«

Plötzlich stand Godive neben ihm und legte eine Hand auf seinen Ärmel. Sie sagte nichts. Er blickte ihr ins Gesicht und dachte an Pater Andreas, der ihm das Leben geschenkt hatte. An seinen Freund Alfred und an Pater Boniface. An die arme Frau auf der Lichtung. Unvermittelt erwachte er aus seiner Benommenheit und stellte fest, daß sich alle Priester des Weges um ihn versammelt hatten und ihn mit ernsten und entschlossenen Mienen musterten.

Er seufzte schwer und trat von dem Katapult zurück.

»Skaldfinn«, sagte er. »Du bist ein Dolmetscher. Geh hinunter und teil dem fränkischen König mit, daß er kapitulieren muß, wenn ihm sein eigenes Leben und das seiner Männer lieb ist. Ich schenke ihnen das Leben und freien Abzug, mehr nicht.«

Wieder hörte er eine Stimme. Aber diesmal war es die belustigte Stimme des Wanderers aus den Bergen, die er zum erstenmal beim Schachspiel der Götter gehört hatte.

»Gut gemacht«, sagte sie. »Du hast Odins Versuchung getrotzt. Vielleicht bist du wirklich mein Sohn. Aber wer kennt schon den eigenen Vater?«

KAPITEL 12

»ER WAR VERSUCHT«, sagte Skaldfinn. »Was immer du behauptest, Thorvin, etwas von Odin steckt in ihm.«

»Es wäre das größte Gemetzel gewesen, seit Menschen auf diesen Inseln leben«, fügte Geirulf hinzu. »Die Franken am Strand waren erschöpft und hilflos. Und die englischen Churls hätten sie gnadenlos niedergemacht.«

Die Priester des Weges saßen wieder in ihrem von den Beeren der Eberesche begrenzten, heiligen Kreis. Das Feuer Lokis knisterte neben Odins Silberspeer. Thorvin hatte große Büschel der frischesten Beeren des Herbstes gepflückt. Ihr grelles Scharlachrot wetteiferte mit dem Sonnenuntergang.

»Das hätte das größte Unglück über uns gebracht«, sagte Farman. »Denn es ist unbedingt notwendig, daß bei einem solchen Opfer keine Beute oder Profit gemacht wird. Aber die Engländer hätten sich nicht daran gehalten. Sie hätten die Toten beraubt. Dann wäre nicht nur der Gott der Christen gegen uns gewesen, sondern auch der erzürnte Allvater.«

»Aber er hat die Maschine nicht abgeschossen«, sagte Thorvin. »Er hat seine Hand zurückgenommen. Deshalb sage ich, daß er keine Kreatur Odins ist. Früher glaubte ich, er wäre es, aber jetzt weiß ich es besser.«

»Du solltest uns endlich erzählen, was du von seiner Mutter erfahren hast«, sagte Skaldfinn.

»Folgendes trug sich zu«, setzte Thorvin an. »Ich

habe sie mühelos im Dorf ihres Mannes, des Heimnar, gefunden. Mit mir hätte sie vielleicht nicht gesprochen, aber sie liebt das Mädchen über alles – auch wenn sie die Tochter einer Konkubine ist. Schließlich berichtete sie mir ihre Geschichte.

Sie stimmt fast ganz mit der Sigvarths überein – auch wenn er behauptete, sie hätte seine Aufmerksamkeiten genossen und sie… nun, nach all dem, was sie durch ihn erduldete, überrascht es nicht, daß sie nur mit Haß von ihm sprach. Aber sie bestätigte seine Geschichte bis zu dem Punkt, als er mit ihr im Sand lag, sie dann ins Boot setzte und zu seinen Männern am Strand zurückschwamm.

Dann, behauptete sie, geschah folgendes: Etwas kratzte am Schandeckel des Bootes. Als sie aufblickte, sah sie ein kleines Boot neben dem ihren. Ein einzelner Mann saß darin. Ich bedrängte sie, um zu erfahren, was für ein Mann das gewesen war, aber sie konnte sich nicht erinnern. Mittleren Alters, von mittlerer Größe, sagte sie, weder prunkvoll noch schäbig gekleidet. Er winkte ihr zu. Sie dachte, er wäre ein Fischer, der sie retten wollte, und stieg zu ihm ins Boot. Er ruderte weit weg von dem Strand, an dem Sigvarth mit seinen Männern lagerte, und dann die Küste hinunter, ohne ein einziges Wort zu sagen. Sie stieg aus und kehrte zu ihrem Ehemann zurück.«

»Vielleicht war er ein Fischer«, warf Farman ein. »Genauso wie das Walroß nur ein Walroß war, und der *skoffin* nur die Einbildung eines närrischen Jungen, der Angst davor hatte, alleine auf Wache zu stehen.«

»Ich fragte sie, ob er keine Belohnung wollte. Er hätte sie mit sich nehmen können. Wenn ihr Ehemann sie nicht ausgelöst hätte, dann ihre Verwandten. Sie sagte, er hätte sie einfach zurückgelassen. Ich fragte sie unentwegt aus, bat sie darum, sich an jede Einzelheit zu erinnern. Sie sagte noch etwas.

Der Fremde zog das Boot schließlich den Strand hinauf und blickte sie an. Plötzlich überkam sie eine unermeßliche Müdigkeit, und sie sank zwischen dem Seetang nieder. Als sie wieder aufwachte, war er verschwunden.«

Thorvin blickte in die Runde. »Wir wissen nicht, was geschah, während sie schlief. Ich denke, daß eine Frau wohl spüren muß, wenn man sie im Schlaf genommen hat, aber wer kann das schon beurteilen? Sigvarth hat sie kurz davor genommen. Wenn sie etwas vermutete, konnte sie nichts dadurch gewinnen, indem sie es erwähnte oder sich daran erinnerte. Aber dieser Schlaf wirft für mich Fragen auf.

Sag mir«, Thorvin wandte sich an Farman. »Du, der du der Weiseste unter uns bist, wie viele Götter gibt es in Asgard?«

Farman regte sich unruhig. »Du weißt, Thorvin, daß das keine weise Frage ist. Odin, Thor, Freyr, Balder, Heimdall, Njörd, Idun, Tyr und Loki – von diesen sprechen wir am häufigsten. Aber in den Geschichten gibt es so viele andere: Vidar, Sigyn, Ull...«

»Was ist mit Rigr?« fragte Thorvin vorsichtig. »Was wissen wir über Rigr?«

»Das ist ein Name Heimdalls«, sagte Skaldfinn.

»Ein Name«, sinnierte Thorvin. »Zwei Namen, eine Person. So heißt es zumindest. Nun, das hier würde ich nie außerhalb des Kreises zu sagen wagen, aber manchmal denke ich, die Christen haben recht. Es gibt nur einen Gott.« Er ließ den Blick über den Kreis der geschockten Gesichter wandern. »Aber er – nein, es – hat verschiedene Stimmungen. Oder verschiedene Teile. Vielleicht konkurrieren diese Teile miteinander, genauso wie ein Mann zum Vergnügen mit sich selbst Schach spielt, die linke gegen die rechte Hand. Odin gegen Loki, Njörd gegen Skadi, Asen gegen Vanen. Doch gleichzeitig findet der eigentliche Wettbewerb zwischen allen Teilen statt, allen Göttern und den Riesen und Monstern, die uns nach Ragnarök bringen.

Nun hat Odin seine eigene Methode, um die Männer stark für den Tag zu machen, an dem sie an der Seite der Götter gegen die Riesen stehen. Deshalb betrügt er die Krieger, wählt er die mächtigsten von ihnen für den Tod aus. Denn dann werden sie an dem Tag, an dem die Riesen kommen, in seiner Halle sein.

Aber vielleicht hat ja auch Rigr seine eigene Methode? Kennt ihr die heilige Geschichte? Wie Rigr durch die Berge wanderte, Ahn und Edda traf und mit Edda die Thralls zeugte. Ätti und Amma traf und mit Amma die Carls zeugte. Vater und Mutter traf und mit Mutter die Jarle zeugte. Unser Jarl war euch einmal Thrall und Carl. Und wer ist der Sohn des Jarls?«

»Kon der Junge«, sagte Farman.

»Was *konr ungr* heißt, also *konungr*.«

»Was wiederum König bedeutet«, sagte Farman.

»Wer kann unserem Jarl diesen Titel jetzt noch verweigern? Er spielt in seinem eigenen Leben das Leben Rigrs durch. Und Rigrs Umgang mit der Menschheit.«

»Wieso tut Rigr das?« fragte Vestmund, der Priester Njörds. »Und was für eine Macht besitzt Rigr? Denn ich muß gestehen, daß ich nichts von ihm weiß als diese eine Geschichte.«

»Er ist der Gott der Kletterer«, entgegnete Thorvin. »Und in seiner Macht liegt es, Menschen besser zu machen. Nicht durch Krieg wie Odin, sondern durch Fertigkeiten. Wißt ihr, es gibt noch eine alte Geschichte über Skjef, den Vater Skjöldrs – also Sheaf, den Vater von Schild. Nun, die Könige der Dänen nennen sich die Söhne Skjöldrs, die Kriegerkönige. Doch selbst sie erinneren sich daran, daß es davor einen König des Friedens gab, der die Menschen lehrte, wie man sät und erntet, anstatt nur von der Jagd zu leben. Ich glaube, daß jetzt ein neuer Sheaf – wie immer wir seinen Namen aussprechen – gekommen ist, der uns davon befreit, zu säen und zu ernten, nur um bis zur nächsten Ernte zu überleben.«

»Und das ist ›der, der aus dem Norden kommt‹?« warf Farman skeptisch ein. »Weder von unserem Blut, noch spricht er unsere Sprache. Einer, der sich mit den Christen verbündet hat. Das hatten wir nicht erwartet.«

»Die Götter tun niemals das, was wir erwarten«, entgegnete Thorvin.

Shef verfolgte die traurige Prozession der entwaffneten fränkischen Krieger, die im Gänsemarsch ihrem König auf die Schiffe folgten, die sie nach Hause bringen würden. Alfred hatte darauf bestanden, daß mit ihnen nicht nur der päpstliche Legat und die Kleriker der Franken die Insel verließen, sondern auch der Erzbischof von York, sowie Bischof Daniel von Winchester, der Diakon Erkenbert sowie alle englischen Geistlichen, die sich der Invasion nicht widersetzt hatten. Daniel hatte ihm gellend mit der ewigen Verdammung gedroht, aber Alfred war unerschütterlich gewesen. »Wenn ihr mich aus eurer Herde ausschließt«, hatte er nur bemerkt, »dann werde ich eben meine eigene bilden. Aber eine mit besseren Hirten. Und ihre Hunde werden schärfere Zähne haben.«

»Dafür werden sie Euch für immer hassen«, hatte Shef ihm gesagt.

»Wieder etwas, das wir miteinander teilen«, hatte Alfred entgegnet.

Und so hatten sie ihren Handel abgeschlossen.

Beide würden für sich regieren, ohne Thronerben. Sie würden beide König sein, Alfred südlich der Themse, Shef nördlich bis zum Humber, wo noch immer Schlangenauge und sein unbändiger Ehrgeiz lauerten. Jeder von ihnen bestimmte den jeweils anderen zum Thronerben. Beide verständigten sich darauf, daß in ihren Herrschaftsgebieten der Glaube frei sein würde, für Christen und Anhänger des Weges und für andere Glaubensgemeinschaften, sollten sie entstehen. Aber kein Priester irgendeiner Religion durfte eine Bezahlung, egal, ob in Gütern oder Land, annehmen, außer für einen vorher verabredeten Dienst. Und das Kirchenland würde an die Krone zurückfallen. Nicht lange, und sie würden die reichsten Könige Europas sein.

»Wir müssen das Geld gut verwenden«, hatte Shef bemerkt.

»Für die Armen und Kranken?«

»Auch für andere Dinge. Man sagt oft, daß etwas Neues nur kommen kann, wenn die Zeit reif ist, und daran glaube ich auch. Aber ich glaube auch, daß die Zeit für etwas Neues reif sein kann, aber die Menschen es ersticken. Oder die Kirche tut es. Seht Euch nur unsere Maschinen und Armbrüste an. Was hätte die Menschen vor fünfhundert Jahren oder die Römer daran gehindert, sie zu erfinden? Trotzdem hat sie keiner hergestellt. Ich will, daß wir das ganze alte Wissen zurückgewinnen, sogar die Zahlenkunst der *arithmetici*. Und daraus sollten wir neues Wissen machen. Und neue Dinge.«

Sein Hand hatte sich wie um den Stiel eines Hammers zusammengeballt.

Jetzt, als sie den Abzug der Geschlagenen verfolgten, wandte sich Alfred an seinen Mitherrscher. »Ich wundere mich, daß Ihr Euch immer noch weigert, den Hammer unseres Banners zu tragen. Schließlich trage ich immer noch das Kreuz.«

»Der Hammer steht für den Weg in seiner Gesamtheit. Außerdem behauptet Thorvin, er hätte ein neues Zeichen für mich. Ich werde sehen, ob es mir zusagt, denn das ist eine schwierige Wahl. Da ist er.«

Thorvin kam auf die beiden Könige zu. Neben und hinter ihm liefen alle Priester des Weges sowie Guthmund und einige der ranghöchsten Kapitäne.

»Wir haben ein Zeichen für dich gefunden«, sagte Thorvin. Er streckte ihm einen Anhänger an einer

Silberkette entgegen. Shef beäugte ihn neugierig: Ein Pfahl, aus dem auf verschiedenen Seiten fünf Sprossen herausstanden.

»Was ist das?«

»Es ist ein *kraki*«, entgegnete Thorvin. »Eine Pfahlleiter. Das Zeichen Rigrs.«

»Von diesem Gott habe ich noch nie gehört. Sag mir, wieso ich sein Zeichen tragen soll.«

»Er ist der Gott der Kletterer. Und der Wanderer. Seine Macht liegt in seinen Kindern. Er ist der Vater der Thralls, Carls und Jarle und aller übrigen.«

Shef musterte die Runde der gespannten Gesichter: Alfred, Thorvin, Ingulf und Hound. Aber einige fehlten. Brand, zum Beispiel, von dessen Zustand er lange nichts mehr gehört hatte. Seine Mutter Thryth. Er wußte nicht einmal, ob sie ihn überhaupt jemals wiedersehen wollte.

Aber vor allem fehlte Godive. Nach der Schlacht hatte ihm eine der Katapultmannschaften die Leiche seines Halbbruders gebracht – des Sohnes seiner Mutter, Godives Mann. Er und Godive hatten lange Zeit das blutunterlaufene Gesicht und den verdrehten Hals angestarrt und hatten versucht, sich an ihre gemeinsame Kindheit zu erinnern, an irgend etwas, das seinen Haß ausgelöst haben könnte. Shef hatte an eines von Thorvins alten Gedichten gedacht. Ein Held hatte über den Bruder, den er getötet hatte, gesagt:

»Ich war dein Ruin, Bruder. Pech war uns auferlegt.
Das Urteil der Nornen, ich werde es nie vergessen.«

Aber er hatte die Worte nicht ausgesprochen. Er wollte vergessen. Und er hoffte, daß auch Godive eines Tages vergessen konnte. Vergessen, daß er sie zuerst gerettet, dann im Stich gelassen und schließlich benutzt hatte. Jetzt, da er von der unaufhörlichen Belastung des

Planens und Handelns befreit war, spürte er, daß er sie so sehr liebte wie damals, als er sie aus Ivars Lager befreit hatte. Aber was für eine Liebe war das, die er sich erst im rechten Moment eingestehen konnte?

Das mußte auch Godive gedacht haben. Sie hatte die Leiche ihres Halbbruders und Ehemanns zur Bestattung mitgenommen und Shef darüber im unklaren gelassen, ob und wann sie wieder zurückkehren würde. Diesmal mußte er selbst seine Entscheidung treffen.

Shef blickte an seinen Freunden vorbei die lange Schlange der geschlagenen Franken an, ihre düsteren und haßerfüllten Mienen. Er dachte an den gedemütigten Karl, den wutentbrannten Papst Nikolaus, Schlangenauge, der im Norden auf seine Chance wartete, seinen toten Bruder zu rächen. Sein Blick fiel wieder auf das Zeichen in seiner Hand.

»Eine Pfahlleiter«, sagte er. »Es ist schwer, darauf das Gleichgewicht zu halten.«

»Du mußt sie eine Sprosse nach der anderen nehmen«, entgegnete Thorvin.

»Sie ist schwer zu erklettern, die Spitze ist kaum zu erreichen. Aber dort sind zwei Sprossen, an denen man sich festhalten kann. Auf derselben Höhe. Es könnte fast ein Kreuz sein.«

Thorvin runzelte die Stirn. »Rigr und sein Zeichen waren lange vor dem Kreuz bekannt. Und es ist auch kein Zeichen des Todes. Nein. Es steht dafür, nach Höherem zu streben, nach einem besseren Leben.«

Shef lächelte. Es war das erstemal seit vielen Tagen. »Ich mag dein Zeichen, Thorvin«, sagte er. »Ich werde es tragen.« Er hängte sich das Abzeichen des Weges um den Hals, drehte sich um und blickte über die nebelverhangene See.

Shef fühlte, wie sich in seinem Innern ein Knoten, ein Schmerz löste und verschwand.

Zum erstenmal in seinem Leben spürte er Frieden.

GLOSSAR

zusammengestellt von Frank Borsch

Ägir Göttlicher Meeresriese und Gemahl der Ran. Die Wellen sind seine Töchter.

Alderman In den angelsächsischen Königreichen der oberste Beamte einer Grafschaft.

Alfred Genannt der Große. König von Wessex 871–899. Der historische Alfred drängte in langwierigen Kämpfen die Wikinger zurück und war ein bedeutender Gesetzgeber und Schriftsteller.

Asen Das Göttergeschlecht der nordischen Mythologie, an dessen Spitze Odin steht.

Asgard Der Wohnsitz der Asen.

Balder Der Sohn Odins und der Frigg. Galt als Gott von Sonne, Licht und Frühling und war der Schönste der Asen.

Bodach Gälisch für alter Mann, Greis.

Bragi Ein Sohn Odins. Ist der Gott der Dichtkunst und Gemahl der Idun.

Carl Ein freier Mann.

Cenwalh König von Wessex von 641–672.

Cerdic Der Gründer der Dynastie der Könige von Wessex.

Churl Ein freier Mann niedersten Ranges.

Cynehelm † zwischen 812 und 821. Einer der meistverehrten Heiligen im mittelalterlichen England.

Draugr Der lebende Tote, der nach dem nordischen Volksglauben im Grabhügel lebt.

Edeling Fürstentitel der Angelsachsen. Bezeichnet insbesondere den Thronerben.

Fafnir In der nordischen Heldensage der Drache, den Sigurd tötet. War ursprünglich ein Mann, der seinen Vater ermordete, um dessen Schatz an sich zu reißen.

Fenriswolf Von Loki und der Riesin Anurboda gezeugtes Untier. Die Asen versuchen vergeblich, ihn zu fesseln.

Die Fens Ein fast menschenleeres Sumpfland zwischen Lincoln und Cambridge. Wurde ab Mitte des 17. Jahrhunderst trockengelegt und ist heute eines der fruchtbarsten Gebiete Englands.

Freyr In der nordischen Mythologie der Gott der Fruchtbarkeit, des Himmelslichts, der Wärme und des Friedens.

Frideswide † um 735. Erste Äbtissin des Benediktinerklosters St. Mary in Oxford.

Godefred † 810. Dänischer König, der gegen die Franken das Danewerk errichten ließ, ein 30 km langes System von Verteidigungswällen.

Halogaland Gebiet in Nord-Norwegen, das heutige Helgeland.

Häusler Ein armer Bauer mit eigenem Haus, der nur wenig oder kein Feld besitzt und auf Lohnarbeit angewiesen ist.

Heimdall Der alles sehende Wächter der Götter. Wird in der Edda als der ›glänzendste der Asen‹ beschrieben.

Hide Altes englisches Flächenmaß. Entspricht der Ackerfläche, die ein Mann in einem Jahr mit dem Pflug bearbeiten konnte, also rund 40 ha.

Idun Göttin und Besitzerin der goldenen Äpfel, die den Asen ewige Jugend bescheren.

Jarl Ein Mann von hoher Geburt, oft auch Häuptling.

Loki Der Gott des Feuers und vielleicht der zwielichtigste der Asen. Loki setzt seine Verschlagenheit immer wieder dazu ein, den anderen Göttern zu schaden, aber auch, um sie zu retten.

Mercien Von der Mitte des siebten bis Anfang des neunten Jahrhunderts das mächtigste der angelsächsischen Königreiche.

Nastrand Ein mythischer Ort, an dem fern der Sonne eine Halle steht, von deren Dach Gift tropft. Teil des Totenreichs.

Nikolaus I. (um 800–867) Auch Nikolaus der Große genannt. Gilt wegen seines unermüdlichen Kampfes für das päpstliche Primat als energischster der frühmittelalterlichen Päpste.

Nithöggr ›Der haßerfüllt Schlagende‹ ist ein Drache, der das Blut der Toten trinkt und Leichen frißt.

Njörd Der Gott des Meeres und der Seefahrt.

Northumbrien Eines der wichtigsten Königreiche des angelsächsischen England. War im achten Jahrhundert das kulturelle Zentrum der Insel.

Odin Der Höchste der Asen. Odins Charakter ist äußerst vielschichtig. Er ist der oberste Schlachtenlenker und kennzeichnet diejenigen, die auf dem Schlachtfeld fallen. Gleichzeitig ist er der Dichtergott, der die Runen erfand, sowie der Gott der Magie und Ekstase.

Ostanglien Ein kleineres angelsächsisches Königreich. Sein Gebiet entspricht ungefähr den heutigen Grafschaften Norfolk und Suffolk.

Peterspfennig Die freiwillige jährliche Abgabe der englischen Christen an den Heiligen Stuhl ab dem achten Jahrhundert.

Raedwald König Ostangliens, † zwischen 616–627. Wurde vermutlich im Hügelgrab von Sutton Hoo in Suffolk bestattet – dem Grab, das Shef in der Nähe von Woodbridge findet.

Ragnarök Das ›Götterverhängnis‹ ist der Weltuntergang der nordischen Mythologie. Die Asen fallen im Kampf gegen ihre Feinde, und die Erde wird vernichtet.

Ran Die Meeresgöttin und Frau des Ägir. Ertrunkene Seemänner gelangen in ihr Totenreich am Meeresgrund.

Sigyn Die Gemahlin Lokis.

Skalden Die altnordischen Dichter und Sänger.

Tartsche Kleiner, nur den Oberkörper bedeckender Schild.

Thane Angelsächsischer Adelstitel. Der Status eines Thane konnte stark variieren und bezeichnete ebenso Männer, deren Rang einem späteren Ritter entsprach, wie solche, deren Stellung einem späteren Baron gleichkam.

Thor Der Donnergott. Neben Odin der angesehenste Gott der Asen. Man glaubte, Blitze wären Thors Hammer Mjöllnir, den dieser zu Boden schleudert.

Thrall Ein Sklave.

Thunor Der angelsächsische Name Thors.

Tyr Ein Kriegsgott, der im Gegensatz zu Odin aktiv am Schlachtengeschehen teilnimmt. Sein Symbol ist das Schwert.

Ull Der Gott des Winters. Er jagt auf Skiern und ist ein vorzüglicher Bogenschütze.

Vanen Uraltes germanisches Göttergeschlecht, das gegen die Asen kämpft.

Vegetius Römischer Militärexperte des vierten Jahrhunderts nach Christus. Seine Abhandlung *Epitoma Rei Militaris* wurde während des Mittelalters zu dem Standardwerk der Belagerungskunst.

Vidar Ein Sohn Odins, über dem man recht wenig weiß, außer daß er sehr schweigsam war.

Vik Der Teil der Nordsee, der seit 1500 Skaggerak genannt wird.

Walhall Die Halle, in der Odin die gefallenen Krieger empfängt.

Wehha Vater von Wuffa, des ersten Königs von Ostanglien.

Wergeld Das Sühnegeld für einen Erschlagenen. War an die Sippe des Opfers zu entrichten.

Wessex Das wichtigste der angelsächsischen Königreiche. Überstand als einziges – wenn auch unter großen Schwierigkeiten – den Ansturm der Wikinger.

Willibrord (658–739) Missionar und Erzbischof der Friesen.

Wodan Ein anderer Name des Gottes Odin.

Wuffa Der erste König Ostangliens von 570–578. Begründer der Dynastie der Wuffinga.

Von

HARRY HARRISON

erschien in der Reihe

HEYNE SCIENCE FICTION & FANTASY:

Retter einer Welt · 06/3058
Der Daleth-Effekt · 06/3352
Das Prometheus-Projekt · 06/3730
New York 1999 · 06/4351
Die Turing Option (mit Marvin Minski) · 06/5647

DER STAHLRATTEN-ZYKLUS:

Agenten im Kosmos · 06/3083; auch als ➶ 06/3928
Rachezug im Kosmos · 06/3393; auch als ➶ 06/3974
Ein Fall für Bolivar de Griz, die Stahlratte · 06/3417
Jim di Griz, die Edelstahlratte · 06/3578
Macht Stahlratte zum Präsidenten · 06/4096

Erweiterte Ausgabe in neuer Ausstattung
und unter neuen Titeln:

Die Geburt einer Stahlratte · 06/4487
Stahlratte wird Rekrut · 06/4488
Stahlratte zeigt die Zähne · 06/4489
(vormals: *Agenten im Kosmos*)
Stahlratte schlägt zurück · 06/4490
(vormals: *Rachezug im Kosmos*)
Stahlratte rettet die Welt · 06/4491
(vormals: *Ein Fall für Bolivar di Griz, die Stahlratte*)
Stahlratte will dich · 06/4492
(vormals: *Jim di Griz, die Edelstahlratte*)
Macht Stahlratte zum Präsidenten! · 06/4493
Die Stahlratte singt den Blues · 06/5296
Visionen einer Stahlratte · 06/5297
Die Stahlratte fährt zur Hölle · 06/5331

Die Todeswelten-Trilogie:

Die Todeswelt · 06/3067
Die Sklavenwelt · 06/3069
Die Barbarenwelt · 06/3136; auch als ➶ 06/7024
Auch als Sonderausgabe in einem Band:
Todeswelten · 06/55; auch als ➶ 06/4350

Zu den Sternen-Trilogie:

Heimwelt · 06/3910
Radwelt · 06/3911
Sternwelt · 06/3912
Auch als Sonderausgabe in einem Band:
Zu den Sternen · 06/4695

Bill, der galaktische Held:

Der unglaubliche Beginn! · 06/5171
Die Welt der Roboter-Sklaven · 06/5172
Die Welt der eßbaren Gehirne · 06/5173
(mit Robert Sheckley)
Die Welt der unaussprechlichen Wonnen · 06/5174
(mit David Bischoff)
Die Welt der zehntausend Bars · 06/5175
(mit David Bischoff)
Die Welt der Zombie-Vampire · 06/5176
(mit Jack C. Haldeman II.)
Das letzte inkohärente Abenteuer · 06/5177
(mit David Harris)

Hammer und Kreuz
(mit John Holm)

Der Hammer des Nordens · 06/6321
Der Pfad des Königs · 06/6322
König und Imperator · 06/6323

In der **Bibliothek der Science Fiction-Literatur:**

New York 1999 · 06/26
Todeswelten · 06/55